U0528140

苏东坡全书

SU DONG PO

中国瑰宝系列

东坡居士

周文翰 著

华中科技大学出版社
http://press.hust.edu.cn
中国·武汉

有书至美 BOOK & BEAUTY

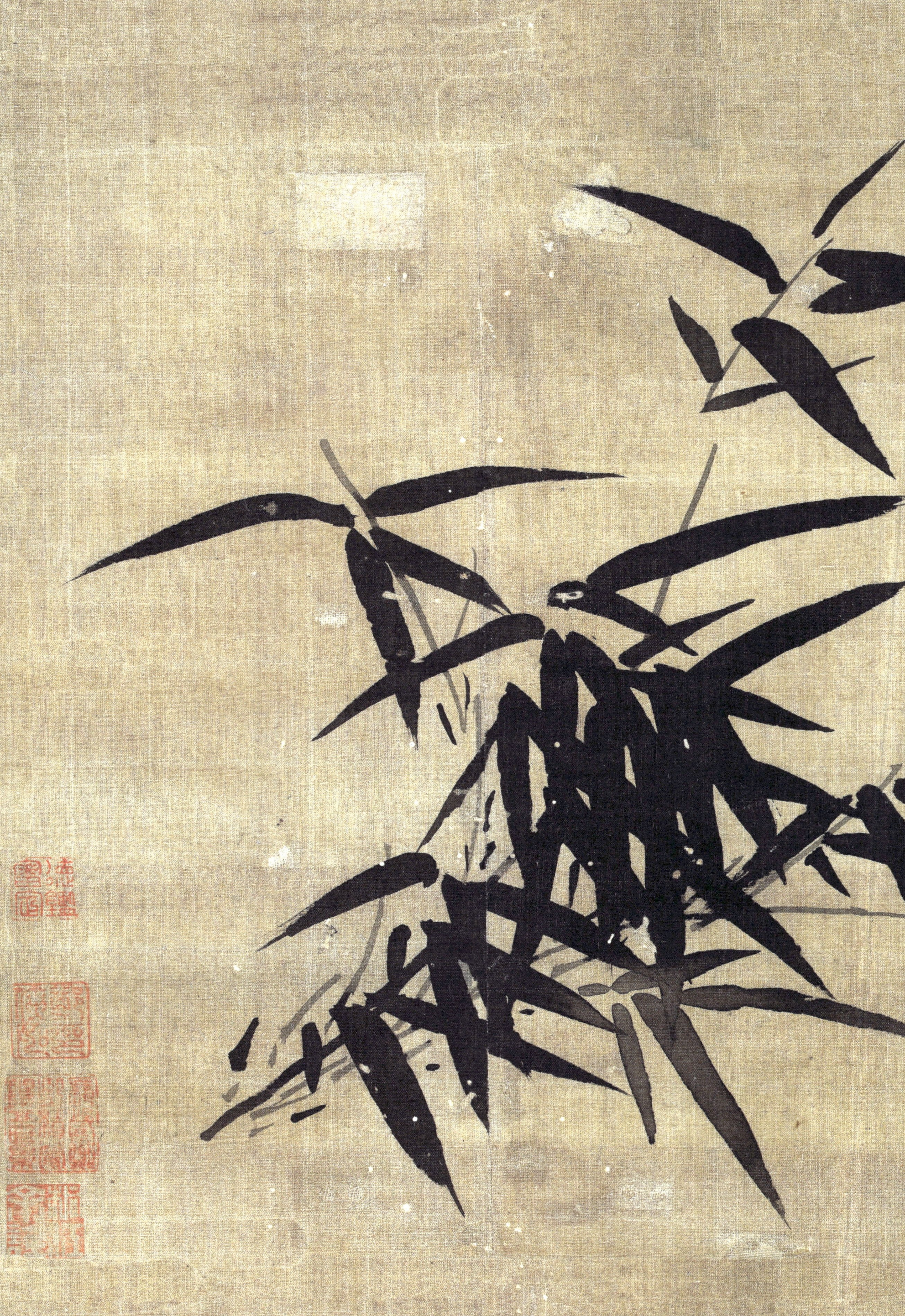

元豐三年六月軾為
子明識按

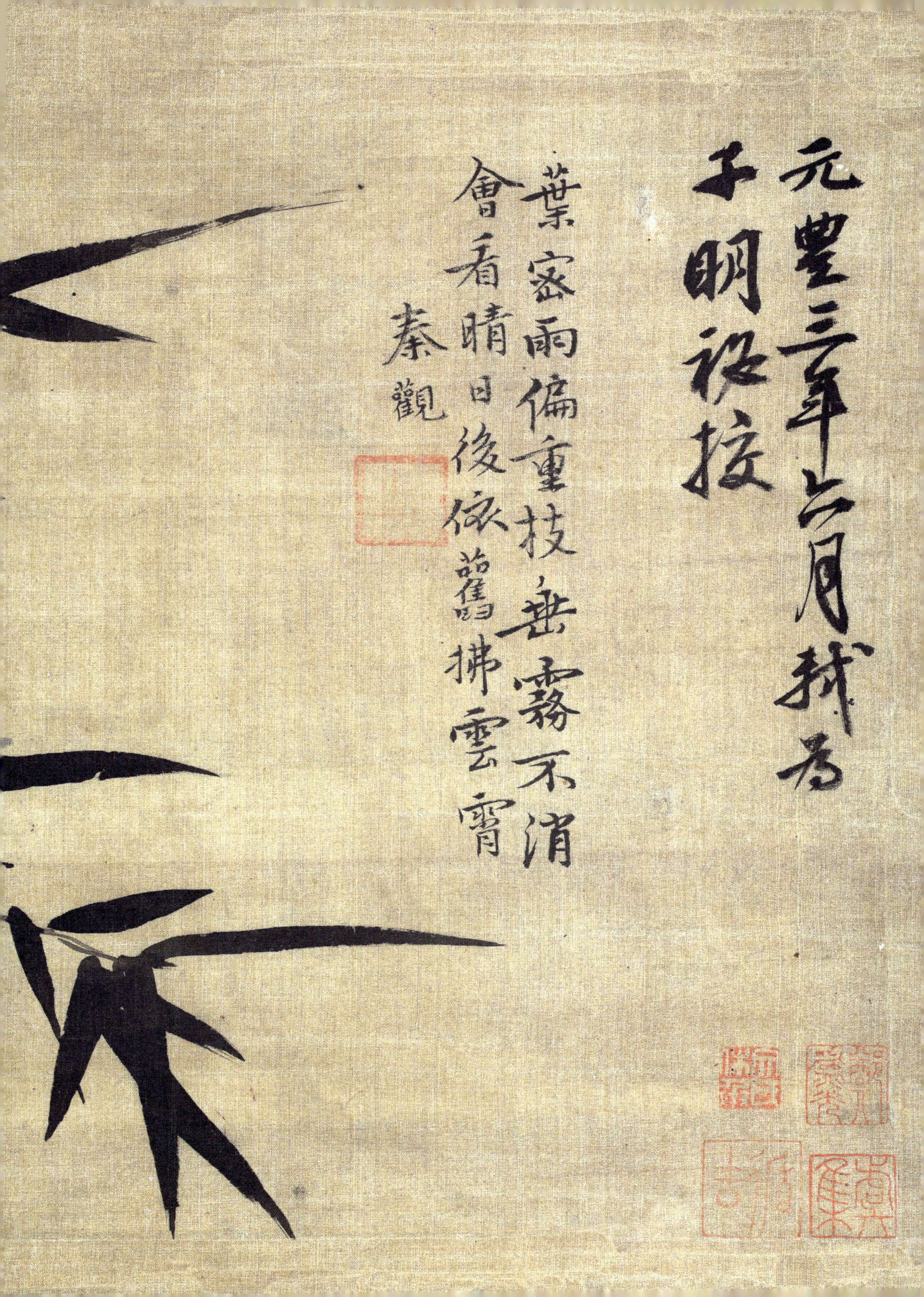

葉密雨偏重枝無霧不消
會看晴日後依舊拂雲霄
秦觀

翠輦朝
宣光
武皇㐫老白雲鄉正与
羣帝騎龍翔獨留杞梓挾
明堂 明日扈從謁
景靈故有此句
元祐二年三月晦日

次韻三舍人省上一首
軾

紛紛榮瘁何能久雲雨紛來飜
覆手慌如一夢墮枕中却見
三賢起江右 劉貢父曾子開孔
經父皆江西人也
君妙質皆瑚璉顧我虛名但

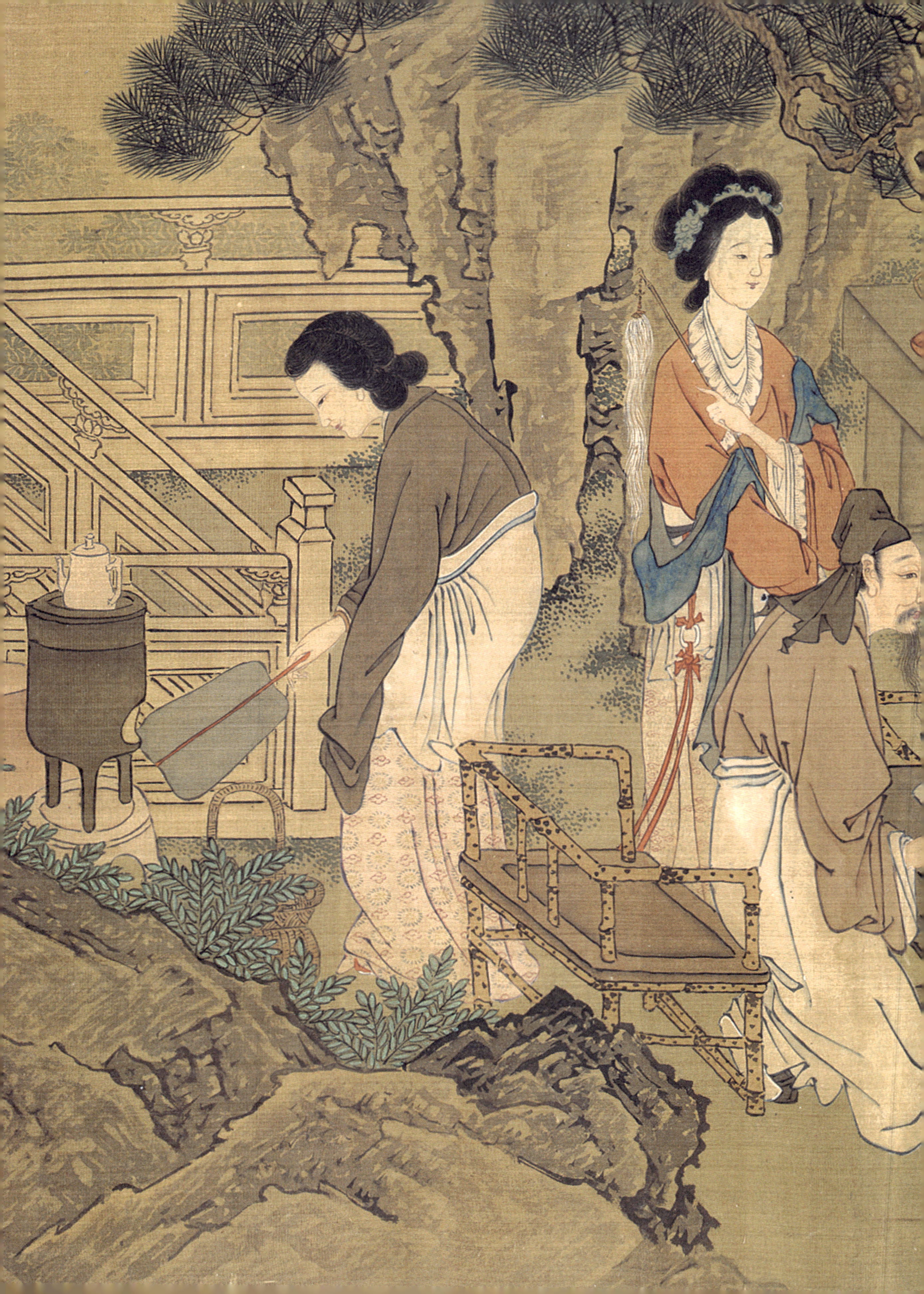

明 唐寅 西园雅集图（局部）

引言

苏东坡，是中国文化史的浩瀚星空中最明亮的星星之一。他熠熠生辉，以其喷涌的才华、灵动的精神吸引着一代代的读者；他蕴含万千，犹如一部可以编撰无限多索引的大书——千百年来，总有人从他的诗文中获得新鲜的感知，从他面对人生起伏的达观理念中得到有益的启示。

初识苏东坡，是从中小学课本的诗词中，他是"横看成岭侧成峰"的哲学达人，是"欲把西湖比西子"的奇想诗人，是"把酒问青天"的狂放才子。后来写作《孤星之旅：苏东坡传》，在研读文献时才深刻体会到，苏东坡不仅仅是作家、文人，他活着的时候，主业是当官，而且三十多岁就成为大宋最为著名的士大夫，既是官员，又是名士，犹如今天人们所说的文化明星，有许多粉丝。

宋代文化、社会的多种因素，共同塑造了苏东坡这样一个鲜活而复杂的伟大人物，他有着令人惊叹的旺盛精力，多才多艺，在诗文、学术、书法、绘画、收藏、美食等诸多领域皆有建树，其诗、其文、其言，皆有引人入胜之妙，其人、其才、其功，皆有堪为楷模之处。

更让今人共鸣的是，东坡居士一直对这个世界抱有温和的同情心，无论是得意时贵为翰林学士、礼部尚书，还是失意时被贬惠州、儋州，他都愿意与不同阶层的人交际，喜欢听他们说闲话、讲故事。他尊重人的性格、智力、观念的差异，主张让人自由成长，期盼众人在求同存异的基础上共同构建更美好的社会。这些主张、梦想，与现代人的思想多有相通之处，值得今天的人继续为之努力。

当然，东坡居士也有作为常人的烦恼和无奈。他曾是情动的少年郎，是为科举苦读的小城青年，是在严苛长官打压下憋闷的受气包；他也曾在政坛争斗中面临明枪暗箭，以至于有点讨厌汴京的朝堂，想要回到故乡眉山，想要去宜兴当闲人。

我曾在演讲时称东坡居士是"体验型文化人"，他愿意放下身份之别、才智之别、理念之别等等成见，带着平常心去接触具体的人、物、景，在与人、物、景的互动中有所感知，有所表达。如此，从松弛的身体、敞开的心胸中自然流露的文字才有那种细微而真切的动人之力。故而，可以说苏东坡既是"天才"，又是"常人"，更是"真人"。他的一生，六十六年起起伏伏，有释放激情的耀眼火花，有谪官他乡的孤寂哀鸣，有朝堂之上的风流吟唱，有庐山问法的苦苦追问，有遥望江月的惆然叹息。他乐于把人生旅途中一点一滴的体验、想法记录下来，写就让后人惊叹的诗文，这些诗文千百年来也不断被人注释、解读、研究。

我写这本书，是把多年来研究、写作所得的一些感触和积累，与《苏东坡全集》中的众多诗文、书法集中笔走龙蛇的文字、传世的众多宋代文物艺术品相互对照，打捞出那些在地理、人物、创意、生活等方面与苏东坡关系密切的部分，让苏东坡在世时的视觉世界与他的所闻、所思、所写交融，努力使他与他的时代"显影"在纸面上，带读者一起见证苏东坡的成长之旅，感受一颗不羁之心的律动。

手抚此书，犹如走在苏东坡身边，与他为友，漫步人海。让我们也如他一般，放下成见，怀着期待，踏入人生新旅途。

何妨吟啸且徐行。

一蓑烟雨任平生。

作者简介：

周文翰，艺术和建筑评论家、历史学者、作家，中国文艺评论家协会会员、北京书法家协会会员。现从事文化史研究、艺术策展和写作，先后在北京、深圳、佛罗伦萨等地策划多个跨界艺术展览。出版有《孤星之旅：苏东坡传》《尘埃与灵光：李清照传》《洞中人：王羲之传》《中国艺术收藏史》《花与树的人文之旅》《时光的倒影：艺术史中的伟大园林》等十余部艺术史专著。其著作先后入选2016年度中国好书、2019年度首都图书馆年度推荐好书、豆瓣2023年度读书榜单中国文学（非小说类）等。

目录

引言	008
苏东坡的社会关系	014
苏东坡的人生轨迹	015
本书内容索引	016

第一部分
青春风华（1036—1061）
宋仁宗景祐三年至嘉祐六年

眉山：出生之地	020
回不去的故乡	022
母亲程氏：慈母有识	025
父亲苏洵：严父授学	028
宋人雅事	031
祖父苏序：乡贤终老	032
二伯苏涣：宦海沉浮	033
姐姐苏八娘：故去之悲	034
宋代婚嫁制度	035
妻子王弗：青春相知	036
表弟程之元：童年嬉戏	038
同学陈太初：传说中人	038
邻居程建用：学馆岁月	039
成都：天府中心	041
惟简：成都宗亲	045
张方平：提携之恩	046
乐全先生文集叙（节选）	051
雷简夫：推重之意	053
秦岭：三次穿越	054
汴京：帝都体验	056
宋仁宗：优容直臣	068
千年龙虎榜	069
宋代科举制度	069
韩琦：持重之人	070
四相簪花	073
宋代金石学	073
富弼：泛泛之交	074
文彦博：平易近人	076
出三峡：成为诗人的行旅	078
文章：行云流水	082
曾巩：以文会友	083
唐宋八大家	084
小石潭记（节选）	085

凤翔：初次为官	……………………………	086
喜雨亭记（节选）	……………………………	089
陈希亮：打压之扰	……………………………	090
躲终南：官场总是烦恼地	…………………………	091
造园：动手动笔	……………………………	094
长安：文物渊薮	……………………………	096
收藏：寓意于物	……………………………	097

第二部分
壮年意气（1062—1079）
宋仁宗嘉祐七年至宋神宗元丰二年

宋英宗：大用无期	……………………………	100
宋神宗：鞭打野马	……………………………	102
王安石变法	……………………………	105
王安石：名士分野	……………………………	106
学术：苏王竞争	……………………………	112
吕惠卿：虫臂鼠肝	……………………………	114
范镇：同乡前辈	……………………………	117
刘攽：玩笑过招	……………………………	118
党争之端	……………………………	119
上神宗皇帝书（节选）	……………………………	121
杭州：人生福地	……………………………	122
欧阳修：衣钵传人	……………………………	127
醉翁亭记（节选）	……………………………	131
陈襄：杭州游处	……………………………	132
杨绘：诗词雅会	……………………………	133
赵抃：撰碑之邀	……………………………	135
苏颂：同宗之谊	……………………………	136

辩才：杭州再会	……………………………	138
怀琏：佛画结缘	……………………………	139
道潜：诗人之交	……………………………	140
思聪：水镜晨昏	……………………………	142
周韶：楚楚佳人	……………………………	143
诗：摇曳多情	……………………………	144
饮茶：松风阵阵	……………………………	146
苏州：美人送别	……………………………	148
滕元发：扁舟相会	……………………………	150
密州：主政一方	……………………………	152
超然台记（节选）	……………………………	157
词：另辟新格	……………………………	158
婉约词	……………………………	161
徐州：抗洪救灾	……………………………	162
李清臣：徐州快哉	……………………………	164
王巩：患难之交	……………………………	165
马盼盼：夜半歌声	……………………………	167
湖州：匆匆而别	……………………………	168
孙觉：墨妙之友	……………………………	172
文同：画中存名	……………………………	173
湖州竹派	……………………………	175
绘画：流连墨戏	……………………………	176
书法：法外之趣	……………………………	178
蔡襄：数面之交	……………………………	184
蔡京：第一之争	……………………………	185
乌台诗案	……………………………	188
王珪：词臣之妒	……………………………	189

第三部分
中年起落（1080—1093）
宋神宗元丰三年至宋哲宗元祐八年

黄州：第一次被贬	192
记承天寺夜游（节选）	201
徐大受：胜之唱词	202
继妻王闰之：恍然白头	204
侍妾朝云：半道蓁蓁	206
堂兄苏不疑：善饮能歌	211
长子苏迈：石钟探秘	213
石钟山记（节选）	217
陈慥：黄州相得	218
鲜于侁：赠画之好	221
李常：黄州两聚	222
马正卿：寒士相从	224
方士赵吉：雪堂异人	226
蒲宗孟：缺口镊子	227
王氏父子：同乡之情	229
巢谷：乡亲投奔	230
杨世昌：赤壁夜游	232
赋：赤壁追怀	233
阅读：八面受敌	236
喝酒：三杯就倒	238
游庐山：问法高僧	242
登州：五日知州	246
太皇太后高氏：青眼垂注	248
司马光：元祐宰相	252
蔡确：相处三个月	256
章惇：反目成仇	258
韩绛：优游林下	262
吕公著：渐行渐远	264
赵君锡：动辄得咎	266
贾易：胡喷乱喷	267
刘挚：蜀朔之争	269
程颐：口快之业	271
钱勰：响答诗筒	274
蒋之奇：卜居之缘	276
李鷹：无奈寒士	278
赵挺之：言语结怨	280
李德柔：能画道士	280
乔仝：不知所终	281
蹇拱辰：洗心之法	282
姚安世：李白后身	282
西园雅集	283
黄庭坚："苏黄"并称	284
张耒：淮阴之英	290
晁补之：山左才士	292
秦观：命运弄人	294
苏门四学士	299
苏小妹的故事	299
廖正一：龙团相待	300
王诜：书画之好	301
李之仪：定州相从	306
米芾：癫士不癫	308
李公麟：善画才士	312

陈师道：以道相待 …… 314	姜唐佐：海南学子 …… 373
江西诗派 …… 315	宋徽宗：又美又妒 …… 374
晏几道：拒绝交往 …… 316	北上之旅：从儋州到常州 …… 376
赵令畤：宗室才子 …… 317	佛印：金山重聚 …… 400
颍州：再续前缘 …… 318	宜兴：养老之所 …… 402
二子苏迨：颍州求雨 …… 321	郏城县：埋骨之地 …… 408
扬州：文章太守 …… 323	钱世雄：东坡临终 …… 410
定州：边境待命 …… 326	弟弟苏辙：一生相依 …… 414
吏能：敏于公务 …… 328	梁师成：冒牌儿子 …… 418
政见：民生为上 …… 330	旅行：顺便一游 …… 419
	元祐党籍碑 …… 421
	焚毁"三苏"集 …… 421

第四部分
流放岁月 （1094—1101）
宋哲宗绍圣元年至宋徽宗建中靖国元年

	美食：四方随缘 …… 422
宋哲宗：渐生怨恨 …… 334	后记 …… 446
曾布：一篇塔记 …… 338	苏东坡年表 …… 447
登罗浮：梦想飞仙而去 …… 340	参考书目 …… 450
惠州：第二次被贬 …… 342	
詹范、周彦质：相助之谊 …… 350	
程之才：从权之谊 …… 352	
儋州：第三次被贬 …… 354	
张中：闲观棋局 …… 364	
吴复古：入道奇士 …… 365	
三子苏过：岭南为伴 …… 368	
赵梦得：海上义士 …… 372	

苏东坡的社会关系

执政者
宋仁宗　宋英宗
宋神宗　太皇太后高氏
宋哲宗　宋徽宗

亲人
母亲程氏　父亲苏洵
弟弟苏辙　妻子王弗
继妻闰之　侍妾朝云

艺术同好
文同　曾巩　王诜
黄庭坚　张耒　晁补之
秦观　米芾　李公麟

编者按：

1. 本书苏东坡生卒年计算方法，采用孔凡礼所撰《苏轼年谱》（全三册）中的考证信息，即景祐三年出生，建中靖国元年去世，享年六十六岁。

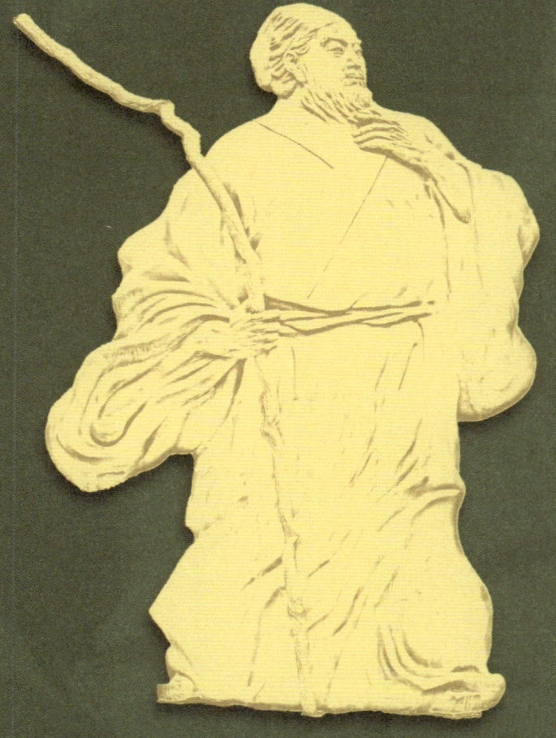

2. 本书"宋人雅事""宋代婚嫁制度""婉约词""苏东坡年表"等内容，均由本书编辑团队精心梳理、整合而成，力求为读者呈现更丰富的宋代文化图景，并方便读者全面地了解这位文学巨匠的生平与成就。希望这些内容能为您的阅读与研究提供有益参考。

景祐三年 — 四川眉州出生

至和元年 19岁 — 娶妻王弗

嘉祐二年 22岁 — 举进士乙科

嘉祐六年 26岁 — 获制科三等

嘉祐七年 27岁 — 任凤翔府签判

治平二年 30岁 — 汴京直史馆任职

熙宁元年 33岁 — 续娶王闰之为妻

熙宁三年 35岁 — 任殿试编排官

熙宁四年 36岁 — 任杭州通判

熙宁七年 39岁 — 任密州知州

熙宁十年 42岁 — 任徐州知州

元丰二年 44岁 — 任湖州知州

元丰三年 45岁 — 贬黄州

元丰七年 49岁 — 移汝州团

元丰八年 50岁

苏东坡的立体人生：北宋中期文坛盟主、书法"宋四家"之一、美食家、地方好官、水利专家、收藏家、旅游达人、良善师长、绝世好父亲、一生爱弟弟、诙谐友……

亦敌亦友
王安石　司马光
韩绛　吕公著

方外友
辩才　佛印
杨世昌

针锋相对
吕惠卿　章惇
程颐　刘挚

前辈大佬
韩琦　文彦博
张方平　欧阳修

苏东坡的
人生轨迹

苏轼：字子瞻，又字和仲，号"东坡居士"，世称苏东坡。眉州眉山（今四川眉山）人，北宋文学家、书法家、画家，历史治水名人。一生跌宕起伏，青年中举，壮年成为文坛领袖，"乌台诗案"使他经历人生的至暗时刻。平生功业，却要论黄州、惠州、儋州。

元年 京官，升任翰林学士，知制诰

登州知州

元祐四年 54岁 任杭州知州

元祐七年 57岁 自颍州知州改任扬州知州。同年回京，后出任礼部尚书

元祐八年 58岁 任定州知州

绍圣元年 59岁 贬惠州

绍圣四年 62岁 贬儋州

元符三年 65岁 渡海北归，改舒州团练副使，到英州时复官朝奉郎，提举成都玉局观

建中靖国元年 66岁 七月二十八日于常州去世

崇宁元年 葬于汝州郏城县钓台乡上瑞里

乾道六年 宋孝宗追谥"文忠"

以后　千年奇才，后世敬仰

本书内容索引

苏东坡之地理学

青春风华
　　眉山：出生之地 …………… 020
　　成都：天府中心 …………… 041
　　秦岭：三次穿越 …………… 054
　　汴京：帝都体验 …………… 056
　　　　太平兴国寺：数次暂住 … 062
　　　　金明池："西池雅聚" …… 064
　　出三峡：成为诗人的行旅 … 078
　　凤翔：初次为官 …………… 086
　　躲终南：官场总是烦恼地 … 091
　　长安：文物渊薮 …………… 096

壮年意气
　　杭州：人生福地 …………… 122
　　苏州：美人送别 …………… 148
　　密州：主政一方 …………… 152
　　徐州：抗洪救灾 …………… 162
　　湖州：匆匆而别 …………… 168

中年起落
　　黄州：第一次被贬 ………… 192
　　游庐山：问法高僧 ………… 242
　　登州：五日知州 …………… 246
　　颍州：再续前缘 …………… 318
　　扬州：文章太守 …………… 323

　　定州：边境待命 …………… 326

流放岁月
　　登罗浮：梦想飞仙而去 …… 340
　　惠州：第二次被贬 ………… 342
　　儋州：第三次被贬 ………… 354
　　北上之旅：从儋州到常州 … 376
　　合浦：短留两月 …………… 376
　　广州：团聚之地 …………… 378
　　韶州：六祖点化 …………… 380
　　大庚岭：远眺身世 ………… 383
　　虔州：等待之地 …………… 385
　　金陵：还愿之地 …………… 387
　　真州：转运枢纽 …………… 390
　　润州：金山望月 …………… 392
　　常州：弥留之际 …………… 396
　　宜兴：养老之所 …………… 402
　　郏城县：埋骨之地 ………… 408

苏东坡之交际圈

亲人
　　母亲程氏：慈母有识 ……… 025
　　父亲苏洵：严父授学 ……… 028
　　祖父苏序：乡贤终老 ……… 032
　　二伯苏涣：宦海沉浮 ……… 033

　　姐姐苏八娘：故去之悲 …… 034
　　妻子王弗：青春相知 ……… 036
　　继妻王闰之：恍然白头 …… 204
　　侍妾朝云：半道薨逝 ……… 206
　　长子苏迈：石钟探秘 ……… 213
　　二子苏迨：颍州求雨 ……… 321
　　三子苏过：岭南为伴 ……… 368
　　弟弟苏辙：一生相依 ……… 414

伙伴
　　表弟程之元：童年嬉戏 …… 038
　　同学陈太初：传说中人 …… 038
　　邻居程建用：学馆岁月 …… 039
　　堂兄苏不疑：善饮能歌 …… 211

执政者
　　宋仁宗：优容直臣 ………… 068
　　宋英宗：大用无期 ………… 100
　　宋神宗：鞭打野马 ………… 102
　　太皇太后高氏：青眼垂注 … 248
　　宋哲宗：渐生怨恨 ………… 334
　　宋徽宗：又美又妒 ………… 374

大前辈·贵人
　　张方平：提携之恩 ………… 046
　　雷简夫：推重之意 ………… 053
　　欧阳修：衣钵传人 ………… 127

大前辈·大佬
　　韩琦：持重之人 …………… 070
　　富弼：泛泛之交 …………… 074
　　文彦博：平易近人 ………… 076

大前辈·友好
　　范镇：同乡前辈 …………… 117
　　赵抃：撰碑之邀 …………… 135
　　蔡襄：数面之交 …………… 184
　　鲜于侁：赠画之好 ………… 221

大前辈·上司
- 陈希亮：打压之扰 …… 090
- 陈襄：杭州游处 …… 132
- 杨绘：诗词雅会 …… 133

小前辈·政敌
- 王安石：名士分野 …… 106
- 王珪：词臣之妒 …… 189

小前辈·友人
- 刘攽：玩笑过招 …… 118
- 滕元发：扁舟相会 …… 150
- 司马光：元祐宰相 …… 252

小前辈·疏离者
- 苏颂：同宗之谊 …… 136
- 韩绛：优游林下 …… 262
- 吕公著：渐行渐远 …… 264

同辈·友人
- 曾巩：以文会友 …… 083
- 孙觉：墨妙之友 …… 172
- 文同：画中存名 …… 173
- 陈慥：黄州相得 …… 218
- 李常：黄州两聚 …… 222
- 马正卿：寒士相从 …… 224
- 王氏父子：同乡之情 …… 229
- 巢谷：乡亲投奔 …… 230
- 钱勰：响答诗筒 …… 274
- 蒋之奇：卜居之缘 …… 276

同辈·政敌
- 吕惠卿：虫臂鼠肝 …… 114
- 蔡确：相处三个月 …… 256
- 章惇：反目成仇 …… 258
- 赵君锡：动辄得咎 …… 266
- 贾易：胡喷乱喷 …… 267
- 曾布：一篇塔记 …… 338

同辈·疏远者
- 李清臣：徐州快哉 …… 164
- 蒲宗孟：缺口镊子 …… 227
- 刘挚：蜀朔之争 …… 269
- 程颐：口快之业 …… 271
- 晏几道：拒绝交往 …… 316

同辈·周旋者
- 徐大受：胜之唱词 …… 202
- 詹范、周彦质：相助之谊 …… 350
- 程之才：从权之谊 …… 352
- 张中：闲观棋局 …… 364

方外友
- 惟简：成都宗亲 …… 045
- 辩才：杭州再会 …… 138
- 怀琏：佛画结缘 …… 139
- 道潜：诗人之交 …… 140
- 思聪：水镜晨昏 …… 142
- 方士赵吉：雪堂异人 …… 226
- 杨世昌：赤壁夜游 …… 232
- 李德柔：能画道士 …… 280
- 乔仝：不知所终 …… 281
- 蹇拱辰：洗心之法 …… 282
- 姚安世：李白后身 …… 282
- 吴复古：入道奇士 …… 365
- 佛印：金山重聚 …… 400

乐人
- 周韶：楚楚佳人 …… 143
- 马盼盼：夜半歌声 …… 167

小辈·友人
- 王巩：患难之交 …… 165
- 李廌：无奈寒士 …… 278
- 黄庭坚："苏黄"并称 …… 284
- 张耒：淮阴之英 …… 290
- 晁补之：山左才士 …… 292
- 秦观：命运弄人 …… 294
- 廖正一：龙团相待 …… 300
- 王诜：书画之好 …… 301
- 李之仪：定州相从 …… 306
- 米芾：癫士不癫 …… 308
- 李公麟：善画才士 …… 312
- 陈师道：以道相待 …… 314
- 赵令畤：宗室才子 …… 317
- 赵梦得：海上义士 …… 372
- 钱世雄：东坡临终 …… 410

小辈·政敌
- 蔡京：第一之争 …… 185
- 赵挺之：言语结怨 …… 280

小小辈
- 姜唐佐：海南学子 …… 373
- 梁师成：冒牌儿子 …… 418

苏东坡之技能树
- 文章：行云流水 …… 082
- 学术：苏王竞争 …… 112
- 诗：摇曳多情 …… 144
- 词：另辟新格 …… 158
- 书法：法外之趣 …… 178
- 赋：赤壁追怀 …… 233
- 吏能：敏于公务 …… 328
- 政见：民生为上 …… 330

苏东坡之生活流
- 造园：动手动笔 …… 094
- 收藏：寓意于物 …… 097
- 饮茶：松风阵阵 …… 146
- 绘画：流连墨戏 …… 176
- 阅读：八面受敌 …… 236
- 喝酒：三杯就倒 …… 238
- 旅行：顺便一游 …… 419
- 美食：四方随缘 …… 422
- 口味：甘甜为尚 …… 422
- 川饭：主食加肉 …… 424
- 蔬菜：竹笋当先 …… 429
- 馒头：皮有厚薄 …… 433
- 鱼鲜：操匕煮羹 …… 434
- 海鲜：生蚝至味 …… 437
- 肉食：花红如肉 …… 439
- 水果：荔枝高绝 …… 441

青春风华

第一部分

宋仁宗景祐三年至嘉祐六年

1036-1061

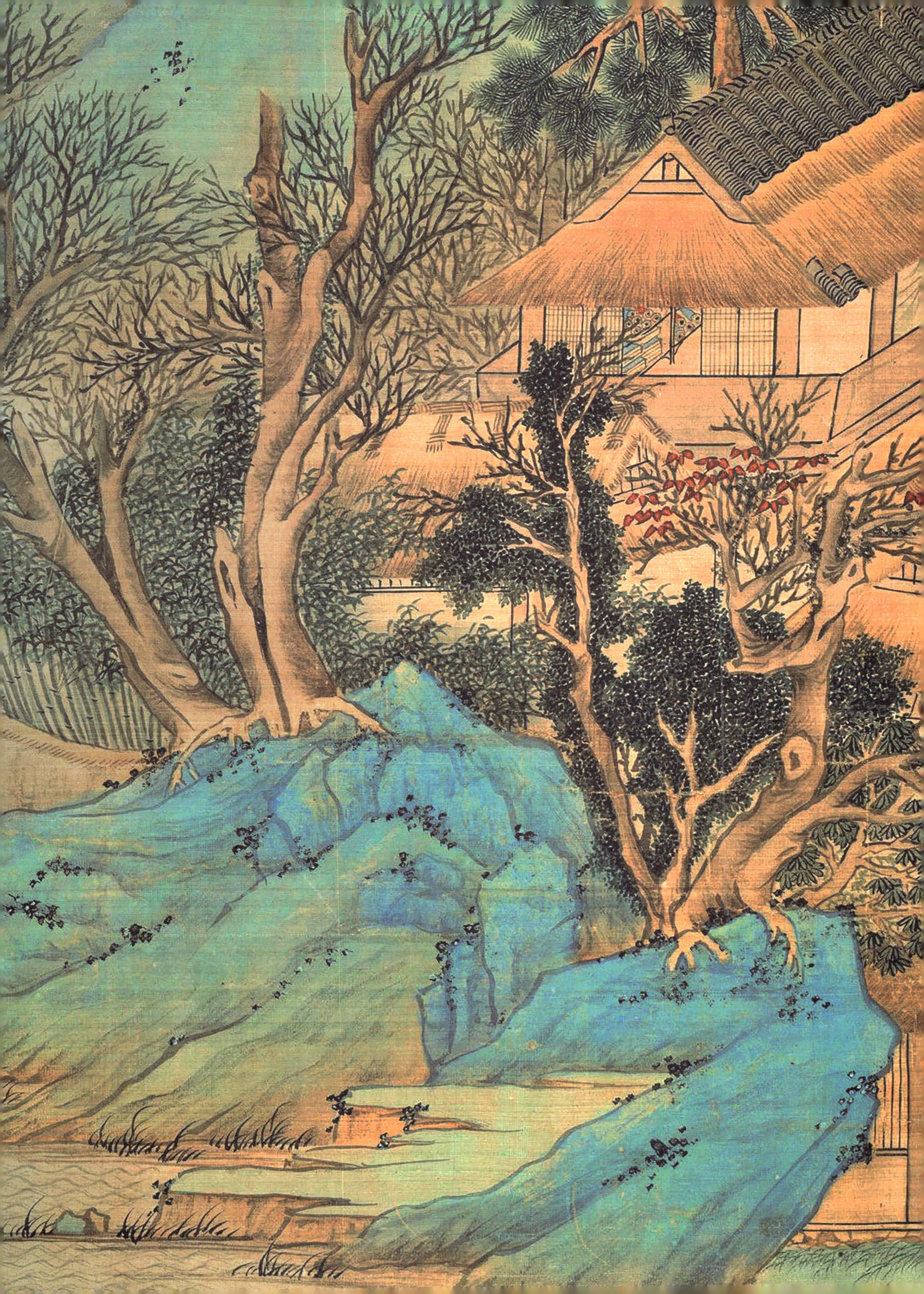

眉山：出生之地

苏东坡于宋仁宗景祐三年（1036）十二月十九日生于眉山，这里是眉州州府所在地。在宋朝管辖的州府中，眉州的人口数量、经济规模虽然远比不上苏州、杭州、益州（治所在今四川成都）等，可在全国各州中也属中上等水平，按照当代的说法，可以说苏东坡是出生在一个经济相对发达的地级市。

北宋时，眉州下辖眉山、彭山、丹棱、青神四个县，州府位于眉山县。眉山位于岷江边，有两三万人口。早在唐末，眉州刺史山行章汇集眉山、彭山、丹棱、青神、南安五县财力重修眉山的城墙，修成后的城墙高大坚固，使眉山有"卧牛城"之称。再到后来，人们在城墙上遍植芙蓉树，花开时灿若锦绣，故眉山又名"芙蓉城"。这大概是模仿成都，因五代后蜀的君主孟昶喜欢芙蓉花，便下令在都城成都的城墙上遍种芙蓉花，每到秋天，城墙花团锦簇，花香弥漫。

从眉山到蜀地的经济文化中心成都，既可经彭山北上走陆路，也可溯岷江走水路，在彭山境内转入锦江，两三天即可抵达。所以眉山与成都的经济、文化交流比较紧密，是蜀地文教相对发达的县城。

青春风华（1036—1061）

景苏楼　远景楼　江乡馆

自宋太宗时起，眉州先后有田锡、朱台符、程察、石待问、朱公佐、朱昌符、常九思、孙堪、谢行等人考中进士，是蜀地有名的科举之乡，富庶人家都比较支持子弟读书。其中藏书众多的孙家、石家两大家族尤其著名，孙家先后出了孙堪、孙抃等进士，石家先后出了石待问、石待举、石洵直、石扬休等多位进士。

苏家在乡下有祖宅和田地，少年苏东坡既有县城生活的经历，也时常到乡村和祖父一同生活，在周围游玩。苏家在乡下的田地主要种植粮食、蔓菁，还养了很多羊，苏东坡喜欢骑在牛背上读书，也曾赶着上百头羊去放羊，饿了就煮蔓菁根茎充饥。后来他曾回忆自己小时候的生活情景："我昔在田间，寒庖有珍烹。常支折脚鼎，自煮花蔓菁。"

宋　李公麟（传）　蜀川图（局部）

回不去的故乡

古时正月初七为"人日",眉山人讲究在这天外出踏青。县城南城墙外水网密集,春天花红柳绿,许多民众都会到东郊赏花,乘船渡过玻璃江到蟆颐山登高。蟆颐山位于玻璃江东七里,像蛤蟆面,故得名。山上有尔朱洞丹泉,传说是轩辕氏的丹室,山腰有龙洞,相传有四目老翁住在洞内,唐末杨太虚得道于此。苏东坡曾多次跟随亲友到这些地方游玩。

眉山有热闹的蚕市,苏东坡的弟弟苏辙在《记岁首乡俗寄子瞻二首·蚕市》中回忆,每当蚕市时,"空巷无人斗容冶,六亲相见争邀迎。酒肴劝属坊市满,鼓笛繁乱倡优狞"。他们的母亲程夫人经营丝帛,时常到蚕市上购物,苏东坡这样天性开朗的小孩,当然也会呼朋唤友前去游玩了。

考中进士以后,苏东坡、苏辙兄弟为了安葬母亲、父亲,两次回乡。宋神宗熙宁元年(1068),他们两兄弟离开眉山,从此再也没有回去。

明 仇英 蜀川佳丽图(局部)

不过，故土难舍，在眉山、青神和成都，还居住着苏东坡的一些亲戚朋友，如二伯父苏涣的三个儿子苏不欺、苏不疑、苏不危，王闰之的弟弟王箴，苏东坡的宗兄苏惟简等人。故乡的消息不时传到苏东坡耳边，勾起他的思乡之情。在眉山，最让苏东坡牵挂的是家坟的状况。他把母亲、父亲、妻子安葬在蟆颐山以东二十余里的老翁泉，坟地周围的松树林，常出现在苏东坡的梦里。他先后托堂兄苏不疑、同乡杨济甫等人代为照看家坟，以免遭樵夫或牧羊人破坏。

元祐七年（1092），时任颍州（今安徽阜阳）知州的苏东坡厌倦了官场的争斗、约束，一度想上表请求去扬州当知州，然后以年老病弱为由上书请求致仕，从荆州、梓州（今四川三台）溯流归乡，回眉山筑室种果，等待弟弟苏辙年老归来。可是他知道弟弟还有雄心壮志，恐怕也不会赞同自己致仕，心中怅然，难以痛下决心。

元祐八年（1093），在京城担任礼部尚书的苏东坡对朝中的纷纷扰扰感到厌倦，时常想念家乡。一天他接待高丽的使者时，听说他们在汴京（今河南开封）游览时，会让人把京城的一些景点画成画带回去欣赏，于是苏东坡想起了成都的碧鸡坊、眉山的老家、宜兴的田舍。在《次韵蒋颖叔二首·凝祥池》中，他想象把自己家乡的美景画成画送给高丽使者：

> 似知金马客，时梦碧鸡坊。冰雪消残腊，烟波写故乡。
> 鸣鸾自容与，立马久回翔。乞与三韩使，新图到乐浪。

这一时期，家人的病逝、谏官的弹劾让苏东坡更加厌倦官场。一日早朝之前，他闭目假寐，梦见自己回到了眉山纱縠行的旧宅，在菜园中走了一圈，便去幼年读书的南轩中端坐。他还梦见田庄的人正在运土填埋小池塘，有人从土中挖出两块芦菔根吃，于是他拿起笔写了一篇文章，有"坐于南轩，对修竹数百，野鸟数千"几句。梦醒之后，他感到十分惘然。

对他来说，关于故乡的回忆，有童年的天真烂漫，庭院的嬉戏乐趣。可惜，他离别故土，四处为官，三次被贬，最终也没能回到故土。

青春风华（1036—1061）

宋　佚名　女孝经图（局部）

母亲程氏：慈母有识

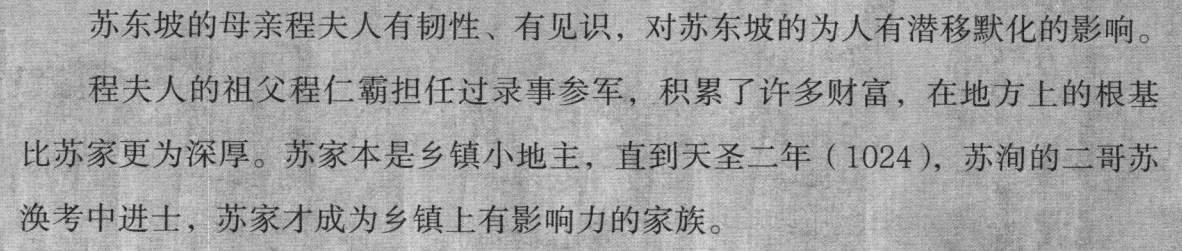

苏东坡的母亲程夫人有韧性、有见识，对苏东坡的为人有潜移默化的影响。

程夫人的祖父程仁霸担任过录事参军，积累了许多财富，在地方上的根基比苏家更为深厚。苏家本是乡镇小地主，直到天圣二年（1024），苏洵的二哥苏涣考中进士，苏家才成为乡镇上有影响力的家族。

天圣五年（1027），十九岁的苏洵娶了十八岁的程氏。刚好程夫人的哥哥程濬几个月前考中进士第五甲，苏家、程家都出了进士，彼此又结成姻亲，自然备受外人羡慕。

苏洵少年时有点儿贪玩，喜欢结交朋友。天圣四年（1026），他参加眉州的解试，没有考中，此后无心向学，四处游历。明道元年（1032），父亲年事已高，母亲史氏病故，一年后，二十五岁的苏洵感受到生活的压力和责任，决心改变自己闲散的生活习惯，认真读书，通过科举有所作为。苏洵和程夫人商量，说自己有心向学，但是家里生计还需要自己支撑，有些左右为难。程夫人明理而有担当，非常支持丈夫专心读书，她愿一力操持家庭财务的事情。程夫人敏锐干练，立即把陪嫁的服饰玩物卖掉，作为经营资本，做起纺织丝绸相关的生意，家里有了种田之外的其他收入，也有了钱财支持丈夫安心攻读。

程夫人为了方便做纱线、丝绸生意，在县城里纺纱、丝绢作坊和商铺集中的纱縠行租了一处院子，既可以住人，也有房间用来纺纱、储存货物。苏东坡常往来于乡下祖宅和县城纱縠行这两处居所，是个活泼、爱玩儿的小孩。苏家在纱縠行的宅邸占地五亩，南轩前面有个小水池，周围栽种了松树、竹子、柏树和各种花卉，还有鸟雀在树上筑巢生活。程夫人信佛，严禁两个儿子取蛋掏鸟。一些鸟会把巢安在低处的树枝上，苏东坡和弟弟经常拿食物喂它们，还能听到幼鸟的动静。

庆历五年（1045），苏洵和同乡友人史经臣一起去长安、汴京等地游学，准备参加次年在汴京举行的"茂才异等"恩科考试。因丈夫外出，程夫人便亲自指点年幼的苏东坡、苏辙读书。

苏东坡兄弟读书有什么疑问，程夫人都能扼要指点，还一再告诫他们读书不是为了以博闻自夸，而是要学习古人的道德气节。一天，程夫人教兄弟二人读《后汉书·范滂传》：范滂是东汉末期以清廉、忠直著称的官员，当时汉灵帝刘宏年幼，宦官集团与士大夫集团斗争激烈，范滂被诬陷结党营私。建宁二

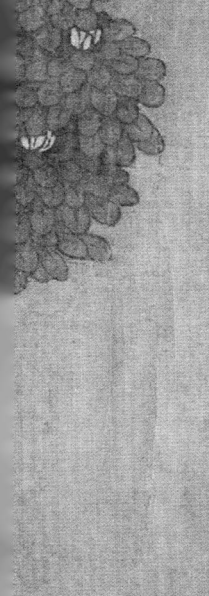

年（169），朝廷追究"党人"罪责，为了平息灾祸，年仅三十三岁的范滂主动去县府投案。受刑之前，范滂的母亲前来诀别，范滂对母亲说："以后要靠家中兄弟孝敬母亲，我即将命归黄泉，希望母亲大人忘掉养育我的恩情，不要悲伤。"范滂母亲说："你现在能够与名士李膺、杜密齐名，死了又有什么遗憾！既有了好名声，又想要长寿，哪里能兼得呢！"范滂跪下接受母亲的教诲，叩头两次和母亲告别，随后安然赴死，成了众人传颂的义士。

讲完这则故事，程夫人放下书慨然叹息。少年苏东坡追慕古人的英烈，就问母亲："如果我将来成了范滂这样的人，母亲也同意我这样做吗？"程夫人说："你能成为范滂，我难道就不能成为范滂的母亲吗？"于是，苏东坡发誓说自己将来也要为国奋进，程夫人说："我很高兴有你这样的儿子！"

嘉祐元年（1056），父子三人告别程夫人去汴京科考。嘉祐二年（1057），苏东坡、苏辙考中进士。兄弟二人一边等待朝廷分配官职，一边接触士林名人和新认识的同年进士。五月初，父子三人接到眉州口信，程夫人已于四月病逝，考中进士的喜悦持续还不到两个月，父子三人瞬间体会到"祸福无

常"。他们来不及与友人告别，便匆忙返回家乡。六月回到眉州，目之所及，尽是荒凉：家中的篱笆破了，房屋也漏雨，程夫人的灵位供奉在破败的空屋里。苏东坡兄弟进屋大哭一场，十分悲戚。按照当时的通信速度，兄弟二人考中进士的好消息可能还没传到家乡，程夫人就已经离世了。

或许是因为眉山县城西侧的苏家祖坟地方狭小，抑或是出于风水的考虑，苏洵在县城东北部的武阳县安镇乡可龙里的老翁泉边新找了一处地方作为妻子的墓地，吊祭之后，十一月安葬了程夫人。苏洵还让人在妻子的墓室旁留出一块地方，决定自己离世之后埋葬在边上。这个地方之所以叫"老翁泉"，是因为传说以前来这里取水的乡民经常看见有位苍颜白发的老翁在井边或坐或卧，可走近时却发现并没有人，老翁好像一下子消失在井中似的，当地人就把这里叫作"老翁泉""老翁井"，井后的山也便成了"老翁山"。苏家买下了老翁泉附近的土地，苏东坡和苏辙在坟墓周围种了许多松树，以寄托对母亲的哀思。

青春风华（1036—1061）

父亲苏洵：严父授学

如果没有苏东坡、苏辙两个儿子考中进士、制科，成为士林名人，苏洵或许仅仅是眉山的"地方名人"。苏洵中年之前，是眉州有名的科考失败者。年轻时，苏洵三次到汴京，分别参加了一次省试和两次"茂才异等"恩科考试，都没能考中。几次科举失败，苏洵反躬自省，把几百篇旧作烧了个干净，专心在家研读经史，发誓在得出自己的体悟前，不写任何文章。他从头再读《论语》《孟子》《史记》《汉书》等经典著作、《韩愈文集》等诗书文章，以及孙膑、吴起的兵书，每日端坐书斋，揣摩体会古人作文、论辩的方法，苦读六七年，渐渐在文章中形成了自己的见识和风格。

作为父亲，苏洵对孩子们有很高的期望。庆历七年（1047），苏洵开始在家守父孝，在此期间用心督导苏东坡、苏辙学习，对两个儿子的日常生活严格管理：不许他们经常外出，和朋友嬉戏；每天规定他们诵读、抄写《春秋》等经书的若干段落，并按时检查背诵、抄写进度；指点他们如何读书撰文，

宋　刘松年（传）　山馆读书图（局部）

并敦促他们学习时文。苏洵还经常教导苏东坡、苏辙如何读史，比如读《史记》《汉书》时，关注对某一主题如官制、战争的先后记述，了解政事背景的差别、叙述文字的次第等。

苏洵还指点苏东坡、苏辙兄弟阅读《文选》中的诗赋，从中学习科考写作的技巧；让他们尝试写论、铭、赋等各种类别的文章，并一一指点哪里写得好或不好。两兄弟显露出作文的资质，苏东坡所撰《却鼠刀铭》、苏辙所撰《缸砚赋》各有其趣味。

在一天天的教学中，苏东坡和苏辙的作文、为学思想深受父亲的影响，"以古今成败得失为议论之要"，他们熟稔史书、典故、前人传记，常常诵读西汉的贾谊、唐代的陆贽等人的文章。他们还经常结合时事谈论史实，有一次父子三人读到富弼的《使北语录》，书中记载当年辽国君主想与大宋开战，出使的富弼劝他说：臣子想让君主打仗，是为了自己的利益，因为打赢了，各部将领就能抢掠到财富，能靠立功升官授爵，而君主所得很有限，还要承担战争的耗费，不如与大宋保持和平，君主还能直接得到"岁币"，更何况辽国也未必就能打败大宋。富弼靠这番话化解了边境危机，立下大功。苏洵父子都赞叹富弼的外交语言平易且直击关键。苏洵随即问儿子古人有没有类似的说法，苏东坡说西汉的严安曾上书汉武帝，指出在西南、北方边境开战是"此人臣之利，非天下之长策也"，意思相近。这样的讨论让苏东坡对古今史事的要领、言说论辩的技巧渐渐有了深刻见解，对他今后科考写"论""时务策"大有好处。

苏洵兴趣广泛，又有南北游历的经验，平时带回不少书画、文房玩物。在他的影响下，苏东坡也培养了很多爱好，如钟爱收藏，喜欢模仿父亲的藏画作画，也能弹弄家藏的唐代古琴，对院中摆着的三座木假山也能欣赏其中妙处。

父母之爱子，则为之计深远。为了儿子的前途，不善于求人的苏洵主动写信，请求益州知州张方平保举苏东坡、苏辙两人参加开封府解试。之所以要写这封"跨学区考试"请求信，是因为开封府考中的概率比眉州高。

嘉祐元年（1056）年初，苏洵厚着脸皮写了《上张侍郎第一书》求助："洵有二子轼、辙，龆龀授经，不知他习，进趋拜跪，仪状甚野，而独于文字中有可观者。始学……若有所相。年少狂勇，未尝更变，以为天子之爵禄可以攫取。闻京师多贤士大夫，欲往从

青春风华（1036—1061）

之游，因以举进士。"之后他就带着两个儿子去成都拜访张方平，后者亲自考察后，出具了保举他们参加开封府解试的文书，这才有了之后他们父子三人一起进京城的故事。苏洵的文章得到欧阳修的推重而闻名京师，苏东坡、苏辙则成功考中进士，"老苏""大苏""小苏"名震一时。

苏洵、苏东坡、苏辙为程夫人守孝期满，嘉祐五年（1060）回到汴京。苏洵得到翰林学士欧阳修、益州路转运使赵抃的举荐，通过两制核查后，被任命为从九品的秘书省试校书郎，也就是试用官员，每月有六七贯俸禄。次年，朝廷命欧阳修主持编纂记录大宋开国以来礼仪制度沿革情况的文献集《太常因革礼》，在欧阳修的运作下，朝廷任命苏洵担任从八品的霸州文安县主簿。紧接着，欧阳修上奏，调苏洵和陈州项城县县令姚辟到汴京，协助太常寺编修《太常因革礼》。此后，苏洵一直留在汴京编修此书，以及协助翰林学士范镇、龙图阁直学士周沆编纂《六家谥法》等礼仪文献著作。

苏洵在汴京为官五年多，治平三年（1066）春末不幸生病，四月二十五日故去，时年五十八岁。作为一介文人和小官，苏洵给两个儿子留下的遗产包括房产南园、书稿若干、藏书若干和藏画一百余幅。病逝前，他叮嘱苏东坡把自己未完成的《易传》继续写完。他还记挂自己十二年前逝世的姑姑杜氏没有按正式礼节安葬，让苏东坡一定要代自己完成此事，还叮嘱苏东坡有机会要照顾大伯父苏澹的后人。

欧阳修听闻噩耗，在《苏主簿挽歌》中感叹苏洵至死都没有得到君主的重用：

布衣驰誉入京都，丹旐俄惊反旧闾。
诸老谁能先贾谊，君王犹未识相如。

宋人雅事

史学大师陈寅恪曾言:"华夏民族之文化,历数千载之演进,造极于赵宋之世。"宋代是中国古代文明的高峰,甚至被西方誉为"东方的文艺复兴",宋人吴自牧在其笔记《梦粱录》中记载:"烧香点茶,挂画插花,四般闲事,不宜累家。"点出了宋代文人雅致生活的"四艺":点茶、焚香、插花、挂画。

青春风华(1036—1061)

点茶
味觉之美:将茶压碾成粉末后放入茶盏中,注水后用力搅拌使茶水混合成乳状再饮用。

挂画
视觉之美:宋代文人宴客雅集时,常常会取出自己所作或所收藏的字画,与友人共同鉴赏品评。挂画活动在书房、雅集、茶室等场所均可进行。

焚香
嗅觉之美:宋人在家居、宴客、读书时,常点燃香料,营造雅致氛围。

插花
触觉之美:插花不仅流行于宫廷与贵族家庭,还深入到寻常百姓家。

宋 佚名 博古图(局部)

祖父苏序：乡贤终老

在眉山，苏家是一个宗枝繁盛的大家族，传说他们的祖先是西周周公时代的司寇苏忿生，眉山苏氏宗族由唐代赵郡栾城人苏味道一支繁衍而来。苏东坡的曾祖父苏杲靠做生意薄有积蓄，积累了近两顷田地，住在县城几十里外的一处乡镇。

苏杲的儿子，也就是苏东坡的祖父苏序，是粗通文墨的乡镇文人，娶了当地另一大族史家的女儿史氏为妻，两人有苏澹、苏涣、苏洵三个儿子，还有两个女儿。在眉山，苏家是乡镇中的富足人家，苏序的两个女儿也嫁给了同县有影响力的家族，一个嫁给了杜垂裕，另一个嫁给了石扬言。石扬言的堂弟石扬休在大中祥符五年（1012）考中进士，年仅十八岁，轰动整个县城，带动同乡都开始重视对子弟的教育。

苏序有感于苏家世代务农而家族名声不显，便让聪敏的二儿子苏涣、三儿子苏洵去县城读书，希望他们能通过科举有所作为。苏涣于天圣二年（1024）考中进士，成了苏家第一个进士。苏涣为官后，因恩荫制度，苏序也可以穿官服、戴官帽，苏涣从京城给他寄来官服、官帽、手笏、交椅等时，苏序正在一家酒馆喝得大醉。苏序取来封诰读完，把儿子寄来的东西都收入一个大布囊，把剩余的牛肉包好放在另一个布囊中，让童仆担着带回家，自己则骑着驴子入城拜会亲友。乡邻见到苏序对此事并不在乎，感到奇怪，都笑话他。可见苏东坡的祖父也是个有个性的人，并不喜欢炫耀。

苏东坡童年时经常听祖父苏序讲故事。庆历七年（1047），苏东坡十二岁时，七十五岁的苏序在家中去世。

二伯苏涣：官海沉浮

苏序故去后，苏涣带着二子苏不疑从汴京赶回来办理丧事和守孝。十二岁的苏东坡、九岁的苏辙第一次见到二伯父。

苏涣考中进士后入仕。当时的制度规定，进士前几名会被授予审官院考核、选任的"京朝官"，有机会迅速升为七品以上的中级官员。而绝大部分进士则成为"选人"，被授予"流内铨"考核的低层文官职务，如县府的主簿、县尉，州府的判官、参军等僚佐官职，或负责税收、库藏、杂作、专卖事务的"监当"小官。"选人"数量众多，要按照吏部的资格排序逐步升迁，大多只能长期担任八九品的低级官职，如果想升为"京朝官"，必须在地方任满三任（九年），没有重大错失，考试合格，且有五名中高级官员出具"改官状"（举状），才能到吏部按资格排队。因为"举主"对被荐人往后的行为要负一定的连带责任，所以"选人"想要获得"改官状"并不容易，每年能从"选人"改为"京朝官"的人，多时不过百余名。因此，绝大多数"选人"一辈子都只能在地方当低级官员。苏涣属于"选人"中表现突出者，他苦熬多年，终于通过考核、举荐，成为京官，进而成为挂名的朝官，在景祐元年（1034）任开封士曹，庆历七年（1047）在朝中担任监裁造院，皇祐二年（1050）之后，又担任了几年开封府祥符县知县，但也仅是正六品的"朝奉郎"而已，长期在地方奔波，未能在朝中衙门担任要职。

苏涣是苏家的第一位进士，其儿女都脱离了务农生活，两个儿子苏不欺、苏不疑后来分别担任监成都粮料、通判嘉州等官职，长女、二女分别嫁给进士杨荐、王东美，三女嫁给遂州节度推官任更，四女嫁给宣德郎柳子文。作为家族中第一个走出眉山为官之人，苏涣也对家族中的人多有帮助，他的大哥苏澹在景祐四年（1037）逝世，为帮助大哥的后人，他把苏澹的长子苏位带到汴京，苏位一家从此定居在汴京，有一处小房子可以收取租金，维持生活。苏澹的二子苏佾仍然留在眉山。

嘉祐五年（1060），苏东坡、苏辙为母亲守孝期满，到汴京负责铨选低级文官的衙门"流内铨"报到，等待朝廷任命官职。他们向在京城闲居、等待调职的伯父苏涣打听当官行政的方略，苏涣对苏东坡说："就像你写《刑赏忠厚之至论》一样。"

苏东坡感到不解："写文章我擅长，但并没有学习过如何处理行政事务，这可怎么办？"

苏涣解释说："你在考场上拿到考题时，要先考虑论证主题、段落前后关系等等，有了通盘考虑才敢下笔，这样写出的文章才好。行政也是如此，有事情发生了，没有掌握全盘情况就不要急着处理，先弄清楚来龙去脉，才不会出错。"这话算是让苏东坡对为官判案有了点儿领悟。

随后苏东坡得到举荐备考制科，而苏涣等到嘉祐六年（1061）才被任命为提点利州路（辖今陕西汉中、四川广元等地）刑狱，他离开汴京时，苏东坡和苏辙一路送到西郊。不料，这是他们最后一次见面。次年八月，苏涣在任上突然病逝，终年六十二岁。

青春风华（1036—1061）

姐姐苏八娘：故去之悲

苏东坡出生时，家中有八岁的二姐、七岁的哥哥，还有大他一岁的三姐苏八娘。母亲程夫人忙于打理生意，找了一名本地妇女任采莲给苏八娘和苏东坡当乳母，帮忙抚育孩子。

那个时代幼童夭折的现象极为普遍，哥哥九岁病故时，三岁的苏东坡还懵懵懂懂。到庆历六年（1046）二姐早逝，庆历七年（1047）祖父故去，少年苏东坡一再感受到家人离去的悲哀。从此，家中就剩下比自己大一岁的姐姐苏八娘、小三岁的弟弟苏辙与苏东坡为伴。苏八娘聪慧乖巧，会识字，能作文，与两个弟弟从小关系亲近。

皇祐二年（1050），苏洵夫妇把十六岁的苏八娘嫁给程濬的长子程之才，可谓亲上加亲。到了程家之后，苏八娘却感到很悲苦。程濬虽然也是进士、官员，但为人骄横霸道，好色嗜赌，家中乱七八糟的事情很多。苏八娘在程家委曲求全，却还是遭到姑婆、丈夫的虐待，常常偷偷落泪。

皇祐四年（1052）夏，苏八娘生下一个孩子后不久便生了病，程家竟然没有派人悉心照顾她，丈夫程之才也对她不闻不问。程夫人担忧女儿的安危，让苏洵到程家探望，苏洵却见到程濬正带着侍妾在赌博。程濬端坐在客厅责怪苏洵多事，说苏八娘生病是因为招惹了神怪，要叫神婆来降神驱鬼。苏洵坚持要接女儿回家养病，与程濬起了争执。程濬讽刺苏洵学业不纯，考不上进士，程濬的侍妾也耍无赖，要苏八娘走之前先把他们家的衣服脱下来。两家大吵一场，苏洵总算把女儿和婴儿接回了家。苏八娘在家中养病十多日，气色渐渐好转，可是程家又来争抢婴儿，大吵大闹，苏八娘又惊又气，几天后就病逝了，年仅十八岁。

这件事在乡镇中闹得沸沸扬扬，苏洵心中又悲又怒，与程家断绝了来往。程夫人心中更是悲伤无奈，一边是受屈病逝的女儿，一边是兄长一家，她有苦说不出，只能自己默默承受。

苏洵对女儿的死一直耿耿于怀，对程濬一家十分厌恶，但程家人多势众，又是自己妻子的母族，他也不好把此事闹大，只能自怨自艾，几次在诗文中不指名地对程濬口诛笔伐，罗列其种种恶行。他在《苏氏族谱亭记》里批判本地一些人，"其舆马赫奕、婢妾靓丽，足以荡惑里巷之小人；其官爵货力，足以摇动府县；其矫诈修饰言语，足以欺罔君子；是州里之大盗也"，显然是针对程濬，指责他带坏了乡家的道德风气。后来，苏洵还在诗中怀念女儿，责怪自己当初选错了亲家，又没有考中进士，无法保护女儿，替女儿申冤。苏洵后来想去京城求官并搬离眉山，无疑与爱女无奈故去，自己也受到程濬的辱骂有关。

宋代婚嫁制度

佚名 盥手观花图（局部）

宋代"婚姻法"

1. 婚嫁须遵循古礼，父母之命，媒妁之言。
2. 男15岁、女13岁即可结婚。
3. 媒人与主婚人必不可少。
4. 婚书是夫妻关系及婚姻财产关系的证明文件，聘礼是订婚的重要条件。
5. 同姓及近亲之间不得通婚，严禁重婚、强娶。
6. 可以和离。
7. 女方嫁妆是私人财产，和离时可以带走，且婚内嫁妆收益归女方所有。

宋代的结婚流程：

在继承古代婚礼"六礼"的基础上，逐渐简化并形成了较为固定的"三礼"或"四礼"程序。

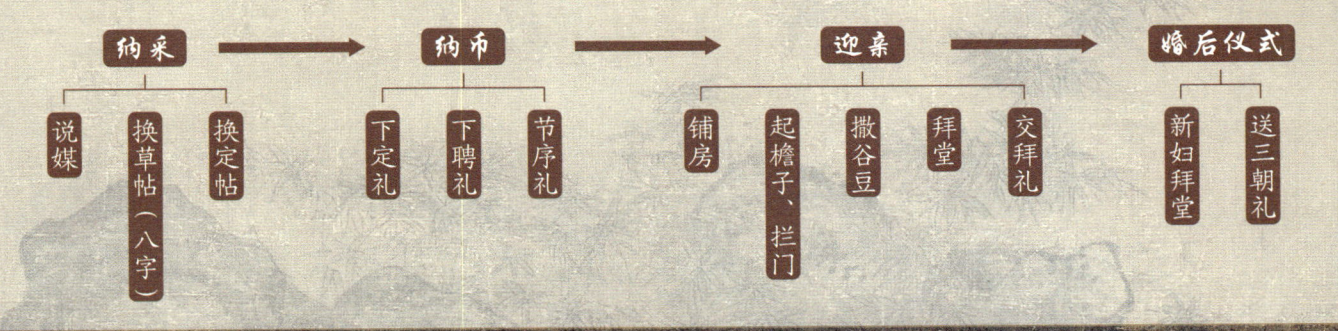

纳采 → **纳币** → **迎亲** → **婚后仪式**

- 纳采：说媒、换草帖、换定帖（八字）
- 纳币：下定礼、下聘礼、节序礼
- 迎亲：铺房、起檐子·拦门、撒谷豆、拜堂、交拜礼
- 婚后仪式：新妇拜堂、送三朝礼

妻子王弗：青春相知

姐姐苏八娘因为婚姻不幸含恨故去的那一幕，以及听闻的那些吵嚷的场面和背后的议论，让十七岁的苏东坡觉得命运多舛，科考、婚姻似乎都没了意义，加上苏东坡自小就在道观学习，一度沉迷于道家养生、成仙的故事，所以他不愿意成婚，觉得还不如隐居深山、出家修道。父亲、堂兄劝他打消这个念头，为拴住他的心神，苏洵决定尽快给他娶妻。因为苏八娘的遭遇，苏洵觉得本县的大族家风堪忧，便去打听外县门户尚可、家庭关系简单而又为人诚朴的家族，为苏东坡订下了青神县举子王方的女儿王弗这门亲事。

至和元年（1054），两人结婚，时年苏东坡十九岁，王弗十六岁。王弗嫁入苏家以后，悉心侍奉公婆、照顾丈夫读书。苏东坡读书时，她在旁边端茶送水；苏东坡背书时偶尔忘了字句，她会出言提醒。苏东坡这才知道王弗也通晓诗书，问其他书里的问题，她也能答上来，顿时让苏东坡对她刮目相看。王弗生性内向，勤勉谨慎，可谓苏东坡的贤内助。

青神离眉山不远，苏东坡常和妻子王弗一起回去探亲，在瑞草桥一带欣赏溪流、草木，和两三好友吃着瓜子、炒豆等小吃闲聊。那些安静优美的景象给苏东坡留下了深刻印象，后来他常常在书简和诗文中提及。

苏东坡为母亲守孝期满后，带着妻子王弗、长子苏迈一起离开故乡，从此开始宦游各地。在凤翔为官时，苏东坡与知府陈希亮一度关系紧张，王弗十分担心，她深知苏东坡性格直率、感情外露，爱结交各路朋友，说话口无遮拦，容易被人抓住把柄或传扬是非，经常劝说丈夫要谨言慎行，以苏洵当年在《名二子说》中的教导为戒条。苏东坡与来人交谈时，王弗常常在屏风后旁听，有一回她等客人走后劝告苏东坡："刚才那人说话模模糊糊，打探你的口风，见你喜欢什么，就顺着那方面说话，你何必与这样的人多费口舌！"还有人竭力与苏东坡结交，很快表现出亲密无间的样子，王弗就劝他说："这样的关系不能持久，因为按照常理，人与人交往应循序渐进，来往久了才会彼此信任和亲密，那些很快就与你亲密的人，将来所求未果，也会很快离开你。"后来事实证明果然如此。但苏东坡生性外向热情，每次妻子劝说完，他最多遵行十多天，随后就又忘到脑后去了。

治平二年（1065），苏东坡带着家人从凤翔回到汴京。不久后，王弗患病，于五月二十八日去世，终年二十七岁。苏东坡与妻子一起生活了十一年，彼此相知甚深，他心中十分悲戚。因为距离家乡太远，他只能先

把妻子的棺木放置在京城西部的一处地方，第二年才运回家乡，安葬在父母坟墓边上。

往后的岁月里，苏东坡不时想起亡妻。熙宁八年（1075）正月二十日夜，他梦见已故的妻子王弗，醒来后回忆起与她在眉山老家的生活场景，联想到如今她埋在父母坟墓之侧，只与自己栽种的那些青松相伴，如果两人见面，她或许已经认不出鬓角发白、满面风尘的自己了，于是写了一首感人的《江城子》记述这段情思：

青春风华（1036—1061）

十年生死两茫茫，不思量，自难忘。千里孤坟，无处话凄凉。纵使相逢应不识，尘满面，鬓如霜。夜来幽梦忽还乡，小轩窗，正梳妆。相顾无言，惟有泪千行。料得年年肠断处，明月夜，短松冈。

元丰七年（1084），苏东坡从黄州北上，年底在泗州（今江苏盱眙东北）遇见眉山老乡刘仲达。苏东坡十七岁在眉山时就与他相识，而此时苏东坡是四十九岁的贬谪之人，刘仲达也在异地谋生，两人不免感慨万千。除夕当日，两人一起游览南山，谈起熟识的故人旧事，苏东坡不由得想起家乡，想起父母和亡妻王弗坟墓周围的松林，于是写了《满庭芳》，记述自己此时此地的黯然心情：

三十三年，漂流江海，万里烟浪云帆。故人惊怪，憔悴老青衫。我自疏狂异趣，君何事、奔走尘凡。流年尽，穷途坐守，船尾冻相衔。

巉巉。淮浦外，层楼翠壁，古寺空岩。步携手林间，笑挽扦扦。莫上孤峰尽处，萦望眼、云海相换。家何在，因君问我，归步绕松衫。

苏东坡的家就在眉山，父母、王弗的坟墓就在那里，可惜，他却再也没能回到故乡。

宋　张择端（传）　清明易简图（局部）

表弟程之元：童年嬉戏

童年的时候，苏东坡经常与住在县城的表弟程之元（字德孺）等同龄人玩耍，与一群儿童去县城西城墙外的醴泉寺摘橘子，到南城墙外的石头山捡松果，到尔家川摘梨寻栗，度过了一段打打闹闹、无忧无虑的时光。

苏东坡的大个子、高颧骨遗传了母亲程氏的基因，后来他在《表弟程德孺生日》中记述说"长身自昔传甥舅，寿骨遥知是弟兄"，可见他与程之元在相貌上有明显的相似之处。苏东坡的表哥程之才、表弟程之元先后考中进士为官，另外两个表弟程之邵、程之祥也以门荫任官，可见程家是眉山有势力的大家族。

因为嫁给程之才的姐姐苏八娘受虐待病亡之事，苏、程两家此后断绝了来往，不过元祐年间苏东坡在汴京为官时，与表弟程之元、程之邵两人恢复了来往，曾作诗相赠。

同学陈太初：传说中人

苏东坡少年时在眉山天庆观跟随张易简学习，一同学习的儿童有上百人，张易简觉得苏东坡和陈太初这两个小孩最为聪敏卓异。在天庆观学习的这段经历，对苏东坡影响颇大，他不仅在那里识字、读书，还得以见识道观中的道教神像、法器、仪式，听了很多关于道教仙人的传说。

宋　苏汉臣（传）　长春百子图（局部）

陈太初长大后科考不顺，当了几年小吏后出家做了道士，后来跟从了汉州（今四川广汉）太守吴师道。有一年正月初一，他来向吴师道告别，并求要了些衣服、食物和钱财，随后去集市上把财物散发给穷人，之后在城门处静坐若死。吴师道听说后，让士兵把他抬到野外焚化，士兵走到陈太初身边时大骂："这个讨厌的道士，让我新年第一天抬死人！"不料陈太初竟然睁开眼，笑着说："不用麻烦。"然后自己起身走到野外一座桥下，趺坐而逝。士兵焚烧他的身体时，很多人看到烟火中隐约有个道士的形象，纷纷传说他尸解了。绍圣三年（1096），苏东坡听说陈太初已经羽化升天，大为羡慕，写了《陈太初尸解》一文以表怀念。

邻居程建用：学馆岁月

程建用是苏东坡在天庆观学习时的同学，也是同一条巷子里的邻居。夏日有一天下大雨，无法出门玩耍，苏东坡、苏辙、程建用和杨尧咨一边在火炉上烤着馒头，一边玩"联句"游戏。程建用见大雨浇着庭院中的树木，便吟出"庭松偃盖如醉"，杨尧咨接着吟了一句"夏雨新凉似秋"。苏东坡想起东晋士人以手掩鼻模仿谢安的低沉声音吟咏的典故，对照几人吟诗的情境，作了一句"有客高吟拥鼻"。苏辙年纪最小，他关注着火炉上的烤馒头，便念出一句"无人共吃馒头"。苏辙这句和前几句并不相干，就作诗来说，当然不成体统，可苏辙年少，说得有趣，几个少年也哈哈大笑了一会儿。长大后，程建用蹉跎多年，后来不得不开私塾维持生计。熙宁年间，他与苏东坡还有书信往来。元丰二年（1079），苏东坡在湖州听说程建用考中了进士。

青春风华（1036—1061）

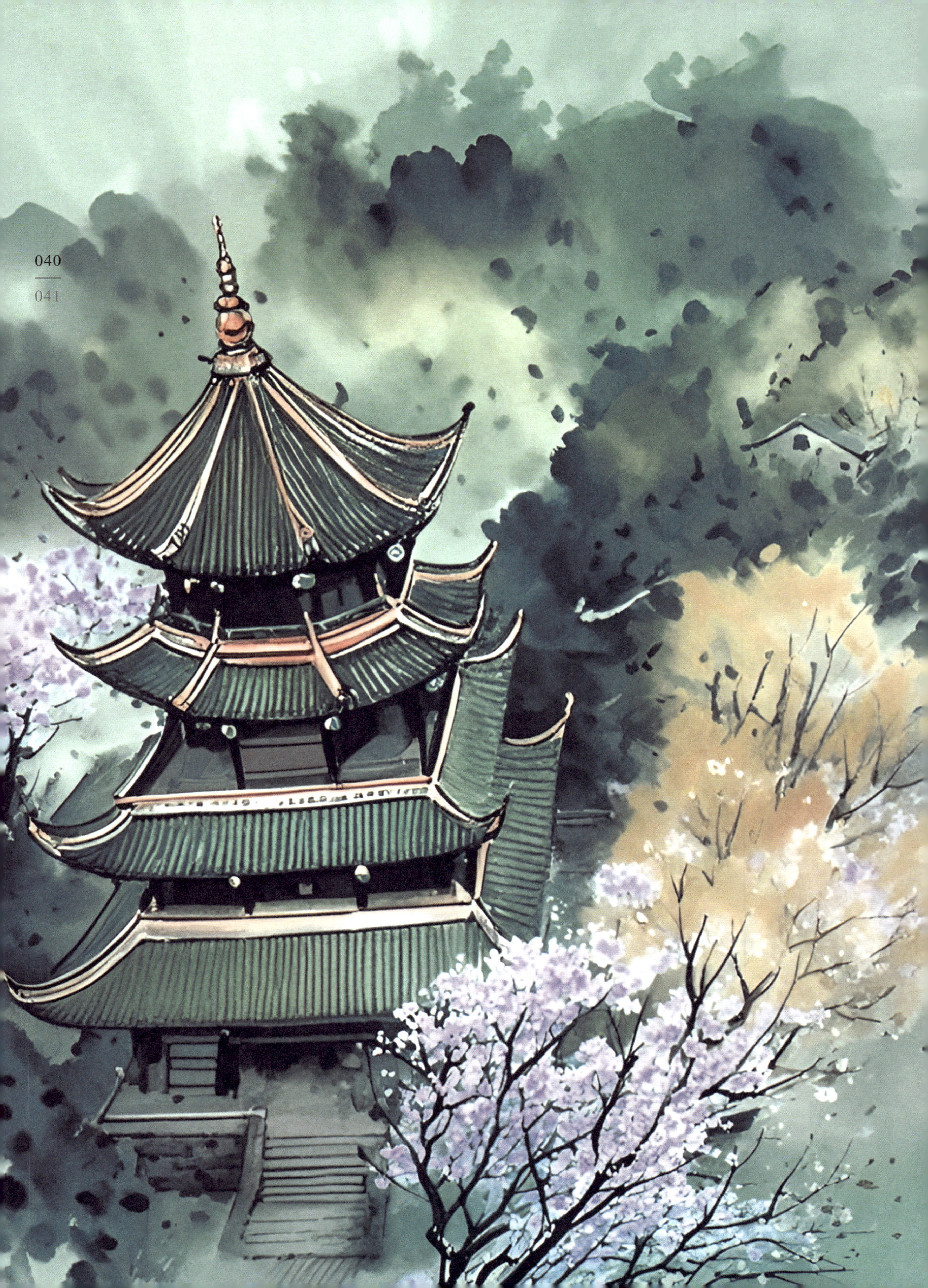

成都：天府中心

成都是苏东坡见识的第一个大都会。眉山距离成都不远，少年时的苏东坡曾几次前去成都。

数千年来，成都一直是蜀地的经济、政治、文化中心，至北宋时依旧是闻名全国的繁华都会。即便是曾经在杭州、苏州、汴京见过世面的柳永，在赠别益州知州的词《一寸金》中也对成都的风流、繁华大为赞叹：

> 井络天开，剑岭云横控西夏。地胜异、锦里风流，蚕市繁华，簇簇歌台舞榭。雅俗多游赏，轻裘俊、靓妆艳冶。当春昼，摸石江边，浣花溪畔景如画。
>
> 梦应三刀，桥名万里，中和政多暇。仗汉节、揽辔澄清，高掩武侯勋业，文翁风化。台鼎须贤久，方镇静、又思命驾。空遗爱，两蜀三川，异日成嘉话。

成都人口密集、商业发达，曾任益州知州的赵抃在《成都古今集记》中记载，成都有"十二月市"，即"正月灯市，二月花市，三月蚕市，四月锦市，五月扇市，六月香市，七月七宝市，八月桂市，九月药市，十月酒市，十一月梅市，十二月桃符市"。其中蚕市、药市、七宝市最为热闹，此时四面八方的商人、百姓都来此赶集。从另一位益州知州田况写的《成都遨乐诗》中可知，成都正月五日有州城南门的蚕市，正月二十三日有圣寿寺前的蚕市，二月八日大慈寺前有一个蚕市，三月九日大慈寺前还有一个蚕市。蚕市不仅买卖蚕具、蚕种、蚕桑，也销售百货，各地百姓纷纷前来游玩、购物，非常热闹。因为商业发达，成都自宋真宗时期就开始使用纸币"交子"，官府也允许民间用这种货币代替银钱。

这座大都市让少年时代的苏东坡大开眼界。蜀地土地肥美，物产丰富，百姓易生存，富贵人家爱享乐，《汉书》记载此地"俗不愁苦"，《三国志》中形容蜀人"轻脱"。成都官民喜欢在春秋游赏，城内外各处寺观、街市游人众多，酒馆、杂剧演出场所人声喧哗。苏东坡喜欢赏画，多次到大慈寺欣赏壁画。传说大慈寺始建于魏晋年间，唐玄宗避难蜀中时，下令将其扩建为院落众多的宏大寺庙，并赐额"敕建大圣慈寺"，让宫廷画师卢楞伽在此绘制罗汉画像。后

青春风华（1036—1061）

来唐僖宗避难成都时，也多次来这里礼佛，寺中有宫廷画师描绘的唐僖宗和群臣礼佛的壁画。苏东坡还认识了在大慈寺中和胜相院修行的僧人惟度（号文雅）、惟简（号宝月）。惟简来自眉山，是苏氏家族的远支，可能因为家里穷困，九岁时便来到成都的寺庙中生活，十九岁出家。叙排行后，苏东坡称他为"宗兄"，从此两人一直有来往。

熙宁元年（1068），苏东坡为父亲守孝期满，从此彻底离开蜀地，再也没有回过故土。不过，成都还有他的宗兄惟简等友人，他也与蜀地的官员、士子、商人经常往来。比如，他在杭州时与出家的成都进士杜暹有往来，在汴京时与成都官员高士敦有交际。

熙宁十年（1077），苏东坡在杭州送别妻弟王缄回青神老家，写了一首《临江仙·送王缄》，感慨自己离别故乡已十年之久：

忘却成都来十载，因君未免思量。凭将清泪洒江阳。故山知好在，孤客自悲凉。

坐上别愁君未见，归来欲断无肠。殷勤且更尽离觞。此身如传舍，何处是吾乡。

元祐元年（1086），苏东坡认识的官员戴蒙要去成都玉局观养老，这让苏东坡想起当年在成都的见闻，勾起了他的思乡之情。

玉局观位于成都少城正南门锦官门之外，传说东汉时太上老君与张道陵走到这里时，地下涌现出一座局脚（曲形的高脚）玉床，太上老君就坐在玉床上为张道陵解说《南斗经》《北斗经》，他们离开后，玉床就隐入地中，成了一处洞穴。后来人们在这里修建了一座道观，命名为玉局观。玉局观的五门正对谯门，两者之间有一片空地。每年九月九日至九月十一日这三天，附近的许多百姓、道士会担着药草、百货汇聚此地开市，这便是闻名四方的"药市"。官府还会在玉局观五门前设置装着美酒的大樽，允许卖药的道士饮用。当过益州知州的宋祁在《九日药市作》中形容"五药会广廛，游肩闹相驾。灵品罗贾区，仙芬冒阛舍"。

苏洵结婚之初，长女早夭，膝下无子，让他颇为着急。天圣八年（1030）重阳节药市期间，苏洵游览成都玉局观，在专卖求子卦的"无碍子"卦肆见到一幅笔法清奇的《张仙画像》，画中的张远霄传说是唐末五代的一位神仙。卖卦人说此神仙有求必应，于是苏洵用随身佩戴的玉环换取这幅画。回到家后，苏洵每天早晨在《张仙画像》前虔诚焚香祈求，几年后妻子相继生下苏东坡、苏辙，如愿以偿。

戴蒙字正仲，号无知子，庆历六年（1046）考中进士，曾任监益州交子务、绵州（今四川绵阳）知州。两人分别时，苏东坡作了一首赠别诗《送戴蒙赴成都玉局观将老焉》，按照写赠别诗的惯例，如果戴蒙是出家去玉局观当道士，诗中必然涉及修道、高士有关的典故，但苏东坡的诗中没有出现这类典故，仅仅出现了杜甫隐居西郊浣花溪的典故。因此，考虑到戴蒙此时已经六十多岁，年纪较大，故而他很可能是被朝廷任命担任提举玉局观的"祠禄之官"，这种官职是安置老年官员、失意官员的职位，领取俸禄而不需要实际去玉局观坐镇。但戴蒙似乎之前在成都为官时置办了产业，真要去成都闲居养老。

经过"乌台诗案"的折磨，以及黄州近五年的贬谪，此时苏东坡刚被恢复起用入朝为官，仍心有余悸。该诗从成都西郊浣花溪的杜甫草堂写起，表达苏东坡对回成都一游的期待，还要去寻访万里桥，吃蜀地著名的"芋魁"。苏东坡深感政坛风云变幻，戏称不知将来自己会是第几个担任提举玉局观这个职位的人，以后到成都一定要像王子猷雪夜造访戴逵那样去拜会戴蒙，其诗作内容如下：

> 拾遗被酒行歌处，野梅官柳西郊路。
> 闻道华阳版籍中，至今尚有城南杜。
> 我欲归寻万里桥，水花风叶暮萧萧。
> 芋魁径尺谁能尽，桤木三年已足烧。
> 百岁风狂定何有，羡君今作峨眉叟。
> 纵未家生执戟郎，也应世出埋轮守。
> 莫欺老病未归身，玉局他年第几人。
> 会待子猷清兴发，还须雪夜去寻君。

没想到一语成谶，之后苏东坡经历了元祐年间在京城担任翰林学士、礼部尚书的高光时刻，而后又遭贬谪至惠州、儋州。元符三年（1100），宋哲宗驾崩，宋徽宗即位。苏东坡得到恩赦，年底行至英州（今广东英德）时，被任命为朝奉郎、提举成都玉局观，外州军任便居住，即按照朝奉郎的待遇担任提举成都玉局观的闲职，可以在汴京以外的任何地方闲居。

苏东坡时常想回故乡，在翻越大庾岭（梅岭）时所作的《过岭》中，他兴致勃勃展望着"剑关西望七千里，乘兴真为玉局游"。可冷静下来苏东坡也知道，如今自己已经年老，家累太多，远行不易，弟弟苏辙已在颍昌（今河南许昌），自己的田庄则在宜兴，从现实考虑，这两处地方才是自己的养老之选。

由于提举玉局观这个官职让他想起了成都、眉山，加之他早年喜好庄子，中晚年也爱好养生术，觉得这也算是自己的夙缘，故而他在北上途中，就以"玉局翁"自称，写了好几首提及成都玉局观的诗歌，如在《南华老师示四韵，事忙，姑以一偈答之》中说自己"却着衲衣归玉局，自疑身是五通仙"；在《永和清都观谢道士，童颜鬓发，问其年，生于丙子，盖与予同，求此诗》中说"镜湖敕赐老江东，未似西归玉局翁"，将自己与晚年出家修道的贺知章的境遇进行了比较。苏东坡病逝之前上表请求致仕时，最后的官职也是提举玉局观。

苏东坡故去后，宋徽宗把苏东坡列入"元祐党籍"，禁毁苏东坡诗文的雕版，严禁苏东坡的诗文传授，故黄庭坚、僧人德洪等便以"玉局""玉局翁""玉局公""玉局老仙"指代苏东坡，如德洪《次韵见寄喜雨》云"玉局波澜嗟已绝，少陵风力赖追回"；葛胜仲使用苏东坡《南乡子》的韵脚作《南乡子·九日用玉局翁韵作呈坐上诸公》；谢薖在《种松》诗中说自己栽种松树的方法来自苏东坡，"此法岂浪传，闻诸玉局公"，另外还写了《送邑尉朱登仕告老归华亭用玉局老仙寄王庆源韵》等诗。

南宋时，成都玉局观供奉有苏东坡画像，曾在成都为官、闲居的陆游特地前去祭拜，写有《玉局观拜东坡先生海外画像》。陆游还曾到眉州署衙后的环湖披风榭瞻仰东坡遗像，写有《眉州披风榭拜东坡先生遗像》。他还写有一首《东坡像赞》，想象自己与苏东坡在仙境中相见的场景：

我游钧天，帝之所都。是老先生，玉色敷腴。
顾我而叹，闵世垢浊。笑谓侍仙，畀以灵药。
稽首径归，万里天风。碧山巉然，月堕江空。

惟简：成都宗亲

嘉祐四年（1059）春末，在家为母亲守孝的苏东坡、苏辙抽空去了一趟成都，联系在大慈寺极乐院修造六尊菩萨像和两处龛座的事。苏东坡有感于三十年间十位亲人先后去世，想要超度他们，于是捐资修造观音、势至、天藏、地藏、解怨结、引路王六尊菩萨像。程夫人笃信佛教，所以苏东坡、苏辙在母亲忌日布施他人、举办佛事活动，希望能超度亡母。大慈寺中和胜相院的惟简是苏东坡的宗兄，他收藏了一些绘画，苏东坡借了三幅带回家欣赏。

治平四年（1067），苏东坡、苏辙护送父亲的棺木到眉山，惟简听说此事，特地前来吊祭和拜访，适逢苏辙拿来《兰亭摹本》，惟简请他们临摹了一份给自己，说要摹刻立石，又请苏东坡撰写了《中和胜相院记》。熙宁元年（1068），为父亲守孝期满，苏东坡去成都办事时，惟简劝苏东坡把苏洵的爱物施舍给佛寺，说这有利于超度亡灵，苏东坡就把父亲最喜欢的吴道子《四菩萨》门板画捐给了中和胜相院，另捐了五万钱。

熙宁四年（1071），惟简想请皇帝给自己赐号，特写信托苏东坡帮忙。苏东坡将自己所藏的一幅画送给王诜请他代为说项，还把王诜送给自己的一幅画转赠给惟简。

元丰三年（1080），惟简派徒孙悟清到黄州探望苏东坡，并请他为院中新建的专供收藏佛经的"大宝藏"作记。苏东坡在九月十二日写了《胜相院经藏记》，还把朋友赠送的四十八颗舍利施舍给中和胜相院供养，还介绍悟清去安州（今湖北安陆）知州滕元发处书写《胜相院经藏记》碑额大字。惟简收到东西和信札后，不仅将《胜相院经藏记》刻碑，还把苏东坡信中寄来的书法《书蒲永升画后》一并刻石展示。

绍圣二年（1095）六月，惟简于成都亡化，苏东坡为其作《宝月大师塔铭》。出于对惟简的崇敬，苏东坡在撰文时特别选用了自己带来的澄心堂纸、鼠须笔、李庭珪墨。

青春风华（1036—1061）

张方平：提携之恩

张方平是提携苏氏父子的贵人，苏东坡、苏辙待其如父，终生礼敬。

张方平是应天府南都（今河南商丘）人，少年时聪敏绝顶，他从别人那里借来"三史"——《史记》《汉书》《后汉书》，十余天就看完归还，号称读书只看一遍就能记住，从来不读第二遍。景祐元年（1034），他考中"茂才异等"科入仕，之后又考中"贤良方正"科，得以"改官"成为京朝官，在仁宗后期历任代理开封知府、翰林学士、御史中丞、三司使等要职。

至和元年（1054），因蜀地民心骚动，朝廷派户部侍郎张方平担任益州知州来稳定局面。同年年底，他一到成都便遣返陕西来的兵士，停止征发劳役，又上奏朝廷，请求调任雷简夫担任雅州（治所在今四川雅安）知州，协助自己稳定局势。张方平还咨询下属，蜀中有何高人贤士。益州通判吴照邻素与苏洵相识，便介绍了苏洵的情况，张方平对其有了初步印象。至和二年（1055），苏洵带着二十岁的苏东坡、十七岁的苏辙一起到成都拜会张方平，并把自己写的《权书》《衡论》献给张方平阅读，张方平十分赞赏，称赞苏洵的文章有司马迁的风范，从此两人成为了知己。张方平有心帮助困顿的苏洵，当即上书推荐苏洵担任成都学官，但是朝廷没有应允。

这时苏东坡、苏辙到了可以参加科考的年纪，为了两个儿子的前途考虑，苏洵希望他们能参加开封府的解试。在当时，想成为进士要经历州府的解试、尚书省礼部的省试、皇帝把关的殿试三关。在诸州府、国子监举办的解试中考中的举子，才有资格参加礼部主持的省试。朝廷规定文士一般均须在籍贯所在地参加本州举办的解试，可一些人离开原籍去外地做官、投靠亲友，他们的子弟确实有异地考试的实际需求。所以朝廷规定，在异地居住七年以上的外地学子，如果有籍贯所在地官员出具的"委保"证明，就可以参加现居住地的解试，这种现象被称为"寄应"。另外，朝廷中进士出身的官员也可以保举两人参加开封府的解试，非进士官员可以保举一人。朝廷分配给京城开封府的解试录取名额多达两百名左右，比眉州要多近十倍。此外，在汴京的国子监还有针对自己学员的解试，所以连不常住汴京的文士也千方百计想参加开封府、国子监的解试。比如，有人私下购买国子监颁发的学籍证明文书，冒名顶替参加国子监解试；有人在开封府买田产、设立户籍，以便子孙参加开封府解试。甚至出过一桩奇闻：庐州文士王济因哥哥在开封府有田产，就在学籍证明中把哥哥写成自己的父亲，以便参加开封府的解试。

思来想去，苏洵决定请求张方平保举苏东坡、苏辙参加开封府解试，但又觉得为此麻烦刚认识的张方平有点儿难为情，踌躇许久，写了《上张侍郎第一书》求助。好在张方平为人豪爽，见苏东坡、苏辙文才突出、身材英挺，赞誉他们是国家栋梁之材，勉励他们好好参加科考，出具了保举两兄弟参加开封府解试的证明文书。张方平虽然和欧阳修的私人关系并不密切，但觉得欧阳修是京城文坛领袖，又以爱才著称，曾经大力奖誉曾巩等人才，一定也会欣赏苏洵的文字，帮助苏氏父子扬名，于是专门给欧阳修写了一封信引荐苏洵。

苏东坡、苏辙入京以后一路顺畅，考中了进士、制科，走上了仕途，且与张方平一直保持密切往来。

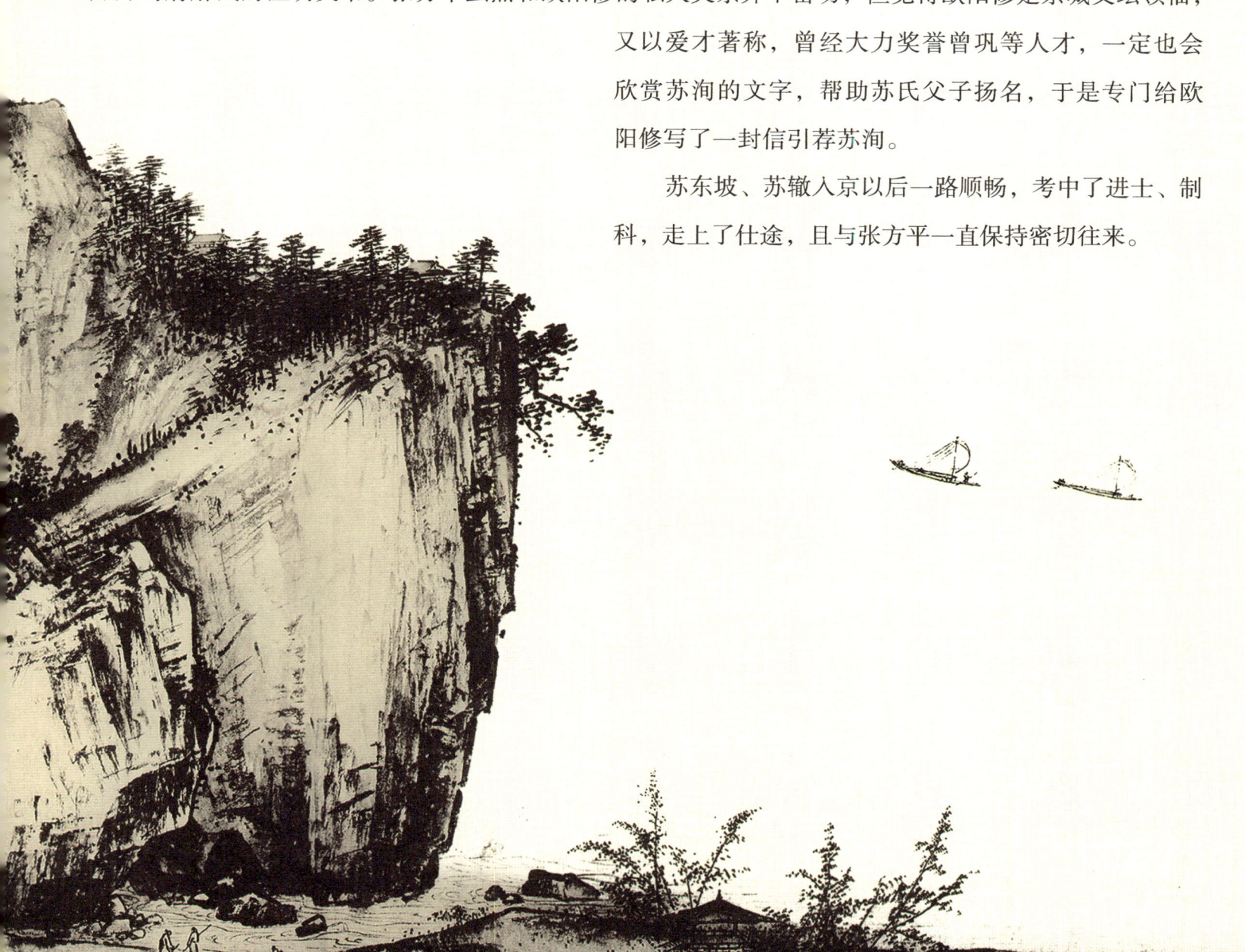

宋英宗即位后，张方平先后担任礼部尚书、翰林学士承旨。治平四年（1067），宋神宗登基后，决定变革朝政，最初重用的几位朝臣中就包括张方平。九月，宋神宗免去韩琦的相位、吴奎的参知政事职位、陈升之的枢密副使职位，将他们外派到地方当知州，又命翰林学士承旨张方平、知谏院赵抃并为参知政事，枢密副使吕公弼为枢密使，三司使韩绛、知开封府邵亢并为枢密副使，翰林学士王安石、司马光、吕公著和权御史中丞滕元发几人也都是宋神宗之前就有所耳闻，觉得可以重用的朝臣。可惜，同年十月，张方平因父亲去世，此后回家乡应天府守孝，没能大展宏图。

熙宁二年（1069），宋神宗任用王安石为参知政事展开变法时，张方平因在家守孝，只能冷眼旁观。张方平守孝期满后，因为对新法有意见且素来与王安石不睦，被排挤到陈州当知州，于是他调苏辙到陈州当州学教授。熙宁四年（1071），苏东坡去杭州当通判，特地去陈州探望弟弟苏辙和张方平，在陈州州府所在的宛丘县（今河南淮阳）逗留多日，经常与张方平畅谈，一同游览附近的山水、佛寺、古迹。

张方平和欧阳修是最为提携苏洵父子三人的恩人，苏东坡与这两人感情深厚，张方平致仕后定居南都，苏东坡每次经过南都都会去问候。

熙宁五年、六年，王韶在西北的洮河流域边打击边招抚羌人、吐蕃部族，可是这些部落时降时叛，并不稳定。熙宁八年（1075）又与交趾发生了战争，虽然取得了胜利，但耗费也相当大。而辽国也对大宋在西北的经营有所警惕，曾于熙宁七年（1074）派遣林牙、萧禧出使，指责大宋朝廷在雄州（今河北雄县）拓展关城，在应州、朔州、蔚州边境修建戍垒，恫吓要武力解决边境争端。宋神宗不愿和辽国交恶，同意双方重新划分边境，让辽国占了一些便宜。熙宁十年（1077），苏东坡从密州（今山东诸城）南下，到南都拜会张方平，他们议论起时政，都担忧朝廷四处作战的状况。张方平让苏东坡代写了一篇《谏用兵

书》上奏，劝谏宋神宗不要鼓励边功，指出因为之前发动战事对付西夏，才刺激更多官员为了立功，去征伐那些弱小的边疆部落，"王韶构祸于熙河，章惇造衅于横山，熊本发难于渝泸"，去年又发生了与安南、西北羌酋隆吉卜的战争。因为最近的两场战事取得了胜利，张方平说自己担忧宋神宗轻视四夷，轻易启动战事，希望宋神宗能深思。但宋神宗的目的就是要攻灭西夏，夺回幽燕，对此没有回应。

元丰二年（1079），苏东坡离任徐州知州，又到南都探望张方平。几个月后就发生了"乌台诗案"，苏东坡被押送到汴京的御史台接受审讯，震动朝野，与苏东坡熟悉的官员都非常震惊，大多不敢出头说话。致仕闲居的张方平听说此事，急忙写了奏章，请求宋神宗赦免苏东坡的牢狱之难，将其贬谪远方。因为言辞激烈，南京官员不敢代为上奏。于是，张方平派自己的儿子张恕带着奏章到汴京的登闻鼓院投书，张恕害怕惹祸，也不敢投书。后来苏辙看到这篇奏章，说多亏张恕没去上书，因为这篇奏章推重苏东坡在文学上是"天下之奇才"，这样的赞誉之辞恐怕会更加激怒宋神宗——他之所以整治苏东坡，正是因为苏东坡在士大夫中名望太大，甚至可以和朝廷一比高下，这才要通过案件打击其声誉。随后苏东坡被贬黄州，张方平也因收受苏东坡讥讽朝政的文字被罚铜三十斤。

元丰八年（1085），苏东坡北上途中，正月特地到南都拜见恩人张方平。七十九岁的张方平年迈多病，双眼几乎失明，没有太多闲聊的精力，苏东坡就陪他说些养生、医药方面的趣事。张方平拜托苏东坡编辑自己的文集《乐全集》并写序，把自己收藏的《楞伽经》和三十万钱交给苏东坡，请他找人刻印印刷以后在江淮间布施，还把《禅月罗汉十六轴》送给苏东坡，让他捐赠给寺庙，颇有托付后事的意思。苏东坡把张方平托付的《禅月罗汉十六轴》施舍给徐州开元寺，抽空整理张方平的文稿，元祐二年（1087）才整理完毕并撰写《乐全先生文集叙》，苏东坡也收藏了一部抄本，即所谓"手校而家藏之"。

元祐六年（1091）五月，苏东坡从杭州赴京，路经南都，前去拜会张方平。此时，张方平知道自己行将就木，临别已有后会无期的感慨。十二月初八，在颍州当知州的苏东坡得到讣告，张方平七日前在南都去世，享年八十五岁。临去世前他还念叨苏东坡、苏辙兄弟，苏东坡大为感伤。苏东坡捐出一笔钱，在荐福禅院中举办法事超度张方平，还以对待老师的礼节给张方平服丧三个月，不仅写了祭文，还应张家人所请撰写了墓志铭。他花费了几个月，写了一篇长达九千多字的墓志铭，这也是苏东坡一生中写得最长的墓志铭，可见他对张方平的感激之心。张方平在遗言中表示不让家人向朝廷请求赐谥，尚书右丞苏辙替他请了谥号"文定"。

《说命》

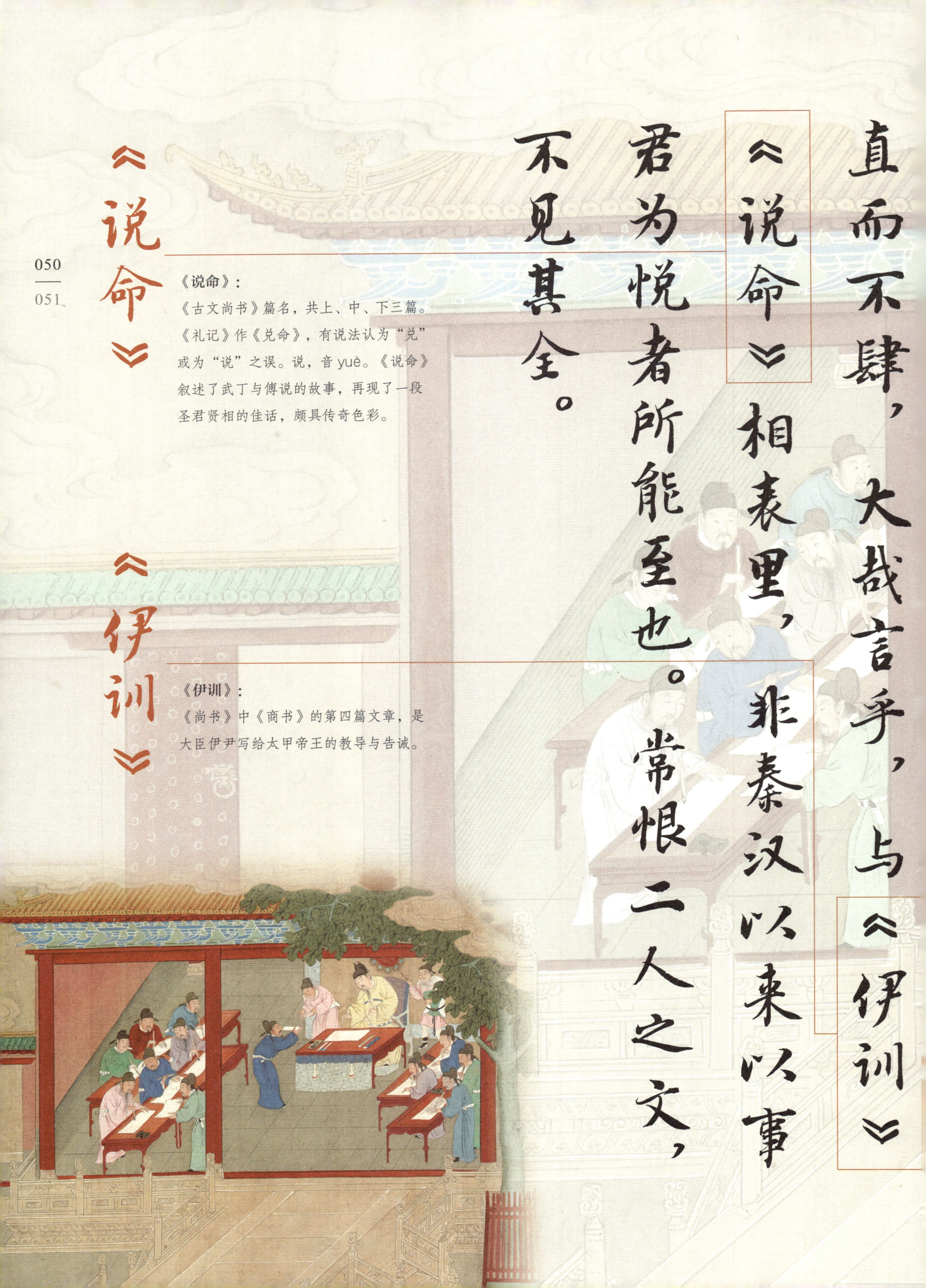

《说命》：
《古文尚书》篇名，共上、中、下三篇。《礼记》作《兑命》，有说法认为"兑"或为"说"之误。说，音yuè。《说命》叙述了武丁与傅说的故事，再现了一段圣君贤相的佳话，颇具传奇色彩。

《伊训》

《伊训》：
《尚书》中《商书》的第四篇文章，是大臣伊尹写给太甲帝王的教导与告诫。

直而不肆，大哉言乎，与《伊训》《说命》相表里，非秦汉以来以事君为悦者所能至也。常恨二人之文，不见其全。

乐全先生文集叙（节选）

苏轼 作

孔北海

孔北海志大而论高，功烈不见于世，然英伟豪杰之气，自为一时所宗。其论盛孝章、郗鸿豫书，慨然有烈丈夫之风。诸葛孔明不以文章自名，而开物成务之姿，综练名实之意，自见于言语。至《出师表》简而尽，

孔北海：
孔融，字文举。鲁国（今山东曲阜）人。东汉名士、文学家，"建安七子"之一。

子
蕃

雷简夫：推重之意

至和二年（1055），苏洵带着苏东坡、苏辙去成都拜会时任益州知州的张方平，张方平上书推荐苏洵担任成都学官，可是朝廷并没有同意。随后，苏洵带着两个儿子去雅州拜见与张方平亲近的知州雷简夫。雷简夫原来是隐士，因高官举荐而出任官职，喜欢谈论兵战之事，对苏洵有关备战、用兵的文章《洪范论》《史论》《权书》等十分赞赏，也同情他的处境。于是，雷简夫写信给张方平，盛赞苏洵是可以辅佐帝王的"王佐才"和撰写史书的"良史才"，不仅是西南的优秀人才，更是"天下之奇才"，希望张方平不要因为之前举荐苏洵未果就气馁，要敢于第二次、第三次举荐，帮这位奇才谋个官职。

雷简夫很欣赏苏东坡、苏辙兄弟的气度、才学。雷简夫得知苏辙还未婚配，特地致信苏洵，想与他结成儿女亲家。但苏洵之前已经为苏辙与自己母亲所属的眉山大族史家口头说定了一门亲事，只好婉拒雷简夫的好意。

嘉祐元年（1056）二月，苏洵带着苏东坡、苏辙出川之前，又去雅州拜谒雷简夫，雷简夫分别给宰相韩琦、翰林学士欧阳修写了引荐苏氏父子的书信。所以说，他也是提携苏氏父子的贵人。

嘉祐六年（1061），苏东坡考中制科后前去凤翔府为官。十二月，路过长安时，苏东坡得到永兴军路安抚使兼知军府事刘敞的接待。刘敞和欧阳修、梅尧臣交好，是著名的博学文人。他热情招待苏东坡，让苏东坡在自己的官署多留几日，每天饮宴赋诗为乐。从刘敞这里，苏东坡听闻了雷简夫的一些旧事。因为官员的家族可以免除徭役，长安有个狡猾的富户范伟在几十年前冒称自己是武功县县令范祚的孙子，得以免除徭役。十几年前，范伟让人挖开范祚的坟墓，把自己的祖母合葬在里面，花费巨资请刚得到举荐出任秦州观察推官的名士雷简夫撰写墓志。墓志一般都会列出墓主的子孙姓名，雷简夫写墓志等于是帮范伟传播其假造的传承世系。墓志文章一般都是根据死者亲友写的行状（简介）撰写，雷简夫大概没有打听范伟在当地的名声就撰写了文章，范家就用此宣扬，在地方获得免役待遇。前一年，刘敞调查范伟冒姓免役案时，顺带查出这件事。雷简夫本以隐士身份闻名，之后因高官举荐出任官员，如今却出了贪图钱财而给罪犯写墓志的事，加上他当知州以后生活奢侈，在京城士大夫中颇受非议，风评较差。

苏东坡听说了雷简夫的这些事情以后，很少再提及他们家族和雷简夫的关系。这件事让苏东坡印象深刻，之后他对给别人写墓志十分谨慎，只为十分熟悉的亲朋好友写过十来篇墓志和神道碑，对不熟之人的请托一概拒绝。

后来，苏东坡、苏辙兄弟也几乎不提雷简夫对父亲的举荐。可是苏洵本人对雷氏非常感激，时常和他通信，后来还为病逝的雷简夫撰写了墓志，而苏东坡、苏辙在编辑父亲的诗文集时却没有收录这篇文章。

秦岭：三次穿越

秦岭是分隔蜀中和关中的大山脉，峰峦重重，道路盘曲。蜀人去关中，要越巴山、翻秦岭。越巴山的道路有金牛道、米仓道、荔枝道，翻秦岭的道路从西往东有陈仓道、褒斜道、傥骆道、子午道等。李白曾写过《蜀道难》，以这条山路的艰险来形容求仕之难，嗟叹"蜀道之难，难于上青天"。苏东坡曾三次翻越秦岭。

第一次穿越秦岭，是在宋仁宗嘉祐元年（1056）闰三月，苏东坡、苏辙跟着父亲一起去汴京参加科考。他们选的是金牛道、陈仓道这条路，要经汉州、德阳、罗江、绵州、魏城、武连，走到秦岭脚下，经剑门关、大散关（位于今陕西宝鸡）穿越秦岭，再从陈仓、眉县横渠镇、凤翔、长安、渑池、洛阳一路去汴京。

最初十几天，他们走的是相对平缓的官道，道路两侧栽种着杨柳、榆树等树木，每隔十里或五里就有一座土筑的"堠子"，上面插有木牌、石刻，标记距离或州界、县界。官道上每二十里有马铺和歇马亭，每六十里则有驿站提供补给。进入山区后，他们要踏上颤颤悠悠的栈道，渡一条条河、翻一重重山。苏氏父子不是官员，没有享受沿途州县官吏接待的资格，只能自己处理住宿、饮食等事务，每天骑马在山间大约只能走四五十里路。苏东坡和苏辙忙前忙后服侍父亲、照看行李，一路上很少有时间和心情欣赏风景、写作。根据他们后来的回忆，出秦岭之后，他们兄弟曾到横渠镇崇寿院一游。

第二次穿越秦岭，是在一年后，因程夫人去世返回故乡。苏氏父子三人匆匆穿越秦岭，心情沉郁，没有留下任何对沿途风景的诗文记述。

第三次穿越秦岭，在宋神宗熙宁元年（1068）年底，苏东坡、苏辙为父亲守孝期满之后，带着一家人离开眉山，同行者包括苏东坡的继妻王闰之、十岁的长子苏迈，苏辙的夫人史氏、五岁的长子苏迟、长女、刚出生几个月的二子苏适，还有乳母任采莲、杨金蝉及几个仆婢。他们这次走的是陆路，十二月中旬，路过益昌（今四川广元）时，兄弟二人认识了利州转运判官鲜于侁。鲜于侁在官舍招待了苏东坡兄弟，此后一直保持交往。十二月底，苏东坡一行人就到了凤翔，苏东坡一路上都没有留下什么诗文。

出了秦岭，从凤翔走陆路到汴京，走长安和洛阳之间的官道，穿越崤山。苏东坡到凤翔当官时，来往也穿行这条官道，但在其诗文里，很少提及这条道路。从苏辙《怀渑池寄子瞻兄》的自注可知，他们父子第一次出川时，一路劳累，快到渑池时，苏东坡骑的马突然得病死了，他只好租了一头驴子骑。傍晚到渑池，父子三人投宿在一座小佛寺，和老僧奉闲聊得很开心，苏辙还在院墙上题诗一首。后来苏东坡到凤翔为官，路经渑池的那座小佛寺，却发现奉闲已经故去，他住的院子的墙壁已倾塌，无法看到弟弟的题诗，苏东坡由此写了一首《和子由渑池怀旧》，回忆他们当年行旅的情形，对比今昔之变：

人生到处知何似，应似飞鸿踏雪泥。

泥上偶然留指爪，鸿飞那复计东西。

老僧已死成新塔，坏壁无由见旧题。

往日崎岖还记否，路长人困蹇驴嘶。

苏东坡晚年，在《送运判朱朝奉入蜀》一诗中写道，"梦寻西南路，默数长短亭。似闻嘉陵江，跳波吹枕屏"，回忆在蜀道上，好几天都要沿着嘉陵江边走，晚上能听到江水流淌的声响，至今想来仿佛还能听见波浪拍打到枕头边的小屏风上似的。这大概就是他对蜀道之行残存的记忆。

苏东坡对细节着迷。蜀道要冲大散关位于秦岭北麓嘉陵江上游的低谷地带，地势险要，春秋时秦晋的"崤之战"、秦末楚汉相争、汉末曹操西击张鲁、三国时诸葛亮六出祁山都曾争夺此地。苏东坡被贬惠州，经过惶恐滩（今江西万安境内）时，突然想起大散关上有一处可供食宿的铺子叫"错喜欢铺"，大概是他们父子当年的投宿之处。他对这个名字记忆深刻，就对照"错喜欢""惶恐滩"两个名称作了一首诗。当年进京科考自然欢欣，如今被贬则是心怀惶恐，有些无奈。

对苏东坡来说，蜀道并不难走。或许是因为北宋时穿越秦岭的官道修得比唐代时更好些，一路商旅繁忙，人来人往，并不让人觉得出入秦岭多么稀奇；或许是因为他早年科考、入仕堪称顺畅，初次进京就考中进士，第二次进京又考中制科，名震士林，不像李白那样饱经挫折、求告无门，只能嗟叹"蜀道难"。

汴京：帝都体验

苏东坡对汴京的第一印象并不好。

宋仁宗嘉祐元年（1056），二十一岁的苏东坡与父亲、弟弟第一次前往汴京，是为了参加开封府举办的解试。

五月，苏氏父子进入汴京城时，正遇上连月大雨，原本人群熙攘、热闹非凡的街道，到处都是泥水，寸步难行，出门的人很少，有许多街道甚至要乘小船或者木筏才能通过。初到汴京时的大雨、洪水让苏东坡一生难忘，后来他多次在诗歌中回忆"京邑大雨雰"的情景，如《牛口见月》中的"蔡河中夜决，横浸国南方。车马无复见，纷纷操筏郎。"

这场大雨一直下到六月，穿越汴京的蔡河、汴河、金水河、五丈河的河水暴涨，从安上门溢出的洪水冲毁了数以万计的官私房屋。洪水甚至把太社中的太稷坛也泡塌了，仁宗皇帝觉得这是上天警示，于是一边让百官在各个城门组织抗洪救灾，一边下诏让官员们上书议论朝政有什么过失。民间流传着上天警示、预兆改朝换代之类的说法。

苏氏父子租住在马军桥东北的太平兴国寺浴室院。七月初，雨终于停了，但街道上依旧到处是积水。到月底洪水才完全消退，道路好走了些，街道上变得繁华起来。苏东坡出门走动了几次，对这座大宋最繁华的城市有了些体会。

汴京各坊之间没有围墙，"井"字形的街巷彼此相连，住宅、店铺、作坊临街混杂，每条街道都十分热闹，人口繁密。城内御街和蔡河相交的龙津桥到汴河上的州桥之间的街道以夜市闻名，这里距离太平兴国寺不远，苏氏父子三人能品尝到汴京流行的野狐肉、鳝鱼包子、鸡皮等小吃。在汴京，有蜀地老乡开的饭馆售卖"川饭"，以用香辛调料、蒟酱制作为特色，还有店铺卖西川乳糖（用砂糖和牛奶熬制而成的白色甜食），很受欢迎。逢年过节，小贩会把乳糖做成狮子形状，各家各户都喜欢买这种狮子乳糖哄小孩开心。

汴京商业繁荣，大街小巷到处都是商铺，酒馆、茶坊、旅店、瓦舍勾栏各安其位，白天有许多商贩在街道两侧设立遮阳伞，在伞下摆摊出售商品。街道司在街道两旁竖立了许多"表木"规范交通，在表木之内可以摆摊，表木之外的街道正中则供车、人通行。

每日五更天，就有寺院派人在街道上边走边撞击铁牌子、木鱼报晓，还大声念诵天气情况，听到这声响，人们就知道该起身了，官吏准备去官署，店铺准备开门营业，尤其是卖粥、饭、点心、汤、茶等的商贩更要早起。汴京从早到晚都有不少食肆，许多人在食肆买现成食品吃，家中也不需要做饭。除了固定的店铺，还有许多小贩走街串巷推着小车沿街叫卖，每个人叫卖的声调、说辞都不同，听上去如同吟唱一般，此起彼伏的叫卖声一直到三更才罢休。即便三更以后，还有人提着瓶卖热茶给那些夜归的人，让他们暖暖身子。

汴京百业繁荣，权贵高官、富商大贾、小贩、工匠、艺人、雇工、流民、僧道各有门道，各有生路。经商的富户资产多的高达百万（贯），很多人都靠倒卖商品、出赁房屋致富。商业的繁荣从税收比率中可见一斑：朝廷征收的酒税、盐税、茶税、海外贸易等来自商品交易的税几乎快赶上田赋的数额，占全国税收的近一半。在汴京、杭州、益州等商业中心城市，有许多人经商，人们也习惯把闲钱拿去经商、放贷，不愿意存放在家里。

苏东坡兄弟也去过大相国寺，这里是汴京最繁华热闹的地方，占地五百多亩，分成六十四个禅院，进门两廊都是精美的彩色壁画和著名士大夫的题诗，附近几条街道上有许多店铺、

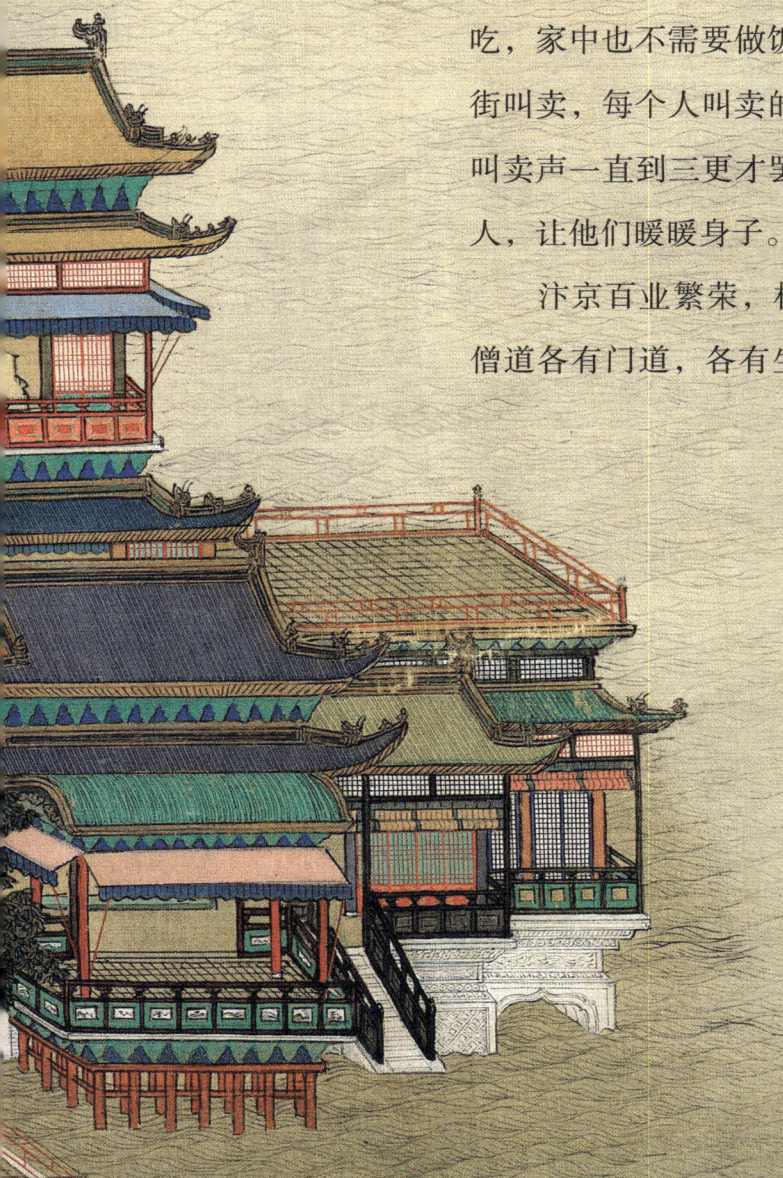

青春风华（1036—1061）

明　仇英　清明上河图（局部）

摊位，可以买到古旧书画、雕版刻印的文集等。大相国寺每月初一、十五和逢三、逢八日举办集市，它的中庭广大，足可容纳上万人。每次集市时，大三门处主要是卖飞禽猫犬之类宠物的地摊；第二、三门之间主要是卖铺盖、席子、鞍辔、水果、腊脯等日用百货的店铺和地摊；快到佛殿的空地上主要是卖道冠、笔、墨等文化用品的摊位；两廊下的众多地摊售卖绣品、首饰、帽子等装饰品；佛殿后面的资圣门前主要是卖书籍、珍玩、图画和各地官员家属带来京城出售的土特产、香料、药材等的摊位；后门廊下还有给人占卜的、给人画写真像的。

　　苏东坡兄弟也随着游人去过资圣门前的广场寻觅书画。听说东角楼的著名酒楼潘楼下面还有个早市，五更时就有许多摊贩出来卖书画、珍玩等，能淘到一些古旧书画、诗文抄本、佛道神像印本。大相国寺周围、州桥西大街等处也有书籍铺，售卖国子监、各地官府和民间书坊刻印的书籍。

苏东坡在宦海沉浮，汴京是绕不开的城市。他曾八次入汴京：

第一次，宋仁宗嘉祐元年（1056）入京备考，后成功考中进士，再之后因母亲故去，匆匆离去。这次他在汴京待了整整一年。

第二次，嘉祐五年（1060）入京，为备考制科待了一年半，之后去凤翔为官。

第三次，宋英宗治平二年（1065），从凤翔回京后，在朝中任判登闻鼓院事一年零两个月。治平三年（1066）因父亲故去，回眉山守孝。

第四次，宋神宗熙宁二年（1069），入京为官，受到主政的宰相王安石的排挤，两年零四个月后被外派担任杭州通判。

第五次，元丰二年（1079），因写作诗文讽刺新政的舆论影响越来越大，"乌台诗案"事发，从八月到十二月，被关押在汴京御史台将近四个月，随即被贬谪到黄州。

第六次，元丰八年（1085），得到临朝听政的太皇太后高氏的重用，当年年底回到京城，出任礼部郎中，宋哲宗元祐元年（1086）升任中书舍人、翰林学士，成为京城显贵之一。因受到言官的不断攻击，元祐四年（1089）离京出任杭州知州。这次在京城待了三年零五个月，这是他在汴京居住时间最长的一次。

第七次，宋哲宗元祐六年（1091），应召回到京城出任翰林学士承旨，三个月后因为谏官攻击，外任颍州知州。这是他在汴京逗留时间最短的一次。

第八次，元祐七年（1092），再次应召回到京城，出任礼部尚书。太皇太后高氏故去后，亲政的宋哲宗派苏东坡出京担任河北西路安抚使兼马步军都总管、知定州（今河北定县），从此苏东坡再也没能

明　仇英　清明上河图（局部）

回到汴京。

　　在苏东坡一生中，在汴京的遭遇好坏参半，他对这座城市的感情非常复杂，作为士人、官员，要成就功业，必须来京城科考、为官。但他在朝中为官最长的两段时间，都陷入了舆论纷争：熙宁二年（1069）到熙宁四年（1071）王安石为相，朝中为变法激烈争论，苏东坡年轻气盛，很快被排挤到地方任职；元丰八年（1085）到元祐四年（1089），他虽官职升迁，身居高位，依然不断遭受谏官非议、抨击，常常有心灰意冷之感。所以之后两次入京为官，虽然官高爵显，但苏东坡都心情低落，厌倦了朝堂的你争我夺、明枪暗箭，无心在京城为官，宁愿去江南当个知州。

　　当然，在汴京，苏东坡也有愉快的记忆，比如数次小住太平兴国寺，在金明池与秦观等人雅聚，在道者院、净因院与友人闲聊、喝茶等。

太平兴国寺：数次暂住

嘉祐元年（1056）五月，苏东坡跟父亲、弟弟第一次到汴京，最先居住在太平兴国寺浴室院东侧一处房舍，这是老僧德香管理的院落。

太平兴国寺是一座大寺庙，距离其东北三四条街坊的地方就是皇宫，东侧隔一条街坊就是尚书省、御史台、开封府等官署，南侧有吴起庙，北侧是另一座大寺院启圣院，西侧三四条街坊外就是开封西城墙的梁门。汴京的寺观常常出租空闲的房舍，每年科考时节都有许多文士租住在这里。

因为那时候汴京没日没夜地下雨，城内到处是积水，苏氏父子哪里也去不了，只能在太平兴国寺内读书。苏东坡实在无聊，常去佛殿中欣赏古人描绘禅宗六位祖师行迹的壁画。可惜东侧墙壁上的三位祖师的壁画被楼内的小阁楼挡住了，无法欣赏全貌。令苏东坡好奇的是，壁上写着"蜀僧令宗笔"的画，与自己家中收藏的五代蜀国宫廷待诏丘文播的画画风近似，他咨询蜀地人士得知丘文播是汉州人，令宗是丘文播的弟弟或表弟，也擅画山水、人物、竹石。

三十一年后，苏东坡已经是声名显赫的翰林学士，他前去拜会暂住太平兴国寺的中书舍人彭汝砺时，德香已经故去，当年随从德香的惠汶也已经年老，如今担任这个院子的主持。苏东坡、彭汝砺一起去欣赏六祖壁画，见到东侧墙壁上的三位祖师的壁画依旧被小阁楼挡住，就让随从搬离小阁楼，露出东墙上的壁画全貌。很快苏东坡特来观画的雅事就被传播出去，京城许多好事者都来参观，惠汶以栏杆保护壁画，彭汝砺拜托苏东坡撰写了一篇《兴国寺浴室院六祖画赞》。元祐三年（1088），陈慥来汴京时，苏东坡还介绍他住在浴室院，和友人范百禄、黄庭坚一起闲谈、出游，喝惠汶煮的建溪茶。黄庭坚应邀题名，苏东坡随后又写了《书鲁直浴室题名后》。苏东坡还与太平兴国寺另一院落戒坛院的僧人诠秘有交往，此人似乎精通医药，故而苏东坡曾邀请同僚张元明一起去拜会并诊治疾病。

元祐六年（1091）五月，五十六岁的苏东坡应召回到汴京出任翰林学士承旨，他因为之前在朝中饱受谏官攻击，厌倦了朝堂的争斗，宁愿在地方当官。他让家人居住在弟弟苏辙一家居住的东府，自己一个人借宿在太平兴国寺浴室院的东堂，以示他没有在京城长久住下去的打算。他在《元祐六年六月，自杭州召还，汶公馆我于东堂，阅旧诗卷，次诸公韵三首》诗中记录自己这时的生活：

> 半熟黄粱日未斜，玉堂阴合手栽花。
> 却寻三十年前味，未饭钟时已饭荼。
>
> 梦觉还惊屦响廊，故人来炷影前香。
> 鬓发白尽成何事，一帖空存老遂良。
>
> 尺一东来唤我归，衰年已迫故山期。
> 文章曹植今堪笑，却卷波澜入小诗。

元祐八年（1093），苏东坡二子苏迨的妻子欧阳氏因病逝世，苏迨和欧阳氏结婚才两年多，苏东坡只能哀叹他们没有长相守的缘分。为了给故去的儿媳追福消业，苏东坡把家藏庆州小孟绘制的《观世音》施舍给太平兴国寺浴室院，欧阳氏的母家捐资重新装裱了贯休所绘的《十六大罗汉图》，苏东坡为两组画各作了赞词。

青春风华（1036—1061）

金明池:"西池雅聚"

金明池是北宋时期著名的皇家园林,位于汴京外城西南城门顺天门(新郑门)外干道以北,与琼林苑南北相对。

金明池、琼林苑虽然是皇家园林,可是因为位于西郊,皇帝很少前去,特别允准每年三月初一至四月八日,民众可以前去参观、游览。届时附近几个县的百姓也会到此一游,民间有谚语说"三月十八,村里老婆风发",说的是村里的女人也要进开封府看热闹。

苏东坡在京为官时,多次去这里游览,其中元祐三年(1088)春天至少去过两次。三月十四日,他曾与黄庭坚、宋肇等人游览金明池,之后三人都有诗作提及此事。苏东坡作为当时的第一名士,出行时常常引人围观,黄庭坚《次韵,宋楙宗三月十四日到西池,都人盛观翰林公出遨》中的"还作遨头惊俗眼,风流文物属苏仙",说的就是这种情况。六天后,苏东坡又与钱勰等人同游金明池,赋诗一首。

金明池的核心景观大池塘占据了该园林大部分用地。周世宗在显德四年(957)仿照西汉武帝在长安城西部修建训练水军的昆明池之举,下令建造了这一池塘。宋太宗于太平兴国元年(976)下令进一步扩大池塘,引入金水河注入其中,修建了水心五殿(即水心殿),供皇帝在此观看水战表演,当时称作"水戏"。南有数百步长的飞梁(即仙桥)可以到南门处。至太平兴国三年(978)竣工后,池塘周长九里三十步(宋人以五尺为一步,三百步为一里),四周有围墙,设门多座,因池水引自金水河,宋太宗将其命名为"金明池"。当时这里属于琼林苑管辖的范围。

统一南方之后,水军演习的需求下降,故而宋太宗统治后期,这里就逐渐变成了游览、观看龙舟赛会的地方。其中有一些龙舟是吴越王钱俶贡献的,最大的龙舟长达二十丈,船上有多层宫室,布设御榻,以备皇帝带着妃嫔或近臣游幸,因此也被称为"楼船"。宋神宗时,又在金明池北岸建造过一座船坞——"大澳",这是一座大屋,可在里面停放和维修龙船。沈括在《梦溪笔谈》中记载:"熙宁中,宦官黄怀信献计,于金明池北凿大澳,可容龙船,其下置柱,以大木梁其上。乃决水入澳,引船当梁上,即车出澳中水,船乃笐于空中。完补讫,复以水浮船,撤去梁柱,以大屋蒙之,遂为藏船之室,永无暴露之患。"这是当时技术上的

宋 佚名 金明池争标图(局部)

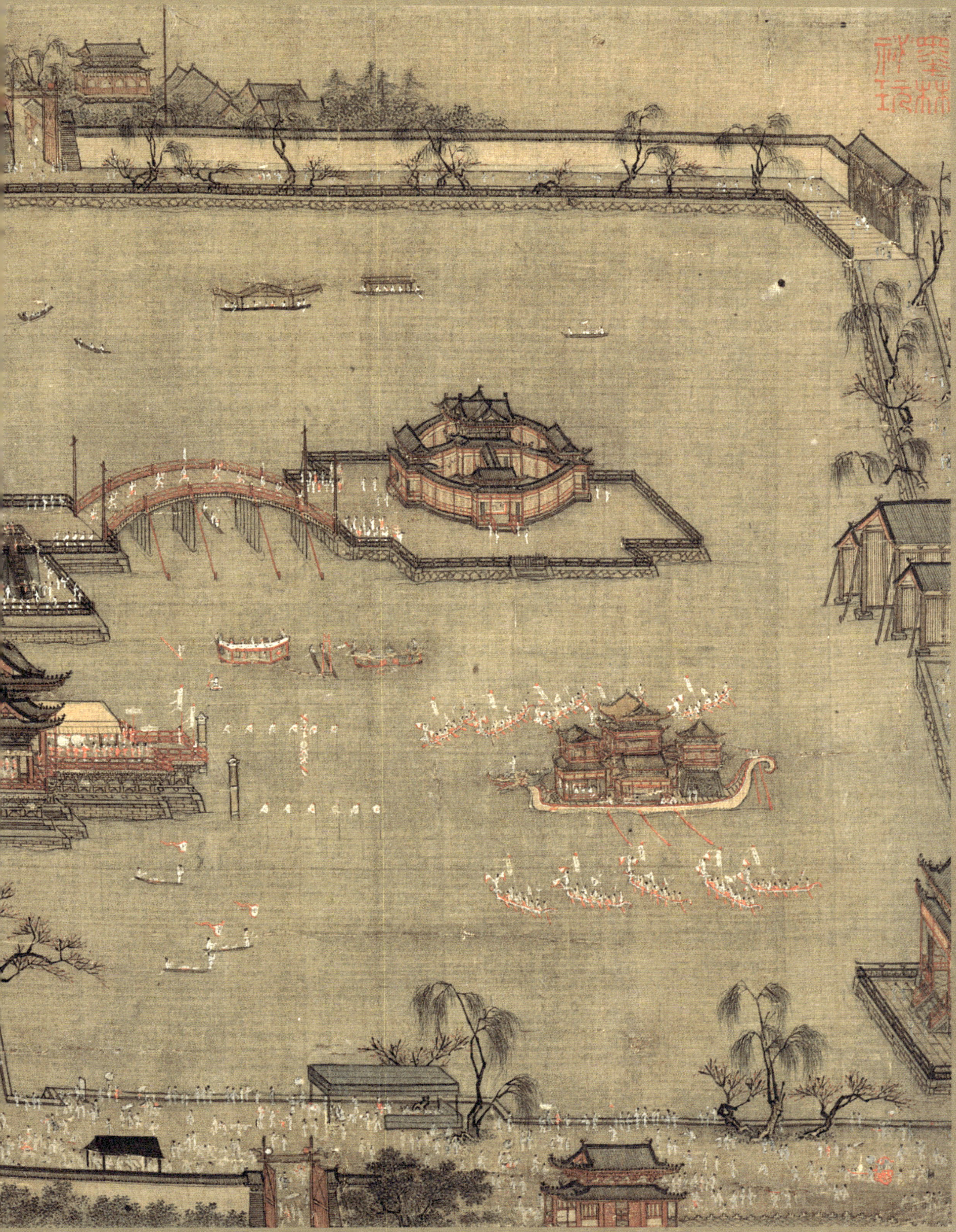

一大创举,应是从当时海边、河边的船厂学来的方法。之后,宋神宗还命人引汴河之水从池子西北角注入,以减少池内泥沙淤积之害。

据《东京梦华录》记载,金明池在顺天门街以北,普通百姓是从南面的侧门进入南岸,往西走百余步是一座临水殿,皇帝驾幸时在此观看龙舟争标、举办宴会,继续往西走数百步就是仙桥的南头。这座桥梁从南到北长数百步,桥上是朱漆栏楯,下有连续的三个拱洞,看上去犹如驼峰一样隆起,民间俗称"骆驼虹"。桥北头就是坐落在一座小岛上的水心五殿,中间大殿中设有御幄、朱漆明金龙床,四周回廊则租给卖饮食的商贩、表演杂技的艺人使用。金明池的西岸没有建筑,游人稀少,较为僻静,所以管理金明池的机构推出有偿钓鱼服务,爱垂钓的人可以到池苑购买"牌子"在此钓鱼,钓到鱼以后可以花比外面的鱼贵两倍的价格买下,在岸边制作鱼脍品尝。

皇帝驾临,走的是正南门,即仙桥南头正对着的棂星门,门内两边修建了高大彩楼。从棂星门出来就是顺天门大街,街南有一座砖石堆砌的高台,上面有一座周长百丈许的重檐歇山顶建筑宝津楼,在这里朝北可

以俯瞰金明池的飞梁、水心五殿等景观。临水的墙下都栽种垂杨，岸边搭建一个个彩棚供人休息、饮宴。因为每年开放时期到金明池游览的百姓众多，故而这段时间顺天门大街街东的房舍、空地就被出租作为酒食店、摊位、勾栏瓦肆、典押质库，等金明池关闭不再开放，这些店铺也就关门歇业。从《金明池争标图》《天中戏水图》等画作中，能看到当年金明池竞标的一些场面，只是《金明池争标图》中的比例关系与实景的比例不同，画家有意放大了建筑而缩小了水面。

皇帝每年春天带着侍从临幸金明池，在东岸的建筑中观赏水军表演骑射、艺人百戏表演和龙船争标。因为金明池位于汴京西城墙外，故而宋人也把此处称作"西池"，如韩琦所作《驾幸金明池》就有"西池风景出尘寰，春豫方乘禁坐闲"一句。

秦观被贬岭南时，写过一首《千秋岁》，就是回忆元祐年间与苏东坡等人在金明池雅聚的场景：

水边沙外，城郭春寒退。花影乱，莺声碎。飘零疏酒盏，离别宽衣带。人不见，碧云暮合空相对。

忆昔西池会，鹓鹭同飞盖。携手处，今谁在。日边清梦断，镜里朱颜改。春去也，飞红万点愁如海。

苏东坡故去后，宋徽宗又在政和年间下令在金明池周围再次兴建殿宇、增加绿化，使得这里成为汴京城的胜地。靖康年间，汴京被金人攻陷，金明池内建筑大多毁于战火，园林也无人管理。金代汴水断流频繁，失去水源的金明池逐渐干涸，加之金元时期黄河多次泛滥，洪水带来大量泥沙淤积此处，到了明后期，这里已经成了平地。

宋仁宗：优容直臣

苏东坡在宋仁宗统治的末年，先后考中进士、制科。在嘉祐六年（1061）的制科考试中，苏东坡洋洋洒洒写了五千多字，策问回答得体，最后被定为第三等，另一位考生王介被列为四等。苏辙在回答策问时言辞相对激烈，直言自己在外面听说皇帝喜欢在后宫欣赏歌舞、饮酒取乐，对后宫贵戚赏赐无度，如此"好色于内"，会耗费财政收入、影响民心。司马光、范镇、胡宿等考官对苏辙的名次颇有争议，韩琦听说后觉得应该判不合格。而宋仁宗比较大度，觉得既然制科考试鼓励考生直言，如今有人直率发言了，却又不给人家名次，那天下士人会怎么评价自己呢？于是，众考官把苏辙列为四等下，位列王介之后。

从这件事可以看出，宋仁宗为人相对温和，能容纳不同意见。不过，这已经是宋仁宗统治的末期，嘉祐八年（1063）三月二十九日，宋仁宗就驾崩了，享年五十四岁。这时的苏东坡仅是在凤翔当签判的年轻官员，并未在朝中任职，对在朝为官的苦乐并没有什么体会。

宋仁宗与苏东坡的君臣际遇，在北宋历史上是一段充满戏剧张力的故事。仁宗在位期间以"仁"治天下，北宋进入稳定的治世时期，而苏东坡恰在仁宗晚年崭露头角。初读苏东坡、苏辙兄弟的制策时，宋仁宗欣慰地说："朕今日为子孙得两宰相矣！"宋神宗元丰二年（1079），"乌台诗案"事发，苏东坡因诗文获罪下狱，权臣李定等人欲置其于死地。关键时刻，退居深宫的曹太皇太后（仁宗皇后）以仁宗当初对苏东坡的赞誉之言力谏宋神宗，最终使苏东坡免于一死。

宋仁宗坐像

千年龙虎榜

嘉祐二年（1057）的科举考试录取的进士中人才辈出，对北宋的政治、文化、思想等诸多方面产生了深远影响，故这场科考被后世誉为"千年龙虎榜"。

考官阵容强大： 主考官是欧阳修，他是北宋著名的文学家、政治家，也是"唐宋八大家"之一。

录取人数众多： 共录取进士三百八十多名。

改革考试制度： 从这一年起，殿试不再黜落考生，即凡经礼部贡举取中者，皆被录取为进士。

人才济济： 在《宋史》中有传者二十四位：章衡、苏东坡、苏辙、曾巩、窦卞、罗恺、邓考甫、王回、王韶、曾布、吕惠卿、刘效、刘元瑜、郑雍、林希、梁焘、蒋之奇、王无咎、程颢、杨汲、张载、张璪、章惇、朱光庭。

其中，苏东坡、苏辙、曾巩、程颢、张载都对后世有重大影响。尤其是张载，他的"横渠四句"——"为天地立心，为生民立命，为往圣继绝学，为万世开太平"，至今听来依然让人热血澎湃，心中涌起万丈豪情。

宋代科举制度

宋代科举考试分常科和制科两种：

常科三试：
① 解试：初级考试，取得解送礼部参加省试资格，又称"秋闱"。
② 省试：解试合格者的复试，由尚书省礼部主持，又称"春闱"。
③ 殿试：皇帝亲自主持的对奏名举人的复试，又称"廷试"。

制科，又称"制举""大科""特科"，是由皇帝下诏设置的科举考试科目。在宋代士子心目中，制科进身高于进士科。两宋期间，制科御试仅举行过二十二次，入等者不过四十人。四十人中就出了夏竦、富弼、张方平、苏辙等十位宰执。

制科成绩分五等，一、二等不授，三等就是第一名。宋代入三等的只有苏东坡、吴育、范百禄、孔文仲四人。

制科四难：
第一难：在职官员报考需要获得两名大臣的荐举。苏东坡的才华得到了欧阳修和杨畋的赏识，因而得到他们的推荐。
第二难：审核严格。需要先向两制（即掌内制、外制的翰林学士、知制诰、中书舍人）"缴交词论"五十篇，词理俱优者参加阁试。苏东坡上杨畋、富弼等人二十五篇《进策》、二十五篇《进论》，顺利过关。
第三难：阁试。出题范围在《九经》《十七史》《武经七书》《国语》《荀子》《扬子》《管子》《文中子》中，除了正文还有注疏，从这些海量的经史兵书里随便拎出一句，要能指出出处，并能引用上下文，写一篇不少于五百字的议论文，合格的为"通"。
第四难：御试。"制策一道，限三千字以上成"，即就一篇材料写一篇三千字以上的时政议论文。苏东坡这一届只有四人进入御试。

青春风华（1036—1061）

韩琦：持重之人

庆历三年（1043），八岁的苏东坡在眉山的天庆观读书时，就从京师传来的《庆历圣德颂》中得知韩琦、范仲淹、富弼、欧阳修等"人杰"的名字。这一年春夏之际，皇帝起用范仲淹、富弼、欧阳修、杜衍等人整顿政事，掀起庆历新政，让国子监直讲石介十分振奋，写了《庆历圣德颂》这首组诗称赞革新派诸臣。

西北党项族政权新首领李元昊于景祐五年（1038）称帝，建国号为"夏"，不再像自己的祖父、父亲那样向大宋皇帝称臣。朝廷不愿承认李元昊的帝位，下诏停止岁赐、互市，悬赏捉拿李元昊。从康定元年（1040）到庆历二年（1042），宋、夏在陕西、宁夏边境打了三年，宋军皆先胜后败，两军只能在西北边境相持。北方的辽兴宗则乘机勒索，为避免两面作战，大宋朝廷不得不答应每年额外多给辽朝十万两银子、十万匹绢。之前大宋打不过辽国，不得不以送"岁币"的形式维持和平，已经让历任皇帝和臣僚感到屈辱；如今面对小小的西夏也无法取胜，宋仁宗和士大夫群体都有了强烈的焦虑感。一贯保守的宋仁宗也产生了改革自强的心思，便于庆历三年（1043）任命范仲淹为参知政事，任命富弼为枢密副使，又擢拔欧阳修、余靖、王素和蔡襄为谏官，打算富国强兵。范仲淹、富弼提出"明黜陟、抑侥幸、精贡举、择官长、均公田、厚农桑、修武备、减徭役、覃恩信、重命令"等十项改革主张，欧阳修等人也纷纷上疏言事，宋仁宗大都予以采纳，并渐次颁布实施。这便是庆历新政的背景。

年幼的苏东坡对政治懵懵懂懂，只是记住了范仲淹、欧阳修等人的名字。后来庆历新政的政策虽然大多被取消，但是韩琦等人才依旧得到宋仁宗的重用，成为朝中要员。

嘉祐元年（1056），苏洵父子进京后，在欧阳修的引荐下，苏洵去拜会时任枢密使韩琦，苏洵认为此时大宋军队纪律有些松弛，是"大臣好名而惧谤，好名则多竖私恩，惧谤则执法不坚"所致，劝说韩琦要敢于用严刑峻法树立威严，诛杀不法军士。苏洵毕竟是个没有官场经验的儒生，对军政情势缺乏真实体会，一方面，在军中杀人立威弄不好容易激起哗变；另一方面，大臣这样做也容易招致谏官弹劾乃至皇帝猜忌。韩琦对苏洵的建议大为惊讶，有点儿怨怪欧阳修竟然引荐这样肆意妄言之人。时任宰相的富弼也认为苏洵劝人靠杀戮立威，显然不合时宜，以这样的言论求官怕是难以成事。

苏东坡考中进士后，在欧阳修的引荐下去拜会富弼、韩琦。他们见到高大聪慧的苏东坡，十分看重，还感慨道"恨子不识范文正公"，意思是苏东坡的文章才学一定能得到当年名重天下的范仲淹的欣赏。

苏洵病逝后，京城内外与其生前有交往的士大夫如韩琦、曾公亮、欧阳修、张方平、王珪、范镇、陈襄等都派人前来吊唁，共有一百多位亲友送来挽词。护送苏洵棺木回家的花费不小，韩琦派人赠银三百两，欧阳修赠银二百两，想帮苏东坡兄弟办理丧葬，都被他们坚决推辞了。

明　仇英（传）　昼锦堂图（局部）

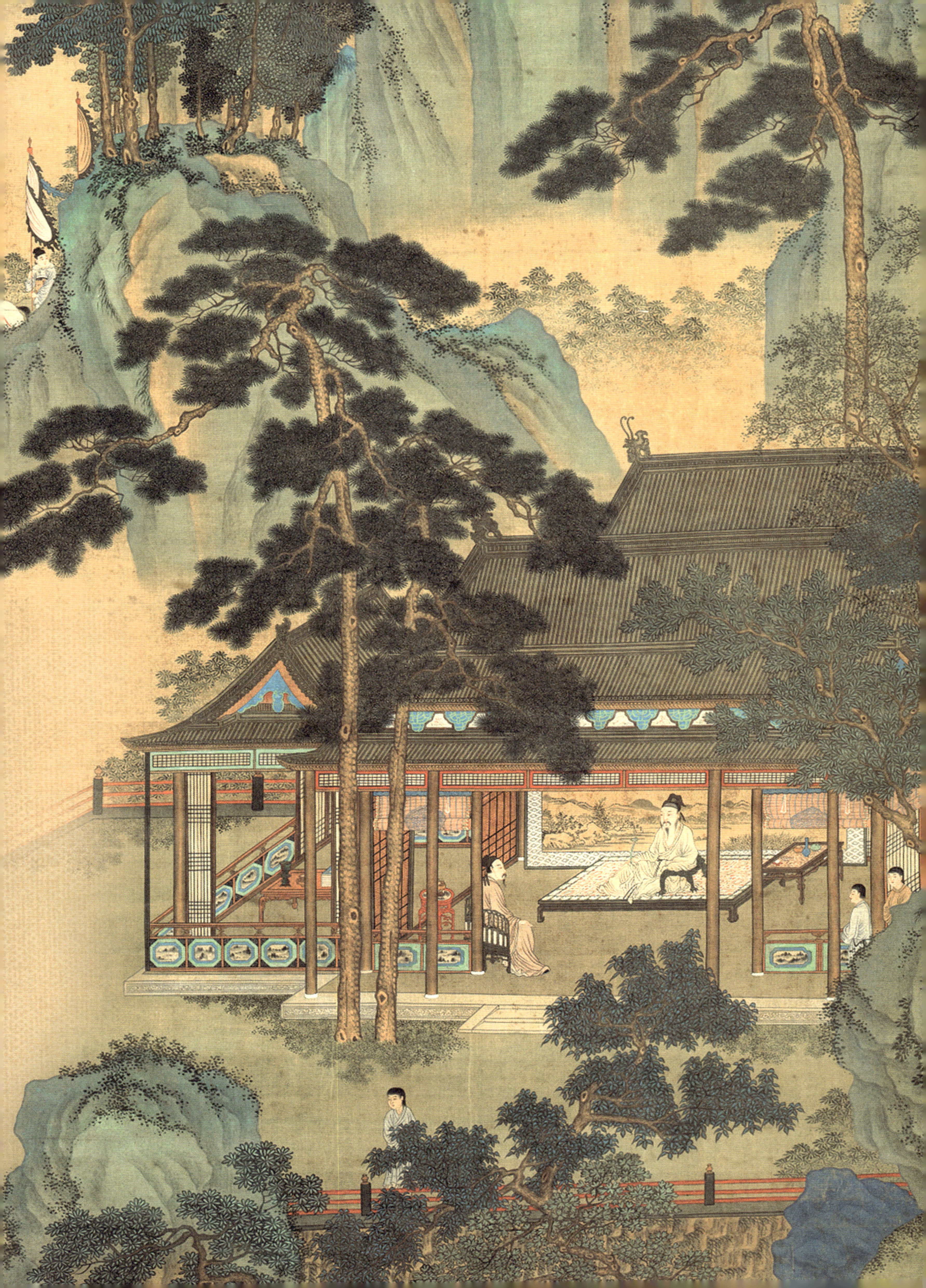

庆历二年（1042），王安石初登第，任淮南节度使签书判官厅公事。三年后韩琦出任扬州知州，曾是王安石的直属长官，不过从这时起，两人议事已常有不合。嘉祐六年（1061），王安石担任知制诰，数次与时任宰相的韩琦发生争执，颇有嫌隙。熙宁元年（1068），宋神宗把韩琦外派地方，次年提拔王安石为执政大臣主持变法。

在地方任职期间，韩琦对王安石推出的诸多新法的弊端体会较多。熙宁三年（1070），韩琦上书指出青苗法危害民众，一些地方官员为增加财政收入，甚至强迫没有田地的城市居民贷款，应该废除此法。韩琦是三朝元老，在官场、民间名声很大，皇帝一度也犹豫是否要继续变法。苏东坡也乘势进呈《再上皇帝书》，指出新政、新法导致"四海骚动，行路怨咨……今日之政，小用则小败，大用则大败，若力行而不已，则乱亡随之"。可惜宋神宗犹豫一个多月后，决定继续支持王安石变法，让王安石领导制置三司条例司官员针对韩琦的奏章写文章，逐条反驳韩琦，并立即雕版印刷，颁布到天下各州县，以这样公开传播的形式彰显朝廷对新法的全面支持，打击保守派官员的声势。

形势如此，旧党大臣也就不再多言。韩琦是宋仁宗后期以来名望最高的大臣之一，虽然被排挤到地方为官，宋神宗仍对他相当尊重，旧党大臣也把他视为奥援。不过，苏东坡仅仅是后辈，与韩琦的关系说不上亲近。

熙宁八年（1075）六月，朝廷元老韩琦过世，享年六十八岁，宋神宗亲自撰写碑文并题写碑额"两朝顾命定策元勋之碑"。在密州当知州的苏东坡听说后撰写了祭文，去信吊唁韩家后人。之前，韩琦在自家园林中修建了一座临水的斋堂，以白居易《池上》诗中的字眼取名"醉白堂"，曾想让儿子韩忠彦找苏东坡撰写记文。韩忠彦寄信说及此事，苏东坡便写了《醉白堂记》。

在儋州的时候，苏东坡时常想念自己的亲人和知交。或许是日有所思，夜有所梦，元符二年（1099）的一晚，他梦见自己在月光下登上惠州的合江楼，韩琦骑着一只鹤出现在空中，对他说："我奉命管理天上的要事，特地来告诉你一声，你不久之后就可以回到中原了。"

四相簪花

"四相簪花"是北宋时期流传的一则故事，故事初记于沈括的《梦溪笔谈·补笔谈》中，陈师道的《后山谈丛》及蔡绦的《铁围山丛谈》中也有记载。

> 庆历五年（1045），韩琦被贬，赴扬州任知州。扬州州衙的后花园内，一株罕见的芍药悄然绽放。此花非比寻常，一干分四岔，每岔各擎一花，花瓣红艳如烈焰，中央金蕊璀璨，宛如宋代身着红袍、腰系金带的宰相，故得名"金缠腰"或"金带围"。
>
> 韩琦邀请了当时同在扬州的王珪、王安石、吕公著（亦有说法为陈升之）共赏奇花。
>
> 宴席上，韩琦亲手剪下四朵芍药，分别簪于自己与三位宾客的发间，以此花为媒，共叙友情。后来四人皆官至宰相，"四相簪花"的佳话由此流传开来。民间更是将"金带围"芍药视为祥瑞之兆，寓意着飞黄腾达、仕途亨通。

明代的启蒙读物《龙文鞭影》收录了这一传奇故事，以"韩琦芍药，李固芙蓉"之句，赞誉其风雅与传奇，而"四相簪花"也成为绘画艺术的热门题材。

宋代金石学

宋代是中国金石学发展的重要时期，这一时期金石学从单纯的古物搜集、收藏活动转变为一门系统的学术研究，取得了显著的成就，并对后世产生了深远的影响。

宋代金石学是在宋代统治者注重文治，崇尚儒家礼教，提倡恢复古礼这样的背景下兴起的，士人阶层对古物的收集、整理和研究出现热潮。特别是宋仁宗时期，对古铜器的研究开始兴起。宋代文人学者的学术风气浓厚，对古文字学、历史学等学科的研究兴趣高涨，促进了金石学的兴起。那时候的文人学者为了古董，可以举全家之财购买。

《金石录·后序》中详细介绍了赵明诚与李清照夫妇二人节衣缩食购买古物的故事。在太学读书的赵明诚，每逢初一、十五告假回家与妻子团聚时，常先到当铺典质几件衣物，换一点儿钱，然后去热闹的大相国寺市场，买回他们所喜爱的碑文和水果，夫妇"相对展玩咀嚼"。经济富裕后，他们更是将全部俸禄用于书籍的校勘、刻写和金石文物的收藏。遇到名人书画，三代奇器，他们更不惜"脱衣市易"。而我们现今还能从宋画中看到多张博古图，足以证明当时文人群体收藏、鉴赏成风。

宋代出现了大量金石学著作，如欧阳修的《集古录》、吕大临的《考古图》、赵明诚的《金石录》等。这些著作不仅记录了大量金石文物，还开创了金石学的研究方法和著录体例。

金石学的发展促进了古文字学的长足进步，学者们通过研究金石铭文，推动了对古代文字的考释和解读。

富弼：泛泛之交

嘉祐元年（1056），苏东坡第一次进京参加科考时，京城最有名望的士大夫为文彦博、富弼、韩琦和欧阳修四人，他们在庆历年间出名，如今都五十出头，身居高位，备受瞩目。文彦博、富弼、韩琦官高权重，不便轻易结交士人，苏洵、苏东坡虽然前去拜会过，但仅仅是泛泛寒暄，并无深交。

嘉祐六年（1061），苏东坡、苏辙兄弟在怀远驿中备考，年轻的苏东坡因为欧阳修的一再赞誉，已在京城有了些名气。一些士大夫欣赏他的文章，他也把文章抄写后呈给富弼、曾公亮和吴奎等朝中高官。同年三月，富弼因母亲去世还乡守孝，皇帝按照惯例下诏起复，让他回来继续任职，富弼接连五次坚辞，半年后皇帝才让次相韩琦接任宰相。富弼居家守丧期间，宋仁宗驾崩，宰相韩琦等拥立宋英宗即位。嘉祐八年（1063），富弼守丧完毕，宋英宗任命他为枢密使。因富弼与韩琦不睦，他坚决要求外任。治平二年（1065），富弼在地方为官，文彦博接替他担任枢密使。

熙宁二年（1069）二月，宋神宗任命王安石为参知政事主持变法。王安石经常向皇帝传播"灾异皆天数，非关人事得失所致"的思想，让富弼大为惊讶。富弼认为君主所畏惧的只有上天，如果君主不再

宋　佚名　耆英会图（局部）

畏惧上天，就没有了制约，容易胡作非为。富弼认为这关乎治乱，于是上书《论灾变而非时数》，认为"天地人本是一气。善恶动静必然相应，合若符契，间不容发"。当时宋神宗频频召王安石商议变法，同列的宰辅都不敢与王安石抗衡，曾公亮多次上书求退，富弼称病，唐介病死，赵抃遇到事情只会叫苦，时人戏称五个宰辅可谓"（王安石）生、（曾公亮）老、（富弼）病、（唐介）死、（赵抃）苦"。到了八月，宋神宗就把对变法有异议的富弼外派地方，辞别时，宋神宗问他："你告退之后，谁能够代替你？"富弼推荐文彦博，宋神宗沉默了一会儿，问："王安石怎么样？"富弼也沉默不语。熙宁三年（1070），京城官场舆论批判王安石宣扬的"天变不足惧，人言不足恤，祖宗之法不足守"，他们也知道有许多士人担忧和反对新法。为推行新法，王安石一再劝说宋神宗树立专断权威，不必在乎士人的"流俗人情"，如此方能建立功业。王安石还以言论试图挑动宋神宗处死韩琦、富弼这样名闻天下的重臣，以此立威，但是宋神宗并未如此极端。

熙宁五年（1072），富弼主动上书请求致仕，回到洛阳闲居，与文彦博、司马光等十三人组织"洛阳耆英会"，以赋诗、饮宴相乐。元丰六年（1083），富弼故去，享年八十岁。元祐元年（1086），富弼配享宋神宗庙庭，宋哲宗亲自篆其碑首为"显忠尚德"，时任翰林学士的苏东坡撰写了神道碑。

文彦博：平易近人

苏东坡父子第一次进京的时候，宰相为富弼、文彦博二人。苏洵曾在欧阳修的引荐下去拜会文彦博，之后苏东坡考中进士，也拜会过文彦博。

文彦博为政持重，为人平易，喜好喝茶。熙宁年间，文彦博因为反对变法，被排挤到地方任职，苏东坡与他有书信往来。熙宁五年（1072），苏东坡担任杭州解试的考官，按照规定，在监考的二十多天里，他必须待在考场中和堂中不能外出，于是常常和几个官员闲聊、赋诗、喝茶。苏东坡从前并不爱喝茶，如今受僧人的影响也迷上了喝茶。僧人都爱设茶招待客人，对茶叶、水质、茶具颇有研究，加上杭州多处是茶叶的产地，苏东坡对采茶、制茶、品茶也有了了解，他让仆从带着砖炉石铫随时煮茶——在试院中也是如此。他还作了一首《试院煎茶》，记述自己一边看沸水的气泡从"蟹眼"大变成"鱼眼"大，一边见茶沫在水中旋转如飞雪，联想到唐代李约自己动手给客人煎茶和文彦博用定窑花瓷喝茶的故事：

> 蟹眼已过鱼眼生，飕飕欲作松风鸣。
>
> 蒙茸出磨细珠落，眩转绕瓯飞雪轻。
>
> 银瓶泻汤夸第二，未识故人煎水意。
>
> 君不见，昔时李生好客手自煎，贵从活火发新泉。
>
> 又不见，今时潞公煎茶学西蜀，定州花瓷琢红玉。
>
> 我今贫病长苦饥，分无玉碗捧蛾眉。
>
> 且学公家作茗饮，砖炉石铫行相随。
>
> 不用撑肠拄腹文字五千卷，但愿一瓯常及睡足日高时。

宋　佚名　陆贽像

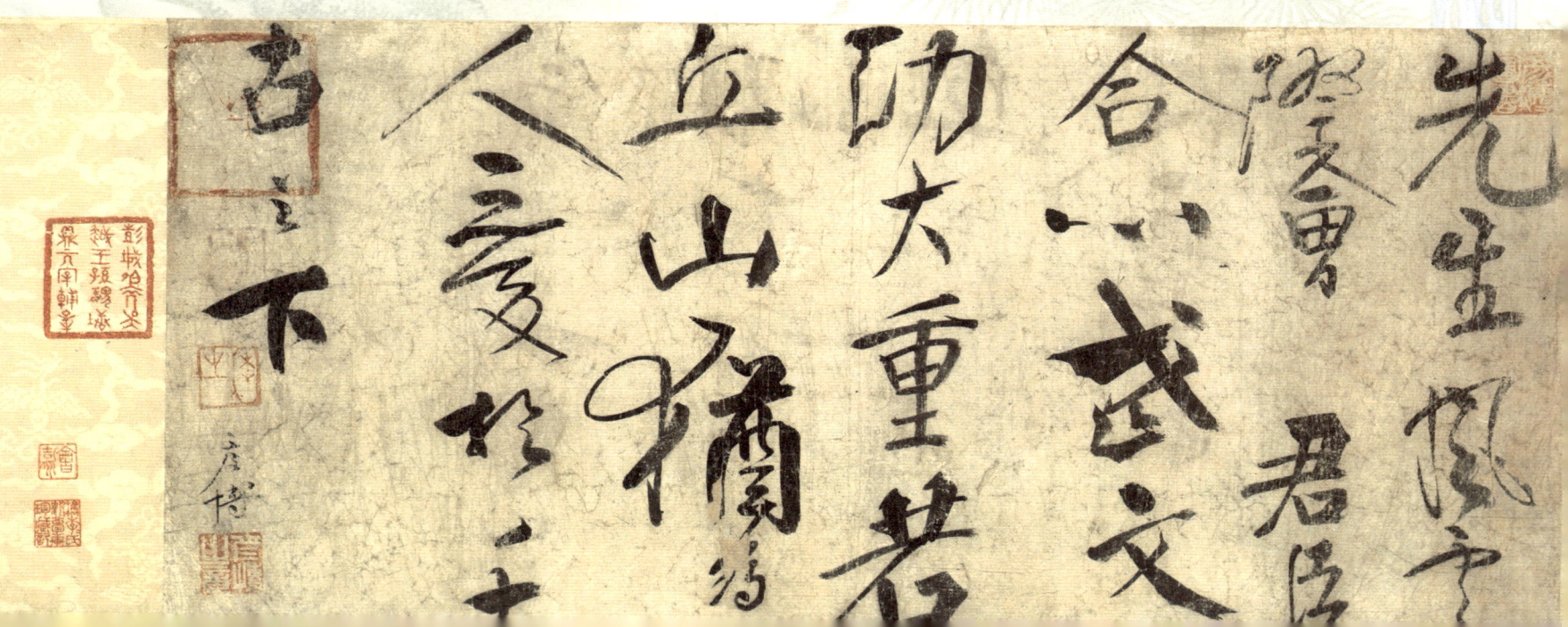

文彦博对苏辙有提携之意,熙宁六年(1073)曾举荐陈州教授任满的苏辙到河阳任学官,未得到允准,随后苏辙被新任齐州(今山东济南)知州李师中辟为掌书记。熙宁八年(1075),苏东坡在密州知州任上先后写了《上文侍中论榷盐书》《上文侍中论强盗赏钱书》给担任大名府(今河北大名)知府的文彦博。苏东坡还把文勋临摹的《琅琊台刻石》刻碑立在超然台上,希望把这件秦代的碑刻作品传承下去。提点京东西路刑狱李清臣来密州视察时,登临超然台后作了一篇赋。苏东坡觉得其文辞、意韵上佳,就把这篇赋也刻石立在台上。苏东坡给几位有来往的朋友写信说了自己修超然台之事,希望他们写诗文唱和,于是文同、鲜于侁、张耒各寄来一篇《超然台赋》,司马光写了《超然台寄子瞻学士》,文彦博也作诗《寄题密州超然台》。

元丰四年(1081),被贬黄州的苏东坡给担任西京留守的文彦博写信,把自己撰著的《论语说》五卷寄给他,希望他能帮自己保存、传播。文彦博的儿子文及甫在家中修筑德威堂,拜托苏东坡撰写了《德威堂铭(并叙)》。

元祐元年(1086),文彦博又被召回朝中,出任平章军国重事,六天朝觐一次,一月两次到皇宫讲经书,苏东坡也常能见到这位耆老。元祐四年(1089)四月,苏东坡外出担任杭州知州,去辞别致仕在家的文彦博时,后者一再叮嘱他到杭州少写诗,以免被人抓住把柄、诬陷诽谤。苏东坡辞别出来上马后,这位耆老重臣还开玩笑说:"以后你还写诗的话,就在旁边注释清楚自己要表达的意思,免得被人捕风捉影。"此时政坛的风气已因为熙宁以来激烈的新旧党争、台谏交攻而恶化,官员大都谨言慎行,像苏东坡这样直率的人已经很少有了。

文彦博是长寿之人,他于元祐五年(1090)以太师致仕,绍圣四年(1097)被指责与司马光是朋党、反对王安石变法、诋毁宋神宗,由太师降职为太子少保,于同年逝世,享年九十二岁。

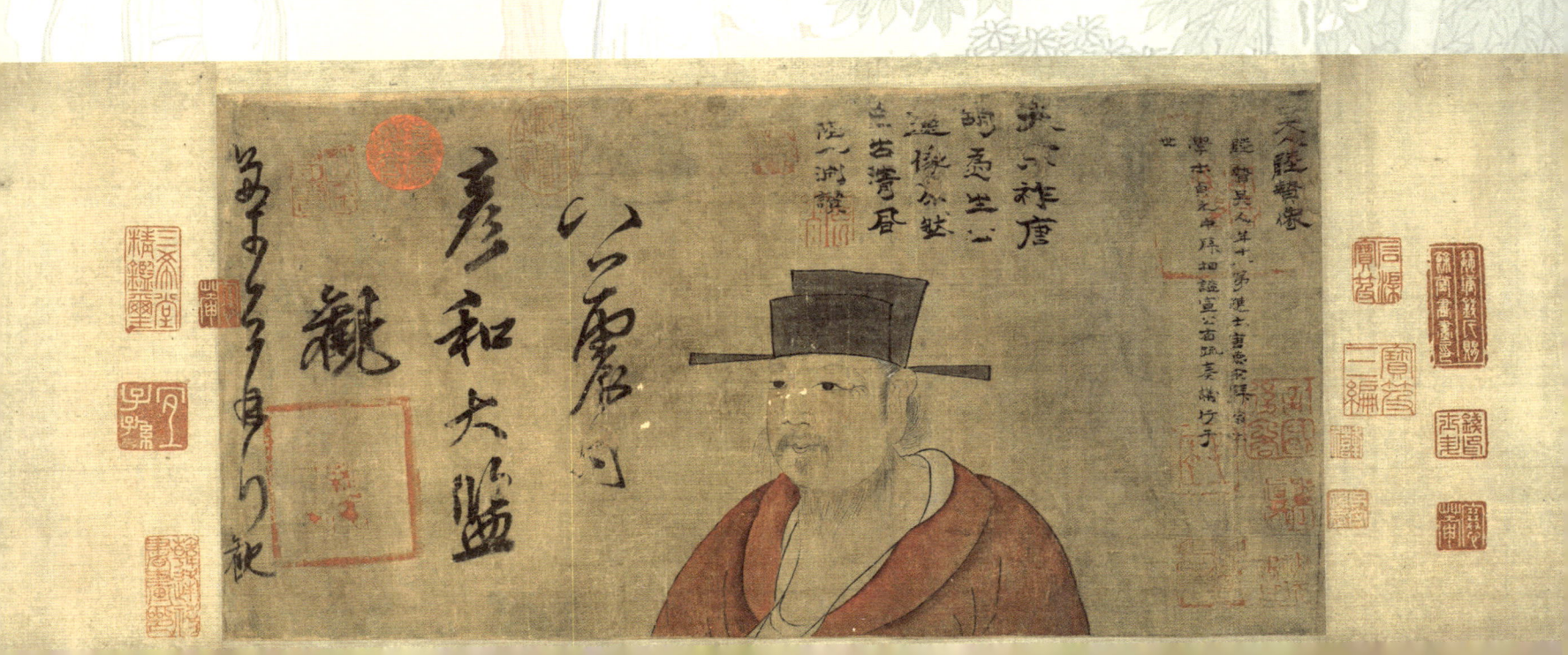

青春风华(1036—1061)

出三峡：成为诗人的行旅

鲜为人知的是，二十四岁之前，苏东坡很少写诗，也不以诗闻名。他第一次大量写作诗歌，是在宋仁宗嘉祐四年（1059），二十四岁的他与父亲、弟弟东出三峡的时候。在这次从蜀地到襄阳的旅行途中，他和弟弟不断写诗、讨论诗歌技巧，就此成为诗人。

这次旅行，有苏洵和苏东坡、苏辙一大家人，因为人多，他们决定先从岷江乘船，经嘉州到戎州，再顺长江东行到江陵（今湖北荆州），然后改陆路，经过荆门、襄阳、南阳、颍昌去汴京。

他们一路走得比较慢，父子三人一边行路，一边沿途游览，悠闲时苏洵还会弹琴为乐。古人已经写过不少关于三峡的诗文，如北魏郦道元《水经注》云："自三峡七百里中，两岸连山，略无阙处。重岩叠嶂，隐天蔽日。自非亭午夜分，不见曦月。"李白、杜甫也都写过出三峡的诗，苏东坡在途中常常想起前人的作品，比如杜甫写的那些记录行程所见所闻的组诗。

沿途的山水风光、民情风俗、历史遗迹都让苏东坡感到新鲜，他以诗歌的形式做了细致的观察和记录。一行人从眉山出发，两三天后就到了嘉州，这里的知州招待他们停留了几天，其间他们游览了龙岩、凌云寺等处。苏东坡和苏辙听嘉州监税郭纶讲述自己当年与西夏军队作战的往事，都写诗称述他的经历。

随后，一大家人乘船南下。苏东坡在船上写了《初发嘉州》，叙述自己着急去钓台与同乡僧人宗一告别的心情，诗云：

> 朝发鼓阗阗，西风猎画旃。
> 故乡飘已远，往意浩无边。
> 锦水细不见，蛮江清更鲜。
> 奔腾过佛脚，旷荡造平川。
> 野市有禅客，钓台寻暮烟。
> 相期定先到，久立水潺潺。

在戎州县城西北约三十里外的牛口渚停船时，苏东坡写了《夜泊牛口》，描述傍晚在河边停泊时所见的场景：

> 日落江雾生，系舟宿牛口。
> 居民偶相聚，三四依古柳。
> 负薪出深谷，见客喜且售。
> 煮蔬为夜餐，安识肉与酒。
> 朔风吹茅屋，破壁见星斗。
> 儿女自咿嚘，亦足乐且久。
> 人生本无事，苦为世味诱。
> 富贵耀吾前，贫贱独难守。
> 谁知深山子，甘与麋鹿友。
> 置身落蛮荒，生意不自陋。
> 今予独何者，汲汲强奔走。

兄弟两人常写同题诗，苏辙也有一首《夜泊牛口》。他们都是从本地渔民贫寒的吃食、简陋的衣着写起，但苏东坡想到的是，奔走为官或许还不如像渔民那样与山林、麋鹿为友自在，表达了一种个人主义的情趣；而苏辙显然有更强的社会意识，看到渔民"水寒双胫长，坏裤不蔽股"，在茅屋中"稻饭不满盂，饥卧冷彻曙"，就联想到城镇民众和渔民两种不同生活方式带来的差别，"安知城市欢，守此田野趣"。

青春风华（1036—1061）

在峡谷中，苏东坡写了《江上看山》，描述自己在船上所见的连绵山峰快速掠过的情形："船上看山如走马，倏忽过去数百群。前山槎牙忽变态，后岭杂沓如惊奔。仰看微径斜缭绕，上有行人高缥缈。舟中举手欲与言，孤帆南去如飞鸟。"

到了夔州（今重庆奉节），这是杜甫当年因病停居近两年的地方，父子三人一起到白帝庙、永安宫、八阵图等处游览，还去了附近的龙马溪村，都写有诗歌。自此船只进入瞿塘峡、巫峡、西陵峡组成的三峡，这是李白、杜甫等许多诗人描写过的著名景观，苏东坡也写了好几首诗赋描述自己的心绪和见闻，如《入峡》写自己初入三峡的好奇和期盼，《巫山》则记录了"瞿塘迤逦尽，巫峡峥嵘起"的壮观景象。

路过巴东县时，他们没有下船，继续南下。晚上停泊在巴江边时下起了雨，苏东坡和苏辙或许曾想起李商隐的名诗《夜雨寄北》中那句"何当共剪西窗烛，却话巴山夜雨时"，两人相约以后一起游览蜀中山水。

出了三峡口，他们的船只遇到大风，而前方马上就要到长江中最危险的礁滩之一"新滩"（位于今湖北秭归）。此处两岸的山峰于天圣年间发生过崩塌，形成明礁、暗礁密布的一片石滩，长一百多米，凶险无比，过往船只往往须在此处卸下货物，从岸边搬运过去，乘客也得下船上岸步行，且船只不可并行，须一艘船过滩之后，下一艘船才能通过。船工看到风大水急，不好把握方向，便停在水边，等待风势变小。他们在江边停留了三天，苏东坡写有《新滩阻风》记录这段经历。

一天晚上下雪，全家人在旅舍只能"缩颈夜眠如冻龟"。次日早上起来，两兄弟去附近的村子买了村民酿造的土酒，一边喝酒吃菜，一边写诗。苏辙提议按照欧阳公赋雪诗的习惯，不许用惯常描绘雪的字眼，各作一首诗，苏东坡便作了首《江上值雪，效欧阳体，限不以盐玉鹤鹭絮蝶飞舞之类为比，仍不使皓白洁素等字，次子由韵》。

他们一路走走停停，平均每天行船约四十里。停船以后，父子三人常到附近的佛寺、道观、渡口游览，参观了许多历史遗迹，如屈原塔、严颜碑等，对战国时的屈原，三国时的严颜、诸葛亮等人的历史有所感慨，就沿途的见闻作诗。对苏东坡来说，这一路就好像在以诗歌和李白、杜甫对话。出了三峡，仿佛又新加入一个对话的人物——欧阳修。途经夷陵时，父子三人特地去参观欧阳修当年贬谪在此时住过的至喜堂，里面的老楠树还是欧阳修当时所见的那棵，他们便赋诗缅怀欧阳公当年的风范。

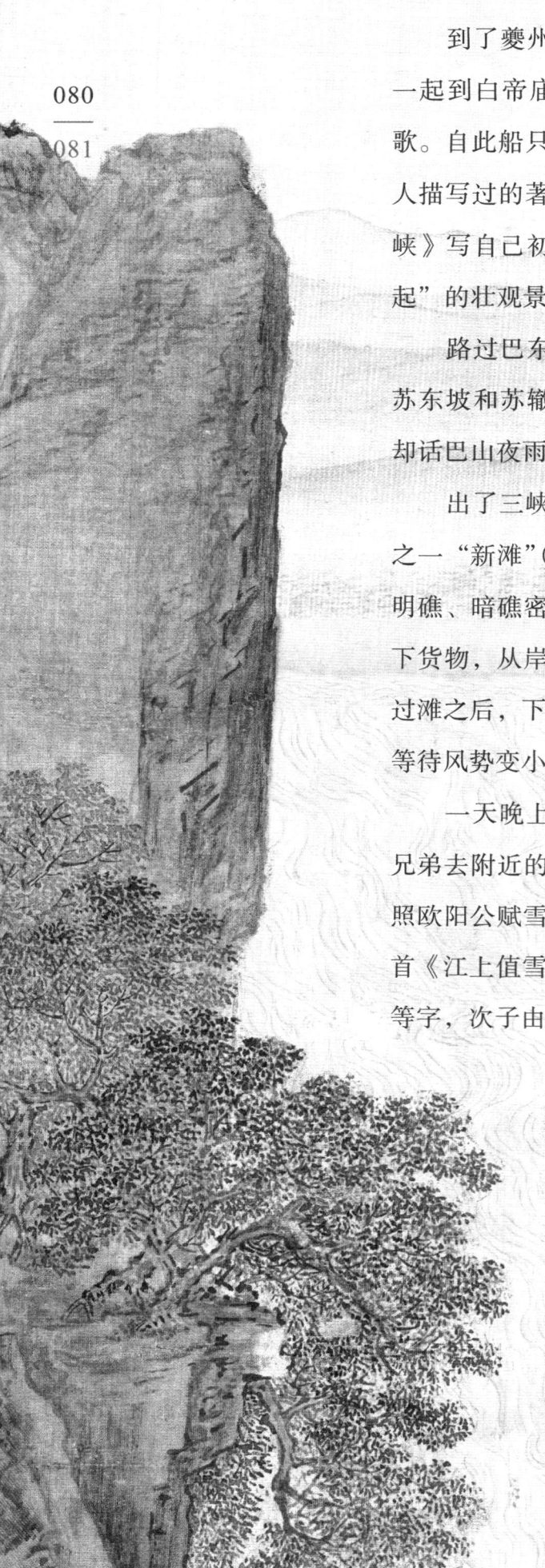

十二月初，历经一千六百多里水路，一行人抵达江陵，在旅舍住了将近一个月，置办从水路换陆路所需要的马、车等随行物品。他们常在江边吃黄鱼、野雁肉，而城中百姓都在忙着置办年货。苏东坡抽空把父子三人到江陵之前写的一百篇诗文集合为《南行集》，于十二月八日撰写了序言，还计划把从江陵到汴京的诗文集合为《南行后集》，由苏辙来写引言。

嘉祐五年（1060）听完春节的爆竹声，一家人从陆路骑马、乘车北上。经过四个月的漫长行旅，作了近百首诗词后，一行人于二月中旬抵达汴京，从此，苏东坡开始了漫长的游宦生涯。

这次出川是苏东坡的第一个诗歌高产期。此前他一心准备科考，并不热衷于写诗。在为母亲守丧期间，他看了不少诗集抄本，研究写诗的技巧，尤其钟情于古体诗。这次漫长的旅途正好让他有了一试的机会，于是常常和弟弟写同题诗，互相比较、探讨，一方面算是训练自己写作诗歌的技巧，另一方面也记录沿途的民情风俗，歌颂贤人名士，有增长见识、宣扬教化之意。这时的苏东坡还只是一个默默无名的诗人，只有他的父亲、弟弟等家人知道他有写诗的才华。此前汴京的文士只知道苏东坡的文章写得好，得到过翰林学士欧阳修的夸奖，但从未见过他写的诗。

文章：行云流水

在去杭州当通判之前，苏东坡最出名的才艺是写文章而非诗词。而且，就数量而言，他一生所写作的文章在数量上也远远超过诗词。在宋神宗、宋哲宗时期，文章方面约略能与他抗衡的，也只有老一辈的王安石，同辈的曾巩、黄庭坚等人而已。

苏东坡不愿按照常规写文章，而是喜欢从细节、经历出发，引领读者进入某个场景之中，再引申出相关道理，显现出撰文要"如行云流水，初无定质，但常行于所当行，常止于所不可不止，文理自然，姿态横生"的特质。比如他写的碑记文章《凤鸣驿记》就是如此。他在凤翔府当签书判官时，天兴县县令胡允文请他撰写《凤鸣驿记》。凤鸣驿是苏东坡熟悉的地方，几年前他和父亲、弟弟去汴京参加科考时路过天兴县，一开始打算住在凤鸣驿，可是进去转了转，发现那里实在太破败，赶紧出来找了家旅舍住。宋选到任后，看到这座驿站太不堪，立即让人动工进行修缮。类似这样的官府工程，完工后通常都要刻石立碑，记录修缮的原因、过程，称颂主持之人的功德，于是胡允文找苏东坡来写关于此事的碑记。苏东坡并没有按照记文的程式写文章，而是从自己前后两次在凤鸣驿的见闻细节说起，带出宋选修缮这里的功德，又先抑后扬，说修驿站是不值得大书特书的小事，但宋公连小事也尽力做好，可以想见其性格和为政风格，这样的人才能干好大大小小的实事。

苏东坡写景、写游历的部分文章最为后世所知，可是他实际上也写了大量"职务作品"，如担任中书舍人、翰林学士时期写了大量任命公告乃至节日祝贺皇帝的诗歌。这些作品在今人看来可能并无多少意义，但在当时可能颇受关注和重视。

作为当时的第一名士，许多士人都希望能邀请苏东坡撰写记文、碑铭，他有感于雷简夫为豪强撰文受非议一事，对写作碑铭格外谨慎。他一生仅写了为数不多的墓志铭，其中包括富韩公弼（富弼）、司马温公光（司马光）、赵清献公抃（赵抃）、范蜀公镇（范镇）及张文定公方平（张方平）的墓志铭，富弼、司马光、赵抃的神道碑，替张方平代笔给赵庸敬、滕元发二人撰写墓志铭各一篇，以及代韩维所作的刘夫人墓志铭。

曾巩：以文会友

曾巩在士林中比苏东坡成名更早，以史传、碑志文章著称，但苏东坡后来居上，不仅文章的名气更大，而且所作的诗词流传更广。

曾巩是建昌军（治所在今江西南城）南丰人，出身仕宦家族，天资聪慧，记忆力超群，年十二即能作文，十八岁时跟随父亲赴京，在太学求学期间结识了欧阳修等名士，同当时的名人杜衍、范仲淹等都有书信往来。他投献文章，议论时政，是有名的才子，可他疏于研究应举时文，屡试不第，嘉祐二年（1057）三十九岁时才与苏东坡等人一同考中进士。嘉祐五年（1060），欧阳修举荐他到朝中任馆阁校勘、集贤校理。

治平年间，苏东坡回朝为官，与曾巩是馆阁同僚，加之又是同年进士，故而有一些交往。不过，曾巩比苏东坡大十八岁，又性格不同，两人的交情并不深厚。宋神宗熙宁元年（1068），苏东坡在眉山为父亲守孝，在祖坟扫墓时见祖父苏序坟前没有墓碑，便为其写下行状，托在汴京的曾巩据此撰写碑文，而后命人刻石立在坟前。

曾巩长期任职馆阁，从事古籍整理工作，在熙宁年间对新法虽有异议，但并不是激烈的反对者，却也被排挤到地方当知州。元丰二年（1079），"乌台诗案"结案时，时任亳州知州的曾巩因为曾与苏东坡有交往，被罚铜二十斤。

元丰三年（1080）曾巩回朝为官，元丰五年（1082）升为中书舍人，同年九月因为母亲故去回到江宁守孝。元丰六年（1083）四月一日，曾巩因病去世，享年六十五岁。十几天后消息传到汴京，谣言盛传苏东坡和曾巩于同一天去世，都被招到仙界去了。宋神宗听到传言，也连声叹息，说曾巩和苏东坡去世后，世间难得再有此等人才。

明　仇英　玉洞仙源图

青春风华（1036—1061）

唐宋八大家

又称"唐宋散文八大家",是唐代韩愈、柳宗元和宋代欧阳修、苏洵、曾巩、王安石、苏轼、苏辙八位散文家的合称。明初,朱右将此八人的散文作品编选在一起为《八先生文集》,遂起用八家之名;明中叶,唐顺之所纂《文编》中,唐宋文也仅取八家;明末,茅坤承二人之说,选辑编成《唐宋八大家文抄》。此书在旧时流传甚广,"唐宋八大家"之名也随之流传。

"唐宋八大家"以简练而响亮的名称,概括了一个互有联系而又各具特色的著名散文作家群,较好地反映了我国散文史上的巅峰时期——唐宋时期散文的风貌和成就。在整个散文史上起着承前启后、继往开来的作用。

这些人物共同推动了一场从中唐开始持续到宋代的文学革新运动——古文运动。古文运动以倡导古文、抵制骈文为核心。由于其涉及文学的思想内容,因此兼具思想运动和社会运动的属性。韩愈首次提出"古文"这一概念,他将六朝以来注重声律、辞藻和排偶的骈文视为俗下文字,而"古文"则是指先秦和汉代的散文。韩愈将改革文风与复兴儒学紧密结合,强调"文以明道"。宋代欧阳修是整个诗文革新运动的领袖,他提出了"道胜者,文不难而自至",主张作文须简而有法,流畅自然。作为诗文革新的中坚力量,欧阳修还推重王安石、曾巩和苏氏父子,鼓励他们积极创作,推动了运动继续蓬勃发展。

八大家中苏家有三人,分别为苏洵、苏轼、苏辙,人称"三苏",又有"一门三学士"之誉。故"唐宋八大家"可用"唐有韩柳,宋为欧阳、三苏和曾王"来概括。其中欧阳修、苏轼、曾巩和王安石四位,又称"古文宋四家"。

唐宋八大家的作品和文学主张对后世产生了深远的影响,不仅在散文领域,在诗词、书法、绘画等方面均有所体现。

八大家及其代表作品:

- **韩　愈**　《师说》《进学解》《获麟解》《祭十二郎文》等。
- **柳宗元**　《黔之驴》《永某氏之鼠》《小石潭记》等。
- **欧阳修**　《醉翁亭记》《秋声赋》《与高司谏书》等。
- **苏　洵**　《六国论》《衡论》《辨奸论》等。
- **曾　巩**　《醒心亭记》《游山记》《唐论》等。
- **王安石**　《游褒禅山记》《伤仲永》《答司马谏议书》等。
- **苏　轼**　《前赤壁赋》《后赤壁赋》《记承天寺夜游》《喜雨亭记》《石钟山记》等。
- **苏　辙**　《上枢密韩太尉书》《黄州快哉亭记》《巢谷传》等。

小石潭记（节选）

柳宗元 作

潭中鱼可百许头，皆若空游无所依。日光下澈，影布石上。佁然不动，俶尔远逝，往来翕忽，似与游者相乐。

潭西南而望，斗折蛇行，明灭可见。其岸势犬牙差互，不可知其源。

凤翔：初次为官

凤翔府是苏东坡入仕为官的第一站。

凤翔府辖天兴、岐山、扶风、盩厔、郿、宝鸡、虢、麟游、普润九个县。这里是周、秦两朝发源地，也是汉、唐两朝重地，历史文化遗迹众多，还有太白山、岐山、杜阳山、陈仓山等名胜。苏东坡和父亲、弟弟第一次出川时曾从这里经过。

嘉祐六年（1061）十二月，苏东坡一家抵达凤翔府所在的天兴县（今陕西凤翔），住在知州所住大院的西侧小院中，翌日正式上任。知府宋选看重苏东坡，对他比较宽容，其他官吏对高中制科三等的苏东坡也颇为尊重，称之为"苏贤良"。

苏东坡聪慧机敏，很快就熟悉了公务，平日里办完公事后常去周围游览。宋代官员假期颇多，有旬休，每月初十、二十日、三十日（二十九日）休假；其他节日如岁节（春节）、寒食、冬至，以及天庆节、先天节、降圣节各放假五天；皇帝生辰、太后生辰、上元、中元、下元、夏至、腊日、天祺节、天贶节各放假一天。如果家中无事，苏东坡一般都在各处游览，曾先后去孔子庙观赏石鼓，在知府官署观诅楚文碑，在开元寺、普门寺欣赏王维和吴道子的画，在天柱寺观杨惠之塑的维摩像，在东城墙外的东湖观赏风景、凭吊秦穆公墓等，后来他把在天兴县城内外游览时撰写的八首诗合称《凤翔八观》。他还去过凤翔府内的名寺真兴寺，在寺内高耸的"重阁"上眺望南部的太白山、终南山，以及东南的五丈原。

相较于山清水秀的眉山、热闹繁华的首都汴京，凤翔这座西北小县可谓"有山秃如赭，有水浊如泔"，呼呼的西北风刮得人脸生疼，城中尘土飞扬，使得苏东坡格外怀念家乡。春节临近时，他写了《馈岁》《别岁》《守岁》等回忆眉山年俗的诗，寄给弟弟苏辙。他们大约一个月通信一次，互相寄送诗文、通报消息。好在苏东坡认识了一些谈得来的同僚，在公事之余也不会感到寂寞。

嘉祐七年（1062），苏东坡让人在官署住所北侧的庭院中营造了一座亭子，边上挖出三个小池塘，他在池中种莲养鱼，周围栽种了三十多棵树。苏东坡十分喜欢园林，这是他第一次亲自设计。后来他在知府官署的花园中散步时，看到荒草中埋没着隋代行宫仁寿宫的赏石，便叫人挖出来，堆叠成台，供官员登临观赏。

春天，苏东坡多次去东门外的东湖欣赏风景，这片湖水让他恍然想起梦中的眉山风景，心中多少生出一丝安慰。但是到了夏天，他与新任凤翔府知府陈希亮的关系闹僵了，在官署中颇为抑郁，假日尽量都去佛寺赏画或者去城外游览，避免留在城里心烦。长的假日他都尽量离开凤翔，去终南山中游览、闲居，以免留在凤翔与陈知府应酬。嘉祐八年（1063），他到宝鸡县时曾登临当地的名胜斯飞阁，望着秦岭那边自己曾出入的官道有所感触，作诗《题宝鸡县斯飞阁》：

西南归路远萧条,倚槛魂飞不可招。

野阔牛羊同雁鹜,天长草树接云霄。

昏昏水气浮山麓,泛泛春风弄麦苗。

谁使爱官轻去国,此身无计老渔樵。

治平元年(1064)年底,苏东坡在凤翔任满三年,十二月十七日,接到去职公文,因和陈知府关系不佳,次日便离开了凤翔。

太守不有,归之天子。天子曰不然,归之造物。造物不自以为功,归之太空。太空冥冥,不可得而名。吾以名吾亭。』

伊:
语助词,无意。

冥冥:
高远渺茫的样子。

喜雨亭记（节选）

苏轼 作

既以名亭，又从而歌之，曰："使天而雨珠，寒者不得以为襦；使天而雨玉，饥者不得以为粟。一雨三日，伊谁之力？民曰太守。

襦：短衣，此处代指所有衣服。

陈希亮：打压之扰

陈希亮是眉州青神人，天圣八年（1030）进士，为官以执法严明著称，嘉祐八年（1063）他来凤翔担任知府，是苏东坡在凤翔任上的第二位上司，按照同乡社交辈分，苏东坡是他的孙辈。陈希亮对苏东坡颇为严格，在官署内听到有吏员尊称苏东坡为"苏贤良"，他大怒说："他仅仅是个判官，与贤良有什么关系！"当即下令用刑杖责打这位吏员。此后，知府官署内一派严肃，不再有宋选在任时从容宽松的氛围。

陈希亮精力充沛，重要公文都是自己操笔写作。对苏东坡按照惯例写作的公文逐句涂墨修改，让他重新抄写后呈交，之后又修改一些字句，让他再次修订，如此往返数次。苏东坡年轻气盛，觉得陈希亮有意折腾自己，在公文写作等事宜上和陈希亮有过几次争执。如此一来，苏东坡对陈希亮敬而远之，除日常公事外尽量不见面。当年中元节，苏东坡没有参加知府举办的常规宴会，也没到知府厅堂拜见这位苛刻的上司。陈希亮抓住这一点礼仪事由，上奏朝廷，指责苏东坡违反礼仪，导致苏东坡被朝廷罚铜八斤。这对苏东坡来说是个不小的打击，毕竟这是他第一次受到朝廷责罚。

苏东坡任满回京后不久，陈希亮因为把他州馈送的公使酒据为己有，遭到弹劾，被解除职务。赋闲几年后，陈希亮又担任过湖北房州知州、太常少卿等职务，六十六岁病逝。

后来苏东坡在黄州时与陈希亮之子陈慥来往密切，受托撰写了《陈公弼传》，就自己与陈氏从前的纠葛，写了一句："公于轼之先君子为丈人行（长辈），而轼官于凤翔，实从公二年。方是时年少气盛，愚不更事，屡与公争议，形于言色，已而悔之。"

躲终南：官场总是烦恼地

苏东坡去过次数最多的名胜之地，是终南山。他在凤翔府当签判时，日日都能望见府城南郊远处的秦岭诸山，其中的一条沟谷陈仓道就是他当年出川走过的地方。因为距离不远，他在凤翔期间曾几次抽空前去终南山游览、小住。

他第一次去终南山游览是嘉祐七年（1062）二月，因为冬天数月干旱无雪，当时官员的一项重要职责是向神灵祷雨、祷雪，希望得到上天眷顾降雪，助力农业生产。担任凤翔府签书判官的苏东坡奉命去宝鸡、虢、郿、盩厔四个县宣布核实和减少囚犯人数以便消除积怨，助力降雪。他在盩厔县城办理完公务，乘便去四十里外的终南山北麓匆匆游览了两天，得到监太平宫张昊之、道士赵宗有的接待。他参观了太平宫、南溪、楼观、大秦寺、延生观、仙游潭、仙游寺、中兴寺等寺观、山水名胜，对太平宫中太宗御书《急就章》刻石上的书法大感兴趣，与道士多有交流。让他印象最深的是仙游潭南边形状奇异的绝壁，有山民在南北两座山崖之间放置了一根可以踩踏的树干，苏东坡觉得有滑落悬崖的危险，就没敢踏步树干，于是在中兴寺墙壁上题写了一首表达遗憾的诗：

> 清潭百尺皎无泥，山木阴阴谷鸟啼。
> 蜀客曾游明月峡，秦人今在武陵溪。
> 独攀书室窥岩窦，还访仙姝款石闺。
> 犹有爱山心未至，不将双脚踏飞梯。

之后，苏东坡去了太白山，这里的神祠相传非常灵验，每当发生旱灾，官吏、民众都会前来祭祀、祈祷。他奉命祈雨，登上山顶时，看到山崖上还残留着冰雪，担忧干旱的农民正在山顶的湫池边祭祀龙王，还带着瓶瓶罐罐，准备装满水，带到山下的祠庙拜祭。后来，他在玉女洞看到洞顶有飞流而下的泉水，也灌了一瓶，打算带回去煮茶。他回到凤翔县，天气依旧干旱，知府宋选听说向太白山顶湫泉的山神求雨最灵验，便派人再去太白山的山神庙（今清湫太白庙）祈雨、带水回来祭祀。这是苏东坡第一次游览终南山，匆匆而还，不算尽兴。

青春风华（1036—1061）

嘉祐八年（1063）二月底三月初，苏东坡去长安公干，往返均曾经过终南山山脚下的太平宫，不过这次是因公出差，匆匆一过，不算游览终南山。

同年八月，苏东坡被朝廷罚金，心中极为郁闷，八月底九月初托病休养了一段时间，带着家人一起到终南山下的南溪散心。这可以算是他第二次游览终南山，在《和子由记园中草木十一首》中云"自我来关辅，南山得再游"。此次游览，可以说是终南山深度游了，他去了附近的扶风县天和寺和周公庙、盩厔县的上清太平宫等处游览。官场的烦恼让他有了出世的想法，便将南溪竹林中的一处茅屋起名为"避世堂"。

第三次游览终南山是同年年底，苏东坡一个人到上清太平宫闲住。十二月十四日夜下了一场小雪，次日他骑马到南溪与友人小酌到晚上，住了几天，又去司竹监，看管理人员如何放火烧苇园，如何狩猎狐兔，随后吃了顿烤肉大餐。苏东坡在《司竹监烧苇园，因召都巡检柴贻勖左藏，以其徒会猎园下》中记录了此次闲游，"燎毛燔肉不暇割，饮啖直欲追羲娲"。因官场不顺心，苏东坡开始潜心读道藏，试图修养心性，写有《读道藏》一诗：

嗟予亦何幸，偶此琳宫居。
宫中复何有，戢戢千函书。
盛以丹锦囊，冒以青霞裾。
王乔掌关钥，蚩尤守其庐。
乘闲窃掀搅，涉猎岂暇徐。
至人悟一言，道集由中虚。
心闲反自照，皎皎如芙蕖。
千岁厌世去，此言乃籧篨。
人皆忽其身，治之用土苴。
何暇及天下，幽忧吾未除。

当然，苏东坡这时候还年轻，志在从政，并没有真要如古代隐士庄子、子州支父那样避世，只是因为有些小烦恼郁闷一阵罢了。

治平元年（1064），苏东坡依然尽量找各种机会外出公干。正月时，离任商洛令的章惇带着两个朋友来游终南山，约好和苏东坡相聚同游。于是，从正月十一日起，四人耗时四天，游览了终南山及附近的各处寺观、山水，这是苏东坡第四次游览终南山。在仙游潭北岸，苏东坡他们看到南岸附近有一座舍利塔及那根通向对岸绝壁的树干。苏东坡仍然心存畏惧，不敢上去。章惇胆子大，他从树干上走过去，把绳索挽在树干上，在绳索的保护下到了舍利塔边。苏东坡等人不敢如此，最后循着潭水边可走的小路走到潭西，发现那里的水比较浅。于是众人提起裤子涉水走到舍利塔边，那是一座两层的唐代残塔，上面雕刻了十六个神佛鬼怪，苏东坡用墨拓印了下来，并写短文记述了这日的经历。

  同年二月，苏东坡又抽空独自五游终南山。他又与监丞事张杲之、监宫李庠游览南溪、太平宫等地，喝醉之后在水中濯足，也算是新奇的体验。他对终南山已经非常熟悉，也没有了最初的新鲜感，而且此时天寒地冻，并不是游览的好季节，也就没有写什么诗。对他来说，终南山是躲避官场不快的清静地。不久之后，他就任满离开了凤翔。此后，在宋神宗熙宁元年（1068）年底，苏东坡、苏辙除父孝，带着一大家人翻越秦岭出川去汴京时，又一次走陈仓道，过凤翔府，涉终南山脚下的太平宫等处，这是苏东坡最后一次的终南山之旅。

青春风华（1036—1061）

造园：动手动笔

苏东坡从小就爱栽花种树，小时候曾在东冈栽种松树，入仕之后，他每到一个地方几乎都要营造园林、栽花种草，这似乎是受到白居易的启示。白居易是爱好园艺、园林营建的唐代著名文士，在诗文中对自己这方面的经历多有记述。苏东坡对白居易的诗歌、行迹极为熟悉，故而许多行为、诗文字眼都取法白居易。如在黄州，苏东坡模仿白居易在忠州开辟"东坡"的举动，在东门外的坡地开荒种地，才得来"东坡居士"这个雅号。元祐年间，苏东坡公开说"我似乐天君记取""出处依稀似乐天"，白居易当年在杭州"在郡六百日，入山十二回"，苏东坡则步其后尘，"在郡依前六百日，山中不记几回来"。

苏东坡初次为官是到凤翔府担任签判，这时他就有了最早的园林营建活动。嘉祐七年（1062）年初，他先修葺了官署中自己官舍所在的庭院，砍伐茅草，让院中的竹子、杏树能彰显它们的幽姿，为此他作了《新葺小园二首》记述此事。其他官僚觉得他三年后就要调职，何必多此一举，即所谓"三年辄去岂无乡，种树穿池亦漫忙"。但苏东坡的心态是"暂赏不须心汲汲"，暂且欣赏享受这美景，无须考虑能否永远拥有。

苏东坡还让人在知州官署北侧的庭院中营造了一座观景的亭子，在亭北栽种了些牡丹，边上挖出一个三丈长的长方形池塘，亭前挖建跨池短桥，又在池北整修北厦的轩窗曲栏，在北厦之后的院中修建两个小池。他让人在三个池塘中种莲、养鱼，周围栽种桃、李、杏、梨、枣、樱桃、石榴、槐、松、柳等树木。观景的亭子修好的时候，恰逢知州宋选带着全城文官、民众祈雨"灵验"，下了三天大雨，满城百姓欢呼雀跃，于是苏东坡把这座亭子命名为"喜雨亭"，并写了《喜雨亭记》一文记述此事。

此后他在杭州、密州、徐州等地为官时都有改造园林、兴修建筑的举动，在被贬黄州、惠州、儋州时期，也有修建雪堂、白鹤峰居所、桄榔庵的举动。从雪堂、白鹤峰居所的营建可以看出，苏东坡营造宅邸、园林有些"兴之所至"的意味，并没有经过多么理性的筹划。首先，选址的主要目的似乎是为了看风景，所选地都远离主城区，或是位于郊区的村落，导致后来要转让的时候很难找到买主；其次，因为选址有些随意，营造的建筑也多不实用，看上去很美，住起来并不舒适，比如居住在白鹤峰，还要走山路到山脚的江边打水。

对苏东坡来说，园林中的树木花草皆有盛衰，并不期望一直拥有美景，他的思想是不"留意于物"，珍惜短暂的相遇、触动，在刹那能感受到些许乐趣，便已足够。

明　陈洪绶　蕉林酌酒图（局部）

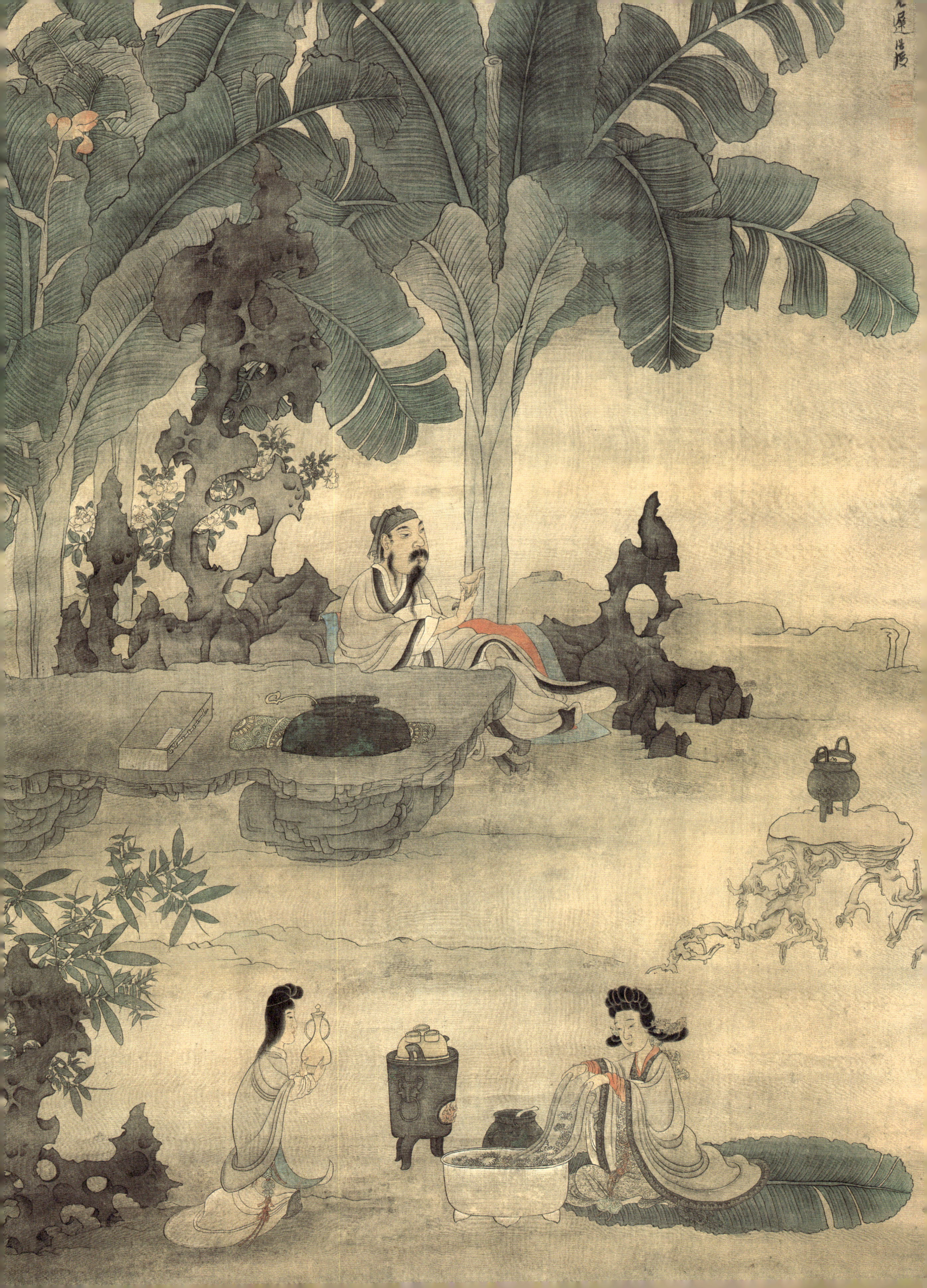

长安：文物渊薮

长安是汉唐古都，是文物渊薮，苏东坡五次路经长安。

第一次到长安，是嘉祐元年（1056）出川科考时经过；第二次是次年，因母亲故去，他与父亲、弟弟三人匆匆回家时经过。前两次对长安的印象并不深刻。

第三次到长安，苏东坡才有余暇了解这座城市。嘉祐六年（1061）他考中制科第三等，去凤翔上任途中，十二月路过长安。此时，翰林侍读学士刘敞正在这里担任永兴军路安抚使兼知军府事，和欧阳修、梅尧臣交好，他是著名的博学文人，热情地招待了苏东坡。刘敞喜欢收藏长安附近出土的青铜器，考证古器物上的铭刻，撰有书稿《先秦古器记》。他请苏东坡欣赏了自己收藏的古器。之前刘敞到凤翔府辖区的麟游县游览唐代皇帝避暑的九成宫遗址时，让官员把残存的唐代宫苑赏石集中放置在麟游县官署东侧的庭院中，苏东坡听说此事后，写了一首唱和诗。次年十二月，麟游县令把刘、苏二人的诗刻碑立石，命名为"京兆唱和"，这是最早的苏东坡诗歌碑刻。当时，许多地方官员都热衷于把本地名人或者曾在本地担任官员的名流的言论刻碑立石纪念，麟游县令立这块碑刻，是想凸显自己的上司刘敞，但从侧面说明苏东坡已经有了些名气，可谓年轻一代士大夫中的翘楚。

第四次到长安，是治平元年（1064）年底，苏东坡在凤翔府任满以后，回京时路过长安，逗留了十多天。这期间他和爱好收藏的朋友交流，为安师文收藏的颜真卿草书题跋，在陈汉卿家欣赏过吴道子画的佛像，还和关中著名的书法家石苍舒有交流，留下了几件书法作品给对方。武功县县令王颐离任，恰好路过长安，苏东坡题跋了王颐收藏的《醉道士图》，并赋诗和写草书作品相赠。

第五次到长安，是熙宁元年（1068）年底，苏东坡、苏辙为父亲守孝期满之后，带着一大家人从陆路出川，十月底到熙宁二年（1069）年初，他在长安停留了好几日。苏东坡兄弟到著名的收藏家薛绍彭处欣赏了其收藏的曹霸《九马图》，又和陕西转运副使范纯仁、即将赴任的建州（今福建建瓯）钱监王颐在母沆家聚会，观赏王颐、石苍舒的草书，并题跋了《醉道士图》等书画作品。闲聊时，有人提及前几个月重臣韩琦坐镇长安防御西夏侵扰，王颐、石苍舒曾在宴席上给他表演草书，韩琦说了一句"你们二人就像在给马行头吹笛"，众人都觉得莫名其妙，又不敢问这位朝廷重臣"马行头"是什么意思。苏东坡听了，解释说汴京东北有个贩卖马匹、草料等的市场叫"马行"，韩琦的意思是，你们在我面前表演草书，就像给马行的大商人表演吹笛，大约是赞扬他们技艺高超，才敢给见多识广之人表演。当然，也有可能是韩琦谦虚，说自己不懂草书——你们在我面前表演草书，就像吹笛给不解风雅的商人一般。

收藏：寓意于物

苏东坡受父亲熏陶爱好收藏。

在凤翔担任签判期间，苏东坡对书画、鉴藏颇感兴趣，曾把在凤翔所见的十五块古碑文字拓印成册，寄给弟弟苏辙，其中有欧阳询、李商隐等人的作品。后来，他又把友人王颐赠送的骊山澄泥砚寄给苏辙使用。苏东坡与爱好书画、收藏的士大夫交流颇多，如武功县县令王颐曾送给他一件长安古塔中出土的铜龟子，苏东坡便用这件可开合的宝物保存自己的印章。苏东坡在凤翔收藏了几件自己得意的东西，如一幅普贤菩萨画像，他寄给苏辙保存。在终南山下，苏东坡获得了一件古青铜器"宝尊敦"，后被欧阳修写入《集古录》。

苏东坡曾斥巨资购买吴道子的《四菩萨》门板画，这可谓是他最重要也最累赘的藏品。传说当年吴道子为唐玄宗在长安所建藏经龛绘制了八块门板画，阳面为八菩萨像，阴面为八天王像。唐僖宗时，黄巢大军攻陷长安后焚毁寺庙，有僧人在兵火中抢下四块门板画，偷偷带到岐山一所寺庙中，使它们得以流传。有客商以十万铜钱购得这四块门板画，苏东坡又斥巨资从他手中买下，送给父亲苏洵。苏洵一生有一百多件藏品，以这四块门板画最为得意。

苏东坡并不贪恋藏品，神宗熙宁元年（1068）在眉山为父亲守孝期满，苏东坡把《四菩萨》门板画捐给了中和胜相院。

苏东坡被贬谪惠州、儋州期间，虽然经济紧张，但还偶尔收藏画作，或者以自己的书迹交换藏品。他在常州顾塘桥边孙家宅院卧病时，听说常州已经许多天没有下雨了，天气干旱，便叫人将自己所收藏的黄筌绘制的《云龙图》悬挂在中堂，每天夜里上香祈雨。即使在生命的最后时刻，他还让家人、仆从把自己收藏的画作拿出来晾晒，自己也能大略看看。苏东坡对绘画的热爱至死不渝，他对美好事物一直抱有热情。

对苏东坡来说，收藏画作、赏石、碑刻拓片等都是一时所好。他对收藏家和藏品的关系有清醒的认识，他认为收藏家应是"寓意于物"，即收藏家获得某一件具体的作品时，能从中获得知识、乐趣就足够喜乐，不必"留意于物"。他认为收藏家不必有永远持有该藏品的执念，圣贤可以做到"不假外物而有守于内者"，士君子应该追求这种境界。又如他在《墨妙亭记》中论及碑刻时说："凡有物必归于尽，而恃形以为固者，尤不可长。虽金石之坚，俄而变坏，至于功名文章，其传世垂后，乃为差久。"碑刻如此，书画当然更是如此。这些物质性的藏品会因为战争掠夺、水火灾害、仕途变故等各种因素被转移、损毁，还不如士人立下功名、留下文章能传之久远，一个收藏家又何必固执于要拥有某物呢？

青春风华（1036—1061）

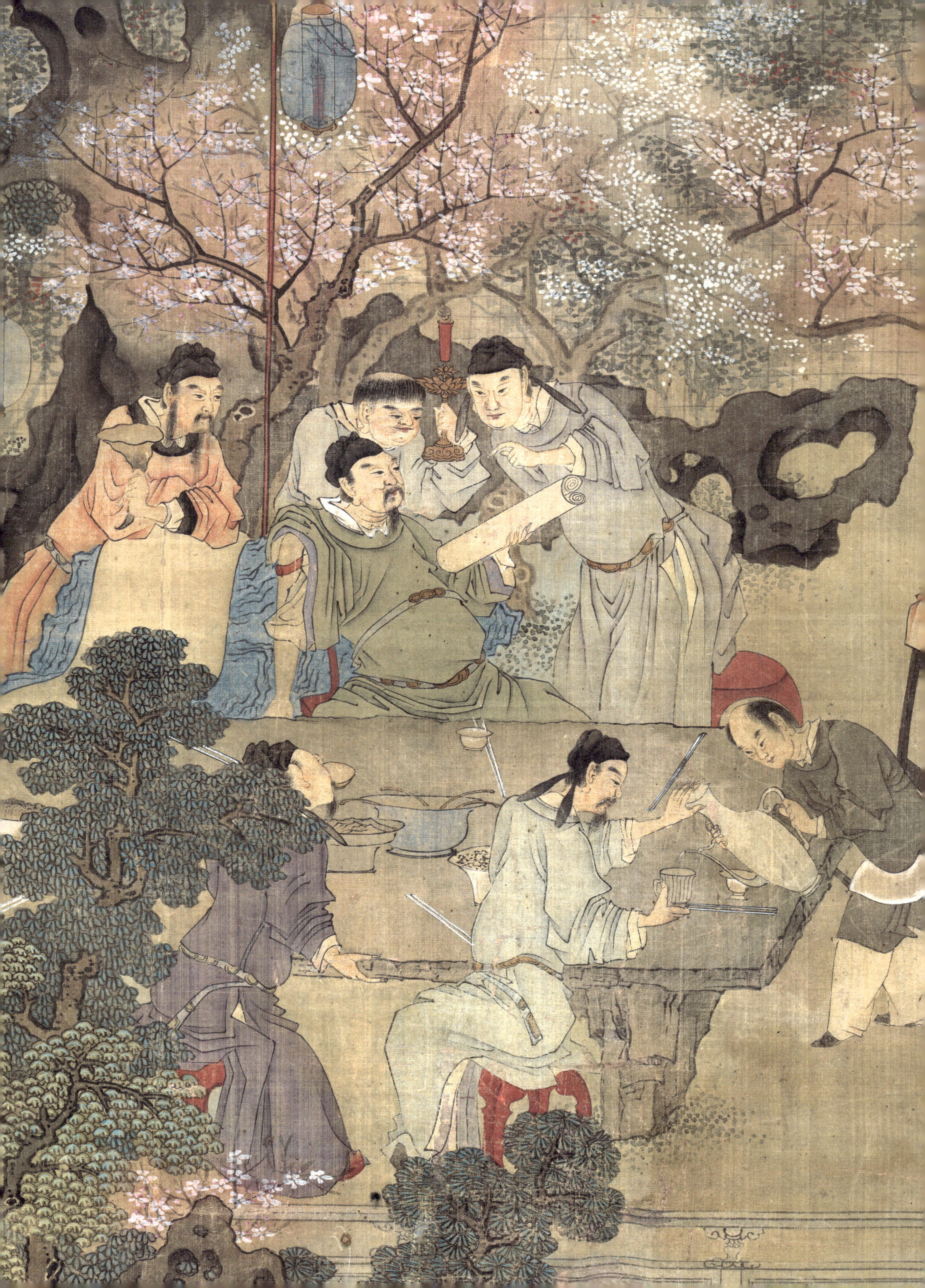

壮年意气

第二部分

宋仁宗嘉祐七年至宋神宗元丰二年

1062—1079

宋英宗：大用无期

如果宋英宗赵曙能够多活十年，或许苏东坡的命运、北宋之后的皇位传承都会有所不同。

赵曙是宋仁宗的堂兄濮安懿王赵允让的第十三子，本来是个闲散宗室而已，可是宋仁宗早年亲生的三个儿子均早夭，就把四岁的赵曙接进宫里抚养。后来宋仁宗又生了一个儿子，赵曙一度出宫生活。不料宋仁宗的幼子在四岁时又夭折了，于是宋仁宗又把赵曙接回宫中，立为皇太子。

赵曙因不是皇帝亲子，几次进出皇宫，恐怕内心的压力比较大。嘉祐六年（1061），苏东坡考中制科第三等的消息满城皆知，当时赵曙对苏东坡有所耳闻，肯定也听说过欧阳修对苏东坡的文章的夸赞之词，对苏东坡有了好印象。

嘉祐八年（1063），宋英宗即位，时年三十二岁。治平二年（1065），三十岁的苏东坡从凤翔回到京城。苏东坡此时的散官官衔是殿中丞，按照制度属于审官院考核的官员，在地方任满回来后就能参加馆职考试，成为三馆的专职或兼职官员。

宋英宗得知苏东坡回京，想按照唐朝的先例，不经考试就直接将苏东坡召入翰林学士院任职，授予他"知制诰"的差遣职务，这意味着他将成为近臣。

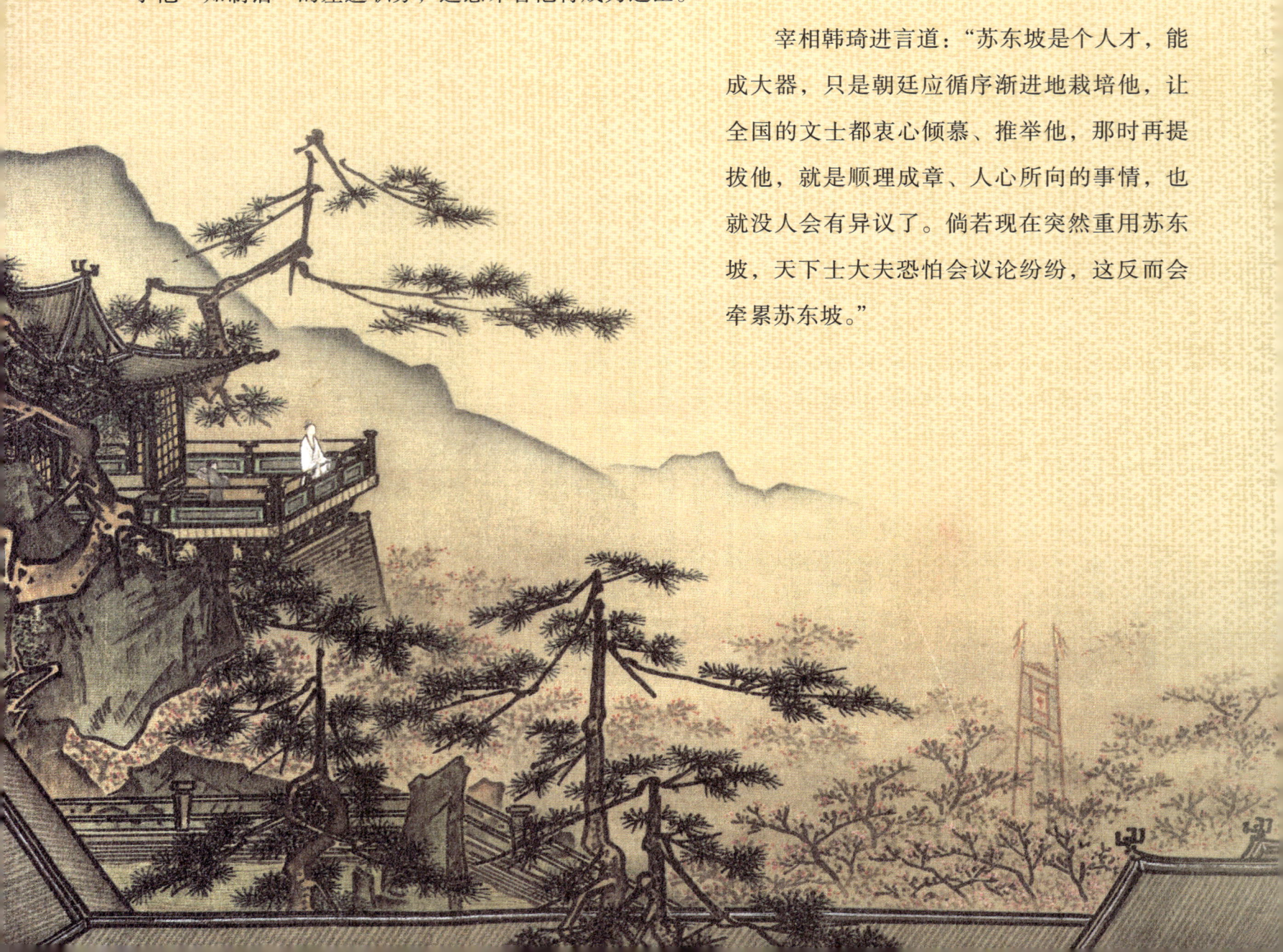

宰相韩琦进言道："苏东坡是个人才，能成大器，只是朝廷应循序渐进地栽培他，让全国的文士都衷心倾慕、推举他，那时再提拔他，就是顺理成章、人心所向的事情，也就没人会有异议了。倘若现在突然重用苏东坡，天下士大夫恐怕会议论纷纷，这反而会牵累苏东坡。"

宋英宗又问韩琦："让苏东坡到翰林学士院担任修起居注怎么样？"

韩琦说："修起居注与知制诰官职性质相同，官品接近，恐怕也不太合适。不如在馆阁中给他一个职务，并且要先召他来考试。"

宋英宗便质疑道："考试是因为不知道该人是否有此能力，而像苏东坡这样的人是没有能力之人吗？"

尽管如此，韩琦还是没有同意。宋英宗比较尊重宰相的意见，便没有提拔苏东坡入翰林学士院。韩琦说的是持重之语，未尝没有道理。从另一方面来说，他曾经接触过苏洵、苏东坡父子，尤其反感苏洵的纵横家议论风格，或许因此对苏东坡也有些看法，认为此时的他未经磨砺，并不适合骤然提升，担任皇帝身边的重要职位。

于是，按照审官院的建议，中书任命苏东坡出任判登闻鼓院事。登闻鼓院负责受理文武官员、民众在常规上书程序中难以上达的章奏表疏，类似于皇帝设立的信访机构。如果有人到宣德门外敲击登闻鼓，便有职事者出来接访，接收词状文书，分类整理后进呈皇帝。投书之人如受阻止，还可以去登闻检院进一步上告。登闻鼓院设有判登闻鼓院事二人，是这个部门的长官。刚刚而立之年的苏东坡主掌登闻鼓院，成为真正在京城办公的京朝官，这极大地方便了他的社交，也对他未来的升迁非常有利。

苏东坡名声在外，不缺举荐者。龙图阁直学士吕公著便上书举荐苏东坡参加馆职考试。在馆职考试中，苏东坡再次获得第三等的成绩。入秋，苏东坡以殿中丞身份兼职直史馆，如果长官有需要，可以抽调他参与修撰史书、编纂日历等。直史馆中的诸位修撰、直馆、校理、校勘、检讨都是博学之士，文采出众，苏东坡与他们相处，乐在其中。苏东坡写下《入馆》诗，表达这时的心情：

> 黄省文书分道山，静传钟鼓建章闲。
> 天边玉树西风起，知有新秋到世间。

可惜的是，苏东坡未能得到宋英宗的大用。治平三年（1066）四月，苏洵病逝，苏东坡、苏辙兄弟护送灵柩回眉山安葬、守孝。治平四年（1067）正月，苏东坡兄弟的船只进入三峡之时，三十六岁的宋英宗赵曙在汴京皇宫早逝，他和皇后高氏生的长子赵顼即位，即后世所称的宋神宗。

如果宋英宗能多活十年，说不定朝廷官员的变动、政策的变动会比较平缓，苏东坡这样"简在帝心"的人物，会成为知制诰、中书舍人之类的中级官员，逐步升迁，他的人生也会平顺许多。但是，另一方面，或许恰恰是遭遇的诸多翻覆刺激了苏东坡的文思，造就了他的传奇。如果没有后面遭遇排斥、诗案、贬谪等，苏东坡说不定也不会成为"大宋第一名士"。

宋神宗：鞭打野马

宋神宗登基时年仅二十岁，血气方刚。他少年时，对太宗征伐契丹遭遇惨败、身中两箭的往事念念不忘，不愿年年送岁币给辽国，对管仲、商鞅、吴起等锐意变法的历史人物感兴趣，有一雪前耻的抱负。他深感仁宗君臣总结的"祖宗家法"之不足，对韩非子等法家的"富国强兵"之术颇感兴趣，恰好他身边的韩维、孙永等人是王安石的崇拜者，日常谈论之间，他也对王安石的变革思想有所了解。

宋神宗想要锐意改革，其最终的目的不仅是扫灭西夏，还要收复北方领土，打败辽国。神宗登基时的宰相是韩琦、曾公亮，参知政事是欧阳修、赵概等，枢密使是文彦博，这些都是英宗乃至仁宗时的老臣，举措稳健保守，富弼等人劝神宗理政以安抚民心为上，改革需要缓缓图之。

宋神宗花了近两年时间调整中枢人事，召自己寄予厚望的王安石回京出任翰林学士，频频与他议行新法。宋神宗同意了王安石提出的政策，于是两人决意对朝政、法令进行变革，尽快积蓄财力、加强武备，为灭西夏、伐北辽打下基础。

熙宁二年（1069）二月初，三十四岁的苏东坡抵达汴京时，宋神宗刚任命翰林学士王安石为参知政事，开始推动变法。王安石觉得苏东坡有名气而好议论，是个没有定见的文人，不能在朝廷关键部门任职，便运作让他以殿中丞、直史馆身份授官告院，兼判尚书祠部，这是个八品的闲职，

职责是依《官告条制》制作除授、封爵、赠官、加勋的凭证；祠部主管诸州宫观僧尼、道士等宗教事务，以及祭祀祈祷、给神庙加封和赐额等事宜，工作简单且无关紧要，按部就班让下属执行即可。

王安石做事雷厉风行，二月二十七日，宋神宗设立制置三司条例司，由知枢密院事陈升之和参知政事王安石主掌，负责制定有关财政方面的新法规，处理财政方面的各种政务。因为朝中老官员反对王安石变法，王安石就起用青年官吏推行新法，吕惠卿、章惇、曾布等苏东坡的同年进士都得到了重用。王安石带领属下亲信编制新法，半年之内陆续推出了均输法、青苗法、农田水利法三项新法，这些新法在朝野引起巨大争议，但是确实增加了朝廷的财政收入，故而宋神宗坚持推行。

随着新法规的执行，变法的一些弊端也开始显露，但王安石执拗而自信，他竭力推行自己的理念和政策，提拔赞同自己的人，对反对意见不屑一顾，这也让他的改革引起更大争议。王安石还通过变革科举考试为推行新法选拔适合的人才，变革内容涉及改革考试内容、废除明经诸科，以及改革太学生培养方式等。变法激进独断，苏东坡认为颇为不妥，于熙宁四年（1071）上奏《议学校贡举状》，认为不可轻易改变科举的旧办法。同年，苏东坡充任国子监的解试考官，针对时事有感而发，提出的策问考题是："晋武平吴以独断而克，苻坚代晋以独断而亡；齐桓专任管仲而霸，燕哙专任子之而败。事同功异，何也？"这显然是针对王安石的"独断"说和宋神宗对王安石的专听专信而出的题目，王安石也心知肚明，对此相当恼火。

此后，司马光举荐苏东坡担任谏官，而王安石则一再劝阻宋神宗不要任用苏东坡。苏东坡清楚自己为王安石所不容，上书请求到外地任职，宋神宗想给苏东坡找个州府去担任知州，但是中书省却建议派苏东坡担任颍州通判，这是故意想让他去追随已经致仕的欧阳修吟风弄月。宋神宗并不想如此对待苏东坡，直接下旨任命他为杭州通判。

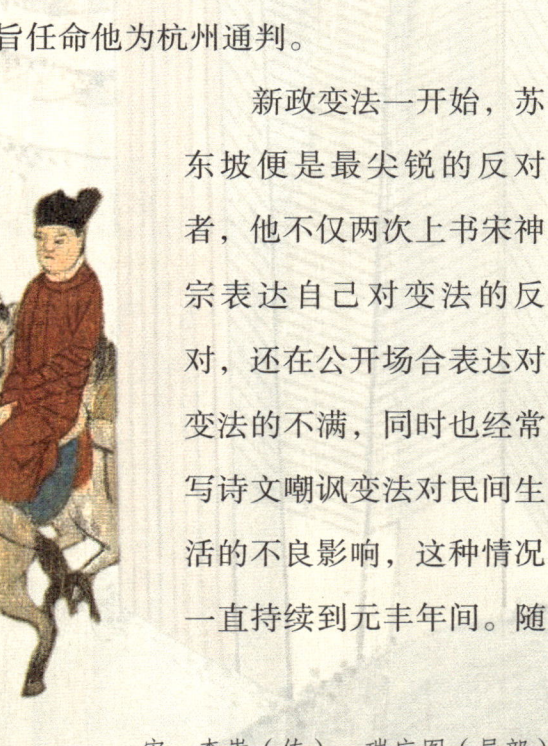

壮年意气（1062—1079）

新政变法一开始，苏东坡便是最尖锐的反对者，他不仅两次上书宋神宗表达自己对变法的反对，还在公开场合表达对变法的不满，同时也经常写诗文嘲讽变法对民间生活的不良影响，这种情况一直持续到元丰年间。随

宋 李嵩（传） 瑞应图（局部）

着苏东坡的文名日益显耀，作为新法反对者，他在聚会、书信、诗文中显露出的对新政的不满、讽刺，引起了新党官员的气恼。尤其是他写的《湖州谢上表》，不仅宋神宗、中书官员看到了，还刊登在进奏院编辑的朝报上传递给各州，数万官吏、无数士人都有所知晓。新党的谏官们开始找苏东坡的把柄，他们想起几年前沈括检举苏东坡诗稿中对新法颇有影射和怨言，于是翻检民间雕版印刷的《元丰续添苏子瞻学士钱塘集》等诗文集，找到了更多含有讥讽之意的诗句，连连上书指责苏东坡诽谤朝政。

宋神宗也有意敲打、震慑苏东坡，于是下诏调查此事，御史台官吏从湖州把苏东坡押解回京审讯。审讯之后，大理寺审判认为苏东坡只应被处以降职两级的责罚。同样，其他收到苏东坡诗文的人即便有轻微罪名，按照法律和之前的一系列大赦天下的恩典，也应被赦免。审刑院的复核也认同大理寺的判决意见。宋神宗却决定加重对苏东坡的处罚，在元丰二年（1079）十二月二十六日下旨"特责"，把苏东坡贬为检校水部员外郎，充黄州团练副使，本州安置，不得签书公事。这个处罚等于将苏东坡发配到偏远地区闲居。

这一案件从头到尾都体现了宋神宗的意志。宋神宗虽不希望苏东坡死于狱中，却也不想让他轻松出狱，而是如当年王安石所建议的，要鞭打这位名声在外的野马，让他变成一匹驯服的家马，一名听话的官员。

苏东坡在黄州期间依旧不断有诗、词、文章传播各地，宋神宗对苏东坡的诗文也有所关注，他在宫内读书时，看到苏东坡的诗文都要多看一会儿，看到精彩之处还会赞叹道："奇才！奇才！"宋神宗曾经问身边的近臣，苏东坡可以与哪个古人相比，有人说："唐李白文才颇同。"神宗说："不然。白有轼之才，无轼之学。"他认为李白虽然有天赋的才华，可是没有什么学识，而苏东坡是既有才华又有学问。

一直到元丰七年（1084），宋神宗又想起在黄州闲居的苏东坡，以"人才实难，不忍终弃"的理由下御笔手札，改授苏东坡为汝州团练副使。量移到距汴京较近的汝州，显然有了重新起用他的意图。不过在苏东坡北上途中，宋神宗就患了重病，于元丰八年（1085）三月病逝，君臣未能再见。

王安石变法

王安石变法是北宋时期一次重要的政治、经济、军事和社会改革运动，主要发生在宋神宗熙宁年间。变法涉及经济、军事、教育三个方面。

壮年意气（1062—1079）

一、经济改革

青苗法：熙宁二年（1069）颁行。规定以各路常平、广惠仓所积存的钱谷为本，其存粮遇粮价贵，即较市价降低出售；遇粮价贱，即较市价增贵收购。其所积现钱，每年分两期（正月和五月），按自愿原则，由农民向政府借贷钱物。收成后，随夏、秋两税，加息十分之二或十分之三归还谷物或现钱。

农田水利法：熙宁二年（1069）颁行。奖励各地开垦荒田，兴修水利，修筑堤防圩岸，由受益人户按户等高低出资兴修。

募役法：熙宁四年（1071）颁行。规定由州、县官府出钱雇人应役。各州、县预计每年雇役所需经费，由民户按户等高低分摊。

方田均税法：熙宁五年（1072）颁行。规定每年九月由县官丈量土地，检验土地肥瘠，分为五等，规定税额。丈量后，到次年三月分发土地账帖，作为"地符"。分家析产、典卖割移，都以现在丈量的田亩为准，由官府登记，发给契书。

免行法：熙宁六年（1073），正式颁行免行法。规定各行商铺依据盈利的多寡，每月向市易务缴纳免行钱，不再轮流以实物或人力供应官府。

还有局部地区实行的均输法和市易法，发挥平抑物价的作用。

二、军事改革

保甲法：熙宁三年（1070）颁行。各地农村住户，不论主户或客户，每十家（后改为五家）组成一保。凡家有两丁以上的，出一人为保丁。农闲时集合保丁，进行军训；夜间轮差巡查，维持治安。

将兵法：熙宁七年（1074）颁行。精简军队，裁汰老弱，合并军营。

保马法：鼓励北方地区的百姓养马，以备军事之用。

三、教育改革

改革科举制度：颁布贡举法，废除明经科，进士科的考试以经义和策论为主，并增加法科。

整顿太学：将太学生分为上舍、内舍、外舍三等，对其进行不同程度的教学，称为太学三舍法制度。以学校的平日考核取代科举考试，太学生成绩优异者不经过科举考试可直接为官。同时，提举经义局，修撰儒家经典，编纂《三经新义》，设置专科学校，培养专门人才。

唯才用人：重视对中下级官员的提拔和任用，使许多低级官员和下层士大夫得到发挥才干的机会。

变法的争议：

王安石变法的推进速度和力度引发了一些争议。变法同时涉及了利益的重新分配，触及了部分贵族、官僚、地主的利益，引发了强烈的抵制和反对。一方面，变法增加了政府财政收入，促进了社会发展；另一方面，变法加剧了社会矛盾，导致了一系列社会问题。

变法的主要人物	王安石	吕惠卿	章惇	韩绛	李定
反对派	司马光	韩琦	欧阳修	苏轼	苏辙
其他人员	文彦博	富弼	范镇	程颢	韩维

王安石：名士分野

苏东坡和王安石政见思想的分野，是北宋晚期的一大话题，千年以来议论纷纷。其实苏东坡和王安石是两代人，王安石比苏东坡早十五年考中进士，苏东坡刚入朝为官时，王安石已经是中级官员。如果北宋政坛继续如宋仁宗后期、宋英宗时期平稳运行，各年龄阶段的官员代际更替的话，也许王安石以及与之同辈的韩维、吕公著、司马光等人会在六十岁左右取代韩琦、富弼、文彦博、欧阳修等老一辈名臣位居宰执。那时四十多岁的苏东坡可能会担任中书舍人、翰林学士之类的官职，在王安石致仕时，他可以进一步成为宰执。但问题是，出现了宋神宗这个最大的变数，熙宁二年（1069），宋神宗任用王安石为参知政事掀起变法，打破了政坛相对平稳的代际更替，也让士大夫的分裂加深，出现了严重的新旧党争，也导致了苏东坡命运的起伏。

王安石是宋代儒学复兴运动中的关键人物，率先提出儒学乃是"道德性命之学"，开宋代"义理之学"的先河。王安石的女婿蔡卞说他"初著《杂说》数万言，世谓其言与孟轲相上下，于是天下之士始原道德之意，窥性命之端云"。比起之前研讨儒学的众人，王安石的著作更多，思想更成体系，影响也更大。更重要的是，王安石"得君行道"，在宋神宗的全力支持下把自己的儒学思想运用于现实制度、政策，提出对内要"一道德，同风俗""大明法度，众建贤才"，通过"理财"让朝廷有更多财富用于强军练兵，利于展开对西夏、辽国的战事，以此实现儒家所云"内圣外王"。

王安石的"新学"和"新法"是北宋中后期宋神宗、宋哲宗、宋徽宗三任皇帝贯彻近半个世纪的政策，其中只有宋哲宗登基之初在太皇太后高氏主政时被废除八年。苏氏父子和王安石之间的分歧，涉及私怨、政见差别、学术思想竞争等诸多方面。就私怨而论，嘉祐元年（1056），苏东坡随父亲入京备考科举时，他的父亲苏洵就与王安石有了私怨。因为当时欧阳修公开称赞苏洵的文章类似荀子，眼高于顶的王安石不以为然。王安石熟悉孔孟儒学经典，自负博学，觉得苏洵的文章讲的是战国游士、纵横家权谋那一套，并没有深刻的经学修养，便故意要在众人面前压苏洵一等。一次欧阳修举行宴会，

为担任吴江知县的裴煜饯行，请梅尧臣、王安石、王安国、焦千之、苏洵等人作陪。席上之人分别以"黯然销魂惟别而已"八个字押韵作诗，苏洵分到"而"字并作了一首诗。王安石除了写自己分到的"惟"字韵的诗，又当场多作一首押"而"字韵的诗，有故意显才之嫌，让苏洵有点儿难堪。苏洵长于撰文而拙于赋诗，并没有与别人比较的心思，却遭到王安石如此对待，他大觉愤懑，不知道这人为何如此失礼。王安石喜谈经术，苏洵好言兵，王安石觉得苏洵兜售的是战国纵横家那一套阴谋权术，因此屡次当众讽刺苏洵的文章、学问，苏洵自然有所耳闻，越发厌恶王安石，只是苏洵一介布衣，人微言轻，不便公然作对罢了。

嘉祐六年（1061），苏东坡考中制科第三等，苏辙考中第四等下。王安石对此也有异议，他看了苏东坡上交的二十五篇策、二十五篇论后，与另一位官员吕公著议论时，说苏东坡的观点全然类似"战国文章"，这也是王安石对苏洵文章的看法。苏东坡和他父亲一样，习惯把具体的人物、政策放在当时的具体历史场景中，分析利弊和如何取舍。这在王安石看来，苏东坡就像战国那些游走各方的说客、纵横家一样，缺乏一以贯之的原则性理论，没有从经术引申出的完整体系，所以王安石说如果自己担任御试考官，一定不会取中苏东坡。这反映出王安石和苏东坡两人的气质、观念的差别：王安石有一整套相对完整的哲学、政治观念，而苏东坡对整体性的观念体系并不太感兴趣，或者说，他并不相信存在无所不包的单一观念、制度可以指导世界如何运转，规定人们如何生活和思考。

苏辙被任命为试秘书省校书郎、商州军事推官时，轮到知制诰王安石撰写他的任命公告，可王安石觉得苏辙在制科考试中极言朝政得失，涉及宫禁之事，有袒护宰相韩琦而攻击宋仁宗之嫌，将其视为西汉末年依附权臣的谷永一类人物，不肯撰写任命公文。韩琦听了他的话，笑着反驳说："苏辙在回答中说现在的宰相不中用，盼望有唐初娄师德、郝处俊那样的名相来治国，怎么能说他是谷永那样的人物？"于是上级换了另一位知制诰起草苏辙的任命书。苏东坡寄去《病中闻子由得告不赴商州》安慰弟弟"答策不堪宜落此""策曾忤世人嫌汝"。

此时韩维、吕公著、司马光、王安石四人互有来往，号称"嘉祐四友"，其中王安石任度支判官、祠部员外郎、直集贤院，他既熟悉经史，又能文擅诗，以学问渊博、见识远大著称，朝野许多年轻士人对他的才学颇为敬仰。苏辙遭到在京城颇有声望的王安石如此非议，心中气恼，索性以就近侍养父亲的名义请求不去赴任，表明自己并非贪图官位之人。这一事件反映出王安石对苏氏父子的另一种看法，他认为苏氏父子结交欧阳修、韩琦，是依附讨好高官。而在苏氏父子看来，王安石是有意为难苏辙。

到嘉祐八年（1063），王安石的名声越来越大，他撰著的《淮南杂说》《洪范传》逐渐传扬，在著作中率先提出一整套从天地起源之理推导到儒士道德和使命、国家制度变革的新学说。王安石的这套关于道德、性命的"新学"在文士间越来越有影响力，甚至有士人将其比作孟子再世，认为其理论比前辈欧阳修等人的更深刻、更宏大。八月十二日，王安石的母亲吴氏在京城病逝，汴京的士大夫纷纷前去吊祭，盛况空前，唯独苏洵没有去。苏洵注意到王安石有如此声望，未来极有可能位居宰执，掀起波涛，于是写了篇《辨奸论》，描述"有人"以"造作言语，私立名字"著称，被一些不得志之人尊为"颜渊、孟轲复出"，这明显是指王安石。苏洵还提到一些京城士人众所周知的细节：王安石经常不洗脸、不洗衣服就与士子晤谈，常人觉得这表明王安石简朴而不拘小节，但是苏洵认为这些行为本是丧礼中哀伤过度的孝子行为，平时这样就显得虚伪做作。他担心未来"愿治之主，好贤之相"举荐和任用王安石后，给天下造成祸患，就像西晋的王衍、唐代的卢杞一样危害国家。苏洵以预言般的口气说，将来此人被任用时，众人就会佩服自己的预测。

苏洵这样看王安石，有多方面的原因。从私人关系而言，之前王安石轻视苏洵，甚至当众给他难堪，后来又拒绝撰写苏辙的任命书，把苏辙说成西汉谷永一类的奸臣，苏洵当然十分不满，于是颇为针锋相对地说王安石才是"大奸慝"；就士人风气而言，苏洵从见客不洗脸这类细节发现王安石的性格"与人异趣"，进而推论出王安石执政的风格——不愿与众人一样秉持常情常理，要么是有意做作，要么就是内心格外坚定乃至偏执，认为自己的信念或理念体系高于一切。除此之外，苏洵与王安石的分歧还有文人对学术思想的不同追求。

到了熙宁二年（1069），苏东坡再次入京为官时，王安石已经成为参知政事，在宋神宗的全力支持下主持变法。宋神宗最初对苏东坡印象尚佳，但苏东坡多次上书对新法的政策提出反对意见，随后遭到王安石一派官员的打压。王安石多次在宋神宗面前说苏东坡、苏辙兄弟的学问"大抵以飞箝捭阖为事"，即战国游士的那一套权谋，还认为宋神宗要对苏东坡这样的官员进行调教，让他变得顺从。每次有其他朝臣推荐苏东坡、苏辙出任更重要的官职，王安石掌控的中书省都竭力反对或者拖延，让事情不了了之。

熙宁三年（1070）八月，王安石的亲戚、侍御史谢景温上奏章弹劾苏东坡，诬告他几年前护送父亲灵柩回四川时，曾在船上装载私盐、苏木、瓷器等贩运牟利，还违制借用地方官府兵丁押送。谢景温抓来沿途护送苏东坡兄弟一行的水师兵丁，以及在长江给苏东坡兄弟撑船的船夫审讯，千方百计要证实苏东坡兄弟的罪责。这件事惹得京城官场议论纷纷，苏东坡的名誉大受影响。兴师动众调查两个多月，查明苏东坡并无这一举动，仅发现他曾顺路乘坐眉州派出迎接其他官员的公家船只回家而已。这些事情改变了宋神宗对苏东坡的印象，宋神宗曾对为苏东坡辩护的司马光说："苏东坡非佳士，卿误知之。"

此后，苏东坡于熙宁四年（1071）六月外任杭州通判，之后历任密州、徐州、湖州知州，元丰二年（1079）年底，苏东坡因"乌台诗案"被贬谪黄州。在此期间，王安石于熙宁七年（1074）第一次罢相，熙宁八年（1075）再次拜相，熙宁九年（1076）辞去相位，从此闲居金陵（今江苏南京）。王安石的性格的确执拗，在朝期间与其政坛追随者曾布、章惇、吕惠卿都分道扬镳。闲居金陵后，王安石以游览、作诗、谈禅、著作为乐，主要来往的是王浚之、龚原、叶涛、蔡卞、蔡肇、陆佃等年轻士人。王安石辞相后，苏东坡已经以诗文名满天下，王安石经常能得到苏东坡诗文的抄本、刻本，点评过其

中一些文字，写过次韵诗，苏东坡本人也有所耳闻。

元丰七年（1084），苏东坡奉命从黄州北移汝州，他一路缓缓行走。七月初，苏东坡带着家人抵达了金陵。此时江南天气湿热，他们一路行船也有些劳累，苏东坡的痔疮犯了，几日后身体稍微好些，才出去会见当地官员、朋友。苏东坡两次在白鹭亭的柱子上题诗，还去赏心亭、蒋山（今钟山）、秦淮河、天庆观（今朝天宫）等处游览，与前后两任江宁府知府陈睦、王益柔等人有往来。

此时，金陵城中最著名的士人是王安石，他是品级最高的致仕官员，挂着观文殿大学士、集禧观使、特进、荆国公的头衔，亲近的士人都尊称其为"王荆公"。王安石在江宁南门外七里处的半山修了一处小宅子，平时大多住在那里，常骑着一头驴，带着书童在蒋山附近游览。这一年，王安石生了一场大病，痊愈后上书请求把自己在半山的房子和周围的土地捐建为佛寺，为宋神宗祝寿，宋神宗御赐寺额"报宁禅寺"，王安石自己则搬到城内的宅子居住。

苏东坡是晚辈，决定主动一点儿，他把自己近来作的《归去来并引·送王子立归筠州》等数篇诗文抄写一遍，托人呈给王安石，"以发一笑而已，乞不示人"。王安石早就听说苏东坡的船停在白鹭亭，见苏东坡如此主动，便骑着驴前来江边驿馆拜会。苏东坡见到名帖，没戴帽子就急忙出来行礼，说："我今天就以平民服装拜见您。"王安石笑说："礼法不是为我们这样的人设立的。"两人一个贬谪无公事，一个致仕在家，的确没什么必要按照官场礼节交往。

两人在京城为官时，观念相对、派系不同、年龄有别，王安石还讽刺过苏东坡的父亲、为难过苏东坡的弟弟，所以那时见面也无话可说，只是按照官场礼节长揖，略略寒暄而已。如今，苏东坡与王安石都不再是政坛上的活跃角色，经历了大风大浪之后，一个前途未卜，一个日暮残年，交往也随性了许多。

壮年意气（1062—1079）

外人看来，这是当世两大名士的相遇。王安石在熙宁年间挟宰相之势主导朝政，又把《三经新义》变成官学和科举的通用教材，成了处朝堂之高的士人代表、新学和新党的领袖，影响万千士人，但也因此得罪了许多人。不满新法和朝廷的士人、百姓会把变法期间大大小小的错误、罪责归结到王安石身上，非议他的德行、学问。而苏东坡长期徘徊于地方，饱受打击，却凭借自己超拔的诗词、文章成为众人口耳相传的名士，在文学上被视为欧阳修之后的第一人，在旧党中的地位几乎可与司马光并称，这是当年小看苏东坡的王安石没有料到的。苏东坡几乎是凭借着自己文学方面的才情在隐隐与新党的威势抗衡，许多人也都同情他的遭遇。

不当宰相以后，王安石绝口不提政事，不愿浪费口舌争辩，将兴趣转移到游览、作诗、谈禅、著作等方面。他素来自信，觉得自己的经学超出同侪，诗文也可傲视群雄。王安石擅长转化前人字句，时有佳作，最擅长五言律诗、五言绝句，苏东坡也觉得他的这类诗歌别有风味。

他们相约见过好几次，还一起应陈睦之邀游览蒋山。闲谈时，王安石说苏东坡在密州写的《雪后书北台壁二首·其二》中"冻合玉楼寒起粟，光摇银海眩生花"之句用的是道教典故，道家称人的肩膀为"玉楼"，称人的眼睛为"银海"，苏东坡一笑。实际上，王安石之前已针对苏东坡的这两首诗作过六首次韵诗，苏东坡知道后也作了两首诗回复。苏东坡虽然敬佩王安石的博学，但对他的次韵诗颇不以为然，觉得他并不理解自己写那两首诗的深意。王安石也向苏东坡出示了自己的得意之作，苏东坡看后称赞其中"积李兮缟夜，崇桃兮炫昼"二句是《离骚》的句法，自从屈原、宋玉死后，一千多年没有人这样写作了。王安石欣然认可，说："不只是子瞻你夸我，我自己也是如此认为，只是从来没有和凡俗之人说过而已。"王安石写诗喜欢从前人著作中摘取字句，一般人难以看出其中的渊源，他也以博学自傲，如今与苏东坡相谈才算棋逢对手。

两人闲聊《三国志》时，王安石觉得给这本书做注释的裴松之比原作者陈寿更为博通，但他没有自己单独写史书，仅给《三国志》作注，所以名气在陈寿之下。王安石说自己以前有意重修这部史书，可惜现在老了，没有精力写了，现在除了苏东坡，其他人干不了这件事。苏东坡回说自己并不擅长此事，把这个话题敷衍过去了。显然，两人彼此都有保留，苏东坡并没有告诉王安石他已经撰成《易传》《论语说》，王安石劝说苏东坡撰写史书，心下或许以为苏东坡对儒经并无精深研究，仅仅擅长写诗词、文章，熟悉《史记》的体例和写法，所以可以撰写这类史书。

几次相会之后，王安石对苏东坡的了解加深了不少，对人说："不知更几百年，方有如此人物！"他还出言劝苏东坡在蒋山买地，与自己结邻而居。

八月中旬，苏东坡决定离开金陵北上，与王安石告别时，王安石让苏东坡念诵近来的诗作，自己依次写下来赠给苏东坡保存；然后念诵自己近来的诗作，请苏东坡写下来留给自己。这样，他们彼此有了对方的手迹，当作留念。

在北上路上，苏东坡寄去自己写的《次荆公韵四绝·其三》：

> 骑驴渺渺入荒陂，想见先生未病时。
> 劝我试求三亩宅，从公已觉十年迟。

苏东坡感叹，十年前王安石致仕时，如果自己与他相邻，想必会有许多快乐。

这是他们的最后一面，尽管之后苏东坡途经过江南运河，离金陵并不远，可是他没有再去拜会王安石。他们彼此都知道，他们并非同一类人，可以遥遥互相欣赏，却注定无法成为亲密的友人。

元祐元年（1086），王安石在金陵故去。此时旧党当权，旧日门生大多避谈王安石，只有门人陆佃等少数几人不避嫌，在汴京遥祭王安石。张舜民在《画墁集》卷四《哀王荆公》中就此感叹"恸哭一声唯有弟，故时宾客合如何""今日江湖从学者，人人讳道是门生"。生了病的司马光听闻王安石故去，建议朝廷给予优厚礼遇，朝廷褒赠王安石为司空，苏东坡受命草制，在《王安石赠太傅》中云：

> ……将有非常之大事，必生希世之异人。使其名高一时，学贯千载。智足以达其道，辩足以行其言。瑰玮之文，足以藻饰万物；卓绝之行，足以风动四方。用能于期岁之间，靡然变天下之俗。具官王安石，少学孔、孟，晚师瞿、聃。罔罗六艺之遗文，断以己意；糠秕百家之陈迹，作新斯人。属熙宁之有为，冠群贤而首用。信任之笃，古今所无。方需功业之成，遽起山林之兴。浮云何有，脱屣如遗。屡争席于渔樵，不乱群于麋鹿。进退之美，雍容可观。
>
> …………

学术：苏王竞争

嘉祐五年（1060），苏东坡、苏辙为母亲守孝期满，与父亲苏洵再次回到汴京。两兄弟准备制科考试时，正值王安石等人热衷谈论儒学概念、解释义理，王安石正在撰著的《易解》《老子注》也在士人中有所流传，苏氏父子也有所耳闻。

受到这股风气的影响，苏洵也开始撰写解释《周易》的书稿《易传》，这是他晚年最重视的著作。推测其用心，或许不无与王安石竞争的心思。苏洵之前受过王安石的轻视，王安石抨击他的所学是战国纵横家之术、之言。而苏洵决心以自己的研究理念注解《周易》，体现自己对经学的研究功力，有与王安石唱对台戏的意味。苏洵对此书极为重视，写了一百来篇关于《易传》的文稿，计划共十卷。他觉得自己干的是"拨雾见日"的工作，在《上韩丞相书》中云"此书若成，则自有《易》以来未始有也"，觉得自己的著作成就一定能超越王安石等人。可惜，苏洵还未写完此书，就患了重病，治平三年（1066）四月临终之际，他叮嘱苏东坡把自己未完成的《易传》继续写完，苏东坡在父亲床前哭泣着答应一定完成父亲的遗愿。

熙宁年间，王安石在朝中为相，集政治权威与学术权威于一身，自然跟随者众多。宋神宗和王安石对各种"私学"影响下的舆论感到不满，希望通过改革科举考试科目、学校制度的方式统一思想。熙宁四年（1071），科举考试取消了诗赋，主要考核儒家经典。自熙宁五年（1072）开始，朝廷着手编撰官方教材，熙宁六年（1073）三月设置经义局，由王安石及其子王雱、其弟子吕惠卿共同编撰《三经新义》。熙宁八年（1075）六月，朝廷颁发《三经新义》和王安石的《字说》到全国各级府学、县学，作为学校教学的教材及科举考试的主要参考。王安石的新学因为得到朝廷的支持，成为北宋后期五十多年儒家诸学派中最有影响力的一派。

苏东坡虽然答应了父亲撰写《易传》，可是他在为父亲守孝期间似乎并未动笔，后来在汴京、杭州等地为官，忙于政务、写作诗词，也没有留心此事。直到元丰三年（1080）被贬谪到黄州后，苏东坡有了大把时间从事著述，他与弟弟苏辙相约各自注解三部儒家经典，苏东坡注解《周易》《尚书》《论语》，苏辙注解《诗经》《春秋》《孟子》，另外还计划注解《老子》。他们如此计划，或有两重原因：一是可能觉得仕途无望，希望能以著书立说的方式"立言"，影响后人；二是解读儒家经典是此时许多士人所热衷的事情，苏东坡兄弟这样做，有与王安石的《三经新义》以及《老子注》竞争的意思，他们不满王安石的解释，希望能提供另一种思路。

苏东坡的工作效率很高，次年就完成了《易传》九卷的初稿。他在其中引用了《庄子》中的许多概念，如"大全""无心""虚"等，论证道源乎情，人性本于人的自然性，因此并无善恶；礼仪道德应该基于人性，治国也应该顺应人性，隐隐反对王安石那样强行以单一理念区分善恶和压制言论，主张要顺其自然、容纳异议、和而不同。他对自己在这本书中的创见非常自信，唯一遗憾的是，《易》中涉及卦象推演的部分需要借助数学推算，而他并不精通此道，这一方面的论述难免粗略。苏东坡能如此快完成这本书，是因为有父亲的遗稿，另外还采纳了一部分弟弟的稿子，如其中解释"蒙"卦的部分就主要源于苏辙。同时，苏东坡还撰著《论语说》五卷，为此还把弟弟以前摘抄的《论语》有关注解的草稿借来参考。

苏东坡极为重视《易传》《论语说》《书传》三部著作，遇赦北上时随身携带。他去世之后，苏辙也在《祭亡兄端明文》中强调了这几部著作的价值："兄之文章，今世第一。忠言嘉谟，古之遗直。名冠多士，义动蛮貊。流窜虽久，此声不没。遗文粲然，四海所传。《易》《书》之秘，古所未闻。时无孔子，孰知其贤。以俟圣人，后则当然。"苏辙特意强调了苏东坡的文章和《易传》《书传》这类解释儒家经典的著作，在他眼中，这是比诗、词、赋更重要的成就。但是对后世的读者来说，更喜欢的还是苏东坡写景、抒情、表达个人感受的那些诗、词、赋，而不是这些解释经典的学术文章。

壮年意气（1062—1079）

吕惠卿：虫臂鼠肝

　　吕惠卿是泉州南安人，与苏东坡同年考中进士，也曾出入欧阳修门下。欧阳修引荐他认识了王安石，嘉祐六年（1061）欧阳修又举荐他参加馆职考试，故而，他也算是欧阳修看重的门人之一。

　　熙宁二年（1069）制置三司条例司成立后，参知政事王安石引荐吕惠卿为该机构的检详文字，参与草拟新法。吕惠卿得到宋神宗、王安石的赏识，一年之间就升为太子中允、崇政殿说书，成为常常和宋神宗见面的近臣。苏辙在制置三司条例司当检详文字时，就一些具体政策、文书内容与吕惠卿有争论，故而苏氏兄弟与之逐渐有了私怨。之后，苏东坡在呈送的《上神宗皇帝书》中指出，宋神宗为了快速见到变法的成效，招揽"新进勇锐之人"，用提升官职来鼓励他们冒进，如新设的机构制置三司条例司纵容吕惠卿、曾布等人编制青苗、方田均税、均输等"言利"之法，让四十多个使者以增加官府财税为目标，四处监督官员，使得天下官吏及民众惶惑不安、议论纷纷。他劝说宋神宗取消制置三司条例司，以"结人心，厚风俗，存纪纲"。

　　之后苏东坡被排挤到地方任职，而吕惠卿成为王安石变法的主要助手，历任要职。熙宁七年（1074）王安石第一次罢相时，推荐翰林学士吕惠卿出任参知政事，成为嘉祐二年（1057）进士中第一个成为宰辅之人。

　　苏东坡到密州当知州时，碰上吕惠卿大力推行手实法，该法本意是为确定向民众征收的助役钱数目：官府设立"五等丁产簿"，让百姓申报田亩、屋宅、资货、畜产的数额，以便分等登记入册，随后官府依此标准征收助役钱。为防止有人申报时隐匿资产，朝廷鼓励民间互相告发，以被告人虚报资产的三分之一奖赏告发者，于是民间兴起检举的风气，其中许多都是恶意诬告或者仇家挟怨告状。这导致各地的官司数量骤增，官员都很苦恼，但司农寺派出使者在各地督促州

县施行手实法，不积极推行者以"违制"论处。担任密州知州的苏东坡对此极为不满，面对司农寺派出的官员，他说朝廷并没有明确规定这是违制行为，司农寺这是擅自解释法律。于是这些官员回去请示，不敢为难密州官员。吕惠卿也竭力打压苏东坡，天章阁待制李师中上书建议宋神宗任用司马光、苏东坡、苏辙等人，引起吕惠卿的不满，游说宋神宗把李师中贬为和州团练副使。

熙宁八年（1075），吕惠卿和王安石的关系出现裂痕。吕惠卿借郑侠再次上书议论新政之机，追查《流民图》背后的主使者，把与郑侠认识的冯京、王安石的弟弟王安国等人都牵扯了进去，导致参知政事冯京被外放到地方任知州，王安国遭削职放归乡里。有人猜测吕惠卿这样做是为了当宰相，也有人觉得他是担心王安石再回朝任相，自己的权力会大受影响，于是采取种种诡计陷害王安石。这年三月，宋神宗任命王安石重新担任尚书左仆射兼门下侍郎，王安石再次成了宰相。由于王安石对吕惠卿有所不满，几个月后，听闻风声的御史、谏官便找事由上书弹劾吕惠卿及其党羽，吕惠卿的弟弟吕升卿被降职去京外担任江南西路转运副使。十月初，吕惠卿丢了参知政事的副相之位，被派去陈州当知州。随后，吕惠卿倡导的手实法也被废除。在密州的苏东坡对王安石、吕惠卿的分裂有所耳闻，创作了《王莽》《董卓》等貌似咏叹史实的诗歌讥讽新法派诸人，影射王安石如王莽一样"入手功名事事新"，吕惠卿则同吕布一样是善变无信之人。

熙宁九年（1076）六月，宰相王安石及其子王雱唆使御史借一桩案件罗织陈州知州吕惠卿的罪名。不料中书省的小吏偷偷把消息快马加鞭透露给了吕惠卿，吕惠卿又怕又怒，写了几十页奏折，上书指责王安石以"纵横之末术"弄权，揭发王安石"罔上要君"的旧事，把王安石从前与自己的往来书信、便条呈交给宋神宗，其中提到王安石得知有民众断

壮年意气（1062—1079）

宋 马远 华灯侍宴图

指自残来躲避保甲法，于是写便条提醒吕惠卿"勿令上知"，即不能让宋神宗知道这件事。宋神宗虽然装作不在意，但对王安石有了看法，对他不再如几年前那样信任。恰逢此时，王安石最为钟爱的长子王雱因病在京而逝，他心中悲伤，无意继续执政，连续上书四五次请求辞去相位。宋神宗开始没有同意，拖了几个月，十月才免去了王安石的相位。

吕惠卿之前依靠王安石的信任一路高升，如今又拿出王安石给他的私信检举，这让王安石深悔错信了他，宋神宗也对吕惠卿的举动有了戒心。元丰五年（1082），吕惠卿曾写信给王安石，希望化解嫌隙。王安石在《答吕吉甫书》中说如今吕惠卿还有心进取，而自己是衰病养老之人，"趣舍异路，则相呴以湿，不如相忘之愈也"，这是拒绝与之联系之意。元丰年间，王珪、蔡确等人当政，也都厌恶吕惠卿的品性，不敢引其入朝，于是他一直都在京外辗转为官。

元祐元年（1086）旧党当政时，苏辙等台谏官员多次弹劾太原府知府吕惠卿违敕擅自出兵等罪责，朝廷两次下诏，将吕惠卿贬谪。六月二十三日，轮到时任中书舍人的刘攽撰写贬谪吕惠卿的公告，苏东坡主动对他说："我当了这么多年刽子手，今天才碰到一个该斩杀的人啊。"意思是吕惠卿罪大恶极，自己想来写这篇文章。刘攽便称病，把写公告的事交给苏东坡。苏东坡在《吕惠卿责授建宁军节度副使本州安置不得签书公事》中称吕氏是"元凶"，为人"乐祸而贪功，好兵而喜杀"，抨击他推行新法、危害地方、背叛王安石等，将其形容为言行毫无可取之处的穷凶极恶之人。"始与知己，共为欺君。喜则摩足以相欢，怒则反目以相噬。连起大狱，发其私书。党与交攻，几半天下"，这是连带着也抨击了王安石的"欺君"行为。苏东坡一时兴起就好争意气的性格，并没有因位居高位而改变。他在代朝廷起草的这类文章中常常不够四平八稳，有一些自行发挥的言辞，容易引起别人的敌视和仇恨。

这篇公告登载在邸报上在各地传播，吕惠卿对此自然怨恨。吕惠卿到建州后给宋哲宗的谢表有说"龙鳞凤翼，固绝望于攀援；虫臂鼠肝，一冥心于造化"之言，比喻苏东坡兄弟与自己所争的是虫臂、鼠肝这样的利益。苏东坡在邸报上看到这篇文章，笑说："这个人难以相处，可终究也算会写文章之人。"

绍圣元年（1094），苏东坡被贬后，赋闲的吕惠卿上书弹劾苏东坡"讥斥先朝"的旧事。之后，吕惠卿的弟弟吕温卿出任两浙转运使时，先后罗织与苏东坡交好的平江府通判钱世雄、常州知州廖正一的罪名，希望牵连到苏东坡、张邦基等，导致钱世雄、廖正一两人都遭贬官。吕惠卿虽然一直想回朝，可是宰相章惇、曾布都排斥他。崇宁五年（1106），吕惠卿之子吕渊因听到妖人张怀素的话却不揭发而获罪，被发配沙门岛。吕惠卿也被牵连遭贬谪，后以观文殿学士、醴泉观使身份致仕，于政和元年（1111）去世。

范镇：同乡前辈

嘉祐二年（1057），苏东坡、苏辙在汴京考中了省试，范镇是副考官之一。试后，苏东坡兄弟一一拜会各位考官，从此与范镇有了来往，因范镇是四川人，两家来往更为密切。苏东坡称范镇是"吾先君子之益友也"。

范镇是宝元元年（1038）进士，素以文辞、敢谏著称。嘉祐六年（1061），苏东坡、苏辙兄弟参加制科考试，分别考中第三等、第四等，初试考官是翰林学士吴奎、龙图阁直学士杨畋、权御史中丞王畴、知制诰王安石，御试考官是胡宿、沈遘、范镇、司马光、蔡襄。故而范镇与苏氏兄弟又一次有了师生之谊。

熙宁二年（1069），司马光、范镇都对王安石变法有异议。范镇五次上书反对新法，指出"陛下有纳谏之资，大臣进拒谏之计；陛下有爱民之性，大臣用残民之术"，让王安石大为愤怒。苏东坡也屡次上书反对新法，范镇因此对苏东坡非常欣赏，与司马光上书推荐苏东坡出任谏官，希望苏东坡能发挥更大作用，这也引起王安石等人的警惕和反对。熙宁三年（1070），宋神宗再次让官员推荐可以担任谏官的人选时，范镇又一次推荐了苏东坡，因王安石在背后劝阻，并没有得到宋神宗的认可。同年，范镇因反对王安石变法，对朝局不满，上书请求致仕。宋神宗对范镇颇有不满，令他降低官衔以户部侍郎的官职致仕。

苏东坡在杭州、密州、徐州、湖州等地当官时，与致仕的范镇不时有书信往来。苏东坡述职路过汴京时，曾借住范镇在汴京的别业"东园"。

元丰二年（1079），苏东坡因为"乌台诗案"被关押审讯时，范镇主动上书为苏东坡辩白、求情。之后苏东坡被贬谪黄州，范镇也因为收受苏东坡讥讽朝政的文字，被罚铜二十斤。范镇非常关心在黄州的苏东坡，听说他在黄州经常生病，又与僧人往来，就来信劝说他戒酒、远离佛教之说。听说苏东坡为一家老小的生计考虑，想要买田置地，就写信劝他来自己所在的颍昌定居。苏东坡去信托他打听合适的地方，想把自己在汴京市价约八百贯钱的宅院南园卖掉，在颍昌买地造屋。

元丰六年（1083）四月一日，在江宁给母亲守孝的曾巩因病去世。十几天后消息传到汴京，竟谣传黄州的苏东坡和曾巩于同一天去世，都被神仙招到仙界去了。致仕闲居颍昌的范镇听到传言以后十分悲痛，举起袖子大哭不已，立即召集子弟，准备银钱，要派人去苏家吊唁。子弟劝他不要着急，先派人去黄州看看情况虚实再做决定，这才没有闹出笑话。

元祐年间，苏东坡回到京城为官，与范镇的从子范百禄、侄孙范祖禹多有交往。元祐三年（1088）闰十二月，范镇在颍昌逝世。他是苏东坡尊敬的同乡前辈，对苏东坡多有提携。苏东坡十分悲痛，写了《祭范蜀公文》，又应范家之请作《范景仁墓志铭》。

刘攽：玩笑过招

治平二年（1065），苏东坡从凤翔回到京城，以殿中丞身份兼职直史馆，常与史馆中的诸位博学之士往来。苏东坡跟言语犀利、喜欢说笑的刘攽最谈得来，经常一起研讨经史、互开玩笑。

刘攽与哥哥刘敞同时考中庆历六年（1046）的进士，在州县当了二十年地方官，被调到京城担任国子监直讲，以六品员外郎充任馆阁校勘，职位比苏东坡低。刘攽在仕途上的不顺，与其喜欢说笑的性格有关，他常在不经意间得罪其他官员。

熙宁四年（1071），刘攽写信讽刺王安石变法，遭外派任泰州通判。在刘攽的饯别宴上，苏东坡心有所感，吟诗劝告刘攽仿效阮籍，出言不要涉及人物好坏，免得招来祸患。在场同僚都有点儿惊讶，苏东坡这等于是讽刺王安石如司马昭。此后苏东坡与刘攽一直有书信往来。元丰二年（1079）年底，苏东坡被贬黄州，担任京东转运使的刘攽也因为收受苏东坡讥讽朝政的文章，被罚铜二十斤。

元祐年间，两人同回朝廷为官。刘攽依旧诙谐，给宰相蔡确起了个外号"倒悬蛤蜊"，给体形肥硕的孔宗翰起外号"孔家家小二郎"，又给另一个体形肥壮而又爱好谈论兵事的同僚顾临起外号"顾将军"。苏东坡也爱开玩笑，喜欢点评各种事情。刘攽因为有风疾，眉毛、胡子都快掉光了，鼻梁也塌陷了。某次聚会的时候，苏东坡、刘攽几人各引古人的诗句开玩笑，苏东坡随口就说"大风起兮眉飞扬，安得猛士兮守鼻梁"，引起众人大笑。

还有一次，苏东坡对刘攽说："我和弟弟当年备考制科时，每天都吃'三白'，非常美味，从此觉得所谓'八珍'没什么好吃的。"刘攽觉得好奇，就问："什么是'三白'？"苏东坡回答说："一撮盐，一碟生萝卜，一小碗米饭，这就是'三白'啊。"刘攽大笑。过了一段时间，刘攽写便条请苏东坡到家中吃"皛饭"，苏东坡对所谓"皛饭"感到不解，对身边的人说："刘攽读书多，必有出处。"等到了刘攽家中，见到桌案上只有盐、白萝卜、米饭，才想到这是刘攽开"三白"的玩笑。苏东坡吃了大半，临走时对刘攽说："明天请来我家，我请你吃'毳饭'。"刘攽知道苏东坡要戏弄自己，但又好奇，第二天还是去了苏东坡家。两人谈笑多时，过了吃饭的时间，苏东坡还没有招待，刘攽很饿，便催促开饭，苏东坡让他等一下。如此问了三次，苏东坡还是说等一下。刘攽实在忍耐不住，便说："我饿得忍不住了。"苏东坡慢慢说："盐也毛，萝卜也毛，饭也毛，三个毛加起来不是'毳'是什么？！"当时许多百姓发"没"的音类似"毛"，所以苏东坡开了这样一个玩笑。刘攽拍着肚子大笑："知道你要报复我上次开的玩笑，没想到是这样一招。"苏东坡这才招待刘攽吃饭。类似这样的故事被许多人传开，苏东坡爱说笑的名声越来越大。

元祐四年（1089），中书舍人刘攽病逝，他是苏东坡同僚中极为聪明博学且爱说笑的人，和苏东坡能聊到一块儿去。他离世后，苏东坡在朝中寂寞时也许会想念他吧。

党争之端

壮年意气（1062—1079）

宋代党争的开端主要源于王安石变法，这场变法引发了北宋政治史上著名的"新旧党争"。新旧党争是北宋中后期政治斗争的重要表现形式，涉及新法的推行与废除、政治理念的分歧以及权力的争夺。这场党争不仅影响了北宋的政治格局，还对社会、经济和文化产生了深远的影响。

王安石变法始于熙宁二年（1069），旨在通过一系列改革措施解决北宋积贫积弱的问题，富国强兵。然而，变法触动了保守派的利益，引发了激烈的反对。

王安石变法初期，新党得势，旧党成员如司马光、韩琦等被贬谪或自请外放。变法过程中，新旧两派围绕青苗法、募役法等新法展开激烈争论。熙宁七年（1074），受天灾等多种因素影响，宋神宗对变法产生动摇，同时新党内部矛盾加剧，王安石被迫辞相。

元丰八年（1085），宋神宗去世，宋哲宗即位，高太皇太后垂帘听政，起用司马光为宰相，废除新法。旧党对新党成员进行打压，新旧两党斗争进一步激化。宋哲宗亲政后，重新起用新党，旧党再次被打压。

宋徽宗即位后，党争仍在继续。

党争导致朝廷内部严重内耗，官员们忙于争斗，无暇顾及国家大事。党争引发社会动荡，民众对朝廷政策无所适从，社会矛盾加剧。党争削弱了北宋的国力，成为北宋灭亡的重要原因之一。

	新党	旧党
主张	推行变法，主张通过改革解决国家的积贫积弱问题。新党认为，只有通过大胆的改革，才能实现国家的富强。	反对变法，主张维护传统制度和儒家礼教。旧党认为，变法过于激进，会破坏国家的稳定，损害国家的国本。
经济	推行青苗法、募役法、方田均税法、农田水利法、均输法、市易法等。	认为青苗法等新法会加重百姓负担，导致社会动荡。
军事	推行保甲法、将兵法、保马法等。	认为新法破坏了国防体系的稳定，引发内乱。
教育	改革科举制度、整顿太学、推行《三经新义》等。	认为变法冲击了儒家传统，违背了"祖宗之法"。

厚，虽贫且弱，不害于长而存；道德诚浅，风俗诚薄，虽强且富，不救于短而亡。是以古之贤君，不以贫而伤风俗，而智者观人之国，亦以此而察之。

神宗，北宋第六个皇帝赵顼的庙号。《上神宗皇帝书》也题为《上皇帝书》或《万言书》，创作于熙宁二年（1069）年末至熙宁三年（1070）年初。

这篇文章是苏东坡反对王安石变法的代表作，指出新法实施后的问题，并提出了"结人心、厚风俗、存纪纲"的核心思想。他认为变法的具体措施增加了冗员和冗费，使得民心惶恐，吏治混乱，并批评王安石压制谏官，导致朝廷纲纪混乱。

风俗

风俗：社会风气。

上神宗皇帝书（节选）

苏轼 作

……士之进言者为不少矣，亦尝有以国家之所以存亡，以告陛下者乎？国家之所以存亡者，在道德之浅深，不在乎强与弱；历数之所以长短者，在风俗之厚薄，不在乎富与贫。道德诚深，风俗诚

进言
进言：给皇帝提供意见。

历数
历数：指朝代所存在的时间。

杭州：人生福地

杭州是苏东坡的福地——他在此写出了大量诗词，得以成为大宋文坛第一名士。

在东南地区，位于钱塘江北岸的杭州是后起的名城。隋炀帝开凿了沟通南北的大运河，以杭州为江南运河的南起点，从中原腹地的洛阳可以乘船经常州、苏州到杭州，直达大海。由此，杭州逐渐成为这一区域的枢纽城市，到中晚唐白居易当杭州郡守时，杭州的经济、人口已超过越州（今浙江绍兴），仅次于苏州。五代时期，杭州是吴越国的政治中心，成为东南地区可与苏州并列的中心城市。至北宋，杭州依旧是与苏州并称的江南重镇。

熙宁四年（1071）十一月二十八日，苏东坡抵达杭州，开始担任杭州通判。通判是朝廷为制衡知州的权力设立的官职，负责协助知州处理兵民、钱谷、户口、赋役、狱讼等事宜的公文，知州政令须通判付署方能生效，通判可向中央直接报告知州的言行、地方政务，两者之间品秩有高低之别，但互相并不隶属。通判和知州一起参与对下级县官的考评，也受到所属"路"的转运司（俗称"漕司"）、提点刑狱司（俗称"宪司"）官员的监督。他们也可以举荐和弹劾州县官员，由吏部汇总消息，给出对官员的任免、升降建议。

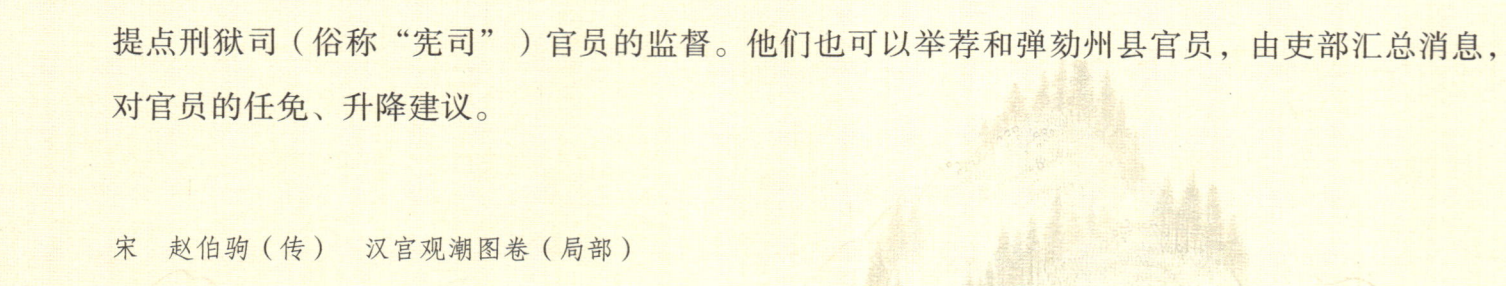

宋　赵伯驹（传）　汉官观潮图卷（局部）

杭州下辖钱塘、仁和、余杭、临安、富阳、於潜、新城、盐官、昌化九个县,知州官署设于钱塘县的凤凰山下东南角。凤凰山形如张开两翅的鸟,两个山头上各建有一塔,凤嘴处有一座泉水下流形成的水池。登上官署西侧的凤凰山顶,可以"东望海,西望湖"。凤凰山北侧的一片狭长土地,就是人烟繁密的杭州城,包括南部的钱塘县城和北部的仁和县城。杭州城西是著名的西湖及风光秀丽的山岭,城东是连绵的滩涂和钱塘江入海口。

杭州的景点大多分布在西湖周围,大致可以分为北、西、南三个区域。西湖北岸有孤山、葛岭、北山三处景点:孤山是西湖西北部一座突出的岛屿,分布着智果寺、玛瑙宝胜院、报恩院、广化寺等寺庙;葛岭上下有招贤寺、寿星院、垂云亭、履泰山、桃溪、栖霞洞等景观;北山则有宝石山等多座山岭,有菩提院、望湖楼、真觉院、法济院、普润寺、昭庆寺等名胜。西湖西部则是大片山岭和溪谷,主要的景区是"三天竺"、灵隐寺、龙井几处。西湖南侧则有数座山岭,主要包括南屏山、九曜山,分布着净慈寺等寺庙和岩洞。另外,苏东坡经常去游览的还有杭州的吴山、凤凰山、龙山等山岭,龙山之西南有虎跑泉、六和塔等景点。

杭州在北宋是繁华的商业城市,号称东南第一大都会。沿街店铺、饭馆、酒楼、旅舍众多,从早到晚大街上都人来人往,三四鼓时游人才变少,等到五鼓又变得热闹非凡。柳永曾在杭州游历,他广为传诵的词作《望海潮》这样形容杭州的繁华:

东南形胜,三吴都会,钱塘自古繁华。烟柳画桥,风帘翠幕,参差十万人家。云树绕堤沙,怒涛卷霜雪,天堑无涯。市列珠玑,户盈罗绮,竞豪奢。

重湖叠巘清嘉,有三秋桂子,十里荷花。羌管弄晴,菱歌泛夜,嬉嬉钓叟莲娃。千骑拥高牙,乘醉听箫鼓,吟赏烟霞。异日图将好景,归去凤池夸。

壮年意气(1062—1079)

这时的杭州知州是沈立,他曾任签书益州判官,和时任益州知州的张方平相熟。苏东坡私下尊称其为"丈人",两人关系良好。新法派官员张靓在杭州担任两浙路提举常平,俞希旦在杭州担任监司,苏东坡不喜欢这两人,但在议论公事时不敢与之争议。苏东坡在写给苏辙的《戏子由》诗中形容自己的状态是"道逢阳虎呼与言,心知其非口诺唯"。

此时各地都监督官员尽快施行新法,官吏大多对下属和民众很苛刻,苏东坡想要宽大为怀,十分为难。好在担任两浙路提点刑狱的王廷老还算持重宽缓,让苏东坡的一些主张得以施行,也让他免于被监察官员找到把柄。苏东坡因此对王廷老心怀感激。

在公事之余,苏东坡经常到城内外的山山水水、佛寺道观游览。他上任第三天便是假日,就去拜访欧阳修之前介绍过的僧人惠勤,顺带认识了惠思,三人一起闲谈半天,十分愉快。苏东坡在给亲戚的信中形容杭州"物极贵,似京师,圭田甚薄,公库窘迫,供给萧然,但一味好个西湖也"。本来他已在汴京发誓不再作诗,以免惹人非议,可是西湖的美景、会见的人物让他觉得新鲜,一到兴头上还是忍不住赋诗写作。他对所见所闻的风景、民俗、人物、遗迹、故事等都兴趣浓厚,西湖上乘船卖花的女郎、西湖边郁郁葱葱的松树,都出现在他的笔下。

熙宁五年(1072)年初,苏东坡修整了通判官舍原来的两处斋堂,分别命名为"凤咮堂""方庵";还带人从凤凰山中挖取了一百多块怪石,在东斋前营造了一座假山,把东斋改名为"溅玉斋";又在斋堂旁叠石为山,山上面有个孔洞形如凤凰山上的"月岩"奇观,于是把斋堂命名为"月岩斋"。

宋代官员经常举行宴会,在招待官员的宴会上,苏东坡经常听歌女演唱曲子词,还认识了词坛大家张先。张先是湖州乌程县人,此时已八十一岁,致仕十年。他身体强健,经常往来杭州、湖州,以垂钓和创作诗词自娱,是酒宴上的常客。在张先的影响下,苏东坡对写词有了浓厚的兴趣,渐渐地,苏东坡的词也有了一些名气。

杭州远离京城,不再时时受朝局、人事的影响,苏东坡的心情畅快了不少,常常在西湖周边游览,可眺望西湖的望湖楼是他常去的地方。六月二十七日,他在望湖楼上饮酒,醉后一连写了《六月二十七日望湖楼醉书五绝》,其一云:

> 黑云翻墨未遮山，白雨跳珠乱入船。
> 卷地风来忽吹散，望湖楼下水如天。

苏东坡在诗的第五首中自嘲如今是"未成小隐聊中隐"，这是从白居易的《中隐》诗中提取的概念。当年白居易在洛阳当闲官，自嘲"大隐住朝市，小隐入丘樊"，自己只能算是中隐，"似出复似处，非忙亦非闲。不劳心与力，又免饥与寒。终岁无公事，随月有俸钱"。白居易当过杭州刺史，其诗文也带给苏东坡很多启发，无疑是苏东坡在杭州写诗、游览乃至生活的一个重要的参照对象。

宋时民间节日极多，春节、上元节、寒食节、清明节、端午节、七夕、中秋节、重阳节等节日各地风俗不同，但都非常热闹。中秋节后几天，杭州百姓的一大盛事是去钱塘江观潮。钱塘江入海口呈喇叭状，外宽内窄，每年八月潮水高涨，大量海水从江口涌入，在逐渐变窄的江岸的约束下形成一波波潮涌，让海水在短时间内形成一道数米高的水岭，一波尚未停息，一波又奔腾而来，声如雷霆，有排山倒海之势。每年八月十八日前后，杭州人都会到江边观看海潮。还有善于游泳的弄潮儿赤膊迎着潮头而去，在浪潮中出没，他们分成不同的队伍，手里举着各种颜色的旗帜，看谁在潮头挺立的姿势更潇洒，还能够保持旗帜尾部不被水打湿。因常发生弄潮儿不慎落水而亡的意外，曾任杭州知州的蔡襄作《戒约弄潮文》，严禁弄潮。但这项民俗活动从唐代就开始流行，蔡襄离任后，几乎没有人再遵守禁令。来潮的那一天，官府不会按照常规关闭城门，也允许外出观看海潮的城中百姓晚归。

中秋时，苏东坡因为负责给解试判卷，无法到江边看潮水，但在中和堂北部的望海楼恰好可以看到海潮，他时常在楼上闲坐喝茶、听涛、望潮，写有《望海楼晚景五绝》，其一、其二云：

> 海上涛头一线来，楼前指顾雪成堆。
> 从今潮上君须上，更看银山二十回。

> 横风吹雨入楼斜，壮观应须好句夸。
> 雨过潮平江海碧，电光时掣紫金蛇。

这些诗歌用词鲜活、想象神妙，懂诗的文士都爱吟诵、抄写，传播广泛。众人这才意识到，原来苏东坡不仅如欧阳修夸赞的那样能文，而且擅诗，从此他的诗名也越来越大。

壮年意气（1062—1079）

沈立调任后，陈襄来到杭州担任知州，苏东坡与他相处和谐，两人常一起出游、写诗唱和。在政务上，他们也密切配合，苏东坡协助陈襄督导疏浚"六井"等事，极大地改善了市民的日常用水情况。苏东坡对地方百姓的生计颇为关注。到年底，杭州街道上，人们都开始准备过年的礼品、吃食，一派祥和安乐的氛围。除夕，苏东坡在官署值班，按照惯例要在堂中清点犯人，他从早上一直点名到晚上，见到监狱中关满因为贩运私盐被抓来的民众，感到十分惭愧，觉得自己没有勇气如史书上的前贤那样放罪犯回家过年，为了俸禄又不敢辞官，于是在官署的墙壁上题诗《都厅题壁》：

> 除日当早归，官事乃见留。
> 执笔对之泣，哀此系中囚。
> 小人营糇粮，堕网不知羞。
> 我亦恋薄禄，因循失归休。
> 不须论贤愚，均是为食谋。
> 谁能暂纵遣，闵默愧前修。

进入熙宁六年（1073），苏东坡经常在西湖边的酒楼上宴客，有一天下了场雨，随后又放晴，他观察到云雨、湖水的浓淡变化犹如女子妆容的改变，于是在《饮湖上初晴后雨二首》中，其中一首形容西湖如同美丽的西施：

> 水光潋滟晴方好，山色空蒙雨亦奇。
> 欲把西湖比西子，淡妆浓抹总相宜。

苏东坡这时已经诗名大盛，其手迹颇受欢迎，成了一些爱诗士人喜欢的收藏品。有书坊商人听说苏东坡的诗在杭州等地的影响越来越大，许多人抄写传播，便找文士收集其诗作，想要刊刻诗集。苏东坡当然有所耳闻，他这两年在杭州见到书坊雕刻印刷的诗文集质量可观，也不反对，很快便有一部《苏子瞻学士钱塘集》出现在杭州等地的书摊上。士人们发现，苏东坡不仅是欧阳修口中的文章高手，也是一个想象奇妙、比喻生动的诗人，便有了更多的人传扬苏东坡的文名。

熙宁七年（1074）九月，苏东坡任满后离开杭州，去密州出任知州。从熙宁四年十一月至熙宁七年九月，苏东坡在杭州当了两年零十个月通判。杭州是东南最繁华的城市，朝廷各部门大多在这里设有分支机构，来往官员众多，通判的很大一部分公务就是招待南来北往的官员。苏东坡当时虽然才三十多岁，但才华、声望在文坛一时无两，来往官员、文士都希望能和他交流，所以他许多时间都在应付各种酒宴，乃至戏称当杭州通判等于堕入"酒食地狱"。

欧阳修：衣钵传人

欧阳修是在文坛提携苏氏父子的贵人，他把苏东坡视为文坛盟主的传人。苏东坡也不负所望，在欧阳修故去后，领衔北宋文坛约三十年。

苏东坡小时候在天庆观上学时，有人从京师带回《庆历圣德颂》的抄本给老师张易简看，苏东坡正在边上，他随手拿起来低声念诵，询问老师张易简这些诗写的都是谁。老师说："你这么小的儿童，何必知道这些大人的名字？"苏东坡回说："这些人如果是天上的神仙，我是不敢问的，如果他们也是人的话，有什么不可以了解的呢？"老师惊讶于苏东坡的回答，就告诉他这些诗分别歌颂的是韩琦、范仲淹、富弼、欧阳修等"人杰"。

从此苏东坡就记住了这几个名字。父亲苏洵在教他写文章时，还曾把欧阳修撰写的文章《谢宣召赴学士院仍谢赐对衣金带及马表》当作范本，让苏东坡草拟一篇同名文章。苏东坡的文中有一句"匪伊垂之带有余，非敢后也马不进"，引用《诗经》《论语》的典故，表达谦退之意。苏洵十分高兴，说等到苏东坡成为翰林学士，写谢表时会用得上这些句子。

嘉祐元年（1056），苏洵带着苏东坡、苏辙入京后，苏洵携带张方平、雷简夫的推荐信和自己的数十篇文章去拜会了欧阳修。当时五十岁的欧阳修是著名的诗文大家，兼具高官、学者、诗人三重身份，是京城文坛盟主。欧阳修读了苏洵的多篇文章，十分推崇，说自己见的文士很多，但还没有人能写出这样的文章。他看了《权书》，觉得是与《孙子兵法》一样的奇书；看到《六经论》，认为是荀子才能写出的文章。等到秋天，欧阳修写了《荐布衣苏洵状》，并附带苏洵的二十篇代表性文章上呈宋仁宗，说："其论议精于物理而善识变权，文章不为空言而期于有用。其所撰《权书》《衡论》《机策》二十篇，辞辩闳伟，博于古而宜于今，实有用之言，非特能文之士也。"欧阳修还引荐苏洵去拜会宰相富弼和文彦博、枢密副使田况等人，这些人有用人之权，可以帮得上苏洵。听说文坛领袖欧阳修盛赞苏洵的文章并举荐他，朝中公卿士大夫纷纷打听苏洵，传抄他的文章，希望能与他晤谈。苏洵顿时在京城士大夫中有了些名声。

嘉祐二年（1057）的进士考试中，翰林学士欧阳修作为主考官，取苏东坡、苏辙为进士，故而他们有了座师、门生之谊。欧阳修特别赏识苏东坡写的《刑赏忠厚之至论》，苏东坡、苏辙按照惯例拜访各位考官时，两鬓斑白的欧阳修见到苏东坡后大为高兴，说："别人的文章都不及你啊！"欧阳修赞赏苏东坡的文章和豪迈的谈吐气度，说自己已老，今后的"斯文"有待苏东坡来承担，把他当作衣钵传人，还引荐苏东坡去拜会宰相富弼、枢密使韩琦。欧阳修接到苏东坡写的《谢欧阳内翰书》，见苏东坡用短短两段话就说明了五代以来士人文风演变的概貌、得失，并称颂欧阳修以这次考试改变了文风，于是致信梅尧臣，说读苏东坡的信时，"不觉汗出，快哉！快哉！老夫当避路，放他出一头地也。可喜！可喜！"欧阳修主张文学革新，推崇平易而有格调的文字风格，他对苏东坡的未来极为看好，经常在聚会上向其

壮年意气（1062—1079）

他士人夸赞苏东坡，使得苏东坡在士人中小有名气。许多士人好奇欧阳修为何如此重视苏东坡，纷纷传抄他的文章。

之后，在欧阳修的举荐下，苏洵获得校书郎的官职，跟着欧阳修编纂礼书。欧阳修还举荐苏东坡参加"才识兼茂明于体用科"的制科考试，苏东坡考中第三等，从而实现了从"选人"到"京朝官"的身份跃升。苏东坡在凤翔为官时，欧阳修不断公开赞誉他的诗文，把他看作可以传承新文风的"斯人""异人"。这时苏东坡已是天下知名的才子、青年官员，不仅受到文坛领袖欧阳修的期许，连皇太子赵曙也听闻了他的名声。

治平年间，苏东坡在京城为官时经常出入欧阳修门下。苏洵故去后，苏东坡拜托欧阳修为父亲撰写了墓志铭。熙宁年间王安石变法期间，欧阳修在地方为官，后来主动致仕闲居。

熙宁四年（1071）苏东坡外任杭州时，特地绕道到颍州，与苏辙一同探望闲居的欧阳修。欧阳修见到苏东坡、苏辙来访，十分高兴，挽留他们在颍州停留了十天，谈诗论文。此时的欧阳修满头白发，身着宽袍，看上去仙风道骨。几人一起在颍州城西北的湖边喝酒，欧阳修当场让苏东坡给自己收藏的石屏写赋。

当时年轻文人更趋附王安石的新学说，其中包括一些当年追随欧阳修的人。欧阳修觉得这些人见利思迁，没有什么道德操守，称不上自己的门徒。早年间，王安石的诗文曾得到欧阳修的赞誉，欧阳修屡次向朝廷推荐他，一度把他视为衣钵传人。欧阳修在《赠王介甫》一诗中以"翰林风月三千首，吏部文章二百年。老去自怜心尚在，后来谁与子争先"称赞王安石，说李白、韩愈的诗文之道传到如今，我已年老，年轻一辈人中以王安石最为突出，可以传承衣钵。但王安石并不满足于当"文章之士"，他觉得自己的天命是发扬儒学，故而在《奉酬永叔见赠》中表达志向"欲传道义心犹在，强学文章力已穷。他日若能窥孟子，终身何敢望韩公"，即以孟子传人自诩，并不想单纯以文章闻名。

熙宁二年（1069），王安石开始在朝主持变法，此时的欧阳修在地方当知州，两人并无直接冲突，但是欧阳修对青苗法颇有批评，并且以不贷放青苗钱的行动表达自己的政见，还写信责备王安石的一些举措。王安石不仅没有回信，还在宋神宗面前对欧阳修多有苛论。比如王安石曾攻击欧阳修"附丽韩琦，以琦为社稷臣，尤恶纲纪立、风俗变"，指责欧阳修厌恶变法，还认为他写的那类"华辞"只能"乱俗害理"，没有实际用处，还不如小官吏的用处大；并攻击欧阳修虽然文章出色，但不懂儒家经典和义理，甚至还对《周礼》《系

辞》的真伪持有怀疑态度。

欧阳修对王安石的认识也大有变化，认为他是酷吏一般的人，在给友人写的信里说"此人而能文，角而翼者也"。扬雄在《法言》中形容西汉的郅都、宁成、张汤、杜周等酷吏是"虎哉！虎哉！角而翼者也"，说这些人就像长着翅膀的老虎一样残酷凶暴，让受株连的人更加难以逃避罗织的罪状。欧阳修这是隐晦地指责王安石的政见有误，加之擅长文章，就会造成更大的错误和影响，得志后也颇为冷血残酷，对待当年的友人也无情无义。

熙宁五年（1072）闰七月二十三日，欧阳修去世，享年六十六岁。苏东坡十分感念欧阳修对自己父子三人的提携，在禅室设立灵位，以门生之礼穿丧服祭奠，痛哭了一场。苏东坡在祭文里称颂欧阳公在世时"斯文有传，学者有师"，意有所指地说欧阳公逝世之后，"赤子无所仰芘，朝廷无所稽疑，斯文化为异端，而学者至于用夷。君子以为无为为善，而小人沛然自以为得时。譬如深渊大泽，龙亡而虎逝，则变怪杂出，舞鳅鳝而号狐狸"，这隐隐指向王安石及其新学，因为不少士人私下议论王安石的学问是参考佛教的理念解释儒学，即所谓"异端""用夷"；而"小人""得时"，自然是指斥王安石及其追随者。

在京城为相的王安石听闻欧阳修去世，也写了《祭欧阳文忠公文》，称赞欧阳修一生在政治、学术、文学等方面的成就，并以"而临风想望，不能忘情者，念公之不可复见而其谁与归"结尾，大概也是想到了当年欧阳修的提携之谊。

后来，苏东坡还征得欧阳修夫人薛氏的允准，让二子苏迨娶了欧阳修三子欧阳棐之女为妻，两家成了姻亲。欧阳修的儿子拜托苏东坡给《六一居士集》撰写序，又请他为欧阳修墓新修的神道碑撰写碑文。

清　吕焕成　春夜宴桃李园图（局部）

壮年意气（1062—1079）

芳发

芳：花草发出的香味，这里引申为"花"，名词。

发：开放。

朝而往，暮而归，四时之景不同，而乐亦无穷也。

风霜高洁，水落而石出者

风霜高洁，水落而石出者：秋风高爽，霜色洁白，溪水滴落，山石显露。水落石出，原指一种自然景象，大多比喻事情终于真相大白。

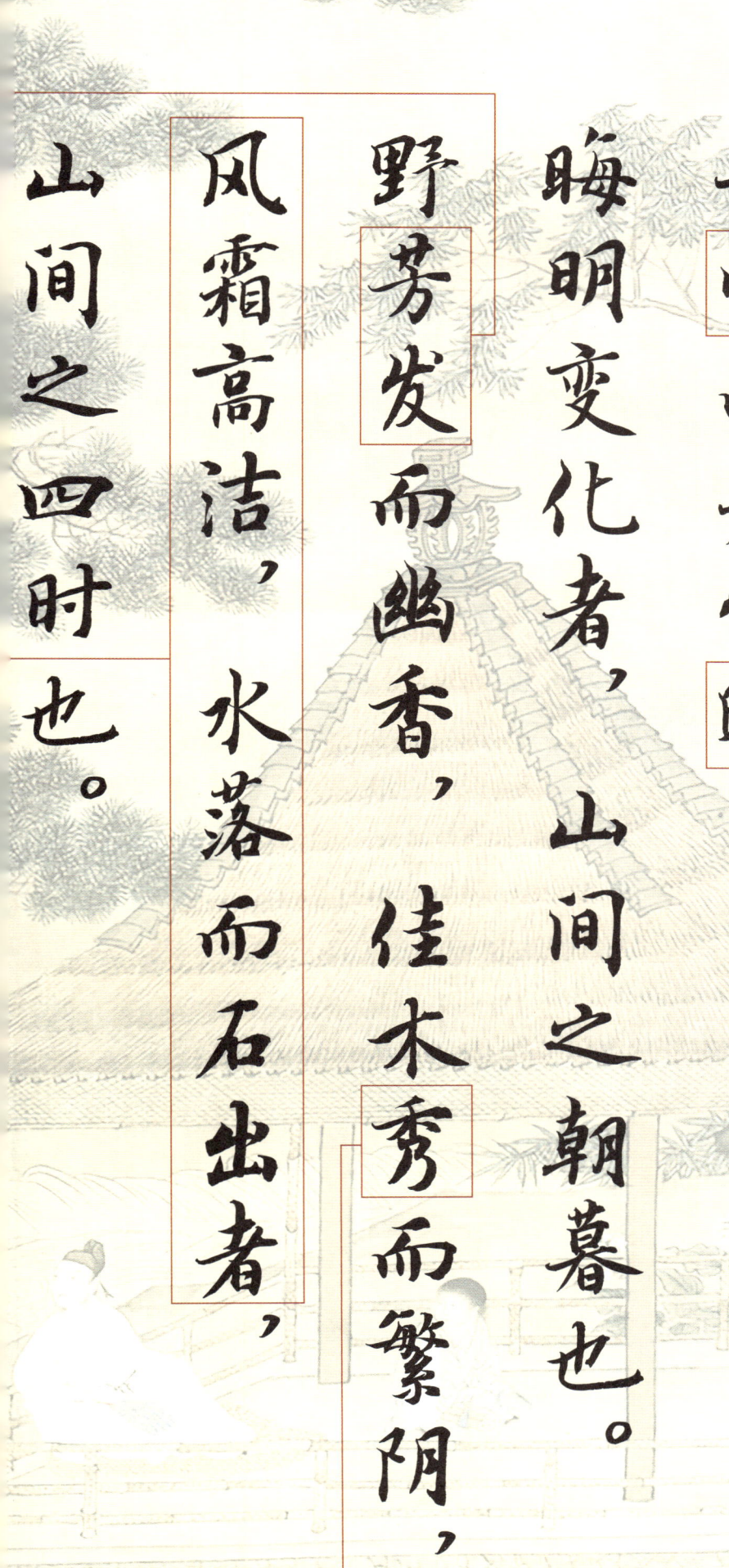

醉翁亭记（节选）

欧阳修 作

若夫日出而林霏开，云归而岩穴暝，晦明变化者，山间之朝暮也。野芳发而幽香，佳木秀而繁阴，风霜高洁，水落而石出者，山间之四时也。

林霏：树林中的雾气。

归：聚拢。

暝：昏暗。

秀：植物开花结实。这里有繁荣生长的意思。

陈襄：杭州游处

熙宁四年（1071）至熙宁七年（1074），苏东坡在杭州当通判，经历了沈立、陈襄、杨绘三任知州。

陈襄是福建侯官（今属福建福州）人，年轻时与同乡陈烈、周希孟、郑穆一起倡导道学，人称"海滨四先生"。庆历二年（1042）举进士，曾任浦城、河阳知县，常州、明州（今浙江宁波）、陈州、杭州知州，在朝廷任过枢密直学士、判尚书都省等职。陈襄曾出使辽国，辽国设小座侮辱他，他拒不就座，是一个很有气节的人。

治平年间，苏洵、苏东坡与担任三司盐铁判官的陈襄就有交往，但来往不多。熙宁初年，担任侍御史知杂事的陈襄上书反对王安石的新法，请求罢免王安石、吕惠卿等人，随即就被外派地方任职。他曾在陈州短暂担任知州，是苏辙的上级，两人也有来往。

熙宁五年（1072）八月，陈襄来杭州就任知州，成为苏东坡的上级。陈襄和苏东坡政治观点相似，一样爱好诗文、游览。两人在杭州任职期间，多次在假日一起出游，写诗唱和。

陈襄在杭州，主要政绩是帮助民众解决了取水不便的问题。杭州取水的"六井"还是唐代德宗年间杭州刺史李泌组织开凿的，还有一口用于取水的井，是宋代嘉祐年间杭州知州沈遘在美俗坊开凿的"沈公井"。熙宁年间，这些井大都年久废坏，水位不高。陈襄和苏东坡商量，请懂水文情况的僧人仲文、子珪、如正、思坦四人调查水井周边情况，趁冬天水位低时雇请工匠疏浚井下管道，修整水井四壁。次年春天完工以后，正好遇到江南大旱，很多地方的水井都枯竭了，但杭州的这几口井仍然有水。

熙宁七年（1074）七月，陈襄调任应天府知府。离任前，陈襄宴请僚属，一众官僚饮酒、闲谈到深夜，月色下的钱塘江、西湖甚美，陈襄当即请苏东坡赋诗一首，苏东坡写下了《虞美人·有美堂赠述古》：

湖山信是东南美，一望弥千里。使君能得几回来？便使樽前醉倒、且徘徊。

沙河塘里灯初上，水调谁家唱？夜阑风静欲归时，惟有一江明月、碧琉璃。

熙宁九年（1076），陈襄回朝为官，为枢密院直学士，知通进银台司，提举进奏院，后兼提举司天监，兼管尚书都省事等。元丰三年（1080），陈襄病卒，终年六十四岁。

杨绘：诗词雅会

熙宁七年（1074）七月，原应天府知府杨绘调任杭州知州，成了苏东坡的上司。杨绘是汉州绵竹（今属四川）人，算是苏东坡的老乡，他是嘉祐元年（1056）进士，当过眉州知州、兴元府知府。宋神宗即位后，杨绘知谏院。杨绘曾上书反对宰相曾公亮举荐儿子判登闻鼓院、任用曾巩为史官之举，后来升为翰林学士、御史中丞，之后又因与王安石意见不一，被派到地方为知州。

杨绘任杭州知州后，与苏东坡相处的时间很短，因为八月下旬，杭州出现蝗灾，苏东坡奉命到临安、於潜、新城等地督促捕蝗。九月，苏东坡刚返回杭州没几天，便接到被任命为密州知州的公文。刚来杭州当了一个月知州的杨绘也被调回汴京当翰林学士，两人相约结伴同行一段路程。

九月下旬，张先来杭州送别二人，三人在流杯堂宴饮，杨绘当场自撰新曲词《泛金船》，苏东坡、张先都写了同题作品。之后，杨绘、苏东坡两家登船出发，与他们交好的张先、陈舜俞一路相送。他们先沿城北的小河北上去吴江，再进入运河北上，方便顺路与湖州知州李常告别。

一行人到湖州拜访李常，正好李常生了儿子，众人欢会一场。在湖州，苏东坡认识了二十六岁的李之仪，十分欣赏他的诗文。李常还想多留他们几天，可是苏东坡想尽快去济南见弟弟苏辙，担心清河上冻影响行程，坚持早点儿离开。

杨绘、苏东坡与张先、李常等人告别，带着家小继续北上，到润州（今江苏镇江）才分开。之后，两人一直有书信往来。后来，翰林学士杨绘因为荐举的属吏王永年犯罪，被连坐，以"私通馈赂"罪被贬，提举江州太平观。杨绘本身喜欢写词、听词，便抽空辑录唐代以来的词曲典故、作者雅事等，编成书稿《时贤本事曲子集》。

苏东坡被贬黄州时，杨绘把自己编辑的《时贤本事曲子集》抄本寄给他阅读。《时贤本事曲子集》中一则记载说，钱塘有老尼能诵后蜀孟昶写的词《洞仙歌》中的前两句，后面的都失传了。一天晚上，苏东坡睡不着觉，与十九岁的朝云一起携手望月，让他联想到传说中的孟昶词，于是他根据自己的经历补足剩余部分，写就了《洞仙歌·冰肌玉骨》：

冰肌玉骨，自清凉无汗。水殿风来暗香满。绣帘开，一点明月窥人。人未寝，欹枕钗横鬓乱。

起来携素手，庭户无声，时见疏星渡河汉。试问夜如何？夜已三更，金波淡，玉绳低转。但屈指、西风几时来，又不道、流年暗中偷换。

在这首词的序言中，苏东坡故布疑阵，说自己七岁时在眉山听朱姓老尼说，她小时候曾跟着师父到蜀主孟昶的宫中，正当暑热，一天晚上蜀主与花蕊夫人在摩诃池上纳凉，花蕊夫人创作了一首词《洞仙歌》，老尼只能想起开头两句，自己忽然想到这件旧事，才写了这首词。实际上，苏东坡很可能

壮年意气（1062—1079）

是先根据自己的真实生活场景写出了词,然后在序言中杜撰了一个风流故事,从而造就了一个新典故。

苏东坡还曾在书信中与杨绘相约在一处地方买田,以后做邻居,好互相照应。不过两人宦游各地,心愿没有实现。元丰七年(1084),苏东坡从黄州北上汝州,杨绘在永兴县(今湖北阳新)担任兴国军守,事先派当地文士李翔去黄州邀苏东坡务必到自己那里一趟,再续当年在杭州共聚的雅事。

苏东坡欣然赴约,到永兴县后,被杨绘热情招待了几天,众人一起游览附近的名胜。欢聚时短,苏东坡必须得离开了。分别当日,他和杨绘都喝醉了,出发得比较晚,到达距离官方驿站石田驿二十五里的地方时天就黑了,只好找了个农家住下,在这里他和杨绘才告别。

元祐初年,杨绘再次出任杭州知州,曾经作诗《诗寄东坡》给在京城的苏东坡,回忆当年"六客"夜话的风雅:

仙舟游漾霅溪风,三奏琵琶一舰红。
闻望喜传新政异,梦魂犹忆旧欢同。
二南籍里知谁在,六客堂中已半空。
细问人间为宰相,争如愿住水晶宫。

元祐三年(1088),杨绘在杭州官署病逝。

明 杜琼 友松图(局部)

赵抃：撰碑之邀

嘉祐四年（1059），苏东坡、苏辙兄弟在家守孝时，曾以新科进士身份拜会益州路转运使赵抃。赵抃与欧阳修关系交好，故而对苏东坡兄弟也青睐有加。次年，欧阳修再次上书举荐苏东坡，赵抃也上书举荐从未谋面的苏洵，让苏洵得到秘书省试校书郎的官职，这使苏家父子对赵抃心存感激。

宋神宗登基后，一度任命赵抃为参知政事，但是熙宁二年（1069）宋神宗任用王安石变法，赵抃对新法多有异议，随后被外派到地方担任知州。

熙宁十年（1077）十月，苏东坡接到杭州知州赵抃的信，邀他给杭州新设的表忠观撰写碑文。之前，赵抃看到吴越国王钱氏家族的坟墓年久失修，向朝廷申请将钱塘县龙山的一座废旧佛寺改造成道观，让钱氏后人中当道士的钱自然当主持，每年给钱自然度一个道士的名额，这样他可以获得一定收入，用来维护家族的坟墓和宗祠。宋神宗同意以后，赵抃特地写信托苏东坡撰文。苏东坡早年就同赵抃相识，而且自己在杭州当过通判，自然不会推辞，用心写了一篇文章，参照司马迁写《史记》的笔法，从五代乱世中钱氏割据一方的历史写起，然后转到钱氏如何归附大宋，如今坟墓如何零落，文字简约而韵律雅正。

赵抃邀请苏东坡撰写这篇碑文，或许也有帮苏东坡扬名的考虑，希望能引起更多官员乃至宋神宗对苏东坡的重视。可惜表忠观迟迟没有筹到钱立碑，赵抃也被调任越州知州，到元丰二年（1079）以太子少保致仕。元丰七年（1084），赵抃逝世，享年七十七岁。

壮年意气（1062—1079）

苏颂：同宗之谊

嘉祐五年（1060），为母亲守孝期满，苏东坡与父亲、弟弟回到汴京，在城西一处叫"西冈"的地方租了房子落脚。苏颂时任集贤校理、同知太常礼院，家就在西冈附近。苏洵和苏颂认识后，因为是同姓，就叙家谱认作同宗，以宗兄、宗弟相称，苏东坡、苏辙兄弟称苏颂为宗叔，与其有了往来。类似同宗、同族、同乡、同年考中进士等等，都是在外漂泊的人交往的理由，官场中人更是如此。

熙宁六年（1073）初春，担任杭州通判的苏东坡到富阳、新城两县巡视，一时兴起，悄悄沿着富春江行船去拜访担任婺州（今浙江金华）知州的宗叔苏颂。按照朝廷制度，官员私自离开治所会友是不允许的，两人只能对此保密。

同年二月，苏颂来到杭州，苏东坡除了陪同杭州知州陈襄设宴款待苏颂，次日又单独邀苏颂及其子苏嘉一起游览西湖附近山水，三人诗酒唱和，尽兴而归。苏嘉之前在汴京的太学上学，熙宁四年（1071）在一次考试的答卷中议论新法的不足，导致本就对太学不满的王安石更为气恼，借此事一次罢免了五位太学学官。从此，王安石加强了对京师学校的控制，把倾向变法的官员派去担任学官，还生出编撰官方统一教材的想法。后来苏嘉到亳州担任吏员，苏东坡特地致信在那里当知州的蜀地同乡杨绘，请他照应。

元丰二年（1079）秋，苏东坡因为"乌台诗案"被关押在御史台接受审讯，濠州（治所在今安徽凤阳）知州苏颂因在开封府知府任上判处案件的问题，也于九月到御史台接受审讯。他被关在跟苏东坡相邻的一个院子里，听得到御史台官吏通宵审讯苏东坡的喝骂声，在诗中形容是"却怜比户吴兴守，诟辱通宵不忍闻"。苏颂老成持重，自视为儒者，把苏东坡当作诗人，两人性格、学问有别，但都因王安石变法而被排斥到地方任职。他对苏东坡的遭遇心有所感，写了四首诗追忆两人的交往，其中提到苏东坡此时诗名显赫，许多反对新法之人与他声气相通，暗示可能就是这一点引起宋神宗和新党的忌惮。在以皇帝为最高威权的时代，朝臣只得小心应对，而苏东坡偏偏写了一些讥讽之言，自然会被有心人罗织罪名。

元丰七年（1084），苏东坡从黄州北上到润州，听说宗叔苏颂的母亲陈夫人在润州病故，便前往吊丧，并撰写了《苏子容母陈夫人挽词》，称赞陈夫人的品格和志节，也和苏颂见了一面。

　　元祐六年（1091）年底，太皇太后高氏解除刘挚的右相之位，将其外派到地方担任知州，又命苏颂担任右相。苏颂为人稳重，是中立派官员，太皇太后任命他或许是期望朝政能平稳一些。这时宋哲宗年纪幼小，每次在宫殿接见朝臣议政时，他与太皇太后相对而坐，大臣奏事后，都要听从帘子后面的太皇太后的决定，绝大多数大臣也习惯了侧身向太皇太后座位的方向奏事。宋哲宗赵煦只能隐约看到大臣们露出的半个背，极少有大臣转身面向赵煦禀报政事，以致赵煦日后回忆说，那几年上朝，自己只能看朝中官员的臀部和背部。众臣之中，只有苏颂一个人始终恭敬地对待这位小皇帝，他每次在朝堂上奏事，都先向太皇太后陈述，然后再转身面向宋哲宗陈述，态度庄重严谨，让宋哲宗记忆深刻。因此，后来宋哲宗竭力贬斥元祐旧臣时，并没有为难苏颂，称赞他懂得"君臣之义"。

　　绍圣元年（1094），苏东坡被贬谪岭南，南下途中在扬州与担任知州的宗叔苏颂见了两次。此后苏东坡在惠州、儋州多年，到建中靖国元年（1101）一家北上经过润州时，苏颂已于五月在润州家中病逝。苏东坡身患痢疾无法行动，便让儿子苏过到苏颂家中吊丧，代自己写祭文《荐苏子容公德疏》，追忆与苏颂的交往，"伏以自昔先君以来，常讲宗盟之好。俯仰之间，四十余年。在熙宁初，陪公文德殿下，已为三舍人之冠；及元祐际，缀公迩英阁前，又为五学士之首。虽凌厉高躅，不敢言同，而出处大概，无甚相愧"。苏东坡还让儿子去佛寺做法事，给这位宗叔追福。苏颂的几个孙子和外甥回拜苏东坡时，苏东坡病中会见诸人，想起和苏颂的交往，不禁感伤落泪。

辩才：杭州再会

苏东坡在杭州频繁与僧人来往，经常引用《维摩》《圆觉》《楞伽》《法华》诸经及著名禅师的语录，但他不是钻研佛教义理的学者，并不死抠字眼，而是注重佛理对于疏解内心苦闷、拓展思维的益处。苏东坡的诗歌中常常出现水、月、梦这类互相包含、映射的形象，也有许多把大小、生死、是非、善恶、美丑并列乃至颠倒、转化的诗句，这明显与佛学中超脱于二分思维和一切差别，大小等殊、相即相入的思想有关。

苏东坡在杭州时与辩才关系友好。这位高僧俗名徐天象，是杭州於潜县人，十岁出家，十八岁时跟从天竺慈云大师学天台宗佛学，法名"元净"。景祐三年（1036），宋仁宗召见了他，赐号"辩才"，授紫衣袈裟。嘉祐元年（1056），杭州知州吕溱请他住持大悲阁，严设戒律，颇有建树。熙宁元年（1068），辩才住持上天竺观音道场。

苏东坡对这位老僧十分尊敬。苏迨三岁时还不会走路，得奴婢抱着、背着，苏东坡想到可以请和尚、道士攘除灾祸疾病，于是把苏迨送到寺庙中一段时间。辩才为苏迨剃发、摩顶，几天之后，苏迨可以走路了。苏东坡十分欣喜感动，他花钱买了一道度牒，让辩才另外剃度一人，苏迨这才"还俗"回家。熙宁七年（1074）秋天，因为蝗虫成灾，苏东坡到临安、於潜、新城等地督促捕蝗，顺便去於潜的西菩山明智院拜访了辩才，一起游览了山中寺庙并赋诗，在《赠上天竺辩才师》诗中云：

> 南北一山门，上下两天竺。
> 中有老法师，瘦长如鹳鹄。
> 不知修何行，碧眼照山谷。
> 见之自清凉，洗净烦恼毒。

....

一次，苏东坡去龙井探望辩才。辩才近年来很少走出寺庙，这次为了陪同苏东坡，和他一起游览风篁岭，随行之人夸赞辩才今天走得比较远："这就像慧远再次跨过虎溪啊。"辩才笑着说："杜甫不是写过诗吗？'与子成二老，来往亦风流'。"于是苏东坡让人在这座山岭上修了一座亭子，命名为"过溪亭"，又名"二老亭"。

元祐五年（1090）二月辩才八十寿辰时，杭州僧俗前去其驻扎的龙井寺庆贺，寺院施舍上千僧人吃寿宴，苏东坡、王瑜、张璹、周焘等官员都给辩才赠送了家乡的茶叶。

元祐六年（1091）九月三十日，辩才去世，苏东坡写了一篇祭文，托诗僧道潜到上天竺寺祭祀，又请弟弟写了《龙井辩才法师塔碑》碑文。

怀琏：佛画结缘

壮年意气（1062—1079）

嘉祐六年（1061），苏洵、苏东坡在汴京时认识了十方净因禅院住持怀琏禅师，怀琏是庐山圆通寺住持居讷禅师的弟子。居讷是蜀地中江县人，十几年前苏洵游览庐山时，就和居讷及其另外一位弟子景福顺长老有过交往。苏洵与怀琏说起这一往事，双方关系便近了许多。十二年前，朝廷出资在汴京创建十方净因禅院，翰林学士欧阳修和南康年知军程师孟推举居讷担任住持，居讷以眼睛有病为由婉拒，让自己的弟子怀琏来京住持这座寺庙。

怀琏是汴京有名的僧人，宋仁宗赐给他"大觉禅师"的称号，还赏他一把写有御书十七篇诗颂的罗扇。他和苏洵颇为投缘，赠送了一幅描述水神骑龙而行的《水官图》给苏洵，苏洵和苏东坡都作诗表示感谢，此后一直有往来。治平二年（1065）九月初九重阳节是苏东坡亡妻王弗的百日祭，苏东坡书写《大方广圆觉修多罗了义经》给净因寺的大觉禅师怀琏，请其为亡灵诵经礼忏。不久，怀琏就离开京城，去了江南的寺庙。

熙宁四年（1071），苏东坡到杭州当通判，与怀琏有书信往来。怀琏从汴京来到金山，随后又在明州的阿育王山广利寺隐居。熙宁五年（1072），苏东坡给他写信，把苏洵所藏禅月大师贯休画的罗汉图和古代佛画一轴布施给广利寺，怀琏赠送他罗汉木树苗，苏东坡又转赠慈化大师栽种。

地方主要官员在寺庙住持的人选方面有很大发言权，僧人自然乐于和官员士大夫往来。昌化县大明山的慧照寺原本的规则是由本寺住持的弟子担任住持，代代传承，即所谓"甲乙住持制"。熙宁五年（1072），慧照寺上一代住持离世后，苏东坡打破传统，招怀琏的弟子维琳前来住持，把住持制度改成了官府在各寺选拔的"十方住持制"。

元祐六年（1091）正月，怀琏禅师在明州阿育王山广利寺病逝。几个月前，怀琏还把宋仁宗所赐颂诗十七首刻碑立在广利寺宸奎阁，寄信请苏东坡撰写《宸奎阁记》。不料怀琏禅师突然故去，让苏东坡感喟不已。之后几天，苏东坡手书正式的碑文，寄给寺中僧人。因二人之间的交情，苏东坡对怀琏的弟子维琳、宝觉、道潜等都另眼相看。

道潜：诗人之交

道潜，字参廖，比苏东坡小七岁，是怀琏的弟子，在明州阿育王山广利寺随侍师父。

熙宁四年（1071），苏东坡沿着运河南下去杭州，快到杭州的临平镇时，偶然看到一首诗："风蒲猎猎弄轻柔，欲立蜻蜓不自由。五月临平山下路，藕花无数满汀洲。"他觉得此诗十分有风致，想结交这位诗人，后来终于打听到了道潜，发现彼此还有点儿关系。

元丰元年（1078）秋天，道潜到汴京办事，回程特地到南京拜访了苏辙，然后又来徐州拜会苏东坡。两人以前仅有书信来往，这是第一次见面，道潜为了表示客气，呈上一首长诗《访彭门太守苏子瞻学士》，赞誉苏东坡"风流浩荡播江海，粲若高汉悬明星"，于是千里迢迢来拜会。这首诗比较世俗，可能因为这是他们第一次文字唱和，彼此还不熟悉。道潜还带来了秦观给苏东坡的信。苏东坡留道潜在徐州住了一段时间，请他在官署斋室居住，假日两人一起出游、品茶。一次宴会上，美貌的官妓表演完歌舞，苏东坡故意捉弄道潜，吩咐这位官妓向道潜求诗。在袅袅娜娜的美人面前，道潜不动声色，立即写下一首诗，让苏东坡颇为叹赏。之后苏东坡还写信给文同称赞道潜"诗句清绝"。

道潜一直待到十二月十二日才离开徐州。送别时，苏东坡作了一首《送参寥师》，诗中提到禅思有助于作诗，"欲令诗语妙，无厌空且静。静故了群动，空故纳万境"。诗人可以像禅师那样以空、静的心态观察体味人间万事万象，将所得所悟行之于诗文，如此，诗句才会蕴含让人感念不已的"至味"。

元丰二年（1079），苏东坡南下去湖州任知州，在高邮时，道潜与秦观一起跟着苏东坡南下，顺便游览运河两岸。四月二十日到湖州后，苏东坡在假日同秦观、道潜出游。十几天后，秦观去越州探亲，道潜去杭州寻访辩才，走之前，他们和苏东坡相约秋末回到湖州再聚。

元丰六年（1083），道潜从苏州到黄州拜会苏东坡，苏东坡留他在雪堂长住。当时雪堂除了道潜，还有杨世昌和巢谷。就算没有其他客人，这几个人也能天南海北地聊天。元丰七年（1084），苏东坡与道潜又一起离开黄州，北上一起游览庐山，随后道潜留在庐山修行，苏东坡才与之告别。

元祐四年（1089），苏东坡到杭州当知州，召请道潜入驻孤山颇有历史的智果寺。道潜入寺当日，苏东坡带着宾客十六人助阵，声势浩大。元祐五年（1090），苏东坡又支持道潜在智果寺中修建三间房舍，上梁时，苏东坡前去祝贺并题字。之后几日，苏东坡和提点两浙路刑狱王瑜、两浙转运判官张璪等游览西湖各处,到北山拜会清顺、道潜二位诗僧,在垂云亭观景,然后一起回到道潜的智果精舍饮茶。晚上众人又去驿舍拜访路过的唐州知州陈师锡,一起宴饮作乐、喝茶唱和。这场景让苏东坡突然想起几年前道潜跋涉千里到黄州探望自己,两人一起游览武昌(今湖北鄂州)西山,那天晚上,苏东坡梦见自己写下"寒食清明都过了,石泉槐火一时新",当时不知道这是什么意思,如今竟然在这里应验。苏东坡讲出这个故事,在座之人都喟然叹息。

元祐六年(1091),苏东坡应召回京,清明节时他特地带着几个亲友去智果寺与道潜告别。应道潜之请,苏东坡将智果精舍边的泉水命名为"参寥泉",并写了铭文。北上到巽亭时,苏东坡又写了一首《八声甘州》寄给道潜,怀念两人的交情,说致仕后到宜兴养老时再相见,词云:

有情风、万里卷潮来,无情送潮归。问钱塘江上,西兴浦口,几度斜晖。不用思量今古,俯仰昔人非。谁似东坡老,白首忘机。

记取西湖西畔,正暮山好处,空翠烟霏。算诗人相得,如我与君稀。约他年、东还海道,愿谢公、雅志莫相违。西州路,不应回首,为我沾衣。

元祐八年(1093),道潜拜托苏东坡帮自己获得赐号。苏东坡便拜托丞相吕大防上奏,帮道潜获得了"妙总大师"的赐号,这无疑可以提升道潜在佛教界中的地位。

绍圣元年(1094),苏东坡被贬谪岭南,在杭州的道潜特地托人送来一幅阿弥陀佛像,让苏东坡随行供奉。苏东坡到惠州后,道潜、佛印等都曾派人携带书信来问候。在给道潜的信中,苏东坡形容自己在惠州,就像是灵隐寺、天竺寺等大寺庙的和尚出寺院以后到一个小村中吃糙米饭,如此过一生也没什么不好的。

绍圣三年(1096),有僧人指控道潜的度牒是冒名的。实际上,道潜本名昙潜,苏东坡将其改为"道潜"后,他便以这个字号自称。与苏东坡有仇怨的两浙转运使吕温卿就抓住这个把柄,取消了道潜的度牒,让他还俗,并将他发配到兖州编管。苏东坡听说这个消息后,给苏辙的亲家、京东转运使黄寔写了一封信请求帮助,黄寔便叮嘱兖州教授楼异关照道潜。

建中靖国元年(1101),苏东坡北上途中才得知因为曾布帮忙说话,道潜被解除了编管的处罚。同年七月,苏东坡在病中撰写了一份《遗表》,叙述自己的经历和对朝政的建议,只有道潜等极少数亲友看过草稿。但苏东坡考虑之后,觉得里面的话可能会给亲友招来麻烦,于是嘱咐儿子烧毁文稿,自己死后也不要递交朝廷,还特地写信嘱托道潜不要外传和刻石。

苏东坡故去后,道潜在兖州申诉自己的冤情,崇宁元年(1102)重新获得度牒为僧。道潜听说苏东坡安葬在郏城县(今河南郏县),特地去给苏东坡扫墓祭拜,和守墓的苏过握手流涕而别。

思聪：水镜晨昏

熙宁六年（1073）苏东坡在杭州当通判时，一日去法惠寺登临横翠阁，认识了僧人圆师身边的小童彭九。彭九当时虽然才十一岁，但善于鼓琴和接待宾客。彭九还没有法名，圆师请苏东坡给他起名，于是苏东坡起名为"思聪"。苏东坡觉得思聪头脑聪慧，便介绍他去明州阿育王广利寺跟从诗僧道潜学习作诗。元丰三年（1080），苏东坡在黄州时从道潜的信中得知思聪作诗有长进，已在法惠寺正式剃度。

元祐四年（1089），苏东坡到杭州出任知州时，思聪已是杭州小有名气的诗僧，苏东坡数次和思聪出游、唱和。一次，苏东坡和客人在僧舍闲谈，思聪作陪，苏东坡向客人介绍说思聪虽然年轻，但善于作诗，当场让思聪写了一首和道潜"昏"字韵的诗。苏东坡大为赞赏其诗中"千点乱山横紫翠，一钩新月挂黄昏"两句，认为可以与唐人诗句比肩，于是和思聪开玩笑说："你就算不念经、不参加考试，也足以做和尚。"苏东坡还写信给在天目山修行的道潜，希望道潜安排思聪回到杭州，随后帮思聪找了个佛寺入驻修行。

元祐六年（1091），苏东坡应召回京，思聪陪同进京，在京城逗留了一个多月后才离开。临别时思聪请苏东坡给自己的诗集命名，苏东坡取名为《水镜集》。苏东坡还写了《送钱塘僧思聪归孤山叙》，称赞思聪"七岁善弹琴。十二舍琴而学书，书既工。十五舍书而学诗，诗有奇语，云烟葱胧，珠玑的皪，识者以为画师之流。聪又不已，遂读《华严》诸经，入法界海慧。今年二十有九，老师宿儒皆敬爱之"，期许他"能如水镜，以一含万，则书与诗当益奇。吾将观焉，以为聪得道浅深之候"。

绍圣元年（1094），苏东坡被贬岭南，五月走到了金陵北部的六合。苏东坡听说在这里的长芦寺挂单的思聪生了重病，忙去探望，并托思聪给道潜带去一封信。友人患病，自己远谪，苏东坡感到格外凄凉，在船上写了三首诗纪念这次相见。

苏东坡故去后，思聪在大观、政和年间到汴京游历，以琴技奔走权贵之门，后来被推荐给宋徽宗，竟然还俗做了宋徽宗的侍从之臣。苏过听说此事曾作诗劝阻，可惜并没有发挥作用。有文人看到思聪晚年如此不堪，曾作诗讽刺"水镜年来亦太昏"。

周韶：楚楚佳人

杭州官妓周韶以貌美能诗出名，曾与蔡襄斗茶。熙宁六年（1073）时，周韶已三十多岁，又逢至亲去世，心中悲苦。但官妓即使父母去世，也要听候酒宴召唤。她不敢穿孝服，只能穿着类似孝服的白色衣裳去酒宴上唱曲陪酒，强颜欢笑。苏东坡于心不忍，想要助她脱离苦海。

二月二十一日，婺州知州苏颂调任亳州，路过杭州，陈襄在官厅中为苏颂设酒宴，又招周韶来演唱佐酒。穿着白色衣裳的周韶楚楚可怜，她演唱一曲之后，陈述自己家人离世的悲伤和想落发为尼的心愿，请苏颂帮忙说情，让陈知州同意自己脱离妓籍。苏颂指着门厅的白鹦鹉说："你可以作一首绝句，作得好，我就向知州求情。"周韶起身，拿起笔写了一首《求落籍》：

陇上巢空岁月惊，忍看回首自梳翎。
开笼若放雪衣女，长念观音般若经。

满座之人都笑着称赞，陈襄可能也早就与苏东坡有过沟通，于是当即解除了她的妓籍。这可以说是苏颂、陈襄、苏东坡三人的一场默契演出。

在苏东坡的帮助下，周韶进入一座尼姑庵修行。告别之时，周韶穿着白色细布衣裳，苏东坡在她的手帕上题写了一首《薄命佳人》相赠：

双颊凝酥发抹漆，眼光入帘珠的皪。
故将白练作仙衣，不许红膏污天质。
吴音娇软带儿痴，无限闲愁总未知。
自古佳人多命薄，闭门春尽杨花落。

诗：摇曳多情

苏东坡诗作传世的有两千七百余首，在数量上与同代诗人比较，仅少于陆游、刘克庄、杨万里等寥寥几人，可谓是高产诗人。

但有趣的是，苏东坡考中进士之后的前十年，主要以考中制科第三等、文章出色这两方面出名，很少写诗，也毫无诗名。

嘉祐四年（1059）十月初，为母亲守孝期满，苏东坡与父亲、弟弟走水路去汴京，开始了一段为期四个月的漫长旅行。在途中，苏东坡常常和弟弟写同题诗，互相比较、探讨，一方面训练作诗技巧，另一方面也记录沿途的民情风俗。这时苏东坡写诗的才华还不被世人所知，只有亲近之人才知道。

苏东坡真正成为一名诗人是在杭州。熙宁四年（1071），苏东坡被王安石等新党排挤到杭州当通判，在公事之余，经常四处游览。他对所见所闻的风景、民俗、人物、遗迹、故事等都兴趣浓厚，在杭州留下了不少诗词佳作。

《苍梧杂志》中记载，苏东坡曾说："凡读书可为诗材者，但置一册录之，亦诗家一助。"这或许是受到白居易的启发，白居易在科考备考、积累诗材时曾把所读的各种文字材料按照主题分类摘抄，以便于记忆和查阅。苏东坡也有随手记录所见所闻的各种典故、辞藻乃至个人感想的习惯，随后以之

为依据作诗。如《金门寺中见李西台与二钱唱和四绝句，戏用其韵跋之》中的诗句，就化用了在杭州听闻的吴越国王钱氏家族的故事，以及《陌上花三首》的序言中提及吴越王与妃书"陌上花开，可缓缓归矣"的故事。

宋代士人以博学、求新为尚，既要博学多识，又要有新意。年轻的苏东坡记忆力好，又爱说故事，又能在临场体验中有所感知，故而创作出一系列让人耳目一新的诗歌。

熙宁五年（1072），朝夕欣赏西湖美景的苏东坡写下了许多描述西湖风景的诗歌，在《饮湖上初晴后雨》中，"欲把西湖比西子"这句堪称神来之笔。苏东坡以空灵而贴切的比喻，将西湖之美与西施之美相提并论，巧妙地抓住了二者在神韵上的相通之处。从字面上看，西湖与西施同有"西"字，但这并非苏东坡关注的重点。西湖的美，无论晴天还是雨天，都独具风姿，恰似西施之美，淡妆浓抹皆宜，这种神韵上的相似，是难以用语言完全表达的。

苏东坡在创作这一比喻时，想必是心与景会，灵感突发。他从西湖的晴好、雨奇联想到作为美的化身的西施，二者岂非皆是"淡妆浓抹总相宜"？在设喻之时，他未必刻意区分晴与雨分别对应浓妆或淡妆，而是更注重整体的神韵之美。

陈衍在《宋诗精华录》中评价这一比喻"遂成为西湖定评"，此后，"西子湖"便成为西湖的别称。苏东坡本人对这一比喻也颇为得意，多次在诗中运用。后人更是对其赞不绝口，常在文章中提及。王文诰在《苏文忠公诗编注集成》中称这首诗是前无古人，后无来者的"名篇"，认为它是对西湖美景的全面概评，具有超越时间的艺术生命力。

在杭州写作的这些比喻奇妙、风情摇曳的诗作，因为短小，容易抄写、背诵，比文章更易传播，对苏东坡名声的宣扬之力远超文章。此时还有书坊雕版印刷的《苏子瞻学士钱塘集》，畅销杭州、汴京、陈州等各大城镇，使苏东坡的诗作得到更大范围的传播，他的诗名日盛。可以说，在杭州写的这些新意迭出的诗使苏东坡被更广泛的人群熟知。

三十六岁至三十九岁在杭州的三年，诗歌助力苏东坡成为当时的第一名士。在许多爱好诗文或同情旧党的士人心目中，欧阳修故去后，苏东坡成了最有名的文士之一，就著名程度来说，或许只有朝堂上的宰相王安石可以与其相提并论。

饮茶：松风阵阵

苏东坡第一次进汴京参加科举考试时，对汴京不同于蜀地的饮茶风俗有了体会。汴京官员待客的茶水中不放佐料，注重品尝茶叶的本味。而蜀地的习俗是在煮茶时加入盐、姜，味道浓郁。看到汴京官员吃饱喝足后以品茶为乐，苏东坡有点儿不以为然，他后来在《寄周安孺茶》一诗中回忆，"伊予素寡爱，嗜好本不笃"。在京城拜会欧阳修等高官时，有人拿出皇帝赏赐的御用小龙团给他品尝，他也不觉得滋味隽永，"粪土视珠玉"。可见此时，苏东坡并不嗜好饮茶。

苏东坡为官之初，也经常照惯例以茶待客，只是这时候他不谙此道，很少提及喝茶之事。他养成喝茶、喝酒的嗜好都是在杭州。他到杭州后经常与本地的僧人往来，一聊就是半天。僧人都爱设茶招待客人，对茶道有许多研究。受僧人的影响，苏东坡迷上了喝茶。

熙宁五年（1072）七月底，苏东坡担任杭州解试的考官。按照规定，监考的二十多天里，苏东坡必须待在考场"中和堂"中不能外出，于是他常常和几个官员闲聊、赋诗、喝茶。他还作了一首《试院煎茶》，记述自己一边煮茶一边思古的故事。

熙宁六年（1073）六月，苏东坡因病请假在家，独游西湖周边的几座佛寺。晚上他拜会老僧惠勤时，想起自己一天之内在几座佛寺先后喝了七盏浓茶，创下平生饮茶的纪录。于是苏东坡在惠勤的小院墙壁上题写了一首绝句《游诸佛舍，一日饮酽茶七盏，戏书勤师壁》。

苏东坡最初爱上茶时也如京城的士大夫、杭州的僧人一般喝不加任何佐料的茶，如熙宁八年（1075）得到友人赠送的茶叶后，他发现"老妻稚子不知爱，一半已入姜盐煎"。因妻子是蜀人，已经按照蜀地的风俗在煮茶时加了姜、盐，苏东坡觉得有点儿暴殄天物。但是后来被贬谪黄州，苏东坡又时而采用蜀地的方式烹茶，如元丰六年（1083）他在黄州饮用友人赠送的茶时，"姜盐拌白土，稍稍从吾蜀"。次年，苏东坡从黄州北上，在泗州游览当地的南山时，写了一首著名的咏茶、咏春盘的词《浣溪沙》：

（元丰七年十二月二十四日，从泗州刘倩叔游南山。）

细雨斜风作晓寒，淡烟疏柳媚晴滩。入淮清洛渐漫漫。

雪沫乳花浮午盏，蓼茸蒿笋试春盘。人间有味是清欢。

明·仇英 写经换茶图（局部）

元祐二年（1087），苏东坡在京城担任翰林学士，按照惯例，可以获得宫廷赏赐的第一批龙团，即"头纲龙茶一斤"，一斤等于八饼。苏东坡写了《行香子·咏茶》歌咏此事：

> 绮席才终，欢意犹浓。酒阑时、高兴无穷。共夸君赐，初拆臣封。看分香饼，黄金缕，密云龙。
> 斗赢一水，功敌千钟。觉凉生、两腋清风。暂留红袖，少却纱笼。放笙歌散，庭馆静，略从容。

从前初入汴京喝小龙团时，苏东坡还未体味到茶的妙处，如今年过半百，得到宋哲宗赏赐的密云龙，就着急在庭院中品尝了。苏东坡还常拿出密云龙招待至交，如"苏门四学士"。黄庭坚的诗文中就有关于密云龙的记载，如《和答梅子明王扬休点密云龙》《博士王扬休碾密云龙同事十三人饮之戏作》等。

密云龙本是皇家御用，太皇太后高氏为了笼络大臣，不时赏赐密云龙给朝臣和贵族。结果，不少皇亲国戚、权贵近臣都来请求赏赐，太皇太后也有些烦恼，一度想下令建州不许再制作和进贡密云龙、小龙团。

被贬谪到惠州后，苏东坡在白鹤峰上自建了一处房舍。一天苏东坡在附近游逛，在松树丛中发现了一株野茶树，他将茶树从荆棘丛中挖出来，移植到白鹤峰上。苏东坡并不期待收获多少茶叶，仅仅是为了嗅闻其味道。白鹤峰下是一条河流，有时候儿子、仆从去忙其他事，苏东坡就自己带着瓢走小路下山到江边取水，把江水带回屋澄清后用来煮茶。苏东坡写有《汲江煎茶》，记述自己夜晚煮茶的孤寂心情：

> 活水还须活火烹，自临钓石取深清。
> 大瓢贮月归春瓮，小杓分江入夜瓶。
> 茶雨已翻煎处脚，松风忽作泻时声。
> 枯肠未易禁三碗，坐听荒城长短更。

此时苏东坡没有密云龙，没有小龙团，得到什么茶就喝什么，身边也不再有那么多识趣的门客、捧场的文士，只能独自品尝清茶，把一肚子衷肠寄于诗歌中聊以自慰。

苏州：美人送别

苏州自春秋时代以来就是东南经济中心，人烟密集，经济繁荣。苏东坡曾六次经过苏州。

第一次，熙宁四年（1071），苏东坡沿着运河南下去杭州当通判，十一月途经苏州，参观了一直向往的虎丘、报恩寺等景点。在杭州任职期间，苏东坡与苏州的佛寺、僧人打过交道，曾奉杭州知州陈襄之命，作文邀请苏州有名的宗本圆照禅师到杭州住持南屏山的净慈寺，又推荐成都的通长老到苏州担任报恩寺的住持。

第二次，熙宁七年（1074），苏东坡从杭州北上去密州，十月初抵达苏州城。在知州王诲举办的招待宴席上有一位官妓，苏东坡去年年底、今年年初经过苏州时都见过她。这位女子神色凄然地问苏东坡是否还会回苏州，于是王诲让苏东坡写一首词赠给她。苏东坡当即把她说的苏州话用在词中，作了一首《阮郎归》：

一年三度过苏台，清尊长是开。佳人相问苦相猜，这回来不来？
情未尽，老先催。人生真可咍。他年桃李阿谁栽，刘郎双鬓衰。

第二天，这位多情女子前来送别，她的吴侬软语让苏东坡感慨万千：自己这样高中进士、制科之人仍然在地方当知州，不知前途如何，以前在汴京认识的那些同年进士、馆阁同僚，还有在地方交往的州县官员，都不怎么和自己联系，那些快速升迁的人就更不用说了，似乎只有歌妓还在殷勤地送别自己。如今苏东坡头已半白，壮志未酬，也是天涯落魄人，幸得美人相知，于是赠她一首《醉落魄·苏州阊门留别》：

苍颜华发，故山归计何时决！旧交新贵音书绝，惟有佳人，犹作殷勤别。
离亭欲去歌声咽，潇潇细雨凉吹颊。泪珠不用罗巾浥，弹在罗衫，图得见时说。

第三次、第四次都在元丰二年（1079），苏东坡南下出任湖州知州，四月沿运河南下经过苏州吴淞江口。或许是有了终老江南的打算，苏东坡让人在苏杭花一千两银子买了两个十四五岁的少女作侍婢。他想要在山水之间，在歌女的浅斟低唱中醉去、老去。其实这一年苏东坡才四十四岁，对于官场来说并不算老，只是这些年他被新党排挤在地方当官，心中不得志，心态时有颓唐。到了秋天，"乌台诗案"

事发，御史台的官吏押送苏东坡到汴京，途中匆匆经过苏州，这一次当然没有官员设宴招待，也没有美人相送。

第五次在元祐四年（1089），苏东坡从汴京去杭州任知州，六月底经过苏州。

第六次是元祐六年（1091），苏东坡从杭州回京，三月路过苏州，自然受到了苏州官员的招待。

以后的岁月里，苏东坡没有再路过苏州，可是他与苏州的人依旧有联系。绍圣二年（1095），苏东坡在惠州时，一天苏州定慧寺的杂役卓契顺突然上门拜访，带来了苏迈的信件和定慧寺长老守钦写的《拟寒山十颂》。之前，苏迈在闲聊时偶然提及自己很久没有得到父亲的信札，十分担心，卓契顺说："你不用忧愁，惠州并不是远在天上，一定能够走到，我可以帮您把信送到苏公那里。"于是他带着苏迈、苏迨和师父守钦的信，花费数月时间南下来到惠州。卓契顺停歇了几天，便带着苏东坡的回信北上。苏东坡非常感动，问该如何报答他，卓契顺说："我无所求，才会来惠州。如果有所求，应当去汴京找权贵啊。"苏东坡一再想感谢他，卓契顺就说："当年颜真卿给帮助自己的蔡明远写了一幅书法，让他的名字流传后世，那您也给我写幅字吧。"苏东坡就写了陶渊明的《归去来兮辞》和序言赠给他，还写了八首和定慧寺长老的诗。但卓契顺临走时，苏东坡还是焚毁了这八首诗的手迹，他担心这些诗传到苏州，会让小人寻找字句诬陷，惹来麻烦。

明 仇珠（传）行乐图（局部）

壮年意气（1062—1079）

滕元发：扁舟相会

滕元发是名臣范仲淹的表弟，皇祐五年（1053）考中进士入仕。他与张方平为儿女亲家，而张方平乃是提携苏东坡兄弟的贵人，故而滕元发和苏东坡在嘉祐、熙宁年间就有交往。因为滕元发比苏东坡大了十几岁，故而苏东坡在信中往往尊称其为"公"。

滕元发自少年起就豪迈不羁，他身材高大，气度不凡，口才、能力都相当突出。宋英宗见到滕元发后，觉得他是个难得之才，特意记下滕元发的名字。治平四年（1067）宋英宗早逝，宋神宗即位后，知道父亲当年有意任用滕元发，便召见他谈话，觉得他对治乱之道颇有见解，切中时弊，不禁出言称赞："天下名言也！"于是立即委以滕元发知制诰、知开封府之职，不久后又提拔他为御史中丞。当时的宰相曾公亮想要任命自己的儿子主掌受理臣民章奏的登闻鼓院，遭谏官杨绘反对，宋神宗却批评谏官不懂朝廷之事。滕元发就此建言，假如有人通过登闻鼓院状告宰相，宰相的儿子如何向宰相传达状子？而且，天下臣民见宰相的儿子主掌登闻鼓院，还敢来这里反映朝廷政事的得失吗？于是宋神宗就否定了曾公亮的任命。熙宁元年（1068），滕元发再度知开封府，不久后调任翰林学士。此时擢升执政（副相参知政事），多从三司使、翰林学士、开封府知府、御史中丞进拜，俗称为"四入头"，滕元发无疑也是执政的有力竞争者。

宋神宗在治平末年、熙宁初年组建的人事团队中，滕元发是重要成员。宋神宗经常召见他，连皇室讳莫如深的太宗北伐惨败的细节也对滕元发流泪诉说。在当时，滕元发得到的皇帝的眷顾不输王安石。宋神宗经常遣小黄门带着亲笔书写的短札与滕元发商量事情，滕元发不够谨慎，把短札拿给别人观看。有小人见手札中有错字，便上书攻击滕元发这样做是故意"扬上之短"。此后宋神宗便疏远了滕元发，将他外放到地方当知州。对滕元发的道德、才能，当时的重臣看法不一，富弼、曾公亮认为他是"奸人"。王安石从前与他共同主持考试，在言语上互不相让，故而王安石也厌恶滕元发，成为参知政事、宰相后，也竭力排斥滕元发。宋神宗几次提出调滕元发回朝为官，都被王安石劝阻。因此，滕元发一直在地方任职。

熙宁八年（1075），滕元发的妻弟李逢卷入一桩所谓的"谋反"案。李逢有议论朝政的言论，并和在汴京颇有名气的蓬州（位于今四川仪陇东南）游士李士宁有来往。李士宁供出自己和宗室子弟赵世居、河中府观察推官徐革、御医刘育等人交往的细节。最后赵世居被缢杀，李逢等人被凌迟处死。在家守孝的滕元发和李逢仅仅是日常的礼节往来而已，没有卷入谋反的阴谋，却也被一些人攻击，被撤去翰林侍读学士、礼部侍郎官职，等守孝期满后只能在地方担任知州。

同样被排挤到杭州当通判的苏东坡与滕元发书信往来不断，滕元发因亲党谋反受累时，把自己的文书草稿寄给苏东坡过目，请他修改之后才上奏。苏东坡被贬黄州时，滕元发调任安州知州时绕道黄州探望，此后两人书信来往更多。元丰六年（1083）年底，宋神宗在南郊祭天典礼后颁布了大赦的恩典，担任安州知州的滕元发应召入朝为官。苏东坡特地写信劝说滕元发回朝后不要重提旧事，不要议论新法的不是，免得惹宋神宗恼怒。苏东坡觉得当初反对新法的众人，包括自己在内，有情绪化、简单化的毛病。"辄守偏见，至有异同之论。虽此心耿耿，归于忧国；而所言差谬，少有中理者。今圣德日新，众化大成，回视向之所执，益觉疏矣"，苏东坡对自己以前的观点有所反思，觉得对新法、新政的举措不宜一概反对，要就事论事，分析利弊。从这个立场出发，他既无意歌颂新法以便升官，也觉得不必再针对新法进行全盘攻击、激烈争吵，要承认十几年变法之后的新格局。既然宋神宗想调和新旧两党，任用一些旧党官员，那相关人等各司其职，力争有所作为就好，不必再纠缠旧事。

元丰七年（1084），苏东坡从黄州北上，在真州（今江苏仪征）时与滕元发相约在金山会面。苏东坡在写给友人贾耘老的信中形容见面的场景是"久放江湖，不见伟人。昨在金山，滕元发以扁舟破巨浪来相见，出船巍然，使人神耸"。这时的滕元发已经六十五岁，两人都经历过受审、贬谪的苦楚，政治观点也类似，见面时不由得流下眼泪，都十分感慨。滕元发给苏东坡出主意，让他把从前刊印诗文的书版都公开烧毁，向宋神宗表明悔罪的态度，然后上表请求到常州闲居，应该能得到宋神宗的允准。苏东坡决定北上去扬州请教吕公著，再上表宋神宗。

不久，滕元发出任湖州知州。苏东坡喜欢去山林中游览，为了外出游览时方便携带食物，他写信给滕元发，叮嘱他找湖州的能工巧匠给自己制作两件"朱红累子"，带二十四个小隔间的那种。这是一种简易而精美的朱漆食盒，每个隔间可以放小点心、干果之类食品，方便仆从携带。后来，滕元发果然给他送来两套。之后苏东坡去登州（今山东蓬莱）当知州，也给滕元发寄送了当地的土特产。

元祐五年（1090），滕元发在赴任扬州知州的途中亡故。滕元发生前就拜托张方平给自己撰写墓志铭。此时张方平已八十四岁，垂垂老矣，便请苏东坡代自己写这篇文章。苏东坡怀着深情写了一篇三千多字的长篇墓志铭《故龙图阁学士滕公墓志铭》，历数滕元发的吏治和军事才能，赞美其事君尽其忠，待友尽其义。苏东坡还另外写《滕达道挽词二首》，称赞滕元发"先帝知公早，虚怀第一人"。

密州：主政一方

密州，是苏东坡第一次当知州的地方。

熙宁七年（1074），苏东坡接到朝廷公文，调任密州知州。十二月三日，苏东坡才抵达密州州府所在的诸城县城。诸城的城郭呈"凸"字形，南城面积较大，人口较多，是县衙所在地；北城面积较小，是州府所在地，南北城之间还有一道城墙。诸城只有几万人口，比杭州少得多。城里有南禅寺、资福寺等数家佛寺、道观，风景当然也无法与西湖周边的那些佛寺相比。

密州的风土与杭州大为不同，腊月天寒地冻，苏东坡又因在杭州北上途中频繁参加酒宴，作息不规律，到任没几天就得了痔疮，只好在家中养病。除夕这天，苏东坡醒来后，看见仆从疲倦地靠在桌边，屏风被碰开了，老鼠在桌案下嗅来嗅去。恰在这时，屯田员外郎、京东路提刑段绎派人带来问候信，苏东坡倍感凄凉，于是回了一首《除夜病中赠段屯田》。此时苏东坡心绪惆怅，觉得自己"龙钟三十九，劳生已强半"，犹如一块埋在灰中即将燃尽的木炭，对仕途心灰意冷，打算再过几年就告老回家归隐。

当然，苏东坡是性情中人，并不会长久沉溺在低落情绪中。熙宁八年（1075）正月，一场大雪便让他大为兴奋。早上他起来看到满城是雪，急忙到官署北园相连的北城墙上一处突出的瞭望台上观赏雪景，隐约看到城南远处的马耳山顶部两块状如马耳朵的巨石，当即在墙壁上题写了《雪后书北台壁二首》，其一云：

黄昏犹作雨纤纤，夜静无风势转严。
但觉衾裯如泼水，不知庭院已堆盐。
五更晓色来书幌，半夜寒声落画檐。
试扫北台看马耳，未随埋没有双尖。

壮年意气（1062—1079）

密州下辖胶西、高密、安丘、诸城、莒县五县。进入密州境内，苏东坡不时看到农民用蒿草裹着蝗虫尸体焚烧，他一到官署，立即询问蝗灾的状况。官吏报告说，大群蝗虫遮天蔽日地飞来，目前密州农民捕捉的蝗虫多达三万斛，奇怪的是，京东路的官员却对朝廷报告说蝗虫没有造成什么灾害。苏东坡向农夫野老打听灭蝗方法，鼓励百姓下田灭蝗除卵，发米作为奖励。这项举措既可以赈济灾民，又可以治蝗，农民不断送来捕捉到的蝗虫，在县城外埋了八千斛蝗虫卵。

密州偏僻贫瘠，人口少，公务比杭州清闲，但这里民生的艰困让苏东坡十分担忧。蝗灾之后，第二年的小麦收成肯定不好，苏东坡上奏朝廷，陈述密州遭遇严重蝗灾，请求减免密州的秋税或暂停征收青苗钱，同日还写信给宰相韩绛陈述灾情。苏东坡还把赈灾剩下的几百石米单独储藏，每月发米六斗雇请民众抚育弃儿，这个方法救活了数千婴孩。

在密州任知州时的所见所闻让苏东坡对民间疾苦有了深入的了解，对南北的经济、民生差异也有了更多认识。此后他对朝廷的各项政策更从实际效果出发分析利弊，而不仅仅是从派系、理念出发进行取舍，这成了之后他从政议事的一大特点。

明　仇英（传）　上林赋图（局部）

公务之余，苏东坡也有不少时间游览密州。秋冬之际，密州的猎户、士兵喜欢到荒野狩猎，苏东坡对此也有兴趣，会带着官吏、士兵到常山祭神、狩猎。他在《江城子·密州出猎》中借出猎一事抒写了渴望报效朝廷的慷慨意气和壮志豪情。

苏东坡对营造园林兴趣浓厚，他整修官署、园林时，把与官署北园相连的城墙上那处可以观景的北台修整了一下，此后经常在那里摆酒欣赏风景。弟弟苏辙听说后，来信建议参照《老子》中"虽有荣观，燕处超然"和庄子主张的"超然不累于物"的思想，命名为"超然台"，并写了《超然台赋》。苏东坡自己也写了一篇《超然台记》，表达"游于物之外"的心境。之后，苏东坡还把官员文勋临摹的《琅琊台刻石》刻碑立在超然台上，把京东西路提刑李清臣登临超然台后作的赋刻石立在台上。

苏东坡还命人修整城墙西北的亭子，这座亭子在潍水边的官道之侧，是密州人送别亲友的地方，苏东坡将其命名为"快哉亭"。他又让人把废弃河沟中的石头运到官署北园的城墙下，修造了五座假山，在周围栽种松、柏、桃、李，还特地在官署北堂后面开辟北门，方便人们欣赏这几座假山，还写了《山堂铭》记述此事。

苏东坡又在官署北面修建了一座开敞的轩堂，命名为"盖公堂"，纪念西汉信奉"黄老无为之道"的先贤盖公，也有针对时政的寓意。他在《盖公堂记》中说家乡有人得了小病，去求医者诊治，医者为取得酬金而夸大病情，给患者开有各种猛药的方子，结果患者吃后病情更严重了。连续换了三个医者都是如此，后来有长者建议他不要吃药，正常养气、吃饭，病自然就好了。显然，这是比喻大宋本来仅仅有些"小毛病"，可是宰相为了自己能执政，夸大存在的问题，然后出台各种政策"治病"，结果闹出了更多乱子。苏东坡认为王安石以来的宰相大多爱好大肆改动政令，文武官员也追求用严刑峻法增加税收以博求个人政绩，利用开边战争来升官发财。他期望朝廷能采取如盖公所言的治理之道，让民众休养生息。

熙宁九年（1076）十一月，苏东坡接到调职公文。他在给新任密州知州孔宗翰写的诗歌《和孔郎中荆林马上见寄》中，担心密州今年的粮食收成，为自己无法解救本州老百姓的疾苦而愧疚，只能把"十万贫与赢"托付给孔宗翰，希望他能好好治理：

> 秋禾不满眼，宿麦种亦稀。
> 永愧此邦人，芒刺在肤肌。
> 平生五千卷，一字不救饥。
> 方将怨无襦，忽复歌缁衣。
> 堂堂孔北海，直气凛群儿。
> 朱轮未及郊，清风已先驰。
> 何以累君子，十万贫与赢。
> 滔滔满四方，我行竟安之。
> 何时剑关路，春山闻子规。

元丰八年（1085），苏东坡赴任登州知州，途经密州。密州知州霍翔在超然台上设宴招待苏东坡。百姓听说苏东坡经过，纷纷前来探望。苏东坡看到他当年让官府资助民众收养的那些弃婴已经成了十来岁的少年，而自己已是头发斑白之人，十分感慨。

壮年意气（1062—1079）

哉？物有以盖之矣。彼游于物之内，而不游于物之外。物非有大小也，自其内而观之，未有不高且大者也。彼挟其高大以临我，则我常眩乱反复，如隙中之观斗，又焉知胜负之所在。是以美恶横生，而忧乐出焉，可不大哀乎！

反复：
指悲喜忧乐变化无常。

眩乱：
迷乱。

超然台记（节选）

苏轼 作

夫所为求福而辞祸者，以福可喜而祸可悲也。人之所欲无穷，而物之可以足吾欲者有尽，美恶之辨战乎中，而去取之择交乎前。则可乐者常少，而可悲者常多。是谓求祸而辞福。夫求祸而辞福，岂人之情也

盖

盖：掩盖、遮蔽。

词：另辟新格

在杭州当通判的三年里，苏东坡陆续写了近五十首词，这是他的第一个写词高峰。苏东坡写的许多词都可读而不可唱。好的词要兼顾许多细节，一向跳脱率性的苏东坡不爱遵守这些戒律。当然，不仅苏东坡一人如此，晏殊、欧阳修的词也有类似特点。不过这时候苏东坡的词还不如他的诗、文出色，可以说是"词以人传"。他的诗、文名气越来越大，成为名人，顺带着一些歌伎也以演唱"苏学士"的词为荣。渐渐地，苏东坡的词也就传开了。

苏东坡在密州当知州时，对狩猎之事有兴趣，常带着官吏、士兵到常山祭神，感谢神灵护佑。苏东坡在常山下的黄茅冈、铁钩一带狩猎，看到有士兵牵着黄毛猎犬、手臂托着猎鹰，在山冈草地之间奔走，不禁想起朝廷与辽国在边境的对峙，以及与西夏发生的战事，希望将来有机会能去边疆立下功勋，写下一首词《江城子·密州出猎》：

老夫聊发少年狂，左牵黄，右擎苍，锦帽貂裘，千骑卷平冈。为报倾城随太守，亲射虎，看孙郎。

酒酣胸胆尚开张，鬓微霜，又何妨。持节云中，何日遣冯唐？会挽雕弓如满月，西北望，射天狼。

苏东坡让士兵吹笛、击鼓，并歌咏此词助兴。在给朋友的信中，他说自己"近却颇作小词，虽无柳七郎风味，亦自是一家"。当时流行的柳永之词大多表达羁旅愁思、男女之情、酬赠感怀，描写入微，音调和缓；苏东坡的这首词完全不同，内容上融狩猎出游、咏史怀古于一体，突出英雄豪杰的气度，可谓独树一帜。他依旧喜欢叙述和议论，而不是描写细微的场景和感情，不同于词坛的主流。

熙宁九年（1076）中秋节，苏东坡和僚属在超然台宴饮，从夜晚一直饮到第二天曙光微现。此时有消息说山东曲阜人孔宗翰（字周翰）上书请求来密州出任知州，有下属对苏东坡讲了他和密州的渊源：至和元年（1054），孔宗翰出任仙源县县令，经过诸城时在官舍中与密州官员陈宗古、任建中一起过中秋节，相谈甚欢；熙宁三年（1070），孔宗翰提点京东路刑狱，过诸城时又是中秋节，可陈宗古、任建中两人已然亡故，孔宗翰感慨不已，在馆舍墙壁上题诗一首。有人当场背诵了孔氏的题诗：

> 屈指从来十七年，交亲零落一潸然。
> 婵娟再见中秋月，依旧清辉照客眠。

这首诗激发了苏东坡的思绪，明月之下，他不由得想起故去的亲友、远方的弟弟，当即在酒宴间作了《和鲁人孔周翰题诗二首》。他意犹未尽，又写了一首词《水调歌头》：

（丙辰中秋，欢饮达旦，大醉，作此篇，兼怀子由。）

明月几时有，把酒问青天。不知天上宫阙，今夕是何年。我欲乘风归去，又恐琼楼玉宇，高处不胜寒。起舞弄清影，何似在人间。

转朱阁，低绮户，照无眠。不应有恨，何事长向别时圆。人有悲欢离合，月有阴晴圆缺，此事古难全。但愿人长久，千里共婵娟。

苏东坡发挥他的想象力，先设想月宫中的神仙是否也如人间一样过中秋节，想飞到月亮中去问问仙人，接着又说想来月宫太高太冷，自己还是回到现实，回到月光照耀下的城池和人间。他安慰自己，孤寂难眠的人不必因无法团圆而伤心，自古以来悲欢离合就是常事，只要亲友能安乐长寿，在不同的地方能欣赏同一轮圆月，也足够欣慰了。他写的这类词想象奇妙，与晏殊、欧阳修、柳永、张先等词坛大家的风格都不同，已经卓然而立，堪称别具一格。

后来被贬谪黄州，苏东坡也经常写词，并在元丰五年（1082）春天有了一次可以与出三峡那次的"写诗之旅"相提并论的"作词之旅"。他开垦的东坡是官府所属的旧营房，随时会被收回，而且地势较高，难以灌溉，前一年秋天种下的十亩小麦、三百棵黄桑的长势都不大好。于是苏东坡打算买一块更适合居住、耕作的土地，以便长期定居。

三月七日，苏东坡和亲友去黄州县城东南三十里处的沙湖看田地，半路上突然下起了雨，同行诸人纷纷狼狈地找树木、岩石躲雨，苏东坡则浑然不觉，依旧漫步而行。过了一会儿，天气变晴，他就此创作了一首《定风波》：

（三月七日，沙湖道中遇雨。雨具先去，同行皆狼狈，余独不觉。已而遂晴，故作此词。）

莫听穿林打叶声，何妨吟啸且徐行。竹杖芒鞋轻胜马，谁怕？一蓑烟雨任平生。

料峭春风吹酒醒，微冷，山头斜照却相迎。回首向来萧瑟处，归去，也无风雨也无晴。

苏东坡沿沙湖走了一圈，并没有看到合适的地块。众人顺便游览了蕲水县城外二里的清泉寺，传说那里的"洗笔泉"是王羲之练习书法用的，下面还有一条叫兰溪的小河，自东向西流去，与通常河流自西向东的流向不同，苏东坡有感而发，作了一首词《浣溪沙》：

（游蕲水清泉寺，寺临兰溪，溪水西流。）

山下兰芽短浸溪。松间沙路净无泥。萧萧暮雨子规啼。

谁道人生无再少。门前流水尚能西。休将白发唱黄鸡。

在这里，苏东坡和朋友大饮一场，入夜时才乘船沿着蕲水回家。船靠岸以后，他看到路边有个乡村小酒馆，又进去喝了几杯酒。在月色映照下，他想要骑马回家，走到一座小桥上时，感觉自己摇摇晃晃，就在桥上下马，想躺下稍微休息一会儿，结果睡着了，醒来时发现已经拂晓，远山依稀可见，流水淙淙有声，于是在桥头木柱上题写了一首词《西江月》：

（春夜行蕲水中，过酒家，饮酒醉，乘月至一溪桥上，解鞍曲肱少休，及觉已晓，乱山葱茏，不谓人世也。书此语桥柱上。）

照野弥弥浅浪，横空暧暧微霄。障泥未解玉骢骄，我欲醉眠芳草。

可惜一溪明月，莫教踏碎琼瑶。解鞍欹枕绿杨桥，杜宇一声春晓。

此时的苏东坡，已经被磨炼得愈发豁达，不再把仕途变故放在心上，转而注重美景、美食，以及与友人的交流。在心境上，他以空幻观照万事万物，时有警句奇喻，别有一股旷达超脱之气，达到一种前人未及的新境界。苏东坡对自己这段时间的词作也很得意，他在给陈慥的信札中说，"近者新阕甚多，篇篇皆奇"。

这些词作的出现，或许是因为暂时离开黄州，让苏东坡的心灵比从前放松。他一路走，一路喝酒，具体的山水、人物带来的刺激使他灵感喷涌，这才写出了格调超然之作。这是苏东坡词作中前所未有的一个高峰，此后他再也未能达到这样的境界。

婉约词

婉约词是中国古代词坛的重要流派之一，以细腻、含蓄、柔美的风格著称。多写男女情爱、离别之绪、伤春悲秋等，情感细腻、含蓄，注重内心情感的表达。语言圆润清新，注重音律和谐，情景交融，具有柔婉之美。创作中强调"辞情蕴藉"，追求含蓄、委婉的表达方式，避免直白和浅露。

宋代代表词人

李清照：号易安居士，有"千古第一才女"之称。她的词前期多写闺情，后期多悲叹身世，风格清新婉约，代表作有《如梦令》《声声慢》等。

秦观：其词文字工巧精细，音律谐美，代表作有《鹊桥仙》《满庭芳》等。

周邦彦：精通音律，作品多写闺情、羁旅，格律严谨，语言曲丽精雅，代表作有《兰陵王》《六丑》等。

柳永：其词作多描写都市生活和男女情爱，语言通俗易懂，代表作有《雨霖铃》《八声甘州》等。

晏殊：其词语言清丽，声调和谐，代表作有《浣溪沙》《蝶恋花》等。

晏几道：晏殊之子，其词风格清新婉约，代表作有《临江仙》《鹧鸪天》等。

贺铸：其词内容丰富多样，兼具豪放与婉约之长，代表作有《青玉案》《鹧鸪天》等。

壮年意气（1062—1079）

如梦令 李清照 作

昨夜雨疏风骤，
浓睡不消残酒。
试问卷帘人，
却道海棠依旧。
知否，知否？
应是绿肥红瘦。

徐州：抗洪救灾

熙宁十年（1077）四月，苏东坡一行到达徐州。徐州下辖彭城（州府所在）、沛、萧、滕、丰五个县，彭城城墙北部就是汴水、泗水汇流之处，泗水沿东城墙朝南流向淮河，所以这里的气候比密州湿润温暖，城内外约有几万人口，比密州州府略微繁华一些。

与干旱的密州不同，徐州经常发生水灾，这年六月连续下了很久的雨，苏东坡带僚属到城南七十里处的汉高帝庙祷晴。很快，他和徐州城就面临一场大洪水的生死考验。

七月上中旬，中原、两淮各处连日下大雨，黄河水位暴涨。七月十七日，黄河水冲垮了上游澶州曹村（位于今河南濮阳）的水坝，河水不再按以前的河道向北流，而是向南冲入梁山下的湖泊。有一路河水沿着北清河流入大海，另一路沿着河道流入泗水、淮河，浩浩荡荡的洪水冲击了沿途四十五个郡县。八月二十一日以后，徐州附近的汴水、泗水水位越来越高，原来清澈的河水都变成了黄色的洪流，很快就要与河岸齐平。徐州城东南部有云龙山、吕梁山、戏马台、百步洪等山岭、崖石等，洪水来临时容易积水，这会导致洪水反复浸泡、冲击徐州的城墙。如果城墙倒塌，将是一场大灾难。

苏东坡紧急咨询当地耆老，他们说以前发大洪水时都是在西北、东南两处城墙外修筑一圈堤坝，阻止洪水直接冲击城墙。于是苏东坡急忙征发五千余名民夫动工修筑堤坝。他还到驻守在徐州的禁军武卫营中，跟军队长官说这是徐州生死存亡之时，情况紧急，需要士兵的帮助。军官也知道情况紧急，便不再顾及平常的管理体制，下令士兵紧急出动，帮助徐州民众施工。军民昼夜不停地在徐州城西北修建了一道预防汴水洪水的堤坝，在东南城墙外修筑了预防泗水洪水的堤坝。徐州城内本来有十五个大坑可以取土，可如今阴雨绵绵，都溢满了水，根本没法挖土。军民只好挖掘城南凸起的"亚父冢"上的泥土，在东南角修筑了一座高一丈、宽两丈、长九百八十四丈的防洪堤，以保护这段城墙。

为了观察水情、监督工程、稳定人心，苏东坡搬到城墙上的阁楼居住，每天穿着蓑衣巡视各处，命官吏分段严密监察洪水情况，分发官仓中的粮食给官民食用，保证城内的稳定。到了九月九日，因为日夜下雨，城南已经到处都是泥水，城墙外洪水轰鸣而过，城里人心惶惶。许多富户看到情况危险，都想乘船出城逃走，苏东坡担心民心动摇，让守城士卒把他们从河边赶回来。城外一些人家的房舍都被洪水冲毁，一些人被洪水冲走，还有一些人跑到山头。苏东坡见那些人又冷又饿，就派人驾船给他们送去救济的粮食。九月二十二日，两处堤坝修完的第二天，泗水河道中的洪水冲到东南城墙外，洪水比徐州城里的平地高出一丈多，一旦冲毁城墙，后果不堪设想。还好军民修筑的防洪堤足够坚固，一直没有倒塌。渐渐地，雨停了，水位逐渐降低。从十月五日开始，洪水逐渐退去。

这次率领军民力战洪水，是苏东坡在地方当官时最为紧张和危险的经历。他在城墙的阁楼上住了七十多天，回到官署，见那里遭受洪水浸泡太久，需要整修，就到徐州城东南五十里外的吕梁山悬水村中住了一段时间，这才有空闲游览，与朋友诗文往还。

元丰元年（1078）年初，宋神宗赦令嘉奖苏东坡防洪的功劳，给参与修墙、抗洪的数千民夫赏赐钱财。苏东坡将宋神宗的《奖谕敕记》连同抗洪的记录刻石立碑，把详细的经历写成《熙宁防河录》，保存在官府档案中，以备后来徐州的官员参考。苏东坡趁热打铁，上书申请在徐州城外修筑木头堤岸及外城，以保护主城墙。朝廷拨下钱、米，准允雇佣三千多人在徐州城外修筑"外小城"保护主城墙，修建四条"木岸"，填平城内的十五个大坑。所谓"木岸"，就是收集大小木材、树枝，捆捆相连，放在河床两侧，用桩钉固定，这样既可以阻止河水直接冲击河岸，也能减少泥沙淤积。

徐州子城的东门内是官府的仓库，苏东坡让人重点加固这里的城墙。在工地上，他想起一年前在东门的城墙上饯别苏辙时，弟弟说这里可以欣赏山川美景，适合修一座观景的楼阁。正好官署中有座年久失修的废楼，民间传说是秦末义军首领项籍修建的，苏东坡让工匠拆下这座废楼的木材，在东门城墙上修建了一座楼阁。苏东坡把此楼命名为"黄楼"，因为土是黄色的——按照"五行相克"的观点，土克水，寓意战胜洪水。他还让人用黄土涂抹楼阁的外墙，这就更名副其实了。苏东坡将苏辙的一篇赋书写后刻石立在楼上，又托亲家石康伯带信给文同，请他撰写一篇《黄楼赋》用来刻石，还叮嘱文同多写江山风景，不用太赞誉自己；又送去四幅绢，请文同在上面画竹木怪石，打算制成屏风摆在黄楼中，让文同的诗、画成为徐州的名胜。

徐州盛产铁，有专门负责冶铁、制作兵器的政府部门利国监。冶铁需要众多燃料，官府便四处收购柴火，导致柴价较高，给民众增添了负担。十二月时，苏东坡听说徐州西南几十里外的白土镇（位于今安徽萧县）北面可能有石炭，派人去寻访，果然发现一处煤质很好的煤矿，于是将其开采并加以利用，大大方便了利国监和普通民众。

徐州的人口、经济繁荣程度远不如杭州，所以本地的僧、道也不多，有情趣的更少。城南三里处有一座云龙山，山东部的佛寺有北魏时期雕刻的大石佛，本地人也称此山为石佛山。山中隐居的张天骥自号云龙山人，养了两只仙鹤。张天骥文化修养不高，不擅长诗文，但在徐州也算是有一定品位的人士。张天骥家的园林颇为雅致，苏东坡常去那里游览。苏东坡也经常去城东南的泗水边游览，此处河道中有许多嶙峋的巨石，号称"百步洪"，河水到这里会出现许多旋涡、浪涛，是徐州的一处景点。

元丰二年（1079），苏东坡调任湖州知州，离开了徐州。

壮年意气（1062—1079）

李清臣：徐州快哉

治平二年（1065），苏东坡经常和喜好诗文书画的官员交往，常跟父亲苏洵出入欧阳修门下，认识了这年九月在"贤良方正能直言极谏科"制科考试中获得第四等的李清臣。

时光匆匆，熙宁九年（1076），提点京东西路刑狱李清臣来密州视察时，登临超然台后作了一篇赋，苏东坡把这篇赋刻石立在台上。次年四月，苏东坡到徐州当知州。提点京东西路刑狱司也在徐州郡城东南角，所以那一段时间苏东坡经常与李清臣打交道。李清臣在自己官署边的城墙上修建了一座观景亭，请苏东坡命名。苏东坡就用之前在密州用过的名称，称之为"快哉亭"。

苏东坡和李清臣时常宴饮，他们以前在京城、密州就已认识，私交颇好。李清臣还把梦见自己为孙洙的三女儿簪花的故事说给苏东坡听。李清臣迎娶孙三小姐后，苏东坡还写了一首词打趣，里面有"谁教幽梦里，插他花"一句。

元丰二年（1079），李清臣因收受苏东坡讥讽朝政的文字，被罚铜三十斤。但李清臣颇受宋神宗赏识，之后一路升为尚书左丞。元祐元年（1086），旧党执政后，李清臣被外派到地方担任知州。

高太皇太后病逝后，宋哲宗亲政，李清臣重新得到重用。绍圣元年（1094）二月，宋哲宗没有和宰相商量，直接下旨任命户部尚书李清臣为中书侍郎，经常召他议论政事、人事。李清臣在朝堂上攻击苏辙兄弟改变先帝法度，苏辙反击说："当年陛下即位时，我们兄弟才从贬谪的地方应召，还没有入京，那时李清臣就是尚书左丞，今天他却说是我们兄弟改变先帝之法，这是欺罔。"李清臣无法再说什么。可惜，宋哲宗已经对苏东坡、苏辙有了成见，之后便找机会把苏东坡贬谪岭南，外派苏辙去地方为官。

李清臣在绍圣末年也被外派任河南府、真定府知府。宋徽宗即位后，李清臣出任门下侍郎，不久又被曾布排挤到地方任大名府知府。崇宁元年（1102），李清臣逝世，享年七十一岁。

王巩：患难之交

苏东坡来往最久的晚辈，可能是王巩。

王巩比苏东坡小十二岁，嘉祐六年（1061）夏天，苏东坡在汴京备考时认识了王巩。几年后，王巩娶了张方平之女为妻，而苏东坡则是张方平提携的后辈，两人的人际圈有了更多重合，此后一直往来密切。王巩性格刚强，好出言议论，在官场多次遭遇挫折。他和苏东坡、苏辙关系很好，熙宁十年（1077）在汴京城东的家中筑清虚堂于居室之西，自号"清虚居士"，苏辙为之作《王氏清虚堂记》。

元丰元年（1078）中秋节，苏东坡主持修建的徐州黄楼落成时，王巩特地从南京赶来参加仪式，顺便游览。一次王巩、颜复带着马盼盼等三名官妓去城外，先乘船沿着泗水向北到圣女山，然后掉头乘船南下到百步洪，在船上边吹笛边饮酒，一直到晚上，乘着月色往东门驶来。苏东坡白天有公事，晚上空闲时，换了一套道士穿的羽衣，伫立在黄楼上等他们归来。船靠近时，众人相视而笑。宴饮时，苏东坡对王巩说："李太白死了后，三百年来再无这样的雅事。"

此后苏东坡和王巩的书信往来愈发密切，还应邀为王巩父亲王素的画像写了赞，给王家的厅堂撰写了《三槐堂铭》。元丰二年（1079）年底，"乌台诗案"结案，宋神宗给予最重处罚的不是苏东坡，而是担任秘书省正字的王巩，他被贬谪为监宾州（今广西宾阳）盐酒税，由开封府官差押解赴任。王巩之前卷入过宗室赵世居的所谓"谋反"案，又再次涉入"乌台诗案"，故而宋神宗对他的处罚最重，去的地方比主犯苏东坡去的黄州更为偏僻。

元丰三年（1080）二月，苏东坡到黄州不久便接到王巩的来信，让他颇为感慨。苏东坡自觉连累王巩被贬到遥远的宾州，心中抱愧，不敢与王巩通信，不料王巩却先联系自己，没有介意这件事。

元祐元年（1086）年初，王巩得到司马光的推荐，从贬谪之地宾州回到汴京担任宗正寺丞。王巩在宾州时，一个儿子病死在贬所，一个儿子病死在故乡，他自己也差点儿患病死去。他带着在宾州生下的儿子王皋北上到江西时，把自己所作的数百首诗寄给苏东坡，请他写了序。苏东坡因为患病，一时无法前去见他，派仆从送去好茶密云龙五饼、双井白芽一饼问安。之后两人相见，都格外感慨，苏东坡一直对这位受"乌台诗案"牵连而遭贬谪的朋友心怀歉意，好在王巩生性豁达，在岭南生活了五年还面如红玉，而且诗文大进。王巩叫出侍妾柔奴为苏东坡献歌，苏东坡问柔奴："岭南的风土应是不好？"柔奴则顺口回答："此心安处，便是吾乡。"苏东坡对这个回答大为赞赏，立刻填词《定风波·南海归赠王定国侍人寓娘》一首：

> 常羡人间琢玉郎，天应乞与点酥娘。尽道清歌传皓齿，风起，雪飞炎海变清凉。
>
> 万里归来颜愈少，微笑，笑时犹带岭梅香。试问岭南应不好，却道：此心安处是吾乡。

壮年意气（1062—1079）

宋　佚名　歌乐图（局部）

　　八月，苏东坡举荐王巩参加制科考试，之后不断有谏官弹劾王巩为人"奸邪"、离间宗室关系、谄媚苏东坡等。让苏东坡愤怒的是，以前王巩受司马光提拔担任宗正寺丞，谏官们都一言不发，现在他却因为自己的举荐频遭弹劾。于是王巩只能外出为西京通判，后又改任扬州通判。

　　王巩擅长诗文、草书、绘画，在苏东坡的心目中，王巩的小草也颇有韵味，可以传世。元祐四年（1089）三月，王巩升为海州知州，苏东坡在送别时写诗劝他改掉爱说话的旧毛病。六月，朝廷又令王巩改任密州知州，又因遭谏官弹劾九月离任，获得管勾太平观的闲职。

　　元祐五年（1090），王巩刚出任判登闻鼓院，就被御史朱光庭弹劾丢了官。元祐六年（1091）正月，王巩得到苏辙、谢景温的举荐出任宿州知州，三个月后又遭到弹劾被免去官职，只好去担任管勾鸿庆宫的闲官。

　　绍圣元年（1094），苏东坡被贬谪岭南，闲居的王巩约他在南都见面。苏东坡怕引起议论，写信以"省事"为由推辞，还说自己已经坦然地做好准备，"鸡猪鱼蒜，遇着便吃；生老病死，符到便奉行"。元符元年（1098），王巩移送全州编管。

　　宋徽宗即位后，王巩得到赦免回到南都，建中靖国元年（1101）出任河南府通判，次年又名列元祐党籍碑，再次被贬谪到广西，大观年间才获得赦免回家，致仕闲居。王巩移居到高邮，政和二年（1112）听闻苏辙在颍昌逝世，他作挽诗三首，感慨与苏家兄弟"交亲逾四纪，忧患共平生。此去音容隔，徒多涕泪横"，称颂二苏"千古各垂名"。

马盼盼：夜半歌声

唐代时，徐州刺史张愔宠爱能歌善舞的歌妓关盼盼，白居易去拜访张愔时曾见过她。后来张愔故去，关盼盼在徐州张家宅邸中的小楼"燕子楼"住了十多年，一直没有嫁人。白居易听说后，写了三首绝句《燕子楼》歌咏此事。这成了徐州文人津津乐道的事情，后人干脆在城西南修建了一座也叫"燕子楼"的妓馆，徐州的妓女也喜欢起名叫"盼盼"。宋代熙宁年间，徐州有一位官妓马盼盼擅长唱曲、书法，颇有名气。

熙宁十年（1077），苏东坡到徐州任知州，经常在酒宴上召马盼盼来唱曲助兴，一来二去，就成了熟人，关系亲近。有一晚，苏东坡在马盼盼处留宿，却梦见了唐代的那位关盼盼。醒来后，他去庭院中寻找，望着黄楼的夜景惘然若失，作了一首《永遇乐》赠给马盼盼：

明月如霜，好风如水，清景无限。曲港跳鱼，圆荷泻露，寂寞无人见。紞如三鼓，铿然一叶，黯黯梦云惊断。夜茫茫，重寻无处，觉来小园行遍。

天涯倦客，山中归路，望断故园心眼。燕子楼空，佳人何在，空锁楼中燕。古今如梦，何曾梦觉，但有旧欢新怨。异时对，黄楼夜景，为余浩叹。

马盼盼一边打拍子一边演唱这首词给苏东坡听。一名在附近街道上巡逻的兵丁粗晓音律，听到歌曲后，细心记下曲词，告诉了友人。结果没几天这首词就在城中传播开来。苏东坡听说后十分惊讶，不明白这首词为何会外传，一问之下才知道是兵丁听到后传开的，只能一笑了之。

湖州：匆匆而别

元丰二年（1079）四月，苏东坡到达湖州，成了此地的最高长官。

湖州下辖乌程、归安、安吉、长兴、德清、武康六个县，州府在乌程县城，乌程、归安两县的县衙也在城内。这座城池约有十万人口，有周长二十四里的城墙围绕。当时祖无颇担任湖州通判，陈师锡担任昭庆军节度掌书记，这两人是苏东坡在湖州时经常打交道的官员。另外，钱公辅的儿子钱世雄担任吴兴县县尉，此时与苏东坡也有交往。

对湖州，苏东坡并不陌生，之前他已经两次到访过湖州：

第一次是熙宁五年（1072）年底，苏东坡担任杭州通判时奉命到湖州公干，顺便游览了当地名胜道场山、何山、天庆观，还拜会了湖州的两位士人，一位是以词著称的张先，另一位是闲居的贾收。之前苏东坡到杭州吴山上的观景楼阁"有美堂"游览时，见到许多文人雅士的题诗，认为贾收的题诗最佳。

第二次是熙宁七年（1074），苏东坡调任密州知州，与离任的前杭州知州杨绘一起北上，曾在湖州与知州李常游玩了好几天。

"卯酒醒还困，仙材梦不成。"来到湖州当知州，苏东坡心情比较愉悦。这里风景优美，又不像杭州那样事情繁多，最适合他此时介于出仕和归隐之间的"中隐"心境。

苏东坡是一个重感情的人，心中记挂着湖州两位逝世的老友。一位是元丰元年（1078）去世的张先，苏东坡特地去张家祭奠这位诗词大家，还在《祭张子野文》中推崇张先的诗"清诗绝俗，甚典而

宋 赵伯骕（传） 关山行旅图卷（局部）

丽"。另一位是熙宁九年（1076）病逝的陈舜俞，苏东坡特地到陈舜俞的湖州老家祭奠，并撰写祭文，向这位才学突出而宦途不顺的前辈致敬。

到任两天之后，苏东坡祭拜了孔庙和城中的主要祠庙，开始熟悉湖州的情况，着手处理公务。湖州连续下了十几天雨，让苏东坡十分担忧，他带着僚属到黄龙洞祭祀黄龙神，祈求天气放晴。

湖州有不少苏东坡的友人，公务之余，苏东坡常和他们四处游览，诗歌唱和。六月，苏东坡带着王适、王遹兄弟和儿子苏迈一起，绕着湖州城墙观赏荷花，然后去城南五里外的岘山游览，傍晚就住在附近的飞英寺的客房中。苏东坡在湖州优哉游哉之时，没有想到汴京的御史、谏官已经盯上了他。

苏东坡是新法的公开反对者，经常在聚会、书信中表达对新法的不满，写过带有讽刺意味的诗文。他到达湖州当日写的《湖州谢上表》中有几句牢骚话："荷先帝之误恩，擢置三馆；蒙陛下之过听，付以两州。……知其愚不适时，难以追陪新进；察其老不生事，或能牧养小民。"其中"误恩"是暗示宋英宗重视自己，把自己放在朝中的馆阁为官，而宋神宗却把自己放在地方通判、知州的位置上已近九年；"新进"自然指那些因为附和变法得到快速提升的官员，苏东坡之前在《上神宗皇帝书》中已有如此说法；"生事"则是之前司马光在奏章中指责王安石变法的说法，王安石曾以《答司马谏议书》进行反驳，所以这两个字眼是许多官员都知道的典故。

"新进"的谏官们开始翻检民间雕版印刷的《元丰续添苏子瞻学士钱塘集》等诗文集，找苏东坡的把柄。六月，太子中允、权监察御史里行何正臣弹劾苏东坡"愚弄朝廷，妄自尊大"，把民间刊刻的《元丰续添苏子瞻学士钱塘集》进呈给宋神宗。七月，权监察御史舒亶摘选苏东坡涉及议论新法、新政的诗句，指责他"谤讪新政""包藏祸心，怨望其上，讪渎谩骂，而无复人臣之节者，未有如轼也"。之后，国子博士李宜之、御史中丞李定也上书指控苏东坡，后者认为苏东坡"初无学术，滥得时名"，有

壮年意气（1062—1079）

四项罪责：一是被沈括检举之后，仍然不悔改，继续写讽刺新政的文字；二是言语狂妄，影响广泛；三是用文字影响舆论，使民众不服从陛下教化；四是明知故犯，抱怨宋神宗不任用自己，诋毁一切政策。这是强调苏东坡讽刺、抱怨的对象不是朝臣，而是宋神宗。

宋神宗于是命知谏院张璪、御史中丞李定调查苏东坡"谤讪朝政"一案。李定请求宋神宗任命官员调查苏东坡，撤去其官职，将其带回御史台审讯，宋神宗让御史台选派官员前往湖州押回苏东坡，并宣布朝旨，撤去其知州官职。想立功的太常博士皇甫遵自告奋勇，带自己的儿子和两名御史台吏卒赶往湖州。

此时，消息已经在汴京官场小范围传开，与苏东坡交好的王诜听说后急忙派人南下，到南京通知苏辙。苏辙急忙派遣亲信乘马赶往湖州通报苏东坡，让他提前做些准备。皇甫遵本来走得很快，但在润州因为儿子生病，多停留了半天，所以苏辙派的人早半天抵达湖州，告诉了苏东坡这则消息。次日，苏东坡请假在家，让祖无颇处理公务，回家烧毁、藏匿了大部分信札和手稿，还写了安排后事的信给苏辙，遣散了跟随自己多年的幕僚马正卿。苏东坡决定让苏迈陪同自己进京，拜托在湖州跟随自己学习的王适、王遹兄弟护送其余家人去苏辙那里。

七月二十八日，皇甫遵穿着官服，带着两名白衣青巾的御史台吏卒气势汹汹闯进知州官署，苏东坡吓得六神无主，待在后堂不敢出去。他和祖无颇商量怎么办，祖无颇说既然他们穿着官服来了，还是得出去相见。苏东坡又问自己穿官服还是穿常服，既然有罪，是否不能穿官服了。祖无颇说，你还不知道自己的罪名，当然应该穿官服相见。于是苏东坡穿上官服、手拿笏板会见使者。

皇甫遵和两名吏卒站在官署大堂上一言不发，苏东坡以为事态严峻，皇帝可能要当场赐死自己，就说："我惹恼朝廷的事情很多，今日必然是赐死，对此我心甘情愿，只请给点儿时间让我与家人诀别。"

皇甫遵这才冷漠地开口说了一句："不至于如此。"

祖无颇上前说："太常博士一定带着朝廷公文吧？"

皇甫遵厉声质问："你是什么人？"

祖无颇说:"我是通判,今天是代理知州。"皇甫遵把御史台的公文递给他,他接过公文一看,只是将苏东坡押回御史台审查而已,松了口气,苏东坡也放下心来。

皇甫遵雷厉风行,催促苏东坡马上和家人告别,当日就须出城登船,赶往汴京。

妻子、儿子都哭着送他出家门,苏东坡这时心绪镇定下来,觉得要安排的事情、要说的话已经提前和妻儿说尽了,不必如此悲戚,就回头对妻子说:"你怎么不能像郑州诗人杨朴的妻子那样,写一首送别诗和我告别呢?"妻子听了也笑起来。杨朴是以前有名的隐士诗人,宋真宗想任命他为官,他坚决辞谢。宋真宗问杨朴离开家时是否有人给他赠诗,杨朴回说只有妻子写了送别诗:"更休落魄耽杯酒,且莫猖狂爱咏诗。今日捉将官里去,这回断送老头皮。"宋真宗大笑,让杨朴回家去了。

在皇甫遵的监督下,苏东坡带着大儿子苏迈登船离开了湖州。他在湖州只待了九十八天,湖州的官吏、士人都感到惊诧、恐惧,不敢送别苏东坡。只有昭庆军掌书记陈师锡送别苏东坡,安抚他的家人;而王适、王遹兄弟则从官署一直送苏东坡到郊外。这件事马上成了轰动湖州的大新闻,十几天后便传到各地。

元祐六年(1091),太皇太后高氏调杭州知州苏东坡回朝,苏东坡厌倦了朝堂的人事纠纷,实在不愿意回汴京。拖到三月中旬,苏东坡才带着家人离开杭州。僧人思聪陪同苏东坡进京,苏坚、刘季孙、张弼等送他到湖州,湖州知州张询、福建路转运判官曹辅等为他饯别。苏东坡不由得想起十五年前与张先、杨绘等人相聚的场景,写下一首《定风波》:

月满苕溪照夜堂,五星一老斗光芒。十五年间真梦里,何事长庚对月独凄凉。

绿鬓苍颜同一醉,还是六人吟笑水云乡。宾主谈锋谁得似,看取曹刘,今对两苏张。

第二天苏东坡就离开了湖州,他对这个地方的美好记忆,或许就定格在这一晚的月光下吧。

壮年意气(1062—1079)

孙觉：墨妙之友

熙宁二年（1069），因为非议王安石的新法，御史孙觉被外派地方。熙宁五年（1072），湖州知州孙觉见松江堤岸经常崩塌，便让民众用石头垒砌一丈多高的岸堤，长达百里。十二月，苏东坡接到转运司的公文，让他去湖州考察用石头修筑河堤的利弊，看看能否在附近推广。苏东坡去之前，先给老相识孙觉写了一首《将之湖州戏赠莘老》，提醒他用当地的美食招待自己。

苏东坡到湖州后，除了考察堤坝，还游览了道场山、何山、天庆观等名胜，拜会了在杭州见过多次的张先，写了《和致仕张郎中春昼》。在孙觉举行的酒宴上，苏东坡开玩笑说，谁要是谈时事就等于违反酒令，就得喝一大盏酒。他们都知道，如今朝廷为了推行新法、压制反对的声音，在汴京设置了"逻卒"，专门侦查和逮捕"谤议时政"之人，士人都不敢在京城随便说话。

孙觉之前把散落在湖州各地的历代碑刻运到官署庭院中，修了一座赏碑的墨妙亭。他邀请苏东坡写了《墨妙亭记》，苏东坡也把自己收藏的羊欣帖的摹本赠给他。苏东坡写有《孙莘老求墨妙亭诗》，提及对书法的看法，表示最为推崇颜真卿和徐浩父子，但并不认为哪位书法家的书风至高无上，而认为"短长肥瘦各有态"，诗云：

兰亭茧纸入昭陵，世间遗迹犹龙腾。颜公变法出新意，细筋入骨如秋鹰。
徐家父子亦秀绝，字外出力中藏棱。峄山传刻典刑在，千载笔法留阳冰。
杜陵评书贵瘦硬，此论未公吾不凭。短长肥瘦各有态，玉环飞燕谁敢憎。
吴兴太守真好古，购买断缺挥缣缯。龟趺入座螭隐壁，空斋昼静闻登登。
奇踪散出走吴越，胜事传说夸友朋。书来乞诗要自写，为把栗尾书溪藤。
后来视今犹视昔，过眼百世如风灯。他年刘郎忆贺监，还道同时须服膺。

临别之时，苏东坡和孙觉相约不谈时事，免得招惹麻烦。当然，这对苏东坡来说又是一时兴起说说而已，他依旧不时在诗文书信中议论时政，后来果然因此招来一场大麻烦。

熙宁七年（1074），苏东坡从杭州北上去密州，路过高邮时，去拜会因祖母过世而在家中守制的孙觉，在其家中读到秦观的诗词，十分欣赏。可惜秦观正在乡下家中备考，没来得及和苏东坡见面。

元祐三年（1088）正月，苏东坡、孙觉、孔文仲担任省试（贡举）的考官。元祐五年（1090），孙觉故去，享年六十三岁。

文同：画中存名

治平元年（1064）夏秋之际，苏东坡在凤翔府当签判时，认识了路过的官员文同。文同比苏东坡大十八岁，生于梓州永泰县（今四川盐亭），于皇祐元年（1049）考中进士，先后担任太常博士、集贤校理。因父亲去世，文同回家守制近三年，这次是出川去汴京寻求新职。因为都是蜀人，之前文同和苏洵曾在汴京的社交场合见过，苏洵还向文同求过画，文同爽快应允，却久未践诺，以致苏洵特作一诗《与可许惠所画舒景，以诗督之》。在凤翔，苏东坡与文同一见如故。文同善画墨竹，苏东坡写了《石室先生画竹赞》以表称许，从此自己也留心竹木怪石之类的绘画。

熙宁三年（1070）春天，文同回到汴京，知太常礼院兼编修《大宗正司条贯》。此时苏东坡和文同官职都比较清闲，假日里常互相拜访，"虽然对坐两寂寞，亦有大笑时相袭。……书窗画壁恣掀倒，脱帽褫带随纵横。喧呶歌诗踹文字，荡突不管邻人惊。更呼老卒立台下，使抱短箫吹月明"，有时谈到半夜三更才告别。苏东坡百无聊赖，假日里整天与文同谈论诗文书画，文同也指点他画竹木的技巧。

与苏东坡不同，文同不愿就朝政大局发表意见，只是谨守本职工作，业余则以诗、画为乐。苏东坡应邀给文同的书斋撰写了《墨君堂记》，还题跋其创作的墨竹画，如《戒坛院文与可画墨竹赞》云：

风梢雨箨，上傲冰雹。霜根雪节，下贯金铁。
谁为此君，与可姓文。惟其有之，是以好之。

同年年底，文同因为宗室袭爵的礼仪得罪了上级，被外派出任陵州（治所在今四川仁寿）知州。他去金梁桥西的净因院与方丈道臻长老告别，苏东坡也陪同前往。文同以前画的竹林屏风摆在方丈室，这日他又在东斋画了两枝竹子、一棵枯木留赠。

壮年意气（1062—1079）

熙宁四年（1071），陵州知州文同听说苏东坡去杭州为官，害怕他那张凌厉的嘴闹出麻烦，特地寄来书信告诫苏东坡慎言，"北客若来休问事，西湖虽好莫吟诗"。之后苏东坡在杭州、密州、徐州为官，经常与文同通信，诗歌唱和，写过《和文与可洋川园池三十首》等诗歌。苏辙还把大女儿嫁给了文同的四子文务光，两家成了姻亲。

可惜，元丰二年（1079）正月，文同在前往湖州就任知州的路上染病，在陈州的驿舍病逝。此事让苏东坡对生死无常有了很多感慨。文同富有才华，诗文、草书、绘画都颇为出色，但在仕途上并不显达，死后也没留下什么家产。苏东坡担心他家办理丧事捉襟见肘，特地写信给弟弟苏辙，让他帮忙料理后事。

同年夏天，苏东坡在湖州晒收藏品时，见到文同所绘《筼筜谷偃竹》，想起文同，"废卷而哭失声"，把从前与他交往的细节写成《文与可画筼筜谷偃竹记》一文。次年，苏东坡被贬黄州，路过陈州，去文同的儿子文务光家中拜祭文同，在文同留下的书法作品上写下《文与可飞白赞》，哀悼朋友之逝。元丰四年（1081），文务光乘船护送父亲文同之棺回成都，路过黄州，苏东坡又作了《黄州再祭文与可文》痛悼老友。

以后的日子，苏东坡还多次给文同的绘画题跋。元祐元年（1086），苏东坡在文同的画作中题跋《书文与可墨竹（并叙）》，称述"亡友文与可有四绝：诗一，楚词二，草书三，画四。与可尝云：'世无知我者，惟子瞻一见，识吾妙处。'既没七年，睹其遗迹，而作是诗：笔与子皆逝，诗今谁为新？空遗运斤质，却吊断弦人"。次年他在另一幅文同的竹画上再次题跋，作《题文与可墨竹（并叙）》，感慨与故友生死两隔：

（故人文与可为道师王执中作墨竹，且谓执中勿使他人书字，待苏子瞻来，令作诗其侧。与可既没八年，而轼始还朝，见之，乃赋一首。）

斯人定何人，游戏得自在。诗鸣草圣余，兼入竹三昧。
时时出木石，荒怪轶象外。举世知珍之，赏会独余最。
知音古难合，奄忽不少待。谁云生死隔，相见如龚隗。

湖州竹派

　　湖州竹派的名称来源于两位创始人文同和苏东坡,他们虽籍隶四川,但因文同曾任湖州知州,苏东坡也接任过湖州知州,故名。

　　湖州竹派是成熟于北宋中后期的文人画代表之一,以竹为主要表现对象。作品抒情寄兴,状物言志,以完全独立的面目立于中国画坛,到元代,逐渐形成中国绘画史上一个重要的画派,在明清时期成为主流。北宋文同、苏东坡,元赵孟頫,晚清吴昌硕是湖州竹派的主要代表人物。

壮年意气（1062—1079）

　　文同:被誉为"墨竹大师",他主张画竹必先"胸有成竹",并创深墨为面、淡墨为背之法。
　　苏东坡:提出"论画以形似,见与儿童邻"的见解,强调绘画应重神似而非仅形似。
　　赵孟頫:继承了湖州竹派的艺术真谛,提出"书画本同",倡导"以书入画"。其所画墨竹,能以飞白作石,金错刀作墨竹;所画竹石,虚实结合,相映成趣。
　　吴昌硕:以粗枝大叶、笔势纵横为特色,强调金石入画,以篆书笔法写竹,功力极为深厚。

宋　赵伯骕（传）　关山行旅图卷（局部）

绘画：流连墨戏

苏东坡的父亲爱收藏画作，苏东坡从小就能接触到画作，他喜欢随手在纸上画些人物、树木、水波等。可是，苏东坡没有跟职业画师学过作画，只是随手画着玩，并没有将画画当作正经才艺对待。毕竟，父母期望的是他考中进士。

考中进士之后，苏东坡在各地为官，更是没有工夫学画，不过得到过友人文同的指点。熙宁三年（1070）年底，在官告院当判官的苏东坡工作闲散，百无聊赖，假日里整天与擅长绘画的文同谈诗论画，文同则指点他画竹木的技巧。

元丰二年（1079），苏东坡出任湖州知州，从前在杭州当通判时认识的士人贾收在湖州城外有别业。一次苏东坡和客人游览完道场山、何山，遇到大风大雨，来不及回城，就住在贾家。在临水的"水阁"酒宴之后，苏东坡让人持着蜡烛照明，乘醉在墙壁上画了一竿风竹，并题诗留念。由此可见，经过文同的指点，苏东坡已能创作简单的竹画。

宋　王诜（传）　水墨版烟江叠嶂（局部）

苏东坡被贬黄州期间多有空闲，经常随手涂抹，所绘的题材也扩大到怪石、枯木等。这时候的苏东坡已是名满天下的大宋第一名士，以诗、词、文著称。世人爱屋及乌，苏东坡的画也开始受到重视。苏东坡经常从厚厚一叠画作中选出品相较好的作品送人。

后来苏东坡被贬惠州、儋州，没有画家、藏家可来往，他只好自娱自乐。闲来无事，苏东坡也指点苏过写诗、作画。苏过跟着父亲学习绘画怪石丛竹，抽时间在绢上画了一幅偃松图，制作成小屏风，放在父亲床头挡风。苏东坡十分高兴，觉得儿子描绘的松树乃"植物之英烈"，可以象征自己的高才。

由于没有受过专业的绘画技法训练，苏东坡只能画一些简单的形象，构形、用墨上无法像吴道子那样讲究法度，而是追求法度之外的一种个人性情、趣味的表达，用他自己的话为"墨戏"。后来苏东坡把士大夫表达个人情趣的画作称为"士人画"，在《又跋汉杰画山二首》中说，"观士人画，如阅天下马，取其意气所到。乃若画工，往往只取鞭策、皮毛、槽枥、刍秣，无一点俊发，看数尺许便卷（一作"倦"）。汉杰真士人画也"，还在《书鄢陵王主簿所画折枝二首·其一》诗中以"论画以形似，见与儿童邻"强调这种画风与职业画匠之画的区别所在。"士人画"一说，后来发展为元明时期的"文人画"理论，对后来的艺术史影响极大。

壮年意气（1062—1079）

书法：法外之趣

在今天绝大多数人的心目中，苏东坡是宋代书法第一人，是"宋四家"之首。但是，苏东坡在世时，并没有"苏黄米蔡"（苏轼、黄庭坚、米芾、蔡襄）四人并称的说法——这是元代才萌芽的概念，北宋人并没有"宋四家"这个概念。

苏东坡对自己书法家身份的前后态度并不一致，而在时人眼中，苏东坡的书法也并非公认的当世第一人。苏东坡从少年时代的日常书写，到青年时代的揣摩书法，到中年以书法家自居，有一个变化的过程。

进京之前，苏东坡对书法并无特别的兴趣。少年时期苏东坡在眉山刻苦备考，写的赋、文显露出才华，得到祖父和父亲的赞扬，但是并没有诗名、书名。苏东坡的书写基本功训练与抄写经史典籍有关，他抄写过多部经史典籍，如《汉书》他至少手抄过三遍，并且有意用不同的书体进行抄写来训练自己的书法基本功。苏洵喜欢收藏，估计家中也有一些字帖供苏东坡临摹，可没有特别宝贵的书迹藏品。嘉祐二年（1057），二十二岁的苏东坡考中进士，文章得到欧阳修的赞誉，名震汴京，此时他得到欧阳修等人激赏的是文章，而不是诗，更不是书法。

宋　苏轼　书欧阳永叔醉翁亭记（局部）

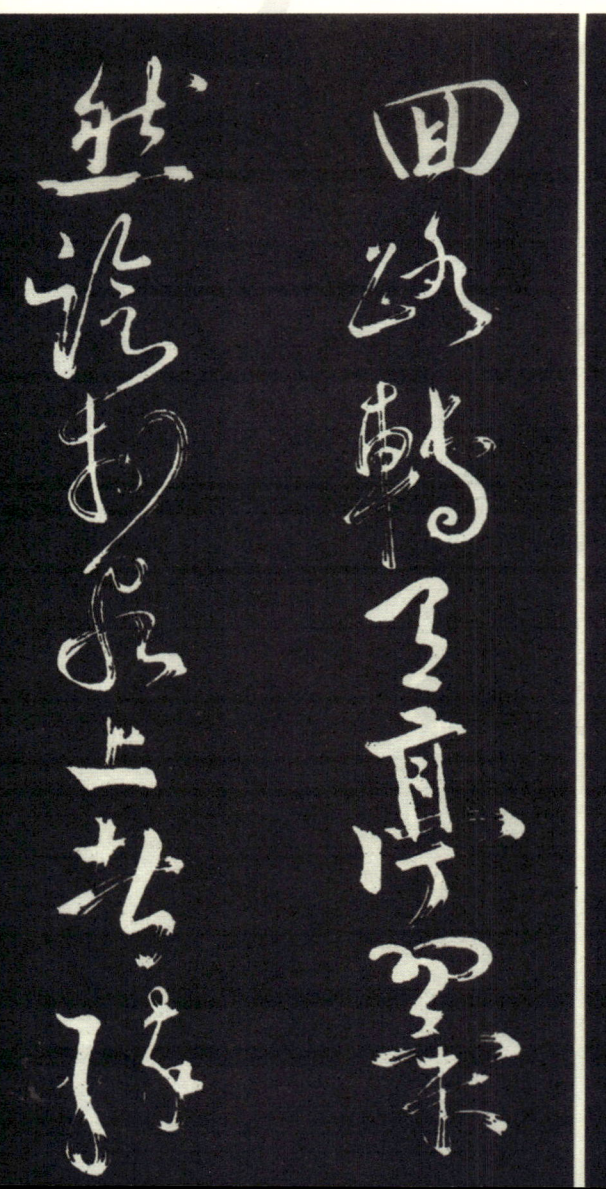

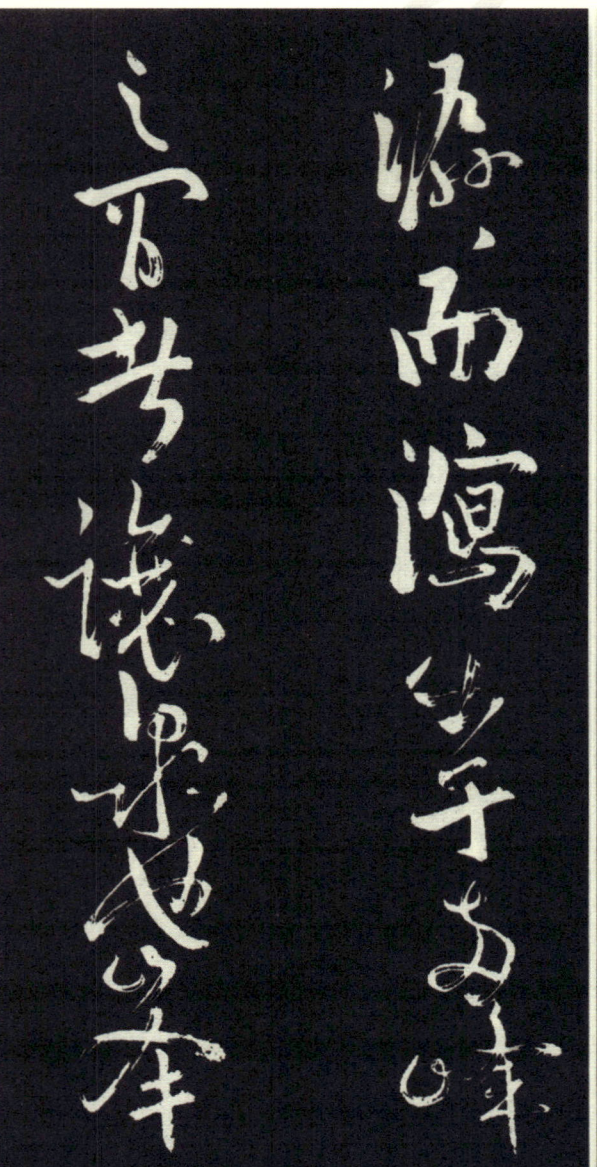

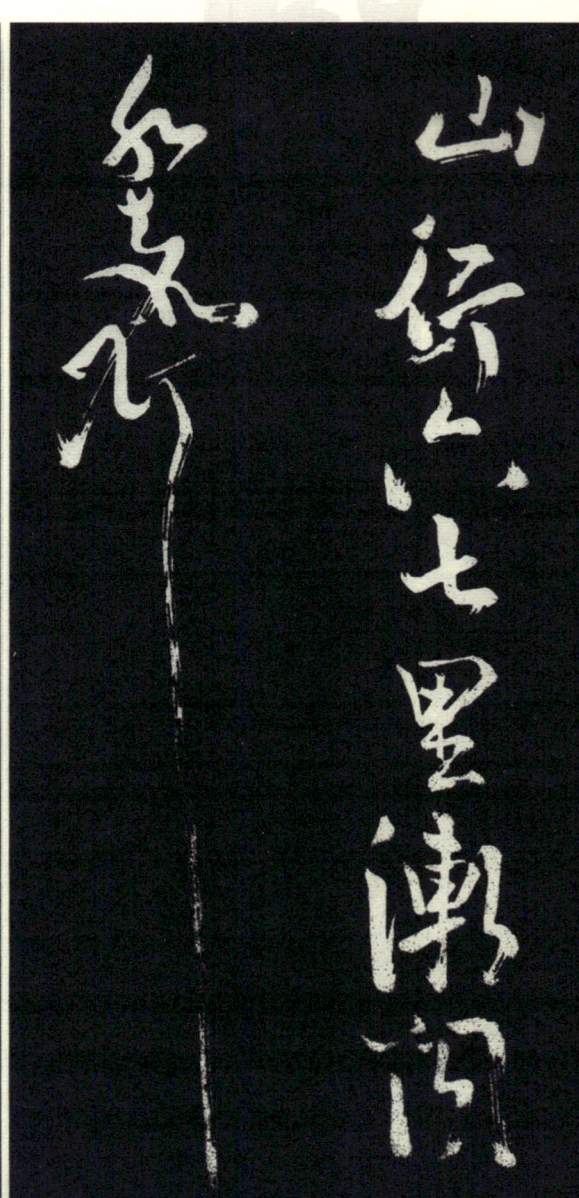

苏东坡开始重视书法是第二次到京城备考制科考试期间。京城的士林风气与成都、眉山不同，这里有一些士人讲究书法。而且苏东坡认识了欧阳修的好友蔡襄，蔡襄是此时最著名的书法家，对苏东坡影响很大。故而，嘉祐六年（1061）年底至治平元年（1064）年底在凤翔府担任判官时，苏东坡有意学习书法。他观赏长安、凤翔的唐代碑刻和私人收藏的历代作品，增长了见识，也留意收集拓片，并曾寄给弟弟苏辙。这从侧面透露出这一时期苏东坡注重练习书法，兼取多种书体。苏辙在这一时期写的《子瞻寄示岐阳十五碑》中说"吾兄自善书"，这可能是第一篇夸赞苏东坡善书的文字。不过出自弟弟苏辙之口，恐怕别人未必认可。当时其他士人并不认为苏东坡以书法著称，苏东坡在写给苏辙的《次韵子由论书》中也直言"吾虽不善书，晓书莫如我"。"吾虽不善书"似不是单纯客气，这时候苏东坡的确不是靠书法出名，隐含的意思是自己当时是以文章震动士林。

此时苏东坡虽然留心书法，但是无意以此博取名声，之所以如此，和他心目中对书法之重要性的看法有关。和欧阳修一样，他认为"笔墨之迹"（即书法和绘画）是"自乐"的业余爱好，其地位远远无法与文、诗相比。苏东坡更重视文、诗的写作，并不刻意追求能书之名。纵观他的一生，他爱写常见的楷书、行书，很少刻意探索草书、篆书等其他书体，也没有刻意模仿某一风格或者某一人，而是随着兴趣变化、人生历练自然演变。但是苏东坡兴趣广泛，爱好议论，这一时期更著名的是他对书法的一系列论述，比如他把颜真卿的书法和杜甫的诗并举的说法就广为流传。

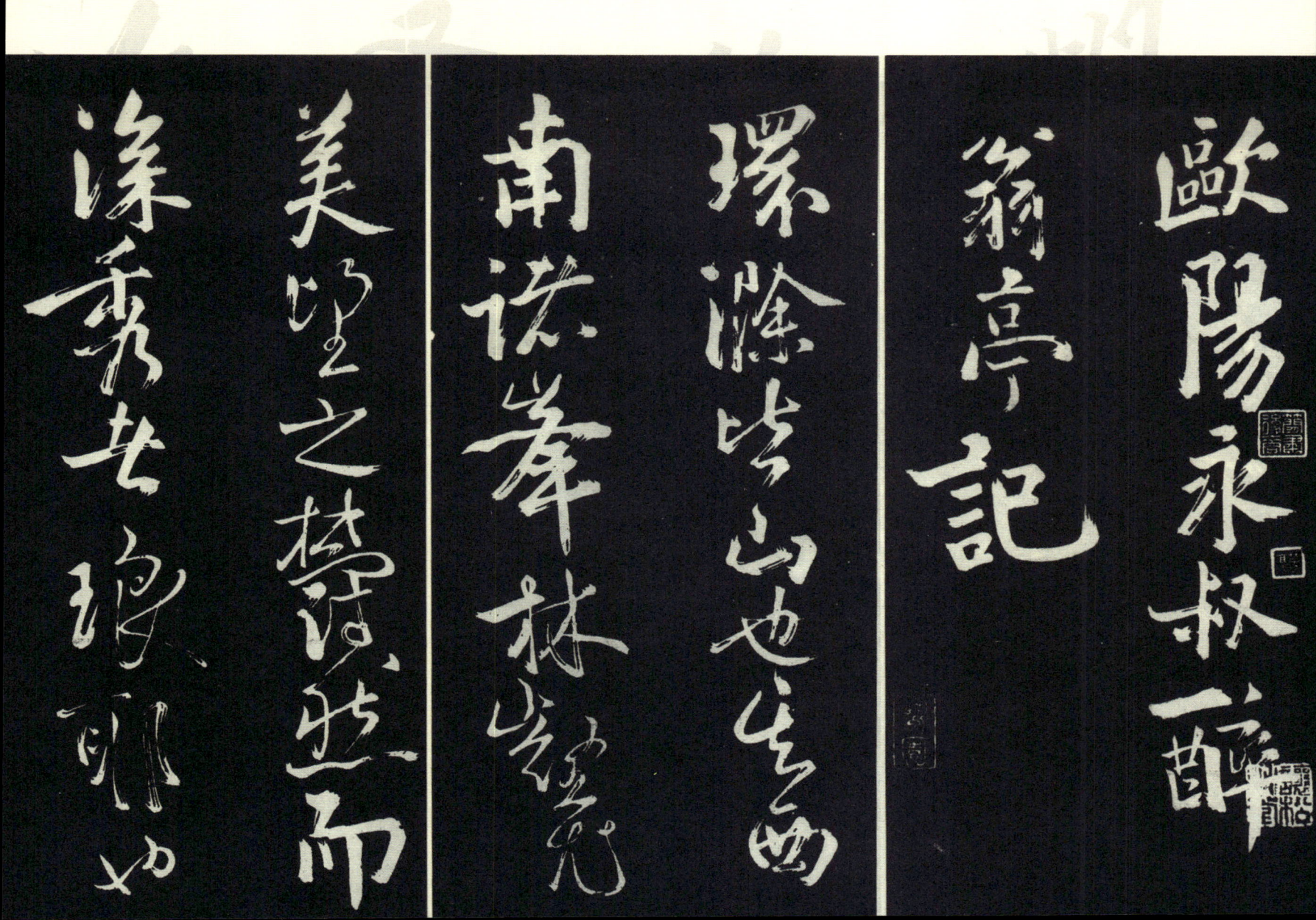

壮年意气（1062—1079）

正如苏东坡自言，"我书意造本无法，点画信手烦推求"，他并没有刻意练习和钻研书法，可以说是自然而成的书法家。他写字的习惯姿势不是最常见的悬腕式，而是以手指捏住笔管下端，手肘靠着桌案写字，这样行笔速度较慢，加上他喜欢用浓墨，每次几乎研墨到糊状才蘸笔，所以写出的字大多墨色浓厚，线条比较肥大。

苏东坡的行书主要取法王羲之、王献之，楷书则取法李邕、颜真卿，不过他兴趣广泛，不爱严格遵循古人法度，所以"自出新意，不践古人"。在凤翔、长安期间是苏东坡早期书法风格形成的时期，一方面他可以观赏到唐代碑刻和长安藏家收藏的历代作品，增长了见识；另一方面，他敏锐地意识到，文化潮流在于"出新意于法度之中"，即"凡世之所贵，必贵其难。真书难于飘扬，草书难于严重，大字难于结密而无间，小字难于宽绰而有余"。从这个观念出发，苏东坡特别关注颜真卿《东方朔画赞》的"清雄"之美与颜氏主流书风的差异，认为这种把浑厚阳刚和柔媚流利结合起来的风格别有意趣。苏东坡和苏辙讨论书法时也推崇"端庄杂流丽，刚健含婀娜"的兼容风格，他自己的书风无疑也是这样的。苏东坡无意求得能书之名，一生只写常见的楷书、行书，很少刻意探索其他书体。等到文章、诗赋名闻天下，人们自然就珍视苏东坡的"只字片书"了。

熙宁初年，苏东坡参与朝中新旧党关于王安石变法的政策争论，被视为旧党中年轻一辈的标杆人物，因此得罪了王安石，被外派地方。熙宁四年（1071）至熙宁七年（1074）担任杭州通判时，苏东坡的诗扬名天下，诗集被书坊刊刻传播，他也成为众人心目中当世擅长诗文的第一人，敢于发言议论新政的苏才子。也就是说，大概在三十六岁以后，苏东坡就成了当时最著名的文士，也是在世最著名的诗文作家和舆论领袖。从这以后，许多人热衷于保存、抄写苏东坡的诗文，连带着苏东坡的书法也有了一些影响。这一时期，苏东坡曾经学习徐浩的书风，即黄庭坚所云"中年书圆劲而有韵，大似徐会稽"。这一阶段苏东坡基本形成了自己的书法观，他对书法的主要观点是"信乎自然，动有姿态"，既不刻意模拟古人，亦步亦趋，也不刻意追求险怪。苏东坡尊重古人的"法度"，但是并不觉得必须完全遵循这些法度，主张在领会古人的"意"的基础上形成自己的特色，"短长肥瘦各有态，玉环飞燕谁敢憎"。在苏东坡看来，书法作为才艺，与人的整个人生状态相关，凡是具有个性、趣味的人信笔留下的文字都是书法。苏东坡并不把自己限制在书法家这个身份中，也并不认为有绝对正确的书写模式。

之后苏东坡被贬谪黄州，尽管政治上受到打压和冷落，可在民间他依然是文士心目中的当世第一名士。他的书法也随着诗文手迹在各地传播，只是这时候很少有人称赞他的书法。

元丰八年（1085）宋神宗去世后，苏东坡被太皇太后高氏召回京城，先后担任中书舍人、翰林学士、礼部尚书等显赫官职，是元祐年间最著名的文学侍从之臣。此时苏东坡的诗文、书画被视为珍贵藏品，可以在市场上出售，即"今日市人持之以得善价"。黄庭坚曾当面称赞苏东坡的行书可与颜真卿、杨凝式并列，当时苏东坡极力辞谢这种称誉。无论如何，这时苏东坡已经被视为著名书法家之一，他自己也开始以书法家自居，"仆书尽意作之似蔡君谟，稍得意似杨风子，更放似言法华"，即把自己放入书法家蔡襄、杨凝式和善书的僧人言法华之列。

与文章、诗歌受到的普遍推崇相比，苏东坡的书法则受到较多非议。苏东坡喜欢自然流露的个人化书写，讨厌高度程式化的、精心控制的书写方式。一些人讥讽苏东坡"用笔不合古法"，不像传统那样悬腕写字，而是把手腕抵在桌上写字，导致"左秀而右枯"。黄庭坚认为不能把苏东坡看作翰林学士院专门抄写公文的写字好手，其书法中的学问文章之气、天然自工之韵，是其他人无法相比的。黄庭坚、李之仪、陈师锡、道潜、赵令畤等人的书法都受到苏东坡的影响。

可以说，苏东坡是元祐年间最出名的在世书法家，不仅在京城如此，他在杭州当知州时，杭州一些士人也仿效他的书风。元祐末年，黄庭坚的书名也甚盛，此时京城士人中流行的书风或是苏东坡的书风或是他所推崇的颜体，如黄庭坚曾记载苏东坡"昨为余临写鲁公十数纸"，当时的风气可见一斑。

元祐八年（1093），太皇太后高氏病逝。宋哲宗亲政之后贬谪旧党，起用新党，苏东坡遭遇了最严重的打击，被贬谪到岭南乃至边远的海南岛。宋哲宗逝世之后，苏东坡才被赦免北上，却不幸因病在常州逝世。这期间苏东坡在政治上完全没有了影响力，但是他的诗文、书法依然得到一些文人的推崇。绍圣元年（1094）至绍圣三年（1096），他的弟弟苏辙被贬江西筠州（治所在今江西高安），与当地文人潘兴嗣有交往，苏东坡曾记录下潘兴嗣对自己书法的评价："潘延之谓子由曰：'寻常于石刻见子瞻书，今见真迹，乃知为颜鲁公不二。'尝评鲁公书与杜子美诗相似，一出之后，前人皆废。若予书者，乃似鲁公而不废前人者也。"苏东坡之前就强调书法工拙之外的"趣"，重视操笔之人的"风采""为人"，认为书法是士人整体人格行迹的一部分。从这个角度看，苏东坡之所以引用潘兴嗣的言论，并非仅是因为其赞同自己的书法风格类似颜真卿这一点，而是借他人之口暗示自己犹如颜真卿一样为人忠直但遭到贬谪，期待未来人们的公正评判。

言言之上
事高前古
恩出非常臣感懼以還謹
撰成古詩一首以叙遭遇
干冒
聖慈臣無任荷戴兢榮之至
朝奉郎起居舍人知 制誥權同判吏部流内銓上騎都尉賜紫金魚袋臣蔡襄進

宋 蔡襄 自書謝表并詩卷（局部）

臣襄伏蒙
陛下特遣中使賜臣
御書一軸其文曰
御筆賜字君謨者臣孤賤
遠人無大材藝
陛下親灑宸翰
推著經義俾臣佩誦以盡

蔡襄：数面之交

蔡襄比苏东坡大二十四岁，他们是两代人，苏东坡入仕之初，蔡襄已经是高官，他们见面的次数可能只有几次而已。

嘉祐六年（1061），苏东坡、苏辙兄弟在汴京备考制科。年轻的苏东坡已在京城有了些名气。一些士大夫欣赏苏东坡的文章，他也把文章抄写后呈给朝中高官。五月，以书法闻名朝野的蔡襄从泉州知州任上调回京城担任翰林学士、权三司使。苏东坡去拜访蔡襄，谈及书法，说"学书如溯急流，用尽气力，船不离旧处"，蔡襄点头说这个比喻很形象。宋仁宗知道蔡襄的书法名声显著，一次他命蔡襄书丹温成皇后父亲的碑文，蔡襄拒绝奉诏，说这是宫中待诏该做的事，意思是自己作为朝廷大臣，不宜老被指示做这种事情。宋仁宗也没有强迫他，这种对大臣意志和德行的尊重，是自宋太宗、宋真宗以来的传统。

之后蔡襄又担任制科御试的五名考官之一，取中苏东坡为第三等，所以他们也有一些座主、门生的缘分。随后苏东坡去凤翔府当签判，曾就公事给担任三司使的蔡襄写公文《上蔡省主论放欠书》，请求免去二百二十五名凤翔府民众多年前就应免除的欠税七万多贯，粟米三千多斛。

治平二年（1065）二月，苏东坡回到京城任官时，蔡襄正连连上书请辞到地方任职。原来是有人提起宋仁宗晚年生病时，朝廷重臣大多支持当今皇帝以太子身份嗣位，而蔡襄对立储之事别有议论，引起宋英宗的猜疑。闰三月，蔡襄离京出任杭州知州，苏东坡与他很可能没有再见面。次年，蔡襄因继母去世回家守孝，治平四年（1067）在家乡逝世，享年五十六岁。

后来，苏东坡被贬谪到惠州，吃当地的荔枝时联想到历史上的旧事：汉代永元年间，交州进贡荔枝、龙眼时，运送荔枝的人马被逼不顾死活地日夜兼程，唐羌上书陈述此事对民间的祸害，于是汉和帝废止了这件事；唐玄宗天宝年间，蜀地涪州（今重庆涪陵）的荔枝也被进献到长安，唐玄宗、杨贵妃及李林甫等权贵沉迷享乐，导致国家大乱。苏东坡进而联想到钱惟演从洛阳贡花，丁谓、蔡襄从福建进贡大小龙茶的本朝故事，写出了一首充满正统文人感喟的《荔枝叹》，感叹"宫中美人一破颜，惊尘溅血流千载"，还议论本朝的贡茶事宜，"君不见，武夷溪边粟粒芽，前丁后蔡相笼加。争新买宠各出意，今年斗品充官茶。吾君所乏岂此物，致养口体何陋耶？洛阳相君忠孝家，可怜亦进姚黄花"。

不过，苏东坡对蔡襄的书艺一直推崇，他的老师欧阳修与蔡襄是朋友，曾称赞蔡襄的书法是"本朝第一"，苏东坡也沿用这种说法，在《评杨氏所藏欧蔡书》中称赞"独蔡君谟书，天资既高，积学深至，心手相应，变态无穷，遂为本朝第一。然行书最胜，小楷次之，草书又次之，大字又次之，分、隶小劣"。

蔡京：第一之争

熙宁三年（1070），蔡京、蔡卞兄弟同时考中进士，二十四岁的蔡京被授官钱塘县县尉，二十三岁的蔡卞被授官江阴主簿，后者娶了王安石之女为妻。

次年，苏东坡来杭州担任通判，是蔡京的上级官员。两人同城为官，又是上下级，必定见过多次。蔡京爱好书法，与苏东坡当有所探讨。《铁围山丛谈》记载，当时因为宋神宗喜欢唐代书法家徐浩的书体，故而不少官员都模仿徐浩之书，当时苏东坡、蔡京都学过一阵徐浩。但是苏东坡是被王安石排挤出朝的，蔡京之弟又是王安石的女婿，两人虽然会打交道，但想来不会特别亲近。

熙宁五年（1072）四月，时任都官郎中的蔡准探望担任钱塘县县尉的儿子蔡京时路过杭州，苏东坡和他一起游览西湖，写有《和蔡准郎中见邀游西湖三首》，其三云：

> 田间决水鸣幽幽，插秧未遍麦已秋。
> 相携烧笋苦竹寺，却下踏藕荷花洲。
> 船头斫鲜细缕缕，船尾炊玉香浮浮。
> 临风饱食得甘寝，肯使细故胸中留。
> 君不见壮士憔悴时，饥谋食，渴谋饮，功名有时无罢休。

蔡准出游，其子蔡京很可能作陪，说不定也有与苏东坡唱和的诗作，只是后来都抹去了痕迹。熙宁六年（1073）八月，苏东坡还和蔡准等六人一起到余杭县的道观洞霄宫游览，留下了题名。

元丰年间，苏东坡被贬谪黄州，蔡卞历任同知谏院、侍御史、中书舍人兼侍讲、给事中，蔡京也历任起居郎、中书舍人、知开封府，乃是朝中新贵。宋哲宗登基后，太皇太后主政，蔡卞在朝中任礼部侍郎，蔡京为开封府知府，与进京的苏东坡曾有数月同朝为官。

元祐元年（1086）二月，太皇太后下诏废除募役法，恢复差役法。开封府知府蔡京以"有手段"著称官场，机敏强干。蔡京接到公文后，五天之内便强令恢复差役法，征召了一千多人服差役。他把这个好消息报告给司马光，司马光高兴地称赞他效率高，说如果官员都能像他这样办事而非议论纷纷就好了。蔡京此举令京城官场哗然，因为雇役、差役的差别较大，对民众生活影响明显，朝廷本来想让地方官员逐步实施，而蔡京这样迅速执行，显然是为了显示自己的能力和政绩，以此取悦司马光。担任右司谏的苏辙上书指出开封府官吏匆忙恢复差役法是"挟邪坏法"，显然把矛头指向知府蔡京。闰二月一日，苏辙上书请求罢免蔡京担任的开封府知府官职，指责他快速施行差役法是为了取悦执政者，心术不正。在苏辙的一再弹劾下，蔡京被外派出任知成德军，此后数年一直在地方为官。就这样，苏东坡兄弟成了蔡京、蔡卞兄弟的敌人。

壮年意气（1062—1079）

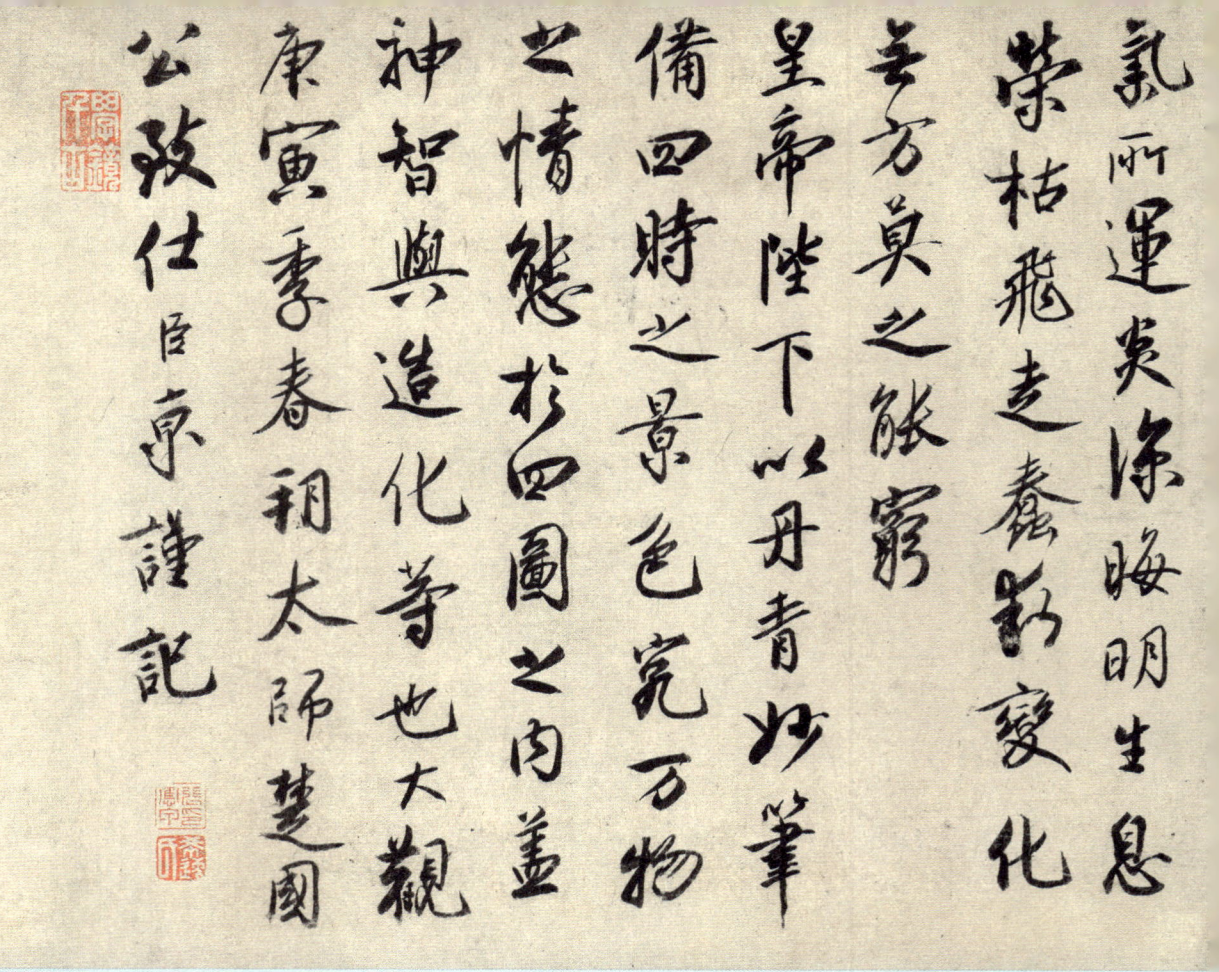

宋　蔡京　雪江归棹图卷跋

　　元祐七年（1092），苏东坡出任扬州知州。苏东坡虽然喜欢游览山林、观赏花木，但他在扬州了解到，蔡京当扬州知州时开设了"万花会"，让民众摆放十余万枝芍药供人游观，有官吏乘机从中牟利，养花之人都有苦难言，于是立即取消了这项活动。

　　元祐八年（1093）九月，太皇太后高氏逝世。亲政的宋哲宗召蔡卞回朝，历任中书舍人、翰林学士、尚书右丞、尚书左丞，是协助章惇打压旧党的主要人物。蔡京也回朝，历任户部尚书、翰林学士兼侍读、翰林学士承旨。他们两兄弟在朝廷的官职，与元祐年间苏东坡、苏辙的官职近似。

　　崇宁元年（1102）七月，宋徽宗任命蔡京为宰相，他们联手打压旧党，把曾任执政官的文彦博、吕公著、司马光、范纯仁、韩维、苏辙、范纯礼、陆佃等二十二人，待制以上官苏东坡、范祖禹、晁补之、黄庭坚、程颐等四十八人，余官秦观等三十八人，内臣张士良等八人，武臣王献可等四人，共计一百二十人被列为"奸党"。宋徽宗将这些人的姓名刻石立在端礼门外，称为"元祐党籍碑"，不许党人子孙留在京师或参加科考，而且碑上列名的人一律"永不录用"。地方官员纷纷把苏东坡题写的碑文和匾额毁坏、沉水、掩埋，比如苏东坡在徐州修建的黄楼就被改名为"观风"，苏东坡所书、苏辙撰文的《黄楼赋》石碑被丢弃到护城河中。崇宁二年（1103）四月，宋徽宗下诏销毁《东坡集》《东坡后集》印版、苏东坡撰写的碑刻榜额，以及"三苏"、黄庭坚、张耒、晁补之、秦观等人的文集和范祖禹《唐鉴》、范镇《东斋记事》、刘攽《诗话》、僧人文莹《湘山野录》的印版。崇宁三年（1104）正月，宋徽宗再次下诏销毁"三苏"及"苏门四学士"的文集。

　　蔡京是宋徽宗信重的第一宠臣，四次拜相。在金兵南下的危急时刻，宋徽宗传位于宋钦宗。靖康

> 臣伏觀
> 御製雪江歸棹水遠
> 無波天長一色摩山皎
> 潔行客蕭條鼓棹中
> 流片帆天際雪江歸棹
> 之意盡矣天地四時之氣

元年（1126），蔡京被贬谪岭南，死于途中。

蔡京的诗文、书法在当时颇有名声，他担任中书舍人、翰林学士时也写过不少诏诰、碑记，著述应该相当丰富，宋徽宗年间他的著作都保存在隆儒亨会阁。可是"靖康之乱"中他先是举家南逃，后又遭贬谪、流放，家传文稿散失殆尽，仅有《保和殿曲宴记》一卷、《太清楼侍宴记》一卷、《延福宫曲宴记》一卷、书信《草堂诗题记》《节夫帖》《宫使帖》等及若干书画题跋传世，而被禁的苏东坡、黄庭坚的诗文几乎全部流传了下来。

在诗文方面，蔡京当然不敢与苏东坡争锋，而在书法艺术方面，蔡京相当自信。蔡京的族兄蔡襄是宋仁宗末期至宋神宗初期最著名的书法家，欧阳修、苏东坡都推崇其为"本朝第一"。蔡京、蔡卞兄弟也倾心于书艺，精进技法。元祐年间，苏东坡、黄庭坚是京城最著名的文人书法家，黄庭坚推崇苏东坡才是活着的第一书家，之后更是推崇苏东坡为"本朝第一"，意为他已经超过蔡襄。元祐年间，蔡京、蔡卞遭新党排斥在外地为官，政治上失意，在京城并没有多少影响。蔡京此时颇为用心练习书法，学沈传师、欧阳询，以"字势豪健，痛快沉着"为特色。

到宋哲宗亲政的绍圣、元符年间，蔡京、蔡卞是京城显贵，书法名声犹如元祐年间的苏东坡、黄庭坚。至宋徽宗统治年间，蔡京位居宰相，更是声名赫赫。宋徽宗和蔡京禁毁苏东坡所书的碑刻榜额，不仅有政治上打压的意图，也是在文化、书法艺术方面试图消除苏东坡的影响。宋徽宗组织文臣编纂的《宣和书谱》称蔡京的书法可与"本朝第一"的蔡襄并驾齐驱，在"飘逸"方面还超过蔡襄，明显有推崇蔡京为本朝士人中第一书家之意，与黄庭坚推崇苏东坡为"本朝第一"的舆论针锋相对。

乌台诗案

"乌台诗案"是北宋时期著名的文字狱事件。这场案件以苏东坡为主要被告，因其诗文被指控为讽刺朝政、反对新法，最终导致苏东坡被捕入狱并遭贬谪。案件得名于苏东坡被关押审讯的地点御史台——因御史台内多植柏树，乌鸦常栖息其上，故御史台又被称为"乌台"。

乌台诗案的发生与王安石变法密切相关。苏东坡因反对新法，与变法派政见不合，被排挤出朝廷，外任地方官。元丰二年（1079），苏东坡从徐州调任湖州，上任后不久，御史台官员李定、何正臣、舒亶等人以苏东坡《湖州谢上表》中的"知其愚不适时，难以追陪新进；察其老不生事，或能牧小民"等语句为由，指控其攻击朝政、反对新法。此外，苏东坡的诗文中多有对新法弊端的批评和讽谏，这些内容被新党人士视为攻击的把柄。

苏东坡于元丰二年（1079）七月二十八日被逮捕，八月十八日送入御史台监狱，八月二十日正式开始受审。御史台官员对苏东坡的诗文进行详细审查，罗列罪状，试图证明其诗文中有诽谤朝廷的内容。苏东坡在狱中受到严刑拷打，但始终未承认有诽谤之意。案件审理持续至年底，最终因多方求情，宋神宗决定从轻发落，苏东坡被贬为黄州团练副使。

乌台诗案不仅对苏东坡个人的政治生涯产生了重大打击，也对北宋文坛产生了深远影响。许多与苏东坡有交往的文人都受到牵连。乌台诗案对苏东坡的创作产生了显著影响。在黄州期间，苏东坡的诗词创作更加深刻和内省，作品中多有对人生、命运的思考，风格也更加成熟和豁达。

乌台诗案是北宋党争的一个重要转折点，此后新旧党争愈演愈烈，政治斗争逐渐失去理性。文人在政治中的地位和影响力受到削弱，言论自由受限，不敢轻易表达对时政的批评。

唐　阎立本（传）　锁谏图（局部）

王珪：词臣之妒

嘉祐二年（1057），苏东坡考中省试时，主考官是翰林学士欧阳修，副考官为翰林学士王珪、龙图阁直学士梅挚、知制诰韩绛、集贤殿修撰范镇。所以，苏东坡也曾拜会过王珪，两人有师生之谊。王珪私下还把一些考生留在考场的草稿带回家收藏，其中就包括苏东坡的论、策的草稿。苏东坡考中进士后给王珪写过感谢的书信，两人在嘉祐、治平年间一直有来往。

王珪是庆历二年（1042）科考进士，嘉祐年间任翰林学士，以文学进用，为皇帝起草诏书多年。熙宁三年（1070）拜参知政事，熙宁九年（1076）升次相。他担任宰相时，没有突出建树。时人称之为"三旨相公"，讽刺他上殿进呈只是"取圣旨"，皇帝决定后"领圣旨"，退朝后告诉下属"已得圣旨"。

元丰二年（1079），"乌台诗案"苏东坡受审期间，御史台查到苏东坡以前赠给杭州王复的诗《王复秀才所居双桧》中有一句"根到九泉无曲处，世间惟有蛰龙知"，质问苏东坡"蛰龙"有没有讥讽宋神宗的意思。苏东坡见他们如此构陷，便举例说王安石也写过"天下苍生待霖雨，不知龙向此中蟠"，自己写的是同样的意思，于是狱吏不再说话。

不料，次相王珪却想利用这句诗加重苏东坡的罪名。一次宋神宗与几位近臣谈话时，王珪说苏东坡对宋神宗有不臣之意，举苏东坡所作《王复秀才所居双桧》诗中"根到九泉无曲处，世间惟有蛰龙知"，解释说陛下是飞龙在天，苏东坡乞求地下的蛰龙相知，不就是对陛下不满吗？宋神宗也是读过书的，便说："这是诗人遣词造句而已，他如此歌咏树木，和我有什么关系！"章惇也挺身而出，为苏东坡辩解说："龙并非专指人君，大臣也可以被称为龙。"

退出政事堂后，章惇质问王珪："宰相这是想让苏东坡全家被杀吗？"王珪道："这是权监察御史舒亶说的。"章惇说："难道舒亶的唾液也可以吃吗？"一番话让王珪有点儿难堪。王珪和苏东坡没有私人仇怨，他这样罗织苏东坡的罪名，或许是习惯了附和皇帝，或许是嫉妒苏东坡在民间士人中的诗文名声。

苏东坡被贬谪黄州后，宋神宗时不时能读到黄州传来的苏东坡诗文，常想起这位以诗文著称的名士，想起用苏东坡。但朝堂上当政的新党高官或者反对，或者拖延不办，过一阵便没了下文。王珪数次反对起用苏东坡，有一次，宋神宗和宰相王珪、蔡确谈话时，提议让苏东坡回来修撰史书，见王珪面有难色，便说如果不用苏东坡，就让曾巩来吧。

元丰八年（1085）三月，宋神宗故去，两个月后王珪在左相任上病故，躲开了元祐年间的政坛纠葛。但到了绍圣四年（1097），叶祖洽曾密奏已故宰相王珪当年对册立哲宗为帝持有异议，请求追查此事。高太后的堂兄弟高上京也上本揭发王珪，说："我的父亲右屯卫将军高遵裕临死前曾屏退左右侍从，告诉我说神宗皇帝弥留之际，王珪让高士充来向他打听高太后准备立谁当皇帝，被他斥责了一顿，才不敢说三道四。"于是宰相章惇、尚书左丞蔡卞、御史中丞邢恕纷纷就此上章，已故去十二年的王珪被追贬。

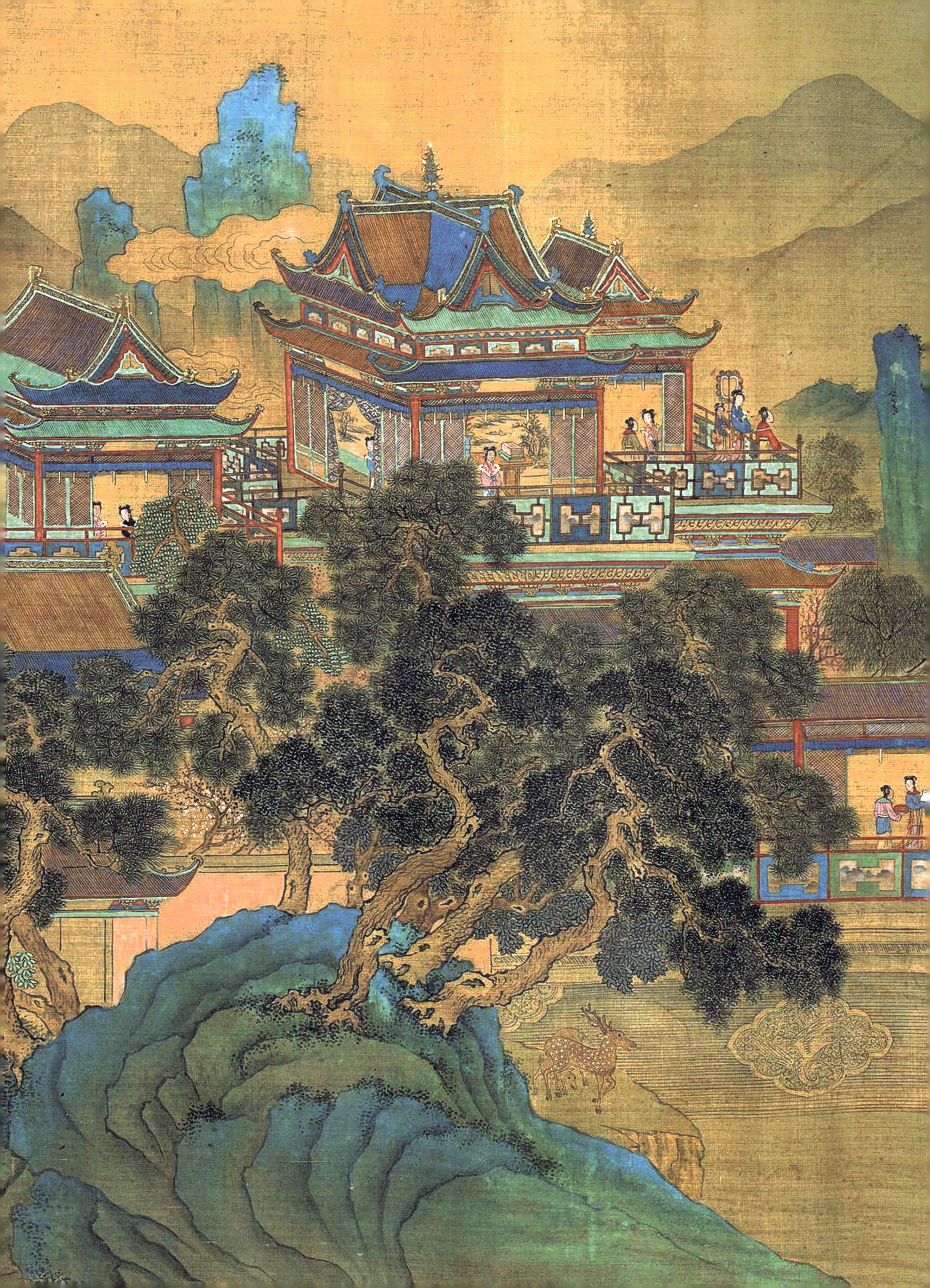

中年起落

第三部分

宋神宗元丰三年至宋哲宗元祐八年

1080–1093

黄州：第一次被贬

元丰三年（1080）二月，苏东坡抵达黄州州府所在的黄冈县城，开始了自己的贬官生活。

黄冈县城没有湖州、密州、徐州那样的城墙，西面是长江，其他三面都仅有断断续续的矮墙，城中居民很少，大多散住各处，靠种田、捕鱼为生。位于县城西北的知州官署也很简陋，只有几座房舍而已。唯有官署仪门外的栖霞楼（又名涵辉楼）比较可观，是县城最高的建筑，从那里能够眺望全城和长江。

黄州在长江边上，十四年前，苏东坡和苏辙护送父亲的灵柩回眉山时，就曾经过这段江面，那时他们在对岸的武昌樊山停泊过，还到山中参观过圣母庙，或许还曾眺望过黄州。让苏东坡有点儿安慰的是，长江水一直通到家乡，他想象岷山、峨眉山上的雪水汇入长江后流经这里，感到和家乡有了一丝联系。

苏东坡和苏迈最初住在县城东南三四里外的佛寺定惠院中，房舍周围都是竹子和树木，有一片荒废的池塘里长满了蒲草、芦苇。苏东坡没有公务，无所事事，每天随僧人吃素食、看佛经，然后去附近闲逛。因为文字容易招祸，他几次给别人写信，表示不再写诗文，可这话也不知是为了应付求诗之人，还是喝醉后的一时兴起，总之都不算数，他仍然时不时写诗。定惠院的住持颙师很尊重苏东坡，

在竹林间搭建了一座"啸轩",供苏东坡闲坐喝茶。

定惠院附近还有一座安国寺,竹林、树木茂密,有亭、榭、池、堂等景观。苏东坡去那里游览,认识了安国寺的住持继连大师,继连跟门人交代说,苏东坡可以随时来游玩,也可以进入僧人打坐静观的禅堂。于是苏东坡每隔一两天就去安国寺焚香静坐,一个月左右去那儿洗一次澡,那儿也成为他在黄州最常去的地方之一。

这段时间,从前和苏东坡来往亲密的一些亲戚、官员朋友都不再联系他,只有极少数人来信,苏东坡也尽量不回复,免得牵累朋友。他到黄州的最初几天懒得见人,白天都闭门不出,晚上也睡不着,有时候起来走到河溪边望着月夜下的河溪、沙洲,独自咀嚼着孤独与无奈,觉得自己犹如江上的鸿鸟一样独自飘飞,不知该落在哪里。苏东坡写了一首词《卜算子》形容此时的寂寞心情:

缺月挂疏桐,漏断人初静。谁见幽人独往来,缥缈孤鸿影。
惊起却回头,有恨无人省。拣尽寒枝不肯栖,寂寞沙洲冷。

待了十来天,蜀地同乡王齐万来拜访,让苏东坡十分吃惊。王齐万和两个哥哥王齐雄、王齐愈都住在与黄冈隔长江而对的武昌(今湖北鄂州)。与王齐万闲谈给了苏东坡不少安慰,之后,王氏兄弟和苏东坡时常来往。苏东坡在长江两岸游览时,若无法返回黄冈,便会住在王家。

苏东坡一度想在王氏兄弟住所附近买地定居，陈慥也曾来信建议苏东坡住到长江南岸的武昌去，王家有房舍可以免费住宿，能节省赁居费用。苏东坡思来想去，又觉得不妥。因为黄州属淮南西路，武昌属荆湖北路，他担忧有人检举自己擅自离开安置地点去其他路居住，传到京城的话说不定又要掀起波澜。

这时苏东坡的收入与担任知州时可谓有天壤之别。团练副使的月俸名义上是两万铜钱，但都折合成实物发放，如酿酒、运酒时压在酒瓮上防止陶瓮破损的废旧麻袋，这些东西卖掉以后根本换不回两万铜钱，有一半就不错了。此外，苏东坡也没有职田、公使钱，日子比之前拮据得多。

好在黄州水中多鱼，野外多笋，稻米、木柴的物价便宜，很适宜"贫民"生活，苏东坡可以每天中午吃一顿肉食，晚上喝三杯酒，比一般农民的生活好很多。他在《初到黄州》里描述自己因为口舌招祸，如今来到贬谪之地，只能从食物中寻找乐趣，还提到自己虽然什么事情都不必做，但还能领取官俸折合的实物"压酒囊"，诗云：

自笑平生为口忙，老来事业转荒唐。
长江绕郭知鱼美，好竹连山觉笋香。
逐客不妨员外置，诗人例作水曹郎。
只惭无补丝毫事，尚费官家压酒囊。

最初几个月，苏东坡经常出游，穿着布衣、草鞋，到四周田地、山野之间游览，去河溪中钓钓鱼、去山林间采采药，经常在江水边捡石头打水漂取乐。每隔几天，他就乘船随意漂流到一处地方游览，有时还会进入其他郡县。实在无聊，他就去江边望着滔滔江水、悠悠白云出神。

苏东坡身材干瘦，因经常外出游览而面色黝黑，穿着刚过膝盖的绿布短衫，手拿拐杖，每次喝点酒便会高声吟唱，并不讲究节奏调子，醉酒后还喜欢随便闯入别人的房舍小睡。有点文化的士人、商人都很欢迎苏东坡到自己家的园林来游玩，因为他动辄让人拿来纸笔写字作诗，留下一两件作品。

一日，苏东坡到定惠院东侧的小山上欣赏风景，随性走进一家人的花果园，看到有一棵海棠树开得正好，而本地人不认识这是什么树，也无人欣赏。他不由得想起家乡的海棠树，想起京城的权贵喜欢在园林中栽种海棠花，视其为珍稀花木，于是写了一首长诗《寓居定惠院之东，杂花满山，有海棠一株，土人不知贵也》，以花自比，表达思念家乡之情。诗的前半部分写海棠的形色，然后说自己如今是"先生食饱无一事，散步逍遥自扪腹。不问人家与僧舍，拄杖敲门看修竹"，随后开始以花喻人，描写自己的遭遇和处境。这是苏东坡最得意的诗篇之一，曾对人说"雨中有泪亦凄怆，月下无人更清淑"一句是神来之笔。一到春天，这株海棠开花之时，苏东坡都会和朋友一起携带酒食来这里赏花饮酒。

尽管苏东坡多次在信中告诉朋友自己已"焚笔砚、断作诗"，但都是说说而已。此后几年是苏东坡诗词创作的又一个高峰期和转变期，还写了许多简短的杂记、尺牍。对苏东坡来说，最大的改变是，几乎不再有官员来信邀请他为其修建的公共建筑、园林斋堂撰写记文。苏东坡此时也害怕写这类文章，担心对方因此受到牵连，毕竟他是个贬谪之人，朝中的敌人还在关注他的动向。在诗歌中，苏东坡也尽量只写个人的旅行体验、对往日的回忆、对时光流逝的遗憾、对奇异事物的记录等，不再像从前当通判、知州时那样以在位官员的身份议论朝政、民生。

让苏东坡感到愉悦的是，他在这里能品尝美食。黄州靠近长江，湖泊、水荡很多，所以鱼多，价格也便宜，苏东坡经常从集市上买鱼回家自己煮，还总结出一种煮鱼法：将新鲜鲫鱼或鲤鱼加工后，放入冷水、盐煮开，加入白菜心、葱白数段，煮到半熟后，将少许生姜、萝卜汁、黄酒调匀下锅，快熟的时候加入橘皮，这样做出的鱼肉十分鲜美。

苏东坡在定惠院居住了两个多月后，搬家到黄冈县城北门紧邻江边的废弃驿站"临皋亭"。这里离长江只有八十多步路，由于太靠近江边，气候潮湿，波涛吵闹，房屋也有点老旧，所以没有人愿意来住，平时都是空置的。

五月末，苏辙护送苏东坡的妻儿、仆婢等到达黄州，苏东坡带着苏辙去游览赤壁。黄州城墙外几百步的江边，有一处赤红色的临江石崖名"赤壁"，当地人传说这是三国时周瑜和曹操大战的地方，对岸还有个华容镇，传说是曹操败走的华容道。苏东坡听说岳州也有华容县，那边应该也有赤壁，他不知道哪一处才是真的，也无心考证，觉得既然唐人杜牧曾把这里当作赤壁大战的战场歌咏，自己"人云亦云"地感慨一下也不为过。苏东坡喜欢在风平浪静时，乘船到赤壁附近游览，登上石壁边的徐公洞等处倾听江涛。

游览赤壁之后，苏辙写了一首《赤壁怀古》，隐隐提及时事。此时皇帝力图开拓西部疆土，派军和西夏在边境缠斗。苏辙觉得敌国如果没有挑衅、没有失德，就不应轻率地讨伐对方，他在诗中议论道：

新破荆州得水军，鼓行夏口气如云。
千艘已共长江崄，百胜安知赤壁焚。
觜距方强要一斗，君臣已定势三分。
古来伐国须观衅，意突成功所未闻。

苏东坡以同样的主题撰写了一首词《念奴娇·赤壁怀古》：

大江东去，浪淘尽，千古风流人物。故垒西边，人道是，三国周郎赤壁。乱石穿空，惊涛拍岸，卷起千堆雪。江山如画，一时多少豪杰。

遥想公瑾当年，小乔初嫁了，雄姿英发。羽扇纶巾，谈笑间，樯橹灰飞烟灭。故国神游，多情应笑我，早生华发。人生如梦，一尊还酹江月。

柳永当年在江东感慨吴越争霸、范蠡泛舟的旧事，写了《双声子·晚天萧索》感慨"江山如画""当日风流"，让苏东坡印象深刻。而在赤壁，苏东坡联想到三国时期，周瑜三十四岁、诸葛亮二十八岁时，就在赤壁建功立业，成为千古传颂的英雄豪杰；对比之下，自己年近半百，头生白发，贬谪荒地，一事无成，只能凄然发出"人生如梦"的呢喃，以一杯酒祭奠这些英雄和自己的年华。"如梦"是大乘十喻之一，僧人常常用以比喻人世间的诸多牵挂都空幻如梦；苏东坡虽然取用了这个词，但他是从赤壁的具体场景出发，以亲身经历层层渲染，才引申出类似的感受，而不是生硬地说理。

苏东坡在黄州也交了一些新朋友，潘丙、潘原、古耕道、郭遘等人都是雅好诗文、游赏之辈，常常找他聚会闲谈。潘丙家是本县有名的仕宦家族，曾祖、祖父都是官员，他的哥哥潘鲠去年考中了进士，任黄州蕲水县县尉，潘鲠的儿子潘大临常来拜会苏东坡。潘丙在对岸的武昌樊口开了酒馆，雇有几个伙计酿酒和卖酒，他常年来往于黄州与武昌之间。苏东坡经常乘坐潘家的船只一路到江边的酒馆，上岸推杯换盏。

元丰四年（1081），曾在苏东坡身边担任幕僚多年的马正卿来黄州探望他。马正卿看到苏东坡一大家人住在临皋亭，觉得苏东坡应该有点田地贴补生活一二。马正卿到城外四处考察，发现黄州城东门外一百多步处有处隆起的丘陵，东侧有大约五十亩平坦开阔的地方，原是军队的营房，如今变成了废墟，长满荒草，到处是瓦砾。于是他去找州县官员，请求把这处废弃军营空地拨给苏家种地，官府同意了。

这几十亩地上有许多残墙、瓦砾、蓬蒿，苏东坡带领全家老小和马正卿等清除残瓦，友人潘丙、古耕道、郭遘也常来帮忙劳作，刈割荆棘，整理田地。然后，苏东坡购买了一头耕牛，种了桑树、枣树、栗子树一百多棵，几块菜地上栽种了蔬菜瓜果。苏东坡仰慕白居易多年，白居易当年担任忠州刺史时，在城东缓坡上栽花种树，称其地为"东坡"，写过《东坡种花》《步东坡》等诗。苏东坡的这块地位于黄州城东，也是坡地，于是他自号"东坡居士"，写下《东坡八首》等诗。贬谪之中的苏东坡，对白居易那种既超然脱俗又不避世俗的文风和思想有了更多理解，也像白居易那样，以游观杂花野草、家居日常之事为乐。自此，"东坡"成了他的雅号。

苏东坡与白居易最为相似之处是都不到四十岁就成了名士，诗文传播天下，又都遭遇贬谪。苏东坡后来多次把自己与白居易相比，在《赠善相程杰》中云"我似乐天君记取，华颠赏遍洛阳春"，在《轼以去岁春夏，侍立迩英，而秋冬之交，子由相继入侍，次韵绝句四首，各述所怀》中云"定似香山老居士，世缘终浅道根深"。苏东坡还在《次京师韵送表弟程懿叔赴夔州运判》中戏谑"我甚似乐天，但无素与蛮"，说自己许多方面与白居易近似，唯独缺少白居易身边擅长歌舞的两位侍女。

元丰五年（1082）二月，苏东坡在东坡修建的五间房屋在纷飞白雪中落成，他将其命名为"雪堂"，四壁绘上雪景。雪堂地势较高，比较寒冷，家人大多还是住在临皋亭的房舍，只有苏东坡时常穿过黄泥坂，到雪堂招待客人。他和儿子苏迈在雪堂前的院子中栽种柳树，在屋外十几亩地周围种了茶树、橘树、枣树、栗树、桑树，还在田地里种了稻子、麦子、谷子。

苏东坡写下《雪堂记》，以主客设问的方式展开物我关系。客人问东坡是"散人"还是"拘人"，散人天机浅，拘人嗜欲深，苏东坡说自己在两者之外。客人认为苏东坡还没有放弃他的"智"，比如他对雪堂的命名说明他仍然以"雪"表达精神寄寓，还没有达到"圣人无名"的最高境界。苏东坡为自己辩解说："是堂之作也，吾非取雪之势，而取雪之意；吾非逃世之事，而逃世之机。吾不知雪之为可观赏，吾不知世之为可依违。性之便，意之适，不在于他，在于群息已动，大明既升，吾方辗转，一观晓隙之尘飞。"这就是他所言的"学者观物之极，而游于物之表"的理念，这是从《庄子》中得到的启示，人可以在观照万千事物之后，站在一个更宏观的"道"的视角体验世间万事万物，与之共存而不拘束其中。

对苏东坡来说，人如果在这个世界上完全无情、无待、无念、无住，岂不就成为行尸走肉了。他不可能完全离形离智、忘己忘物，宁愿在这个世界上遵从自己的天性，身心有所感知，言行有所表达。他对具体的事物仍然保持着兴趣，在观察，在体验。正如《雪堂记》中所云，他观察着周围的草木，期待着与硕人交流，想要踏上小路去手捧清泉，边走边唱："雪堂之前后兮，春草齐。雪堂之左右兮，斜径微。雪堂之上兮，有硕人之顾顾。考盘于此兮，芒鞋而葛衣。挹清泉兮，抱瓮而忘其机。负顷筐兮，行歌而采薇。"

在雪堂可"南挹四望亭之后丘，西控北山之微泉"，这让苏东坡想起陶渊明的斜川之游，于是作了一首《江城子》：

> 梦中了了醉中醒。只渊明。是前生。走遍人间，依旧却躬耕。昨夜东坡春雨足，乌鹊喜，报新晴。
>
> 雪堂西畔暗泉鸣。北山倾。小溪横。南望亭丘，孤秀耸曾城。都是斜川当日境，吾老矣，寄余龄。

在此时的苏东坡心中，白居易和陶渊明交替出现，白居易作为名士被贬，陶渊明隐居躬耕，都让他有所感，有所思。他在雪堂体验"春雨足""乌鹊喜""报新晴""暗泉鸣""北山倾""小溪横"的自然之美，有适然之乐，可以说达到了知足常乐的境界。对苏东坡来说，他对这个可爱的世界，总是有探究、观照的热情，他愿意体味新鲜事物，文思也不断从自然草木、日常人情中得到滋养。

当然，他也有贬谪之人的抱怨，寒食时，他写下《寒食帖》，说如今自己犹如"死灰吹不起"，过着"空庖煮寒菜，破灶烧湿苇"的艰困生活，京城和家乡都遥不可及，"君门深九重，坟墓在万里"。

一直到元丰七年（1084），宋神宗才调苏东坡为汝州团练副使，本州安置，不得签书公事。四月初他离开黄州时，长江上风大浪急，苏东坡和送别的友人一直等到傍晚风平浪静才乘船过江，夜晚抵达对岸。在武昌山边行走时，苏东坡听到黄州城传来的鼓声，不禁潸然泪下，晚上写了《过江夜行武昌山，闻黄州鼓角》一诗：

宋　苏轼　黄州寒食帖（局部）

清风弄水月衔山，幽人夜度吴王岘。
黄州鼓角亦多情，送我南来不辞远。
江南又闻出塞曲，半杂江声作悲健。
谁言万方声一概，鼉愤龙愁为余变。
我记江边枯柳树，未死相逢真识面。
他年一叶溯江来，还吹此曲相迎饯。

从元丰三年（1080）二月至元丰七年（1084）四月，苏东坡一家在黄州生活了四年零两个月之久。临走时，他写了一首词《满庭芳》，与当地交好的士人告别：

归去来兮，吾归何处？万里家在岷峨。百年强半，来日苦无多。坐见黄州再闰，儿童尽楚语吴歌。山中友，鸡豚社酒，相劝老东坡。

云何，当此去，人生底事，来往如梭。待闲看秋风，洛水清波。好在堂前细柳，应念我、莫剪柔柯。仍传语，江南父老，时与晒渔蓑。

让苏东坡感慨的是，几年下来，苏迨、苏过说话都带有黄州腔调，还会唱黄州民歌。苏东坡不知此后自己要去哪里终老，是回到故乡眉山，还是留在中原洛水边的汝州，于是感叹道："大家如果想念我，就看看雪堂前的柳树吧，还请你们转告江对面的武昌诸友，多晒晒我穿过的渔蓑，不要让它腐烂了，说不定以后我还会回来与你们一起穿着渔蓑去钓鱼、游览。"

元祐元年（1086）十一月，已是翰林学士的苏东坡与翰林学士承旨邓润甫因为主持馆职考试，晚上在翰林学士院值班。闲聊时邓润甫说自己嘉祐年间当过武昌县县令，在任之时有感于唐代诗人元结隐居樊山，作《元次山洼尊铭》并刻之岩石。两人说起当年在武昌、黄州的见闻，激起苏东坡的怀念之情，于是作长诗《武昌西山》，邓润甫也和诗《次韵子瞻武昌西山》。一时间苏辙、刘攽、孙觉、黄庭坚等三十多人纷纷写作和诗，成为一大雅事。后来苏东坡又作了一首《西山诗和者三十

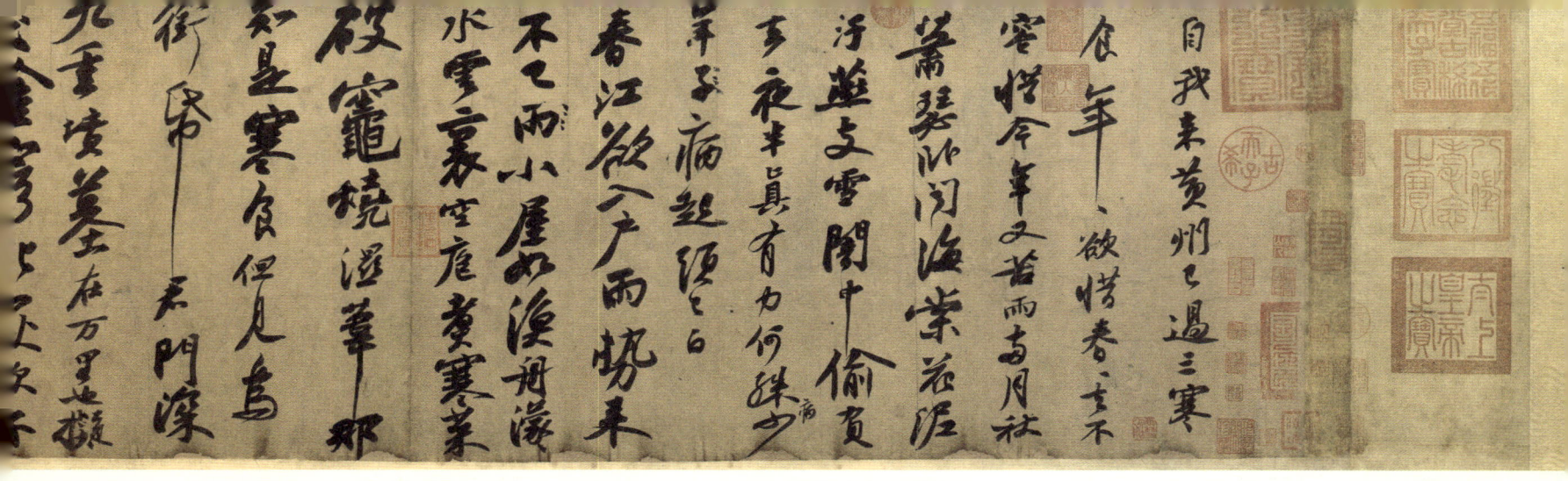

余人，再次前韵为谢》。苏东坡与亲友在范百禄宅邸聚会时，应岑象求之请，乘着酒兴书写了《武昌西山诗帖》相赠。

同时，苏东坡也想起东坡的雪堂，写了两首词寄给黄州的朋友，其一为《如梦令·有寄》：

为向东坡传语。人在画堂深处。别后有谁来，雪压小桥无路。归去。归去。江上一犁春雨。

其二为《如梦令·春思》：

手种堂前桃李。无限绿阴青子。帘外百舌儿，惊起五更春睡。居士。居士。莫忘小桥流水。

之后他在宦海沉浮，没有再回黄州。苏东坡离开黄州时把雪堂交给潘大临兄弟居住和看管。崇宁元年（1102），宋徽宗、蔡京公布元祐党籍碑，查禁苏东坡诗文的雕版，雪堂也被当地官府拆毁了。解除党禁以后，有人重建了雪堂。后来，陆游在《入蜀记》中记载他到黄州时见到重建的雪堂："亭下面南一堂颇雄，四壁皆画雪，堂中有苏公像，乌帽紫裘，横按筇杖，是为雪堂。"

庭下如积水空明,水中藻、荇交横,盖竹柏影也。何夜无月?何处无竹柏?但少闲人如吾两人者耳。

相与

相与:
共同,一起。

空明

空明:
形容水的澄澈。这里形容月色如水般澄净明亮的样子。

藻、荇

藻、荇:
均为水生植物,这里指水草。

记承天寺夜游(节选)

苏轼 作

元丰六年十月十二日夜,解衣欲睡,月色入户,欣然起行。念无与为乐者,遂至承天寺寻张怀民。怀民亦未寝,相与步于中庭。

欣然:高兴、愉快的样子。

行:散步。

张怀民:苏东坡的朋友。元丰六年(1083)也被贬到黄州,寓居承天寺。

徐大受：胜之唱词

苏东坡被贬黄州，先后与三任黄州知州陈轼、徐大受、杨寀打交道，他们对苏东坡都相当尊重。另外，苏东坡在黄州期间还得到担任淮南计度转运副使的同年进士蔡承禧、鄂州知州朱寿昌的照拂。其中徐大受与苏东坡相处了三年零九个月，往来密切。

元丰三年（1080）九月，徐大受到任后，于重阳节当日邀苏东坡一起在官署仪门外的栖霞楼饮酒赏菊、眺望山水。之后他经常邀苏东坡参加酒宴，徐大受的堂弟徐得之也时常向苏东坡请教学问。徐大受的儿子十三郎年约十七八岁，每次见到苏东坡，都会请他给自己写字，说要用来作字帖，因此得到了数十张苏东坡手迹。苏东坡多次应邀到徐家饮宴，徐大受的侍妾们容貌美丽，擅长歌舞表演，他作了《减字木兰花》《西江月》《菩萨蛮》等诗词赠给她们。苏东坡最欣赏胜之的表演，这个女子自称是北方的贵族后代，聪慧而娇媚。苏东坡给她送过茶叶、泉水，以示重视，在《减字木兰花·胜之》中形容她的美貌和姿态：

双鬟绿坠，娇眼横波眉黛翠。妙舞蹁跹，掌上身轻意态妍。曲穷力困，笑倚人旁香喘喷。老大逢欢，昏眼犹能仔细看。

元丰四年（1081）重阳节，苏东坡与徐知州再会，特别作了一首《南乡子·重九涵辉楼呈徐君猷》，引用三年前的诗《九日次韵王巩》中"明日黄花蝶也愁"，感慨人生变迁：

霜降水痕收。浅碧鳞鳞露远洲。酒力渐消风力软，飕飕。破帽多情却恋头。
佳节若为酬。但把清尊断送秋。万事到头都是梦，休休。明日黄花蝶也愁。

十二月二日，黄州下了一场雨夹雪，徐大受携美酒、家妓来临皋亭拜访苏东坡，苏东坡十分高兴，饮酒之后当场作《浣溪沙》三首，其中一首描述此时的风景：

> 覆块青青麦未苏，江南云叶暗随车。临皋烟景世间无。
> 雨脚半收檐断线，雪林初下瓦疏珠。归来冰颗乱黏须。

第二天又下了一场大雪，按照礼节，苏东坡应该回拜徐氏，但他怕引起注意，让仆人把苏辙送来的牛尾狸肉送给徐家。

元丰六年（1083），苏东坡和几个客人乘船在江上游览，夜归时歌咏了几遍《临江仙》，各自回家。不知谁听了"小舟从此逝，江海寄余生"这句，以为苏东坡真的乘船远走高飞了，翌日黄州城中就开始谣传苏东坡昨晚把衣冠挂在江边的树木上，乘舟长啸而去。徐大受听说后又惊又惧，担心苏东坡真的一走了之，朝廷会怪罪自己，急忙到苏家拜谒。苏家人带徐大受到卧室一看，苏东坡躺在床上鼾声如雷，还没有醒呢。这消息传到汴京，又引起士大夫的议论，连宋神宗也听说了相关的传言。

五月，徐大受调任别处。苏东坡应黄州安国寺住持继连之请，把自己和徐知州经常聚会的安国寺竹林间的小亭子命名为"遗爱亭"，以纪念徐大受。因为苏东坡是有罪之人不便撰写"德政碑"之类文章，他便以巢谷的名义写了一篇《遗爱亭记》。

不久，传来徐大受不幸病逝的消息，苏东坡便写了挽诗、挽词、祭文等以作纪念，还叮嘱徐大受之弟徐大正，让徐大受的两个儿子十三郎、十四郎好好攻读经典，走科举之路。

元丰七年（1084），苏东坡在北上途中经过当涂，恰好张方平之子张恕路过，他设宴招待苏东坡。苏东坡惊讶地发现，出来表演的侍妾之一就是从前在徐大受府上见过的胜之。徐大受病逝后，胜之就离开徐家前往京城，又成了张恕的侍妾。苏东坡想到徐大受，不觉掩面恸哭，胜之则回头和几个侍妾一起大笑，似乎已经忘记了徐大受。后来苏东坡常以这个事例劝朋友少纳侍妾。

中年起落（1080—1093）

继妻王闰之：恍然白头

治平二年（1065），苏东坡妻子王弗生病。王弗最放心不下的是年仅七岁的孩子苏迈，担心苏迈年幼，无人照顾，便叮嘱苏东坡再娶个善良的妻子，最好娶自己母族的女子为继妻，这样孩子不会遭受虐待。王弗逝世后，两家便安排苏东坡续娶王弗的堂妹王闰之，可还没来得及办婚事，便碰上治平三年（1066）四月苏洵病逝，于是婚事推到了三年后。

苏东坡为父亲守丧完毕，熙宁元年（1068）秋天和王闰之办了婚礼。是年王闰之二十一岁，比苏东坡年轻十二岁。王闰之对苏迈很好，为人敦厚勤俭，让苏东坡不必为家中事务操心。不过，王闰之仅粗通文墨，不如王弗聪敏，苏东坡对她的感情没有对王弗那样深。王闰之先后生下三个男孩，其中一个早夭，二子苏迨、三子苏过顺利长大。

熙宁后期，苏东坡被排挤到地方任职，郁郁不得志。熙宁八年（1075）正月，刚到密州出任知州的苏东坡请假在家养病。一天，苏东坡躺在床上，四岁的小儿子苏过到床边拽他的衣服，要父亲陪自己玩耍。苏东坡坐起身训斥儿子，王闰之就笑说儿子不懂事，当父亲的怎么更不懂事，躺着发愁有什么用，还不如起来快快乐乐地过日子。王闰之洗干净酒杯，让丈夫起来喝点酒解闷，苏东坡就写了首《小儿》诗，感叹妻子的贤惠，不像晋代著名酒徒刘伶的妻子那样为了不让丈夫喝酒，把酒送人，把酒具都砸了：

> 小儿不识愁，起坐牵我衣。
> 我欲嗔小儿，老妻劝儿痴。
> 儿痴君更甚，不乐愁何为。
> 还坐愧此言，洗盏当我前。
> 大胜刘伶妇，区区为酒钱。

苏东坡被贬黄州期间，有家人陪伴。苏东坡让婢仆把红豆和麦粒一起蒸饭，吃起来味香爽口，王闰之大笑说这是"新样二红饭"。王闰之熟知乡村生活，会给水牛接生、治病。有一次王闰之临时出去，恰好家里的牛生病了，苏东坡急忙让人去请兽医来，可兽医也说不清是什么病。这时王闰之回到家，一看便说这只牛患了"豆斑疮"，用青蒿煮粥喂食便可以治好，婢仆照做，果然有效果。苏东坡在给章惇的信中写道："仆居东坡，作陂种稻，有田五十亩，身耕妻蚕，聊以卒岁。昨日一牛病，几死，牛医不识其状，而老妻识之，曰：'此牛发豆斑疮也，法当以青蒿粥啖之。'用其言而效。勿谓仆谪居之后，一向便作村舍翁，老妻犹解接黑牡丹也。言此，发公千里一笑。"

元祐年间，王闰之曾随苏东坡到汴京、杭州、颍州、扬州等地，成为封君，享了几年福。可惜到元祐八年（1093）秋天，王闰之患了病，找了几回医生诊治也不见效。八月一日，王闰之逝世，年仅四十六岁。病逝那晚，她叮嘱儿子苏迨、苏过，把自己穿戴过的东西施舍给佛寺，画阿弥陀佛像供奉，希望能超度自己。

王闰之和苏东坡一起生活了二十五年，陪伴他在各地为官，经历了黄州贬谪的艰苦，也享受过翰林学士夫人的荣耀。她一心料理家事，把三个儿子带大成人，苏东坡和她虽然没有与原配王弗那么亲近，但心中对她有许多感激。

之后被贬谪岭南时，苏东坡还不时想起故去的王闰之。绍圣三年（1096），苏东坡在惠州时，正月初五是王闰之的生日，苏东坡和苏过一起买鱼到丰湖边放生。他想起妻子生在岷江边，带大了三个儿子，尤其钟爱小儿子苏过，常常把他抱在膝盖上逗乐，就像晋代的王述对儿子王文度那样。可是王闰之的灵柩还放在汴京的寺院中，没能下葬，苏东坡只能写经、放生以安慰亡灵。于是，苏东坡作了一首词《蝶恋花》：

（同安生日放鱼，取金光明经救鱼事。）
泛泛东风初破五。江柳微黄，万万千千缕。
佳气郁葱来绣户，当年江上生奇女。
一盏寿觞谁与举。三个明珠，膝上王文度。
放尽穷鳞看围围，天公为下曼陀雨。

一直到崇宁元年（1102），苏东坡和王闰之的灵柩才得以合葬在郏城县，而苏东坡的原配妻子王弗的坟墓，远在眉山的老翁泉下，陪在苏东坡的母亲程夫人、父亲苏洵的坟墓边。

中年起落（1080—1093）

宋　佚名　女孝经图（局部）

侍妾朝云：半道蹇蹇

熙宁六年（1073），因为王闰之忙于照顾小儿子苏过，加上去年在湖州见识了贾收的侍妾"双荷叶"的风姿，苏东坡便买下一个才十一岁的钱塘女孩当侍女，照顾自己的起居。很多歌妓年龄大了后，会买下贫穷人家的女孩或乞丐带来的孤女，从小调教她们歌舞和待人的技艺，长到十二三岁就让她们接待来客。权贵、富豪、官员常常从妓馆买下这类女子当侍女，家里举办宴席时还会让她们出来表演。

苏东坡给这个女孩起名叫朝云，取自宋玉的《高唐赋》，那里面的巫山云雨之神便名为"朝云"。朝云擅长梳妆、歌舞、烹茶、弹奏，但还不识字，苏东坡就让她先学识字，以后好在书房处理杂务。这名娇小聪慧的女子让苏东坡有了一丝期待，他见朝云爱弹琵琶，特地找了一面上好的琵琶赠给她，并作《减字木兰花·赠小鬟琵琶》，希望她精研技艺。

熙宁七年（1074）年初，苏东坡在常州附近接到朝云寄来的带有香薰味道的信札。朝云这么快便识字，还能写信传情，让苏东坡恍然有了少年般的绵绵情思，写了一首《减字木兰花·得书》：

清　朱耷　东坡朝云图

晓来风细，不会鹊声来报喜。却羡寒梅，先觉春风一夜来。香笺一纸，写尽回纹机上意。欲卷重开，读遍千回与万回。

之后，朝云一路陪伴苏东坡在各地为官。元丰三年（1080），朝云跟着一家人到黄州与苏东坡汇合。私下里，朝云偷偷找机会独自和苏东坡倾诉离别以后的相思之苦。苏东坡模拟朝云的语气写了一首词《虞美人》：

冰肌自是生来瘦。那更分飞后。日长帘幕望黄昏。及至黄昏时候、转销魂。君还知道相思苦。怎忍抛奴去。不辞迢递过关山。只恐别郎容易、见郎难。

苏东坡还把朝云在春、夏、秋、冬的样子写成《四时词》，最后用"真态生香谁画得，玉如纤手嗅梅花"总结——朝云皮肤白皙、体有香味，苏东坡常常用梅花比拟朝云。元丰五年（1082），苏东坡正式把朝云收为妾，这样她在家中的地位便高于奴婢。苏东坡还写信把这件事告诉了秦观、黄庭坚，他们都写了贺信、贺诗。

元丰六年（1083），朝云怀孕了，肚子一天比一天大，苏东坡心中十分忐忑，不知道她会生下儿子还是女儿，对朝云的爱恋也更深了。这一时期他创作的《红梅三首》都是以花为喻，描绘朝云从冬末刚怀孕时到春末肚子微微隆起各阶段的情态。

九月，朝云生下一个男婴，苏东坡起名为苏遁。中年得子，苏东坡高兴了好一会儿。他用《易经》"遁卦"的"遁"作为儿子的名字，希望他能像卦辞说的那样，进退自如，远离灾祸，保全自己。满月时，他给儿子洗澡之后，作了一首《洗儿戏作》，希望儿子不要像自己一样因为自作聪明而遭遇磨难，流露出一个贬谪之人的无奈和沉痛：

人皆养子望聪明，我被聪明误一生。
惟愿孩儿愚且鲁，无灾无难到公卿。

不幸的是，元丰七年（1084）苏东坡一家北上途中，到江宁时，襁褓中的小儿子苏遁得了病，七月二十八日不幸病逝。朝云连日痛哭，极为悲伤，苏东坡见到小儿的衣裳时，也不由得流下眼泪，感觉是自己的"恶业"连累了儿子。

元祐年间，苏东坡在京城当翰林学士，官位显赫，可是经常遭到谏官攻击，苏东坡深感自己在朝中"动辄得咎"。一次退朝后，他在家中吃罢饭，拍着肚皮走来走去，回头问侍女："你们说说我这里面有什么？"

五代　顾闳中（传）　韩熙载夜宴图（局部）

一个侍女说："都是文章。"苏东坡不以为然，摇摇头。

又一人说："满腹都是见识。"苏东坡还是摇摇头。

朝云说："学士你这是一肚皮不合时宜。"苏东坡这才捧腹大笑。

绍圣元年（1094），苏东坡被贬谪岭南，考虑到自己前途未卜，也许还要遭受政坛波折，苏东坡遣散了四五名侍妾，各送一笔钱物，让她们找亲友投靠，自寻前程。只有与他感情深厚的朝云不愿离开，坚决要跟从他到岭南去。

苏东坡只带着侍妾朝云、三子苏过及两个年老的婢子到惠州。朝云在儿子早夭那一年就拜了尼姑义冲学佛，经常郁郁寡欢，到了惠州更是经常念诵佛经、练习写字。

苏东坡身边只有朝云一名女子陪伴，一天读白居易诗集时，他感叹善唱杨柳词的樊素最终还是离开了白居易，而晋人刘伶元的小妾樊通德始终跟随她的主人，情深意笃。他想到朝云在自己身边读佛经、帮自己配药，便写下一首《朝云诗》，把自己比作佛经中说的悟法高人维摩居士，虽然有妻子，但为修禅杜绝了情欲。他将朝云比作天女，期望自己能够炼丹成功，跟朝云一同登仙山而去。

绍圣二年（1095）五月四日，苏东坡看到朝云正在为端午节忙前忙后，心情愉快，又觉得自己为了修道戒除情欲，心中对她有所亏欠，于是写了一首词《殢人娇·或云赠朝云》描摹她的情态，想着明日一定要写首关于朝云的好诗相赠：

　　白发苍颜，正是维摩境界。空方丈、散花何碍。朱唇箸点，更髻鬟生彩。这些个，千生万生只在。
　　好事心肠，著人情态。闲窗下、敛云凝黛。明朝端午，待学纫兰为佩。寻一首好诗，要书裙带。

还没到第二天，苏东坡当即想象起朝云用兰草洗浴之后散发出香味，臂缠彩线，发髻插着首饰的美丽模样，提前写了一首《浣溪沙·端午》：

轻汗微微透碧纨，明朝端午浴芳兰。流香涨腻满晴川。
彩线轻缠红玉臂，小符斜挂绿云鬟。佳人相见一千年。

秋末的一天，苏东坡让朝云吟唱《蝶恋花·春景》，朝云这段时间身体不佳，常在家卧床休息，过着吃斋念佛的生活，常抄写佛经施舍给寺庙。朝云刚唱起开头的"花褪残红"，就泪流满襟。苏东坡问她为什么，朝云说自己不愿意唱"枝上柳绵吹又少，天涯何处无芳草"。苏东坡大笑说："我这是在悲秋，你却在伤春，罢了罢了。"苏东坡写了《三部乐·情景》描述朝云不愿意唱曲的样子，在词里开玩笑说，自己这个老维摩居士没有病，而朝云这般的散花天女却病了：

美人如月。乍见掩暮云，更增妍绝。算应无恨，安用阴晴圆缺。娇甚空只成愁，待下床又懒，未语先咽。数日不来，落尽一庭红叶。
今朝置酒强起，问为谁减动，一分香雪。何事散花却病，维摩无疾。却低眉、惨然不答。唱金缕、一声怨切。堪折便折。且惜取、少年花发。

绍圣三年（1096）春天，朝云生日时，一家人吃汤饼、饮酒庆祝，苏东坡特地写了《王氏生日致

《语口号》祝贺。

不幸的是，之后惠州流行瘟疫，朝云身体本来就虚弱，也染上了瘟疫，七月五日便撑不住了。朝云临终时背诵着《金刚经》中的语句"一切有为法，如梦幻泡影，如露亦如电，应作如是观"，叮嘱苏东坡把自己安葬在佛寺中，随后便安然而逝。

朝云服侍了苏东坡二十三年，是苏东坡晚年最亲密的陪伴者。苏东坡对朝云的病逝十分感伤，给她写了悼文、荐疏、墓志铭。八月三日苏东坡将她安葬在丰湖岸边的栖禅山寺东南的松林中，坟墓前面就是一座佛塔大圣塔，那里每天能听到佛寺的钟声、僧人的梵唱。苏东坡觉得这正符合朝云的心性，在铭文中希望她能够得到永恒的依归："浮屠是瞻，伽蓝是依，如汝宿心，惟佛止归。"

三天后的夜晚，惠州刮大风、下大雨，苏东坡担心朝云的坟墓受影响，第二天一早便带着苏过到坟前查看情况，发现附近有五个巨大的脚印。苏东坡想起白水山的"足迹"，觉得这是巨人留下的，而朝云或许是让神灵接引而去了。几日后，他在佛寺中再设道场祭奠朝云，写下《惠州荐朝云疏》。后来，栖禅山寺的僧人在坟墓上方修了一座亭子，给坟墓遮挡风雨，苏东坡题名为"六如亭"。

朝云走了之后，苏东坡闷闷不乐，非常沉郁，写了一些诗词怀念两人的情感和经历。或许是想到朝云两次随自己贬谪，度过了那么多的艰苦日子，生下的孩子也早夭，他在《雨中花慢》中自言对朝云有所亏负：

嫩脸羞蛾，因甚化作行云，却返巫阳。但有寒灯孤枕，皓月空床。长记当初，乍谐云雨，便学鸾凰。又岂料、正好三春桃李，一夜风霜。

丹青如画，无言无笑，看了漫结愁肠。襟袖上，犹存残黛，渐减余香。一自醉中忘了，奈何酒后思量。算应负你，枕前珠泪，万点千行。

之后，苏东坡被迫离开惠州去儋州，只剩下朝云的坟墓依旧与惠州的青竹、佛塔为伴。

堂兄苏不疑：善饮能歌

苏东坡的二伯苏涣生有三子：长子苏不欺，字子正；次子苏不疑，字子明；季子苏不危，字子安。苏东坡对苏不疑的印象最深。

庆历七年（1047），苏序去世，苏涣带着次子苏不疑从汴京赶回眉山办理丧事和守孝，此时苏东坡便和这位堂兄多有交往。

眉山人讲究在正月初七"人日"这天去踏青，到东郊赏梅花，乘船渡江到蟆颐山登高。一年春天，苏东坡跟着堂兄苏不疑去蟆颐山玩，拜访在道观当道士的从叔苏慎言。爱喝酒的苏慎言拿出酒菜招待他们，苏不疑用蕉叶盏喝了二十杯，才稍微有了点醉意，还能与苏慎言一边唱歌一边继续饮酒，这让不善饮酒的苏东坡有些羡慕。因为父亲不喜饮酒，所以苏东坡、苏辙在家中也不敢饮酒，偶尔外出尝试一两次，苏东坡也是沾酒即醉，没有什么酒量。

后来苏东坡到汴京参加解试，与苏不疑经常见面，苏不疑擅长唱曲子词，让苏东坡印象深刻。熙宁、元丰年间，苏东坡宦游各地，与苏不疑一直有书信联系，托这位堂兄代为照看家坟。

苏不疑以恩荫出仕，曾任承议郎、嘉州通判。他的女儿十六七岁时，他来信请苏东坡帮忙访求合适的女婿人选。苏东坡便在这年春天考中的进士中打听了一番，并没有找到合适的人选。苏东坡托范镇帮忙询问可否与司马光家联姻，可司马光家一直没有回复。苏东坡在给堂兄的信中说，司马光如今可能看不上自家这样的寒族，这件事便不了了之。

元丰四年（1081），堂兄苏不疑的儿子去京城科考不

中年起落（1080—1093）

顺，回程时特地走水路来探望苏东坡。苏东坡听他说起家乡的事情，得知自己认识的许多人都已故去，"问旧惊呼半死生"，十分感慨。酒醒之后，苏东坡呆呆地看着饥饿的老鼠爬上油灯台偷油，不禁为命运的多变和无奈而发笑。苏东坡又听侄子说苏不疑如今年老，饮酒也不超过三蕉叶盏，大为感慨。侄子离开时，苏东坡一连写了十四首诗相赠，还应侄子之请，书写佛经相送。苏东坡之所以送这么多书迹给侄子，或许不仅仅因为怀念故乡亲友，还因为知道自己的书迹是收藏品，侄子可以拿去换取钱财，也可用于人情往来。

苏东坡在黄州时常想起少时在眉山的生活，把苏涣所写的《谢蒋希鲁及第启》题跋后寄给堂兄苏不危，还在《与子安兄》中遐想，"此书到日，相次，岁猪鸣矣。老兄嫂团坐火炉头，环列儿女，坟墓咫尺，亲眷满目，便是人间第一等好事，更何所羡。"这是将堂兄和自己作比较，说堂兄在年关能与儿女围坐火炉烤火取暖，亲人的坟墓就在附近可以前去祭扫，亲戚眷属可以随时往来，这就是人世间第一等美好的事情，而自己在异地为官，远离父母的坟墓，有些孤单。苏东坡还记得当年在汴京应举时，苏不疑唱曲子词的场景，便把自己最近写的《归去来引》寄给他唱，在给他的信中感慨："吾兄弟俱老矣，当以时自娱。世事万端，皆不足介意。所谓自娱者，亦非世俗之乐，但胸中廓然无一物，即天壤之间，山川、草木、鱼虫之类，皆是供吾家乐事也。"

长子苏迈：石钟探秘

苏迈是苏东坡的长子，跟着父亲经历了他早年、中年游宦各地的生活，自己的仕途也随着父亲的荣辱起落。

嘉祐四年（1059），苏东坡的妻子王弗生下了长子苏迈。不幸的是，在苏迈七岁的时候，王弗就病故了，照看苏迈的是苏家的老婢女任采莲。三年半后，苏东坡续娶王弗的堂妹王闰之为继妻，苏迈得到王闰之的照看，顺利长大。少年时，苏迈写过一首描述林檎的诗，其中一句"熟颗无风时自落，半腮迎日斗先红"让苏东坡颇为称赏。

熙宁十年（1077），苏迈十九岁。为操办长子的婚姻大事，苏东坡给蜀地同乡吕陶写了一封信为儿子求婚："里门之游，笃于早岁；交朋之分，重于世姻。某长子迈，天资朴鲁，近凭一艺于师传。贤小娘子姆训夙成，远有万石之家法。聊申不腆之币，愿结无穷之欢。"后来苏迈就迎娶了吕陶的女儿为妻。

元丰元年（1078）八月，苏迈的妻子吕氏诞下一子。苏东坡给长孙起名为苏箪，箪是盛饭食的竹器，苏东坡喜欢竹子，便用与竹有关的字给孙辈命名。他给苏箪起的小名叫楚老，因为徐州属于楚国旧地，"老"则是期盼长孙能顺利长大，享有高寿。此时，苏迈正在应天府参加苏辙女儿与文务光的婚礼，苏家可谓一门双喜。

元丰二年（1079），"乌台诗案"事发，苏东坡安排苏迈陪同自己进京，其他家人都去苏辙那里。苏迈一路照料父亲的起居。到京城后，苏东坡被押入御史台的一处闲置房舍，苏迈每日都要去御史台门口为父亲送饭。父子相约，如果苏迈送来的是平常蔬菜和肉食，那就证明一切正常；如果送的是鱼，那就是朝廷判苏东坡死刑的信号。一个月后，苏迈身上的银钱用尽，需要去找人筹借，于是委托一位亲戚给苏东坡送饭，这位亲戚好心给苏东坡送了一条熏鱼，苏东坡见到后大惊，以为自己要被处死，想要上书宋神宗祈求恩典，于是假装给苏辙写了两首诀别诗，请对待自己比较和善的狱卒转交。实际上，他知道狱卒不敢隐瞒这类大案的文辞，一定会交给上司，宋神宗或许能看到。宋神宗也担心这位当今数一数二的著名文士死于御史台，就派宦官前去探查苏东坡的身体状况。知道宋神宗无意逼死苏东坡，御史台的官员、狱吏此后也就没有什么过分的举动。苏东坡知道自己不会死，心才安定下来。

到元丰三年（1080）正月初一，别人欢庆新年之时，四十五岁的苏东坡在御史台吏员的押送下离开汴京，二十二岁的大儿子苏迈随行，踏上了远谪之路。他们父子在黄州生活了两个多月后，其他家人才在苏辙的护送下前来汇合。

诸子中苏迈年纪最大，经常帮父亲干杂事，比如在雪堂前的院子中栽种柳树，在屋外十几亩地周围种茶树、橘树、枣树、桑树，在田地里种稻子、麦子、谷子。如果没有客人，苏东坡就指点苏迈写诗、撰文，苏迈没有父亲的机敏和才华，但偶尔也有一两句诗颇具情致，苏东坡觉得他的水平超过杜

中年起落（1080—1093）

甫的二儿子杜宗武，感到有些安慰，戏称是"传家诗律细，已自过宗武"。

元丰六年（1083）年底，苏迈因为恩荫得官，被委任为饶州德兴县县尉，将于明年二月上任。第二年他陪同父亲从黄州北上，六月到湖口的石钟山边时，听说这座山在水流的冲击下会发出犹如敲钟一样的响声，所以号称"石钟"。苏东坡对稀奇古怪的东西兴趣浓厚，晚上便和苏迈兴致勃勃地乘小船去山脚探察，发现原来是山下的众多石头和码头外的一块大石之间的缝隙受到江水、江风的激荡而发出声响，写了篇《石钟山记》记录这一发现，强调士大夫要实地考察，不能仅凭书本认识事物。随后苏迈带着自己的家小去德兴县，要走另一条水路。离别时，苏东坡送了苏迈一方砚台，并题写砚铭，勉励他"以此进道常若渴，以此求进常若惊，以此治财常思予，以此书狱常思生"，让他勤于修身，追求升官时要自我反省，面对钱财时要想到给予而非索求，判案时要给人生路而不是严苛无情。

元祐元年（1086），吕温卿出任饶州知州，管辖德兴县。苏辙害怕吕温卿设计陷害苏迈，上书请求把苏迈调任其他地方为官，后来吏部便调任苏迈去当开封府管辖的酸枣县县尉。元祐四年（1089）七月，苏迈在酸枣县任满，被改授西安县（今浙江衢州）县丞，还没有到任就被免去职务，于是他回到父亲身边，等待吏部再次任命。

元祐五年（1090），三十二岁的苏迈被任命为雄州防御推官，带着妻子及儿子苏箪、苏符去赴任，后转任河间县县令。恰好老友钱勰为江淮荆浙等路发运使，辖河间县。苏东坡写信请他关照儿子："迈拙而愿，既备门下人，又旦夕左右，想蒙提诲如子侄，不在区区干祷也。"

元祐八年（1093）八月，因为继母王闰之病逝，苏迈回家守丧。绍圣元年（1094），苏东坡被贬谪岭南，南下途中苏东坡安排长子苏迈、二子苏迨两家和三子苏过的妻儿去宜兴居住，自己只带着三子

明　唐寅（传）　溪山行旅图（局部）

苏过、侍妾朝云南下。苏迈等十几口人在宜兴依靠那里的田地生活，平均每年可得七百斛粮食，足够一家人吃用，可是产出并不稳定，遇到水旱灾害便会吃紧。因为之前苏东坡是朝廷高官，苏迈三兄弟都获得门荫资格成为选人，可如今新党当政，他们自然难以通过铨选得到吏部的任命书。

绍圣四年（1097），苏迈被任命为韶州（今广东韶关）仁化县县令，他从宜兴带着自己的妻子，两个儿子苏箪、苏符，苏过的妻子范氏及其儿女一起前来和苏东坡团聚。可惜苏迈刚到惠州，就被朝中政敌攻击，被免去县令一职，只能在白鹤峰闲居。很快苏东坡从惠州被移到更偏远的儋州，苏东坡决定只让三子苏过和两个老仆陪同自己去海南，让苏迈带着一大家人留在惠州。

苏东坡放心不下个性直率的苏迈，特地写下便条告诫他要谨言慎行，希望他能做个别人眼中的"庸人"，避免在充满恶意的环境下招来祸事。苏东坡担心自己无法生还，特地找了个画师绘制了自己的画像，供苏迈保存。他还勾画了自己的背影，题上"元祐罪人写影，示迈"，留给儿子。"元祐罪人"是如今朝廷对他们的称呼，苏东坡这是在沉痛地自嘲：就算别人怕和罪人牵连，一个背影应该没有犯什么忌讳吧？

好在苏东坡在儋州活了下来，元符三年（1100）他获得恩赦北上，见到了离别已久的苏迨、苏迈。苏东坡大为高兴，他形容苏迈在惠州白鹤峰四年是"大儿牧众稚，四岁守孤峤"，即苏迈在白鹤峰这处"孤宅"管教着儿子、侄子一大群人。

在宋徽宗统治期间，新党当政，苏东坡的儿子都仕途艰难，苏迈于大观元年（1107）出任嘉禾县县令，约五年后任满回家闲居，后来去萧县依靠岳父吕陶。宣和元年（1119），苏迈卒于萧县龙岗泉，终年六十一岁。

此世所以不传也。而陋者乃以斧斤考击而求之,自以为得其实。余是以记之,盖叹郦元之简,而笑李渤之陋也。

陋者:
浅陋的人。

李渤:
唐朝洛阳人,写过一篇《辨石钟山记》。

郦元:
即郦道元,《水经注》的作者。

石钟山记（节选）

苏轼 作

事不目见耳闻，而臆断其有无，可乎？郦元之所见闻，殆与余同，而言之不详；士大夫终不肯以小舟夜泊绝壁之下，故莫能知；而渔工水师虽知而不能言。

殆：大概。

臆断：根据主观猜测来判断。

终：终究。

言：指用文字表述、记载。

陈慥：黄州相得

苏东坡早年在凤翔府当签判时，虽然和知府陈希亮关系比较僵，但与陈希亮的四子陈慥保持了友好关系。当时陈慥青春年少，羡慕侠客而鄙视读书，是游侠公子的做派，苏东坡和陈慥两人曾一起骑马外出射猎，共论古今战争方略和王朝兴衰。

治平元年（1064），苏东坡离开凤翔后，两人再无联系，没料到十六年后却在他乡相遇。元丰三年（1080）正月，苏东坡被贬黄州，一路心情抑郁，再也没有地方官员像当初他去担任通判、知州时那样沿路迎送、饮酒赋诗，他只能默默路过一个个州县驿站。

正月底，苏东坡走到麻城县岐亭镇北部二十五里处，远远看见有人乘坐马车缓缓走来，近了才发现是陈慥，原来他就住在附近，特地来迎接，让苏东坡十分惊喜。陈慥的三个哥哥都已入仕，他却科考不顺。熙宁十年（1077）父亲逝世后，陈慥便离开洛阳，隐居在妻子家族所在的岐亭修道。他经常戴着自制的方形高冠出没山间，被乡镇民众看作一位怪人。从前，陈希亮在河北有大片田地，在洛阳有豪宅，陈慥如何到了这般地步，也是让人好奇，大概是年轻时做了许多荒唐事。

陈慥把苏东坡、苏迈和护送的吏员请到家中的小院，让仆人赶紧上酒，摆上水果，去邻居家捉鹅、鸭，做了一桌子好菜招待他们，让苏东坡感受到了友情的温暖。陈慥热情招待苏东坡在家中住了五天，每天欢谈旧事，诗酒唱和。苏东坡把陈慥居住的地方命名为"风月堂"，并写了一首词《临江仙》留念。陈慥收藏有一幅《朱陈村嫁娶图》，白居易当年曾写诗记述自己在朱陈村的见闻，后来有人根据他的诗创作了描绘乡村婚嫁场景的风俗画。苏东坡当过徐州知州，曾去过朱陈村督促农事，又对白居易的诗文十分熟悉，所以对此题材格外感兴趣，在画上题了两首诗。

苏东坡到黄州后，与陈慥时常联系。陈慥每年都会到黄州一两次，拜访苏东坡和一些亲友，苏东坡也经常从他那里借书。黄州好酒之人都知道陈慥喜欢豪饮，纷纷前来约他赴宴。陈慥也乐于来黄州游览，因为如果他在家中与宾客谈天太久，他的妻子柳氏会摔锅打灶地骂将起来，场面十分难堪。苏东坡曾在诗中形容这一场景是"龙丘居士亦可怜，谈空说有夜不眠。忽闻河东狮子吼，拄杖落手心茫然"，从此"河东狮吼"就成了悍妻的代称。

陈慥如此惧内，恐怕是因为他寄居于妻子家族所在的地方，而且没有考中进士，社会地位无法和三个当官的哥哥相比，常常遭到妻子的抱怨和嘲讽。苏东坡和佛门和尚交好，也经常阅读佛经，所以诗中常常借用佛典词汇，"狮子吼"来源于佛教，原来比喻佛祖讲经如狮吼一样威严，可让众人信服。

元丰四年（1081）暮春，或许是陈慥拜托苏东坡作词赠给乐人，苏东坡寄去一首《瑶池燕·闺怨寄陈季常》：

飞花成阵。春心困。寸寸。别肠多少愁闷。无人问。偷啼自搵。残妆粉。

抱瑶琴、寻出新韵。玉纤趁。南风未解幽愠。低云鬟、眉峰敛晕。娇和恨。

六月，陈慥自岐亭来到黄州，带着好笔、好纸请苏东坡写作诗文。恰好有一个客人擅长弹琴，在一边弹奏助兴，苏东坡在纸上写了《杂书琴事十首》赠给陈慥。苏东坡给友人杨绘的信中提到，"近于城中葺一荒园，手种菜果以自娱。陈季常者，近在州界百四十里住，时复来往"。苏东坡也三次到岐亭拜会陈慥。为感谢陈慥一再招待自己，苏东坡将这位好友的事迹撰为文章《方山子传》，还应陈慥之请，为其父撰写了《陈公弼传》。

元丰七年（1084）四月初，苏东坡离开黄州北上汝州，陈慥特地提前几天赶到黄州，一路相陪，送到江州瑞昌县才与苏东坡告别。陈慥是苏东坡在黄州期间最亲密的友人，四年间陈慥到黄州探望苏东坡七次，而苏东坡也去过陈家三次，每次聚会都长达十多天。临别苏东坡赋诗一首，与之前写的四首合称《岐亭五首》，一并书写、作序，赠给陈慥。

在北上途中，苏东坡接到陈慥的来信，信中陈慥说自己得到机会去舒城出任小官，打算把自己的斋号定名为"酒隐堂"，并请苏东坡撰写《酒隐堂诗》。苏东坡在《与陈季常》中打趣道："置中，叠辱手示，并惠果羞，感愧增剧。《酒隐堂诗》当途中抒思，不敢草草作。公是大檀越，岂容复换牌也？一笑。"这里说"公是大檀越，岂容复换牌也"指陈慥已经是有名的隐士，如今却要"持牌"（即出仕去当小官）。苏东坡应该是心中有些看法，不便多说。

苏东坡在北上途中并未写《酒隐堂诗》，而是作了一首赋《酒隐赋》，此时陈慥已在舒城为官，所以这篇《酒隐赋》写的内容颇为隐晦。赋中的隐士以酒作韬晦之计，不像一般隐士那样隐居于深山老林，而是在合肥郡舒城为官，隐身于一醉之中。苏东坡在赋中罗列三类士人：一类是为帝王功业出谋划策的谋士，难免落得鸟尽弓藏的结局；一类是许由、伯夷、叔齐那样追求名节的"高士"，太拘形迹；一类是山简、刘伶、阮籍那样的"酒徒之辈"，也算不上达观，认为只有自己的友人这样"不择山林，而能避世"的"酒隐君"才是真达人。细细品味，苏东坡也是替老友解释他为何当小官而又自命隐士。

元祐三年（1088），陈慥来汴京，苏东坡介绍他住在太平兴国寺，并与他闲谈、出游、喝茶。

绍圣年间，苏东坡被贬惠州，在黄州隐居的陈慥来函，说打算到岭南探望他，苏东坡急忙劝阻，说他年纪这么大，不能再像青年时那样冲动，未来自己能回去的话，一定与他相伴隐居林下。苏东坡还把自己的文稿抄本寄给陈慥，这也可帮助陈慥改善生计。

鲜于侁：赠画之好

鲜于侁是阆州（治所在今四川阆中）人，当年苏涣在阆州当官时就很欣赏他，后来他考中景祐元年（1034）进士，长期在地方为官。

嘉祐二年（1057），苏东坡参加省试时，鲜于侁为点检试卷官。熙宁元年（1068）十二月，苏东坡、苏辙为父亲守孝期满，去汴京时路过益昌，得到利州转运判官鲜于侁的招待，苏辙写下了《和鲜于子骏益昌官舍八咏》，分别给益昌的八处景致写诗赞咏。此后苏东坡与鲜于侁一直书信往来。

苏东坡在密州当知州时已经是第一名士，他应鲜于侁之请撰写了《题鲜于子骏八咏后》。鲜于侁在王安石推动新法时，在主政的地方没有完全执行新法，说："青苗之法，愿取则与，民自不愿，岂能强之哉！"苏东坡称赞他能做到"上不害法，中不废亲，下不伤民"这"三难"。熙宁十年（1077），苏东坡从密州到中都（今山东汶上）时，京东西路转运使鲜于侁的官署也在这里，他专程前去造访鲜于侁，鲜于侁设宴让侍从歌妓佐酒，两人一直谈论到深夜，苏东坡作了两首《浣溪沙》赠给歌妓。之后，鲜于侁赠给苏东坡自己收藏的吴道子画。这幅画苏东坡十多年前在长安收藏家陈汉卿那里欣赏过，当时画面破败，鲜于侁得到后请高手修补了一番。苏东坡感谢他的重礼，又写了一首长诗表达谢意。

元丰二年（1079），苏东坡南下出任湖州知州。四月路过扬州时，扬州知州鲜于侁在欧阳修当年修建的平山堂招待苏东坡，许多官员、文士都应邀参加酒宴，当时的苏东坡文名赫赫，众人都期待他留下新作。苏东坡见到堂中有"文章太守"欧阳修的石刻笔迹，想起自己熙宁四年（1071）从汴京到杭州、熙宁七年（1074）从杭州到密州都曾途经这里，如今第三次来，头上已生华发，就在宴席上写了一首《西江月》：

三过平山堂下，半生弹指声中。十年不见老仙翁，壁上龙蛇飞动。

欲吊文章太守，仍歌杨柳春风。休言万事转头空，未转头时皆梦。

四个月后，苏东坡因"乌台诗案"被御史台官吏押送北上，这次再也没有官员敢招待他。到扬州时，知州鲜于侁主动到驿舍中拜访苏东坡，但没有获得御史台吏卒的同意，只能失意离开。有人劝说鲜于侁把和苏东坡往来的书信全部焚毁，以免招来罪责。鲜于侁说自己不能干这样欺君负友的事，如果因为忠义遭受罪责，自己甘愿承受。后来，他遭到弹劾，失去了知州官职，调任主管西京御史台的闲职。

元祐初年，鲜于侁回朝担任太常少卿、左谏议大夫，与苏东坡同朝为官，苏东坡读到他写的《九诵》，说其作近似屈原、宋玉，自以为不可及。元祐二年（1087），鲜于侁外出担任陈州知州，不久病逝在官署，享年六十九岁。

李常：黄州两聚

李常是南康建昌人，少年时在庐山五老峰下的白石庵读书，皇祐元年（1049）考中进士后，他把自己手抄的九千卷书册留在白石庵供后来者参阅，命名为"李氏山房"。熙宁九年（1076），苏东坡应邀撰写《李氏山房藏书记》，称赞他把这些书"不藏于家，而藏于其故所居之僧舍，此仁者之心也"。

治平年间，苏东坡与李常、刘攽同在馆阁，时常来往。李常正在学写草书，一次闲谈中，言语诙谐的刘攽形容他的草书是"鹦哥娇"，一幅书法中只有少数几个字有草书的模样，就像鹦鹉只能学人说有限的几个字。后来，李常的书法有了进步，问苏东坡的看法，苏东坡戏谑他说，现在可以称得上"秦吉了"。

熙宁三年（1070）四月，右正言李常因对青苗法等提出意见，被宋神宗外派为滑州（今河南滑县）通判，苏东坡与他有书信往来。熙宁七年（1074），苏东坡从杭州北上去密州任职，曾特地到湖州与知州李常聚会。熙宁十年（1077），苏东坡从密州离任，路过齐州，与担任知州的李常相聚一个多月。元丰元年（1078），李常赴任淮南西路提点刑狱，经过徐州时停留了十天，与苏东坡连日宴饮，晚上经常聊到深夜，假日就一起外出游览。元丰二年（1079）年底，担任淮南西路提点刑狱的李常因为收受苏东坡嘲讽新法的文字，被罚铜二十斤。

元丰三年（1080）秋冬之际，李常路过黄冈，和苏东坡相聚几天，两人一起到武昌游览寒溪西山，苏东坡应李常之请作了《菩萨泉铭》一文。李常回去之后，还曾托人馈赠黄柑给苏东坡。元丰四年（1081）年底，李常巡视光州，苏东坡和他在岐亭的陈慥家中聚会。李常听说苏东坡在东坡种田，回去后让人送来一批柑橘树苗，苏东坡将其种在了雪堂四周。

元丰六年（1083），李常应召回朝，先后任太常少卿、礼部侍郎、吏部尚书。元祐年间，李常先后任户部尚书、御史中丞，与苏东坡同朝为官。元祐四年（1089），谏官刘安世等纷纷弹劾蔡确作诗"谤讪"，李常上书认为不应以诗文怪罪蔡确，也遭到谏官弹劾。随后，李常被外派出任邓州知州。元祐五年（1090）年初，李常调任成都知府，他走到陕西阌乡县时得了急病故去，享年六十四岁。苏东坡在杭州听闻消息，作跋追怀。

明　王谔　江阁远眺图（局部）

马正卿：寒士相从

马正卿与苏东坡同年同月生，比苏东坡小八天。

嘉祐五年（1060），为躲避瘟疫和节省房租，苏洵退掉在汴京西岗租的房子，带着大部分家人来到汴京东南八十七里外的雍丘县（今河南杞县），租了一处大房子，用心撰写解释《周易》的书稿《易传》。苏东坡、苏辙则在怀远驿备考，多次到雍丘小住，在那里认识了穷文士马正卿。马正卿多年没能通过解试，生活颇为清贫。次年，苏东坡考中制科第三等，去凤翔府为官，便雇马正卿为幕僚，帮自己处理公私杂事。

熙宁六年（1073）至熙宁九年（1076）期间，苏辙担任齐州掌书记，见过来办事的马正卿，写有《赠马正卿秀才》：

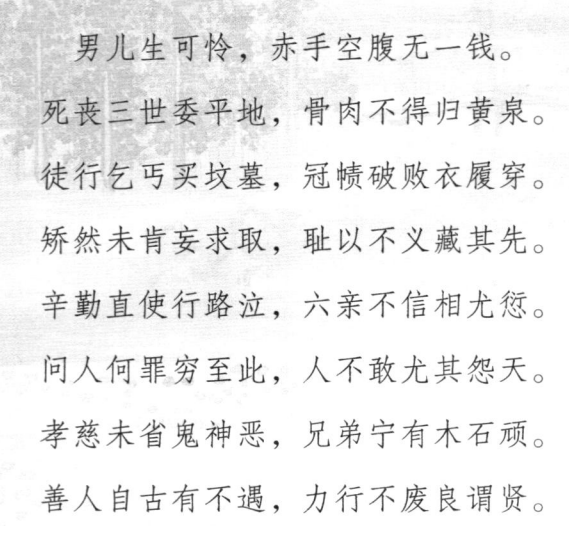

男儿生可怜，赤手空腹无一钱。
死丧三世委平地，骨肉不得归黄泉。
徒行乞丐买坟墓，冠帻破败衣履穿。
矫然未肯妄求取，耻以不义藏其先。
辛勤直使行路泣，六亲不信相尤怨。
问人何罪穷至此，人不敢尤其怨天。
孝慈未省鬼神恶，兄弟宁有木石顽。
善人自古有不遇，力行不废良谓贤。

元丰二年（1079），苏东坡因为"乌台诗案"被查，只好遣散跟随自己多年的幕僚马正卿，让他回家自谋生路。

元丰三年（1080），苏东坡被贬黄州，没有公务可以处理，自然也没有聘用幕僚的必要。马正卿是念旧之人，元丰四年（1081）特地来黄州探望苏东坡。两人在佛寺饮酒闲聊，苏东坡喝醉后吟诵孟郊写的《伤时》，念到"我亦不笑原宪贫"时觉得可笑：孔子的弟子以穷著称，孟郊自己也是穷困多年，而自己吟这首诗时也有点儿经济紧张，可要说穷困，马正卿才是真穷，他连孟郊都不如。于是他写下孟郊的这首赠诗给马氏，并在《书孟东野诗》序中云："元丰四年，与马梦得饮酒黄州东禅，醉后诵孟东野诗云：我亦不笑原宪贫。不觉失笑！东野何缘笑得原宪？遂书以赠梦得，只梦得亦未必笑得东野也。"

马正卿看到苏东坡一大家人住在临皋亭，觉得光靠俸禄坐吃山空也不是办法，最好得有点儿田地贴补一二。他发现黄州城东门外有处废墟，长满荒草，到处是瓦砾。于是他去找州县官员，请求把这处空地拨给苏家种地。获得官府同意后，苏东坡带领全家老小和马正卿等清除残瓦，刈割荆棘，整理出田地。在《东坡八首并序·其八》中，苏东坡如此形容这位朋友：

> 马生本穷士，从我二十年。日夜望我贵，求分买山钱。
> 我今反累生，借耕辍兹田。刮毛龟背上，何时得成毡？
> 可怜马生痴，至今夸我贤。众笑终不悔，施一当获千。

元祐初年，苏东坡回朝，很快升为翰林学士，是京城高官之一。在苏东坡的运作下，马正卿出任九品小官太学正，主要负责太学生的日常生活、课堂纪律的监督等事。马正卿这时已经年过五十，一辈子没有考中进士，却要整日在太学中跟二十来岁的年轻士人打交道，不怎么受学生尊重，太学博士也不喜他，所以过得并不愉快。一次，苏东坡到他的家中探望，在墙壁上题写了杜甫的《秋雨叹》，其中有"堂上书生空白头，临风三嗅馨香泣"等语句。马正卿见到这首诗，觉得自己一个白头老者还整日为这些小青年操劳，显得可笑，便毅然辞职，回雍丘闲居去了。当然，这次辞职恐怕也有现实的因素，因为他的背后是苏东坡。元祐四年（1089），苏东坡频频受到谏官攻击，即将出京去杭州当知州。苏东坡一旦离开，马正卿或许就要被别人为难。

苏东坡担忧马正卿回雍丘后的经济状况，故而他出京担任杭州知州前夕，在写给担任雍丘县县令米芾的信中特别说要给马正卿寄去"十千修屋缗"，这是有资助对方之意。

绍圣元年（1094）四月，苏东坡被贬谪岭南，路过雍丘，和县令米芾、以前的门客马正卿匆匆见了一面，并托米芾照顾老友马正卿，还赠给马正卿一首小诗《初贬英州过杞赠马梦得》留念：

> 万古仇池穴，归心负雪堂。
> 殷勤竹里梦，犹自数山王。

"万古仇池穴"乃是引用杜甫《秦州杂诗二十首》中的第十四首，杜甫原诗云："万古仇池穴，潜通小有天……何时一茅屋，送老白云边。"苏东坡《和桃花源诗》序中云："他日王部侍郎王钦臣仲至谓余曰，'吾尝奉使过仇池，有九十九泉，万山环之，可以避世，如桃源也'。"苏东坡这是感慨自己没有隐居雪堂终老，而像竹林七贤里的山涛、王戎一样贪恋权位，出仕为官，如今被贬，恐怕去雪堂那样的地方养老都成了空想。

中年起落（1080—1093）

方士赵吉：雪堂异人

元丰六年（1083），一位乞丐打扮的方士赵吉来投靠苏东坡。他在筠州时和苏辙有来往，在苏辙的引荐下来拜会苏东坡。赵吉文化水平不高，应该是民间方士，以术法故作神秘。赵吉自称一百二十七岁，眼睛好像有异物遮住眼眸，无法看清物体，但是又能移开眼翳，露出眼瞳——应该是眼睛外皮中含有某种物质；同时他肚脐以上的骨头犹如龟壳一样突出，或许是自残的结果。这些外形上的特异之处能引起人们的好奇。行为上，此人弊衣蓬发，不喜沐浴，好饮酒，醉酒了还乱打骂人，别人不敢和他接近。但也有人说他是得道高人，善观骨相，能看出人以前害过什么病，做了哪些好事与坏事。

苏东坡对他半信半疑，加上觉得他语言粗鄙，没有什么深入交流，只是留他在雪堂中居住而已。这一时期的雪堂既有道士杨世昌、诗僧道潜，也有这位方士。

元丰七年（1084）四月，苏东坡离开黄州北上，赵吉也随行。到永兴县后，杨绘觉得赵吉是奇人异士，决定留他在自己这里多住一些时日。赵吉喜欢和禽鸟动物为伴，与动物一起寝食，他在这里驯养了一头骡子，结果几个月后他却被骡子踢伤而死，杨绘就置办棺木埋葬了他。

一年后，苏东坡和苏辙在汴京见到蜀地的僧人法震，他说在云安见到一个乞丐说自己姓赵，在黄州和苏公相识，托他问候苏东坡。知兴国军的朱彦博之子在汴京听说了这件事，回去告诉了父亲这个消息，他们派人发掘了赵吉的坟墓，发现里面只有一根拐杖和两根胫骨，让人们大为惊奇。

蒲宗孟：缺口镊子

蒲宗孟比苏东坡大九岁，他是阆州新井县人，皇祐五年（1053）考中进士后入仕。蒲宗孟的姐姐嫁给了苏东坡的堂哥苏不欺为妻，苏不欺的女儿又嫁给蒲宗孟的儿子蒲澈。苏、蒲两家是两代姻亲，三苏父子出川、回川走陆路，要经过阆中，想必会得到蒲家照应。苏洵去世后，蒲宗孟写了长篇祭文《老苏先生祭文》。苏东坡、苏辙途经阆中时曾到蒲家拜访，后来苏辙写有《寄题蒲传正学士阆中藏书阁》。

治平年间，北宋境内接连发生水灾、地震，蒲宗孟上书抨击大臣、宫禁、宦寺的不当行为，颇有直臣风范。熙宁元年（1068），蒲宗孟回朝出任著作佐郎。宋神宗见到蒲宗孟的名字说："这是曾经上书论水灾、地震的那人！"随即下诏让他参与学士院的馆职考试，任命他为馆阁校勘、检正中书户房兼修条例。

熙宁初年，苏东坡、苏辙兄弟在京城为官时与蒲宗孟也有往来。文同来京时，因为是同乡，与苏东坡、蒲宗孟都有交往。苏东坡曾到蒲宗孟家观赏文同的画作并题写了《文与可枯木赞》。

熙宁四年（1071），苏东坡被排挤出京，一直在外任职，而留在京城的蒲宗孟颇受宋神宗赏识，不断升官。熙宁六年（1073），蒲宗孟升为集贤校理、同修起居注、知制诰，之后历任翰林学士、尚书左丞，成为朝堂高官。

苏东坡贬官黄州之后，蒲宗孟就没有再和苏东坡通信。苏东坡在写给朋友的信中说，在眉山这类人被叫作"缺口镊子"，意思是吝啬绝情，就像有缺口的镊子连一根毛也拔不下来似的。元丰六年（1083）正月，苏东坡带着一瓢酒去雪堂找巢谷共饮，两人都沦落异地，只能在这寒冷的初春时节喝酒纾解郁闷。苏东坡不由得想到在京城做官的眉山同乡，以前他在汴京、杭州等地做官时常和这些人来往，自从他遭到贬谪以后，这些人似乎都忘了自己，从未来信。于是苏东坡写下《大寒，步至东坡，赠巢三》：

> 春雨如暗尘，春风吹倒人。东坡数间屋，巢子与谁邻。
> 空床敛败絮，破灶郁生薪。相对不言寒，哀哉知我贫。
> 我有一瓢酒，独饮良不仁。未能赪我颊，聊复濡子唇。
> 故人千钟禄，驭吏醉吐茵。那知我与子，坐作寒蛩呻。
> 努力莫怨天，我尔皆天民。行看花柳动，共享无边春。

不久之后，尚书左丞蒲宗孟在汴京听闻这首诗，怀疑自己就是诗中写的"故人"。为官小心谨慎的蒲宗孟特地请示宋神宗，说自己想寄钱周济苏东坡，不知可不可以。宋神宗笑说："你们是同乡亲友，在朝也是同僚，你要以自己多余的东西帮助贫乏之人，我这'县官'（谐音'现管'）难道会恼怒你这样做吗？！"显然，宋神宗看他如此畏缩，也觉得滑稽可笑。蒲宗孟得知宋神宗的态度以后，才敢写信给苏东坡表示慰问，托人带来一些礼物。苏东坡写了一首《寄蕲簟与蒲传正》对比两家人的生活，显

然心中对蒲宗孟有许多不满。

蒲宗孟家财丰厚,爱好享受,最初在朝为官时号称刚直不阿,宋神宗提拔他担任尚书左丞,可逐渐又感到他的品行、见识有问题。最明显的一次是宋神宗和几位宰执高官谈话时感叹朝中缺乏人才,蒲宗孟随口就说:"朝廷一半人才都被司马光的邪说带坏了。"宋神宗心中不快,一直不说话,注视他好一会儿才说:"蒲宗孟看不起司马光啊!不说别的事情,只说司马光辞谢不任枢密使一条,自我即位以来仅有他一个人这样做。其他人就算我想要迫使其离去,也不愿走啊。"蒲宗孟一脸惭愧,尴尬得无话可说。

宋神宗对蒲宗孟不满,外派他出任汝州知州。元丰七年(1084),宋神宗绕过宰相和中书省,亲手写御札,以苏东坡"黜居思咎,阅岁滋深,人才实难,不忍终弃"的理由,任命苏东坡为汝州团练副使,本州安置,不得签书公事。这颇有些恶趣味,宋神宗故意让苏东坡去那里,看他如何与当知州的蒲宗孟相处。

苏东坡不愿去汝州见蒲宗孟,上书请求到常州居住,获得允准。之后宋神宗驾崩,年幼的宋哲宗登基,太皇太后高氏听政,苏东坡成为受重用之人,很快就升为翰林学士,而蒲宗孟一直在地方为官。蒲宗孟为政苛酷,生活奢侈,晚年曾写信给苏东坡说"晚年中道有所得"。苏东坡回信规劝他为政要宽和,自身要简朴。元祐八年(1093),蒲宗孟因为身体有病请求到河中府当知府,到任不久便病逝,享年六十六岁。

明 刘珏 清白轩图(局部)

王氏父子：同乡之情

如果不是被贬黄州，苏东坡与王氏父子可能永远不会认识、交往。

元丰三年（1080），苏东坡到黄州后，百无聊赖，寂寞度日。一天有个一脸大胡子的蜀地同乡来拜访，让苏东坡十分吃惊。来人是犍为县人王齐万，他和两个哥哥王齐雄、王齐愈都住在与黄冈隔长江而对的武昌。

王家曾是蜀地有名的豪族，苏东坡听过他们家族的故事。王家兄弟的父亲王蒙正靠联姻发家。王蒙正把女儿嫁给宋真宗的皇后刘娥的娘家侄子刘从德，王氏被封为遂国夫人，从此王家成了皇亲国戚。王蒙正十分骄横，天圣元年（1023）出任嘉州犍为县驻泊防遏边界公事，此后连连升职，天圣十年（1032）就当了太常博士、凤州知州。当时苏东坡的二伯父苏涣正担任凤州司法官，因为同是蜀人，王蒙正对他颇为照顾，还上书推荐苏涣。可苏涣见他平日所为多有不法，不愿意沾惹，就悄悄让州里送信的邸吏把推荐自己的文书藏起来，没有发送出去。

王家在雅州、嘉州侵占了大量田地，王家人的行为也十分放纵。明道二年（1033），刘太后逝世，宋仁宗掌握了朝政大权，王家立即遭到整治。次年，朝廷把王齐雄削职为民。景祐三年（1036），王蒙正被贬谪为洪州（今江西南昌）别驾。次年，宋仁宗下旨将王蒙正削官为民，还下诏不许王家人再进宫廷，王氏族人也不能和皇族联姻。王家在当地颜面尽失，又担心被以前得罪过的人复仇，于是举家搬迁到武昌。王齐雄和儿子王天常、王天麟住在县城，两个弟弟王齐愈、王齐万住在县城东三十里处车湖附近的刘郎洑。嘉祐四年（1059），苏东坡经过犍为县时参观过王家空荡荡的藏书楼，那时王家兄弟已经搬到武昌县二十多年了。

这次和王齐万闲谈半日，苏东坡得到不少安慰，临别时苏东坡送他到江边，一直看着小船行驶到对岸才离开。之后，王氏兄弟时常来拜访苏东坡，苏东坡也常去对岸找王齐愈等人闲聊、出游。苏东坡爱坐船在长江两岸游览，有时风大浪高，无法返回黄冈，他就会住在王家。苏东坡醉后曾在王齐愈家的墙壁上画过大幅的墨竹，题过词，留下的墨迹手稿有几百张之多，王齐愈的儿子王禹锡将其小心地保存在家中。

苏东坡曾想在王氏兄弟住所附近买地定居，陈慥也曾来信建议苏东坡住到武昌。苏东坡觉得不妥，他担忧有人检举自己擅自离开安置地点去其他路居住。

元丰七年（1084），苏东坡北上汝州之前，与黄州的朋友一一告别。三月九日，他特地给王齐愈兄弟写了赠别文字。苏东坡离开黄州这天，风大浪急，苏东坡和送别的友人等到傍晚风平浪静时才乘船过江，夜晚抵达对岸，在王齐愈家中休息。第二天刮大风，他们又逗留了一天，等次日早上风停了才离开。

中年起落（1080—1093）

巢谷：乡亲投奔

元丰五年（1082）九月，眉山老乡巢谷突然来访，让苏东坡十分惊讶。

巢谷出生在眉山农村，是村学的教师之子，从小喜欢读书，进京参加科考未能中举；他觉得自己力气大，于是置备弓箭学习骑马射箭，想要考武举，可惜后来也没能考上。后来巢谷跟随认识的将领韩存宝从军。元丰四年（1081），韩存宝率军与泸州的蛮夷部族打仗时临阵退缩，延误了战机，韩存宝知道自己会被朝廷降罪杀头，托巢谷把自己的几百两银子带给家人。巢谷只身逃出来，把银钱送到韩存宝家，然后就变更姓名，在江淮地区隐居。巢谷听说苏东坡在黄冈，特地来找苏东坡帮忙谋生。

苏东坡让他在雪堂住下，让儿子苏迨、苏过跟他识字写诗、诵读经史。巢谷教授两个小孩极其严厉，也会忙中干些杂活儿，比如煮猪头，用猪血做眉山风味的姜豉菜羹，让苏东坡不由得更加思乡。

元丰六年（1083）十一月，宋神宗在南郊祭天典礼后颁布了大赦的恩典，巢谷告别苏东坡一家，回眉山去了。之前他们闲聊时，谈到家乡的巢菜（野豌豆苗），因为巢谷字元修，他便开玩笑说巢菜应该改名叫"元修菜"。苏东坡请巢谷回家后给自己寄一些巢菜的种子，这样自己就可以在黄州吃到家乡的菜品。还有一次，聊到黄州暴发的瘟疫，巢谷说以前得到过一个治疗伤寒的秘方"圣散子"，苏东坡苦苦打听，让巢谷告诉自己，还指着江水发誓绝不外传，巢谷就告诉了他。苏东坡对保密药方这套做法不以为然，很快就写信将药方告诉了庞安时，希望庞安时能把它写在医书中救助更多病人，还辩解说这样能够传扬巢谷的美名。

元祐年间，苏东坡、苏辙在汴京当高官，许多乡亲都来请托他们办事、要求资助，而巢谷很少打扰他们。绍圣四年（1097），巢谷听说苏东坡被贬谪到荒芜的儋州，苏辙被贬到循州（今广东龙川），决定步行万里探望苏东坡兄弟。同乡都说巢谷疯了，他却收拾好行李就出发了，经历千难万险，走了一年多才到达循州。苏辙感叹道："这不是今天的人，而是传说中的古代君子！"巢谷在循州住了一个多月，每天和苏辙谈论往事。此时巢谷已十分消瘦，苏辙劝他不要去儋州，说这两三千里道路艰难，还要渡海，不是一个老人能经受的。但巢谷说自己还没到死的时候，一定要去看看苏东坡，于是苏辙给他凑了一些路费。巢谷继续南下，乘船到新州（今广东新兴）附近时，雇请的南蛮奴仆偷了他的行李逃跑了。巢谷听说新州官府抓住了偷盗行李的南蛮奴仆，于是去新州拿行李。在那里，他一病不起，夏秋之间故去了。被故乡之人如此惦念，苏东坡、苏辙都非常感动，苏辙给巢谷写了传记。苏东坡写信找人联系到巢谷在眉山的儿子巢蒙，送给他一些路费，让他去运父亲的棺木回家乡安葬；又写信给提举广东常平的孙鼛，请他帮忙叮嘱新州官员权且保护巢谷的棺木，等他家人过来带走。

宋　佚名　春社醉归图

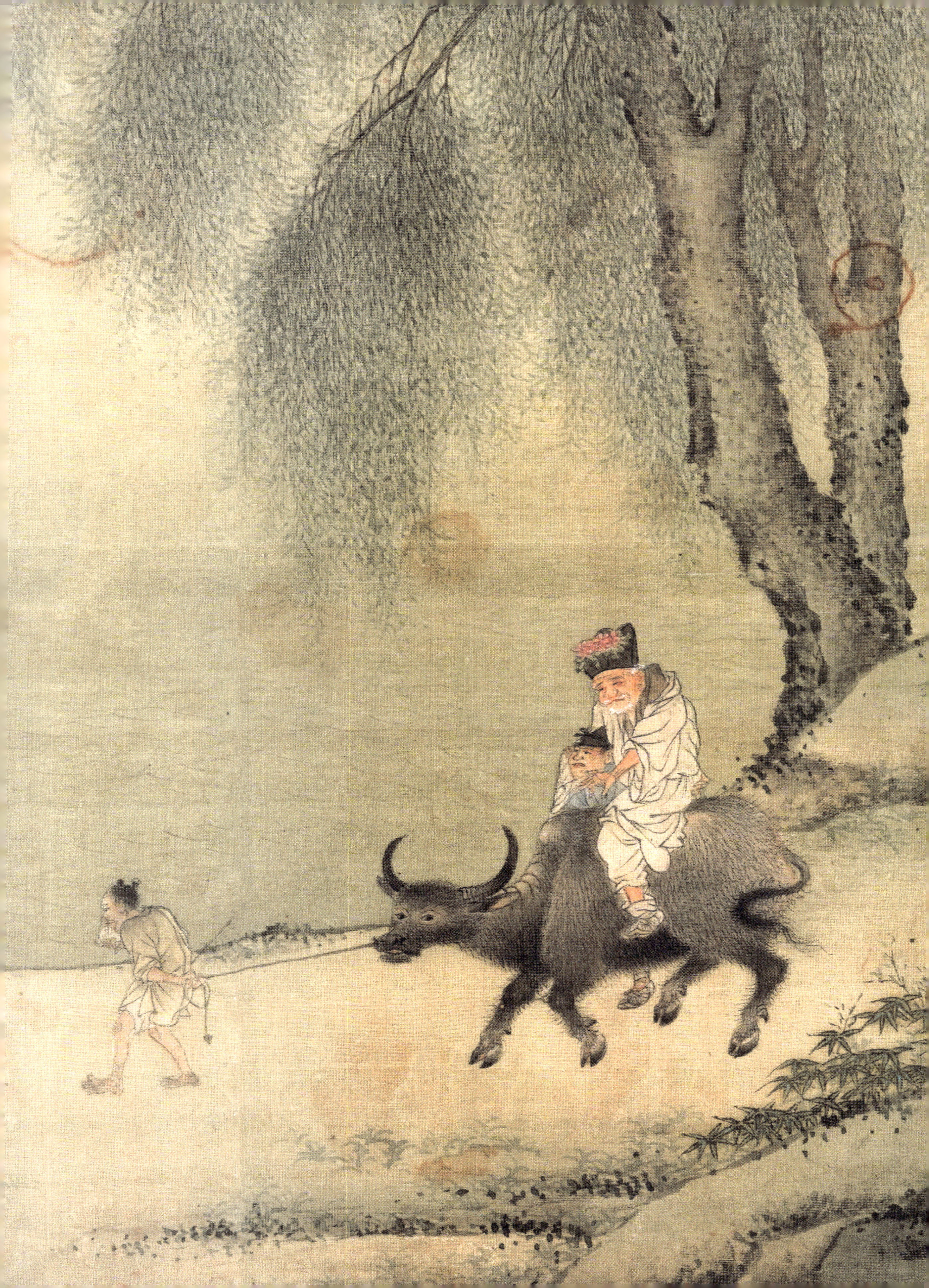

宋　杨士贤（传）　赤壁图全卷（局部）

杨世昌：赤壁夜游

　　元丰五年（1082），道士杨世昌从庐山特地到黄州来拜会苏东坡，他从前在蜀地绵竹武都山修行，一口川音让苏东坡感到格外亲切。杨世昌多才多艺，善画山水，能鼓琴吹箫，通晓星历，还会看相算卦及炼丹。苏东坡留他在黄州雪堂逗留了近一年，两人常常交流养生之术，苏东坡还从他那里得到一张酿酒方子——"蜜酒方"。苏东坡试着酿制了一次蜜酒，可惜味道太甜，从此没了再酿的兴致。

　　七月十六日夜，苏东坡和杨世昌等几个友人泛舟游览赤壁。杨世昌吹了一首凄清的曲子，苏东坡感怀不已，思绪万千，回家后写了《赤壁赋》。十月十五日夜，苏东坡和杨世昌又乘船去赤壁边游览，喝得半醉之时，突然看到一只鹤从江面上飞来，鸣叫着从船的上空掠过。苏东坡觉得十分神奇，他乘醉给杨道士写了一张便条《帖赠杨世昌》记录此事。苏东坡对这个场景念念不忘，回家小睡了一会儿，醒后作了《后赤壁赋》。

　　这篇赋以记叙为主，感喟之言较少，大概说的是苏东坡和两位到雪堂拜访的客人走出门，打算经过黄泥坂回临皋亭家中，在路上看到路两边树上的叶子已落完，只有明月的影子伴着三人，他们边走、边唱、边聊，一路欢乐地到家。苏东坡未能尽兴，想要再聊一会儿，他叹息说没有酒和食物，一位客人说："傍晚时我打到一条巨口细鳞的鱼，正好可以吃，谁那里有酒啊？"苏东坡赶忙回临皋亭问妻子，她说："我藏了一斗酒，给你应付这个晚上吧。"于是三人带着酒、鱼，在月色中乘船到赤壁之下，只见"江流有声，断岸千尺；山高月小，水落石出"。苏东坡系紧衣服，跳到岸边的岩石上长啸几声，然后回到船中，在江流中看到一只孤鹤长鸣着从船的上空飞掠而过。这时马上就到半夜，他们回到临皋亭，把小船系在岸边码头，两位客人告别而去。苏东坡回到房间睡觉，梦到两位道士飞到临皋亭中向他长揖，问他："赤壁之游乐乎？"苏东坡问他们的姓名，他们低头不答，苏东坡突然想到他们或许就是那只飞鸣而过的鹤幻化的。这时，苏东坡从睡梦中惊醒，打开窗户，并没有看见什么道士。

　　次年五月八日，杨世昌离开黄州，回绵竹武都山的道观，苏东坡写了帖子赠别。

赋：赤壁追怀

赋讲究文采、韵律，兼具诗歌和散文的性质，苏东坡存世的赋有二十七篇，其中除了献给皇帝的"职务作品"，其余都是写志抒怀之作。大致可分为四类：

第一类是律赋，其中《明君可与为忠言赋》《通其变使民不倦赋》《三法求民情赋》《六事廉为本赋》是苏东坡为备考进士而作的。宋代的进士科举考律赋，讲究骈偶、韵数。《延和殿奏新乐赋》以"成德之老，来奏新乐"为韵，为歌颂范镇奏新乐而作，称颂对方是夔、旷之徒，"能正一代之乐"。《浊醪有妙理赋》赋题源自杜甫《晦日寻崔戢、李封》诗中的"浊醪有妙理，庶用慰沉浮"，此赋以"外寓于酒"说明"内全其天"，抒发自己被贬官时的心境。

第二类是骈赋，即《后杞菊赋》《秋阳赋》《复改科赋》《沉香山子赋》等。元祐初年，司马光废除王安石专以经义论策取士的制度，恢复诗赋、明经各科。苏东坡作《复改科赋》议政，批评经义取士，歌颂诗赋取士："探经义之渊源，是非纷若；考辞章之声律，去取昭然。原夫诗之作也，始于虞舜之朝；赋之兴也，本自两京之世。迤逦陈、齐之代，绵邈隋、唐之裔。故道人徇路，为察治之本；历代用之，为取士之制。追古不易，高风未替。祖宗百年而用此，号曰得人；朝廷一旦而革之，不胜其弊。谓专门足以造圣域，谓变古足以为大儒。事吟哦者为童子，为雕篆者非壮夫。殊不知采摭英华也，蔟之如锦绣；较量轻重也，等之如锱铢。"

第三类是骚体赋，如《滟滪堆赋》《屈原庙赋》《服胡麻赋》《酒子赋》等。

第四类是文赋，如《赤壁赋》《后赤壁赋》《黠鼠赋》《天庆观乳泉赋》等。这是唐宋时期古文运动影响下形成的一种句式参差、押韵不严的赋体文章。其中《赤壁赋》《后赤壁赋》是后世最为传颂的，因为其中对风景的描述、蕴含的哲思最能激发世人的共情。

元丰五年（1082）七月十六日，苏东坡和杨世昌等几个友人泛舟于黄州城边的赤壁之下。杨世昌擅长吹洞箫，在月夜下吹奏了一曲。苏东坡怀想万千，回来后写了《赤壁赋》，记录下这次游览中的对话：

壬戌之秋，七月既望，苏子与客泛舟游于赤壁之下。清风徐来，水波不兴。举酒属客，诵明月之诗，歌窈窕之章。少焉，月出于东山之上，徘徊于斗牛之间。白露横江，水光接天。纵一苇之所如，凌万顷之茫然。浩浩乎如冯虚御风，而不知其所止；飘飘乎如遗世独立，羽化而登仙。

于是饮酒乐甚，扣舷而歌之。歌曰："桂棹兮兰桨，击空明兮溯流光。渺渺兮予怀，望美人兮天一方。"客有吹洞箫者，倚歌而和之。其声呜呜然，如怨如慕，如泣如诉，余音袅袅，不绝如缕。舞幽壑之潜蛟，泣孤舟之嫠妇。

苏子愀然，正襟危坐而问客曰："何为其然也？"客曰："'月明星稀，乌鹊南飞'，此非曹孟德之诗乎？西望夏口，东望武昌，山川相缪，郁乎苍苍，此非孟德之困于周郎者乎？方其破荆州，下江陵，顺流而东也，舳舻千里，旌旗蔽空，酾酒临江，横槊赋诗，固一世之雄也，而今安在哉？况吾与子渔樵于江渚之上，侣鱼虾而友麋鹿，驾一叶之扁舟，举匏樽以相属。寄蜉蝣于天地，渺沧海之一粟。哀吾生之须臾，羡长江之无穷。挟飞仙以遨游，抱明月而长终。知不可乎骤得，托遗响于悲风。"

苏子曰："客亦知夫水与月乎？逝者如斯，而未尝往也；盈虚者如彼，而卒莫消长也。盖将自其变者而观之，则天地曾不能以一瞬；自其不变者而观之，则物与我皆无尽也，而又何羡乎！且夫天地之间，物各有主，苟非吾之所有，虽一毫而莫取。惟江上之清风，与山间之明月，耳得之而为声，目遇之而成色，取之无禁，用之不竭，是造物者之无尽藏也，而吾与子之所共适。"

客喜而笑，洗盏更酌。肴核既尽，杯盘狼藉。相与枕藉乎舟中，不知东方之既白。

这篇赋中既有道家语汇如"羽化""飞仙"等，也出现了佛家词语如"一苇""无尽藏"等。苏东坡说水"逝者如斯，而未尝往也"，月"盈虚者如彼，而卒莫消长也"，应该是受到晋代哲学家郭象的"物各有性"和僧肇的"物不迁论"的影响。"物各有性"，意思是说事物的"性"是各自自足的，事物只存在于它自身的"性"所规定的时间区间里，而与其他事物及其时间无关，所以古人所见的事物已经在那个特定时空消失，不会持续到当下。僧肇的"物不迁论"则指出，常人以为从生到死、寒暑变化，都是固定的事物在流转变动，但其实世间从没有过任何固定的事物可以从过去延续到现在，一切事物只是在各自的时空随生即灭，后一时刻的事物不是前一时刻的事物，今年的"我"也不是去年的"我"。

江水在滔滔流淌，月亮有阴晴圆缺，曹操、周瑜那样的英雄豪杰也都作古，勾起友人的兴亡之感，悲叹无法像仙人那样永享美景；而苏东坡从"生灭无常"这一佛教理论出发，认为江、月、我都在自己的时空中随生即灭，古人、仙人看到的月亮和长江，并不是自己所见到的月亮和长江，因此根本不必羡慕古人、仙人的所见所闻。

"惟江上之清风，与山间之明月，耳得之而为声，目遇之而成色，取之无禁，用之不竭，是造物者之无尽藏也，而吾与子之所共适。"这句是化用了《增一阿含经》，佛陀说"一切诸法由食而存，非食不存。在眼以眠为食，耳以声为食，鼻以香为食，舌以味为食，身以细滑为食，意以法为食"，即尊重自己的所闻所见，在当下所在的时空里安然谛听江上的清风，欣赏天上的明月，就足够了。

中年起落（1080—1093）

阅读：八面受敌

苏东坡在《李氏山房藏书记》中把书籍与供收藏欣赏的珠玉、供消耗的金石五谷相比，说"象犀珠玉、怪珍之物，有悦于人之耳目，而不适于用。金石、草木、丝麻、五谷六材，有适于用，而用之则弊，取之则竭。悦于人之耳目而适于用，用之而不弊，取之而不竭，贤不肖之所得，各因其才，仁智之所见，各随其分，才分不同，而求无不获者，惟书乎"。他认为书可以愉悦人，也能教会人实用知识，且可以持续滋养人生，不同的人都可以从书中各取所需、各有所得。

苏东坡自己就是终身阅读、终身学习的践行者。苏东坡生活在雕版印刷书籍兴起与手抄本并行的时代，小时候听眉山的老儒士说，他们少年时想读《史记》《汉书》，需要去大户人家借阅，借来后赶紧手抄或日夜诵读，几天后就要还回去。而到了苏东坡成长的年月，士人可以在成都、汴京这样的大中城市购买常见的经史书籍、诗文集。雕版印刷技术的成熟和普及，一方面让主流的儒家经典、长篇史书传播到更多地方，另一方面也让白居易的《白氏文集》、韩愈的《昌黎先生集》等文集传扬四方，在各地文士中产生广泛影响。

苏东坡少年时经常抄写经史典籍，既读书又练习书法，光是《汉书》他就手抄过三遍。少年时代第一次读到《庄子》，苏东坡就一下子被吸引住了，他觉得自己头脑中很多新奇的、无法用言语表达的想法，都被这本书一并讲了出来。庄子爱用比喻和寓言讲道理，强调事物的转化、相生，注重相对概念的对比、变幻。庄子的观点与文风对苏东坡后来的思想、文字有许多影响。

嘉祐年间，苏东坡利用在家乡给母亲守丧的空闲时间广泛阅读各种诗文，尤其是研究五言古诗的写法，读李白、杜甫、白居易、刘禹锡等人的诗歌。

被贬黄州期间，苏东坡对白居易有了更多一层感知。白居易当年被贬江州，后来去忠州当刺史，在城东

明　沈周　竹林茅屋图（局部）

缓坡上栽花种树,称其地为"东坡",写过《东坡种花》《步东坡》等诗;苏东坡也把自己在黄州城东开辟的田地起名"东坡",自号"东坡居士"。他对白居易那种既超然脱俗又不避世俗的文风和思想有了更多理解。

与此同时,著名隐士陶渊明也成了苏东坡心中的另一个文化参照对象。他认为陶渊明的诗看似质朴却又耐人寻味,陶渊明旷达而率真的隐士性情,也与自己遭贬谪时的言行有诸多相通之处,于是在写给朋友王巩的信里开玩笑说,想以"鏖糟陂里陶靖节"作为自己的号。鏖糟陂是汴京西南十五里一处肮脏杂乱的地方,只有贫苦乡民才住在附近,苏东坡这是自嘲如今处于乡野之地。他还曾书写陶渊明的"种豆南山下"等诗歌条幅,表达在黄州的头两年里经常缺粮但无田可耕的窘况。

苏东坡在元丰八年(1085)去登州的路上常读柳宗元的诗集,在日常闲谈中也对柳宗元颇为推崇,觉得他的诗在陶渊明之下、韦应物之上。在苏东坡的影响下,晁补之、张耒也喜欢上了柳宗元的诗文。如今苏东坡遭遇贬谪,对柳诗的体味更多,还数次书写柳诗赠给友人。

后来被贬谪惠州,苏东坡写信指点侄女婿王庠如何读书、做学问,建议读书要有"一意求之"的态度。每次读书之前,先要明白自己的目的是什么。如果是想知悉古代兴亡治乱中圣贤的作为,那么读书时就要专门寻找这方面的内容阅读、思考、总结,不要管其他枝节。这样读完一遍,下一次如果想了解古人的典章制度,那就再专门寻找这方面的内容。在苏东坡看来,这种每次阅读都专注一个方面,通过多次阅读积累知识的方法,比那种没有明确目的、什么都想粗粗涉猎的方法高明许多。这也是他所创的"八面受敌"精读法。

之后到荒僻的儋州,这里士人稀少,书也少,苏东坡随身只带了《陶渊明集》等几本书,于是他从本地文士黎子云那里借来几册柳宗元的诗文集,他把陶渊明、柳宗元视为"二友"。儿子苏过在别人那里看到《唐书》《前汉书》,于是借来抄写。在惠州当官的旧友郑嘉会听闻苏东坡没有书,来信说可以用海船运载自己的千余卷书籍给苏东坡看,苏东坡写诗表示感谢并回绝,毕竟这是一项耗费钱财的大工程。尽管如此,郑嘉会仍然两次托商船寄给苏东坡一些书册。

中年起落(1080—1093)

喝酒：三杯就倒

苏东坡少年时并不喜欢饮酒，青年为官时也说过自己"素不喜酒"。为官之后，为了官场应酬，也只不过略略喝一点。熙宁四年（1071），苏东坡到杭州当通判后，才有了饮酒的嗜好。他在杭州当通判时，负责接待南来北往的官员，经常主持酒宴，吃吃喝喝是常态。而且此时他被王安石等新法派排挤在地方为官，心情有些抑郁，常以酒解闷，久而久之，就成瘾了。

不过，苏东坡的酒量不大，自言下棋、饮酒、唱曲三事不如人。宋人饮酒的器具，按照大小分为钟鼎、屈卮、螺杯、蕉叶盏等，蕉叶盏的容量小，苏东坡最多喝三蕉叶盏就会醉得趴在桌子上。苏东坡说自己能喝三蕉叶盏，可与之密切来往的黄庭坚揭他的老底，说"东坡自云饮三蕉叶，亦是醉中语。余往与东坡饮一人家，不能一大觥，醉眠矣。"

苏东坡酒量虽小，但是的确喜欢喝。被贬黄州之后，他爱好饮酒的名声在外，经常得到黄州知州以及附近几个州的知州馈赠的好酒，乡邻也常送酒给他。雪堂落成后，东坡把这些不同来源的酒都混合放置在一个大酒樽里储存，称为"雪堂义樽"，客人来了就以此酒招待。

杨世昌来黄州拜会时，赠送苏东坡一张以蜂蜜造酒的秘方，苏东坡大感兴趣，写了《蜜酒歌》赠给他，诗云：

真珠为浆玉为醴，六月田夫汗流泚。
不如春瓮自生香，蜂为耕耘花作米。
一日小沸鱼吐沫，二日眩转清光活。
三日开瓮香满城，快泻银瓶不须拨。
百钱一斗浓无声，甘露微浊醍醐清。
…………

不久，苏东坡尝试酿制蜜酒，他在写给朋友的信件《与吴君采》中说："近日黄州捕私酒甚急，犯者门户立木以表之。临皋之东有犯者，独不立木，怪之，以问酒友，曰：'为贤者讳。'吾何尝为此，但作蜜酒尔。"官府为了收税，严禁民间私自酿酒，但是官吏们知道苏东坡是名士，不敢来打扰。可惜，他的试验失败了。叶梦得在《避暑录话》中记载，苏东坡的儿子苏迈透露，几个亲友饮用这种蜜酒之后就拉肚子，应该是酒水已经腐坏了。可见苏东坡虽然掌握秘方，可是对具体酿造流程的控制、经验都不足。

元祐年间，苏东坡是众人瞩目的高官，经常能喝到各地的好酒。比如在颍州当知州时，苏东坡手下的通判赵令畤是宗室子弟，他的伯父安定郡王赵世准府中用黄柑酿酒，命名为"洞庭春色"。赵令畤赠送"洞庭春色"给苏东坡，以求苏东坡为自己的东斋题写榜铭。

朝中明争暗斗，苏东坡的一言一行都有人盯着，谏官不断抨击骚扰，他实在厌倦，宁愿喝醉了遗忘这些烦恼，曾作有《行香子·秋与》云：

昨夜霜风，先入梧桐。浑无处、回避衰容。问公何事，不语书空。但一回醉，一回病，一回慵。朝来庭下，光阴如箭，似无言、有意伤侬。都将万事，付与千钟。任酒花白，眼花乱，烛花红。

另有《行香子·述怀》云：

清夜无尘，月色如银。酒斟时、须满十分。浮名浮利，虚苦劳神。叹隙中驹，石中火，梦中身。虽抱文章，开口谁亲。且陶陶、乐尽天真。几时归去，作个闲人。对一张琴，一壶酒，一溪云。

身在宦海，苏东坡还有许多不得已，时而生出早点儿致仕做个"闲人"的想法。可惜，苏东坡犹犹豫豫，并没有急流勇退，后来还两次遭遇贬谪。

绍圣元年（1094）被贬到惠州，苏东坡发现此地允准百姓自行酿酒，他经常喝当地人赠送的"万

中年起落（1080—1093）

户春""罗浮春"之类的私酿。绍圣二年（1095）正月十三日，苏东坡得到梅州知州的赠酒，遂书《书东皋子传后》寄给对方，在文中他自述"予饮酒终日，不过五合，天下之不能饮，无在予下者。然喜人饮酒，见客举杯徐引，则予胸中为之浩浩焉，落落焉，酣适之味，乃过于客，闲居未尝一日无客，客至未尝不置酒，天下之好饮，亦无在予上者"。

有人给苏东坡传授了酿制桂酒的秘方，他作了一篇《桂酒颂》称颂"有隐者，以桂酒方授吾，酿成而玉色，香味超然，非人间物也"，还把方子刻石放置在罗浮铁桥之下，等待后世有心人来探寻。之后，他就用肉桂酿造"桂酒"，写有《新酿桂酒》记载配制材料的过程：

捣香筛辣入瓶盆，盎盎春溪带雨浑。
收拾小山藏社瓮，招呼明月到芳樽。
酒材已遣门生致，菜把仍叨地主恩。
烂煮葵羹斟桂醑，风流可惜在蛮村。

可惜苏东坡的酿酒技术实在不过关，酿出的桂酒滋味不佳，气味近似屠苏酒。苏东坡酿造了一次便不再尝试，可见他酿的桂酒不受亲友待见。苏迈、苏过多年后还对叶梦得回忆此事，当作笑谈。大概是苏东坡性情急躁，喜好创新，不耐烦亦步亦趋谨守流程，故而酿制过程中总要出或大或小的纰漏。

苏东坡在酿酒方面可谓屡败屡战，乐此不疲。绍圣二年（1095）五月十五日，他在惠州酿出一种"真一法酒"；之后到儋州，他又尝试用米、麦、水三者酿酒，称之为"真一酒"，并为之写诗《真一酒》：

拨雪披云得乳泓，蜜蜂又欲醉先生。
稻垂麦仰阴阳足，器洁泉新表里清。
晓日著颜红有晕，春风入髓散无声。
人间真一东坡老，与作青州从事名。

苏东坡在"蜜蜂又欲醉先生"一句下自己注释说"真一色味,颇类予在黄州日所酝蜜酒也"。他还写有《东坡酒经》记录酿造黄酒的过程。

在儋州,苏东坡能喝到的酒的种类有限,品质也差些,尽管如此,他也常常喝得略醉去漫步,"半醒半醉问诸黎,竹刺藤梢步步迷。但寻牛矢觅归路,家在牛栏西复西"。

元符三年(1100)年初,苏东坡又一次尝试酿酒,正月十二日酒熟之时,他在酒缸旁手持竹器漉去上面的浮渣,一边漉一边拿起勺子喝,喝了几勺就有些醉了,醒来后作诗《庚辰岁正月十二日,天门冬酒熟,予自漉之,且漉且尝,遂以大醉二首》,其一云:

> 自拨床头一瓮云,幽人先已醉浓芬。
> 天门冬熟新年喜,曲米春香并舍闻。
> 菜圃渐疏花漠漠,竹扉斜掩雨纷纷。
> 拥衾睡觉知何处,吹面东风散缬纹。

就在苏东坡饮酒的时候,在遥远的汴京,宋哲宗病逝,宋徽宗登基。之后苏东坡踏上了北归之路,一路上受到官员的热情招待,在驿站中又能频频饮用各州的美酒。可是苏东坡的内心有些疲倦,有些惶惑,他在《将至广州,用过韵,寄迈迨二子》中云"我亦困诗酒,去道愈茫渺",这句诗其实与陶渊明有关,之前他曾在《和陶始经曲阿》中议论"渊明堕诗酒,遂与功名疏",如今觉得自己嗜好诗、酒,这是自己的爱好,也是自己的羁绊。"去道"可谓"一语三关":一指诗、酒妨碍了自己修行道术;二指沿途的酒宴拖慢了自己北上的步伐;三指政局的前景并不明朗,他有些茫然,不清楚自己的命运到底如何。这时的他已打算放下政坛的纠葛,期望能回到北方与儿孙享受田园之乐,在《将至广州,用过韵,寄迈迨二子》中写下"安居与我游,闭户净洒扫"。

可惜,苏东坡在半路得了病,不幸逝世,未能实现含饴弄孙做个田舍翁的心愿。

中年起落(1080—1093)

游庐山：问法高僧

苏东坡曾在庐山尝试寻求人生的答案。

宋神宗元丰七年（1084）四月初，苏东坡北上汝州。他这样的闲官没有什么公务，可以走得慢点，于是他一边行走一边游览，走得很慢。这时的苏东坡虽然是贬谪之人，却是当世最著名的诗人、才子，诗集仍然在各地流传。都昌清隐禅院的住持惟湜把苏东坡写给自己的信札刻石立在寺庙中，可见他名气响亮，僧人都以与他交往为荣。

四月二十四日，苏东坡到了庐山北麓，住在石耳峰甘泉口的圆通禅院，这是苏洵很多年前游览过的地方，有个老僧说自己当时还见过苏洵，让苏东坡十分感慨。苏东坡还听到一则和自己有关的奇闻：之前苏辙女婿曹焕路过黄州时，苏东坡托他带信给在筠州的苏辙，其中包括自己作的一首绝句；曹焕路过圆通禅院时，把诗给知慎长老看，知慎也写了一首和诗，吟诵完，出门送客，回到住所便逝世了。苏东坡自然感叹不已。

次日就是父亲的忌日，苏东坡手书宝积菩萨献盖颂佛一偈，并捐献彩幡一对给圆通禅院，可仙长老拊掌笑曰："昨夜梦到宝盖飞下，碰到的地方都冒出火光，难道是预示这件吉祥的功德吗？"苏东坡听了当然高兴，作诗一首赠给可仙，感叹自己"此生初饮庐山水"。可仙是庐山东林寺长老的徒弟，他热情邀请苏东坡上山一游。因苏东坡已约好和弟弟在筠州州府所在的高安县见面，他决定先与弟弟见一面，然后回头再来游庐山，向常总问法。

庐山是闻名的大山，有许多寺观，是高僧慧远传法的地方，也是陶渊明、李白、白居易、欧阳修游览和歌咏过的地方。在苏东坡的心目中，这是父亲津津有味地讲述过的旧游之地，也是陶渊明悠然远望的那座山，自己是一定要登临的。

苏东坡到高安与弟弟一家相聚十天后，便来游览庐山。苏东坡与道潜骑了三四天的马，回到庐山脚下。老友刘恕的弟弟刘格闻讯前来陪伴，引导他们去庐山游览。五月中旬，三人在白塔铺歇马，眺望云中的庐山。苏东坡作诗表达自己对这座名山的渴慕，《白塔铺歇马》诗云：

> 甘山庐阜郁相望，林隙熹微漏日光。
> 吴国晚蚕初断叶，占城早稻欲移秧。
> 迢迢涧水随人急，苒苒岩花扑马香。
> 望眼尽穷千里远，白云深处是吾乡。

苏东坡把白云深处的庐山当作自己的故乡，主要是因为他从小就对修道有所向往，觉得那才是自己的归宿。对他而言，回到佛道昌盛的庐山，就像回到自己熟悉的故土。

三人进入庐山，停留了一个月左右，饱览庐山风光。山中僧、道早就从佛印的信中得知苏东坡要来，都想招待这位大名人。苏东坡穿着芒鞋、手拿青竹杖在庐山上下游览时，身边总是跟着一群陪同者，十分热闹，他只好自嘲"可怪深山里，人人识故侯"。

苏东坡首先游览了庐山东南侧的简寂观、慧日院、白鹤观、五老峰、栖贤寺、三峡桥、开先寺、漱玉亭、归宗寺等处，经常听僧人谈起自己熟悉的大觉禅师的事迹，又在慧日院发现了自己认识的秦观、辩才法师留下的题名，欣喜之下书写《跋太虚辩才庐山题名》赠给道潜。他本想只游览庐山的奇秀风光，少写些诗，但沿途寺观的僧人、道士纷纷请他留下笔墨，他只好不时动笔。

在一处温泉的墙壁上，苏东坡看到福州僧人可遵题写的"直待众生总无诟，我方清冷混常流"，觉得颇有意味，赞扬了几句，技痒难耐，在边上题写了一首绝句唱和。跟从苏东坡游览的人把这则消息传到庐山上下，当时可遵正在圆通寺和人闲谈，听说当世第一诗人称赞自己的诗，十分得意，急忙上山去寻苏东坡。半路上可遵听说苏东坡在栖贤寺题写了《栖贤三峡桥》一诗，等到追赶上苏东坡，便说自己也有一绝，想题写在苏东坡所题之诗的后面，因为赶来和他见面，没来得及题写。于是他当面念诵道："君能识我汤泉句，我却爱君三峡诗。道得可咽不可漱，几多诗将竖降旗。"最后一句有点自大，苏东坡见这个僧人如此孟浪，没有高僧的气度，有点儿后悔之前落笔过于轻率，急忙托词甩开可遵，去其他地方了。

可遵有点儿得意忘形，说苏东坡是因为看到自己的诗写得太好，心生嫉妒才匆忙离开的。他又回到栖贤寺，想把自己刚才吟出的那首诗题写在苏东坡之诗的边上。寺中僧人正在商量如何把苏东坡的题壁诗刻石，见可遵来纠缠，嘲笑了他一通，将其赶出寺庙。一时间，庐山上下都把这件事当作笑谈。

苏东坡在庐山最想会见的人，是临济宗黄龙派高僧常总。常总常年在庐山东林寺说法，在禅宗中也是有名的僧人。宋神宗在汴京大相国寺中辟出慧林禅院、智海禅院，下诏让云门宗高僧宗本、临济宗高僧常总赴京担任第一代住持。宗本就是当年苏东坡担任杭州通判时迎请到杭州净慈寺的名僧，他应召到京城，与王公朝臣结交，极大地张扬了云门宗的声势，成为宋神宗、宋哲宗时期最有名的僧人，弟子多达两百人；而常总坚决不去京城，一直留在庐山东林寺传法，这种独立自主传播佛法的精神让苏东坡格外钦佩。

苏东坡之所以要上庐山向常总问法，是因为他常与弟弟苏辙讨论佛理。

元丰六年（1083）三月，苏东坡在《论修养帖寄子由》中，引用了一段唐代天皇道悟禅师的话，"任性逍遥，随缘放旷。但尽凡心，别无胜解"，与苏辙探讨修行问题，这话源自一桩禅宗公案。《五灯会元》记载，崇信跟从天皇道悟禅师修行，总不见他给自己说什么禅法，就去问天皇道悟："我到这里来，您为何一直没有给我指示禅法、修行的精要？"天皇道悟回答说："自从你到这里来，我一直在指示你呀。"崇信觉得奇怪："您哪里指示我了？"天皇道悟答道："你奉茶来，我为你接着；你送食物来，我为你受用；你稽首敬礼，我便低头还礼。哪个地方没有指示你呢？"崇信一时无法理解，低头思考，天皇道悟就说："见性开悟就是当即就悟，你要是思考的话就离开悟还有差距。"崇信顿时醒悟，问：

"如何保持这种状态？"天皇道悟说："任性逍遥，随缘放旷。但尽凡心，别无圣解。"这是说禅宗的教理无非是遵从自己的本性，优游自得，顺应机缘，此外并没有什么更崇高的法则。苏东坡后面又说："以我观之，凡心尽处，胜解卓然。但此胜解不属有无，不通言语，故祖师教人到此便住。"这是说见性开悟难以言喻，只能自己感受，禅宗祖师们点醒门徒到这一步也只能打住，就看每个人自己的理解、修行了。

元丰七年（1084），洪州上蓝寺僧人景福顺长老穿着破袈裟、拄着枯藤杖来见苏辙，两人在东轩边喝茶边聊天，谈得十分尽兴。长老提到《楞严经》中所述"搔鼻因缘"：佛祖讲法时举例说，有人抽搔鼻子，因搔鼻而有冷的触感，因触感而可辨别鼻子是通是塞，进而可以辨别香臭之气；而佛祖认为由搔鼻引发的通塞感、香臭跟"鼻根"无关，"鼻根"是无通塞的，人们用鼻子嗅到的各种感觉都是对外在虚妄事物的反应；"眼、耳、鼻、舌、身、意"这"六根"对外界各种事物有了反应，就形成"色、声、香、味、触、法"这"六尘"，"六根"如果追逐外界的"六尘"，就会迷失本性，所以需要加强修养，让"六根"清净，才能不受外界事物的牵制。苏辙从这番谈论中真正感受到了"禅悦"，觉得景福顺长老点醒了自己，以后连苦茶也变得甘之如饴，就像佛经中说的"甘露净法"一样。苏辙写了一首《景福顺老夜坐道古人搔鼻语》，把这首充满禅意的诗寄给哥哥欣赏，还详细讲了和景福顺长老谈话的内容。这激发了苏东坡对禅宗体悟的思考，产生了去庐山向高僧问法的兴趣。

踏入东林寺，苏东坡与常总两人坐在溪水边谈论佛法。常总以唐代南阳慧忠的"无情说法"开解苏东坡：当时有人问慧忠，诸如墙壁瓦砾、乾坤大地、日月星辰、草木丛林这类没有生命和感情之物能否传达佛法，慧忠回答说："它们一直在说法，从来没有停下啊。"如果有人听到了它们说的法，就意味着他不再是"众生"，而是悟道者了，就像《华严经》所云："佛身充满于法界，普现一切群生前，随缘赴感靡不周，而恒处此菩提座。"

禅宗师徒相传时，弟子常以写偈的方式表达自己的体悟，如果得到师父的认可，就可以宣称得到传法。苏东坡当晚在东林寺住下，第二天写了一首悟道偈《赠东林总长老》：

> 溪声便是广长舌，山色岂非清净身。
> 夜来八万四千偈，他日如何举似人。

这是说庐山的溪流、山岭都在说法，自己听到了、悟到了，可是不知道该如何对他人诉说这种体悟。与常总一起游览西林寺时，苏东坡又应僧人广惠之邀，在墙壁上写了《题西林壁》一诗：

> 横看成岭侧成峰，远近高低各不同。
> 不识庐山真面目，只缘身在此山中。

这首诗既像是在描述那不可说的佛法，又像是苏东坡在总结自己的庐山之游，坦诚自己对佛法、对心灵解脱的寻觅之路。尽管他参拜了许多佛寺，读了许多佛经，也和常总这样的高僧往来，也写了悟道偈，但他仍然有点儿怀疑"身在此山"的自己是否体会到了"庐山真面目"。从另一方面来说，这种犹豫和自我怀疑，恰恰是苏东坡的性格特点，他无法顺从于绝对的理论、信仰、权威，喜欢体验具体场景中的人和事物，这种生动新鲜的日常感受比绝对的理念更让他感到愉悦。在庐山游览了二十多天后，苏东坡和留在庐山修道的道潜告别，继续北上。

绍圣元年（1094）被贬惠州时，苏东坡在南下途中远望庐山，见到云雾翻腾，写了一首《过庐山下》：

乱云欲霾山，势与飘风南。群隮相应和，勇往争骖驔。
可怜荟蔚中，时出紫翠岚。雁没失东岭，龙腾见西龛。
一时供坐笑，百态变立谈。暴雨破块圠，清飙扫浑酣。
廓然归何处，陋矣安足戡。亭亭紫霄峰，窈窈白石庵。
五老数松雪，双溪落天潭。虽云默祷应，顾有移文惭。

建中靖国元年（1101），苏东坡从儋州北上途中，九江天庆观道士来豫章县迎接苏东坡再游庐山，恰好刘安世也来到这里，于是三人一起乘船到庐山脚下游览。相比十七年前初次来庐山时的新鲜感，这时栖贤寺、开先寺的一些房舍已经毁坏，苏东坡觉得"陵谷草木，皆失故态"。他上次到庐山，主要是拜访僧人，尤其和东林寺常总相谈甚欢，可惜常总已在元祐六年（1091）逝世；这一次到庐山，他主要和道教人物来往，遇见旧日相识如紫极宫道士胡洞微、隐士崔闲等，这带给他一些安慰。

此时的苏东坡已经老了、倦了，没有什么心绪再问道、写诗。或许，他觉得自己已经参透法理，不必再问别人了吧。

中年起落（1080—1093）

登州：五日知州

元丰八年（1085），在宋神宗病逝、宋哲宗登基，太皇太后高氏听政并起用旧党大臣的氛围中，被贬谪五年多的苏东坡也得到起用，被任命为登州知州。苏东坡之前任知州的密州和登州很近，所以他对登州并不陌生。

苏东坡从宜兴出发，缓缓北上。一路上，新知旧友纷纷来信道贺，许多都是多年没有联系的人，这让苏东坡对官场的风气有了一番新感受。

十月十五日，苏东坡抵达登州。这里三面临海，知州官署设在蓬莱县城。几年前在这里担任知州的马默勤政爱民，所以苏东坡来的时候，老百姓在路边迎接时询问他："您能像马默那样为政爱民吗？"可见这里人情的朴实。

蓬莱靠近海边，可以瞭望海岛。苏东坡还满怀兴致地观察渔民在岩石缝隙中铲鳆鱼的场景。渔民带着收获回家，以"糟浥油藏"的方式加工，或者进贡，或者出售给京城的权贵。在登州品尝鳆鱼羹的美味之后，苏东坡挥笔写下一首长诗《鳆鱼行》。

苏东坡听说登州有一种神奇的景观"海市"，在特定的天气、湿度下，海中云气里会出现宫室、楼观、城墙、人物、车马等。老百姓说这种景象在春夏时节经常出现，当下是冬天，已见不到了。苏东坡特地到海边的海神广德王庙，祈祷神灵保佑自己能一饱眼福，结果第二天，恰好有"海市"的景观出现，他还写了一首《登州海市》。

苏东坡上任仅五天，二十日就接到升任礼部郎中的公文，他和家人又得收拾行李准备远行。十一月二日，登州官员在知州官署后的宝日楼举行饯别宴，酒后苏东坡在桌案上提笔画了一幅木石图，画完后他说这是自己画得最好的一幅，喜欢收藏的官员史全叔急忙请求将这幅画留给自己收藏。几天后，苏东坡欣赏了史全叔收藏的吴道子画，题跋称赞吴道子的画"出新意于法度之中，寄妙理于豪放之外"。之后，苏东坡带着家人离开登州，朝汴京行进，再次进入京城这个最大的名利场。

唐　杨升（传）　蓬莱飞雪图页（局部）

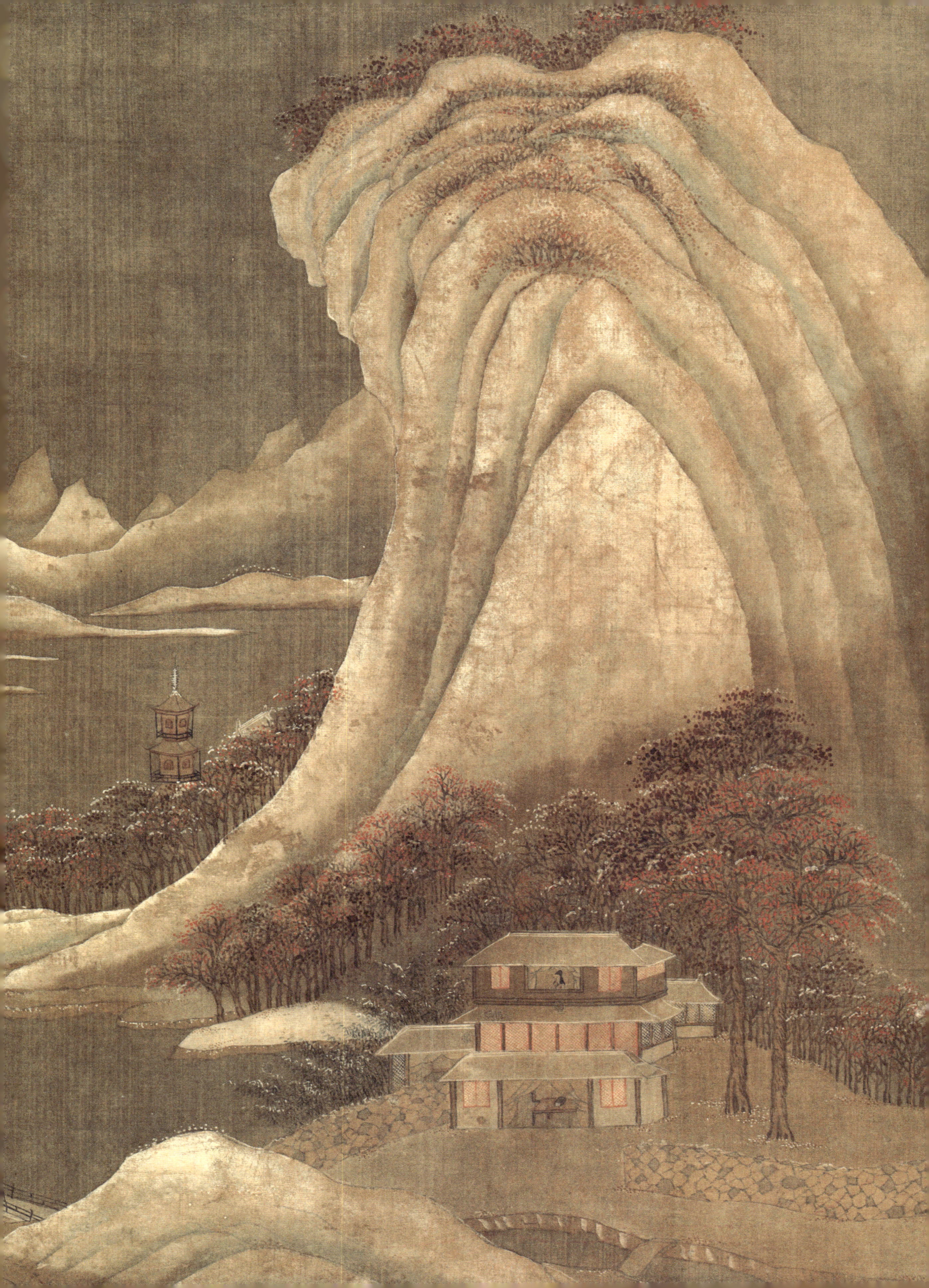

太皇太后高氏：青眼垂注

高滔滔是宋英宗的皇后，宋神宗的母亲，祖父是宋初高级武将，父亲则是服务皇室的小官。高滔滔年幼时被姨妈曹皇后接入宫中教导，宗室子弟赵宗实也在宫中由曹皇后抚养。宋仁宗打算如果能生下儿子，就送赵宗实回家继续当闲散宗室；如果不能，就让这个堂侄继承皇位。高滔滔和赵宗实一起在宫中长大，有青梅竹马的情谊，曹皇后做主将高滔滔嫁给当时仅仅拥有"团练使"虚衔的赵宗实。宋仁宗最后没有生下男嗣，只好立赵宗实为皇子，改名赵曙。

嘉祐八年（1063），宋英宗赵曙即位后，帝后关系亲密，有八年时间宋英宗的后宫中除高皇后以外没有任何妃嫔，曹太后曾让心腹悄悄给儿媳兼外甥女高皇后带话："官家即位已久，患的病也好了，岂能左右没有一个侍从之人？"高皇后知道这是催促自己给皇帝选妃嫔，很不高兴地让人回奏曹太后："奏知娘娘，我当年作为新媳妇，嫁的是个团练小官，并不是嫁给了官家。"直到治平三年（1066）年底宋英宗生病，大概是为了冲喜，高皇后才给宋英宗选了妃嫔。

治平四年（1067），宋英宗赵曙因病去世，年仅三十六岁。随后，宋神宗赵顼即位。元丰八年（1085）宋神宗病重，宰相王珪请求立太子，又奏请皇太后高氏权同听政，宋神宗同意。

宋神宗故去后，年幼的宋哲宗即位，尊高氏为太皇太后。在宋神宗执政期间，高滔滔就反对"王安石变法"，信任保守派的司马光，她重新起用司马光和吕公著等人，也将王安石新法中的"青苗法""募役法""市易法"等不利于民生的法规陆续废止。一直反对新法的苏东坡被召回朝中担任礼部郎中。高太皇太后对苏东坡的大名早有耳闻，当年宋英宗曾想直接召苏东坡入翰林；宋神宗虽然将其贬谪外地，但也对苏东坡的诗文十分赞赏，称之为"奇才"，有时吃饭还会停下筷子，看苏东坡的文章。此后一年，苏东坡接连升为中书舍人、翰林学士，成为升迁最快的官员之一。

元祐三年（1088），因为一再受到台谏指责，苏东坡上奏请求罢去自己翰林学士的官职，希望当秘书监、国子祭酒一类的"闲慢"官职。四月，因吕公著以生病为由上书请求致仕，高太皇太后决定调整宰执人选，派人宣召翰林学士苏东坡到皇宫内东门小殿。这时苏东坡已经喝了点儿酒，太监拿来漱口水让他解酒，将其召至太皇太后的帘子外，命他负责撰写诏旨，任命吕公著为司空、同平章军国事，吕大防为尚书左仆射兼门下侍郎，范纯仁为尚书右仆射兼中书侍郎。

随后，高太皇太后用聊天的口吻问他："有一件事要问内翰，你前年担任什么官职？"

苏东坡回答："汝州团练副使。"

高太皇太后问："那如今为何职？"

苏东坡回答："在翰林学士院当学士。"

高太皇太后问："怎么会有今天的地位？"

苏东坡回答："遇到太皇太后赏识。"

高太皇太后摇头道："和老身无关。"

苏东坡就说："那一定是因为官家。"

高太皇太后说："也和官家无关。"

苏东坡问："那就是因为大臣推荐？"

高太皇太后说："与他们也无关。"

中年起落（1080—1093）

宋　赵伯驹（传）　瑶池高会图（局部）

苏东坡惊讶地说:"我虽然德行卑微,也绝对不会走歪门邪道来当这个官。"意思是他不会走外戚、宦官这种不正经的门路。

高太皇太后说:"我一直以来都想让学士你明白,重用你是神宗皇帝的意思。当年先帝就看重你的才华,常说你是'奇才!奇才',只是没来得及起用你便撒手西去了。"

听到这里,苏东坡忍不住失声哭泣,高太皇太后及左右伺候的人也都哭泣出声。等大家情绪稳定以后,高太皇太后赐座、赐茶,鼓励苏东坡尽心侍奉皇帝,以报先帝知遇之恩。苏东坡拭泪告退时,高太皇太后命令随从举着御前金色莲花状的蜡烛给他引路,送他离开。

太皇太后这番话或许是说给宫内、外朝的人听的,要传达的信息是:提拔苏东坡是宋神宗的想法,并不是自己看重苏东坡。她这样说,想必是希望谏官消停点儿,免得宫内外议论纷纷。

苏东坡因为受到谏官的攻击,两度出京在地方当知州,但是又都被太皇太后召回京城,后更是升为礼部尚书,地位仅次于宰相、执政。太皇太后后来还把苏辙提拔为执政大臣,可见她对苏氏兄弟的赏识。

但在宫廷中，强势的太皇太后严厉管束少年皇帝宋哲宗，在宋哲宗大婚、南郊祭祀之后也毫无主动撤帘归政的意思，导致宋哲宗对其充满了逆反心理。元祐八年（1093）九月三日，太皇太后高氏病逝，享年六十二岁。亲政的宋哲宗全盘推翻太皇太后之前的政策，苏东坡兄弟也成为被打击的对象。

高滔滔的一生充满了传奇色彩，后世评价也较为复杂。有人认为其执政期是宋朝最为太平、百姓最为安乐的时代，甚至堪比汉朝的"文景之治"和唐朝的"贞观之治"。她个人品德高尚，极为崇尚节俭，被称为"恭勤俭度越前古"，且经常教导皇帝要减少浪费。她对百姓的困苦十分体恤，曾下旨禁止随意征用农民服役。她执政公正，不徇私情，降旨把与西夏的交战中损兵折将、战败而归的叔叔高遵裕贬为郢州团练副使，后来宰相蔡确想讨好高滔滔，请求把高遵裕官复原职，遭到高滔滔的斥责。但高滔滔对王安石变法持全盘否定态度，在其执政期间新法派惨遭打击，再加上她与宋哲宗之间的矛盾，使得北宋朝廷迅速陷入严重的党争之中。她执政期间虽有"元祐之治"的美誉，但也为北宋后期的政治动荡埋下了隐患。

宋　赵伯驹（传）　瑶池高会图（局部）

中年起落（1080—1093）

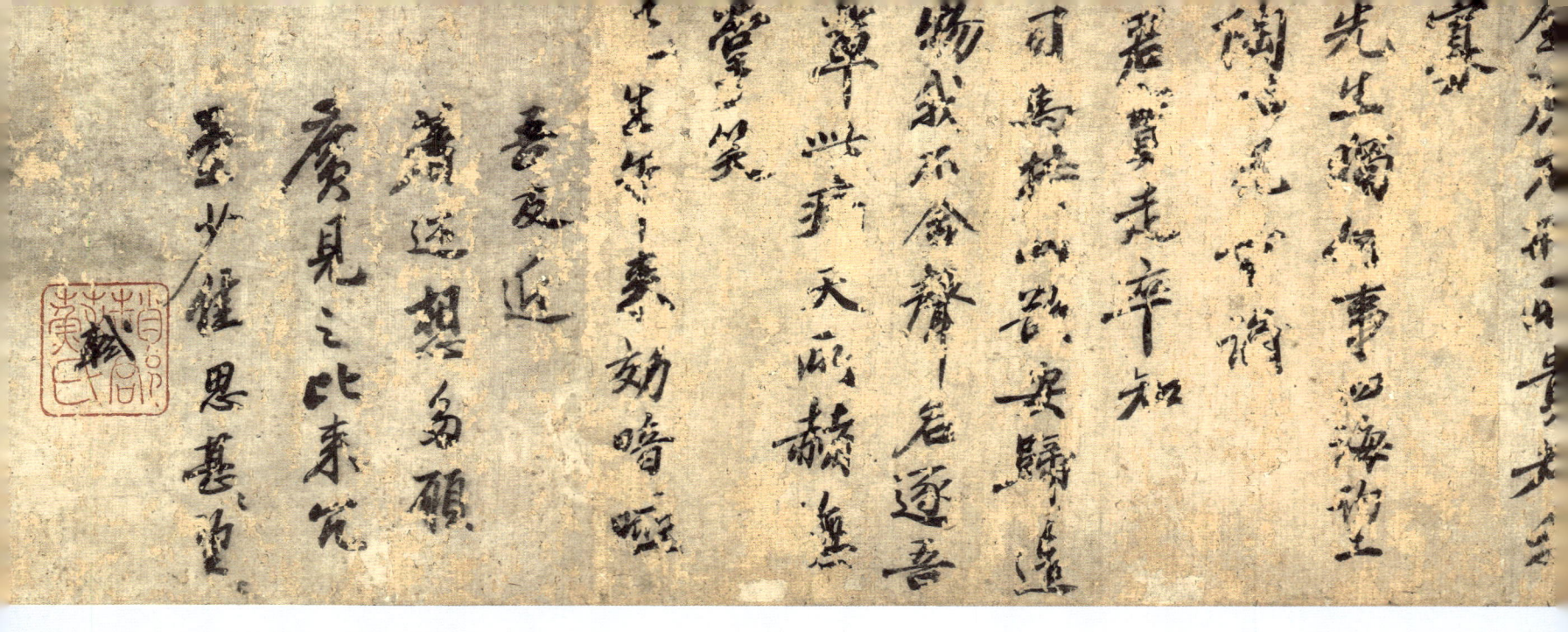

宋　苏轼　独乐园诗（局部）

司马光：元祐宰相

　　嘉祐六年（1061），苏东坡、苏辙参加"才识兼茂明于体用科"制科考试，时任天章阁待制兼知谏院的司马光是御试考官之一。他和其他四位考官胡宿、沈遘、范镇、蔡襄取苏东坡为第三等，而苏辙撰写的文章对宋仁宗的谏言最为切直，司马光认为苏辙也应获第三等，因其他考官反对，最后定为第四等下。

　　治平三年（1066），苏洵逝世后，苏东坡兄弟拜托座师欧阳修撰写父亲的墓志铭，请父亲的老友张方平撰写埋入墓穴的墓表，又在司马光前来吊丧时请他为故去多年的母亲程氏撰写墓志铭。司马光答应后，苏东坡兄弟便呈送母亲一生的行状给司马光，供他参考撰文。

　　熙宁二年（1069）十月，司马光举荐苏东坡等四人，认为苏东坡当年的制策考试是优等，"文学富赡，晓达时务，劲直敢言"，是合适的谏官人选。而王安石仍极力阻挠宋神宗采纳。熙宁三年（1070），谢景温弹劾苏东坡，诬告他护送父亲的棺木回四川时，曾贩运私盐，还借用官府兵丁押送。苏东坡按照惯例在家中等待调查。几天后，宋神宗跟司马光议论时，说苏东坡德行不佳，举例说苏东坡把自己的奏稿寄给鲜于侁看，还在护送父亲棺木回乡时贩运牟利，责怪司马光不能识人。司马光为苏东坡辩解说，指责人要体察实情，苏洵逝世后，苏东坡拒绝了韩琦馈赠的三百两银子礼金，这比贩运私盐所能获得的利益大得多，他要是贪财，何必那样做？司马光还指出，王安石素来讨厌苏东坡，才指使他的亲家谢景温弹劾苏东坡，毁坏与自己意见不同的官员的名誉。为了自保，司马光请求离开京城，去许州或西京留司御史台当官。

　　苏不疑在女儿十六七岁时，来信请苏东坡帮忙访求合适的女婿人选。苏东坡听说司马光的继子司马康的妻子最近去世，便托范镇帮忙询问可否联姻司马光家，把侄女嫁给司马康当继妻，但司马光家一直没有回复。苏东坡在信中向堂兄解释说，司马光如今声望赫赫，恐怕看不上自家这样的寒族，这

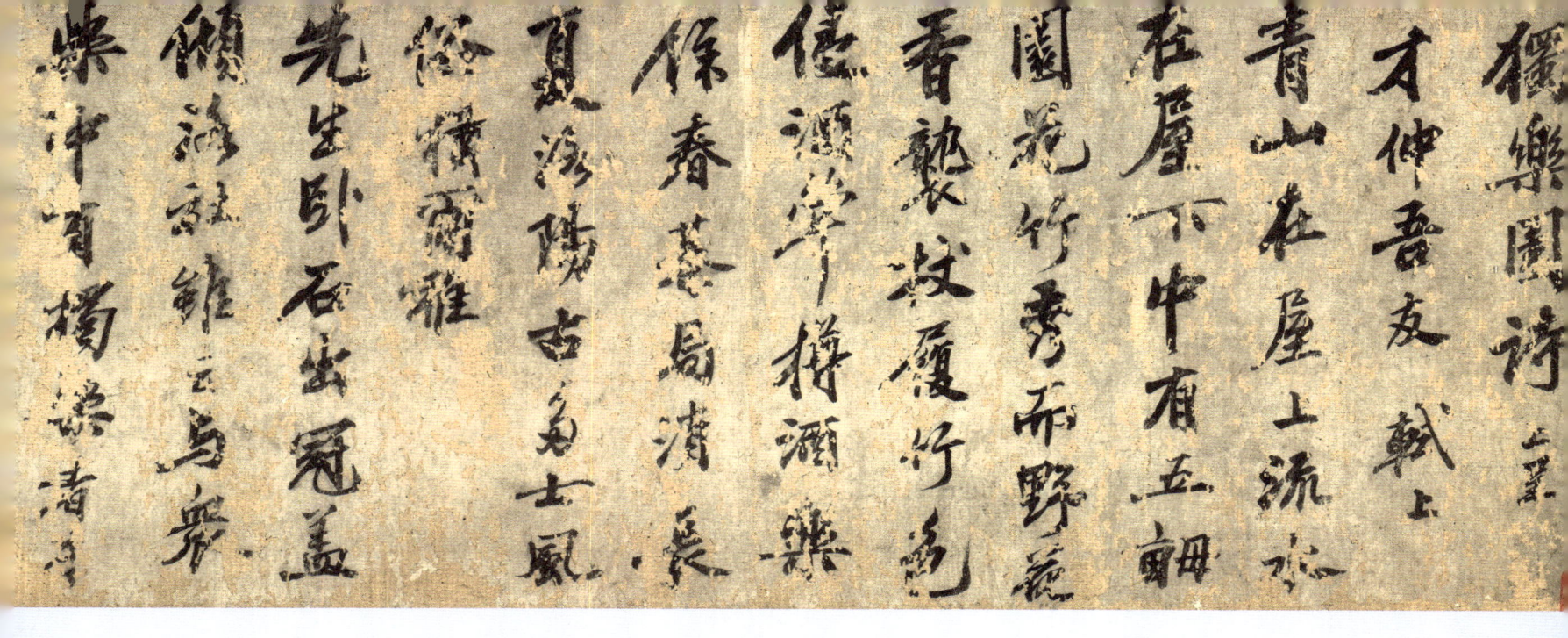

件事便不了了之。

此后司马光因为激烈反对王安石变法，被外派地方。司马光在洛阳待了十五年，主要精力都花在修撰编年体史书《资治通鉴》和撰写个人著作上面，很少向宋神宗上书谈论时政，但是他依旧关注朝局。熙宁七年（1074），宋神宗征求中外臣僚直言，司马光应召上书《应召言朝政阙失状》，指出执政之臣（即王安石）的性格是"好人同己而恶人异己"，认为青苗法、募役法对民生大有妨害，朝廷察捕谤议新法者一事乃是防民之口等等。熙宁九年（1076），王安石第二次罢相后，司马光还给继任的宰相吴充致信，希望变更青苗、募役、保甲、市易等新法，但是此时宋神宗自己主持新政、新法，自然不可能有什么变动。

熙宁、元丰年间，苏东坡与司马光有书信往来，司马光曾撰写《超然台寄子瞻学士》。这时的司马光和苏东坡是旧党中最知名的两人，苏东坡在《司马君实独乐园》中称赞司马光在洛阳是"儿童诵君实，走卒知司马""四海望陶冶"，但是不料时局多变，名声反倒是拖累，只能"年来效暗哑"。苏东坡自己虽然也多次想要闭嘴不言时事，可是他不如司马光那样有定力，经常忍不住在闲谈、诗文中讽刺新法和新政，因此才遭遇"乌台诗案"的折腾。

元丰七年（1084）十一月，司马光进呈修成的《资治通鉴》，宋神宗大为感叹，降诏奖谕，于元祐元年（1086）让杭州官府雕版刻印，改司马光原带职衔端明殿学士为资政殿学士，赐银绢衣带马，有如待二府之礼，这是特殊的礼遇，显示他对司马光的道德、学问非常看重。他还曾对宰相说明年春天立储，将以司马光、吕公著为师保。可惜，元丰八年（1085）三月，宋神宗就驾崩了。

新即位的宋哲宗年幼，太皇太后高氏临朝听政，她召司马光入朝主政废弃新法，起用旧臣。苏东坡既以才高名世，又曾因讥讽新法下狱遭贬，被视为旧党名士之一，自然不会被遗忘。司马光请太皇太后关注吕大防、李常、赵君锡、范纯礼、苏东坡、苏辙、朱光庭等十多人。

元丰八年（1085）年底，苏东坡回到朝中为官，此时司马光是旧党大臣首领，他道德高尚，严格自律，不喜欢拉帮结派。在政策方面，司马光已经废除了一系列新法，又开始商议废除募役法，但是朝中大臣对此颇有争论，不仅新党中的蔡确、章惇反对，旧党中的范纯仁、刘挚、苏东坡、苏辙、王觌、孙升也有异议。与司马光交好的中书舍人范百禄向司马光建议，严格限制官员随意加收免役钱、助役钱，即可继续实行募役法，不必更改，但他们都无法说服司马光。

　　苏东坡支持司马光废除大多数新法的政策，但也不赞成台谏官员全盘反对熙宁期间的政策法令，觉得不应只为回到"旧制"而"不复较量利害，参用所长"。他主张对募役法加以改良后施行，为此一再上书讨论募役法、差役法的利弊。和范纯仁商量以后，苏东坡就一直思考和撰写《论给田募役状》，认为差役法、募役法各有利弊。以前长期实行的差役会让农民无法专心务农；王安石创立的募役法一方面可以让农民安心务农，不必轮番服役打断农业生产节奏，另一方面也让官吏失去勒索的途径，但在执行过程中出现了官吏提高富有家庭的出钱数额、把所得雇役钱挪作他用等现象，加重了富有人家的负担。

十二月，苏东坡上奏《论给田募役状》，并和司马光等人多次就此争论。司马光并非言辞犀利之人，但他对自己和别人的道德要求严格，性格执拗，提出的政策往往十分决绝，对各种实际情况欠缺考虑，有异议的臣僚很难说服他。苏东坡特地到司马光家拜会，详细陈述自己的意见。苏东坡虽然喜欢说笑话讽刺别人，但在司马光面前不敢如此，每次都穿戴整齐，认真回答司马光提出的问题。可是苏东坡无法说服司马光，回到家仍然感到郁闷不平，脱下帽子，解开腰带大呼："司马牛！司马牛！"觉得司马光像头倔牛一样。五天之后，太皇太后还是按照司马光的建议下诏废除募役法，恢复差役法。

因为对差役、雇役的分歧，苏东坡和孙永、傅尧俞、韩维多次争论，这引起了司马光的不快，与司马光亲近的人也都对苏东坡有所议论。苏东坡觉得自己与旧党众人也有许多分歧，不愿卷入纠纷，上书请求外出到地方任知州，没有获得允准。他在给友人杨绘的信中感叹昔日朝中官员都追随王安石，今日的官员都追随司马光，虽然追随的人不同，但是这种不容他人就事论事、讨论政策得当与否的气氛是一样的。

不久后，司马光患病，于元祐元年（1086）九月一日故去。苏东坡应司马康的请托，写了司马光的行状和神道碑，还拒绝接受润笔，这是回报当年司马光给母亲程氏撰写墓志铭之情。

中年起落（1080—1093）

明　仇英　独乐园图（局部）

蔡确：相处三个月

苏东坡与蔡确早年并无交集，政治上也说不上有什么大仇怨，只是分属新旧两党，略有交往，略有过节而已。

蔡确是福建晋江人，嘉祐四年（1059）进士，授邠州司理参军，后因邓绾等人的举荐被破格提拔为监察御史里行，不久升迁为御史知杂事。因得到宋神宗赏识，熙宁末年出任御史中丞，元丰年间升为参知政事、右相。蔡确在朝中崛起的年月，苏东坡一直在地方为官，两人并无交往。

元丰五年（1082），宋神宗改革官制后，一度拟议司马光、苏东坡分别任御史中丞、中书舍人，但左仆射兼门下侍郎王珪、右仆射兼中书侍郎蔡确一直拖延此事，加上后来宋神宗忙于处理与西夏的战事，这件事便不了了之。

元丰八年（1085）三月一日起，宋神宗病重，无法上朝，左仆射王珪、右仆射蔡确、知枢密院事章惇等宰执决议立皇帝的长子赵煦为皇太子，并请高太皇太后垂帘听政。三月五日，三十八岁的宋神宗病逝，年仅九岁的儿子赵煦继位，即后世所称宋哲宗。之后王珪病逝，蔡确接任左相，此时高太皇太后执政，更信任司马光等旧党大臣，蔡确对朝政无太大影响。

十二月上旬，苏东坡回京就任从六品礼部郎中，十二月十八日转任起居舍人，虽然此职和礼部郎中一样是从六品官职，但地位更加重要。起居舍人是中书省的史官，负责侍从皇帝左右，记录皇帝的言行，并将记录送到史馆保存。在这个职位上可以和皇帝、执政大臣时常接触，被视为日后高升的好台阶。从此，苏东坡可以在延和殿侍从议事。延和殿是皇宫中朝会和听政的六大殿之一，皇帝经常在这里召见朝臣，听取政事意见，俗称"便殿"，在这里发言比在大殿举行的朝会上自由。

苏东坡对自己连连高升并不习惯，专门去拜见宰相蔡确，请求辞任。蔡确说："就这个职位而言，朝中没有比你更合适的人选了。"苏东坡一再推辞，蔡确说："那现在还有谁应该排在你前面？"苏东坡就说："礼部郎中兼著作郎林希当年和我同在馆阁，他的年纪比我大，应该是他担任这个职位。"蔡确说："林希难道比你合适吗？"最后蔡确还是没有同意。其实这件事并非蔡确所能决定，任命苏东坡应该是太皇太后的决策。

元祐元年（1086）闰二月一日，苏辙上书《乞罢左右仆射蔡确韩缜状》，次日蔡确被外派担任陈州知州。算起来苏东坡回京后，与蔡确同处朝堂还不到三个月。次年，因受到其弟蔡硕盗窃巨额官钱一案的牵连，蔡确被夺职安置在安州。

元祐四年（1089），苏东坡出京任杭州知州前夕，发生了一件类似"乌台诗案"的案件，这次主角是蔡确。蔡确在安州知州任上，游览当地名胜车盖亭，写了《夏日登车盖亭》绝句十首。知汉阳军吴处厚与蔡确有私人恩怨，得知这十首诗后，加上自己的笺释上奏，指控其中五首诗讥讪朝政。尤其是诗中"矫矫名臣郝甑山，忠言直节上元间"一句，吴处厚认为蔡确是用唐代上元年间大臣郝处俊劝谏唐高宗不要传位武后一事，影射太皇太后犹如武则天。于是左谏议大夫梁焘、右谏议大夫范祖禹、左司谏吴安诗、右司谏王岩叟、右正言刘安世等纷纷上书弹劾蔡确。

太皇太后对蔡确早就心怀不满。蔡确曾在闲聊时，声称当时太皇太后一度想要宋神宗的弟弟即位，在自己的坚持下才让宋哲宗顺利即位，标榜自己有"定策"之功。太皇太后听到传言，对他十分厌恶。对于如何处理蔡确，朝臣意见不一。苏东坡曾经秘密上疏，建议宋哲宗下诏逮捕蔡确并治罪，然后太皇太后予以赦免，如此了结这件事，这显然不能让太皇太后满意。她询问文彦博怎么处理蔡确，文彦博建议将其贬为岭南英州别驾，新州安置。尚书右丞范纯仁、尚书左丞王存二人认为，既然之前已经贬谪过蔡确，便不能加重处罚。即便是主张贬谪蔡确的吕大防、刘挚，也认为这个处罚太重，以蔡母年高、岭南路远为由，主张改迁距离他家乡近一点的地方。可是太皇太后说："山可移，此州不可移。"范纯仁曾当面请宋哲宗劝说太皇太后不要如此重罚臣子，宋哲宗对此沉默不语。

蔡确最后被贬为英州别驾，新州安置。范纯仁对吕大防感叹："朝廷有七八十年没有把官员贬谪到岭南，去那里的道路估计都长满荆棘了，今日等于重开了这条路，日后我们或许也是如此下场。"元祐八年（1093），蔡确于新州逝世，终年五十七岁。绍圣二年（1095），朝廷颁诏追赠蔡确为太师，赐谥号"忠怀"，而此时的苏东坡已被贬到惠州闲居。

中年起落（1080—1093）

章惇：反目成仇

苏东坡与章惇早年颇为投缘，可惜中年反目成仇。谁对谁错，后人也难以分清。

章惇是建州浦城人，生于官僚世家，父亲章俞为银青光禄大夫，后移居苏州。他少年时就才识超人、性格豪爽。嘉祐二年（1057）章惇与族侄章衡参加科举考试，章衡高中状元，章惇性格高傲，自认为才学比章衡高，不甘心名次比他低，没有接受朝廷授予官职。章惇又参加了嘉祐四年（1059）的科考，获得一甲第五名，被授予商洛令的官职。

嘉祐七年（1062）秋天，刘敞调苏东坡和章惇到长安来协助自己主持永兴军路、秦凤路士子的解试。朝廷规定解试的考官必须是进士出身，刘敞欣赏苏、章二人，所以调他们来长安做考官，顺便聚谈。这是苏东坡和章惇第二次见面，他们在监考之时经常闲聊。苏东坡欣赏章惇的为人和言论，对认识的友人说"子厚奇伟绝世，自是一代异人"，觉得他未来当相不在话下。

治平元年（1064），离任商洛令的章惇和他的两个朋友来找苏东坡，同游终南山。四人一起花费四天时间，游览了楼观、仙游潭等各处名胜。之后章惇在仕途上遭遇挫折。治平三年（1066），他受参知政事欧阳修的赏识和推荐参加馆职考试。虽然考试合格，但御史搬出他以前参加进士考试时因为名次低而把敕诰丢在一边的旧事，攻击他为人轻狂，致使他没能出任馆职，而被派去担任武进县知县。

熙宁二年（1069），参知政事王安石推动变法，把章惇调入京城担任集贤院校理、编修三司条例官。章惇积极参与变法，受到宋神宗、王安石的赏识，频频升官。熙宁八年（1075），王安石第二次任相后对章惇有所不满，把他由三司使外派为湖州知州。受到打击的章惇一时心灰意冷，想在苏州修整家宅，为以后养老做打算。他听说苏东坡已在湖州买田的消息，写了《寄苏子瞻》一诗，相约致仕后扁舟往来，谈诗饮酒。

苏东坡写了《和章七出守湖州二首》寄给章惇，第一首称赞章惇虽然曾热衷于炼丹修仙，有出世之情，但因为要报答君主恩情，选择在朝廷做官；第二首赞许章惇在南北江招降"五溪蛮"（少数民族部落），是名列"绛阙云台"的功业，可以与汉宣帝时麒麟阁图绘的十一名功臣、辅佐汉光武帝刘秀的云台阁二十八将相比。

元丰二年（1079）苏东坡因为"乌台诗案"被关押在御史台受审。翰林学士章惇虽然是新党，但和苏东坡是同年进士，交往多年，他上奏说："苏东坡当年考取制科第一，仁宗皇帝认为他是'一代之宝'，如今他却被关押在监狱中，恐怕后世会说陛下喜欢听从谀言而厌恶忠直之人。"当次相王珪举苏东坡所作《王复秀才所居双桧》诗中"根到九泉无曲处，世间惟有蛰龙知"一句，试图使苏东坡落得对宋神宗不敬的罪名时，章惇挺身而出，为苏东坡辩解说："龙并非专指人君，大臣也可以被称为龙。"

元丰三年（1080）二月，章惇再次被重用，出任参知政事，成为执政大臣之一，随后分别给王安

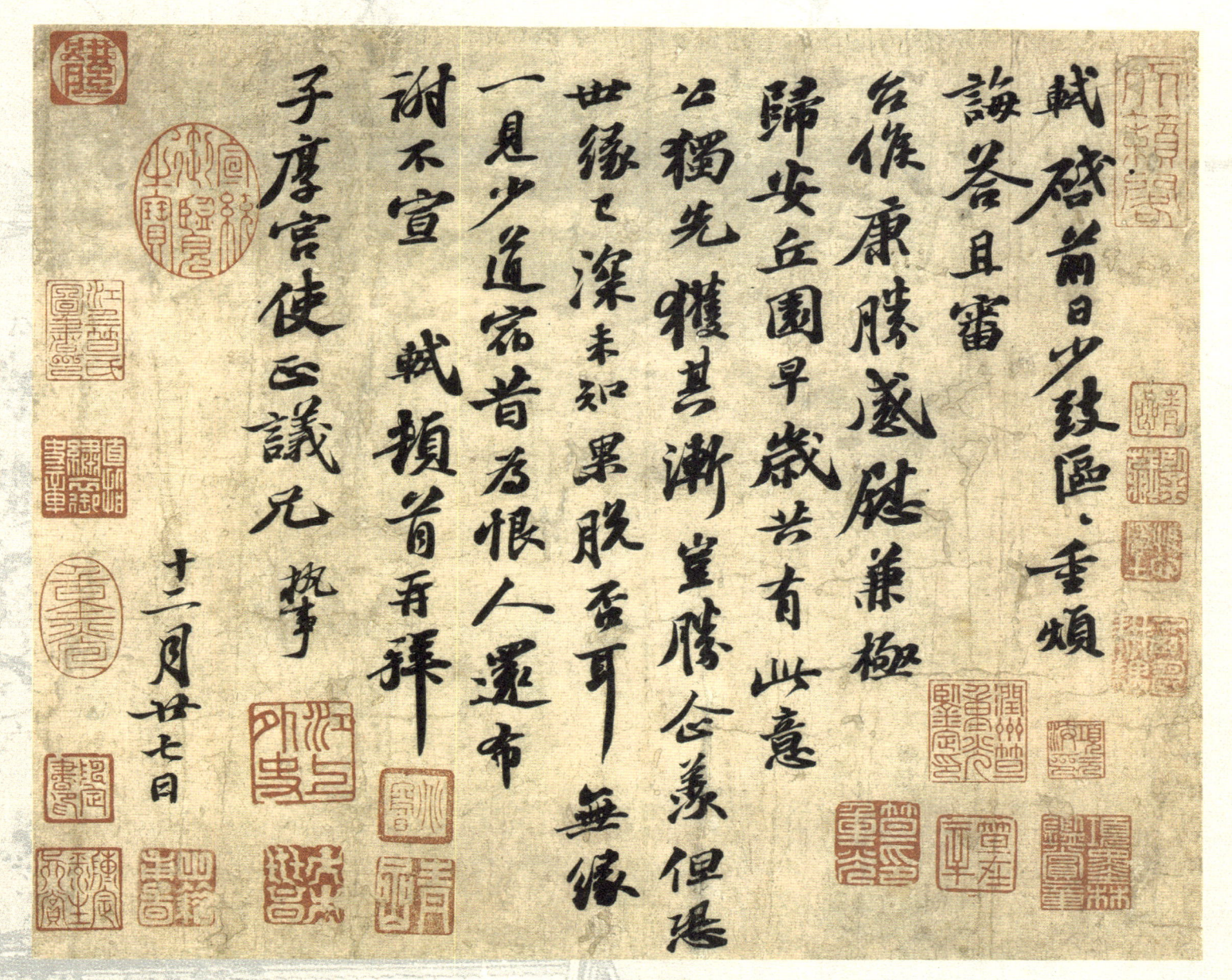

宋　苏轼　致子厚官使正议尺牍（局部）

石、苏东坡写了信，可见他心目中最为推重这两人。苏东坡回信说，之前认识的绝大多数朋友在自己处于顺境时都只会一味夸赞，自己有难时却没有人哀怜、帮助，只有章惇和苏辙平时反复劝说他谨慎，到"乌台诗案"时又出力救助，让他感慨良多。

元丰八年（1085）年底苏东坡入朝时，蔡确为左相，韩缜为右相，司马光为门下侍郎，为副相之首，章惇为知枢密院事，也是执政大臣。太皇太后高氏在司马光等人的建议下，先后废除了保甲法、方田法、市易法、保马法等新法，只有青苗法、募役法还未废除。新党重臣面对这个局面大多沉默，只有知枢密院事章惇言辞犀利，多次和门下侍郎司马光争论朝政举措，让后者颇下不来台。司马光不太擅长争辩，在苏东坡面前抱怨章惇说话犀利。苏东坡和两人都熟悉，便劝章惇说司马光是最受尊崇之人，在言语上要尊重他。此后章惇和司马光议事时，言语也有所缓和。在政策方面，司马光急于全面废除募役法，但朝中大臣对此颇有争议。章惇上书指出改变募役法牵涉许多方面，应详细讨论募役法、差役法的利弊。他逐条分析募役、差役二法的利弊，还与司马光在太皇太后高氏帝前争论。苏东坡、范百禄、范纯仁等人也反对轻易废除募役法，但他们都无法说服司马光。

章惇本就是变法派要员，之前又在废除募役法的议题上和司马光争辩，自然遭到谏官的连连弹劾。苏辙在元祐元年（1086）闰二月十八日上书《乞罢章惇知枢密院状》弹劾章惇，攻击他之前与司马光为敌、妨害国事。在弹劾其他人的奏疏中，苏辙也常提及章惇，将其看作"奸邪"之一。苏辙如此攻击章惇，自然被章惇认为弹劾之事和苏东坡有关系。因为受到刘挚、苏辙等好几位台谏的弹劾，章惇被外派知汝州，范纯仁接替他担任同知枢密院事。

章惇好道家吐纳之术，到了汝州后，他热衷于修习，某天按照道法行气时，恰好有大风刮倒门扇，他受到惊吓，随后手足麻痹。亲友纷纷去信慰问，苏东坡对此不闻不问，没有写信安慰这位故友。三月二十日，苏东坡因为反对赦免和起用新党干将沈起为官，拒绝起草任命沈起的公文，他在为此撰写的《缴进沈起词头状》中指责王安石当宰相后，朝中重臣好多谋求边功，其中也涉及章惇。

明　仇英（传）　周茂叔爱莲图

元祐三年（1088），苏东坡、孙觉、孔文仲担任省试（贡举）的主考官，取中了章惇的儿子章援为进士，章援成为苏东坡门生。次年，章援还跟随苏东坡拜访米芾，但是苏东坡与章惇似乎再无书信往来。

绍圣元年（1094），宋哲宗召章惇入朝为左相。章惇主政期间，贬谪苏东坡等元祐大臣到岭南。元符三年（1100），宋哲宗故去后，皇太后向氏与章惇等宰执大臣商议储君人选时，章惇提议立哲宗的同母弟弟简王赵似。而向太后可能考虑到立简王的话，朱太妃的地位会提高，威胁自己在后宫的地位，或者又出现关于礼仪的争论，因此她主张立生母已经去世的端王赵佶。向太后得到知枢密院使曾布、尚书左丞蔡卞、中书门下侍郎许将的附议，这才确定端王赵佶即位，即后世所称宋徽宗。宋徽宗登基后，当年冬天贬谪章惇为武昌节度副使，潭州安置。

苏东坡遇赦北归，建中靖国元年（1101）三月到达洪州时，听说章惇又被贬为雷州司户参军。雷州是苏辙原先待过的地方，与儋州仅一海之隔而已。洪州知州叶祖洽招待苏东坡时，开玩笑说："传闻您已经成仙，为何今天还游戏人间？"苏东坡回答说："途中遇见了章惇，所以返回来了。"

苏东坡在真州生病之后，乘船往常州行进时经过润州。章惇的儿子章援此时正在镇江城中，他听说苏东坡可能入朝执政，担心苏东坡回朝后报复父亲，便寄来一封长信，先解释自己为何不与苏东坡联系，接着提到章惇已于二月被贬为雷州司户参军，期望苏东坡不念旧恶，未来到朝中帮忙进言，让章惇回家养老。章援是苏东坡当年为省试主考官时取中的进士，两人有师生关系，但因为父辈的仇怨，自元祐八年（1093）苏东坡外派定州以后便没有联系。如今章援主动写这样的信件，也是情势所迫。

六月，苏东坡接到此信，对苏过说这篇文字有司马迁之风，回了一封信《与章致平》。经过多年的贬谪生涯，苏东坡只觉得之前的政坛斗争都是梦幻一场，放下了恩怨得失之心。他在信中说，皇帝使用"建中靖国"这个年号，自诩要在新旧党之间走中立路线，想必不会对章惇做什么过激的事情。而且关于自己拜相的传说必然是误听误传而已，自己已经生了半个月的病，每日只能吃半碗米，目前只希望能回到常州安心养老。苏东坡提醒章家多准备些药物寄给章惇，苏东坡知道章惇喜欢修行道教养生之术，便请章援提醒章惇可以修行"内丹"，但不可服用丹药，还说等回到常州会把自己在儋州写的《续养生论》抄录一遍寄给章惇。写完信，苏东坡又在背面写了自己所知的"白术方"，希望章援能转给章惇斟酌服用。

苏东坡故去后，章惇先后北移到睦州（治所在今浙江淳安）、越州、湖州安置，于崇宁四年（1105）逝世，终年七十岁。

中年起落（1080—1093）

韩绛：优游林下

太子少傅韩亿三子韩绛、五子韩维、六子韩缜都曾任高官，与苏东坡有交往，尤其韩绛与苏东坡较为亲近。

王珪、韩绛、王安石均为庆历二年（1042）进士，分别以第二、第三、第四名及第。嘉祐二年（1057）苏东坡参加省试，时任知制诰韩绛是副考官之一，所以苏东坡算是其门下之士。

嘉祐八年（1063）年底，韩绛听说苏东坡与凤翔府知府陈希亮相处不快，想帮苏东坡摆脱困境，推荐另一位四川进士官员蒲诚之代替苏东坡担任凤翔府通判，但没能运作成功。

熙宁年间，韩绛两次为相，他的主张相对温和，既不属于旧党，也与新党王安石有一定差异。熙宁八年（1075），在密州的苏东坡深感民生艰困，写信给宰相韩绛，反映了方田均税法、手实法、榷盐法等对民众的影响，希望让密州所属的京东路免于执行新的盐业专卖政策。可惜韩绛因与二次为相的王安石政见不合，在当年出知许州。

元祐元年（1086）九月，司马光病逝之后，吕公著一人为右相，此时太师文彦博、大名府知府韩绛、门下侍郎韩维都有成为宰相的可能，为此朝臣之间颇多拉帮结派、彼此攻击的举动。元祐二年（1087）三月二十八日，刑部侍郎范百禄与韩维就朝廷政策发生争论，之后谏官吕陶弹劾韩维专权。范百禄、吕陶都是蜀人，与苏东坡、苏辙兄弟相熟，于是韩维的党羽就称范、吕、苏等朝臣为"川党"。侍御史杜纯、右司谏贾易与殿中侍御史吕陶也互相攻击。直到七月，太皇太后决定让韩绛致仕，外派韩维到地方出任知州，这些争论才告一段落。

元祐三年（1088）元月，致仕闲居的司空、检校太尉韩绛从颍昌来汴京观看上元节的热闹场景，已七十七岁的他喜欢和众人饮宴，十六日在自己宅邸的东阁宴请当年主持考试时点选的门生故吏胡宗愈、苏东坡、刘攽等九人。其他八人都按时到东阁入座，可是担任开封府尹的钱勰公务繁忙，晚了好一会儿才赶来。韩绛的脸色有点儿难看，苏东坡为缓解气氛，便说今天钱勰是因为许多人到自己的宫殿烧香，多逗留了一会儿才迟到的，惹得众人大笑。汴京有座九子母祠，用来供奉女神"九子母"，神像西侧还有九子母的丈夫的塑像。钱勰相貌俊美而且有九个儿子，于是友人戏称钱勰是"九子母夫"，苏东坡这是调侃钱勰在开封府坐堂办公犹如在庙中享受供奉。

同年三月九日，韩绛在汴京病逝，享年七十七岁，苏东坡以门生之礼写了挽词和祭文，前往韩家吊唁。

苏东坡与韩绛之弟韩维的关系一般，与在朝为官的韩维长子韩宗儒也有交往。此时苏东坡的书迹成了人们争相购买的收藏品，其书画常被人索去保存，真迹的价格可以和珠宝玉石相比。韩宗儒喜欢美食，他得到苏东坡的诗文后，常拿去给喜欢收藏苏东坡文字的姚麟，每封短札都能换回数斤羊肉。一日，苏东坡正在翰林学士院中撰写太皇太后或皇帝生辰的祝贺诗文，韩宗儒又派仆人给苏东坡送来

信札，并希望他立即回信。苏东坡见到信中写的只是微末小事，知道他这是想用自己的回信换钱物，便笑着对仆从说："你去给韩家仆人传话，今天我们不卖羊肉了！"

吕公著：渐行渐远

吕公著是宋仁宗时宰相吕夷简的第三子，以门荫入仕，后考中进士，入仕后一路顺遂。治平二年（1065），苏东坡从凤翔回到京城后，龙图阁直学士吕公著曾上书举荐苏东坡参加馆职考试，两人有举主、门生之谊。不过，吕公著沉静寡言、谨慎持重，和苏东坡的性格完全不同，两人的来往比较少。

熙宁二年（1069）二月，宋神宗提拔翰林学士王安石为参知政事主持变法，四个月后，把反对变法的御史中丞吕诲外派地方，让王安石推荐的吕公著转任御史中丞，以便更好地操控朝中舆论。王安石劝说宋神宗以后让御史中丞也可自行举荐谏官，并降低担任谏官之人的资格要求。吕公著举荐了在制置三司条例司任职的程颢、王子韶、谢景福兼任监察御史，从而让王安石可以掌握一部分台谏官员资源。谏官可以直接向皇帝上书规谏朝政得失，监察百官行政，对朝局和舆论颇有影响。在家中守孝的张方平也推荐了苏东坡、李大临二人当谏官，但没有得到回应。

随着局势的发展，熙宁三年（1070），御史中丞吕公著也对一些变法措施提出异议，宋神宗便把他外派到地方担任知州。元丰七年（1084），苏东坡从黄州北上时，曾在扬州拜会知州吕公著。吕公著和苏东坡、苏辙有过交往，按照官员交往惯例，他举

行了一次宴会招待苏东坡，让歌姬表演曲子词，但自己不怎么和苏东坡交谈。苏东坡感到无聊，昏昏欲睡，宴会结束后到知州官舍后园小坐，拿起几案上的笔墨在歌女的团扇上写了一首诗。吕公著多年在朝为官，更清楚朝中动向，苏东坡征询了他的意见后，上呈《乞常州居住表》。

元丰八年（1085），宋神宗故去后，太皇太后高氏临朝听政，陆续起用反变法的大臣，四月召司马光、吕公著入京出任要职。担任尚书左丞的吕公著上书举荐孙觉、范纯仁、李常、刘挚、苏东坡、王岩叟等人为谏官，还举荐担任绩溪县令的苏辙入朝。不过，他最看重的还是在洛阳交往的一众士人。元祐元年（1086），司马光、吕公著、韩绛等举荐程颐入朝出任崇政殿说书，负责每年春秋两季在崇政殿西南的迩英阁给宋哲宗讲读经史。

司马光故去后，吕公著继任宰相，他不像司马光那样众望所归，旧党诸人之间的观点、行政、用人差异逐渐加大，开始分裂为不同的团体。人们私下把苏东坡、苏辙和吕陶等视为"蜀党"，把韩维、程颐、朱光庭、贾易等视为"洛党"，把刘挚、梁焘、王岩叟、刘安世等视为"朔党"。宰相吕公著、门下侍郎韩维经常听取程颐等人的意见，而程颐和苏东坡的观点、为人行事都不同，加上双方有过口舌之争，于是"洛党"与"蜀党"人士或明或暗彼此攻击，后来演变成各党人士常常上书攻击对方的道德、言行、施政、用人，朝中人事纷纭。

元祐二年（1087）正月，御史中丞傅尧俞，侍御史王岩叟、朱光庭等接连上书指责苏东坡出的馆职考题妄议仁宗、神宗之治。另一位御史吕陶则为苏东坡辩护，说苏东坡在题目中仅仅指出百官执行的问题，并不涉及皇帝，而且指出朱光庭和程颐有亲戚关系，或许是出于个人私仇才弹劾苏东坡。此后，两方互相指责对方是朋党，蜀党、洛党之争开始为朝堂所知。

元祐三年（1088）四月，吕公著致仕，担任司空、同平章军国事，太皇太后任命吕大防为左相、范纯仁为右相。因为宰相的变动，朝中官员又开始了新一轮的拉帮结派、明争暗斗。五月，太皇太后提升御史中丞胡宗愈为尚书右丞，不料遭到谏议大夫王觌的反对。王觌指责胡宗愈在任御史中丞期间贪赃枉法、结党营私，与苏东坡、孔文仲等人互相勾结、排斥异己等。太皇太后批示说，王觌胡说八道，不可在朝中任职，建议让他到外地去做官。吕公著立即上书表示反对这一处理意见，认为王觌担任台谏官以来言论最为稳妥，倘若因为弹劾执政大臣便将其罢黜，会不得民心。太皇太后最终还是决定外派王觌担任润州知州。

从吕公著对贾易、王觌的保护便可以看出，他喜欢那种相对严肃周正的政治人物，对苏东坡在朝为官观感不佳，觉得苏东坡为人比较轻率。元祐四年（1089），吕公著逝世，这是司马光逝世之后京城的又一场大丧事，众多官员都去吊唁。苏辙写有挽词，而苏东坡并没有为此留下任何文字，他之前和吕公著对朝政的看法有明显的分歧，所以来往很少。他可能也意识到，吕公著并不喜欢自己，那些攻击他的人很多都是与吕公著亲近的人。

中年起落（1080—1093）

赵君锡：动辄得咎

元祐四年（1089），苏东坡被外派任杭州知州。朝中一些官员反对外派苏东坡，给事中赵君锡上书建议让苏东坡留在朝中，认为"轼之文，追攀六经，蹈藉班、马，自成一家之言，国家以来，惟杨亿、欧阳修及轼数人而已"。之后，赵君锡与苏辙一起出使辽国，从此他与苏东坡、苏辙颇为亲近。

元祐六年（1091）五月二十六日，苏东坡从杭州回到汴京出任翰林学士承旨。七月二十六日，贾易弹劾在御史中丞赵君锡推荐下担任秘书省正字的秦观，指责他行为不检，是苏东坡结交的轻薄之人。苏辙了解到弹章的内容后，急忙告诉苏东坡，让他小心提防。苏东坡派自己的学生王遹去找赵君锡，通报秦观被贾易弹劾的消息，希望赵君锡注意，还把弹章的内容告诉了秦观。秦观刚来京城当官一年多，没有官场争斗的经验，次日私下去找赵君锡，透露了贾易弹章中的具体字句，劝说赵君锡弹劾贾易，帮自己解脱。

赵君锡作为御史中丞，一般不会得罪台谏同僚，而且如果扳倒苏辙，他也有成为副相的机会。经过一番思考，他于八月一日把王遹、秦观晚上来找自己的情况上奏，弹劾他们凭借苏东坡的"威势"离间台谏官员。这让苏东坡、苏辙十分尴尬，不得不承认自己泄露了朝中机密奏章，在家等候圣裁。赵君锡还说自己举荐秦观是因为看重他的文学才能，如今了解到他品行浮薄，决定撤回之前的举荐。

八月二日，侍御史贾易又上书弹劾苏东坡、苏辙兄弟，激烈攻击两人的道德和政行。贾易将苏东坡听闻宜兴新买的田地收成不错后写的诗句"山寺归来闻好语，野花啼鸟亦欣然"，曲解为苏东坡听到宋神宗驾崩的消息感到高兴；还指责苏东坡在杭州判案不公，为游观而在西湖修建长堤等。贾易从学问、道德、行政各方面攻击苏东坡兄弟，请求太皇太后高氏罢免他们。太皇太后高氏觉得贾易言辞过分，将他的奏章加盖密封章，让吕大防、刘挚保存在中书省档案中，不得公开。

八月四日，宰相吕大防、刘挚进言，建议把苏东坡、贾易同时外派到地方为官。赵君锡还连连上章救护贾易、攻击苏东坡，说苏东坡写诗讽刺宋神宗和蔡确写诗讽刺高太后是一样的罪行。次日，朝廷任命苏东坡为龙图阁学士、知颍州，贾易知庐州。这一次，苏东坡仅仅在京城待了三个多月。苏东坡把这次经历看作秦观引发的一场闹剧，对赵君锡的举动感到悲凉，深感如今的官场已变成"平生亲友，言语往还之间，动成坑阱"，为了权力斗争，一点儿私人情分都不讲了。苏东坡对官场争斗感到心寒，有了明哲保身的打算。

苏东坡少年时曾写过一篇《黠鼠赋》，以黠鼠比喻政敌，引用自己在之前写的《夏侯太初论》中的"人能碎千金之璧，不能无失声于破釜；能搏猛虎，不能无变色于蜂虿"一句，告诫自己不为"一鼠之啮而为之变"，即不要为少数政敌的恶意"诬罔"而改变自身的意志、气度。

贾易：胡喷乱喷

元祐元年（1086）九月一日，司马光逝去，之后旧党加速分化。朝中的旧党成员虽然大体上都反对王安石变法的政策，但是具体的政治观点、用人方式、亲友圈子都有差别，对官位和权势也各有企图。继任的宰相吕公著老成持重，但不像司马光那样众望所归，导致旧党分裂为不同的团体，有"蜀党""洛党"和"朔党"。

同月，苏东坡升为翰林学士。此时宰相空缺一人，苏东坡有望成为执政大臣。朝中各方暗流涌动。九月二十八日，监察御史孙升上书，认为苏东坡文章、学问众人都佩服，但是"德业器识，有所不足"，朝廷应该以王安石为戒，最多只能让苏东坡担任翰林学士这类文学侍从，"讨论古今，润色帝业"，不能让他担任宰相执政。年底馆职考试之后，谏官朱光庭上书弹劾苏东坡拟定的馆职考试题目涉及讥讽宋仁宗和宋神宗，请求以"不忠"的罪名惩治他。

元祐二年（1087）七月，御史中丞胡宗愈、给事中顾临、左谏议大夫孔文仲等人上书弹劾程颐，监察御史吕陶也上奏弹劾程颐讲课不守分寸，和朱广庭、杜纯、贾易结成朋党。八月，太皇太后高氏下诏让苏东坡在原有官职的基础上兼任侍读。同月，太皇太后高氏下旨罢去程颐经筵讲读的官职，派去洛阳权同管勾西京国子监，

中年起落（1080—1093）

同时外派右司谏贾易担任怀州知州。这是太皇太后高氏的决定，但在外人看来，似乎是苏东坡、苏辙的"蜀党"夺了程颐侍读的职位，赶走了贾易。元祐四年（1089），苏东坡不堪连连遭受攻击，外出担任杭州知州。

元祐六年（1091）五月二十六日，苏东坡应召回京出任翰林学士承旨。此时刘挚为右相，他暗暗排挤苏东坡、苏辙兄弟，让程颐的门生朱光庭回朝担任给事中，让贾易回朝任侍御史，明显是想让贾易攻击苏东坡兄弟。

江淮荆浙等路发运使晁端彦来京办事，宴请京城有交往的官员，同时邀请了苏东坡和贾易。两人在酒宴中有点儿不自在，喝了一会儿酒，苏东坡又开起玩笑，他说："我昨天上朝路上，看到一个人喝醉了，躺在东衢路上挡道，我有点儿生气，命左右随从说：'你们去把他抓住，用绳子绑起来。'醉酒那人叫道：'你又不是台谏，为什么要胡绷乱绷！'"这是讽刺谏官只会用风言风语对官员"胡喷乱喷"。贾易也针锋相对："谁让你喜欢辩白啊！"意思是你既然喜欢上书为自己辩护，我们谏官当然也要持续上书找你的麻烦。众人都有点儿不敢说话，苏东坡一直到散席都有点儿意兴阑珊，晁端彦十分后悔自己的冒失。

七月，苏东坡两次上书请求到外地担任郡守，并希望能到南都担任知州，还在文中陈述了贾易几次弹劾自己的背景。贾易也不好再直接纠缠苏东坡，便转而弹劾苏东坡亲近的官员秦观等人，闹出一场风波。八月五日，太皇太后外派苏东坡知颍州，贾易知庐州。

苏东坡说自己接连遭到诬谤是"萌于朱光庭，盛于赵挺之，而极于贾易"。

刘挚：蜀朔之争

治平三年（1066），苏东坡兄弟运送父亲的棺椁归葬，溯江西上抵达江陵时，认识了担任江陵府观察推官的东平人刘挚。

熙宁二年（1069），苏东坡入朝为官，与刘挚也有往来。熙宁四年（1071年），苏东坡到杭州当通判，十月到扬州后，苏东坡在知州钱公辅的招待酒宴上遇到三位从馆阁到外地赴任的旧识——泰州通判刘攽、海州知州孙洙、衡州盐仓监管刘挚，其中刘挚也是因为反对王安石变法而被贬谪。他们几人留在扬州三日，每天聚会宴饮，谈论诗文掌故、时政得失，苏东坡作诗《广陵会三同舍，各以其字为韵，仍邀同赋·刘莘老》，回忆两人在荆州初遇、在朝堂再会的往事：

> 江陵昔相遇，幕府称上宾。再见明光宫，峨冠抱搢绅。
> 如今三见子，坎坷为逐臣。朝游云霄间，欲分丞相茵。
> 莫落江湖上，遂与屈子邻。了不见喜愠，子岂真可人。
> 邂逅成一欢，醉语出天真。士方在田里，自比渭与莘。
> 出试乃大谬，злой狗难重陈。岁晚多霜露，归耕当及辰。

元丰二年（1079）年底，"乌台诗案"的处理结果出来，受到罚铜二十斤处理的人中就有知宗正丞刘挚，可见苏东坡与刘挚一直有往来。

元祐年间，苏东坡和刘挚同朝为官，刘挚历任御史中丞、尚书右丞、尚书左丞、中书侍郎、门下侍郎等显职，元祐六年（1091）官拜尚书右仆射，与尚书左仆射吕大防共同执掌相位。

元祐三年（1088）九月，苏东坡在迩英阁给宋哲宗讲授时提及时事，如朝廷在赏罚边将上举措不当，耗费巨资想让黄河水改道东流等。这引起执政大臣的不满，认为苏东坡在年幼的宋哲宗面前损害大臣的名声、施政措施。加上苏东坡同期也上书太皇太后高氏，反对修建黄河河道，这更是引起宰执的不满。

元祐五年（1090），苏东坡在杭州当知州。五月，苏辙任御史中丞，他看到吕大防、刘挚两位宰执近年为"调停"新旧党的关系，起用了一些元丰年间受宋神宗提拔、重用的新党官员担任要职，比如任命邓润甫为翰林学士承旨、礼部侍郎陆佃代理本部尚书、兵部侍郎赵彦若代理本部尚书。苏辙连续上书，指出执政大臣"生事"，认为当前要分别正邪，不能让"小人"（即新党官员）担任朝堂要职。太皇太后高氏对此十分赞同，让宰执在自己的帘子前阅读苏辙的文字。众人知道了太皇太后高氏的倾向，便不再想办法让更多新党官员担任要职，"调停"的话题暂告一段落。刘挚因之前处置蔡确之事让太皇太后高氏不快，之后为了自保，运作让贾易、杨畏等人担任谏官，以制衡吕大防、苏东坡和苏辙。

中年起落（1080—1093）

元祐六年（1091），太皇太后高氏提拔御史中丞苏辙升任尚书右丞，位居宰执，又召苏东坡回朝任正三品的翰林学士承旨。这时，左仆射兼门下侍郎行侍中吕大防、右仆射兼中书侍郎行中书令刘挚两人为左右宰相。苏东坡对京城的朝局争斗又是厌恶又是关注，他在应召入京途中写了一首有所寓意的诗《破琴诗》：

> 破琴虽未修，中有琴意足。
> 谁云十三弦，音节如佩玉。
> 新琴空高张，丝声不附木。
> 宛然七弦筝，动与世好逐。
> 陋矣房次律，因循堕流俗。
> 悬知董庭兰，不识无弦曲。

这首诗和当前的政局有关。刘挚成为宰相后，暗暗排挤苏东坡，如推荐程颐的门生朱光庭担任给事中、贾易再次任侍御史等。苏东坡对此已经有所觉察，上书指出贾易必然再次以各种方式弹劾、攻击自己，不愿意回朝。他以破琴比喻自己，以新琴比喻投靠刘挚的贾易、朱光庭等人，以天宝末年的宰相房琯比喻刘挚——史书记载，房琯壮年时在政坛享有盛名，安史之乱后，被唐肃宗任命为宰相。房琯空谈误国、嫉贤妒能，其门客董庭兰收受贿赂、走后门。后来谏官弹劾董庭兰，房琯入朝自诉，遭到唐肃宗斥责，不久后被贬为太子少师。苏东坡不敢直抒胸臆，便托以梦境，曲折反映自己对朝政的看法。

苏东坡到京城三个月，因频频被谏官攻击，转到地方担任颍州知州。年底，殿中侍御史杨畏上书弹劾刘挚，并说梁焘、王岩叟、刘安世、朱光庭是刘挚的死党，必然会为刘挚辩护。也有谏官揭发刘挚的儿子与章惇的儿子来往密切，这让太皇太后高氏心生警惕，解除了刘挚的相位，将其外派到地方担任知州。

绍圣元年（1094），亲政的宋哲宗任用新党官员，刘挚被贬黄州、蕲州。绍圣四年（1097），刘挚被贬谪岭南的新州，年底死于新州，终年六十八岁。

程颐：口快之业

苏东坡是"文章之士"，而程颐是"理学之士"，学术专长不同，性格更是不合。二人并没有什么私交，只是在元祐元年（1086）同朝为官近五个月，其间发生了几次口角。苏东坡快言快语，说了几句针对程颐的玩笑话，从此二人成了敌对方。

苏东坡与程颢是进士同年，程颢考中进士后长期在地方担任官员，曾短暂在朝担任监察御史，于元丰八年（1085）去世，终年五十四岁。程颢的弟弟程颐参加科考未考中，便长期在民间书院讲学，研究经学命题，以讲授儒学著称，受到洛阳士林的推重。门下侍郎司马光、尚书左丞吕公著、洛阳留守韩绛等都举荐程颐出山为官，他辞谢了汝州团练推官、西京洛阳国子监教授等官职。元祐三年（1088）三月，程颐应召入京，出任崇政殿说书，负责每年春秋两季在崇政殿西南的迩英阁给皇帝讲读经史。

程颐个性端庄持重，在言行中以"古礼"交接人物，显得颇为古板。他给皇帝讲课时一板一眼，注重礼仪，常有一些书生气的行为。有一天讲课结束后，程颐和皇帝在门外的小轩中喝茶。皇帝此时还是个十一岁的少年，比较好动，起身去折亭边的柳枝，程颐立即劝谏说："春天万物正在生发，不可无故摧折。"小皇帝听了只好抛开柳树，一脸恼怒地站在那里。司马光听说这事，叹息许久，对门人说："君主不愿意亲近儒生，正是因为有这样迂腐的人。"

苏东坡与程颐的脾气、言行风格、学术背景都不相投。苏东坡认为程颐是不近人情的老古板，闲聊时偶尔在言语上讽刺他。程颐的弟子朱光庭时任御史，苏东坡与他寒暄过，还曾写过唱和诗《次韵朱光庭初夏》。一天，苏东坡见程颐挺立在朝堂上，一脸严肃地监督朝臣遵行各种礼仪细节，觉得他一本正经的样子有点好笑，私下与其他官员耳语道："什么时候能打破这个'敬'字啊。"程颐的学说主张日常要讲究"诚""敬"，事事都要符合礼仪，而苏东坡举动随意，不喜欢板着面孔。可是苏东坡这样轻易开口评论别的官员，流言蜚语也渐渐多了。

在司马光的葬礼事宜上，苏东坡因礼仪之争、口舌之快招惹了程颐。元祐元年（1086）九月六日，两省大臣随皇帝参加完明堂典礼后，相约一起去宰相府吊祭司马光。自认为熟悉丧礼的程颐引用《论语》中"子于是日哭，则不歌"的说法，认为庆典、吊唁不能同日进行，劝阻各位同僚去司马光家吊祭。有人反驳说，明堂庆典是吉礼，而非娱乐表演，两者性质不同，孔子说哭则不歌，但是没有说歌则不哭呀。于是众人仍前去吊祭，程颐又跑去告诫司马光的子孙不能出门接受吊祭，苏东坡觉得程颐泥古不化，随口开玩笑说："程颐可谓是鏖糟陂里叔孙通！"

鏖糟陂是汴京西南十五里一处污浊的沼泽地，是穷困潦倒之人居住的杂乱偏僻之地。苏东坡之前在黄州时曾在给友人王巩的信中自命"鏖糟陂里陶靖节"，自嘲是荒僻小村里的隐士。他这样说是讽刺程颐像穷乡僻壤的长老、学究，习惯把各种鄙俗讲究都安上古代圣贤的名义，用来约束众人。此言一出，众人哄堂大笑，程颐听闻后当然心中气恼。不过，也有人觉得苏东坡言语轻浮，在司马光刚死后

就说笑，也不太得体。这句玩笑话不仅得罪了程颐，也引来程颐亲友、弟子的不满。

后来，朝廷官员在相国寺上香祭祀之后回到衙门一起就餐，程颐让主管餐食的官吏上素馔，苏东坡诘问他："正叔你不信佛，为什么食素？"程颐回答他说："按照礼节，居丧期间不能饮酒食肉，现在还是国丧期，所以如此。"但苏东坡觉得没有必要如此，笑着说："为刘氏者左袒。"便和黄庭坚等亲近官员吃肉食。从此程颐和弟子朱光庭等人更加敌视苏东坡。

程颐和他故去的哥哥程颢以理学研究闻名于士林，主要影响以洛阳为主的中原地区。他长期在民间讲学，对苏东坡这样靠诗文、科举闻名的才子本就有看法，觉得汉代的贤良是被推荐之后才到朝廷为官，但本朝之人为了求得推荐，自己跑到京城拜谒朝臣，以求进入官场，"得则肆，失则沮。肆则悦，沮则怨。不贤不良，孰加于此"。他大概觉得苏东坡就是此类得志便放肆、失意便抱怨的人。

宰相吕公著、门下侍郎韩维倾向洛党，经常听取程颐等人的意见，而程颐和苏东坡的观点、为人行事都不同，加上有过口舌之争，于是洛党与蜀党人士或明或暗彼此攻击。元祐元年（1086）年底，和程颐交好的左司谏朱光庭上书弹劾苏东坡拟定的馆职考试题目涉及讥讽仁宗、神宗，请求以"不忠"的罪名惩治他。元祐二年（1087）正月，以朱光庭为首的谏官接连上书指责苏东坡出的馆职考题不妥。也有朝臣为苏东坡辩护，指出朱光庭和程颐有亲戚关系，或许是出于个人私仇才弹劾苏东坡。太皇太后高氏下诏让双方都于同日上朝供职，馆职试题的

宋　刘松年（传）　琴书乐志图

争议算是告一段落。之后朱光庭、贾易等台谏官员还是盯着苏东坡，等待抓他的新把柄。

七月的一天，程颐入宫给皇帝讲课，皇帝没有像往常那样坐着听课，而是站着。程颐一问才知道，因为天热，皇帝的屁股上生了疹子。讲完课后，程颐便问与自己交好的宰相吕公著："今天皇帝生病，没有办法坐，应该没去朝会上听政，你们知道吗？"吕公著说："我不知道。"这一事件说明太皇太后垂帘听政时，小皇帝仅仅是个摆设，太皇太后和大臣对他是否在场并不太在意。程颐便说："既然是'二圣'临朝听政，那么皇帝没有去，太皇太后不应独自坐在那里听政。而且皇帝生病了，大臣却不知道，这样合适吗？"吕公著听了这话，次日便带着大臣去向皇帝问安。太皇太后听说这件事，问吕公著等人从哪里知道皇帝生病的消息，吕公著将程颐的话转告她，太皇太后极不高兴。程颐可能没有意识到，这件小事或许让太皇太后、皇帝、大臣都对他有了意见。皇帝觉得程颐这样做是擅自透露自己的隐私，担心引起太皇太后不快，而太皇太后和大臣对他议论"二圣"的关系也有不满。

不久之后，得到暗示的御史中丞胡宗愈、给事中顾临等人上书弹劾程颐，左谏议大夫孔文仲言辞最为激烈，说程颐是奸诈小人，素来无德无才，只是交结权臣，勾结台谏官员，制造谣言，扰乱朝政，建议将其放归田里。监察御史吕陶也上奏弹劾程颐讲课不守分寸，和朱光庭、杜纯、贾易结成朋党。程颐只好按照惯例在家中等待朝廷调查和处理。八月，太皇太后下诏让苏东坡在原有官职的基础上兼任侍读，并下旨罢去程颐经筵讲读的官职，派去洛阳权同管勾西京国子监。

此事的关键是太皇太后认为程颐之前的言论是在离间自己与皇帝的关系，质疑自己听政的权威，与苏东坡并无多大关系。但是在外人看来，似乎是苏东坡、苏辙的蜀党夺了洛党程颐的侍读职位。苏东坡知道自己日后必然要被程颐一党攻击，连忙上书请求到外地任职，但没有获得批准。

程颐回到洛阳后，继续以讲学为乐，绍圣三年（1096）又被贬谪到涪州安置。元符三年（1100），宋徽宗即位，程颐回家闲居，后于大观元年（1107）去世，终年七十五岁。

钱勰：响答诗筒

钱勰是吴越王钱镠六世孙，祖籍浙江临安，考中进士后，历任尉氏知县、流内铨主簿、如皋知县、盐铁判官、诸路都转运使。元丰六年（1083），钱勰曾奉命出使高丽。钱勰文章雄健深沉，诗词清新遒劲，书法师承欧阳询，是文臣中有名的才士。

苏东坡在中书舍人、翰林学士任上时，与先后担任中书舍人、给事中的钱勰是同僚，两人都博学多闻，爱说笑话，故而交往较多。

钱勰在开封府处理公务颇为敏捷，有次判决一桩疑难案件后，朝野颇为称道，苏东坡称赞他："所谓霹雳手也。"钱勰回答说："安能霹雳手？仅免葫芦蹄也。"元祐三年（1088）八月，钱勰上奏开封府司录司、左军巡、右军巡三处监狱都没有犯人，并以此为功绩。谏官弹劾他的奏报，九月他被外派任越州知州，苏东坡在赠别时作词《西江月·送钱待制》：

莫叹平原落落，且应去鲁迟迟。与君各记少年时。须信人生如寄。
白发千茎相送，深杯百罚休辞。拍浮何用酒为池。我已为君德醉。

元祐六年（1091）三月，钱勰从越州北上去瀛州（治所在今河北河间）当知州，路经杭州，苏东坡在酒宴上作赠别词《临江仙·送钱穆父》：

一别都门三改火，天涯踏尽红尘。依然一笑作春温。无波真古井，有节是秋筠。
惆怅孤帆连夜发，送行淡月微云。尊前不用翠眉颦。人生如逆旅，我亦是行人。

元祐七年（1092），苏东坡回朝出任礼部尚书，钱勰也回朝担任工部侍郎，二人多次赋诗唱和。一天苏东坡趁钱勰伏案处理公务时送诗给他，钱勰立刻提笔写了一首唱和，苏东坡不由赞叹："电扫庭讼，响答诗筒，近所未见也。"这是夸对方处理案件、作诗应答都飞快。

绍圣元年（1094），钱勰被亲政的宋哲宗调任翰林学士，后因为谏官弹劾，外任池州知州。绍圣四年（1097），钱勰病逝于官舍，终年六十四岁。

宋 李嵩（传）观灯图（局部）

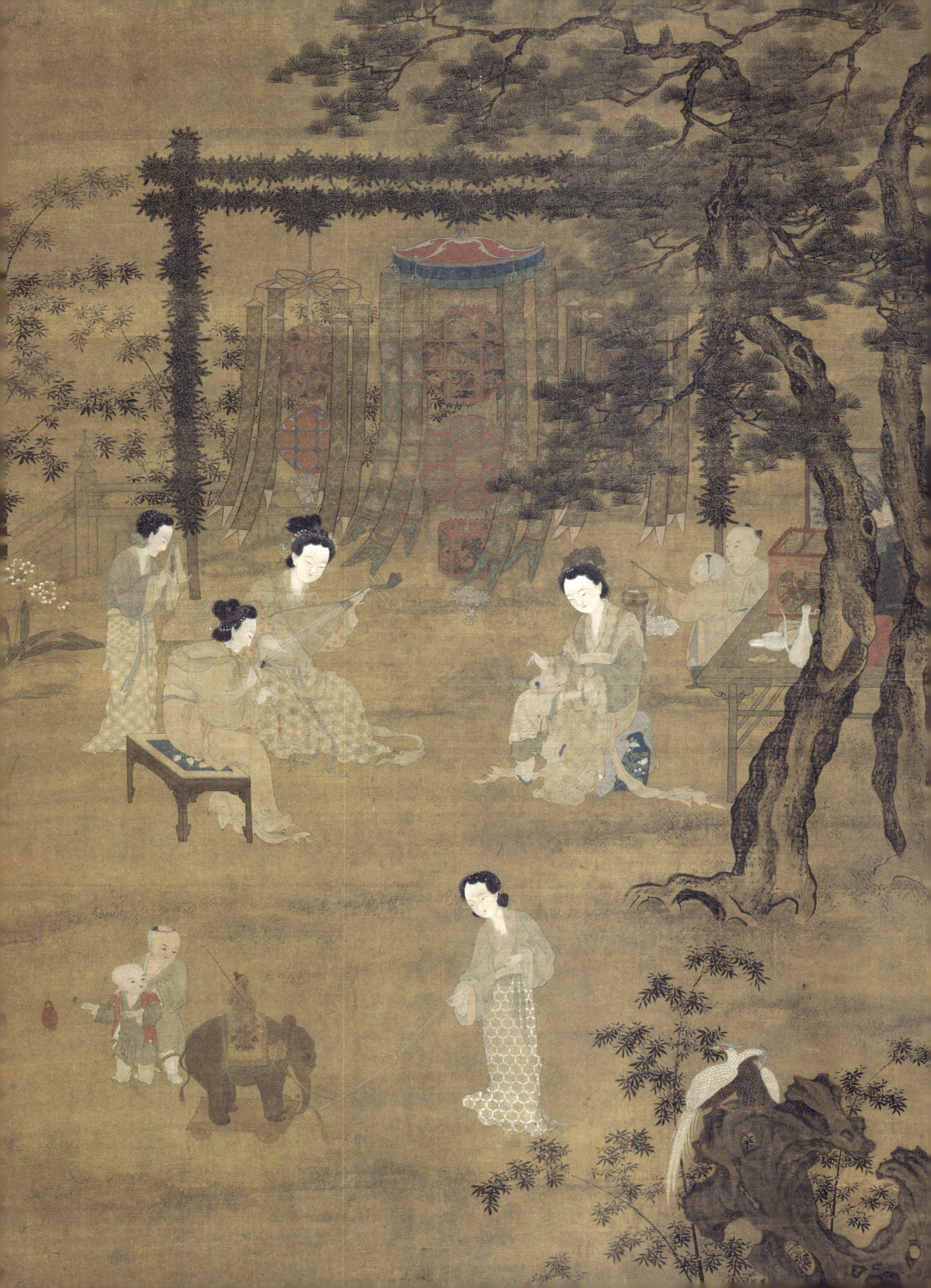

蒋之奇：卜居之缘

嘉祐二年（1057），众进士在汴京西城墙外的御苑琼林苑参加"琼林宴"，在宴会中，苏东坡和来自宜兴的蒋之奇邻座，闲谈中蒋之奇夸赞家乡的风土人情，苏东坡一时兴起，说自己以后想到宜兴定居，约定要去蒋家府邸附近买地做邻居。

治平年间，蒋之奇弹劾参知政事欧阳修与儿媳有染，私德不修，后来查明欧阳修无辜受诬，皇帝将蒋之奇贬为监道州（今湖南道县）酒税。欧阳修接连遭到谏官的攻击，加上身体有病，无心在朝中任官，治平四年（1067）三月以观文殿学士、刑部尚书的身份出任亳州知州。

元丰六年（1083），京城传出宋神宗有意起用苏东坡的消息，一些多年没有联系的官场中人主动和苏东坡联络，江淮登陆发运副使蒋之奇也写来信通问，苏东坡按官场惯例回了一封比较客气的《贺蒋发运启》。

次年苏东坡北上到达真州，与时任朝议大夫、直龙图阁、权江淮荆浙等路制置盐矾兼发运副使的蒋之奇会面谈起旧事，生发出在宜兴多买点儿地闲居的兴致，还写了《次韵蒋颖叔》坦露心迹：

月明惊鹊未安枝，一棹飘然影自随。
江上秋风无限浪，枕中春梦不多时。

明　佚名　上元灯彩图（局部）

中年起落（1080—1093）

琼林花草闻前语，辋画溪山指后期。
岂敢便为鸡黍约，玉堂金殿要论思。

苏东坡曾于熙宁年间在宜兴买了一块地，此次突然兴起再在宜兴买地的念头。在当时士人邵民瞻等人的帮助下，苏东坡在距离县城七十里的黄土村买到曹家的百余亩田地，另外又添置了一处几十亩大的庄园，里面有可供居住的房舍。苏东坡买下的田地有一部分是民间私人田地，一部分是官府没收后转卖的"官田"。买好地后，他托蒋之奇的亲戚蒋公裕代为管理。后来，曹家反悔，上诉官府。虽然苏家买地合乎规定，但苏东坡为免是非，让曹家以原价买回去，可曹家又拿不出钱，闹了许久。

元祐年间，太皇太后高氏重用旧党大臣执政，蒋之奇在元祐七年（1092）入朝担任户部侍郎，负责处理漕运、财税事务，半年后又被外派出镇熙州（治所在今甘肃临洮）。

元祐八年（1093）九月，亲政的宋哲宗召蒋之奇回朝任中书舍人。绍圣二年（1095），蒋之奇升为开封府知府、翰林学士，几个月后又因为与进言犯上的邹浩是好友，受牵连被贬到地方为官。元符三年（1100）年初，宋徽宗登基后，又召他回朝出任翰林学士，同知枢密院，次年升为知枢密院事，成为宰执之一。崇宁元年（1102），蔡京为相后，他被外任为杭州知州，随后又被追究放弃河湟的责任，只能告老回乡。崇宁三年（1104），蒋之奇去世，终年七十四岁。蒋之奇的侄子蒋璨也擅长诗文，其词作能模仿出苏东坡的神韵，外人难以辨别。蒋璨因追慕苏东坡，自号"景坡"，著有《景坡堂诗集》十卷。

李廌：无奈寒士

元丰三年（1080），年轻文人李廌主动来信问候在黄州的苏东坡，他已故的父亲是苏东坡的同年进士，但彼此没有交往。李廌六岁丧父后，家境迅速变差，好在能够一心向学。少年时，他曾在徐州拜见苏东坡，并没有给苏东坡留下什么印象。苏东坡接到信后，介绍苏辙的二女婿王适和他认识，两人一起在徐州参加解试，但都没有考中。

元丰四年（1081）年底，李廌专程来黄州拜谒苏东坡。苏东坡对他近来的文章颇为赞赏，认为其笔墨翻澜，有飞沙走石之势，拍着他的背说："你的才华可敌万人，如果修养高尚，就更是无敌了。"李廌在黄州待了一段时间，因家里贫寒，离开黄州游历四方、赚钱养家。苏东坡看中李廌的才华，临别时还赠送他衣服和诗文。

元丰八年（1085），苏东坡从黄州北上汝州，在南都停留时，李廌从阳翟（今河南禹州）赶来拜会。苏东坡见他依旧穷困，便把别人刚刚赠给自己的十匹绢、一百两丝转赠给他，还为其已故的父亲写了哀词。

元祐二年（1087）年底，李廌来京城准备参加明年的省试。各州的举人听说苏东坡高度赞扬李廌的文章，纷纷前来拜会。李廌也经常和苏东坡、苏东坡门人来往。元祐三年（1088）正月，朝廷命苏东坡、孙觉、孔文仲担任省试（贡举）的考官。糊名考试只能从文风推测作者，苏东坡见到类似李廌文风的卷子都会挑出来，排在前面。让苏东坡吃惊的是，他本以为自己可以辨认出李廌的文风，将李廌的考卷排在省试第一、第二位，不料竟然没有取中李廌，心中大为遗憾。李廌本以为苏东坡做了省试考官，自己一定能考中前三名，不料却名落孙山，于是闷闷不乐，心中有点儿埋怨苏东坡。此次李廌离开京城之前，苏东坡约他晚上来自己家中话别，又鼓励他一番。苏东坡还把朝廷赏赐给自己的御马玉鼻骍转赠给李廌，还特别写了一篇《赠李方叔赐马券》给他，方便交易马匹时作为凭证。

李廌的文章得到苏东坡的公开称赞，有了名气，但因为科考不顺，他无法按照正常路径出仕，颇为落寞，想走举荐出仕的路子，抱怨苏东坡不举荐自己。苏东坡对他的举动有所听闻，便写信劝他"慎静"，不要太着急。苏东坡喜欢赞誉人才，但对向朝廷上书举荐人才比较慎重，怕引起非议。

绍圣元年（1094），李廌听说在定州当知州的苏东坡被贬的消息，特地赶来报信和告别，还带来一些朋友的书信。远方朋友的慰问让苏东坡十分感动。元祐八年（1093），苏东坡联络过范祖禹，打算联名举荐李廌，后来太皇太后高氏驾崩，局势大变，未能施行。如今看来，也算塞翁失马，免去了李廌受牵连的命运。

未能出仕的李廌移居长社县（位于今河南长葛），以私塾教授为生。建中靖国元年（1101），他听说苏东坡病逝，悲痛哭泣，撰写祭文称颂东坡："道大不容，才高为累。皇天后土，鉴平生忠义之心；名山大川，还千古英灵之气。识与不识，谁不尽伤；闻所未闻，吾将安放。"后来，他与苏过多有来往。大观三年（1109），李廌逝世，享年五十一岁。

郭熙（传）寒山雪霁图（局部）

赵挺之：言语结怨

元祐元年（1086）夏秋时，赵挺之被举荐参加馆职考试，苏东坡从黄庭坚那里得知赵挺之从前的行径，曾当众评论他是"聚敛小人，学行无取"。苏辙当谏官时，也弹劾过赵挺之的岳父袒护同僚的过错。十一月苏东坡担任考官之一，与翰林学士承旨邓润甫等一起出题考核被举荐参加馆职考试之人。邓润甫拟了两道题目，苏东坡拟了一道题目，其中有一句是"今朝廷欲师仁祖之忠厚，而患百官有司不举其职，或至于偷；欲法神考之励精，而恐监司、守令不识其意，流入于刻"。苏东坡有感于宰相、台谏议论纷纷的局面，才出了这样一道题目。十二月七日，考试成绩公布，录取了毕仲游、赵挺之、张舜民、张耒、晁补之、刘安世、李昭玘等十三人，其中好几人都是与苏东坡交好的后辈，自然又引起一番议论。其实这几人分别是范纯仁、李清臣等推荐参加考试的，苏东坡并不能主导此事。

元祐二年（1087）冬天，苏东坡又一次主持馆职考试，随后监察御史杨康国上奏指责苏东坡之前在馆职考试中出的对策考题是"王莽、曹操夺取天下的难易比较"，说众人对此感到惊骇，不知道苏东坡为什么要问这样犯忌讳的题目。监察御史赵挺之也上书指责苏东坡除了出题不当，还喜欢结交轻浮虚妄之人，比如以前曾举荐王巩，又曾上书提议让黄庭坚代替自己的官职。赵挺之还总结说苏东坡的学术出自《战国策》里苏秦、张仪的"纵横揣摩之说"，这实际上是重复当年王安石对苏氏父子的评价。元祐三年（1088），台谏官员赵挺之、刘安世上书指责刚升为著作郎的黄庭坚操行邪秽，黄庭坚只能继续担任著作佐郎。

李德柔：能画道士

元祐二年（1087），有个叫李德柔的道士主动为苏东坡画像，他自称天生就会绘画，还讲述了自己的传奇身世。景祐年间，李宗固担任汉州知州时，见到监狱中有一位善画的道士尹可元因失手引发火灾获罪，被判处死刑。当时尹可元年已八十一岁，李宗固可怜他，故意延缓没有执行，适逢朝廷大赦天下，尹可元得以免死。尹可元发誓来生要做李宗固的孙子，报答他的不杀之恩。后来李宗固的儿媳快生孩子时，梦见尹可元登堂入室，醒后生下一子。李宗固明白孙子乃是尹可元转世投胎，故为其取名德柔，小名蜀孙。李德柔把自己的身世讲得颇为神秘，苏东坡觉得很有趣。而他给苏东坡画像，无疑是为了在京城扬名。

苏东坡因为他是蜀中老乡，感到比较亲切，于是赠诗并写序，夸奖了他一番。李德柔因为有一手传神写照的画技，加上能作诗、会法术，名气越来越大，成了京城名人。

乔仝：不知所终

元祐年间，苏东坡官高爵显，喜好和各类奇人异士打交道，名声在外。许多方士、僧人、道士都期望结识他。

元祐二年（1087），一位自称得道的方士乔仝来拜会苏东坡。此人自称年已八十，二十岁时曾患重病，眉毛掉光，头发变白，危在旦夕之时，碰见传说中的得道之人贺亢，吃下他给的一丸丹药后起死回生，病愈后便拜贺亢为师。这位贺亢更是神秘，唐末五代时期传说有靖长官、贺水郎两位官员弃官修道有成，得道不死；八十一年前，宋真宗走在封禅泰山的路上，有人以"晋水部员外郎贺亢"的名字致敬，但并未现身拜谒真宗；宋仁宗时，有个自称贺亢的人派弟子喻澄到朝中进献佛教、道教的神像，张方平和喻澄打过交道，从那时起张方平就对修道之事有了兴趣。没有人见过贺亢是什么样子，可是乔仝自称经常见到师父贺亢，还说十多年前师父在密州常山道上见过求雨的苏东坡，将其看作可以传授道术之人。

乔仝在京城停留了十多天，苏东坡经常向他请教道法。十二月中旬，乔仝自称和师父贺亢约定了下一年上元节在山东蒙山相见，苏东坡对此深信不疑，临别赠送乔仝二十匹缣，作了一首赠别诗，还另外写了五首绝句请乔仝转交贺亢。乔仝离去后便没了音信，再也没出现过。

中年起落（1080—1093）

蹇拱辰：洗心之法

元祐初年，苏东坡常与成都道士蹇拱辰打交道。蹇拱辰起初和四川本地的道士一样娶了妻，后来读道经，感悟到娶妻对修炼不利，于是赠金离婚，自己到各地拜师求道。元丰四年（1081），他在张商英的引荐下前去庐山拜访过东林寺常总禅师。

蹇拱辰言语机敏，喜好和官员交往，擅长谈论修炼内丹的方法。苏东坡可能是从蹇拱辰这里打听到"洗心"等的修炼方法。蹇拱辰在民间，主要是按照"天心正法"举办法事，使用符水给人治病驱鬼，收入丰厚，还获得朝廷赐号"葆光法师"。

元祐三年（1088）九月，在京城待了好些时间的蹇拱辰要回庐山，苏东坡手书《黄庭内景经》一卷相赠。李公麟在经前画了道教人物故事画，还别出心裁地把苏东坡和自己的肖像画在经后，苏东坡、苏辙、黄庭坚都次韵题诗。

绍圣三年（1096），蹇拱辰托吴复古给在惠州的苏东坡送来草药"墓头回"。墓头回是王屋山中一种有毒的药材，可以用于某种养生方剂或炼丹方术。

姚安世：李白后身

元祐八年（1093），友人王巩引荐一位神秘道士姚安世来拜访苏东坡。姚安世自称唐代大诗人李白后身，自号丹元子、真隐翁，其所作之诗颇为可观，也通方术、医药。京城中喜欢养生修道的苏辙、王巩等都乐于和姚安世闲聊、出游。姚安世号称自己法术高超，做法可令空中出现海上的神仙宫阙之类的幻境。

苏东坡对姚安世十分尊敬，经常赠诗唱和，如姚安世曾把两首号称是李白所作的《人生烛上花》《朝披云梦泽》赠给苏东坡赏读，苏东坡兴奋地写了诗歌称叹，隐隐透露出想要像李白那样遨游四海、不愿当官之意。

其实姚安世是汴京一家富人王氏的不肖子孙，被父亲赶出家门后，跟建隆观一位道士学习道书。他头脑聪明，熟读道教书籍，知晓许多炼制丹药和修行的方法，又能作诗，口才也好，最初在淮南活动。苏东坡故去之后，姚安世恢复了本名"王绎"和世俗身份，因医药技能成为医官，经常出入蔡京门下，后因过被贬谪到楚州（今江苏淮安）编管，因给梁师成进献苏东坡的书帖，得以脱罪。宣和末年，他又当了道士，改名元城，因为言行招摇，经常议论得到宋徽宗宠信的道士林灵素，后被林灵素毒死。

西园雅集

"西园雅集"是发生在北宋元祐初年的一次著名的文人雅集活动,被视为中国文化史上与东晋"兰亭集会"齐名的重要事件。这次雅集由驸马都尉王诜在汴京西园邀请了十五位文人名士参加,包括苏轼、苏辙、黄庭坚、米芾、秦观、李公麟等。这些文人雅士在西园中吟诗作画、抚琴对弈,享受风雅之乐。

西园雅集的参与者均为当时的名流:

王 诜	北宋著名画家,驸马都尉,雅集的主办者。	李之仪	北宋官员、文学家。
苏 轼	北宋著名文学家、书画家,文坛领袖。	郑靖老	北宋官员。
苏 辙	北宋文学家,苏轼的弟弟。	张 耒	北宋文学家。
黄庭坚	北宋著名诗人,书法家。	王钦臣	北宋官员。
米 芾	北宋书法家、画家。	刘 泾	北宋官员。
李公麟	北宋画家,擅长人物画,创作了《西园雅集图》。	晁补之	北宋文学家。
秦 观	北宋词人。	陈景元	北宋道士。
蔡 肇	北宋官员、画家。	圆 通	日本渡宋僧人。

西园雅集不仅是一次文人聚会,更是一场文化盛事。李公麟为此次雅集创作了《西园雅集图》,米芾撰写了《西园雅集图记》。这些作品记录了雅集的盛况,也成为后世文人、画家的创作源泉。自宋元以来,许多著名画家如马远、刘松年、赵孟頫、钱选、唐寅、尤求、李士达、原济、丁观鹏等都曾临摹或创作过《西园雅集图》。这些作品不仅展现了文人的风雅,也反映了文人对理想生活的向往。

西园雅集不仅在绘画史上占据重要地位,也成了文人追求风雅生活的象征。西园雅集图式在明清时期成为工艺美术品、奢侈器物上的流行元素,反映了当时社会生活风尚的变化。

中年起落(1080—1093)

黄庭坚："苏黄"并称

黄庭坚比苏东坡小九岁，成名晚于苏东坡，他们中年才有交往，是亦师亦友的关系。黄庭坚的诗文兼取苏东坡、王安石之风，在知识、技能上自有境界，有自己独立的风格。

黄庭坚是洪州分宁县（治所在今江西修水）人，祖父、父亲都是进士，母亲李氏出身江西望族。黄庭坚自幼聪颖过人，读书过目成诵，十四岁时因父亲过世，去淮南跟随舅父李常游学。在淮南为官的孙觉赏识黄庭坚的才华和风度，便把女儿嫁给他为妻。治平四年（1067），黄庭坚中进士，担任汝州叶县县尉。熙宁五年（1072），他参加了"四京"学官考试，随后在大名府担任北京国子监教授。

熙宁五年（1072），苏东坡去湖州公干，听湖州知州孙觉说其女婿黄庭坚擅长诗文。苏东坡读了几首后，觉得非常出色，对还未谋面的黄庭坚有了深刻的印象。

熙宁十年（1077）正月，苏东坡从密州离任，到齐州时与担任知州的故交李常见面，再次读了李常的外甥黄庭坚的诗文，对他有了更深的印象。苏东坡称赞黄庭坚的文章"超轶绝尘，独立万物之表，世久无此作"。此时苏东坡的诗、词、文传播各地，是名士翘楚，他的赞誉让黄庭坚在士林也有了点儿名气。

元丰元年（1078），在大名府担任北京国子监教授的黄庭坚给苏东坡寄来《古诗二首上苏子瞻》，苏东坡回信给他并次韵古诗两首，两人从此有了书信往来。元丰二年（1079）年底，"乌台诗案"后苏东坡被贬谪黄州，收受苏东坡讥讽朝政的诗文的官员都被处以罚款，黄庭坚被罚铜二十斤，此时两人还没有见过面。被贬黄州期间，苏东坡与黄庭坚一直有书信往来，苏东坡还把纳朝云为妾的事情告诉了秦观、黄庭坚。黄庭坚不仅与苏东坡有交往。元丰七年（1084），黄庭坚移任德州德平镇监镇，从吉州赴德州途中，特地到金陵拜会王安石。后来他在《跋王荆公禅简》中称赞王安石"真视富贵如浮云，不溺于财利酒色，一世之伟人也"。

元丰八年（1085）年底，苏东坡回到京城。元祐元年（1086）年初，在大内西南侧的秘书省官署，苏东坡第一次见到了书信来往数年的黄庭坚。黄庭坚去年四月入京，任秘书省校书郎。这次见面时，黄庭坚已四十二岁，两人一见如故，时常聚会。次年正月十二日，苏东坡的堂妹夫柳子文来京时请苏东坡、李公麟合作《松石图》，又另外请李公麟作《憩寂图》，请苏东坡、苏辙题诗，苏东坡又邀黄庭坚题跋。黄庭坚曾先后赠洮河石砚、双井茶等给苏东坡，苏东坡也多次赠送手迹给他。

苏东坡时常和王巩、黄庭坚、张耒、晁补之等一起闲谈游览。有一天假日，苏东坡和门下文人一起到太乙宫游览，看到有王安石旧题的六言诗，苏东坡念了三遍，对黄庭坚说："在座诸人中，只有你的笔力可以写这样的诗。"黄庭坚说自己尽力写或许可以写得差不多，但不会有王安石的诗歌那样"自在"。

八月，苏东坡被任命为翰林学士，上表辞谢时举荐黄庭坚代替自己，称赞他"孝友之行，追配古人，瑰玮之文，妙绝当代"，可见他对黄庭坚的赏识。年底，黄庭坚、张耒、晁补之等九人受推荐参加了以翰林学士承旨邓润甫、翰林学士苏东坡为主考官的学士院考试。元祐二年（1087）年初，黄庭坚被授官著作佐郎，加集贤校理。春末汴京风光大好，三月十四日，苏东坡与友人黄庭坚、宋肇等去西池乘船游览，许多人得知苏东坡在船中，都聚集在池边围观这位声名显赫的大人物。同游的几人都写诗记述此日之游，如黄庭坚写了一首《次韵宋楙宗三月十四日到西池都人盛观翰林公出邀》：

> 金狨系马晓莺边，不比春江上水船。
> 人语车声喧法曲，花光楼影倒晴天。
> 人间化鹤三千岁，海上看羊十九年。
> 还作遨头惊俗眼，风流文物属苏仙。

元祐三年（1088）正月十七日，朝廷命苏东坡、孙觉、孔文仲担任省试的考官，陈轩、黄庭坚等五人为参详，晁补之、单锡、刘安世等十二人为点检试卷官，李公麟为考校官。二十一日，苏东坡等人进入试院中"锁院"，从出题、监考、阅卷到放榜，一个多月内他们几人都只能在院中生活。锁院期间，苏东坡感觉无聊，每天早起洗完脸，就在诸人房间中聊天、说笑话，不知不觉就天黑了。苏东坡习惯晚上工作，他点着蜡烛能一连看几百张卷子。忙完正事后，苏东坡还喜欢喝酒，喝三五杯就醉眼蒙眬，躺下小睡，鼾声如雷，不一会儿醒来清醒一些了，抓起笔便快速写字，也不管纸笔的好坏，有时候把案头的纸写完才罢休。二月二十一日，他还邀黄庭坚等人到李公麟的房间，记录大家听闻的鬼仙所作或者梦中所作的诗词。这是从前他在黄州就喜欢打听的，还曾记录过所谓子姑神降灵写的诗。三月六日，评完卷后，众人比较悠闲，李公麟画了一幅马图，黄庭坚率先赋诗一首，苏东坡以诗唱和，晁补之等数人都写了和诗。

黄庭坚住所的位置距离汴京中心有点儿远，苏东坡曾特地去他的房舍拜访，还在书斋墙壁上画了枯木怪石。黄庭坚也经常去苏家拜访。

黄庭坚经常和苏东坡谈论文章，苏东坡推

屋椽我来名之意適然老松魁梧數百年荞

松風閣

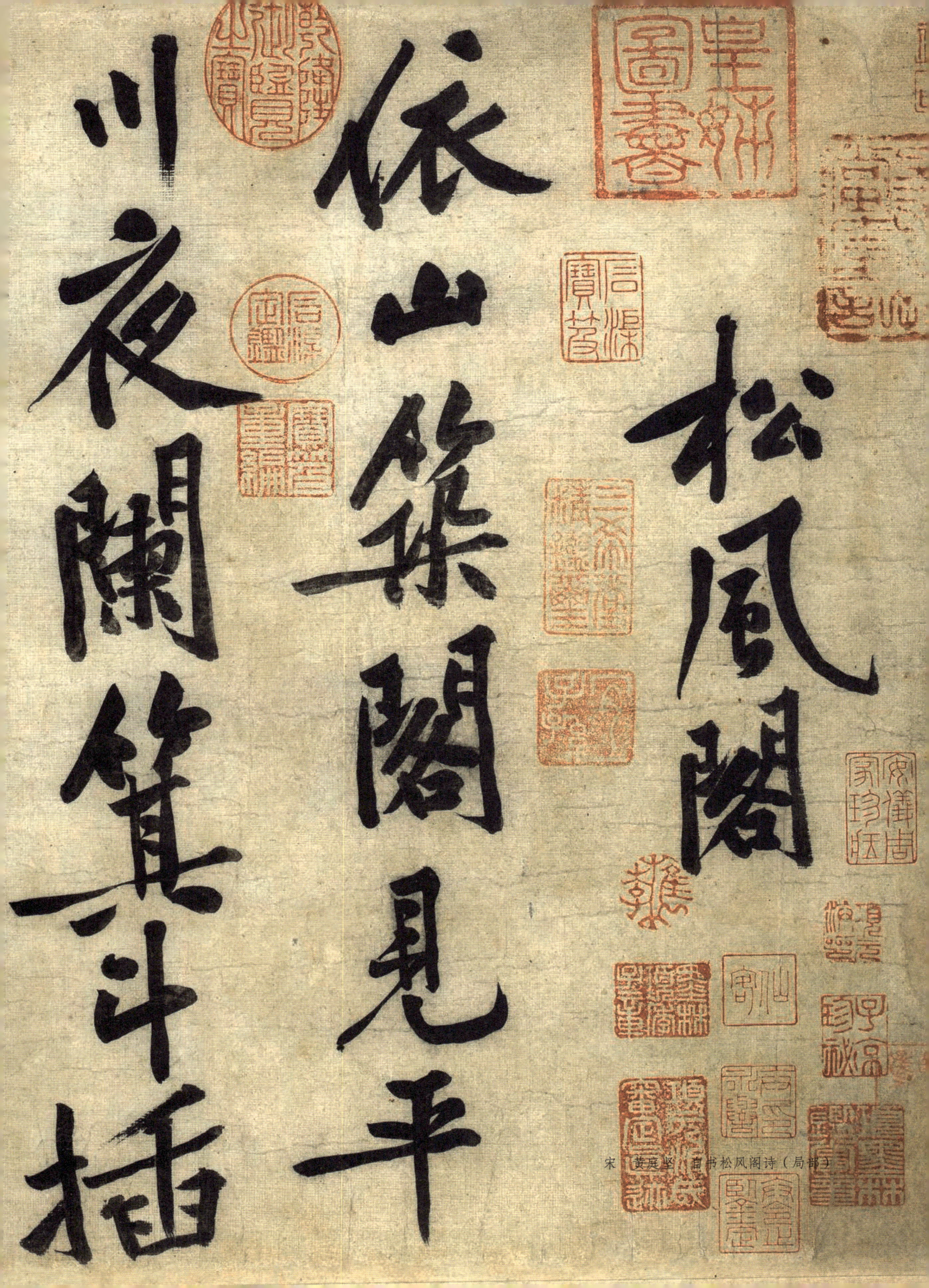

依山築閣見臣平

川夜闌簷斗插

荐他熟读《礼记》中的《檀弓》一篇，黄庭坚回家读了几百遍，果然有所感触。苏东坡还应黄庭坚所请，用小楷临写颜真卿的字帖，写了二十多张纸。这是苏东坡不会轻易写给别人的，可见两人关系之亲密。

他们有时也互相取笑，苏东坡觉得黄庭坚的书法虽然清劲，但笔势有时太瘦削，就像"树梢挂蛇"；黄庭坚也针锋相对，说苏东坡的字并非自己能轻易评论，但有时会觉得比较单调，有点儿像"石压蛤蟆"，这是指苏东坡的字形比较肥厚。两人都觉得对方说的有一定道理，哈哈大笑起来。在苏东坡的心目中，米芾的行书、王巩的小草也颇有韵味，可以传世。

元祐四年（1089），苏东坡被外派出任杭州知州。苏东坡离开京城后，年轻文士大多推崇黄庭坚的诗文，并称他们为"苏黄"，这或许让苏辙感到不快。元祐六年（1091）三月，《神宗实录》修撰完毕，参与此事的人都得到奖赏或升职，宰相吕大防等没有和苏辙商量，就奏请把黄庭坚从著作佐郎升为起居舍人。苏辙对这项任命很不高兴，抱怨自己作为尚书右丞，竟然没有参与商议此事。中书舍人韩川也拒绝撰写任命书，最后黄庭坚没能升职。京城传言苏辙如此对待黄庭坚，可能有两种原因，一种原因是苏辙觉得黄庭坚德行不佳，不能担任重要职位；另一种原因是他觉得黄庭坚本来出自苏东坡门下，但最近却自立名号，四处张扬。这件事让黄庭坚和苏东坡、苏辙的关系变得微妙起来。五月，苏东坡回到汴

明　佚名　上元灯彩图（局部）

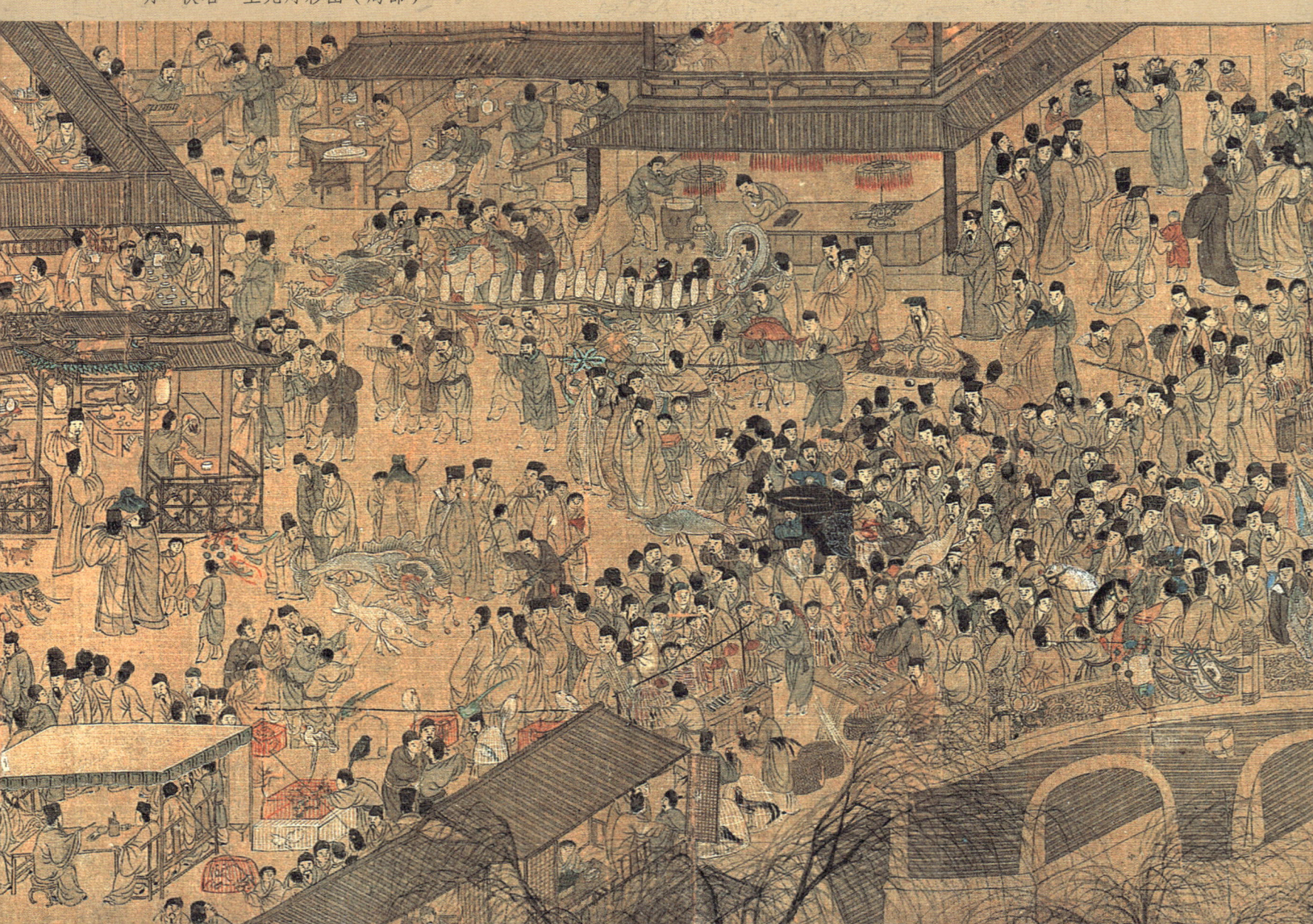

京,六月,黄庭坚因为母亲病逝离职回家乡守孝。两人这次在京相处时间不到一个月。

绍圣元年(1094),苏东坡被贬岭南,七月中旬他走到彭蠡湖(今鄱阳湖)边,遇到从洪州北上去汴京的黄庭坚。两人相聚三日后分别,黄庭坚拿出自己收藏的铜雀台砚,请苏东坡撰写了铭文,随后乘船北上。从此两人再也没能见面。

之后,苏东坡被贬惠州、儋州,黄庭坚被贬黔州、戎州,天各一方,路途遥远,只是偶有书信联系。建中靖国元年(1101),黄庭坚在荆州读苏东坡的和陶诗卷时,题跋《跋子瞻和陶诗》称颂"彭泽千载人,东坡百世士。出处虽不同,风味乃相似"。几个月后,黄庭坚惊闻苏东坡故去,曾主动致信苏辙希望为苏东坡撰写墓志铭,但是苏辙并未同意。崇宁元年(1102),黄庭坚仅仅担任了九天太平州(治所在今安徽当涂)知州,就被降职为管勾洪州玉隆观。崇宁二年(1103),又因所写《江陵府承天禅院塔记》被指"幸灾谤国",被贬谪到宜州闲居。崇宁四年(1105),黄庭坚病逝,终年六十一岁。

后世论及北宋文坛,苏东坡与黄庭坚往往并称"苏黄";论及宋代书法,苏东坡、黄庭坚、米芾、蔡襄并称"宋四家"。苏东坡在熙宁年间享有大名,成为当时的第一名士,而黄庭坚十多年后才入京、成名,得到苏东坡的赞誉和提携。在苏东坡故去后,黄庭坚成为在世的第一名士,可惜当时宋徽宗当政,他成了被打压的对象,未能如苏东坡那样立身朝堂。

中年起落(1080—1093)

张耒：淮阴之英

张耒为"苏门四学士"之一，少年时就擅长诗文，苏辙在陈州为官时，他前去请教过学问。熙宁八年（1075），经人引荐，他与苏东坡有了书信联系。

熙宁九年（1076），苏东坡在密州修建超然台之事广为传扬，友人纷纷写诗文唱和。文同、鲜于侁各寄来一篇《超然台赋》，司马光写了《超然台寄子瞻学士》，文彦博有诗《寄题密州超然台》。这次诗赋唱和活动的参与者都是几位旧党名人和苏东坡的朋

清 恽寿平 湖山春暖图（局部）

友、弟子，颇为引人瞩目。张耒也寄来一篇《超然台赋》。

元祐元年（1086），太皇太后高氏任用旧党大臣，与苏东坡交好的文士也得到升迁。夏天，张耒入京担任太学录。同年，黄庭坚、张耒、晁补之等九人受推荐参加了以苏东坡为主考官的学士院考试，通过后都被任命为馆阁官员。苏东坡时常和王巩、黄庭坚、张耒、晁补之等一起闲聊、游览、谈论诗文。苏东坡对柳宗元的诗颇为推崇，觉得他的诗在陶渊明之下、韦应物之上，外表枯淡而实质温丽精深。在苏东坡的影响下，晁补之、张耒也喜欢上了柳宗元的诗文。一天晚上，苏东坡和黄庭坚、张耒、晁补之三人闲聊，提到自己在黄州写的《黄泥坂词》，手稿不知被儿孙塞在何处，于是黄庭坚等人翻箱倒柜，总算帮苏东坡找到了，可是上面的字非常潦草，几乎无法阅读。苏东坡细看以后，重新写了一首。张耒很喜欢，自己手抄一遍作为底稿留给苏东坡，把苏东坡写的那幅字带回家收藏。

苏东坡和亲近的弟子如秦观、晁补之、张耒、陈师道、李廌等交谈时，谈到一个时代有一个时代的"文章盟主"，他的责任是和其他士人共同传播古文的理念和创作方法，当年欧阳修把盟主的重任交托给自己，未来自己也得把这份责任交给弟子，以后的"文章盟主"会从他们中产生。张耒曾在《赠李德载二首·其二》中如此描述苏门诸子文风的特点："长翁波涛万顷陂，少翁巉秀千寻麓。黄郎萧萧日下鹤，陈子峭峭霜中竹。秦文蒨藻舒桃李，晁论峥嵘走金玉。"

这时，黄庭坚、张耒、晁补之等同任馆职，诗文都受到瞩目，他们经常和苏东坡交游，都被视为苏东坡门下之士。可这也引起了苏东坡政敌的嫉妒，他们紧盯这几人的动向，经常上书弹劾、抨击他们的言行，给他们带来许多麻烦。

绍圣元年（1094），苏东坡被贬谪岭南，南下到金陵北部的六合时，刚到润州担任知州的张耒听说苏东坡一家人丁众多，沿途需要帮助，便委派兵丁王告、顾成两人一路护送和帮助打杂。王告、顾成一直护送苏东坡到惠州才回去复命，让苏东坡十分感念。绍圣二年（1095），张耒又派遣王告带着礼物前去问候苏东坡，也带来了汴京的消息：与苏东坡交好的黄庭坚、范祖禹等人纷纷遭到贬谪。苏东坡也无可奈何，他想要送一件礼物给张耒以表谢意，但找不到合适的东西，便把本地出产的桄榔树干相赠。本地人并不知道这东西可以当拐杖，是苏东坡发现了它的妙用。绍圣四年（1097），张耒也被贬谪，到黄州监酒税。

建中靖国元年（1101），颍州知州张耒听闻苏东坡故去，在荐福禅寺举办法事为苏东坡追福，穿孝服痛悼，触怒了朝廷中的苏东坡政敌。崇宁元年（1102），张耒被贬为房州别驾，黄州安置。崇宁五年（1106），宋徽宗解除党禁后，张耒回到故乡闲居。大观年间，他移居陈州，成为名义上主管道观神祠的官员，实际上在家养老。政和四年（1114），张耒去世，终年六十一岁。

晁补之：山左才士

熙宁五年（1072），苏东坡在杭州当通判时，所作诗文流传各地，成为当时著名的诗文大家、第一名士。杭州新城县县令晁端友的儿子晁补之写信给苏东坡，希望能够拜会请教。这封信可能没有送到苏东坡手中，不久后晁补之又托人送信，两人才得以见面。苏东坡觉得晁补之的诗文颇为可观，经常和他见面闲聊，指点其作文写诗，晁补之根据苏东坡谈论杭州山川人物的话写了《七述》。

晁补之出自济州钜野（今山东巨野）的名门晁氏家族，叔伯、子侄多人考中进士，多人擅长诗文。熙宁十年（1077），苏东坡从密州南下，二月初走到中都时，晁补之特地从汴京前来拜会。郓州（今山东东平）知州李师中和京东西路转运使鲜于侁的官署也在这里，他们都与苏东坡相熟。在李师中举办的宴会上，苏东坡提到黄庭坚、吴复古的名字，还念诵了黄庭坚的诗，给晁补之留下了深刻印象。之后苏东坡在汴京东郊停留时，晁补之来拜会，提到父亲晁端友两年前死在著作佐郎任上，拜托苏东坡给父亲的诗集撰写引言。苏东坡之前担任杭州通判时，晁端友是辖区内的新城县县令，但从未向苏东坡提起自己的诗文，也不以此作为社交手段。直到这时，苏东坡才见到晁端友的诗，于是写了引言。

元丰二年（1079），晁补之考中了进士，特地写信给苏东坡，感谢他当年在杭州指点自己作文。

元祐元年（1086），随着苏东坡等旧党在朝中占据要职，与他们交好的文士也得到升迁。十一月十二日，苏东坡与另一位翰林学士承旨邓润甫一起出题考核被举荐担任馆职的人员。这次馆职考试录取了十三人，其中包括晁补之。

此后晁补之等人经常拜会苏东坡。晁补之在京城生活清寒，苏东坡曾在《书晁补之所藏与可画竹三首·其三》中说"晁子拙生事，举家闻食粥"。这时，黄庭坚、张耒、晁补之等被视为苏东坡门下之士。有许多人羡慕他们的机缘，也有一些与苏东坡为敌的谏官盯着晁补之等人，不时上书攻击苏东坡与他们言行的纰缪，明枪暗箭不断。

担任秘书省校书郎的晁补之觉得与其在朝中动辄得咎，而且收入微薄，还不如到外地为官。元祐五年（1090），他在秘书郎任满后主动上书请求以秘阁校理通判扬州。

元祐七年（1092）三月，苏东坡从颍州知州转任扬州知州，晁补之特地前去迎接，与苏东坡相处了一段时间。后来，亲政的宋哲宗任用新党执政，苏东坡等人连连遭贬。晁补之也被牵连，贬谪到边远之地，到宋徽宗登基之后遇赦回京，先后为著作佐郎、吏部员外郎、礼部郎中并兼史馆编修、实录检讨官。崇宁元年（1102），他又被外派地方担任知州多年。大观四年（1110），晁补之逝世，终年五十八岁。

中年起落（1080—1093）

宋　赵令穰（传）　陶潜赏菊图（局部）

秦观：命运弄人

秦观比苏东坡小十三岁，苏东坡把他视为学生，给予他很多关照。

熙宁七年（1074），苏东坡从杭州北上去密州当知州，路经高邮时，去拜会孙觉，在孙觉家中读到秦观的诗词，十分欣赏。

元丰元年（1078），苏东坡在徐州当知州。四月，秦观从高邮去汴京参加解试，途中特地来徐州拜会苏东坡，他随身带着李常写给苏东坡的信件。这是两人第一次见面。因为要考试，秦观仅仅停留了一两天就离开了，临别时赋诗《别子瞻》，模仿李白当年的口气陈述自己对这位当世第一流诗文名家的敬佩之情："我独不愿万户侯，惟愿一识苏徐州。徐州英伟非人力，世有高名擅区域……"苏东坡也作诗歌唱和，两人还相约等秋天考完以后，秦观再来徐州和苏东坡相会。可惜秦观未能考取开封府的解试，无心见人，直接从汴京回了高邮，没有如约来见苏东坡。苏东坡特意写信安慰他，让秦观十分感动。

元丰二年（1079），苏东坡从徐州南下去湖州当知州，四月途经高邮。秦观因为想去探望担任会稽县通判的叔父及叔父奉养的祖父，就和交好的诗僧道潜一起跟着苏东坡南下，顺便在运河两岸游览。四月二十日抵达湖州后，秦观、道潜多次陪同苏东坡出游。在湖州游览了十几天后，秦观、道潜两人离去，走之前，他们和苏东坡相约日后回到湖州再聚。不料之后发生"乌台诗案"，苏东坡被押送汴京御史台，后被贬黄州。此后数年两人没有再见面，但苏东坡在黄州期间经常与秦观通信。

元丰四年（1081），秦观三十三岁，还是白衣文士，靠家中的一百多亩田地养活一大家人，压力很大。苏东坡很欣赏秦观，心中为之着急，写信劝说秦观多著书，请他写完以后寄来，自己可以推荐给相识的名流，帮助他扬名。苏东坡在给江浙的发遣户部判官李琮的信件中，特地请他帮忙介绍秦观与王安石见面，希望借王安石的金口替秦观张扬一下声誉。

元丰七年（1084），苏东坡从黄州北上。七月，苏东坡在金陵拜会闲居的王安石，也特地在闲谈中一再夸赞秦观的才情文字，希望王安石能给予赞扬和引荐。可见苏东坡对秦观的看重非同一般，尽力帮助数次科考不中的秦观张扬声誉、谋个出身。苏东坡八月离开金陵到真州后，秦观从高邮赶来相见，这是两人自湖州告别以来第一次相见。

为帮助秦观，苏东坡后来又专门给王安石写了一封信，寄去秦观的诗文数十首，希望王安石能公开赞誉一下秦观，帮他在士林增加声誉，有助于他以后出仕。王安石虽然也觉得秦观文字突出，但似乎对秦观这种偏向单一文学方向的人才不太感兴趣，并未帮苏东坡这个忙。之后苏东坡北上到高邮，在此逗留数日，秦观送苏东坡一行到山阳才告别，苏东坡有一首《虞美人》记录当时的情景：

波声拍枕长淮晓，隙月窥人小。无情汴水自东流，只载一船离恨向西州。

竹溪花浦曾同醉，酒味多于泪。谁教风鉴在尘埃？酝造一场烦恼送人来。

元丰八年（1085），三十七岁的秦观考中进士，不必再为家人的柴米油盐发愁了。

元祐二年（1087），苏东坡联合鲜于侁，以"贤良方正"举荐蔡州州学教授秦观入京。六月，秦观来京等待朝廷任命新职。在京期间，他常常和苏东坡、黄庭坚等人同游，苏东坡对秦观的文章、诗词极为赞赏，唯独对其中个别略显浮艳的词有看法，曾在一次闲谈中说："你怎么学柳永写词了？"秦观急忙解释说："我虽然没有什么学问，也不敢写他那样的词。"苏东坡便说："你的'销魂当此际'就像柳永写的词句。"

可惜，秦观这次来京是空欢喜一场，有谏官弹劾他的诗文轻浮，致使他未能获得新官职，只能失望地回去继续担任蔡州州学教授。元祐三年（1088）八月，秦观又来到京城谋求新官职。苏东坡、苏辙和孙敏行、秦观一起到大相国寺游览，观赏王诜留在寺中墙壁上的竹画并题名。秦观还曾和苏东坡一起去参观苏东坡当年入京时住过的太平兴国寺浴室院，那里有禅宗六祖壁画可以欣赏。秦观这次求官依旧不顺利，有谏官盯着他不放，他只能又回到蔡州等待机会。

直到元祐五年（1090），秦观被许州知州范纯仁举荐，才入京参加制科考试获得名次。本来他被任命为太学博士，但受到谏官的反对，改任秘书省校对黄本书籍。此时，秦观的诗文在京城已经有了一定的名气，他把女儿嫁给了苏东坡好友范祖禹的儿子范元长。

元祐六年（1091）五月二十六日，苏东坡从杭州回汴京，担任翰林学士承旨，之后秦观假日经常来拜会苏东坡，与苏东坡的关系非常亲近。可是很快他们都陷入是非之中。七月二十六日，贾易弹劾在赵君锡举荐下升任秘书省正字的秦观，指责他行为不检。苏东坡通过苏辙了解到弹章的内容，派自己的学生王遹把弹章的内容告诉了赵君锡和秦观。秦观没有官场争斗的经验，次日私下去找赵君锡，希望赵君锡能帮自己弹劾贾易。而赵君锡八月一日把王遹、秦观晚上来找自己的情况上奏，弹劾他们凭借苏东坡的"威势"离间台谏官员。这让苏东坡、苏辙十分尴尬，只能承认自己泄露了朝中机密奏

五代 董源 潇湘图卷（局部）

章。赵君锡还说要撤回之前对秦观的举荐。

秦观因此事被免去秘书省正字的官职，仍任秘书省校对黄本书籍。苏东坡虽没有直接责怪秦观，但内心对他有了芥蒂，从此两人的关系不像以前那样亲密。八月五日，苏东坡被外派任龙图阁学士，知颍州，贾易知庐州。

元祐七年（1092）九月，苏东坡再次回到京城，出任礼部尚书。苏东坡和秦观的关系冷淡了许多，两人没有单独往来，秦观只是和其他友人如张耒、李之仪等一起拜会过苏东坡两三次。

元祐八年（1093）七月，秦观得到宰相吕大防的推荐，担任国史院编修，参与修撰《神宗实录》。到了宋哲宗亲政的绍圣年间，苏东坡被贬谪，秦观也成了被打击的对象。绍圣元年（1094），秦观被贬为杭州通判，还没到任就被追贬为监处州（今浙江丽水）茶盐酒税。绍圣三年（1096），又因请假在家写佛经的罪名，秦观被免官安置到湖南郴州。秦观没有了收入，只能让家小都回到浙西居住，自己带着一个老仆孤独生活。绍圣四年（1097），秦观又从湖南郴州被移送到横州编管，到了更边远荒凉的地方。

绍圣四年（1097），在儋州的苏东坡得到秦观写的词《千秋岁》的抄本。这首词表面上写男女离别之情，但苏东坡看得出来，它写的是元祐年间苏门弟子在西池等地雅集的往事，感叹当年诸人如今大多贬谪荒地，天各一方。秦观感到十分悲哀，把春天见到的万片花朵都看作愁思。苏东坡心有所感，就写了一首《千秋岁·次韵少游》：

岛边天外，未老身先退。珠泪溅，丹衷碎。声摇苍玉佩、色重黄金带。一万里，斜阳正与长安对。
道远谁云会，罪大天能盖。君命重，臣节在。新恩犹可觊，旧学终难改。吾已矣，乘桴且恁浮于海。

和秦观沉溺在个人悲哀中不同，苏东坡说自己的一片丹心虽然碎了，可是天地可鉴，自己并没有丧失气节，也不打算放弃"旧学"。如今在这座海岛上，恰如孔子当年所说，"道不行，乘桴浮于海"，自己对此并不感到悲哀。

不久后，秦观又被贬到雷州海康县（治所在今广东雷州），与儋州隔海相望。秦观托人带了自己写的诗词文章给苏东坡，苏东坡写了一个便条，叮嘱苏过把秦观的文字和自己的便条都保存下来，还说他觉得秦观、张耒的才识学问堪称"当世第一"。同是天涯沦落人，苏东坡和秦观这才解开之前的小芥蒂，恢复了书信联系。

宋徽宗登基、向太后听政时，允许被贬到岭南的元祐旧臣北移，秦观获诏移英州，特地留下等待苏东坡。元符三年（1100）六月，苏东坡在苏过的陪护下，跨海抵达徐闻递角场，秦观和海康县县令带人迎接他们到驿馆休息。次日，苏东坡特地到码头边的伏波将军庙中祭拜神灵，感谢它保佑自己两次平安渡海，并应邀作了一篇《伏波将军庙碑》。

随后苏东坡和秦观等人乘船沿着小河向北行，到达雷州首府海康县。苏东坡和秦观两人相聚畅谈三日，五十二岁的秦观拿出自己效仿陶渊明写的《自作挽词》给苏东坡看，说自己担心贬谪途中病故，于是事先准备好了这篇文字。苏东坡看了"家乡在万里，妻子天一涯"等字句，不由动容，但为了安慰秦观，他拍着对方的后背说："我以前担忧少游你对生死之事没有看开，如今见到这个，觉得不必再多说什么了。"苏东坡告诉秦观，自己之前在儋州也写好了墓志铭，不敢告诉儿子，只能托付给跟从自己学习之人，一旦自己逝世，家人可以拿来用。

六月二十五日，苏东坡与秦观互道珍重，依依作别。苏东坡往西去廉州（今广西合浦），秦观往北去英州，两人余生再也没能会面。秦观写了一首《江城子》，记录两人这次的会面和告别：

> 南来飞燕北归鸿。偶相逢，惨愁容。绿鬓朱颜，重见两衰翁。别后悠悠君莫问，无限事，不言中。
> 小槽春酒滴珠红。莫匆匆，满金钟。饮散落花，流水各西东。后会不知何处是，烟浪远，暮云重。

可惜，秦观向北走到藤州（今广西藤县）时中暑，在江边的驿站华光亭卧床多日，于八月病逝。九月，苏东坡才得知秦观病逝的消息，大为哀伤，两天都吃不下饭。到藤州时，他听说秦观的女婿范温半个月前带着秦观的灵柩北上，特地写了《追荐秦少游疏》，托人带去五两银子施舍给佛寺，为秦观做超度法事。

苏东坡在途中不时想起病逝的秦观，也曾吟哦秦观贬谪郴州时所作的《踏莎行·郴州旅舍》：

> 雾失楼台，月迷津渡，桃源望断无寻处。可堪孤馆闭春寒，杜鹃声里斜阳暮。
> 驿寄梅花，鱼传尺素，砌成此恨无重数。郴江幸自绕郴山，为谁流下潇湘去？

苏门四学士

"苏门四学士"是指北宋时期四位才华横溢的文学家：黄庭坚、秦观、晁补之、张耒。他们都是苏轼的门生，受到苏轼的赏识和指导，并因苏轼的推崇而名满天下。

黄庭坚：北宋诗人、词人、书法家，"江西诗派"开山之祖。他在诗歌上与苏轼并称"苏黄"，在书法上与苏轼、米芾、蔡襄并称"宋四家"。

秦观：北宋著名词人，被尊为婉约派一代词宗，其词风婉约清丽。

晁补之：北宋文学家，工书画，能诗词，善属文，散文语言凝练、流畅，风格近柳宗元，诗学陶渊明。

张耒：北宋文学家，其诗风格平易自然，富有情韵。

尽管都出自苏轼门下，但四学士的文学风格各不相同。黄庭坚以诗著称，秦观以词闻名，晁补之和张耒则在诗文方面各有建树。

苏小妹的故事

苏小妹，是传说中的苏洵之女、苏轼与苏辙之妹、秦少游之妻，野史载其名苏轸。苏小妹之名最早见于南宋无名氏的《东坡居士佛印禅师语录问答》，其中记载："东坡之妹，少游之妻也。"

民间有很多关于苏小妹的传说。传说她才情出众、聪慧过人，擅长诗词歌赋，常常与兄长苏轼进行诗词对吟。其中最为人熟知的是她与秦观的爱情故事以及"三难新郎"的佳话。

相传，秦观拜访苏轼时，被聪慧可爱的苏小妹吸引，二人最终喜结良缘。洞房花烛夜，苏小妹多次以对联刁难秦观，秦观凭借才华一一应对，最终二人成就了一段佳话。

这些逸趣横生的小故事显得苏小妹灵动而真实。尽管根据历史资料考证，苏轼并没有妹妹，他有一个姐姐叫苏八娘，年仅十八岁便因受夫家虐待致死，与传说中聪慧且幸福的苏小妹形象大相径庭。苏小妹作为民间传说中一个有文化、有见识的活泼女性形象，表达了人们对才华横溢的苏轼一家的认可和喜爱。

中年起落（1080—1093）

廖正一：龙团相待

廖正一是安州人，元丰二年（1079）考中进士，元祐初年任华州司户参军，经同知枢密院事安焘推荐参加馆职考试。元祐二年（1087），苏东坡作为考官主持馆职考试，录取了廖正一等人。随后，廖正一在朝中担任秘书省正字。

廖正一与晁补之是同年进士，也许他是在晁补之的引荐下拜会了黄庭坚、苏东坡。苏东坡欣赏廖正一的文采，廖正一来登门拜谢时，苏东坡让侍妾朝云去拿密云龙，显然对他格外看重。此前只有黄庭坚、秦观、晁补之、张耒来访时，苏东坡才会让朝云取密云龙烹茶。苏东坡家人一旦看到朝云去拿这种茶，就知道又是"苏门四学士"来家里了。

元祐六年（1091），廖正一除秘阁校理，通判杭州，绍圣二年（1095）知常州，被监察官员检举，以贪赃枉法之类的罪名罢官。崇宁年间，廖正一被列入元祐党籍，被贬信州玉山监税。崇宁五年（1106），廖正一在汉阳因病故去，享年四十七岁。

王诜：书画之好

　　王诜是北宋开国名将王全斌的后代，苏东坡在凤翔时认识的监军王彭是王诜的堂叔，可能是在王彭的介绍下，苏东坡和王诜相识。两人都爱好书画诗文，自然有许多话题可聊。王诜本来也有意于仕途，少年时所作文章曾得到翰林学士郑獬的称赞。熙宁二年（1069）七月，宋神宗把自己的妹妹蜀国长公主嫁给王诜，拜他为左卫将军、驸马都尉。驸马身份看似尊贵，但是宋代为防止外戚干政弄权，一向只授予驸马虚职，给予优厚俸禄，但不许他们参与政务和军事，禁止他们结交宫廷人员和士大夫。对王诜来说，娶公主像是给自己套上了一个华美的笼子，从此只能以外戚的身份谨小慎微地在汴京生活。

　　王诜对公主感情比较冷淡，倾心于书画、丝竹和歌姬，喜好与各路文人雅士交游，经常邀请爱好书画的文人学者到书斋"宝绘堂"做客。熙宁二年（1069）至熙宁四年（1071）在汴京为官期间，苏东坡多次受邀到他的宅中聚会，题跋王诜的《莲华经》等收藏，苏辙则在《王诜都尉宝绘堂词》中，以"锦囊犀轴堆象床，竿叉连幅翻云光。手披横素风飞扬，长林巨石插雕梁"，描述宝绘堂的收藏。

　　王诜多次馈赠酒、茶、水果等给苏东坡，听说他喜欢射箭、打猎，又送了一张弓、十支箭、十个射箭时用的包指。汴京大相国寺的僧人思大师请苏东坡帮忙看可否请皇帝给他的弟子赐紫衣，他知道苏东坡爱好绘画，便送来七轴上品画作。苏东坡让王诜帮忙得来两件赏赐的紫衣袈裟，随后便和王诜分了这几幅画。

　　熙宁四年（1071），苏东坡的亲戚柳询家中急用钱，找苏东坡帮忙。苏东坡送给柳询一支犀牛角，让他转卖给王诜换三十贯钱。王诜听说以后，直接送了三十贯钱给柳询。苏东坡还曾把自己收藏的三十六幅画作托王诜帮忙装裱，王诜自己出了物料、手工的费用。

　　一次，苏东坡与孙巨源同会于王家花园，王诜说："都教喂饲了官员辈马着。"巨源云："'都尉指挥都喂马'，好一对。"恰好长公主派人送茶来，苏东坡当即对了一句："大家齐嚷大家茶。"此时人们尊称皇帝为"官家"，尊称长公主为"大家"。

　　成都中和胜相院的宗兄惟简来信，托苏东坡找朝中之人请皇帝给自己赐号。苏东坡为了帮他，便把自己收藏的一幅画送给王诜，说是四川僧人赠画给王诜，请他帮忙看可否获取赐号。苏东坡还把一幅王诜送给自己的画转赠给惟简，在信中说："驸马都尉王晋卿画山水寒林，冠绝一时，非画工所能仿佛。得一古松帐子奉寄，非吾兄别识，不寄去也。幸秘藏之，亦使蜀中工者见长意思也。他甚珍惜，不妄与人画，知之。"苏东坡外任杭州通判时，朝中新晋官员都不敢公开与他往来。而王诜赠了茶、药、纸、笔、墨、砚等礼物送行，让苏东坡感念不已。

　　苏东坡在杭州为官时，与在汴京的王诜常有书信往来，关系密切。熙宁五年（1072），王诜托人送去官酒十瓶、果子两筐。熙宁六年（1073），苏东坡为了把外甥女嫁给居住在宜兴的单锡，曾向王诜借

中年起落（1080—1093）

宋　王诜　渔村小雪（局部）

了两百贯钱置办嫁妆，秋天又因为其他事向王诜借钱一百贯。苏东坡借钱是因为宋代有"厚嫁"的风气，家中有女儿嫁给家境优渥、前途良好的佳婿，一般都要送丰厚的陪嫁，花销高于儿子成婚。

熙宁十年（1077），听说苏东坡从密州来到汴京东门外，士大夫纷纷前去拜访，其中最热情的是驸马都尉王诜。他先是派人馈赠礼物，随后于三月二日在北城门外的四照亭设宴招待苏东坡，随行的车马、仆从众多，在酒宴上有六七个侍妾斟酒端菜、表演曲子，其中两个女子还求苏东坡作曲词，于是苏东坡作了《洞仙歌》《喜长春》送给她们。

闲谈中，王诜提到去年自己因与赵世居有过交往而遭御史台调查，当时他保证以后不再与外人交往，宋神宗曾让人传旨说："如交往的是温良士大夫，交往也没有关系。"苏东坡打趣说："我也是'不温良'之人啊。"

次日，王诜派人送来韩干的六幅马图请苏东坡题跋。韩干的马图稀有，王诜一次就拿出六幅，显然是找高手临摹后托名韩干的赝品，目的是以高价转手给喜欢收藏的权贵高官，而苏东坡的题跋也有助于王诜将其当作真迹出售。苏东坡一家离开东园去徐州之前，王诜又派人送去羊羔酒四瓶、乳糖狮子四枚、龙脑面花、象板裙带、系头子锦缎等礼物，拜托苏东坡给他摆设收藏品的书斋写文章。

七月，苏东坡在徐州官署抽空写成王诜所托的《宝绘堂记》。宝绘堂是王诜收藏书画的地方，苏东坡的写法与众不同，开头就提出"君子可以寓意于物，而不可以留意于物"的收藏理念，这跟之前他和苏辙撰写超然台的记、赋中"游于物之外"的思想相贯通。苏东坡还提到历史上几位因沉迷于书画而行为可笑乃至伤身殒命之人，然后讲述了自己的收藏经历，最后一段才提到王诜在府邸东部修建宝绘堂的事情。王诜嫌文章里提及东晋篡位高官桓玄的典故不吉利，托王巩说情，想让苏东坡修改文章。苏东坡不愿意修改，回答说："你如果不喜欢，那就不要用这篇文章好了。"

元丰二年（1079）七月初，宋神宗下令调查苏东坡"谤讪朝政"一案，御史台派皇甫遵带两名御史台吏卒赶往湖州押解苏东坡。王诜听说后急忙派人将消息通报给苏辙。苏辙急忙派遣亲信乘马赶往湖州通报苏东坡，让他提前做些准备。

十一月，御史台提交了审讯记录，指控苏东坡犯了五项罪行，其中一项是与驸马都尉王诜往来，后者徇情帮助他获取祠部度牒、紫衣袈裟。驸马都尉、绛州团练使王诜也受到此案牵连，被指控犯了收受苏东坡讥讽朝政的文字、馈赠苏东坡钱物、对王巩透露宫禁中的言语等罪，最后宋神宗决定免去他的官职，让他在家反思。

元丰三年（1080）四月，王诜的妻子蜀国长公主生了重病，宋神宗去探视时，为安慰这位亲妹妹，让王诜官复原职，不料公主在五月就病逝了。公主身边的乳母检举王诜，说在公主病重期间，其妾室数次在背后议论、讽刺公主，王诜不仅不制止，还在一旁附和。宋神宗极为愤怒，下令把王诜的八个侍妾发配给老兵为妻，因为公主还未下葬，所以暂时没有惩处王诜。等到元丰四年（1081）七月过了丧期，宋神宗下手诏指责王诜"内则朋淫纵欲，无行；外则狎邪罔上，不忠"，导致长公主愤愧成疾病逝，决定撤去王诜驸马都尉的官职，贬为昭化军节度行军司马，发送均州（位于今湖北丹江口）安置。宋神宗处罚王诜时，或许想到了苏东坡，苏东坡在《宝绘堂记》中夸赞王诜虽然是贵戚，却遵循礼义，学问诗书皆有成就，平时能"攘去膏粱、屏远声色"而醉心书画，显然与宋神宗对王诜的印象不同。宋神宗对王诜的德行评价很低，而苏东坡和王诜的密切交往很可能也影响了皇帝对苏东坡的看法。

元丰八年（1085），宋哲宗登基后，王诜得到赦免，恢复了驸马都尉的待遇，在汴京家中闲居，苏东坡与他时而诗歌唱和。元祐元年（1086），苏东坡和友人闲聊时，提到自己在黄州写的《黄泥坂词》，一时之间不知被放在哪儿了。经过在场友人帮助，苏东坡总算找到了这篇手稿，可是上面的字非常潦草，几乎无法阅读，苏东坡便重新写了一首。第二天，王诜听说了此事，写信给苏东坡说，自己到处购买他的手迹，最近刚以三匹缣（每匹缣约值三贯钱）换回两幅字，这样太费钱了，想请他赠送书迹。于是苏东坡用澄心堂纸、李承晏墨书写了《黄泥坂词》赠给王诜。元祐三年（1088）年底，苏东坡给王诜绘制的《烟江叠嶂图》赋诗十四首，王诜写了和诗，苏东坡觉得他的诗句奇丽，又和了一遍。此时苏东坡频繁受到谏官的攻击，恐怕也忌讳和有驸马都尉身份的王诜频繁往来，所以与他见面的次数并不多。

元祐年间，王诜的经济情况大不如前，干了一些近乎无赖的行为，如多次以借而不还的方式搜罗藏品，这种行为在文人圈中众所周知。元祐七年（1092）年底，王诜写诗请苏东坡借仇池石给自己一观，苏东坡觉得他故技重施，写了一首诗《仆所藏仇池石，希代之宝也。王晋卿以小诗借观，意在于夺，仆不敢不借，然以此诗先之》，督促他"传观慎勿许，间道归应速"。这首诗引起同僚钱勰、王钦臣、蒋之奇的唱和。

崇宁年间，王诜的一些举动更加离谱。米芾在《画史》中说，自己收藏的易元吉的《鸜鹆图》、苏东坡的《墨竹图》都被王诜借走而不归还。王诜甚至参与书画造假和买卖活动。有一次王诜再三请求借观米芾所藏《快雪时晴帖》，还回来时，帖后面的国老署名、子美题跋却不见了，原来是被王诜割去装裱在摹本上出售给其他收藏家。王诜还多次委托苏州的吕彦直帮助自己双钩临摹《黄庭经》等书帖，或者用不知名画家的作品冒充著名人物之作，如王巩收藏的王士元山水画《渔村浦屿雪景》，到了王诜手中后，就被改为王维之作，实际上画中描绘的是江南山水，显然不是王维这位关中画家的风格。

南宋以来，出现了传为李公麟所绘的《西园雅集图》，描绘苏东坡等十六人在驸马都尉王诜府邸内的西园聚会，后有米芾所作《西园雅集图记》。此画、此记可能都是伪作，因为如果真有此事，与会的其他人应该会当作雅事写诗文歌咏，而其他人文集中并无关于此事的记录，而且所谓李公麟画作题跋、米芾记文竟然都不提及聚会年月日，显得格外奇怪，也没有任何文献记载王诜有所谓的"西园"。另外，那时苏东坡已经是翰林学士，比较忌讳与宗室外戚频繁交往，因此他和王诜更可能在寺观或其他人的园林聚会、游览，而不会直接去对方家里。官职较低的黄庭坚倒的确去过王诜家中拜会，《黄庭坚全集·别集》载有"大暑水阁听晋卿家昭华吹笛"之事。实际上，苏东坡、秦观等人曾去汴京的金明池即"西池"游览，很可能是南宋之人讹传"西池"为"西园"，编造出《西园雅集图》的绘画背景和故事。

宋　王诜　渔村小雪（局部）

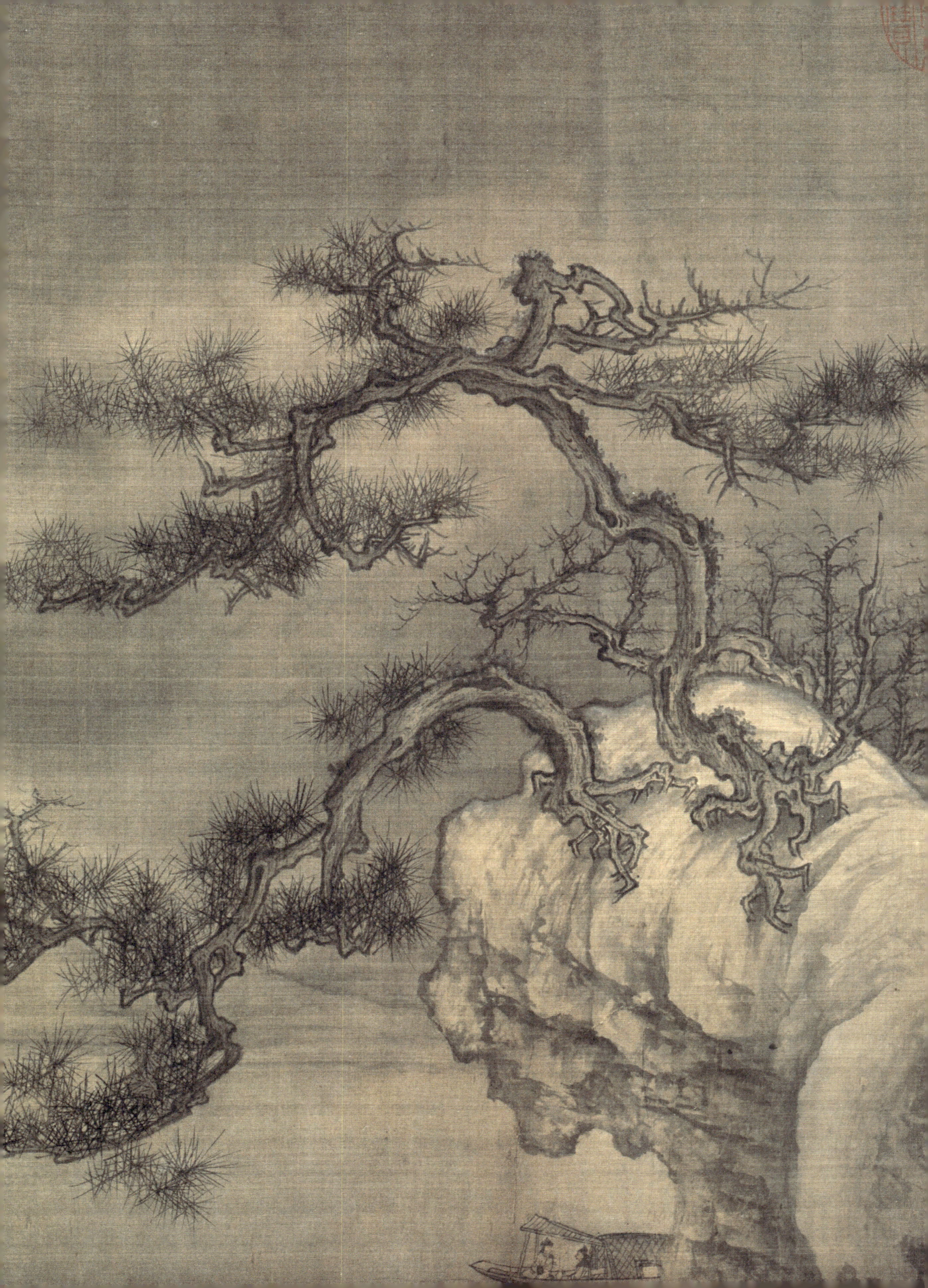

李之仪：定州相从

熙宁七年（1074）九月，苏东坡从杭州北上去密州，在湖州认识了路过的李之仪，十分欣赏他的诗文，这是两人第一次见面。

李之仪生于官宦世家，早年师从范仲淹之子范纯仁，治平四年（1067）二十岁时考中进士，在地方为官多年。

苏东坡被贬黄州时，李之仪来信问候，从此一直有书信联系。元祐初年，李之仪在朝中任枢密院编修官，常与黄庭坚一起拜会苏东坡。一次，李之仪在苏东坡书斋中读到李鷹寄给苏东坡的文章，细细品读，一时间目光无法离开文字。苏东坡笑着说："你为什么一直看着文稿不愿意抬头？文字可以这样吸引人，就像东晋时谢安等人坐船观海，一直到波涛汹涌时还不知返回，问船工还要往哪里去。你刚才莫非就是谢安这样的心情啊？"又接着说："我以前评论过，李鷹的文章如同大河昼夜奔腾，不到海洋就不会停止。"可见苏东坡经常和交好的文士研讨文章写法，鼓励他们探索各自的风格。苏东坡在翰林学士院值班时，曾带着李之仪的诗稿阅读，作诗《夜直玉堂，携李之仪端叔诗百余首，读至夜半，书其后》：

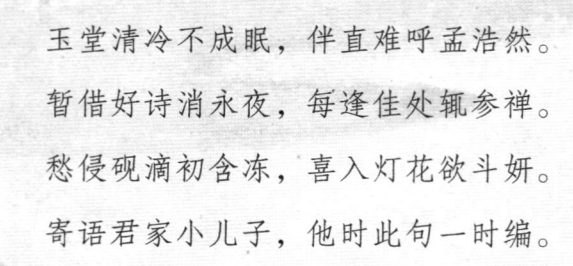

> 玉堂清冷不成眠，伴直难呼孟浩然。
> 暂借好诗消永夜，每逢佳处辄参禅。
> 愁侵砚滴初含冻，喜入灯花欲斗妍。
> 寄语君家小儿子，他时此句一时编。

元祐八年（1093），苏东坡去定州任知州，上书请求征调李之仪、孙敏行担任自己的幕僚。李之仪元丰四年（1081）在鄜延幕府主管过驻军文字事宜，元丰六年（1083）奉旨出使，对边境军队和外交等事务很是熟悉。十一月，李之仪到达定州，就任签书判官厅公事，负责文案事务。

苏东坡问他京城局势如何，李之仪说必然会有大变动。苏东坡问他听说了什么内幕消息，李之仪解释说没有什么特别的消息，这是自己的推测，因为太皇太后垂帘和皇帝共同处理政事八年，皇帝从没有出言肯定、否定任何一件事，如此做法显然不合常情，必然是内心另有期待才能如此隐忍。等到皇帝自己掌握大权，他肯定会推翻太皇太后的旧政策，施行自己的理念。想必皇帝的志向已经格外坚定，其他人劝说也没有用，如果下面有臣子呼应他，皇帝更是会积极实施自己的举措。苏东坡听了这话，知道未来可能要面对政治风暴，感叹说："此后怕是要经历一番磨难。"

李之仪的夫人胡淑修懂得诗文，对苏东坡的诗赋十分欣赏，屡次对李之仪说："苏子瞻学士名重一时，读他的书，让人有杀身成仁之志，你要和他好好相处。"一次，苏东坡来李家拜访，正在从容闲聊时，忽有人来请示紧急公事，于是苏东坡当即分析曲直进行处理。胡淑修在屏风后面瞥见这一幕，后来对丈夫说："我曾以为苏子瞻未能摆脱书生空谈的毛病，如今看他处理公务井井有条，真是一代豪杰啊！"等到两家人熟悉了，苏东坡也赞叹胡淑修的学识，让自己的儿媳妇多和她亲近，向她学习，并就所知的佛学理论请教胡淑修，彼此辩论。苏东坡戏称胡淑修为"法喜上人"。

绍圣元年（1094）闰四月三日，苏东坡接到降职为英州知州的公文。听闻了半年来京城传来的各种消息，他知道这是大势所趋，对未来的命运已经有所准备。与李之仪告别时，苏东坡把自己收藏的牛戬《鸳鸯竹石图》相赠，祝愿李之仪和胡淑修长相守，还在赠诗《次韵李端淑谢送牛戬鸳鸯竹石图》中叮嘱李之仪"新诗勿纵笔，群吠惊邑犬"，担心李之仪写有关自己或朝政的诗歌而被人检举，劝他要谨言慎行。胡淑修亲手缝制了一套衣服送给苏东坡，对李之仪说："我能为苏东坡这样的人所知，今生也没有什么遗憾了。"

苏东坡被贬谪时，绍圣四年（1097），李之仪遭牵连入狱受审，第二年回京任监内香药库。元符二年（1099），有御史弹劾他是苏东坡当定州知州时的心腹，不能担任京官，导致他丢掉了官职。苏东坡收到李之仪的多封信札，但都没有回复，害怕自己连累知交。到元符三年（1100）苏东坡北上时，才恢复与他的通信。李之仪还在信中询问黄庭坚、张耒、晁补之的音信，可见在他心目中，这几个人是最为亲近的文坛朋友。

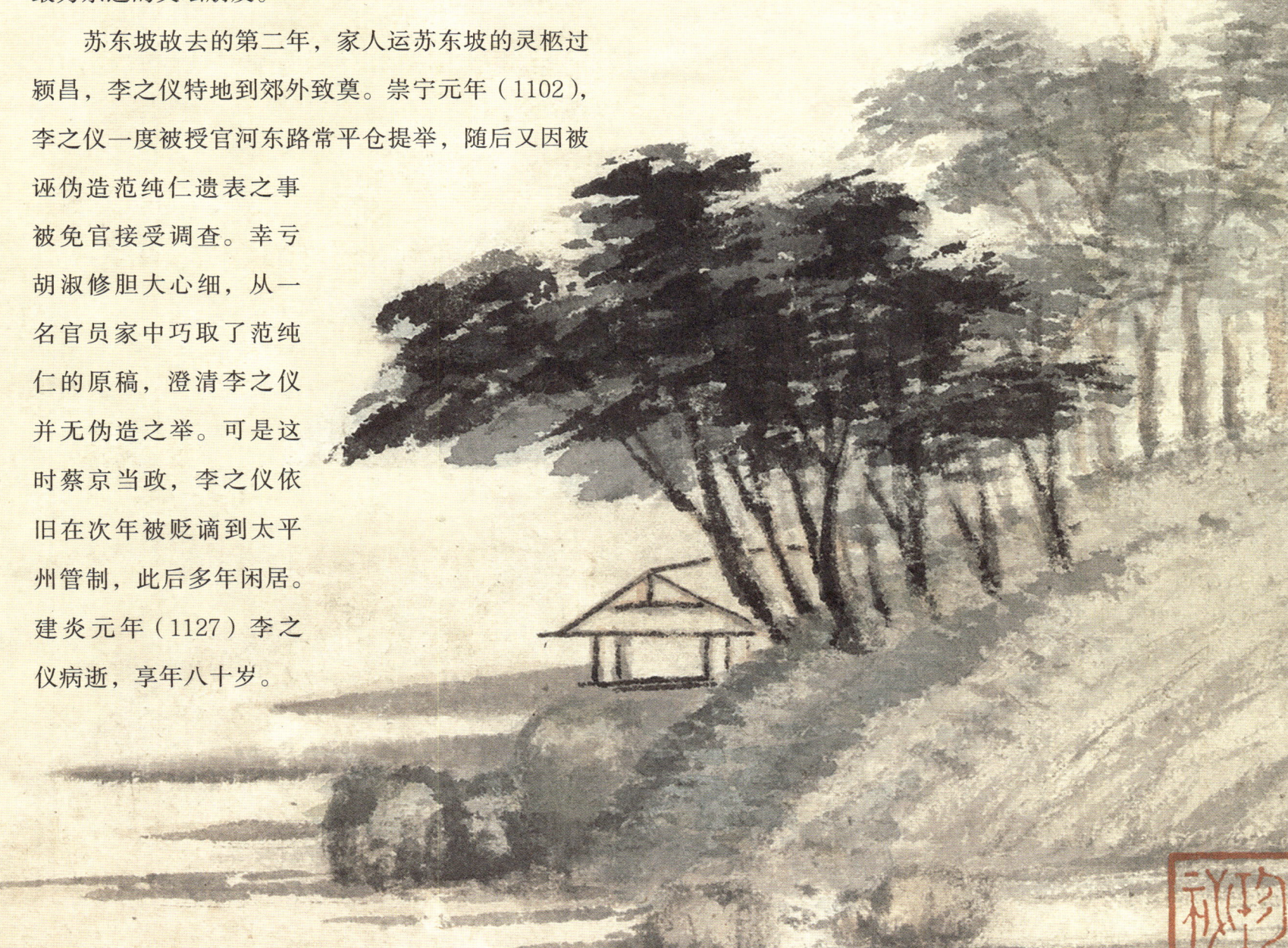

苏东坡故去的第二年，家人运苏东坡的灵柩过颍昌，李之仪特地到郊外致奠。崇宁元年（1102），李之仪一度被授官河东路常平仓提举，随后又因被诬伪造范纯仁遗表之事被免官接受调查。幸亏胡淑修胆大心细，从一名官员家中巧取了范纯仁的原稿，澄清李之仪并无伪造之举。可是这时蔡京当政，李之仪依旧在次年被贬谪到太平州管制，此后多年闲居。建炎元年（1127）李之仪病逝，享年八十岁。

中年起落（1080—1093）

米芾：癫士不癫

熙宁二年（1069），宋神宗感念米芾之母阎氏的乳褓旧情，赐他为秘书省校字郎。米芾出身武官世家，又以恩荫获官，这是被科举出身的文官所轻视的。他以书法小有名气，但是书法在当时远不如文、诗受重视，他在士人圈的名声远远无法与王安石、苏东坡、黄庭坚这样的当世一流名士相比。

元丰四年（1081）秋冬，米芾离任长沙掾路过黄州时特地来拜会苏东坡，说是马梦得引荐来的。可能是因为非进士出身，米芾知道自己按照常规很难升到高位，于是比较注意和名流交往，希望能得到他们的赞誉，提升声望。

苏东坡留他待了几天，两人都好书、画、酒，经常边闲谈边饮酒。一天喝到兴头上，苏东坡让米芾把一大张观音纸贴在墙壁上，拿笔蘸墨画了两竿竹子、一段枯木、一块怪石，将其赠给米芾。米芾

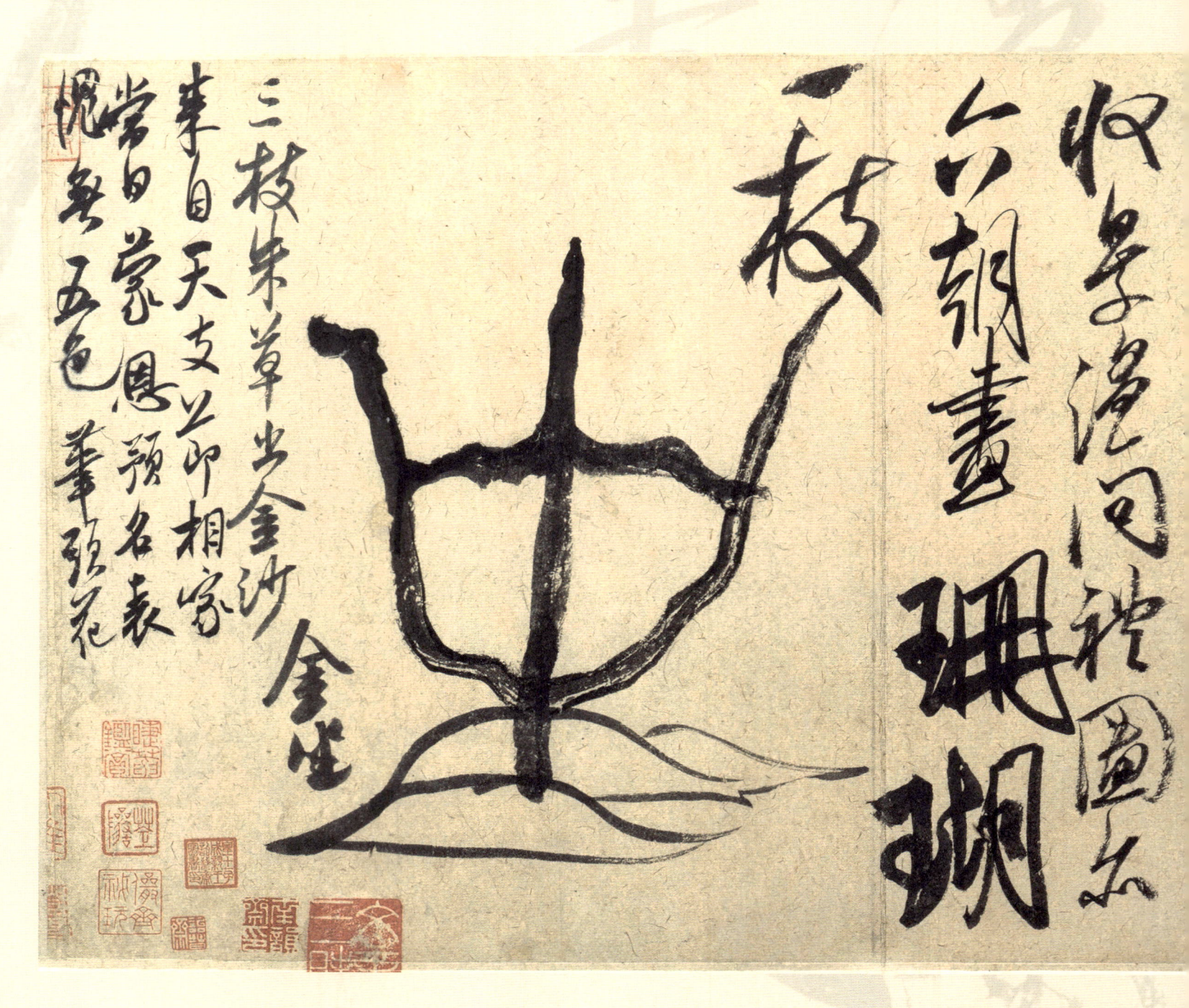

看到苏东坡画竹子是从地面一直画到顶上,就问他:"为什么不按照竹节一段一段画?"苏东坡说:"竹子生长的时候,难道是一节一节长吗?"米芾形容苏东坡画的枯木怪石都是"怪怪奇奇无端",反映了苏东坡当时胸中的郁闷和对人生的感怀。米芾还欣赏了苏东坡收藏的吴道子画的佛像,这是熙宁十年(1077)鲜于侁送给苏东坡的礼物。

离开黄州后,米芾继续乘船向东,元丰六年(1083)路过金陵又去拜会另一位名士王安石。元丰七年(1084),米芾就任杭州观察推官,元丰八年(1085)丁母忧定居丹徒甘露寺。

元祐二年(1087),米芾守孝期满来京谋官,苏东坡作诗《次韵米黻二王书跋尾二首》与米芾唱和,还称赞说米芾的行书、王巩的小草颇有韵味,可以传世,显然有帮助米芾张扬声誉之意。

元祐四年(1089),苏东坡出任杭州知州,六月到润州时停留数天,这时米芾任润州州学教授。苏东坡听说米芾在湖口的石钟山获得一块形状奇特的山砚,便想去看看。六月十二日,苏东坡特意约章援一起前去欣赏这件形如假山的山砚以及米芾的其他收藏。一开始,米芾只给他们看一些寻常藏品,章援说:"我父亲曾经亲眼看见米芾打开保存藏品的柜子,他会用两只手护住法帖,让别人离开一丈多远才取出藏品,是这样的吧?"米芾笑了笑,取出王羲之、王献之、张旭、怀素等人所作的十多件帖子,以及那方山砚给苏东坡鉴赏。后来,苏东坡作了一篇《米元章山砚铭》寄给米芾。米芾回拜苏东坡时,苏东坡用太皇太后高氏赏赐的龙团贡茶招待他,米芾写有《满庭芳·咏茶》记述此次品茶过程。

元祐七年(1092),就任雍丘县县令的米芾路过扬州,任扬州知州的苏东坡宴请了他。酒宴进行到一半,米芾突然仗着酒气站起来说:"有件小事要禀告先生,世人总是说我'癫',请你证实下这种说法不对。"苏东坡回答说:"吾从众。"众人都大笑。几个月后苏东坡回朝,路过雍丘县时,米芾迎接他到官署中,引他来到摆着长案的厅堂,上面摆着好笔好墨和三百张好纸,周围则是各种食物、好酒。苏东坡知道米芾是想得到自己的笔墨,便大笑着坐下,两人每喝一轮酒就写一会儿字,旁边两个小吏负责磨墨。等到晚上,两人写完三百张纸,互相交换了作品。

绍圣元年(1094),苏东坡被贬岭南,南下到雍丘县时,和县令米芾、以前的门客马正卿匆匆见了一面,还拜

中年起落(1080—1093)

宋 米芾 珊瑚帖

托米芾照顾马正卿。不久，米芾因为犯了过错改任监中岳祠。

建中靖国元年（1101）五月，苏东坡北上抵达真州。驻在真州的江淮荆浙等路制置发运司发运使、真州知州等纷纷宴请苏东坡这位名人。一日，发运司的发运使、副使和判官在白沙东园官署举办招待苏东坡的宴会，苏东坡戴着白棉小冠出席了宴会。五十一岁的米芾在这个衙门担任管勾文字之职，官阶不高，他听说苏东坡来了，急忙来求见。苏东坡便叫米芾一起参加宴会，并在宴会上赞誉了他几句。

之后苏东坡应米芾之邀到白沙东园、西山等处游览和避暑。位于江边的东园内有亭台楼阁与荷花池等，住起来比船上舒服，苏东坡在这里休养了几天。米芾几乎每天都来拜访，常常带着他收藏的书画、古印、砚台之类请苏东坡欣赏和点评。一天早上，苏东坡起床后见到桌子上有麦门冬，便自己煮热喝了下去，听说这是米芾一早冒着暑热送来的，他便写了一首《睡起闻米元章冒热到东园送麦门冬饮子》相赠：

一枕清风直万钱，无人肯买北窗眠。

开心暖胃门冬饮，知是东坡手自煎。

几日后，苏东坡回到真州的船上。此时天气炎热，连在惠州、儋州待惯了的苏东坡都受不了。他晚上很晚才睡，常常坐在船头乘凉，又喜欢喝冷饮、酒这类东西降暑，结果六月三日晚上开始拉肚子，一直无法安眠，身体非常疲惫。第二天早上他喝了一点黄芪粥，稍微好些，就躺在床上欣赏米芾让自己鉴赏的四枚古印。他写信给米芾，推辞明日的饮宴，打算等身体好些再定日子聚宴。苏东坡爱看医药书籍，在黄州、惠州、儋州都是自己给自己开方子看病，所以他也没有找医生，只是自己配药治疗。米芾常常冒着暑气前来问安，苏东坡大为感动，说自己当年在惠州、儋州期间，亲友很少来信关切，自己对此也没有期待，没想到米芾这样善待自己，写信称赞他的气质"迈往凌云"、文章"清雄绝世"、书法"超妙入神"。

苏东坡的病症持续了几日，甚至没有力气欣赏米芾送来让自己题跋的《太宗草圣》《谢安帖》。他知道这是米芾珍视的宝贝，怕对方担心，就派人先还回去，说等自己病好了再题跋。可是苏东坡的病一天比一天严重，一吃饭就会肚胀，不断拉稀，不吃饭则精神不济、身体衰弱，常常整夜无法安眠。于是他让儿子苏过在病榻边念米芾所写的《宝月观赋》，听到精彩处还会起身凝神细听。他写信给米芾说"公不久当自有大名，不劳我辈说也"。

苏东坡离开真州之前，特地派仆从去找米芾，在水闸之下的船上对匆匆赶来的米芾说，本来自己病重，可以不告而别，但是担心真州人说放着天下第一等人米芾不别而去，说不过去。之后苏东坡到了常州，七月十二日精神稍微好转，能够提笔写字，给米芾写了一封信感谢他的招待，称赞他的文章、书法。七月二十八日苏东坡病逝。之前在真州时，苏东坡非常欣赏米芾收藏的一方紫金砚，米芾便送给他使用。临终时，苏东坡让儿子将这方砚台放入棺木随葬。米芾来常州吊祭时，又索回了这方砚台，还写了《紫金研帖》记述这件事。

宋　米芾（传）　春山瑞松（局部）

　　元祐年间，米芾曾给时任宰相吕大防献诗，称颂对方"有志隆宋业，无心崇党偏"。元符三年（1100），米芾致信蒋之奇《廷议帖》云："襄阳米芾，在苏轼、黄庭坚之间，自负其才，不入党与"，获真州发运司的官职。建中靖国元年（1101），米芾称颂曾布。崇宁年间，米芾因称颂蔡氏兄弟得到关照，于崇宁二年（1103）入朝任太常博士，次年转任书学博士，不久后受到弹劾。崇宁三年（1104），米芾得到起用，知无为军。崇宁四年（1105），米芾调任常州知州，因受到弹劾改任管勾洞霄宫的闲职。崇宁五年（1106），米芾入京任书画学博士，宋徽宗提拔其为礼部员外郎，后遭谏官弹劾出京知淮阳军。大观元年（1107），米芾在任上病逝，享年五十七岁。

　　米芾以书法出名，在元祐年间，苏东坡、黄庭坚的书名比他高出一筹。后来苏东坡、黄庭坚被贬，崇宁年间米芾入京，书名才有所扩大。南宋初年，因宋高宗学米芾之体，且并称苏东坡、黄庭坚、米芾、薛绍彭四人为北宋末期的四大书家，故而其影响大增。元代之后，才确立了把蔡襄、苏东坡、黄庭坚、米芾合称"宋四家"之说。

李公麟：善画才士

元祐年间，苏东坡在朝中为官，官位显赫，又是第一名士，许多文士、画家、收藏家都热衷于与苏东坡交往，请他给自己的作品、藏品题跋。其中擅画的李公麟颇得苏东坡的好感，两人来往比较频繁。

李公麟出身于舒城大族，他的父亲李虚一爱好收藏和道教方术，熙宁元年（1068）曾任开封府下辖的赤县县令，也与时任开封府推官的苏东坡有交往，两人曾一起探讨修炼方法。熙宁三年（1070），二十二岁的李公麟与二弟李公权、三弟李公寅、堂弟李棐一起考中进士，由此踏入仕途。此后，李公麟一直在地方为官，职位不高。元丰六年（1083），三十五岁的李公麟得到新法派官员陆佃的推荐，到汴京担任正八品的中书门下省敕令所删定官，负责对敕令所编纂的各种行政命令进行校对与审定。这个职务比较清闲，他就在余暇研究绘画、收藏。黄庭坚的女儿嫁给了李公麟堂弟的李棐之子，可能在黄庭坚的引荐下，李公麟得以认识苏东坡，两人有了交往，苏东坡多次在李公麟的画作上题跋。

元祐三年（1088）正月十七日，朝廷命苏东坡、孙觉、孔文仲担任省试的考官，苏东坡推荐了李公麟为考校官。考试结束后，苏东坡、蔡肇、黄庭坚等应邀去李公麟的斋舍雅聚。之后李公麟还给苏东坡绘制了画像，画中的苏东坡戴着子瞻帽、穿着宽大的道士服，左手斜拿着藤杖，坐在一块大石头上休息，似乎是喝醉后的样子。黄庭坚在《跋东坡书帖后》中说："庐州李伯时近作子瞻按藤杖，坐盘石，极似其醉时意态。此纸妙天下，可乞伯时作一子瞻像，吾辈会聚时，开置席上，如见其人，亦一佳事。"苏东坡又请他描绘西域所贡"凤头骢""照夜白""好头赤"三匹骏马，并把去年被宋军押送来的西北唃厮啰部落酋长青宜结鬼章画成牵马人，犹如唐人所绘的《职贡图》一般。

元祐五年（1090），李公麟寄信给在杭州当知州的苏东坡，请他撰写一篇《洗玉池铭》。之前，李公麟得到峡州知州陈彦点赠送的一块马台石，将其放在汴京的书斋中。一天，苏东坡来访，建议把这块石头斫出能盛水洗玉的凹槽，四周刻上藏玉的形状，并允诺会写铭文刻在下面，称之为"洗玉池"。李公麟

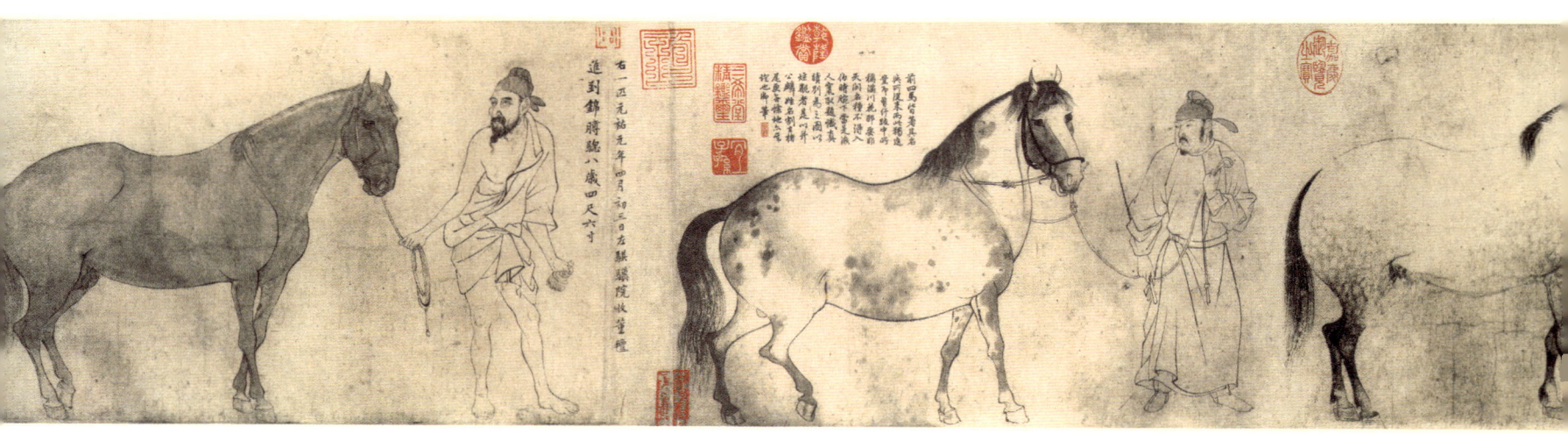

宋　李公麟　五马图（局部）

中年起落（1080—1093）

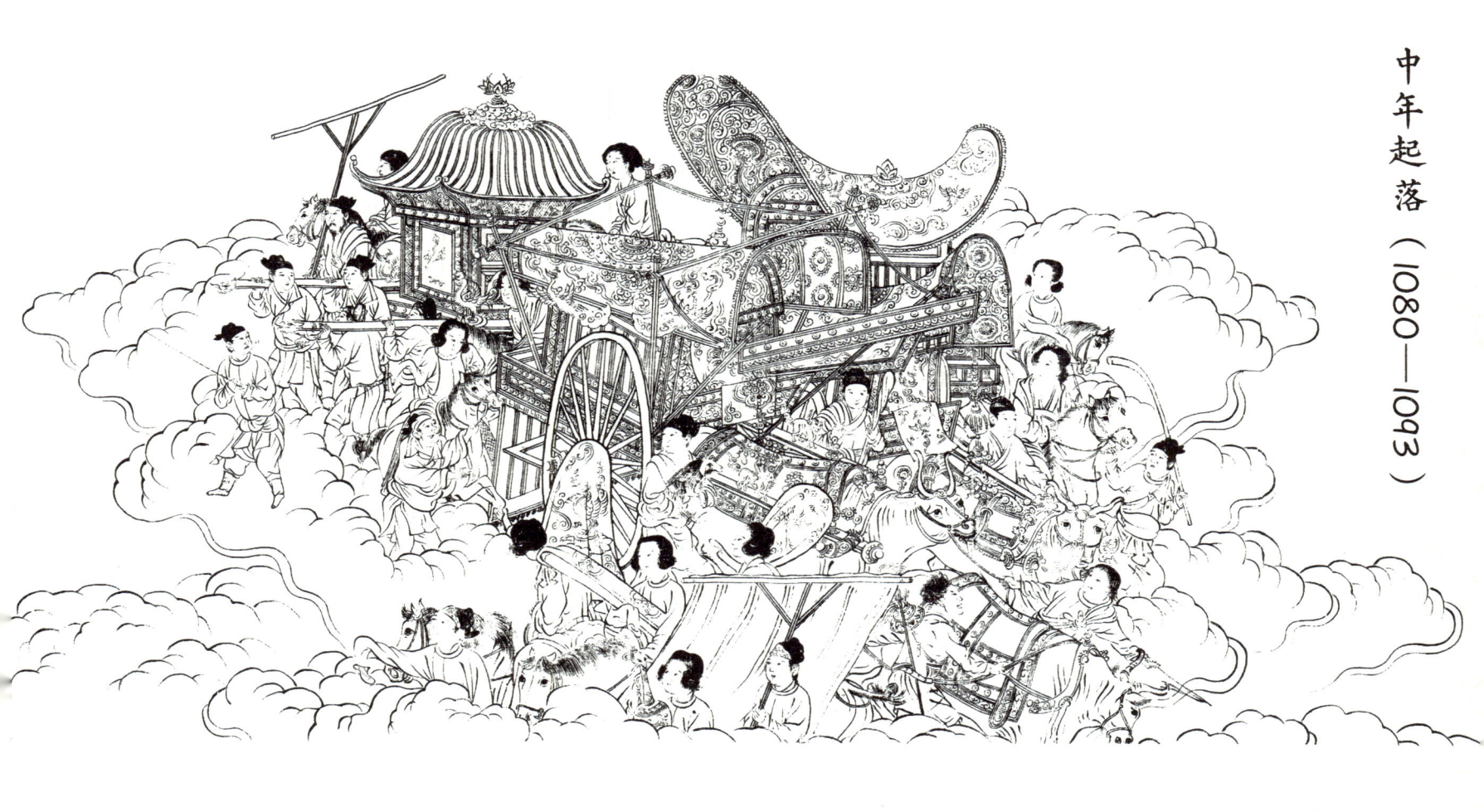

遵循苏东坡的意见，将此石斫为洗玉池，如今来信求铭，苏东坡自然答应，后来如约写了这篇铭文。

因为苏东坡、黄庭坚等人的推崇赞扬，李公麟的画名也广为传播。绍圣元年（1094），苏东坡被贬谪岭南，京城的许多旧友也变了脸色。李公麟在汴京街头遇见苏门弟子，以扇子掩住脸面，不敢长揖行礼，怕外人以为自己和苏东坡兄弟有牵连，此种行为受到士人的耻笑。元符三年（1100），李公麟因病回家闲居，于崇宁五年（1106）逝世。

陈师道：以道相待

陈师道擅长诗词创作，少年时拜师曾巩。元丰年间，执政大臣章惇曾托秦观致意，让陈师道去拜见他，准备加以举荐，却被陈师道拒绝。

元祐元年（1086），陈师道撰写长诗《赠二苏公》向苏东坡、苏辙兄弟致意。元祐二年（1087），时任翰林学士的苏东坡向傅尧俞、孙觉推荐陈师道，让他得以任徐州教授。元祐四年（1089），苏东坡出任杭州知州，五月路过南京应天府。徐州教授陈师道向上级请病假，实际上是偷偷到南京见苏东坡，跟他一起乘船到宿州才又回去。后来陈师道被言官以擅离职守为由弹劾去职。不久复职，调颍州教授。

元祐六年（1091）闰八月，苏东坡任颍州知州，与州学教授陈师道时而聚会。此时苏东坡名满天下，许多人都以名列苏门为荣。但陈师道以前出入曾巩门下，他以"向来一瓣香，敬为曾南丰"自勉，并没有自命为苏门弟子。苏东坡也不以为意，经常和他诗词唱和，关系友好。次年，苏东坡调任扬州知州，到扬州后仍然向朝廷上书议论颍州的事情。颍州教授陈师道来信劝告苏东坡，说他这样做是越界之举，会让颍州知州为难，建议他为官发言要慎重。这的确是有道理的建议，苏东坡回信表示感谢。

元祐七年（1092），苏东坡应召回朝出任礼部尚书，此时的他既是高官，又是第一名士，陈师道看出苏东坡面临危险，写了一首《寄侍读苏尚书》，以"有怀何必到壶头"劝说苏东坡早点儿请求致仕，认为他不必留在朝中，不必追求宰执那样的最高位置。苏东坡虽然时而想致仕，但他的想法经常变动，并没有下定决心脱离官场，对友人的建议只是一笑置之。或许，他心中也期望自己至少可以当个中书侍郎、门下侍郎，成为副相，与曾任参知政事的先师欧阳修前后辉映，那样自己就能比曾任太子少傅的白居易的官职高一些，也是一桩美事。

清 杨晋 诗意图

江西诗派

江西诗派是中国文学史上重要的诗歌流派，形成于北宋时期，以黄庭坚、陈师道等人为代表，得名于吕本中的《江西诗社宗派图》。江西诗派有"一祖三宗"之说，"一祖"为杜甫，"三宗"是黄庭坚、陈师道和陈与义。黄庭坚作诗喜用典故，主张"无一字无来处"，并能"点铁成金""夺胎换骨"，作诗风格以吟咏书斋生活为主，其创作重视句法，喜用拗句，用典以故为新、变俗为雅。

主要人物

黄庭坚：江西诗派的开山鼻祖，著名诗人、词人、书法家。他的诗风奇崛瘦硬，力摈轻俗之习，开一代风气。

陈师道："苏门六君子"之一。他的诗风受到杜甫和黄庭坚的影响，是江西诗派的重要作家之一。

陈与义：江西诗派的重要代表人物。他的诗风清新爽朗，圆而不滑，具有自己的风格。

吕本中：两宋之际的南渡诗人、词人、道学家。他早年作诗专以黄庭坚为典范，后提出"活法"之说，主张摆脱既有的法则而自有所得。

中年起落（1080—1093）

寄黄几复　黄庭坚　作

我居北海君南海，
寄雁传书谢不能。
桃李春风一杯酒，
江湖夜雨十年灯。
持家但有四立壁，
治病不蕲三折肱。
想得读书头已白，
隔溪猿哭瘴溪藤。

晏几道：拒绝交往

元祐元年（1086）年初，苏东坡入京之后与黄庭坚第一次见面，两人来往密切。他听说黄庭坚和著名词人晏几道相熟，托黄庭坚引荐，想去拜访以诗词著称的晏几道。结果晏几道拒绝说："如今政事堂中一半都是我父亲的故旧，我也没有工夫见啊。"在他眼中，尽管苏东坡是天下第一名士，诗文的名声比自己大，但是两人趣味不同，诗文风格不同，自己没有必要与之来往。或许，精于写词的晏几道对苏东坡的词作有意见，比如苏东坡所写的一些词根本无法配合曲谱演唱，在他看来是外行的做法。一个外行竟然比自己的名声还大，晏几道想必有些不服。

晏几道是晏殊的儿子，少年时便以聪慧、风流著称，后来以恩荫入仕。他个性高傲，不愿意放低身段与人结交，所以仕途一直不顺，还遭遇过几次打击。比如熙宁七年（1074），郑侠上书《流民图》请罢新法时，查到太常寺太祝晏几道曾写有一首诗《与郑介夫》，晏几道因此被捕下狱。后来，宋神宗下令释放了晏几道，但这件事让他对政坛险恶心生厌恶，常年在家闲居，以吟咏自乐，从不去拜访当朝的权贵要人。元丰二年、三年间，黄庭坚到吏部等候改官，与闲居的晏几道来往较多，两人常在寂照房饮酒唱和、作词为乐，有时醉倒在酒家垆边，有时同榻夜话，黄庭坚作有《次韵叔原会寂照房》等记述两人的交往。

为生活所迫，元丰五年（1082）起，晏几道外出为官，担任监颍昌府许田镇等小官。元祐年间，他回京闲居，心情抑郁，故而有拒见苏东坡之举。崇宁初年，晏几道由乾宁军通判调任开封府推官，数年后致仕。大观元年（1107），蔡京权势正盛，在重阳、冬至两个节日之前曾派遣门客登门请晏几道写长短句，晏几道为其作《鹧鸪天》两首，内容只限歌咏太平，而无谄谀蔡京个人的语句。大观四年（1110），年过古稀的晏几道故去，有《小山词》等作品传世。

比较起来，晏几道是专长一技之人，所写的文字格调单一，而苏东坡则是才思喷涌的多面手，两人并不在一个赛道上。可与苏东坡匹配过招的，应是前辈欧阳修、王安石，后辈黄庭坚一类人物，而非晏几道。

赵令畤：宗室才子

元祐六年（1091），苏东坡到任颍州知州。时任颍州签判的赵令畤擅长写作诗文，很快就和苏东坡关系密切起来。苏东坡把赵令畤的字改为"德麟"，赵令畤把和苏东坡、陈师道诗酒唱和的诗歌编辑为《汝阴唱和集》。一个圆月的晚上，官署后院中梅花盛开，苏东坡一家人正在赏花，王闰之说："春天的月色要比秋天的月色好看，秋月引人悲凄，春月令人欢悦，何不招赵德麟等人来花下饮宴？"东坡也很高兴，说："谁说夫人你不能写诗？这话就是真诗人才说得出的。"于是召请赵令畤、陈师道一起来饮酒。苏东坡在聚会中写了一首词《减字木兰花·春月》：

春庭月午，摇荡香醪光欲舞。步转回廊，半落梅花婉娩香。

轻风薄雾，总是少年行乐处。不似秋光，只与离人照断肠。

赵令畤的伯父安定郡王赵世准府中用黄柑酿酒，将其命名为"洞庭春色"。有一次，赵令畤写诗请求苏东坡为自己的东斋题写榜铭，苏东坡听说了美酒"洞庭春色"，就写了一首诗，说自己题字的润笔应该是一壶好酒，于是赵令畤就将美酒寄送给他。苏东坡品尝后，写了一篇《洞庭春色赋》，让赵令畤转寄给安定郡王。

冬天，与颍州临近的淮南庐州、濠州、寿州发生饥荒，许多流民四处逃难。苏东坡上书请求朝廷卖度牒购储粮食，预备救济灾民。腊月，颍州下了好几天大雪，苏东坡担心民众缺衣少粮、饥困难捱，于是跟妻子王闰之商量，捐出自己家的一百多贯钱，做炊饼发给穷困民众。王闰之说："你以前经过陈州时，知州傅钦之说赵令畤以前在陈州因为赈济而立功，你何不问问他如何赈济灾民？"于是，第二天天还没亮，苏东坡就派人去请赵令畤商议。赵令畤说："我对此已经做了预备，百姓缺少的是食物和柴火，现在州府的义仓有数千石谷物，其他政府机构还有炭、柴，都可以立即以原价卖给百姓。"苏东坡命他草拟《放积欠赈济奏》给朝廷，希望尽快救济民众。

元祐七年（1092），苏东坡上书推荐赵令畤到馆阁任职，但太皇太后认为宗室子弟中聪明人很多，要先考察德行才能任用，便没有理会他的推荐。

元祐八年（1093）夏天，赵令畤入京担任光禄寺丞，几个月后苏东坡就被外派出京了，两人从此交往就稀疏了。宋哲宗亲政后，有人告发赵令畤与苏东坡交往的旧事，赵令畤因此遭到处罚，从此他与苏东坡断了联系。宋徽宗初年赵令畤也被列入元祐党籍，后来赵令畤依附内侍以求晋升，颇为清议所非。绍兴初年，赵令畤袭封安定郡王，迁宁远军承宣使，同知行在大宗正事。

颍州：再续前缘

熙宁四年（1071），苏东坡因为不容于王安石，上书请求到外地任职，宋神宗下旨让给苏东坡找个州府去担任知州。王安石掌握的中书省建议派他去担任颍州通判，这是因为稍早前欧阳修以观文殿学士、太子少师官衔致仕，在颍州闲居，王安石是故意想让苏东坡去追随欧阳修吟风弄月。宋神宗并不想如此对待苏东坡，便直接下旨任命他为杭州通判。

七月，苏东坡离京去杭州时，按照常规应该是顺着汴河入淮河，到楚州后沿运河南下，但为了探望任陈州教授的弟弟苏辙、知州张方平以及在颍州养老的欧阳修，他先从蔡河乘船南下去陈州，再在苏辙的陪同下沿着蔡河、颍水行船到颍州，拜会对他们兄弟帮助极大的欧阳修。

欧阳修担任颍州知州时，喜欢这里的风土人情，于是决定来这里养老。欧阳修刚刚从蔡州回到这里不久，以"六一居士"为号，因为他家有"藏书一万卷，集录三代以来金石遗文一千卷，有琴一张，有棋一局，常置酒一壶"，他认为自己这一翁"老于此五物之间"，故合称"六一"。

元祐六年（1091），苏东坡进京担任翰林学士承旨，三个多月中频频受到谏官弹劾，八月五日被外放为龙图阁学士，知颍州。颍州城小、人少、事少，城西有个小湖泊也叫西湖。众人给苏东坡饯别时，有个颍州人听说他去当知州，开玩笑说："内翰你去了只消在西湖中游览，便可以把事务处理完。"

苏东坡带着家人离开汴京，闰八月到达颍州。苏东坡首先参拜了文宣王庙（孔庙）和颍州的其他主要庙宇，然后开始办公。

欧阳修的家人还生活在这里，欧阳修的儿子欧阳斐的女儿嫁给了苏迨，两家是亲戚，苏东坡觉得到颍州当官也算是安慰。欧阳修的夫人在元祐四年（1089）病逝，他的几个儿子都在这里守孝。苏东坡到任几天后，也去了恩师家中拜祭。

苏东坡习惯在雕版刻印的日历纸上把该干的事列出来，这样不会拖延，所以他一般每天早上用一两个时辰就能处理完公事，其他时间常常和僚属闲聊、出游，比较清闲。颍州州学教授陈师道是他的老熟人，签书颍州公事赵令畤也博学能文，苏东坡经常与他们出游、谈诗论文。苏东坡外出时常让随从搭建简易的布幄，即用木架子作为支撑，上面和四面用布遮阳挡风，里面放小桌椅，布设茶炉，可以一边看风景，一边品尝清茶和朱红累子食盒里的各种糕点小吃。

这时正是秋末,天高气爽,苏东坡心情放松,经常到湖边、河边泛舟游览。在《泛颍》一诗中,他描述自己"到官十日来,九日河之湄",十分喜欢这样闲适的状态。一名歌妓知道苏东坡和欧阳修的关系,在宴席上演唱欧阳修写的词,苏东坡顿时有许多感慨,写了首《木兰花令·次欧公西湖韵》怀念四十三年前来这里担任知州的老师欧阳修:

霜余已失长淮阔,空听潺潺清颍咽。佳人犹唱醉翁词,四十三年如电抹。
草头秋露流珠滑,三五盈盈还二八。与余同是识翁人,惟有西湖波底月。

当然也有让苏东坡烦恼的事情。比如颍州用来招待宾客的"公使库钱"比杭州少得多,上任知州花了不少,苏东坡又爱好招待宾客,很快就没有什么剩余,只能在宴请时降低酒菜的档次、减少酒菜的数量。

苏东坡到任以后,得知目前州里最重要的公事是会商开挖八丈沟工程的事情。苏东坡调查了两个月,才搞清事情的前后因果。原来,最早是因为开封府下属诸县经常发洪水,有官员决定把那里大些的湖泊、河流都挖开,让水流入惠民河,不料之后遇到暴雨时,各处雨水汇聚到惠民河,导致水位暴涨,常把下游陈州的许多地方冲毁。于是有官员又提出在陈州和颍州间开挖新的河渠八丈沟,让陈州一些湖泊、河流从这条新渠流入颍河、淮河中去。朝廷计划动用十八万民工施工,是一项大工程。

中年起落(1080—1093)

苏东坡派人带着测量工具实地测量时发现，淮河发洪水时，水位比八丈沟高近一丈，会倒灌到颍州，造成水灾。此外，颍州境内各条河都与淮河相通，一旦淮河发洪水，颍州各条河流的入淮之处都会倒灌，造成洪灾。一旦淮河水位降低，颍河的水位也会随之降低。因此，开掘八丈沟刚好遇到这个区域普降暴雨之时，不仅对陈州泄洪无济于事，反倒可能让淮河的洪水倒灌，在颍州乃至陈州造成新的水灾。九月、十月，苏东坡先后上书朝廷《申省论八丈沟利害状二首》《奏论八丈沟不可开状》，建议停止这项工程。京西北路转运判官朱勃到颍州实地考察之后，也同意苏东坡的结论，向朝廷上书说不可开挖八丈沟，获得允许。

元祐七年（1092），苏东坡在颍州组织了一万民夫开挖和疏浚境内沟渠，建造清河到西湖的三座水闸，贯通焦坡之水，治理颍州西湖。这项工程还没有完工，二月底他就收到调任扬州知州的任命公文。三月初，苏东坡和苏迨、苏过等一大家人坐船去扬州上任。

苏东坡到扬州后，赵令畤写信告诉他疏浚西湖的工程已经竣工，苏东坡写下《轼在颍州与赵德麟同治西湖，未成，改扬州。三月十六日湖成，德麟有诗见怀，次其韵》，比较自己在杭州和颍州治理两处西湖的经历，抒发感想：

太山秋毫两无穷，巨细本出相形中。
大千起灭一尘里，未觉杭颍谁雌雄。
我在钱塘拓湖渌，大堤士女急昌丰。
六桥横绝天汉上，北山始与南屏通。
忽惊二十五万丈，老葑席卷苍云空。
揭来颍尾弄秋色，一水萦带昭灵宫。
坐思吴越不可到，借君月斧修朣胧。
二十四桥亦何有，换此十顷玻璃风。
雷塘水干禾黍满，宝钗耕出余鸾龙。
明年诗客来吊古，伴我霜夜号秋虫。

二子苏迨：颖州求雨

苏迨生于熙宁三年（1070），字仲豫，他从小体弱多病，三岁尚不能站立行走，得奴婢抱着、背着，苏东坡夫妇心中常觉不安。

熙宁四年（1071）苏东坡出任杭州通判，认识了上天竺寺观音道场的高僧辩才法师。苏东坡想到可以请和尚、道士攘除灾祸疾病，于是在熙宁五年（1072）把苏迨送到寺庙中一段时间，辩才为苏迨剃发、摩顶。在佛寺中，正式剃度落发象征着愿与众生断除烦恼及习障，是非常重要的仪式。几天之后，苏迨就可以摇摇晃晃走路，让苏东坡十分欣喜。为此，苏东坡作《赠上竺辩才师》诗称谢，其中有"我有长头儿，角颊峙犀玉。四岁不知行，抱负烦背腹。师来为摩顶，起走趁奔鹿"几句。

苏迨十六岁随父亲北上去登州时，在淮口遇到大风停留了三天，作诗《淮口遇风》，让苏东坡大为兴奋，作了一首和诗《迨作淮口遇风诗，戏用其韵》，称赞儿子犹如年轻气盛的骏马，在押韵方面胜过以推敲著称的孟郊、贾岛，"我诗如病骥，悲鸣向衰草。有儿真骥子，一喷群马倒……君看押强韵，已胜郊与岛"。

之后他们一家进京，苏东坡成为翰林学士。元祐元年（1086）九月，宋哲宗在明堂祭祀宋神宗，大赦天下，十七岁的苏迨以明堂恩授承务郎官衔，这是从九品的虚衔，等他成年后就可以候补任官。元祐五年（1090），苏东坡征得欧阳修夫人薛氏的允准，让苏迨与欧阳修之子欧阳棐的第六女订婚，次年正式结婚。可惜，这位儿媳在元祐八年（1093）病逝，后来苏迨又续娶了欧阳棐的第七女为继室。

绍圣元年（1094），苏东坡被贬谪岭南时，让苏迈、苏迨去宜兴生活，自己只带着侍妾朝云、三子苏过及两个年老的婢子去惠州。与苏迨临别时，苏东坡书写了六篇赋送给他，还把自己喜爱的一方砚台相赠，希望他能勤读书作文，有一番作为。苏迨虽然有当官的资格，可在宋哲宗亲政、新党当权的局面下，他难以通过铨选得到吏部的任命，只得自学了一些医药知识，靠行医维持生计。元符三年（1100），苏迨特地从宜兴赶到惠州，之后去广州与苏东坡、苏迈、苏过会合。

随后他们父子一同北上，苏东坡不幸染病而亡，苏迨闭门闲居十年。政和元年（1111），四十二岁的苏迨才得到机会去武昌当管库官，这是不入流的小官，只是为了维生不得不如此。后来他曾任驾部员外郎。钦宗靖康元年（1126），苏迨死于离乱之中，享年五十七岁。之后，继室欧阳夫人带着家人移家宜兴。

苏东坡行书《祷雨帖》记载了苏迨在颖州时的一件趣事：元祐六年（1091），苏东坡出任颖州知州，苏迨、苏过随行。这年十月颖州大旱，苏东坡听说郊区颖河边的张龙公神祠非常灵验，就在官署斋戒，让苏迨和州学教授陈师道前往祈祷求雨，第二天他们把张龙公庙里供奉的"龙骨"迎接到州城中。二十八日，苏东坡与赵令畤、陈师道一起去拜访欧阳修的两个儿子，作诗云："后夜龙作雨，天明雪填渠。梦回闻剥啄，谁呼赵陈予。"赵令畤拍掌说："这首诗句法甚新，前人未有此法。"他们闲谈

到晚上三更。苏东坡回官署时，抬头看到星斗灿然闪烁，他躺下不久就听到雨打房檐的声响。十一月一日早上下起了雪，他们五人又在官署聚会，感叹这位张龙公真是灵验，当然也有下属称赞苏东坡的诗句得到验证。赵令畤说苏迨也就求雨之事作了一首诗，其中有一句"吾侪归卧髀骨裂，会友携壶劳行役"。这是感慨他们路途奔波的劳累。苏东坡想起当年自己骑马去太白山求雨的经历，顺便还去附近的寺观一游，不像他们如此奔忙，于是笑着说："是儿也，好勇过我。"元祐七年（1092）二月下旬，苏东坡一家离开颍州时，州学教授陈师道作了赠诗《送苏迨》：

胸中历历著千年，笔下源源赴百川。
真字飘扬今有种，清谈绝倒古无传。
出尘解悟多为路，随世功名小著鞭。
白首相逢恐无日，几时书札到林泉。

宋　李公麟（传）　为霖图（局部）

扬州：文章太守

自隋朝修建运河沟通南北之后，扬州一直是通往东南的水上交通枢纽、漕运集散中心。苏东坡一生到过扬州有十二次之多。

第一次是治平三年（1066），父亲故去后，苏东坡和弟弟苏辙护送灵柩回川，从汴河乘船南下到楚州，经运河行至扬州的瓜洲渡，然后沿着长江逆流而上，到戎州后，沿岷江北行到眉山。因为守丧，苏东坡、苏辙兄弟沿途没有作诗，也没有游玩，空闲时便读读书，谈谈天。

第二次是熙宁四年（1071）十月，他去杭州当通判，南下途中经过扬州，在招待酒宴上遇到三位旧识——泰州通判刘攽、海州知州孙洙、衡州盐仓监管刘挚，众人连日饮酒闲谈，颇为畅快。

第三次是熙宁七年（1074），他从杭州北上去密州当知州，路过扬州。

第四次是元丰二年（1079）四月，他从徐州南下去湖州当知州，路过扬州时，应邀参加扬州知州鲜于侁举办的酒宴。

第五次还是在元丰二年（1079），宋神宗下令御史台调查他以诗文诽谤朝政的罪责，他在御史台官吏监守下一路乘船北上。沿途官员、亲友听说此事，都不敢前来探望苏东坡，只有扬州知州鲜于侁主动到驿舍中拜访苏东坡，但没有获得御史台吏卒的同意，只能失意离开。苏东坡路过平山堂下时，看到以前有所交往的道士杜介家的竹屋和纸船，心中十分羡慕，也想过制药、下棋的悠闲生活。

第六次是元丰七年（1084）十月中下旬，苏东坡北上汝州时，到扬州拜会资政殿大学士、扬州知州吕公著。吕公著多年在朝为官，更清楚朝中动向，苏东坡征询了他的意见后，请求皇帝允许自己在常州居住养病，这样他可以靠自家在宜兴的田地谋生。但许久没有得到回复。十一月中旬，苏东坡离开扬州，沿着水路北上。

第七次、第八次都发生在元丰八年（1085）。四月，他南下去宜兴的途中经过扬州，此时正是宋哲宗登基、高太皇太后转变政策的关键时期，或许是为探听朝中的动静，苏东坡在扬州住了近一个月，每日四处游览。之后，苏东坡听说宜兴的田地虽然有一部分遭了旱灾，但大部分田地收成还不错，十分高兴，五月一日在竹西寺的墙壁上题诗《归宜兴，留题竹西寺三首》，表露自己的欢快心情：

> 十年归梦寄西风，此去真为田舍翁。
> 剩觅蜀冈新井水，要携乡味过江东。

> 道人劝饮鸡苏水，童子能煎罂粟汤。
> 暂借藤床与瓦枕，莫教辜负竹风凉。

中年起落（1080—1093）

> 此生已觉都无事，今岁仍逢大有年。
>
> 山寺归来闻好语，野花啼鸟亦欣然。

三个月后，苏东坡在宜兴接到出任登州知州的任命书，北上途中又一次路过扬州。

第九次是元祐四年（1089），他从汴京南下就任杭州知州，途经扬州。

第十次是元祐六年（1091）三月，他从杭州回京出任礼部尚书。此时的苏东坡已对朝中的争论感到厌倦，一再上书请求到外地担任郡守。他故意走得很慢，在扬州停留时，在水边赏景，写了一首《浣溪沙·春情》：

> 桃李溪边驻画轮。鹧鸪声里倒清尊。夕阳虽好近黄昏。
>
> 香在衣裳妆在臂，水连芳草月连云。几时归去不销魂。

第十一次是在元祐七年（1092），他被朝廷任命为扬州知州，三月十六日到任。扬州是欧阳修当过知州的地方，高太皇太后把苏东坡派到这里，也算是"心有灵犀"。

扬州是繁华的商业城市和交通枢纽，但政务比杭州轻松许多，因为这里人口较少，没有多少公务。苏东坡了解到，蔡京当扬州知州时开设了"万花会"，有官吏乘机从中牟利，养花之人都有苦难言，于是立即取消了这项活动。

在扬州县乡，许多百姓积欠了多年的官府税收，很多乡村富户都因此破产，中等收入家庭也大多有欠款，一些百姓到了麦收季节还躲在外地，怕回家收麦会被吏员抓捕。苏东坡看到这种情形，一再上书请朝廷免去这些积欠，说这些欠款都是十多年前的，历年来朝廷多次恩典赦免，本来就应该将其免除，只是官吏没有执行；而且如果民众流离失所，这些欠账永远也还不上，仅仅是名义上的账目而已，不如减免他们以前的积欠，使其安居乐业，以后再正常缴纳田税给官府。几次上书以后，朝廷终于允准淮南、两浙暂停催征欠税一年，扬州民众得以休养生息。

苏东坡厌倦了朝堂的斗争，渴望远离纷争，加上渐渐老去，对人情、利益等也不再看重，心中对陶渊明诗文的认同越来越强烈，写了《和陶饮酒二十首》。他在诗中说，自己喜欢饮酒，但酒量很小，喝一点儿就颓然坐睡，别人以为他已经醉了，其实他心中还是清醒的，处于"不醉亦不醒，无痴亦无黠"的天真状态。这是他最早的和陶诗，其他一些诗也开始向陶渊明的风格靠近。此后他还一再读陶渊明的诗集，写和诗。从这个时期开始，陶渊明超过白居易，成为苏东坡最常对话的古人。陶渊明近道，白居易近佛，前者的诗歌冲淡质朴中常寓奇趣，后者的诗歌浅易流畅中时有巧思，苏东坡在人生的两个阶段与这两人亲近，和他的性格、精力、思想的变化紧密相关，既有文学上的点化、参考，也有思想上的认同。苏东坡对陶渊明的推崇，也进一步扩大了陶渊明在文人中的影响。

在扬州，苏东坡中午一般都会喝几杯，等到客人离去以后，就脱下衣服、伸开腿休息，这是他在黄州养成的嗜酒习惯。他一再觉得自己与东南有缘，数次提到想要辞官到东南隐居、养老，而他心目中合适的地方大概就是杭州、宜兴两地。他想过在杭州万松岭下置办一座三亩大的宅院闲居，有时也会梦见小学时在眉山诵读《论语》的情景，他有些想念故乡，可是那里太遥远，已经无法回去了。

七夕节，苏东坡和江淮荆浙等路发运使晁端彦、苏州通判晁补之一起到大明寺游览。喝茶时，他们对大明寺何处的水比较好有了争论，于是叫人分别去取塔院西廊那口井和下院"蜀井"中的水，煮茶后比较，大家觉得还是塔院的水煮茶口味更佳。苏东坡在扬州只任职半年就接到调令回京，于八月末离开了扬州。

第十二次是绍圣元年（1094），他被贬岭南惠州，南下途中，五月经过扬州，和担任知州的宗叔苏颂见了两次。这一次后，苏东坡真的告别了这座城市，再也没有到访这里。

中年起落（1080—1093）

定州：边境待命

元祐八年（1093）九月，太皇太后高氏故去后，亲政的宋哲宗下令，命端明殿学士兼翰林侍读学士、礼部尚书苏东坡出京担任河北西路安抚使兼马步军都总管、知定州。

苏东坡收拾行装，于九月带着家人离京。一路随行的有朝云、苏过和其妻子范氏，还有几个侍妾和十来个奴婢。十月，苏东坡到达定州。这里是邻接辽国的边境州，地理位置比较重要，治所在安喜县。县城中最著名的建筑是开元寺的瞭敌塔，宋初僧人会能从西天竺（印度）迎请来舍利子后，宋真宗下诏修建了一座高塔供奉，因为这里是边境，军队常常利用此塔瞭望敌情，于是有了"瞭敌塔"这个俗名。

苏东坡到任后，考察地方民情，鉴于这里是边防重地，他多次上书建议加强军事防备。他看到驻扎定州的禁军有盗卖军械、参与赌博等现象，而且营房陈旧，年久失修，于是上书建议严明军队纪律，惩治贪污的军官，同时修建更多营房供军人居住。他请朝廷给予僧道度牒，在定州出售，以此筹资修复和新建营房。严肃军纪之后，军队军官感到不安，担心自己的不法行为暴露。有军中小吏到知州官署举报军官贪污，苏东坡说："军队贪污，我发现的话自会惩治，但是你作为军人，不可以擅自状告上级，那样军队就乱套了。"于是他把这个小吏发配到其他地方，军队也安定下来。之后他又上奏《乞增修弓箭社条约状二首》，请求规范和加强地方民众自行组织的弓箭社，鼓励民众在社团中练习射击、武艺，以协助正规军保卫边境，但没能获得允准。

政治变动很快就来了。十一月，宋哲宗开始到垂拱殿处理政务，他不满父亲宋神宗的政策被太皇太后和旧党大臣全盘推翻，开始反其道而行，以继承宋神宗政策为志，召章惇、蔡卞、蔡京等新党回朝担任要职，新上任的御史、谏官已经闻风开始频频上章攻击在任的旧党宰执高官。

京城传来的都是坏消息，在定州的苏东坡对朝局无能为力，只能静待局势演变，趁着这段暴风雨前的安静日子，寻找一些小乐趣。

绍圣元年（1094）春天，苏辙生日快到时，苏东坡派人送去檀香观音像、新合印香、银篆盘祝寿，在诗中问弟弟何时返乡，这是提醒弟弟早点儿退避。可是朝中重臣哪里能轻易主动退让，位高权重之人都不愿退、不肯退，甚至有时候不能退。苏东坡自己也没有上书请求致仕，依旧想观望形势。

三月，宋哲宗罢去吕大防的宰相之位，苏辙也被撤掉门下侍郎之职，以端明殿学士知汝州。宋哲宗的好恶已经公开，于是赋闲的吕惠卿、侍御史虞策、殿中侍御史来之邵等人纷纷上书弹劾苏东坡"讥斥先朝"的旧事。四月，宋哲宗以此为由撤掉苏东坡的端明殿学士、翰林侍读学士的官职，将其贬为七品左朝奉郎，知英州军州事。王安石的女婿蔡卞撰写了任命苏东坡的制书，里面提及他的"讪上之恶"。两天后，宋哲宗又下诏把苏东坡再降一级，为从七品充左丞议郎，知英州军州事。苏东坡是宋哲宗登基后第一个遭外派的元祐大臣，而且连遭公开降职、贬谪，可见宋哲宗心中对他的怨恨。四月二十一日，宋哲宗任命章惇为尚书左仆射兼门下侍郎，免去范纯仁尚书右仆射的官职，并外派其担任知府。这以后，章惇开始主政，他配合宋哲宗陆续宣布恢复募役法、保甲法、青苗法等新法，把旧党的大小官僚全部罢黜或贬谪。

此时的苏东坡一边观望朝局，一边在日常生活中寄托自己的志趣。有一天，他在定州官署后园的一棵榆树下发现了埋在地里的黑色石头，仔细观察后发现黑色之间还有白色的岩脉纹路，看上去像溪流在山间起伏流动，如同画家孙位、孙知微所画的山水画中的山泉。苏东坡想起家乡眉山的山水，于是把这块石头放在一个用曲阳白石做的大盆中，命工匠建造小喷泉，让水流不断冲刷这块石头。苏东坡将这间斋堂命名为"雪浪斋"，并题写铭文，定州通判滕希靖有赋诗，苏辙、李之仪、道潜、秦观、张耒、晁补之等皆有和诗。

苏东坡还尝试用松树的油脂和黍、麦酿制养生酒，据说可以"愈风扶衰"。他写有《中山松醪赋》，希望这种药物能帮助自己的身体变得强健，像神鹿一样跨越山峰、飞猱一样攀缘绝壁，然后走出人间，进入仙人世界。或许这时候，他已经开始准备像当年在黄州一样，一旦遭到贬谪，就把修身养性、延年益寿当成生活主题。

闰四月，苏东坡接到降职为英州知州的公文。苏东坡对未来的命运已经有所准备，十几天后，他带着一大家人从定州出发，离开了这座边境城市。

吏能：敏于公务

苏东坡被贬黄州、惠州、儋州期间写过许多动人的诗文，容易让今天的大多数人以为他在官场上是个失败者，只能在边荒吟风弄月。实际上，苏东坡被贬谪惠州之前，在仕途上绝对是成功者，而且是万众瞩目的成功者。

二十二岁的苏东坡第一次参加科考就考中进士，获得为官的资格，这让他站在了官场竞争的起跑线上，超越了众多苦读的布衣文士。

二十六岁得到举荐参加制科考试并考中第三等，一举从低级别的"选人"变成带有中央官衔的"京朝官"，苏东坡又超越了绝大多数低级官员。

三十岁获得入职直史馆，从此外人就称苏东坡为学士。获得馆职对官员来说意味着其文采突出，得到皇帝、宰执、两制官员的关注，以后可以循序渐进成为知制诰、翰林学士等两制官员。

之后熙宁年间，苏东坡被排挤到地方当通判、知州，元丰二年（1079）又遭遇"乌台诗案"，被贬黄州，沉寂了数年。可是宋神宗驾崩之后，太皇太后高氏主政的元祐年间，苏东坡是升迁最快的官员之一，元丰八年（1085）年底入京到元祐元年（1086），他由朝奉郎、登州知州升为翰林学士。元祐末年又升为翰林学士承旨、礼部尚书，是朝廷中地位仅次于宰相、副相的高级官员之一。与同时代的进士、制科考取者的升迁情况对照，苏东坡比绝大多数进士官员升官更快、官位更高，是别人羡慕的对

象。只不过，晚年他又被贬惠州、儋州，在北上途中不幸病逝，未能安享晚年，容易使人形成一定的刻板印象。

就行政才能而言，苏东坡先后在凤翔、杭州当签判、通判，在密州、徐州、湖州、杭州、颍州、扬州、定州等州出任地方主官，对地方政务相当精熟，处理公事也井井有条。

苏东坡在每个地方都尽力做些有利民生之事，有时不惜破格行事。比如他去杭州当知州时，当地有个反复出现的怪现象：杭州各县盛产丝绸锦缎，官府往往预先借钱给织户作为本钱，民户之后交纳一定的丝帛偿还即可。但是常有民户故意织造一些劣质丝帛，等到最后期限才交给官府，企图蒙混过关。如果负责此事的受纳官吏严格把控丝织品的质量，民户便会聚集闹事。官吏担心动乱和无法按期收齐丝织品，只好接受品质不一的丝织品，但这些丝织品进入中央的仓库时如果被发现质量不合格，官吏就要负责赔偿，有人因此倾家荡产。苏东坡到任以后，觉得不能再姑息这种情况，命令收纳丝帛的官吏必须认真挑选，不得有次品。七月二十七日，两百多民户在丝帛收纳场前齐声叫嚣抗议，还一起到衙门向知州苏东坡喧诉。苏东坡一面劝说民户不要闹事犯法，一面让仁和县丞调查，发现是本地富户颜巽的两个儿子颜章和颜益在背后操纵此事，立即下令逮捕两人，移送右司理院调查和判决。正常刑罚之外，苏东坡又超越权限，在颜氏兄弟脸上刺花，充军到边远地区。处置两人后，苏东坡主动引咎自责，请求朝廷对自己法外用刑进行责罚。颜章、颜益的家人到汴京状告苏东坡处理案件不公，贾易等谏官不断以此弹劾苏东坡违法，朝廷最后下令将颜章释放。苏东坡也无可奈何，只能感叹如今知州的权力小，事事都在严密的法令制度控制下，难以发挥治理地方的主动性。

但是，在当时的政治环境下，苏东坡也有弱点。比如他是性情中人，与交好之人议论时常常褒贬同僚、政策等，乃至说些容易引发不同解读的笑话，很容易得罪人，也容易被政敌抓住把柄。所以他在汴京朝堂引起的争议也非常多，一部分言官经常指责他言行轻率。

政见：民生为上

元祐七年（1092），苏东坡任扬州知州，时任扬州州学教授的曾旼是吕惠卿的弟子，和苏东坡也有来往。不久后曾旼离任，经过真州时，去拜见赋闲的吕惠卿。自从熙宁八年（1075）贬谪外地之后，吕惠卿一直郁郁不得志，心里对苏东坡有所不满。

吕惠卿问曾旼："苏东坡是怎样的人？"

曾旼回答："聪明人。"

吕惠卿面有怒色，厉声问："是尧那种聪明吗？是舜那种聪明吗？是大禹那种聪明吗？"显然，他对苏东坡能名满天下感到不解。

曾旼回应说："不是这三人的聪明，但也是一种聪明。"

吕惠卿又问："苏东坡的学术根源是何人？"

曾旼说："是学孟子。"

吕惠卿惊讶地站起来说："这从何说起？"

曾旼说："孟子以民为重，社稷次之。我觉得苏公的学问之本是孟子。"

吕惠卿沉默了，大概也觉得这一观点并不离谱。苏东坡在地方为官，确实关心民间疾苦，有许多为人称道的惠政。他在朝中的举措也以民生、实用为主，并不抱持单一的理念而不懂得变通。只是他的诗文名声太大，在朝中的争议也多，掩盖了这些实打实的政绩。

在朝堂为官，苏东坡也是首先考虑民生。元祐元年（1086），司马光主政，全面废弃新法，苏东坡支持司马光废除大多数新法的政策，但并不赞成台谏官员全盘反对熙宁期间的政策法令，觉得不应只为回到"旧制"而"不复较量利害，参用所长"，主张对募役法加以改良后施行，为此一再上书讨论募役法、差役法的利弊。

王安石推出募役法，主要是为了解决农民承担差役的痼疾。长期以来，朝廷规定农民要轮流到各级政府服差役，担任"衙前""里正""户长""人力""手力"等。民众充当管理仓库、押运粮食的"衙前"时，如果财物有损坏，必须照数赔偿，许多农民因此荒废了农业生产，甚至倾家荡产。王安石推出的募役法将原来按户轮流服的"衙前""户长"等差役，改为由官府用雇役钱招募自愿干活的民众充当差役，雇役钱由当地官府按所需向民众征收。原来服差役的民户可以按贫富等级交纳一定数量的钱代替差役，称为"免役钱"；原先不用承担任何徭役的官户（官员家庭）、未成丁户（没有成年男子的家庭）、单丁户（只有一个成年男子的家庭）、女户、寺观户，也须交纳一半役钱，称为"助役钱"；只有城市六等以下、乡村四等以下的贫困户不用交纳免役钱。新法可以让很多农家免除差役，把主要精

力用在务农上。但官府实施时，也出现了增加免役钱和助役钱数额、扩大征收范围、挪用雇役钱他用的现象。另外，官府规定免役钱必须交现钱，穷乡僻壤的农民为了交纳免役钱，常常得压低价格出售农产品，这也造成一些问题。另外，各地对募役法的接受程度也不同，如陕西、山西等地民众觉得服差役方便，而经济比较发达的南方地区民众大多愿意交钱免去差役，更支持募役法。

苏东坡在南北各地为官多年，对民生了解较多，认为差役法、募役法各有利弊。以前长期实行的差役法是让民众轮流服役修建河堤渡口或充当衙役，致使农民无法专心务农；王安石创立的募役法则可以让民众安心务农，不必轮番服役，也让官吏失去勒索的途径。

苏东坡认为可以保留募役法的主要政策并加以改良：一是严格规定向富民征收的雇役钱不能超过标准，二是规定官府不得挪用雇役钱干其他事情。苏东坡上奏《论给田募役状》，司马光看到后不以为然，苏东坡和司马光等人多次就此争论。五天之后，太皇太后高氏还是按照司马光的建议下诏废除募役法，恢复差役法。从这些例子可以看出，苏东坡的政策主张是从民生出发、从实际出发，而不是附和皇帝、宰相之人。与苏东坡在朝时政见、派系不同的刘安世经历了元祐、绍圣的起伏，也承认苏东坡乃是有坚持、有主见之人，不是为了升官就屈从时势、权威之人："士大夫只看立朝大节如何，若大节一亏，则虽有细行，不足赎也。东坡立朝大节极可观，才意高广，惟己之是信。在元丰，则不容于元丰，人欲杀之；在元祐，则虽与老先生（指司马光）议论，亦有不合处，非随时上下人也。"

中年起落（1080—1093）

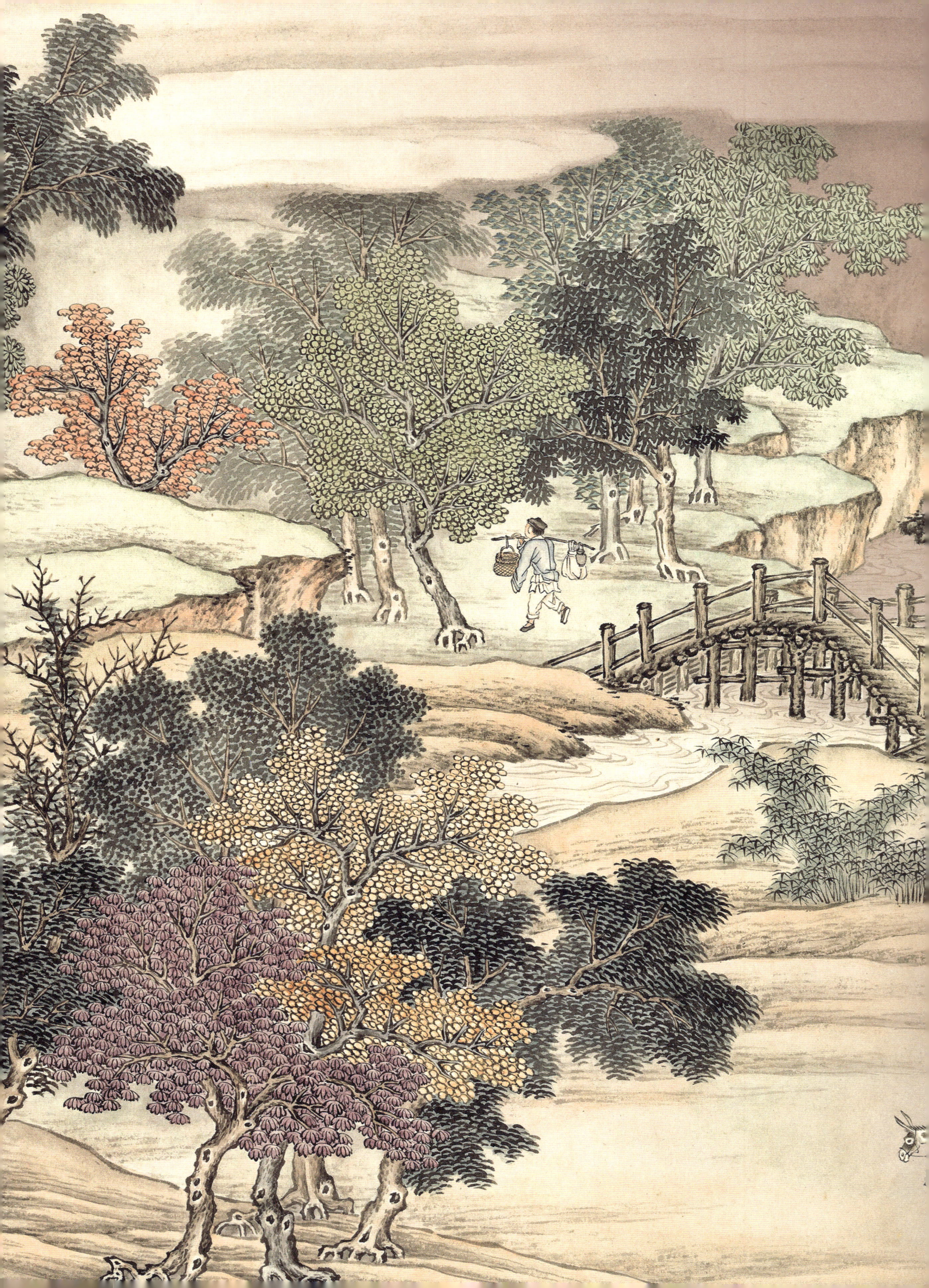

第四部分 流放岁月

宋哲宗绍圣元年至宋徽宗建中靖国元年

1094—1101

明 佚名 出警图（局部）

宋哲宗：渐生怨恨

宋哲宗赵煦仇怨苏东坡，既与苏东坡的个人政见有关，也与苏东坡得到太皇太后高氏的信任、赏识有关，他把对太皇太后高氏的仇恨发泄到其任用的诸多元祐大臣身上。

元丰八年（1085），宋哲宗登基时年仅九岁，太皇太后高氏临朝听政，执掌朝堂、宫内大权。元祐二年（1087）八月，太皇太后高氏下诏让苏东坡兼任侍读。苏东坡便不时入宫讲授经史，十一岁的小皇帝谨小慎微，每次听讲时都默默无言，只有听得格外入神时才会点头表示肯定。从元祐二年（1087）到元祐四年（1089），苏东坡经常入宫教学，与皇帝可以说是有师生之谊。

之后苏东坡去杭州当知州，元祐五年（1090）年底，太皇太后派一名太监到杭州办事，几日后这名太监离开时，苏东坡和僚属在望湖楼上举行宴会送别。宴席结束，太监等到监察官员离开，拿出一斤有皇帝御笔封题的茶叶，对苏东坡说，这是皇帝赐下的，别人不知道。苏东坡感到很意外，上了一道札子，感谢皇帝的赏赐。这名太监是太皇太后的亲信，皇帝托他带茶给苏东坡，或许是真的关心苏东坡，又或许仅仅是为了在太皇太后面前摆明自己的态度，表明自己尊重苏东坡这位老师，他知道太监一定会把自己的小动作汇报给太皇太后。

导致苏东坡与皇帝的关系有了根本性改变的，可能是元祐七年（1092）的一件"小事"。这年冬至，礼部尚书苏东坡等朝臣随皇帝到太庙礼拜，之后去南郊的圜丘祭祀天地。苏东坡担任卤簿使，

负责引导皇帝的车驾和浩浩荡荡的仪仗队。祭祀完毕后，队伍返回斋戒休息的青城斋宫。路上，皇后、皇帝的乳母、大长公主的车驾前来迎接皇帝，一辆张着红伞盖的车子冲入仪仗队中。充当仪仗使的御史中丞不敢就此上书纠正，苏东坡就说："那就我来上奏吧。"到了青城，他当即写了《奏内中车子争道乱行札子》，引用扬雄劝谏汉成帝的故事规劝皇帝注意后宫礼仪。皇帝拿到苏东坡的奏折，急忙派遣太监把奏疏上呈太皇太后。次日，宫中派使者传令，要求严格依照仪仗纪律出行。

从苏东坡的角度看，自己上奏的举动是尽忠职守，但这件小事或许影响了他未来的命运，因为皇后、皇帝的乳母、大长公主诸人都是皇帝最亲近的人，苏东坡的做法难免引起这些人的不满，进而影响到皇帝对他的看法。更重要的是，此时太皇太后垂帘听政，皇帝曲意顺从，他肯定不愿意皇后等人冲犯仪仗的事情被太皇太后知道，以免对亲政有影响。但苏东坡上书之后，他不得不向太皇太后报告此事。恐怕就是从这件事开始，皇帝私下对苏东坡有了怨恨。

元祐八年（1093）九月三日，太皇太后高氏病逝。丧礼期间，礼部尚书苏东坡和太常寺官员在宫中值班，负责监督丧葬礼仪。九月十日是"头七"，宋哲宗下旨让光禄寺提供一些羊肉、酒进宫，向太后、朱太妃、皇后要在出殡前夕招待宫内人"暖孝"，这是汴京的地方风俗。苏东坡觉得这不合礼仪，上书说暖孝是俚俗的做法，自己无法奉诏，皇帝便取消了旨意。新旧权力交接的关键时刻，朝臣都在猜测新的施政方向，想要讨好亲政的皇帝，而苏东坡却在这时让皇帝不快。九月十三日，还在宫中服丧的皇帝命端明殿学士兼翰林侍读学士、礼部尚书苏东坡出京担任河北西路安抚使兼马步军都总管，知定州。这是一个信号：皇帝不喜欢苏东坡，在这个权力交接的时刻，不想让他出现在自己面前。

九月十五日,苏东坡和范祖禹联名上《听政札子》,劝说皇帝遵循"祖宗旧政"来治理国家,要警惕那些攻击元祐年间的政策是"改先帝之政,逐先帝之臣"的言论。皇帝十分恼恨,立即下旨,以官位空缺、地方期盼迎接等理由催促苏东坡快点儿到外地赴任,不许他到宫中辞别。按照惯例,大臣到外地任官可以面见皇帝辞行,皇帝下这样的命令,等于公开表达对苏东坡的不满。

对太皇太后及其所任用的大臣,皇帝的怨愤是一点一点积累起来的。

第一,太皇太后在宫内有意压制皇帝的亲生母亲德妃朱氏,只许他尊宋神宗的向皇后为皇太后,只能称朱氏"太妃"。直到元祐三年(1088)秋,她才允许朱氏的舆盖、仪卫、服冠与皇太后相同。赵煦亲政后,立即下令让生母的待遇与皇太后向氏相同,可见他早就对太皇太后高氏压制生母的举措有怨恨。

第二,太皇太后为人雷厉风行,对少年赵煦的管教十分严格。元祐四年(1089)年底,民间传说宫中派人寻找乳母,大臣刘安世、范祖禹上书,怀疑皇帝沉溺声色。太皇太后对外解释说,是自己为了照顾宋神宗的几个年幼的公主而让人去寻找乳母,私下却将赵煦身边的宫女一一唤去审问。赵煦胆战心惊,感觉自己时时受到监控,事事无法做主,自然生出逆反心理。

第三,太皇太后改变了宋神宗的新法政策,司马光称这是"母改子之政"。赵煦渐渐长大,心中觉得父亲神宗的举措并没有错误,不该被太皇太后和旧党大臣全盘否定。早在元祐元年(1086)七月,因为朝廷要与西夏和好,年幼的皇帝在延和殿接见西夏使臣,西夏使臣要求宋朝归还元丰年间侵占的

明 佚名 出警图(局部)

西夏边塞土地，指责宋神宗那时讨伐西夏师出无名，还说"神宗自己也知道这些错误"。十岁的皇帝听到他们如此指责父亲，十分气愤，脸色一变，站了起来，让两府讨论如何处理，结果两府讨论后的决定是归还西夏国土地，西夏国送还他们俘虏的大宋士兵、民众。这可能让幼小的皇帝心有不满，只是当时太皇太后垂帘听政，他无法开口反对而已。

第四，元祐七年（1092），赵煦已经十六岁，五月与太皇太后挑选的孟氏举行大婚，册立孟氏为皇后。按照惯例，大婚之后赵煦便可以亲政，太皇太后应撤帘还政。但太皇太后并没有主动撤帘，众大臣也不上书劝告，依然事事上奏太皇太后，有宣谕必听太皇太后之言。同年年底南郊祭祀之后，太皇太后依旧没有归政，这让赵煦心中对太皇太后高氏和这批大臣的怨恨又加重了一层。

让赵煦记忆颇深的一件事是，他登基之初，每次在宫殿接见朝臣议政，绝大多数大臣都习惯了侧身面对太皇太后座位的方向奏事，极少有官员转身面向赵煦禀报政事。最开始几个月，赵煦偶尔还会出言向大臣问话，但常常没有大臣回答他，他知道朝臣并不重视自己的意见，从此闭口不再问话。太皇太后偶尔想起他的存在，也会问他对某件政事的意见，他也只是谨慎地回答："娘娘已处分，我不必再说什么。"众臣之中，只有苏颂每次在朝堂上奏事情，先向太皇太后陈述，再转身面向皇帝陈述，始终恭敬地对待这位小皇帝。因此，皇帝称赞苏颂懂得"君臣之义"。而苏东坡则属于皇帝心目中不懂得"君臣之义"的那个群体，是他最为厌恶的朝臣之一，所以亲政之后很快便将苏东坡贬谪。

若非宋哲宗早逝，恐怕苏东坡有生之年都无法北归，真要埋骨海岛。

流放岁月（1094—1101）

曾布：一篇塔记

曾布是曾巩的异母弟弟。

曾布本来担任开封府检校库监库，熙宁二年（1069）上书言事符合皇帝、王安石的心意，立即被提拔为太子中允、崇政殿说书，三日后又加官为集贤校理、判司农寺、检正中书五房公事。他在王安石变法初期受到重用，与吕惠卿等人共同拟定青苗、助役、保甲、农田水利等新法条款，是王安石的主要助手之一，连续担任多个要职。熙宁七年（1074），他担任翰林学士兼三司使，在市易法的争论中得罪了王安石、吕惠卿，被排挤到地方任知州。

元丰八年（1085），苏东坡去登州上任途中，自元丰二年（1079）以来就无联系的庆州知州曾布来信通问，苏东坡按照惯例客气地表示慰问。两人是同年进士，但自从王安石变法以来，关系冷淡。当年曾布一度得到王安石重用，后来又因为政策分歧被排斥到地方，他可能是听说了什么风声，希望和苏东坡这位名满天下的同年加强一下联系，将来好有个照应。

苏东坡回京后，曾布也回朝担任翰林学士，很快又升为户部尚书。元祐元年（1086），曾布拜托苏东坡撰写一篇《塔记》，苏东坡勉强答应。不久司马光要改变役法，曾布拒绝推动此事，随即被外派出任太原府知府。曾布曾来信追问撰写塔记之事，苏东坡去信说一个月内必定写好，也不知他确实是忙碌忘记了，还是对曾布有看法，不愿意和他扯上关系，一直到绍圣元年（1094）被贬岭南，他还没有写这篇文章。后曾布又一次入京担任翰林学士，苏东坡在回信中除了寒暄，还对自己以前一直没有把撰文寄去表示歉意，说已经写好草稿，但忘了寄去，等自己这次北归以后再附上。这当然是托词而已。其实，曾布虽然属于新法派，但行事风格相对温和，他试图和苏东坡建立比较友好的个人关系，只是苏东坡对此不感兴趣。

宋哲宗亲政后，曾布大受重用，担任知枢密院事的要职。元符元年（1098），章惇、蔡卞等任命吕

宋　曾布　致质夫学士尺牍

流放岁月（1094—1101）

师顿首还
朝虽久未获一接
绪论倾企不忘此怀
枉顾不遗岂胜感尉秋
意加荑藕惟
优游图史之间
谐况甚适拘文无缘造

升卿为广南西路察访指挥，负责巡查雷州、琼州（今海南海口）、儋州、崖州，显然是为了让他整治苏东坡兄弟。曾布劝宋哲宗说，吕升卿兄弟和苏东坡兄弟有切骨仇恨，不宜派他前往，否则万一他们把苏东坡兄弟折磨而死，于皇帝的名声也不好，于是宋哲宗便取消了对吕氏的任命。

宋徽宗赵佶继位后，曾布任右仆射，主导政事。建中靖国元年（1101），曾布揣摩宋徽宗的心思，提出"今日之事，左不可用轼、辙，右不可用京、卞"，把苏东坡兄弟和蔡京、蔡卞兄弟看作旧党和新党的两个极端，都不可大用，为此还把蔡京、蔡卞外派到地方当官。但是几个月后，宋徽宗还是决定延续熙宁、绍圣年间的政策路线，在崇宁元年（1102）任用蔡京为左仆射。曾布一再被贬，最后于大观元年（1107）去世，终年七十二岁。

登罗浮：梦想飞仙而去

宋哲宗绍圣元年（1094），苏东坡被贬谪到惠州，南下途中，他一再对当年参加科考出仕而未修道表达后悔，觉得如今被贬正好可以修道，发誓去岭南后要专心修炼，希望证成大道，得到仙人捫顶授箓，长生不老。

走到清远县时，许多官吏、士人都来拜会著名的苏学士。一位惠州的顾秀才给他介绍了惠州的风物之美，罗浮山上的道教遗迹让苏东坡心生向往，便写了一首《舟行至清远县，见顾秀才，极谈惠州风物之美》，说想去品尝那里的荔枝、朱橘，到罗浮山追寻葛洪修道的遗迹：

> 到处聚观香案吏，此邦宜著玉堂仙。
> 江云漠漠桂花湿，海雨翛翛荔子然。
> 闻道黄柑常抵鹊，不容朱橘更论钱。
> 恰从神武来弘景，便向罗浮觅稚川。

九月，苏东坡乘坐的船只到达罗浮山下。罗浮山是岭南的名山，传说远古时代会稽郡的一座浮山从东海漂浮到岭南，遇到本地的罗山便停下来，形成了罗浮山。这座山中有数座岭南有名的佛寺、道观，被道教尊为天下第七大洞天，传说葛洪曾在这里修行，谢灵运、李白、韩愈等文人都写过这座山。对一心想要修道的苏东坡来说，这里是一处圣地。

苏东坡在儿子苏过、巡检史珏的陪同下，到达半山腰的延祥寺、宝积寺，礼拜大殿中供奉的木雕佛像。然后他们在宝积寺长老齐德、延祥寺长老绍冲、冲虚观道士陈熙明的陪同下到附近的长寿观、冲虚观等处游览，礼拜了冲虚观中葛洪炼丹的遗迹、朱真人成仙的朝斗坛、朱明洞等处。下午他们休息饮酒之时，碰到进士许毅也来游览，众人一起饮酒论道。喝醉以后，苏东坡回到宝积寺的中阁住宿，晚上他醒来，就静静地躺在枕上，听外面松涛阵阵。小儿子苏过整日跟着父亲游览，也对修行有了兴趣，常半夜起来打坐练习吐纳。

隔天早上起来，苏东坡作诗《游罗浮山一首示儿子过》：

> 人间有此白玉京，罗浮见日鸡一鸣。
> 南楼未必齐日观，郁仪自欲朝朱明。
> 东坡之师抱朴老，真契久已交前生。
> 玉堂金马久流落，寸田尺宅今谁耕。
> 道华亦尝啖一枣，契虚正欲仇三彭。

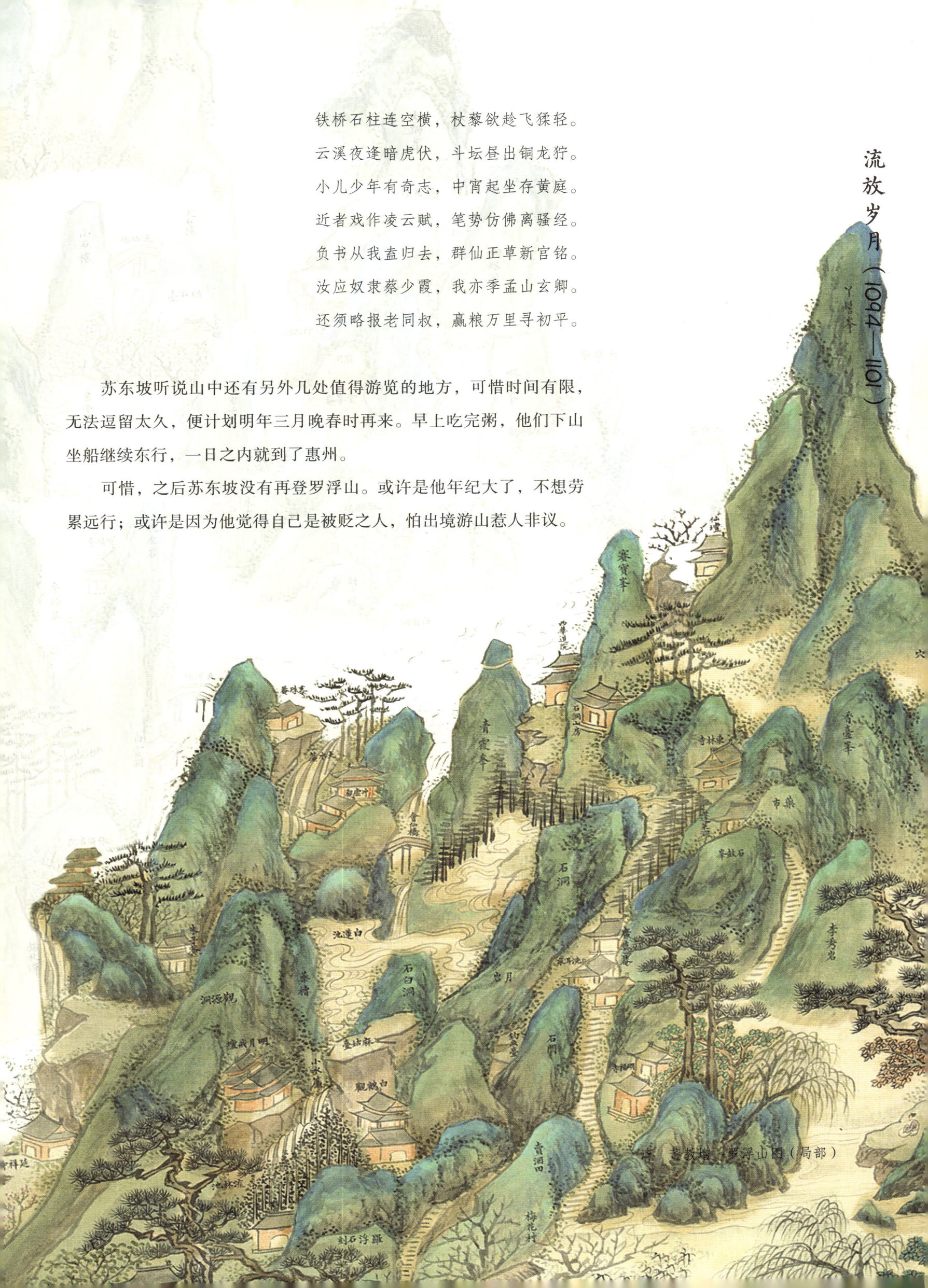

铁桥石柱连空横，杖藜欲趁飞猱轻。
云溪夜逢暗虎伏，斗坛昼出铜龙狞。
小儿少年有奇志，中宵起坐存黄庭。
近者戏作凌云赋，笔势仿佛离骚经。
负书从我盍归去，群仙正草新宫铭。
汝应奴隶蔡少霞，我亦季孟山玄卿。
还须略报老同叔，赢粮万里寻初平。

　　苏东坡听说山中还有另外几处值得游览的地方，可惜时间有限，无法逗留太久，便计划明年三月晚春时再来。早上吃完粥，他们下山坐船继续东行，一日之内就到了惠州。

　　可惜，之后苏东坡没有再登罗浮山。或许是他年纪大了，不想劳累远行；或许是因为他觉得自己是被贬之人，怕出境游山惹人非议。

流放岁月（1094—1101）

清 萧敬孚 罗浮山图（局部）

明　石锐　轩辕问道图（局部）

惠州：第二次被贬

经过六千里的奔波，绍圣元年（1094）十月，苏东坡一行终于从定州抵达惠州治所归善县城。知道苏东坡大名的官吏、文人听说他竟然被贬谪到这里，都来围观，请他喝当地人接风常喝的"万户酒"。

让苏东坡感到欣慰的是，岭南气候温暖、草木繁茂，即使在十月，气候还如中原的春天一样。苏东坡觉得自己就像历史上的苏武在漠北、管宁在辽东一样，不妨安心待着，他写下《十月二日初到惠州》，记录自己对惠州的第一印象：

> 仿佛曾游岂梦中，欣然鸡犬识新丰。
> 吏民惊怪坐何事，父老相携迎此翁。
> 苏武岂知还漠北，管宁自欲老辽东。
> 岭南万户皆春色，会有幽人客寓公。

惠州背靠罗浮山，临海有淡水、石桥、古龙三个盐场。它周围邻接潮州、循州、广州三个州。惠

州州府所在的归善县城与江南、中原人口密集之地不同，只有几百户人家、几千人口而已。

此时的惠州知州为詹范，他与已故的黄州知州徐大受是好友，徐大受和苏东坡关系良好，于是他对苏东坡相当友好，不时前来拜会、饮酒。

苏东坡到归善县城以后，先住在县城东城墙外的合江楼，这是转运使、提点刑狱使等监察官员和盐铁、度支、户部临时派遣的三司官员到地方巡视时住宿办公的"行衙"，没有官员来时就空置着，地方州县官员用这里来招待来往官员暂住。这座楼建在东江和西枝江交汇之处的江岸附近，所以叫"合江楼"。苏东坡写下《寓居合江楼》，形容自己在这里的见闻：

> 海山葱昽气佳哉，二江合处朱楼开。
> 蓬莱方丈应不远，肯为苏子浮江来。
> 江风初凉睡正美，楼上啼鸦呼我起。
> 我今身世两相违，西流白日东流水。
> 楼中老人日清新，天上岂有痴仙人。
> 三山咫尺不归去，一杯付与罗浮春。

可能因为有官员来巡视，要入住合江楼，十几天后，苏东坡移居到县城通潮门外的嘉祐寺。这是

一座墙穿屋漏的破败佛寺，位于一片小湖之东，草木繁茂，周围就是农民放牧牛羊的地方，颇为荒僻幽静，早上时有鸦雀吵吵嚷嚷。他常到寺内一座小山上的松风亭游览，一次刚走到山腰，他就感到疲惫，想去山上的亭子中休息，但抬眼看去，仍有一段路程，不知什么时候才能爬上去。正在为难之时，苏东坡想，为何一定要到山顶的亭子里休息？为什么这里就不能休息？于是他找了个还算干净的地方，坐下小憩了一会儿。他回去写文章《记游松风亭》总结了自己的体悟：不能一开始就以固定目标把自己限制住，不如随着状况调整目标和想法；就算在激烈的战场，前进就要与敌人殊死搏斗，退后就要被执法官处死，这时候也不必慌乱，想休息便休息一会儿。这时的他秉持着"随缘委命"的态度，对各种变故都安之若素。

苏东坡决心修行，开始练习道家内丹之术，还写了一篇《思无邪丹赞》描述自己修炼时的感受。据说通过特殊的吐纳、运气方法，可以在丹田中把饮食和药物的精华、对自然万象的感知化为内丹，有延年益寿之用。苏东坡觉得自己以前数次尝试修炼内丹失败是因为做官时在尘世间摸爬滚打，无法安心修炼；如今既然在官场失意了，贬谪到岭南后无所事事，正是修炼的好时机，也算是上天听从了自己的心念。

苏东坡修炼各种养生术，每次修炼一种道术十几天，或者觉得没有意思，或者中途参加酒宴、应酬，便不再坚持。很快，他又对酿酒有了兴致，十月份尝试酿制所谓"万家春"，主要参考岭南的"万户酒"的做法，并略加改变。十月，苏东坡和来访的梅州程乡县县令侯晋叔及归善县主簿谭汲一起游览县城以西八十里处的大云寺，他提到自己酿酒的事情，在松树下与众人一起饮用道家养生的"松黄汤"。他写有《浣溪沙》一词描述自己喝药酒、修仙的状态，希望能追随凌波微步的洛神、穿着锦袍的李白成仙而去：

罗袜空飞洛浦尘，锦袍不见谪仙人。携壶藉草亦天真。

玉粉轻黄千岁药，雪花浮动万家春。醉归江路野梅新。

　　此时的苏东坡已经五十九岁，不像在黄州时那样强健，出去游玩的兴趣大减。而且他的俸禄不比从前，需要节省一些开支以照顾儿孙。惠州街市也比北方萧条，他自称像行脚僧一样，过得颇为简朴。

　　尤其让苏东坡苦恼的是，这里缺医少药，他犯痔疮病时只能靠自己食疗，戒掉肉、盐、酪之类，吃口味清淡的面条或粥度日。多亏侄婿王庠等亲友时不时寄来一些药物，能有效缓解日常病痛，也让苏东坡感到安慰。等到病好了，苏东坡又开始吃肉。惠州市场上的好羊肉都让官员家属买走了，苏东坡只能叮嘱屠夫把羊脊骨留给自己。他将羊脊骨煮烂，趁热捞出来，放到酒中浸渍一会儿，撒上盐，稍微炙烤，觉得微焦时吃最为过瘾，他极为珍惜吃肉的机会，会把骨头上的肉细细挖下来吃干净。

　　苏东坡经常到惠州城内外的佛寺、道观游览。十月，他和儿子一起去惠州东北二十里外的白水山下泡温泉。有人在这里修了座寺庙叫佛踪院，院中有两个泉眼，东侧的泉水是温泉，但太热，而西侧的泉水是正常温度，于是僧人修建了汤池，让两泉之水在此混合，温度恰好适宜泡澡。之后他们沿着山道参观瀑布、深潭，瀑布边的石块上有形如巨人足迹的凹痕，传说是佛祖的足迹。傍晚到了城边，月亮出来了，他们乘船过江到家，两人都有些饿，一边喝酒一边煮菜吃。苏东坡睡不着，又写了一篇游记。

　　在惠州，经常能看到高耸的桃榔树，苏东坡将其当作岭南的标志。十一月二十六日，他在松风亭边的荆棘丛中发现有两株梅树开了白花，十分惊喜，想起当年被贬黄州时，南下路上在春风岭看到的那些梅花，写了《十一月二十六日，松风亭下，梅花盛开》：

> 春风岭上淮南村，昔年梅花曾断魂。
> 岂知流落复相见，蛮风蜑雨愁黄昏。
> 长条半落荔枝浦，卧树独秀桄榔园。
> 岂惟幽光留夜色，直恐冷艳排冬温。
> 松风亭下荆棘里，两株玉蕊明朝暾。
> 海南仙云娇堕砌，月下缟衣来扣门。
> 酒醒梦觉起绕树，妙意有在终无言。
> 先生独饮勿叹息，幸有落月窥清樽。

诗歌最后几句由花及人，以"仙云"指朝云，说她犹如传说中的梅树仙女来人间陪伴自己。柳宗元创作的小说集《龙城录》中有一则"罗浮梦梅"的故事，说隋时有个叫赵师雄的人来到罗浮山，傍晚在林中酒肆旁遇一淡妆素服的美人，赵氏与之交谈时觉得她芳香袭人、语言清丽，于是两人同到酒肆中饮酒。过了一会儿，有个绿衣小童前来表演歌舞，之后两人就寝，懵懂之间，赵氏隐隐觉得有点寒冷。等第二天清早醒来，赵氏发现自己没在酒肆，而是在一棵大梅树下，上有绿毛鸟在叫唤，让他十分惆怅。对这时的苏东坡来说，朝云就好像是仙女幻化而来陪伴自己。

除了炼丹、采集松花粉，苏东坡也多次尝试酿制与养生、祛除瘴气有关的药酒。十二月，他酿制出桂酒，并写了《桂酒颂》《新酿桂酒》。虽然诗赋写得非常优雅，可是酒的口味似乎并不怎么样，味道近似屠苏酒，没有什么明显的特点，苏东坡只制作了一次就不再尝试。之前苏东坡在黄州尝试酿制蜜酒也是如此。不过他对自己的《桂酒颂》比较得意，曾经以小楷书写，寄给常州的朋友钱世雄。

一天晚上，苏东坡突然听到有人拍门，原来是离任的梧州知州李亨伯在赴任全州知州的路上特地带着随从来访，他很惊讶这个时候还有官员敢和自己交往，两人讨论时政、历史、医药技艺等。苏东坡十分高兴有人可以对话，李亨伯在这里待了十天才离开。可能是看到有知州级别的官员敢于公开和苏东坡来往，其他官员也渐渐开始与苏东坡有所往来。但苏东坡怕惹来祸患，给人去信大都叮嘱对方千万保密，不要给外人看信，或者阅读之后立即销毁。

苏东坡依旧喜欢饮酒，也喜欢看人饮酒，他在惠州时几乎每天都有客人拜访，免不了一起喝酒，但他酒量一般，喝五大杯就感觉醉眼蒙眬，需要躺下休息。知道苏东坡好酒，家用也紧张，附近几个州的知州都曾赠酒、送米给他，他常常写信、赋诗表示感谢。其中最热情的是循州知州周彦质，经常派人给苏东坡送米、酒，写信通问，还请他给自己在循州知州官署修建的一座建筑命名。

苏东坡和僧道交流依然密切，佛印、道潜、守钦等僧人都曾派人携带书信问候。苏东坡也与博罗县的道士邓守安、宝积寺的好几位长老有往来。

对于生活中的各种小问题，苏东坡和苏过只能自己想办法解决。冬天，惠州天气颇为湿冷，本地人教苏过制作地炉取暖：在房子的地面上用砖和泥做一个小地炉，烧火以后，房间可以暖和点儿。苏过把这一经历写成诗，在诗中说自己住的房间只有六尺的小床，十分窄小，也没有桌椅，和僧人一样放着蒲团招待客人，酒杯就放在床头，时常能听到父亲喝醉了酒吟唱为乐。

绍圣二年（1095），为了吃菜，苏东坡借了寺庙边属于王参军的小半亩地种菜，和苏过一道打理，种萝卜、芥蓝、白菘等，后来还尝试栽种人参、地黄、枸杞、甘菊、薏苡等药材，用来制作养生药物。岭南气候温和，这半亩菜地四季常绿，苏家父子从不缺乏菜蔬。有时候，苏东坡半夜喝醉了酒，但又不想睡觉，便走到菜园随手采摘几样菜回来煮一煮，当解酒之物吃，还真有一点效果。

在惠州生活久了，苏东坡把自己当成了半个惠州人，关心起本地的民生情况。看到有些穷困之人死亡后骨骸暴露在野外，苏东坡便出钱请人在山边挖坑，布置陶穴掩埋这些骨骸，还发动惠州的官员、士人、僧道一起捐资做这件善事。惠州城东、城西的桥梁损坏，人们只能乘船来往，十分不便，苏东坡就写信给程之才，建议让官府出一部分钱，让邓守安道士向民间筹集一部分钱，修建一座浮桥。他还特别强调不能

流放岁月（1094—1101）

宋　马远　访古求道图（局部）

让外人知道自己在出谋划策。程之才听从了他的建议,让官府拨下一部分款项。邓守安筹集了一些民间善款,雇工匠在城东修建浮桥"东新桥"。苏东坡为此捐出了自己朝服上的犀带。在城西,栖禅院僧人希固也发起募资,要在丰湖上修建一座木桥"西新桥"。苏东坡专门写信给弟弟,劝弟媳史氏捐出当年入宫时太皇太后赏赐的黄金襄助此事。

绍圣三年(1096),苏东坡觉得自己要在这里终老了。他担心合江楼住不长久,嘉祐寺的条件又太差,于是谋划买块地修建房舍,到时候可以把大儿子、二儿子两家也接来,享受"怀抱带诸孙"的晚年。他四处寻觅合适的地方。三月,苏东坡买下归善县城后面一处小山丘白鹤峰上的几亩空地,这里是古代白鹤观的遗址,地势高,有利于观景、避暑,北边有一条河。他打算在这里修建二十多间房舍,让苏过去河源县找木匠计算需要多少木料,并请县令冯祖仁帮忙督促当地工匠快点儿砍伐木头。

白鹤峰新房上梁时,知州、僧道、邻里都来帮忙,苏东坡写了《白鹤新居上梁文》记录此事。因为附近有一座道观,所以他在文中形容自己的生活是"尽道先生春睡美,道人轻打五更钟"。苏东坡修建新房和写上梁文的消息不知被谁传到了汴京,皇帝、章惇得知以后,觉得苏东坡在惠州过得太安乐,又开始谋划整治他。

夏天,城东河流上的东新桥终于建成,只见四十只船并立,上面架设木板并固定,

明 仇英 仿赵伯驹炼丹图

船只都系上铁链，与放入江底的石碇相连，这样浮桥可以随水位高低浮动而不会散开。城西丰湖上的西新桥也修好了，苏东坡看到民众在桥上来来去去，大为高兴，写了《两桥诗》记述这件功德。

可是家中却发生了不幸，六七月时，惠州流行瘟疫，朝云不幸染病而亡。

之后的日子也不好过。刮了几天飓风，惠州的集市被大雨冲毁，很难买到蔬菜、肉食。苏东坡住的房舍也漏风漏雨，他只能赋诗撰文自我宽慰。朝云逝世后，苏过只好担负起照顾老父亲起居的责任，前前后后办理各种杂务。

绍圣四年（1097）春，在惠州知州方子容、循州知州周彦质等人的资助下，白鹤观旧址上修建的二十多间新居终于完成，在惠州可谓大宅。入院门后前庑有三间平房，中间是个大庭院，再沿石级而上，有堂三间，正厅叫"德有邻堂"，书房叫"思无邪斋"，左侧建有居室、厨房，屋四周用廊庑连接起来。苏东坡又请人在院子中凿了一口深井取水，附近两户邻居也可以共同使用。

这处房舍位于一座树暗草深的小丘上，从门前可以眺望东江、远山，风光绝佳，山下有一处水潭，可以取水。苏东坡在门口种了两棵柑树，院内外栽种橘树、荔枝树等，还把山野中的一棵茶树移栽到庭院中，又在屋后的小园里栽种了人参、枸杞、甘菊、地黄等药材，不仅自用，也施舍给佛寺，赠送给本地的病人。

二月十四日，苏东坡正式迁入白鹤峰新居。闰二月时，长子苏迈带着妻子和两个儿子苏箪、苏符，苏过的妻子范氏及其儿子苏籥、女儿苏德一起前来和父亲团聚，留下二弟苏迨一家在宜兴看护田地。苏东坡可算见到了三年没有相见的儿孙，苏过也终于和妻子团聚，一大家人热热闹闹，让苏东坡心情大好。

可是汴京的政敌并不想让苏东坡过安闲的日子。据说宰相章惇听说苏东坡在惠州建了新房还写诗，觉得苏东坡过得颇为安乐，于是唆使谏官上书建议加重苏东坡"草制讪谤"之罪。他觉得苏东坡字"子瞻"，苏辙字"子由"，分别可以对应"儋""雷"，于是就把他们贬到儋州、雷州。这倒颇符合皇帝、章惇两人的行事风格。

儋州距离惠州有一千六百多里，是大宋最边远、最荒僻的地方。苏东坡知道此去凶多吉少，决定让苏迈一家和苏过的妻儿留在惠州，只让三子苏过和一两个老仆陪同自己前去。四月十九日，苏东坡一行离开惠州，往更南边的儋州进发。

流放岁月（1094—1101）

詹范、周彦质：相助之谊

绍圣元年（1094）十月二日，苏东坡一行抵达惠州治所归善县城，经历了詹范、方子容两任知州。

绍圣二年（1095）正月十五日，惠州知州詹范邀请苏东坡一起到街上观灯，之后又来嘉祐寺与苏东坡饮宴。二月十九日，苏东坡带着白酒、鲈鱼回拜詹范，在詹家大醉一场。晚上回家，他写了一首诗《二月十九日，携白酒、鲈鱼过詹使君，食槐叶冷淘》记述这天的经历：

> 枇杷已熟粲金珠，桑落初尝滟玉蛆。
> 暂借垂莲十分盏，一浇空腹五车书。
> 青浮卵碗槐芽饼，红点冰盘藿叶鱼。
> 醉饱高眠真事业，此生有味在三余。

三月四日，詹范邀请苏东坡一起游览白水山佛迹寺。他们一起在山上的温泉洗浴，还一起登上中岭，寻找瀑布的源头。出山以后，他们又坐着肩舆去观山游览，傍晚一起在县城西郊的荔浦住宿。苏东坡拄着拐杖在竹林下散步，看到荔枝果实累累。八十五岁的老农民指着荔枝说："这是可以吃的，苏公到时候携酒再来品尝？"苏东坡高兴地答应了。

詹范为人谨慎，不敢直接和苏东坡频繁交往，但多次通过其他人私下赠米给苏东坡，让苏东坡颇为感动。

绍圣三年（1096）九月到任的知州方子容对苏东坡也多有帮助，他与循州知州周彦质等人曾出力帮助苏东坡修建白鹤观的住宅。苏东坡则题跋了许多方氏收藏的书画，赠送诗作给他，还给方子容的夫人沈氏书写《心经》，方家收藏的苏东坡墨迹达四百多张。

绍圣四年（1097）二月十四日，苏东坡正式迁入新居。循州知州周彦质恰好调任，特地到惠州拜访苏东坡，并逗留了半个月，常和苏东坡、方子容月下饮酒、赋诗唱和。苏东坡十分感激周彦质的帮助，作了好几首诗唱和、赠别。他在留给周彦质的几篇诗稿后面特意注明阅后即焚，害怕给彼此带来麻烦。周彦质身边有一个善弹琵琶的七岁女童，苏东坡听那女童弹奏，忽然想到白居易的《琵琶行》，想到善弹琵琶的朝云和自己被贬谪的遭遇，不由得流下眼泪，于是写了一首词《虞美人·琵琶》，"开元遗老"看似如杜甫那般在感叹唐玄宗的旧事，实际是哀伤自己这样的"元祐遗老"的命运：

> 定场贺老今何在。几度新声改。怨声坐使旧声阑。俗耳只知繁手、不须弹。
> 断弦试问谁能晓。七岁文姬小。试教弹作辊雷声。应有开元遗老、泪纵横。

周彦质离开后，苏东坡有些失落，觉得友人如同浮云一样散开，自己无可奈何，只能空怀想念而已。

清　陈枚　水楼阁图（局部）

流放岁月（1094—1101）

程之才：从权之谊

自从姐姐苏八娘亡故后，苏东坡就与表兄程之才断了联系。

绍圣二年（1095），章惇的堂兄章楶出任广州知州，苏东坡被贬谪黄州时就跟他有来往，他到广州后，也经常派人送酒给苏东坡。让苏东坡暗暗有些担忧的是，听说表兄程之才被任命为广南东路提点刑狱，官署在韶州。他们已经四十多年没有来往，章惇派程之才来当广南东路提点刑狱，或许有利用程氏折辱苏东坡的打算。不过此时程之才、苏东坡都已年过六十，怨恨之意消减，程之才到了广州，主动托程乡县县令侯晋叔传话问候苏东坡。无论是真的解开了当年的心结，还是如今寄人篱下，不得不虚与委蛇，苏东坡终究还是写了一封信给程氏，说希望能在惠州见面，从此两人恢复了书信往来。

三月，程之才因公事来惠州巡视，苏东坡是贬谪之人，不便外出迎客，于是让苏过前去城外的码头迎接。程氏带着儿子一起到苏东坡家欢谈两日，馈赠了许多物品给苏东坡。苏东坡和程之才唱和了多首诗歌。相聚近十天后，苏东坡陪着程之才一行人走到博罗县才分别，博罗县县令林抃听说他们到了这儿，立即前来拜会，并邀他们游览县城东北的香积寺。

此后，苏东坡经常和程之才通信，还在信中多次请程之才关注惠州的民生情况。比如他看到驻军缺少营房，不少士兵租赁民众房屋，散居于市井，时有滋事扰民的现象，便写信给程之才，问他能否建议官府修建三百间营房让军人居住。苏东坡在信中强调，请程之才看后就把信烧掉，对自己建议之事千万保密，连两个外甥也不能看。如果朝中政敌知道这是自己的主意，不仅不会允许此事，还会给他和程之才带来祸患。

重阳节后，程之才到惠州等地巡查飓风灾后情况，和苏东坡见了两次面，两人曾一起到白水山游览、洗温泉浴。惠州城东、城西的桥梁损坏，人们只能乘船来往，十分不便，苏东坡就写信给程之才，建议让官府出一部分钱。程之才听从了他的主意，让官府拨下一部分款项。

绍圣三年（1096）年初程之才调离，苏东坡书写了《和陶饮酒》二十首相赠。此后，两人没有了书信往来的记录。这段交往对两人来说，或许都是从权而已。

清 金廷标 仙山楼阁图

觀鯨琳琅洲鳳麟藍
珠業下會犀真底須
更拾神仙傳一例丹
臺注籍人陽影盧
無曳綠虹洩棚意與
海天空欺人漫自梅
清淺一笑千春俯八
鴻界道琉瑞禹步
移福巢琪鶴樹凌空差
遣將瑞鶴凌空玄玉
拾銀題定寄誰解
得江山煮半鐺長生

儋州：第三次被贬

如今的海南是旅游胜地，但是在宋代，海南岛是大宋统治版图的最南端，儋州位于海南岛西北部，比惠州更加荒僻、炎热，衣食格外粗糙。在内陆之人看来，在黎峒、黎母山居住的诸多黎族村落是"不服王化"的野蛮人，贬谪到那里的人多半难以生还。苏东坡被贬儋州时已经六十二岁，心里有了老死边荒的预期。亲人也觉得苏东坡没有生还的希望，苏迈特意带着三个小辈陪同，打算将苏东坡送到广州后自己再回惠州。

半路上，苏东坡与被贬谪到雷州安置的弟弟苏辙会合，一起南下。六月十日，苏东坡、苏辙到了海边递角场码头，这里和六十里外的海南岛隔海相望，是为海南岛运送物资和人员的主要港口，附近还有一个大盐场。他们在这里停留了一晚，苏东坡因为痔疮加重，夜里疼痛得不断呻吟，苏辙就在边上一边服侍哥哥吃药，一边背诵陶渊明的《止酒》诗，劝苏东坡不要再喝酒，以减轻痔疮之痛。苏东坡担心自己去了儋州难以生还，又给在眉山的友人杨济甫写信，感谢他多年来帮助自己看护父母的墓地。该说的话，苏东坡都和弟弟说了，他又写了一首和陶渊明的《止酒》诗留赠弟弟，表示自己到了海南岛后一定戒酒。

次日早上，苏东坡告别苏辙，在茫茫大海中摇摇晃晃了大半日，抵达海南岛北部的琼州。海南岛设有四州，州城都靠近海岸，开放得较早，有县城和港口，还驻扎着军队、官吏，商人和工匠很活跃。在这里经商、务农、打鱼的黎人被称为"熟黎"，而在岛中央的黎母山等山区居住的"生黎"与汉民语言不通，交往较少。

明　戴进　海水旭日卷（局部）

苏东坡到琼山县城东侧的一所旅舍时，以前打过交道的知州张景温特地前来迎接，想请苏东坡到琼山县城多住几日，苏东坡怕连累友人，没有进县城。他在旅舍附近游览时，见到郊区的黎人大多光脚走路，女性双耳戴着大大的铜耳环。黎人的面相、衣着、风俗都和中原、岭南大有差别，让苏东坡父子暗暗吃惊。

　　之后，苏氏父子租赁肩舆，沿着海岛西北部海岸，走陆路去三百里外的儋州。虽然苏东坡在惠州时说自己要停笔，可是一路上见识了海洋的广阔无边、阵雨的飘忽不定，他兴致勃勃，作了首《行琼、儋间，肩舆坐睡。梦中得句云：千山动鳞甲，万谷酣笙钟。觉而遇清风急雨，戏作此数句》：

> 四州环一岛，百洞蟠其中。
> 我行西北隅，如度月半弓。
> 登高望中原，但见积水空。
> 此生当安归，四顾真途穷。
> 眇观大瀛海，坐咏谈天翁。
> 茫茫太仓中，一米谁雌雄。
> 幽怀忽破散，永啸来天风。
> 千山动鳞甲，万谷酣笙钟。

流放岁月（1094—1101）

> 安知非群仙，钧天宴未终。
> 喜我归有期，举酒属青童。
> 急雨岂无意，催诗走群龙。
> 梦云忽变色，笑电亦改容。
> 应怪东坡老，颜衰语徒工。
> 久矣此妙声，不闻蓬莱宫。

七月二日，苏东坡抵达昌化军的治所宜伦县，住在儋州城南桄榔林下的一所官屋。在写给皇帝的谢表中，他说自己这次是"并鬼门而东骛，浮瘴海以南迁。生无还期，死有余责……而臣孤老无托，瘴疠交攻。子孙痛哭于江边，已为死别；魑魅逢迎于海上，宁许生还"。但这些诉苦的文字大概只能让皇帝、章惇感到快意而已。

这里距离汴京七千多里，真可谓"天高皇帝远"。宜伦县城仅有周长约三里的矮城墙，城墙上设有东、南、西、北四座城门，每五天才有一次集市，黎人都聚集在路边交易各类物品。这里没有什么店铺，没有可口的食物，也缺乏药材，苏东坡极不适应，自嘲他和儿子犹如两个苦行僧。这里没有文士来拜会聊天，苏东坡越发觉得寂寥。

最初的十多天，苏东坡为了养病，每日静坐修养。这里天气湿热，酷烈的太阳让他心生畏惧，时而梦到白鹤峰的居所、眉山的故宅。为了防晒和散热，苏东坡和苏过学本地人戴着椰子壳做的椰子冠，把衣服改成更短的褂子。到中秋节时，苏东坡还没有适应儋州的生活，时常想念在雷州的弟弟和在惠州的儿孙，还梦见自己回到白鹤峰。他写下一首词《西江月》，记述孤寂的心情：

> 世事一场大梦，人生几度秋凉。夜来风叶已鸣廊，看取眉头鬓上。
> 酒贱常愁客少，月明多被云妨。中秋谁与共孤光，把盏凄然北望。

本地的集市五日一开，而本地天热，食物难以保存，买的肉菜只够吃一两天，剩下几天即便馋虫大动也无可奈何。苏东坡在写给弟弟的诗中说自己"五日一见花猪肉，十日一遇黄鸡粥。土人顿顿食薯芋，荐以熏鼠烧蝙蝠"。为了解馋，他也学本地人吃蛤蟆，但还不敢吃蜜渍的幼鼠。

苏东坡和儿子住的几间破屋顶上有漏洞，下雨时会漏水，他们只能把书桌和床东挪西移，避免水淹。苏东坡写诗诉说自己的境况："如今破茅屋，一夕或三迁。风雨睡不知，黄叶满枕前。"新到任的昌化军使张中得知苏东坡的情况后，假借修复伦江驿，以出租的名义派兵对那里稍加修缮，让苏东坡搬过去居住。

苏东坡年事已高，再没有精力像以前那样长途跋涉去游览，只能在住所附近闲逛。他在儋州相当孤寂，汴京、杭州等地的亲朋旧友大多不再和他联系，唯独在广东路罗阳郡为官的程天侔及其子程儒多次寄来信札，托人送来酒、冰糖、面、药品等，还帮苏东坡递送家书，对他在惠州的儿孙也照顾有加。苏东坡时而患病，可儋州没有什么大夫，也缺乏药草，连常见的苍术、橘皮也没有，他只好经常写信给何德顺、程天侔等，请他们给自己寄药物，除了自用，也常赠送给在儋州认识的友人、黎人。他学着给自己治病，比如牙齿疼了，就服用地黄丸，再将天麻煎成糊，涂在病牙上。他平时喜欢搜集各种药材，有时候见到邻居生病，他会把自己保存的药材送给对方，让他们按照自己的药方服药。

苏东坡开玩笑说，自己在儋州可谓"食无肉，病无药，居无室，出无友，冬无炭，夏无寒泉"，最难的是，也没有书可读。儋州很少能见到书籍，而苏东坡随身只带了《陶渊明集》等几部书，又从新认识的本地文士黎子云那里借来几册柳宗元的诗文集，他把陶渊明、柳宗元视为"二友"。程天侔托人寄来一些诗文抄本、刻本，苏东坡心中格外感念。

渐渐地，苏东坡在儋州认识了更多人，如移居在此经商的潮州人王介石、泉州人许珏，还有极少数读过书、通晓官话的黎族人。他常去城东南的黎子云、黎子威兄弟家做客，黎子云家的门口有一个大池塘，环境清幽、树木茂盛。苏东坡和几个友人凑了一点钱，把那里的一间房子略加整修，命名为"载酒堂"，后来他常去那里垂钓、饮酒。邻居对苏东坡也颇为尊重，他们晚上出去打猎，有收获的话会把猎得的鹿肉、野猪肉分一些给苏东坡父子。

到了年底，苏东坡还担惊受怕了十几日，颇为狼狈。十一月二十九日，担任广西路经略安抚司走马承受的段讽上书检举雷州知州张逢、海康县县令陈谔等人用驿馆招待苏东坡兄弟，就连在海康县租赁房子给苏辙居住的太庙斋郎吴国鉴也被处以编管的惩罚。风声传来，儋州官吏也紧张起来，不许苏东坡再在官舍中居住。苏东坡只好出钱买下县城南门外桄榔树和竹林之间的一小块地方，修建自己的屋子。这次他不想像在惠州那样大动干戈，只打算修三间矮小的屋子。跟随他求学的黎子云、王介石等人都来帮忙运输物料，搅泥修墙，张中来参观时也帮忙干了一会儿活儿。王介石出力颇多，而且不拿分文报酬，让苏东坡十分感动。

流放岁月（1094—1101）

元符元年（1098），吴复古特地乘坐海船来儋州看望苏东坡，见他这里也不方便，住了一阵就离开了。苏东坡时常梦见自己的旧友，可惜他们很多都已故去，还有些人已许久没有音讯。他害怕连累别人，便不主动通信，也理解别人不敢和自己通信的缘由，并不怪他们。与苏东坡通信的朋友中，杭州的道潜、眉山的杨济甫都想来探望他，他也去信阻止，说路途遥远，不必破费。

在苏东坡眼中，儋州黎人的生活方式与中原截然不同。这里的农业极端落后，到处都是无人耕种的荒地。当地人不喜欢种田，很多人以香料采摘和贸易为生。他们也不爱吃米饭，而是把薯芋加入米中煮成杂粮粥吃。岛上的金属器具、生活用具、药物和米、醋、酱等大都靠泉州、广州的海船输入，如果泉州、广州的海船因为风浪太大没有及时到来，岛上许多东西就会短缺，物价也会急速上涨。

生活久了，苏东坡觉得儋州除了南部山区黎峒中有瘴气，其他地方其实适合农业生产，只是民众没有务农的习惯，于是他常劝说当地官吏、民众多种田。让他感到痛心的是，这里的人们生病以后不寻医问药，而是请巫师举办法事，杀牛祭祀祈祷。外地商人常常带着牛来海南岛交换香料，黎人得到牛以后就杀了祭祀鬼神。于是苏东坡说，内陆人用海南产的沉水香等香料供佛，等于是在"烧牛肉"。苏东坡自己不好出面倡导什么，便想让僧道帮忙，他抄下柳宗元的《牛赋》，并附了一篇杂记《书柳子厚牛赋后》，寄给僧人道赟，希望他能劝谕本地人珍惜牲畜。

闲逛时，苏东坡发现儋州的州学、县学都只有破旧的房舍，里面根本没有学生。他感叹这里的教育落后，便常常指点自己认识的年轻儋州学子。消息传开后，附近的文士如王霄、符林、符确等十多人都来向苏东坡请教。因为科举主要考儒家经典，苏东坡便把自己正在订补的《易传》《论语说》和已写完的《书传》作为教材，指点他们学习和作文。苏东坡一度担心自己得急病而逝，偷偷写了墓志文。他怕儿子看了伤心，便把文章交给一个学生留着，拜托他在自己病逝后将其交给儿子。

在朝中，章惇、蔡卞等人仍然对苏东坡等旧党人士耿耿于怀。朝廷一方面设立了专门机构抄录司马光、吕公著、苏东坡、苏辙等人的罪状，编成书公示各地官员；另一方面又任命吕升卿为广南西路察访指挥、董必为广南东路察访指挥。广南西路负责巡查雷州、琼州、儋州、崖州，而吕升卿兄弟与苏东坡兄弟之间有切骨仇恨，朝廷派吕升卿来这里，显然是为了让他整治苏东坡兄弟。幸亏宋哲宗顾及名声，也了解自宋太宗以来不轻易杀戮大臣的传统，便取消了吕升卿的差遣，只让董必去广南西路察访。

董必是严苛的新党官员，他到岭南巡视时，曾上书说雷州知州张逢到城门口迎接苏辙、招待苏辙在驿站居住、帮助苏辙租用太庙斋郎吴国鉴的房屋、每月送酒食到苏辙住处等行为，以及海康县县令陈谔命差役帮助苏辙修复房舍之事，违反了朝廷对贬谪官员的处置。为此，张逢被停职，陈谔被调往他处，苏辙从雷州移到循州安置。据说董必本来要渡海到海南岛整治苏东坡，随行的彭子民劝说他："人人家里都有子孙。"这是暗示他整治苏东坡这样的名士，保不准自己的子孙将来也会遭到苏家后人报复，或者背上骂名，何必逼人太甚。董必知道苏东坡是当世名士，如果自己做得过分必然受人非议，便只是派下属到儋州探查苏东坡的情况，让地方官员不要优待这位"著名罪人"。

苏东坡忙着修建房舍，他觉得三间不够，又新修了两间，并在主客厅后面修建了一个相通的小屋"龟头房"，用于烧火、堆放杂物等。这五间茅檐泥墙的低矮房屋是苏东坡在儋州的一大工程，木头等各种物料花费了六七百贯钱。苏东坡手中的钱都花完了，一度颇为窘迫，只能卖掉自己带来的饮酒器具来换衣服、食物，唯独留下一个精致的荷叶杯在身边。黎子云、符林两家见他家中空空如也，便送来一些本地人常用的家常器物。

苏东坡终于有了自己的住所，周围环绕着竹子、树木。他把这处住所命名为"桄榔庵"，写下《新居》描述自己此时的心情：

> 朝阳入北林，竹树散疏影。
> 短篱寻丈间，寄我无穷境。
> 旧居无一席，逐客犹遭屏。
> 结茅得兹地，翳翳村巷永。
> 数朝风雨凉，畦菊发新颖。
> 俯仰可卒岁，何必谋二顷。

搬到新居那天，苏东坡听到邻居的两个小孩在诵读诗文，觉得十分欣慰。附近的天庆观中有一口井，苏东坡常常去那里取水，写有《天庆观乳泉赋》。新居东北侧有一株老楮树，枝繁叶茂，有点儿遮挡早晨的光线，苏东坡一度想让仆人砍掉它，后来觉得不忍，就让它继续生长在那里。一次偶然，他在院墙下发现了《诗经》和李白诗中都出现过的苍耳，它可以养生、治疗疮痒，苏东坡觉得能在这里看到苍耳是自己的幸运。

苏东坡雇了三个本地少年当仆从，干些打扫庭院之类的杂活。他们白天闲着没事，就在门口平整出一块菜园，种上韭、菘之类蔬菜；又在西边挖了个坑，储存粪便当作肥料；还在东边疏通一条小水渠用来浇地。这里离黎子云家不太远，苏东坡也常去黎家要些蔬菜，他喜欢清煮蔓菁、芦菔、苦荠，无须酱油和醋。从前在黄州、惠州时，他就经常这样吃。

流放岁月（1094—1101）

安居下来的苏东坡又恢复了四处游逛的习惯，他头戴自制的椰子冠，如同本地人一样背着盛酒水的大瓢，经常和田间村口的农夫、牧童嬉笑交谈，与本地文人酌酒吟诗、寻幽览胜。附近村落的儿童都知道这个拄着拐杖的老头儿就是有名的东坡先生，喜欢为他指路，正如他在《访黎子云》一诗中描述的：

> 野径行行遇小童，黎音笑语说坡翁。
> 东行策杖寻黎老，打狗惊鸡似病风。

苏东坡依然好酒、好吃，但这里的酒和食物种类有限，口味不佳，让他格外怀念当年在杭州、汴京见识的美食。他写了《浊醪有妙理赋》《老饕赋》等诗文，大多先想象各种美食的滋味，铺陈"烂樱珠之煎蜜，滃杏酪之蒸羔。蛤半熟而含酒，蟹微生而带糟"这类场景，接着又恢复理智，知道梦幻终会成空，只剩下淡茶一杯，居士一人。实际上，这时他经常生病，胃口没有以前那么好，写这类文章只是在脑海中过瘾而已。

元符二年（1099）上元节时，儋州几个老书生前来邀约苏东坡去游览，于是他与诸人乘着月色走到城西的佛寺和城中的几条街巷中，观赏花灯、夜市。看到汉人、黎人都在酒馆、熟食小店热闹地吃喝，他也感到心中欢畅。诸人游览之后又闲聊、喝酒，到三更鼓响才回家。苏东坡拍门许久，才有仆人醒来打开门，等他回到房间放下拐杖，听到旁边屋子里仆人已经打起鼾。他放下拐杖笑着说："什么是得失？"儿子问他为什么笑，苏东坡说："这是笑自己啊，我想起韩愈的诗《赠侯喜》里说，钓大鱼要去更远的海里，近处的小池塘没有大鱼。这话未必对啊，出海也未必就能钓到大鱼。"这是感叹在儋州没有可以深谈的饱学之士。

此时，苏东坡和附近的村民已经熟悉。一个老婆婆看到苏东坡带着大酒葫芦在田间地头游览吟诵，就说"内翰昔日富贵，一场春梦"，苏东坡觉得她的话有道理，便称之为"春梦婆"。还有一次，他喝了酒，摇摇晃晃去找黎子云、黎威、黎徽、黎先觉等朋友，之后写了《被酒独行，遍至子云、威、徽、先觉四黎之舍，三首》，描述这天的经历和感受：

> 半醒半醉问诸黎，竹刺藤梢步步迷。
> 但寻牛矢觅归路，家在牛栏西复西。
>
> 总角黎家三小童，口吹葱叶送迎翁。
> 莫作天涯万里意，溪边自有舞雩风。
>
> 符老风情奈老何，朱颜减尽鬓丝多。
> 投梭每困东邻女，换扇惟逢春梦婆。

春天时，岛上米价暴涨，原因是海岛上的粮食全靠海船从外地运送，如果海浪太大，一两个月没有海船到来，米价就会上涨。苏东坡时常担忧自己买不起粮食，他不知从哪里听说晋武帝时有人失足落入深穴中，几乎要饿死，但这人发现洞穴里的龟、蛇每天早晨向东方伸着脖子吸取旭日之光，于是也学着吸取旭日之光，居然得以存活，最后获救，由此流传下来所谓"龟息法"。于是苏东坡写了《学龟息法》授予儿子，说修习这种法术可以让人不吃东西也不感到饥饿，如果配合服用炼制的丹药，就可以成仙。

苏东坡之所以打算和儿子修行此法，一方面是为了节省吃东西的开支，他虽然比周围的农民过得宽裕，但毕竟在惠州还有子孙，家口众多而俸禄有限，而且俸禄还是换算成实物发放的，经常拖欠，他隐隐担忧自己会陷入穷困潦倒之中；另一方面是为了延长寿命，他仍然迷恋修道之术，还在房舍周围栽种菊花，打算十一月采摘花朵，晒干后当作有益长生的药物服用。

相比其他被贬谪的元祐旧臣，苏东坡的遭遇要好些，仍然有不少人愿意接近这位名满天下的文士。金华的制墨商人潘衡乘船到海南岛购买松脂时，听说苏东坡在儋州，特地前来拜会这位名人，送上自己制作的墨块，还向他请教制墨的方法。这时许多制墨工匠以桐油、石油、麻油、脂油取烟制墨，而儋州松树众多，苏东坡正无聊，便时常和潘衡探讨怎么烧制传统的松墨，派仆从四处砍伐松树、收集松脂，研究如何烧制好墨。有一次，他们在一个房间中焚烧煤块、松脂之类，又去其他房间与众人聊天，没人照管炉子，导致房子几乎着火，幸好有人看到那间房子冒烟，大家一起舀水浇灭了火苗。第二天，苏东坡和潘衡从炉子里只找到几两黑烟灰，他们也没有合适的胶黏合这些烟灰，便用牛皮胶随意搅和烟灰，得到十多块手指头大小的墨块，对此苏东坡只能呵呵大笑。

潘衡心里清楚这种墨肯定不中用，但他颇有商业意识，自制的墨也质量上佳，于是请苏东坡给自己撰写了一篇夸赞的文章《书潘衡墨》，还刻了一块印章"海南松煤东坡法墨"。后来他在江西、杭州宣称自己在海南得到名士苏东坡的秘传方法，打着苏东坡的旗号吸引了许多人来自己的墨坊采购，卖价比普通的墨块高出数倍。

不久后，传来了坏消息。之前董必巡视时，打听到昌化军使张中修建驿舍给苏东坡居住的事情，

元　佚名　溪蛮丛笑图

朝廷于四月下令把张中贬为雷州监司，还把他的几名上级也降职。张中留在官署等待交接，苏东坡时常与他一起喝酒聊天。因为接替者迟迟未来，张中留在官署一直等到年底才离开。张中因自己而受过，苏东坡心里非常难受，先后写了三首诗送给他。此后，苏东坡与官场人物交往更加如履薄冰，生怕连累亲近之人。

此时苏东坡最得意的成就是修订补充了在黄州所作的《易传》《论语说》，又撰著了《书传》十三卷，他认为这是可以流传后世的作品。在诗歌方面，从扬州开始作和陶渊明《饮酒》诗开始，到贬谪惠州期间，苏东坡一再作和陶诗。刚到儋州，他就把自己完成的一百零九首诗抄写后寄给苏辙保留，并请他写了前言。在苏东坡看来，"渊明作诗不多，然其诗质而实绮，癯而实腴，自曹、刘、鲍、谢、李、杜诸人皆莫及也"。在儋州，他又陆陆续续写了十几首。自从把带来海岛的好笔、好墨用完后，他只能用粗劣毛笔、自制的墨块写字，常常感叹这样写字并无乐趣可言。

一直到元符三年（1100）正月，宋哲宗驾崩，宋徽宗即位，皇太后向氏垂帘听政。新帝登基，大赦天下，被贬谪的旧党官员得以北移到环境稍好的地方，苏东坡奉命移到廉州安置。五月初，苏东坡接到公文，他一边让家人收拾东西，一边联系海商许珏，打算搭乘大商船到递角场码头。不料许珏联系的商船一直没有到，等了十几天后，苏东坡改变了计划，决定先乘近海航行的小船到澄迈，然后沿着陆路到琼州的码头，从那里渡海返回内陆。临走前，他把自己喝茶的茶盏赠给许珏，又去黎子云家中辞行。黎子云摆酒给苏东坡饯别，他喝了几杯，觉得黎子云酿制的新酒味道很好，要了一瓶随身带着。

苏东坡父子离开儋州那天，附近十多位老人带着酒、食物到码头送别，拉着苏东坡的手流泪说："这一回告别之后，不知道什么时候才能相见。"苏东坡推辞了人们的馈赠。

路过澄迈时，苏东坡住在海边的驿馆，写了《澄迈驿通潮阁二首·其二》表达自己的心境：

余生欲老海南村，帝遣巫阳招我魂。

杳杳天低鹘没处，青山一发是中原。

官场众人的嗅觉最是灵敏，他们觉得苏东坡重新得到起用指日可待。从琼州开始，沿途的地方官员又开始频繁接待苏东坡，请他给地方名胜题名写记。这次他住在琼州城东北的驿站，知州陆公已经在苏东坡发现的双泉之上修筑了一个亭子，请苏东坡命名，他起名为"洞酌"并写记文。县城附近的三山庵僧人惟德也特地送来泉水给苏东坡烹茶，请他为自己佛寺中的泉水命名，于是苏东坡题名为"惠通"。一路上，许多官吏、士人赠送钱物，苏东坡只收下至交的礼物以表情意，此外一概拒绝。

因为白天下雨又刮风，浪太大，等到六月二十日夜晚风平浪静之时，苏东坡父子才登上船只，在月光下渡海。望着茫茫海面，苏东坡想到孔子当年想去海岛的言论、轩辕在洞庭湖边演奏乐曲的传说，写了一首诗《六月二十日夜渡海》记述自己此时的心情：

参横斗转欲三更，苦雨终风也解晴。

云散月明谁点缀，天容海色本澄清。

空余鲁叟乘桴意，粗识轩辕奏乐声。

九死南荒吾不恨，兹游奇绝冠平生。

对一心当官的人来说，贬谪是悲惨的经历，可是对苏东坡这样注重体验的诗人来说，在海南岛的经历使他对世界、对自己、对历史有了更多思考和认识，他觉得这里的风光、民俗堪称"奇绝"，来这一趟是值得的。

张中：闲观棋局

绍圣四年（1097）七月，苏东坡和家人住在儋州城内一所屋顶漏水的官屋里。知昌化军使张中得知苏东坡的情况后，派兵对那里稍加修缮。

岛上居民多是黎人，只有县城中生活着少数汉人官员、商人和士兵。张中在这里的生活也相当寂寞，他喜欢围棋，常常来找苏过下棋，苏东坡的棋艺太差，只能在边上闲看。

后来苏东坡买下县城南门外的一小块地方，修建屋子。跟随他求学的十多人，以及商人王介石都来帮忙，张中来参观时也帮忙干了一会儿活。

元符二年（1099），张中因为修建驿舍给苏东坡居住等事情，被降职为雷州监司。张中留在官署等待交接，苏东坡时常与他一起喝酒聊天。因为接替者没有来，张中留在官署一直等到年底才离开。张中因自己而受过，苏东坡心里非常难受，先后写了三首诗送给他，在《和陶与殷晋安别》中称赞他是"海国此奇士"，追述两人来往"卯酒无虚日，夜棋有达晨。小瓮多自酿，一瓢时见分"，可是无奈之下，也只能如水上浮萍、天上白云一样被打散、吹散，此生恐怕是无缘再相见，只能寄托于来生再聚。在告别的前一晚，张中和苏东坡聊了一个通宵，第二天张中带着家人北上，苏东坡心中悲哀，写了一首送别诗《和陶王抚军座送客》，安慰张中说，自己本来就犹如浮云无依无靠，你我"莫作往来相，而生爱见悲"。此后，苏东坡与官场之人交往更加如履薄冰，生怕连累亲近之人。

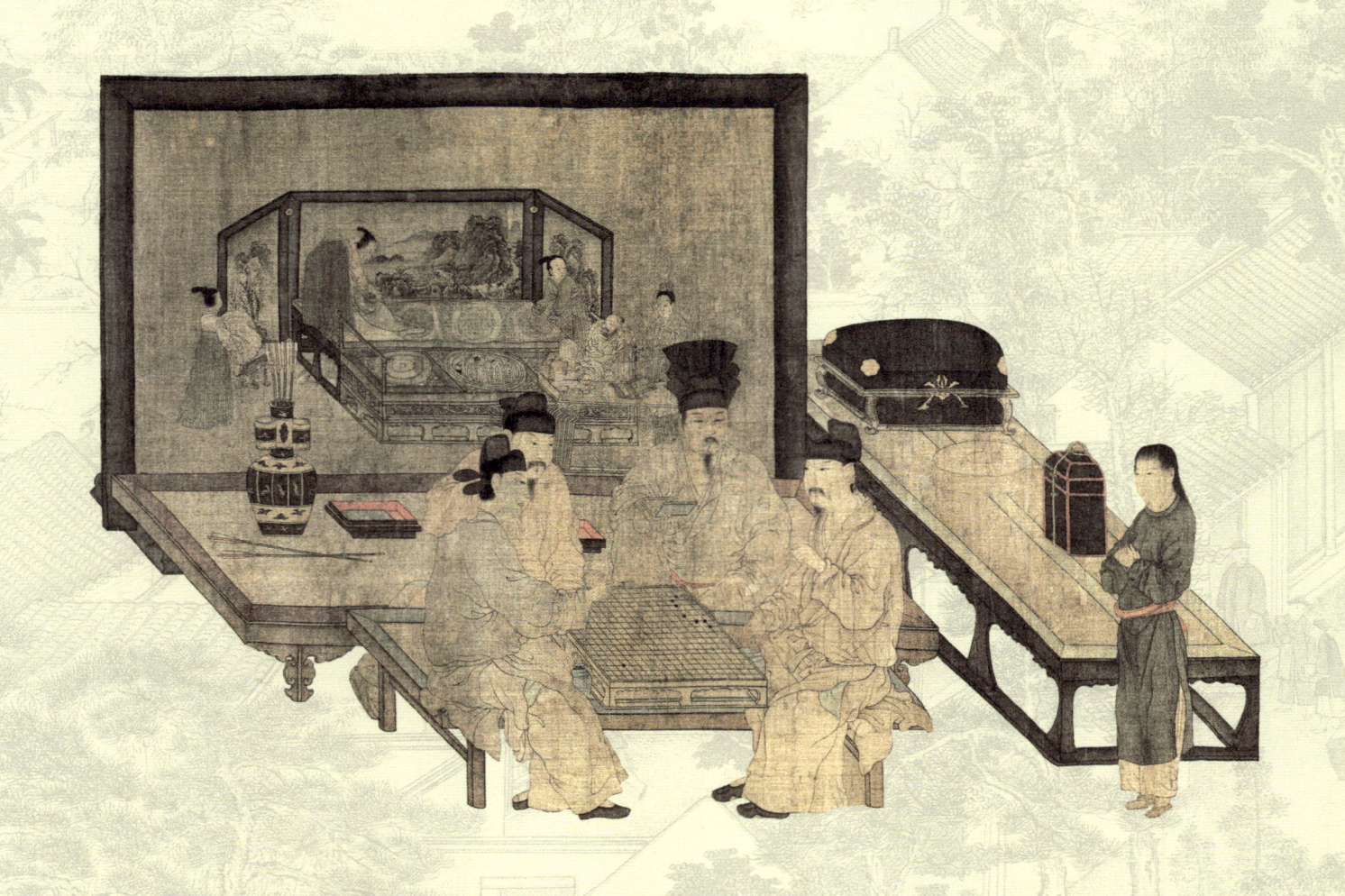

吴复古：入道奇士

在苏东坡交往最久的几个人物之中，吴复古乃是一个重情义而有奇士风范之人。

熙宁十年（1077），苏东坡从密州离任南下时，在齐州结识了潮阳人吴复古，他是苏东坡之前在汴京见过的翰林侍讲吴宗统之子，从小天资聪颖、行侠好义，虽然饱读经史，却无意于仕途，只对道家修炼养生之事十分着迷，把承袭父荫为官的机会让给了庶兄吴慈翁，自己以方外之人的身份在各地游走十多年。吴复古和苏东坡、苏辙尊重的士大夫李师中关系密切，李师中熙宁二年（1069）任登州知州、熙宁六年（1073）任齐州知州时，都曾邀吴复古出入自己的官署充当清客。在齐州时，吴复古与苏辙有交往。到了熙宁八年（1075），著名游士李士宁因卷入宗室赵世居谋反案而被流放，让吴复古这类出入官府的游士心中一惊，于是他打算回老家隐居，特地来拜访以诗文名满天下的苏东坡。吴复古熟悉各种修道养生之术，一见面就劝说苏东坡养生修道，苏东坡把两人的对话写成《问养生》。

元丰四年（1081），吴复古在家乡潮阳服丧，两次派人到黄州送信，并送上茶叶等礼物。苏东坡则送给他一幅李明所画的山水横卷，可以作绕床的屏风。元丰六年（1083），吴复古特地来黄州拜访过苏东坡。

元祐八年（1093），吴复古到汴京，说自己决心出家当道士，拜托苏东坡动用官场关系帮助自己拿个度牒。苏东坡多次劝说他在家乡出家即可，可是吴复古十分坚决，苏东坡只能托人给他寻了度牒。

绍圣元年（1094），苏东坡被贬岭南，南下途中碰到正要去汴京的吴复古。吴复古以"邯郸之梦"开解苏东坡，说既然他亲身经历了这些犹如梦幻的变故，不如当下就专心修道，破妄而归真。苏东坡赠给他扇山枕屏，相约以后到南方再见。年底时，吴复古遣儿子吴芘仲带着酒、面食等礼物到惠州探望苏东坡。

绍圣三年（1096）十一月，已经出家为道士的吴复古和眉山道士陆惟忠一起来探望苏东坡，他们之前已经去看望了苏辙。吴复古在惠州待了近三个月，这段时间苏东坡、吴复古、陆惟忠三人经常闲聊、出游。十二月八日，三人到罗浮山的县颖长老那里吃饭，看到他把各种蔬菜杂食都投入羹中一起煮，称之为"谷董羹"。"谷董"是模拟羹煮沸后发出的咕咚声。他们尝了以后，都觉得这种羹挺好吃。陆惟忠想起江南也有一种"盘游饭"，是把几种肉食放入刚蒸熟的米饭下面，人们用俗语"撅得窖子"形容吃这种饭的心情，于是陆惟忠随口说了个联句："投醪谷董羹锅里，撅窖盘游饭碗中。"苏东坡认为对得很妙，急忙写了下来。十二月二十五日，三人喝光了家中存酒，苏东坡打算取米酿酒时，发现连黍米也没有了，三人只能靠吃本地常见的土芋填饱肚子。

绍圣四年（1097）春，吴复古、陆惟忠和苏东坡告别，吴复古去依附广西转运使曹辅，陆惟忠则去投奔河源县县令冯祖仁，在当地的开元观当道士。

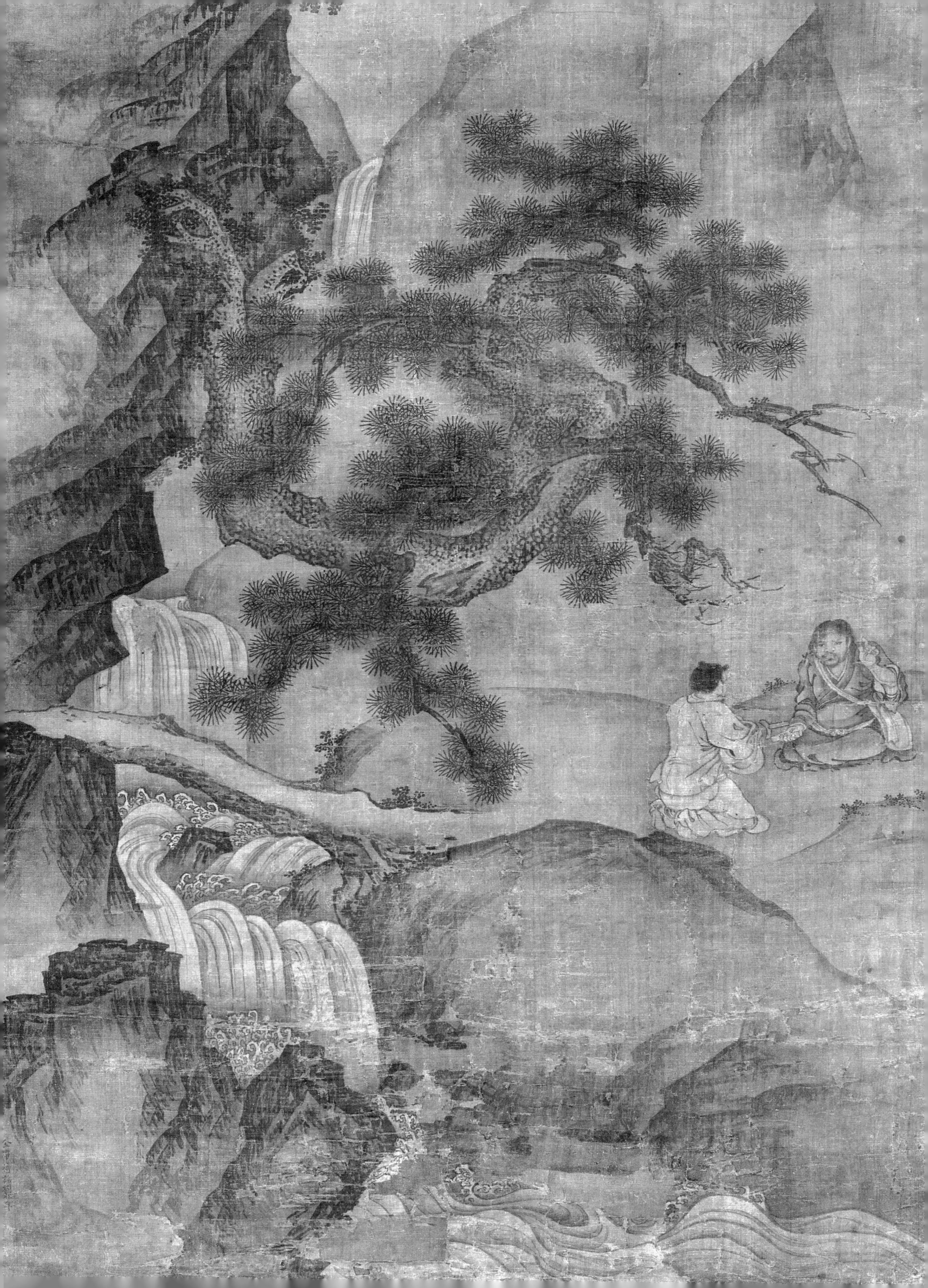

元符元年（1098），吴复古去儋州看望苏东坡。苏东坡作《去岁，与子野游逍遥堂。日欲没，因并西山叩罗浮道院，至已二鼓矣。遂宿于西堂。今岁索居儋耳，子野复来相见，作诗赠之》赠别：

> 往岁追欢地，寒窗梦不成。
> 笑谈惊半夜，风雨暗长檠。
> 鸡唱山椒晓，钟鸣霜外声。
> 只今那复见，仿佛似三生。

元符三年（1100），宋哲宗驾崩，宋徽宗登基，吴复古急忙赶到儋州探望老友，通报京城的一些消息。六月，他陪同苏东坡一起北上，和苏东坡渡海以后分别，十月又特地赶到广州与苏东坡重聚。十一月初，苏东坡与他一起沿着北江乘船北上。到英州的时候，吴复古生了病，他不愿意吃药，苏东坡问他有什么后事托付，他只是挥手一笑，便逝世了。苏东坡撰写了《祭吴子野文》，纪念这位一生奔波的奇人。

元　颜辉（传）　松荫论道图（局部）

清　徐扬　姑苏繁华图（局部）

三子苏过：岭南为伴

陪伴苏东坡度过惠州、儋州贬谪生活的是他的小儿子苏过。

苏过生于熙宁五年（1072），他七岁时，苏东坡的同乡范百嘉有个五六岁的女儿，两位家长商量结成了娃娃亲。苏东坡被贬黄州时，苏过还是孩童，跟随巢谷学习认字、诵诗，经常与黄州的小孩玩耍。苏迨、苏过说话都带有黄州腔调，还会唱黄州民歌。

元祐五年（1090），苏迨、苏过通过了两浙路的解试，一起去汴京备考来年春天的省试，可惜都没能考中。好在随着苏东坡官爵的提升，他的三个儿子先后都因恩荫获得为官资格。

元祐七年（1092），苏过获得门荫资格，挂上了右承务郎的官阶，这是京官的最低一阶，以后通过铨选就可以当官。

绍圣元年（1094），苏东坡被贬岭南，此时苏迈、苏迨、苏过已各有家室。苏东坡思考之后，决定

只带着朝云、苏过及两个年老的婢子去惠州,其他亲人都去宜兴依靠田庄生活。

惠州是个偏远小城,生活中的各种问题都靠苏东坡、苏过自己想办法解决。惠州冬季天气颇为湿冷,本地人教苏过如何取暖。苏过把这一经历写成诗,说"野人劝我凿地炉,才能容膝便有余"。

闲来无事,苏东坡就指点苏过写诗、作画。苏过在绢上画了一幅偃松图,制成小屏风送给父亲,苏东坡十分高兴。

在惠州,苏过见识了不少岭南的新奇现象。绍圣二年(1095)八月,飓风袭击广东各地,在广州近海刮倒两千多所房屋。飓风波及惠州沿海时,把乾明寺一株四百年的大树都刮倒了。连续三天的狂风让苏东坡和苏过感到惊奇和恐惧,三次占卜这种气象预兆什么。等风势平静下来后,苏东坡让苏过作了一篇《飓风赋》,描写飓风来临前、初来、风盛、风过、救灾的全过程。他把儿子的这篇赋寄给程之才,还建议程之才视察广州的情况。

绍圣四年(1097)苏东坡被贬儋州,苏东坡让苏过和两个老仆陪同自己前去,留下苏过的妻子、儿子待在生活条件稍好些的惠州白鹤峰,与长子苏迈一家共同生活。苏过和妻儿相聚才一个多月,又要分离，苏东坡心中颇为愧疚。

到了儋州，为了防晒和散热，苏东坡和苏过学本地人戴椰子冠，把衣服改短。苏东坡父子只能在五日一次的集市上购买食物，而且本地天热，食物难以保存，买的肉菜只够吃一两天。

苏过除了照顾父亲，平日喜欢读书，在别人那里看到《唐书》《汉书》，于是借来抄写。这在内陆都是文士家中常见的书籍，在海南岛却难得一见。苏东坡觉得抄书是学习的好办法，一方面有助于理解内容，另一方面也可以练书法，他自己年轻时就多次抄写史书练习书法。苏过经常借书，但借来的大都是散失了一部分内容的残书，如他所作的《借书》一诗中言及借来的《诗经》没有"雅"的部分，《易经》只有"系辞"："海南寡书籍，蠹简仅编缀。诗亡不见雅，易绝空余系。"

苏过多年随侍父亲，日夕探讨学问，作诗的风格也类似父亲，两人常常唱和。苏过为了宽慰父亲，作了一篇赋《志隐》，以问答体论述"功高则身危，名重则谤生"之人隐居求全乃"天下之至乐"，显然是针对父亲的处境而发。在父亲的指导下，他还对当地民生有所关注，对朝廷治理海南的政策有所反思，作《论海南黎事书》，建言朝廷"上策莫如自治，当饬有司，严约束，市黎人物而不与其直者，岁倍偿之，且籍其家而刑其人。吏敢取赂者，不以常制论，而守令不举者，部使者按之以闻，又为之

清　徐扬　姑苏繁华图（局部）

赏典以待能吏。如此，则能者劝，慢者惩，贪胥猾商不敢肆其奸，边自宁矣"。

元符三年（1100）年初，苏过画了一幅枯木竹石图，苏东坡看后大喜，觉得可以与文同的竹画并驾齐驱，写诗《题过所画枯木竹石三首》称赞说"老可能为竹写真，小坡今与石传神"。不久之后，新登基的宋徽宗诏令谪居儋州的苏东坡迁居廉州。六月二十日夜晚，风平浪静之时，苏东坡父子登上船只。回北方与弟弟、儿孙相见让苏东坡很期待，他在船上十分兴奋，不时拍着船板吟诵歌唱。睡眼迷离的苏过无法安睡，便对父亲说："您对渡海赞叹不已，难道还想再来一次吗？"苏东坡顿时没了兴头，躺下就睡。

苏东坡去世后，苏过搬到颍昌居住，住在湖边有水竹数亩的地方，自号"斜川居士"。他与苏辙一起整理了苏东坡的遗稿。

苏过善书画，能文辞，风格多类苏东坡，时称"小东坡"。他在家闲居十年，到宋徽宗政和二年（1112），才得到一个太原府监税的职务，政和六年（1116）任郾城县知县，宣和二年（1120）回家闲居颍昌。宣和五年（1123），苏过权中山府通判，十二月去镇阳途中得了急病故去，也有人说是遇到强盗不幸被害。

流放岁月（1094—1101）

赵梦得：海上义士

苏东坡被贬黄州、惠州、儋州时，都与当地人有交往，在儋州，他得到过一位居住在澄迈的士人赵梦得的帮助。此人经常往返内陆与海南岛之间，可以帮助苏东坡捎带书信和代购书册、药品等。从二人之间的一些书信往来中苏东坡称呼对方为"秘校"推测，此人要么是在澄迈为官的内陆人士，要么就是本地有背景的大族子弟，才得以被授予官衔。

苏东坡对赵梦得的经常帮忙心存感激，曾经致信说："旧藏龙焙，请来共尝，盖饮非其人茶有语，闭门独啜心有愧。"他还曾手写陶渊明、杜甫的诗作和自己的旧作赠送给赵梦得。因为他是戴罪之身，不便写新诗招摇，只能以这样的方式表达谢意。赵梦得还曾寄来绫绢，希望苏东坡在上面写字，但是苏东坡一般不在绢帛上写字，为此回信婉拒说"币帛不为服章，而以书字，上帝所禁"。

谪居儋州三年后，苏东坡受到赦免北归，他到澄迈时，特地派仆从去邀请赵梦得一聚，可惜此时赵梦得去广西桂州办事，不在家中，其子前来拜访致意。苏东坡在感慨之余，担心以后无法再见面，于是给赵梦得写了书信表示感谢：

> 轼将渡海，宿澄迈，承令子见访，知从者未归。又云，恐已到桂府，若果尔，庶几得于海康相遇；不尔，则未知后会之期也。区区无他祷，惟晚景宜倍万自爱耳。匆匆留此纸令子处，更下重封。不罪！不罪！轼顿首梦得秘校阁下。六月十三日。

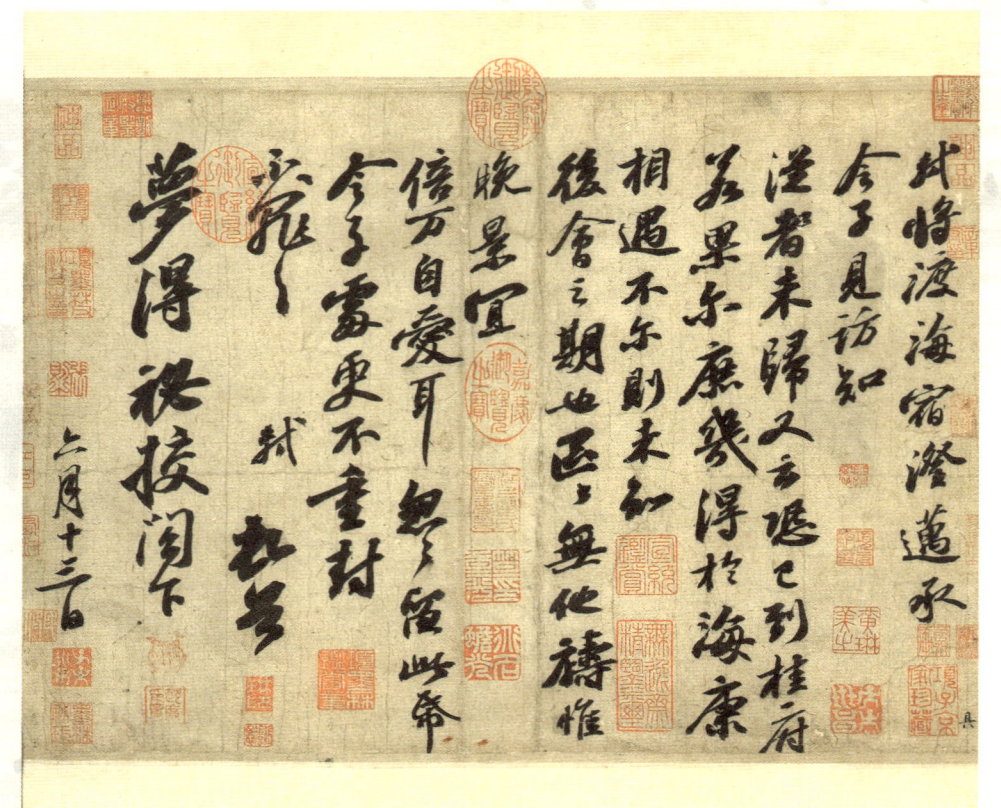

可惜苏东坡渡海之后，并未在海康遇见赵梦得。

宋　苏轼　渡海帖

姜唐佐：海南学子

姜唐佐是追随苏东坡问学的年轻学子。

苏东坡到儋州后，与当地士人符林、黎子云等有往来。元符二年（1099）闰九月，屡试不中的琼州文人姜唐佐带着钱粮、书籍前来拜见苏东坡，苏东坡读了姜唐佐的诗文，认为他词义兼美，人才难得，不时指点他读书写作的方法。姜唐佐在苏东坡家附近租住下来，跟随苏东坡学习了半年时间。苏东坡寂寞无聊时，常常邀姜唐佐一起吃饭，品尝用天庆观乳泉煮的建茶。还有仰慕苏东坡的人从远方前来求教，如江阴人葛延之万里迢迢乘商船南下到儋州，向苏东坡求教了一个月才回家。

元符三年（1100）年初，苏东坡得到一些蘑菇，让仆从做"蕈馒头"（宋人的馒头指今人所言的有馅的包子），他特地写了一首诗《约吴远游与姜君弼吃蕈馒头》给吴复古和姜唐佐：

> 天下风流笋饼餤，人间济楚蕈馒头。
> 事须莫与谬汉吃，送与麻田吴远游。

三月二十一日，姜唐佐来辞别，打算回琼州。苏东坡写了一句"沧海何曾断地脉，白袍端合破天荒"，鼓励他成为海南开天辟地的第一位进士，说到时候自己一定给他补齐这首诗。苏东坡还另外书写柳宗元的两首诗《饮酒》《读书》相赠。

五月初，苏东坡接到朝廷让自己移到廉州居住的公文，临走前托人把从姜唐佐那里借来的书带到琼州归还。六月上旬，苏东坡抵达琼州，渡海之前，特地匆匆去姜唐佐家告别。他挂着拐杖走到姜家，坐在西墙下的木榻上问姜母："姜秀才去哪里了？"姜母说他去外面还没有回来，于是苏东坡拿出平时包灯芯的纸张，托姜母转给姜唐佐，那上面有他平时读书时随手写的联句"张睢阳生犹骂贼，嚼齿空龈；颜平原死不忘君，握拳透爪"，这是他留给姜唐佐的赠别礼物。

苏东坡北归三年后，姜唐佐通过广州的解试，崇宁二年（1103）正月前去汴京科考途中特地去拜会苏辙。此时，苏东坡已去世一年多了。苏辙看到哥哥的笔墨，流下了眼泪，自己动笔将这首诗歌补齐，题为《补子瞻赠姜唐佐秀才》：

> 生长茅间有异芳，风流稷下古诸姜。适从琼管鱼龙窟，秀出羊城翰墨场。
> 沧海何曾断地脉，白袍端合破天荒。锦衣他日千人看，始信东坡眼力长。

可惜姜唐佐最后未能考中进士，另一位儋州人符确在大观三年（1109）成了海南历史上第一个进士。

流放岁月（1094—1101）

宋徽宗：又羡又妒

在宋徽宗赵佶的少年时代，政治领域自王安石变法以后，新旧党争激烈，政坛经历了巨大的变动；文化领域苏东坡、黄庭坚的声望隆盛，许多人都以学习此二人的诗文、书法为荣。

赵佶很有可能见过苏东坡本人。他生于元丰五年（1082），是宋神宗第十一子，元丰八年（1085），兄长宋哲宗即位，四岁的赵佶被封为遂宁郡王，他在宫廷中一直待到绍圣三年（1096）四月。元祐年间是苏东坡、黄庭坚及其弟子、友人在京城最为活跃的时期，身处宫廷的赵佶正处于儿童时期，开始识文断字，对苏东坡、黄庭坚的诗文、故事当有耳闻。

而且，苏东坡在元祐二年（1087）八月以翰林学士、知制诰身份兼任经筵侍读，为小皇帝授课。元祐四年（1089）三月至元祐七年（1092）八月，苏东坡大多在外地为官，九月回朝后任端明殿学士、翰林侍读学士、礼部尚书，仍然肩负为小皇帝授课之责，至元祐八年（1093）九月离京。所以，苏东坡在京的这两年半期间，经常入宫教授小皇帝读书，而在这个时间段，赵佶正处于识文断字而且对万事万物充满好奇的年纪，应该听说过苏东坡这位当世第一名士。他可能跟着宋哲宗见过苏东坡，或者在宫人的引导下观望过苏东坡的风采，或许还见过几次面，只是他是幼小的郡王，而苏东坡是朝中名臣，因为礼仪关系，应该并无随意攀谈的机会。

绍圣三年（1096）四月，十五岁的赵佶以端王身份出阁到自己的王府居住，有了自己的属官和独立活动的场所，此时苏东坡已经被贬谪到惠州。在王府居住期间，赵佶倾心诗文、书画，"初与王晋卿诜、宗室大年令穰往来。二人者，皆喜作文词，妙图画，而大年又善黄庭坚，故祐陵作庭坚书体，后自成一法也"。有趣的是，王诜（字晋卿）、赵令穰（字大年）都是与苏东坡、黄庭坚亲近的人物，少年赵佶从他们那里应该会接触到苏东坡、黄庭坚的诗文、书法作品。这一时期，苏东坡、黄庭坚虽然被贬谪，但是朝廷并没有禁止其诗文的传播，苏东坡、黄庭坚依旧是最为著名的文士，许多人乐于传颂他们的诗、词、文章和书法。而王诜手中保存有苏东坡、黄庭坚的诗文手迹，赵令穰手中应该也有黄庭坚的手迹，所以赵佶临摹黄庭坚的字体可谓顺理成章。赵佶爱好诗文、书法、绘画，也对骑马、射箭、蹴鞠、奇花异石、飞禽走兽有着浓厚的兴趣，多元的兴趣也与苏东坡有相似之处。但是，随着年岁渐长，弱冠时期的赵佶在书画上有了其他的参考对象。对他影响颇大的人物是端王府的僚属，"时亦就端邸内知客吴元瑜弄丹青。元瑜者，画学崔白，书学薛稷，而青出于蓝者也。后人不知，往往谓祐陵画本崔白，书学薛稷。凡斯失其源派矣"。

宋　赵佶　瑞鹤图（局部）

流放岁月（1094—1101）

元符三年（1100）正月，宋哲宗驾崩，赵佶在向太后的支持下登基为帝，成为权力场的"天下第一人"。在他和向太后的恩赦之下，苏东坡才得以从儋州北上。

宋徽宗赵佶登基之初，向太后垂帘听政，旧党大臣得到恩赦得以北归。宋徽宗亲政后，仍然要顾及向太后的意向，处理政务相对谨慎。到建中靖国元年（1101）正月向太后驾崩，宋徽宗才真正开始独掌大权。他把反对自己登基的章惇贬谪岭南，把蔡卞、蔡京外派地方为官，主要依据曾布、范纯仁、陆佃等人的意见，认为元祐年间的政策和绍圣年间的政策各有偏颇，颁诏将年号改为"建中靖国"，决定采取"持平用中"的政策靖国安民。

建中靖国元年（1101）十一月，宋徽宗到南郊祭祀天地途中，下诏明年改元"崇宁"。"崇宁者，崇熙宁也"，这是宋徽宗向世人明确宣示放弃调和政策，要以继承宋神宗熙宁之政为宗旨。此后，从崇宁元年（1102）至靖康元年（1126），宋徽宗统治的这二十四年间，一直任用蔡京等新党大臣和自己的亲信执政，旧党官员一直受到政治上的打击和排斥。

在文化领域，宋徽宗竭力打压苏东坡、黄庭坚所代表的旧文化权威，一再下令查禁苏东坡、黄庭坚的诗文雕版；禁止学习、传播他们的诗文，严禁科举考试引用他们的文句。同时，宋徽宗、蔡京君臣也在积极树立新的文化权威——以皇帝自身的手诏为最高的权威文本，即试图把皇帝塑造为最高的政教权威兼文化权威。

宋徽宗对苏东坡、黄庭坚的学术、诗文的打击，实际上是皇权的"天下第一人"与士人舆论中的"第一名士"的竞争，他试图以权力压制苏、黄的名望。可是，宋徽宗自身富有文人趣味，他实际上私下也欣赏苏东坡的诗文、书法。宣和年间，宋徽宗曾秘密收藏苏东坡的书法，还召苏过入宫绘画。当时许多官员搜求苏东坡的真迹进献给宋徽宗，以致出现了许多伪作，苏过记述说"今之人以此书为进取资，则风俗靡然，争以多藏为夸，而逐利之夫，临摹百出，朱紫相乱十七八矣"。因此，可以说宋徽宗既把苏东坡当作政治领域、文化领域的竞争对手，又偷偷羡慕着苏东坡的才华。

北上之旅：从儋州到常州

从元符三年（1100）到建中靖国元年（1101），苏东坡一直在旅途中，他离开儋州后缓慢地向北移动，一路上都在犹豫将哪里作为归处。不幸的是，他在真州患病，不久后在常州去世。千百年后的人或许要感叹，要是苏公留在惠州度过一生，或许能够活得更长久一些吧？只是，在那个时代，岭南的经济落后，人烟稀少，苏东坡这样的人物，要在当地找几个能深谈的士人都不容易，恐怕他并无兴趣在岭南长居。又或许，要是在路上，他走得慢一点，悠闲一些，结果会不同吗？谁也不知道。

合浦：短留两月

元符三年（1100）七月，苏东坡带着小儿子到达廉州州府所在的合浦县城，知州张仲修招待苏东坡父子住在官署内的清乐轩。州县官僚、文人纷纷前来拜会，请苏东坡留下墨宝，或者给自己的收藏题跋。

广西经略安抚使程邻以晚辈之礼拜见苏东坡,请他欣赏自己收藏的钱易所刻潭州石刻法帖十卷,并在几幅书法上题跋。苏东坡和程邻的叔叔程筠是嘉祐二年(1057)同年进士,两人一直有交往,元丰七年(1084)苏东坡从黄州团练副使任上奉诏赴汝州上任,顺路送儿子苏迈到江西德兴任县尉,恰好程筠在相邻的浮梁县家中守丧,苏东坡便到浮梁拜访他,在程家逗留了十多天,作了《思成堂》《归真亭》二诗。元祐七年(1092),五十六岁的程筠出任真州知府时,苏东坡作《送程德林赴真州》一诗送别。

廉州推官欧阳阀是梅尧臣的弟子,也认识黄庭坚,爱好作诗的他尽心招待苏东坡,并赠送琴枕给他。苏东坡在欧阳阀收藏的梅尧臣诗稿及《地狱变相》等文稿、图画上题跋,还书写自己的文章《天庆观乳泉赋》相赠,以表达谢意。

八月初,苏东坡得知自己永州安置的消息。四月,宋徽宗长子出生,大赦天下,所有元符二年(1099)之前获罪受罚的官员都得到赦免。于是皇帝又下诏改苏东坡为舒州(今安徽安庆)团练副使,永州居住;苏辙为濠州团练副使,岳州居住;秦观为英州别驾,衡州居住;张耒担任知州,晁补之担任通判,黄庭坚担任签书宁国军节度判官。永州是柳宗元待过的地方,苏东坡在儋州读柳宗元的诗文

流放岁月(1094—1101)

时常见到这个地名。永州离苏辙在的岳州比较近，苏东坡颇为欣慰，想着可以时常通信。他急忙给在惠州的长子苏迈去信，让他和苏迨带家人赶去梧州，在那里与自己会合，一起前去永州。

二十四日，苏东坡才接到朝廷的公文。他没有着急动身，又休息了几天，与官吏、士人饮宴告别。二十九日，苏东坡离开廉州，乘船北上。一路上，所到州县的知州、县令都热情招待，士人、僧道纷纷前来求字，不仅仅因为他是大宋第一名士，还因为许多人都猜测他不久后就能入朝担任要职，毕竟，如今他还未到致仕的年纪，其弟苏辙曾官至副相，也有再度出任宰执的可能。

广州：团聚之地

苏东坡曾三次途经广州。广州是岭南都会，官员、士人、僧道较多，故而苏东坡被贬岭南期间，与广州的各种人物交往也多。

第一次是绍圣元年（1094）苏东坡被贬谪惠州时，九月途经广州，许多官员、僧道都招待他，引导他去寺观等处游览。在广州郊区扶胥镇的江边停留时，苏东坡游览过码头边上的南海神庙、浴日亭等处。扶胥港是一处繁华的商贸口岸，从这里出发的商船与多个国家、海岛有商业往来，商人、水手也格外崇奉南海之神，常常到神庙拜求神明保佑出海平安。浴日亭在南海神庙旁边一座小山顶上，在亭中可以眺望珠江入海口的壮美景观，让苏东坡想到了当年在杭州所见的钱塘江大潮。

在惠州期间，苏东坡与先后两任广州知州章楶和王古、广州推官程全父、广州著名道士何德顺等一直有书信往来，常收到他们赠送的酒、药，也托他们办些杂事。他还在信中给王古提了治理广州的建议，比如用竹筒引城郊的山泉水到广州城中，发生瘟疫时建立病院给民众治病等。

第二次到广州，是绍圣四年（1097）被贬儋州南下时。苏东坡这时已六十二岁，心里有了老死边荒的预期。苏东坡到广州时，与他友好的知州王古因为在谢表中言辞狂妄及结党的罪名被弹劾，降级调往袁州，于是他在广州等候新任知州来交接。苏东坡与王古见了一次，怕影响对方的仕途，还推辞

了半道再见一面的邀约。苏东坡在广州东江码头与苏迈几人告别时，儿孙都痛哭不已，觉得这次就是生离死别。

好在苏东坡在儋州生存了下来，与广州道士何德顺、罗阳官员程天侔等保持联系，常请他们给自己寄药物。

第三次是元符三年（1100），他从儋州北上时带着小儿子苏过进入广州，驻扎广州的转运使兼广州经略使程怀立、提刑使王进叔、提举广东常平官孙蕡等纷纷前来拜会，安排他入住旅舍。

因为路上劳累，苏东坡生了一场小病，在广州停留了一个多月。孙蕡是钱塘县人，以前在太学上学拜会过苏洵，之前苏东坡在惠州也得到过他的照应。孙蕡的两个儿子分别娶了晁补之、黄庭坚的女儿，所以他和苏东坡关系比较亲密。苏东坡服药之后，发汗无法外出，经常约孙蕡来旅舍饮酒、闲谈。

苏迨几个月前听到父亲北上的消息，已经先从宜兴赶到惠州，于是他和哥哥苏迈一家、苏过的妻小都来广州与父亲会合。苏东坡见到别离几年的两个儿子，十分高兴，写诗道："北归为儿子，破戒堪一笑。"此时苏迈、苏迨、苏过已经各有家小，苏过也重新和妻儿团聚，格外高兴。

等到苏东坡的病情稍微好些，程怀立等官员接连几日邀苏东坡到净慧寺等处宴饮。这次北上，苏东坡真的谨慎起来，闭口不谈时政，只说些自己的见闻、掌故而已。许多人都知道他爱好题跋，纷纷拿来自己收藏的书画请他欣赏、题跋。在孙蕡家中做客时，苏东坡喝了团茶，在茶的香味中用诸葛笔写了字，感到十分愉悦。他在海南只能用鸡毛笔写字，已经很久没有用过好笔了。

广州士人、僧道听说大名士苏东坡来了，也纷纷来拜谒。苏东坡对推官谢举廉的诗文印象比较深刻，约他闲谈了几次，录诗相赠。这期间常有僧人、道士来拜会和请求撰文、题字，他抽空给广州玄妙观道士何德顺的众妙堂和宝陀寺、净慧寺等处写了诗文、题匾等。好友吴复古也赶来相聚。

十一月初，苏东坡一大家人乘船沿江北上，吴复古陪同。孙蕡带着儿子坐小船送到城西四十多里处的金利山崇福寺，而道士何德顺、资福禅寺长老祖堂等僧道，以及文士李公弼、林子中等更是一路送到清远峡的广陵寺，众人宴饮后才告别。苏东坡托返回广州的人带去自己给谢举廉推官的信，其中议论文章作法："所示书教及诗赋杂文，观之熟矣。大略如行云流水，初无定质，但常行于所当行，常止于所不可不止，文理自然，姿态横生。"这是苏东坡多年写作的经验之谈，也不知对方能否领悟其中妙处。

流放岁月（1094—1101）

韶州：六祖点化

苏东坡两次路过韶州。

第一次是绍圣元年（1094）苏东坡被贬惠州时。在中原人看来，岭南地区气候炎热、瘴气流行、经济凋敝，是贬谪之人才去的地方，而且易去难回，比如蔡确就病死在了新州。苏东坡当然也心有畏惧，所以他一路上见寺庙、道观就进，见佛祖、神灵就拜，希冀神仙保佑自己平安。九月路过韶州，他特地去郊外的曹溪南华寺礼拜禅宗祖师慧能，见到六祖真身，苏东坡不禁老泪纵横，深感自己过去在官场折腾都是徒劳，早知如此，少年时就应该毅然出家，于是写下《南华寺》，希望从此洗去砚台中的浮言，真正有所体悟：

> 云何见祖师，要识本来面。
> 亭亭塔中人，问我何所见。
> 可怜明上座，万法了一电。
> 饮水既自知，指月无复眩。
> 我本修行人，三世积精炼。
> 中间一念失，受此百年谴。
> 抠衣礼真相，感动泪雨霰。
> 借师锡端泉，洗我绮语砚。

苏东坡结识了南华寺的长老重辩，他是苏东坡熟悉的净因道臻、清隐惟湜一系的僧人，两人交谈一番，从此有了来往。然后，苏东坡坐船沿着北江南行去惠州。之后几年，他与韶州南华寺的重辩一直保持联系，他和弟弟苏辙来往的许多信件都是通过重辩转达。

第二次是元符三年（1100）他从儋州北上时。十二月，苏东坡带着一大家人乘船到了韶州，知州狄咸、通判李公寅、曲江县县令陈公密等都来迎接。李公寅是李公麟的三弟，他们的父亲是苏东坡当年在开封府推官任上结识的赤县知县李虚一，两家可以说是世交。

次日，苏东坡参加官员招待的酒宴。晚上，他梦见苏坚手捧着婴儿来到自己面前，醒来后他猜想莫非很快要和苏坚见面？因为以前南下惠州，他在九江遇见苏坚之前也先做了一个梦。早上，苏东坡果然收到苏坚的信，信中说他和儿子苏庠已经在南华寺等了苏东坡几天。于是，李公寅等陪同苏东坡去州城东南三十里处的南华寺礼拜。从前认识的重辩长老已然故去，苏东坡和继任的南华寺住持明长老唱和，在明长老的斋室写了《谈妙斋铭》。苏东坡在南华寺逗留了几天，礼拜六祖慧能之塔并施舍饭食，撰写了《南华长老题名记》。李公寅听说苏东坡还没有决定去哪里养老，就劝他去自己的老家舒

宋　马远　竹枝寒鸭图（局部）

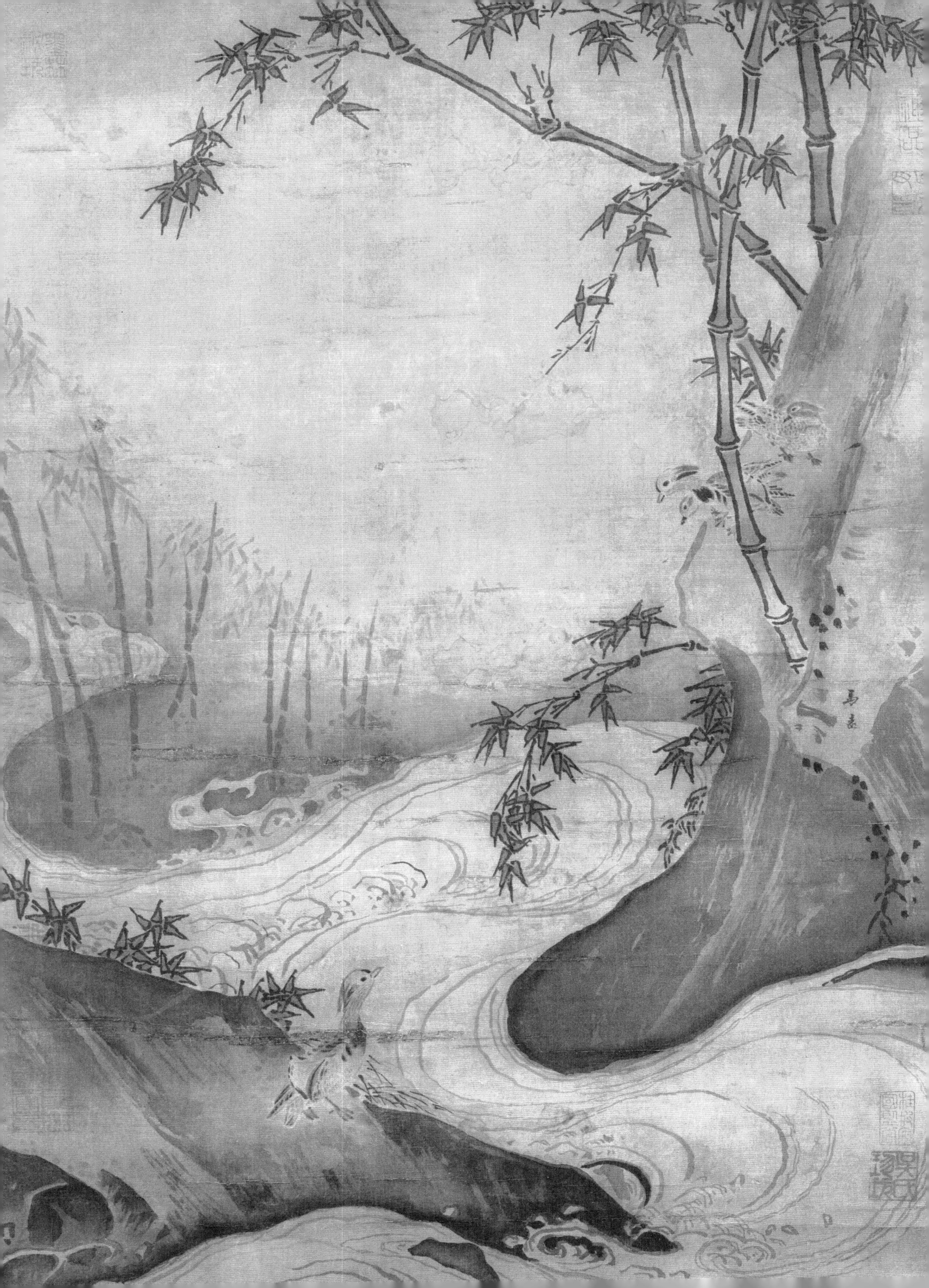

城。苏东坡一度产生去舒城和李公麟当邻居的想法，还托人去打听那里有没有可以购买的田庄。因为儿子苏庠生病，苏坚留在南华寺照料。

苏东坡几人便又回到韶州城中，狄咸、陈密等人频频宴请，不断有官员、士人带着家藏书画来求题跋，或者请求题写斋名、赠诗之类，苏东坡都尽量满足他们。

当地官员、士人、僧道纷纷来拜会、邀约，或许是连日劳累，又频频参加宴会，吃得比较油腻，加上素来睡眠不太规律，苏东坡得了腹泻，他自己称之为"河鱼之疾"。他只好留在这里养病，在这里过了六十五岁的生日。

年底，皇帝宣布下一年开始改元"建中靖国"，他想调和新旧党争、消除偏见，"本中和而立政"。从"建中靖国"这个名称就能看出，当今皇帝要走中庸之道，不愿新旧两党争斗。

宋徽宗建中靖国元年（1101）正月，韶州知州狄咸请苏东坡、苏坚在西北城墙的一座台子上宴饮，席上狄咸提到这个台子还没有名字，苏坚建议可以叫"九成"，苏东坡当场就写了《九成台铭》，落款自称"玉局散吏"，知州命人尽快刻碑立石。两天后，苏东坡一家继续往北行进，就此离开了岭南。

宋　佚名　达摩面壁图

大庾岭：远眺身世

苏东坡曾两次攀爬大庾岭。

第一次是绍圣元年（1094）被贬惠州时，九月初他带着小儿子爬上大庾岭，翻过大庾岭就是岭南地界。苏东坡写了《过大庾岭》一诗，再次对当年参加科考出仕而未修道表示后悔，觉得如今被贬正好可以修道。诗中最后一句直接引用了李白的诗句：

一念失垢污，身心洞清净。
浩然天地间，惟我独也正。
今日岭上行，身世永相忘。
仙人拊我顶，结发受长生。

第二次是他从儋州北上时。建中靖国元年（1101）正月四日，他带着一大家人到达大庾岭梅关脚下的龙泉寺，这是他七年前南下路过并在钟上题诗的地方。他又一次题诗，一语双关地说"下岭独徐行，艰险未敢忘"，既可指自己之前南下的经历，也可以说是对未来的预测，以提醒自己政坛险恶，不能掉以轻心。

五日，他们一家开始登大庾岭，走至半山进入龙光寺歇息。苏东坡觉得目前身体状况不能支撑自己爬到山顶，便请龙光寺僧人给自己砍伐两根大竹，制成肩舆。他听说南华寺的珪首座即将来寺中当长老，便在院中题

明　杜堇　陪月闲行图（局部）

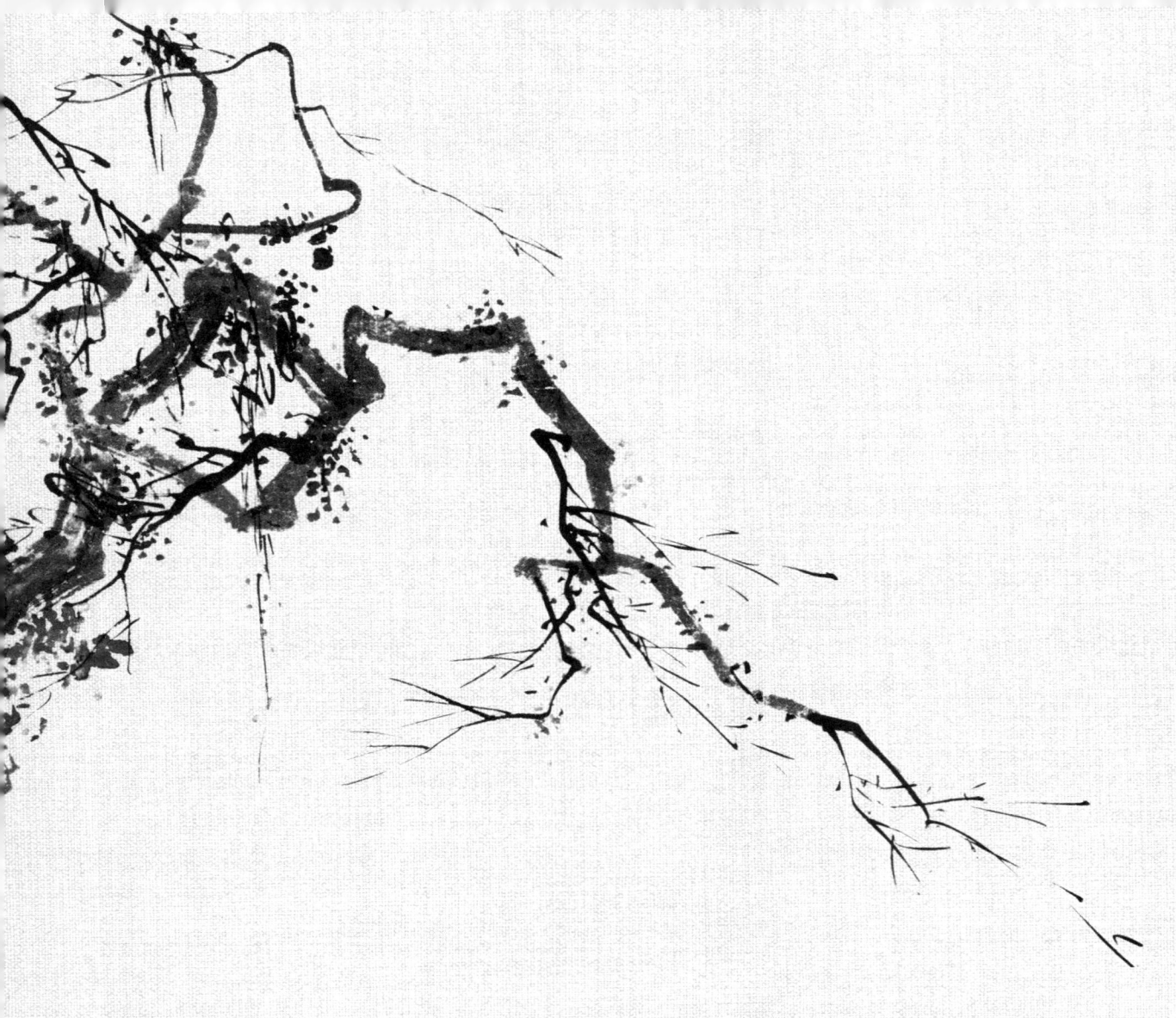

写一偈相赠："斫得龙光竹两竿，持归岭北万人看。竹中一滴曹溪水，涨起西江十八滩。"他希望借助佛法之力，让春水涨起来，以便自己一家顺利通过西江（赣江）上的险滩，顺利北上。

乘坐肩舆让苏东坡轻松了许多。在大庾岭顶上，他看到这里的松树、梅花，感慨万千。自己尊敬的范祖禹、看重的秦观都病逝在岭南，而自己如今也垂垂老矣，能活着过岭，心中虽然欣慰，但是前途叵测，只能写两首诗略表心怀，一首《赠岭上老人》，一首《赠岭上梅》：

鹤骨霜髯心已灰，青松合抱手亲栽。
问翁大庾岭头住，曾见南迁几个回。

梅花开尽百花开，过尽行人君不来。
不趁青梅尝煮酒，要看细雨熟黄梅。

随后苏东坡一家人下山，到了大庾县，逐渐远离了岭南。

虔州：等待之地

苏东坡还没有踏足虔州（今江西赣州）之前，就与这个地方有缘。

熙宁九年（1076）年底，他离任密州知州，来交接的新任知州孔宗翰也擅长诗文，此时苏东坡的诗词已经名满天下，孔宗翰见到苏东坡时提到自己嘉祐四年（1059）任职虔州时，因为州城东北隅的土城墙经常在发洪水时崩塌，于是让人在地基上垒砌大石块，用铁条加固，再用砖石堆叠成坚固的城墙，还在上面修一座城楼，起名"八境台"，因为从这里可眺望周边的八处著名景观。孔宗翰带着描绘虔州这八处名胜的"八境图"请苏东坡题诗，说要寄回虔州刻石立碑。元丰元年（1078），苏东坡写了《虔州八境图八首》寄给他，虔州人刻成石碑立在台上。所以苏东坡是人未到诗已就，碑已立。另外，他也知道虔州的州学中立有王安石于治平元年（1064）撰写的《虔州学记》，里面大段议论"先王之道德，出于性命之理，而性命之理，出于人心"等，论述兴学的必要性、方法和古今之变。苏东坡读过王安石的一些诗文，对他的理念有所研究。

苏东坡第一次踏入虔州已是绍圣元年（1094），他被贬惠州南下，八月中旬到达虔州，停留了十多天。这里的官员、文人对苏东坡格外亲切，因为苏东坡以前写过《虔州八境图八首》，本来在这里立有碑石，后来被人带走了，于是士大夫们请苏东坡再书写一遍。

众人邀请苏东坡游览了石楼、章贡台、白鹊楼、皂盖台、郁孤台、马祖岩、尘外亭和峰山等八景，苏东坡觉得实景比自己当年看的图画、写的诗更美。苏东坡想起自己的父亲苏洵四十七年前也曾经过虔州，还在天竺寺看到白居易亲笔写的《寄韬光禅师》书札。唐代的韬光禅师原是杭州天竺法安院僧人，白居易那时与他有交往，后来韬光禅师带着这件手迹住持修吉寺（天竺寺），把白居易的诗镌于石，手迹则交给弟子世代珍藏。苏东坡特地到天竺寺一游，可惜白居易的手书真迹不知去向，只剩下刻石而已。

一路上，苏东坡逢寺观便拜，八月二十三日，他在虔州城中心的大中祥符宫九天采访使者神像前乞签，说自己如今是"忧患之余，稽首洗心，皈命真寂"，求得的签文是"平生常无患，见善其何乐。执心既坚固，自励勤修学"。这只是民间寺庙常见的签文而已，但心中有些彷徨的苏东坡觉得这是个好兆头，虔诚敬拜以后书写《庄子·养生主》一篇，勉励自己好好修行，发誓"敢有废坠，真圣殛之"。他打算到了惠州就绝欲修行，追求长生，多做功德。

第二次到虔州是从儋州北上时。宋徽宗建中靖国元年（1101）上元节前几日，他们一家人到达虔州。这年冬天非常干旱，西江的河道干涸，无法行船，于是苏东坡一家在这里停留，打算等春水涨了以后再北上。不巧这里正流行瘟疫，奔

波了半年多的苏家人都有些虚弱，有家人不慎染病，幸亏后来痊愈。苏东坡见许多人境况可怜，就带着药囊到城内外开药方、赠药，希望能多救助一些人。

他与虔州知州霍汉英、士人阳孝本等应酬。苏东坡喜欢到寺观游览，景德寺僧人显荣之、崇庆禅院长老惟湜、慈云寺长老明鉴纷纷来邀约，他数次去城东南的慈云寺洗浴。好事的文士、僧道听说苏东坡这位名士喜欢到寺观游览，都提前在寺观内设立长案，铺上好纸，摆放好笔，在每张纸末尾写上自己的姓名。苏东坡也不排斥，见到书案上有笔墨纸张就过去一张张写，写好后交给在旁边等候的人。如果傍晚时还没有写完，他就会笑着提醒大家说，谁要题写斋名或者写佛偈，自己现在就可以写给他，以防等会儿天黑了看不见。他这是把写字当作做功德，与人方便而已。

在这里，苏东坡碰见了之前被贬到岭南，如今也遇赦北返的官员刘安世。刘安世是司马光的弟子，当年在朝中为官时性格严谨，坐立讲究姿势端正，写字拒绝写草书，与喜欢说笑话、举止洒脱的苏东坡个性完全不同，所以两人当年同朝为官时并不亲近，政治观点、人脉关系也不同。但他们都是旧党，经历了多年的贬谪生活，相见时感到格外亲切。

此时苏东坡鬓角处的头发都掉光了，闲谈中说一会儿话便想眯眼睡觉，精力已经不济，而刘安世身体强健、精神矍铄，苏东坡称赞他是"铁石人"。刘安世则说苏东坡已经没有往日的"浮华豪习"，不是昔日的苏子瞻了。

等了两个多月，终于有了雨水，西江水位上升。三月下旬，苏东坡和刘安世两家结伴北上。第一天夜晚，江水大涨，淹没了途中的暗礁，他们的船只顺水行舟，速度很快，第二天傍晚就到了庐陵。苏东坡见到来迎接的谢举廉，兴奋地说，这不正是自己之前写的"竹中一滴曹溪水，涨起西江十八滩"所预示的吗？他觉得连上天都在帮助自己，心情大好。

金陵：还愿之地

苏东坡四次经过金陵。

第一次是治平三年（1066），苏东坡、苏辙兄弟护送父亲的灵柩回眉山时，走的是逆长江而上的水路，秋天途经江宁府。因为守丧，苏东坡、苏辙兄弟一路上没有游玩，没有作诗。

第二次是元丰七年（1084），苏东坡从黄州北上汝州，七月途经金陵，他带着家人乘船停靠在府城北侧白鹭亭下的秦淮河边，从这里可以看到著名的白鹭洲。此时江南天气湿热，他们一路行船也有些劳累，王夫人生了场病，苏东坡的痔疮也犯了，难以排便，只能靠吃泻药。为了诊治、养病，他们在这里停留了一个多月。

身体稍微好些，苏东坡才出去会见朋友。此时，金陵城中最著名的士人是王安石，他在熙宁九年（1076）年末托病辞去宰相之职后，在家赋闲，不再关心政事，以游览、作诗、谈佛、著作为乐。苏东坡与王安石相见过几次，谈诗论文，解开了一些心结。

让苏东坡感到伤心的是，襁褓中的小儿子苏遯也得了病，七月二十八日不幸病逝。八月十四日，苏东坡一家渡江北上，离开了金陵。

第三次是绍圣元年（1094），苏东坡被贬岭南，南下途中经过金陵，去崇因寺拜佛，在一尊新塑的观世音菩萨像前发愿，如果自己能安然北归，必将再过此地，为大士作颂。王闰之死后，三个儿子用母亲遗留的金银首饰请人绘制了阿弥陀佛像，六月九日，儿子们把佛像施舍给金陵城外一里处的清凉寺，请僧人供奉。苏东坡与长子苏迈一家告别，自己带着一大家人继续南下，而长子一家则去宜兴居住。

第四次是他从儋州北上时。建中靖国元年（1101）四月底，苏东坡到达金陵。五月一日，他特地到崇因寺中拜祭观音还愿。

一天，旧识法芝和尚来访，他们早在熙宁五年（1072）就在杭州相识。法芝是个爱好收藏诗文的僧人，绍圣二年（1095）八月曾特地到惠州拜访苏东坡，相聚了十天；绍圣四年（1097）正月，他又到惠州探望苏东坡，还去筠州拜会过苏辙。法芝居无定所，常年在各地奔波，苏东坡将其临时住所命名为"梦斋"，写过一篇序，苏辙也写过一篇铭文。两人都对能在金陵再见感慨不已，法芝谈到苏东坡以前赠给自己的旧作，于是苏东坡写了一首《次韵法芝举旧诗》：

> 春来何处不归鸿，非复羸牛踏旧踪。
> 但愿老师真似月，谁家瓮里不相逢。

苏东坡这只飘零多年的"飞鸿"，也乘着新皇帝登基的春风来到金陵。经历了惠州、儋州的贬谪之旅，苏东坡感慨自己不再是官场中围着磨盘转动的瘦牛，见过了许多奇异的风景，认识了许多新的朋友，与以前不一样了。如今他和法芝年纪都大了，恐怕以后难有再见面的机会，所以他希望法芝的形象就像月亮一样，在酒瓮、水瓮中都可以映出影像，见到影像，就等于是故人相见。

苏东坡在这首诗里以月亮比喻法芝，以牛比喻自己是有缘由的。元祐七年（1092），苏东坡在扬州见到法芝，听说他要去庐山游览，苏东坡在赠别诗《送芝上人游庐山》中形容自己"团团如磨牛"，如同拉着磨盘一圈圈转动的牛一样在各地当官，生活重复，没有什么变化。他羡慕法芝可以像鱼、鸟一样遨游世间，还称赞其"老芝如云月，炯炯时一出"，形容法芝的才华像隐藏在云朵后面的月亮。绍圣二年（1095）、绍圣四年（1097），法芝两次去惠州探望苏东坡，后一次临别时，苏东坡因为生病，没有心情作诗，便让儿子苏过作赠别诗，苏东坡手书后赠给法芝，其中有"从此期师真似月，断云时复挂星河"两句。苏东坡这次引用儿子的诗，除了表达留恋和相思，隐隐也有预祝法芝光大佛法、让人人都得以体悟之意，月亮既是喻人，似乎也是喻"禅悦"。

金陵对苏东坡来说，是沿途的风景，是向观音还愿的地方，这里的月光、长江也会让他想到"夜泊牛渚"之类的典故。这时苏东坡仍没有决定去哪里养老。他家在常州下属的宜兴有田庄，考虑到自己年纪大了，他觉得住在郡城更方便些，今后可以在常州州城和宜兴的乡镇田庄两边来往。但弟弟苏辙一直热盼兄长来与自己相伴，多次来信让他北上颍昌。苏东坡举棋不定，觉得不能违背弟弟的好意，便让苏迈、苏迨去宜兴帮留在那里的家人处理一些杂事，自己和苏过到真州处理那里的一处门面房。五月底，苏东坡离开金陵，前往真州。

流放岁月（1094—1101）

清　杨大章　仿宋院本金陵图（局部）

真州：转运枢纽

真州是苏东坡命运的转折之地，建中靖国元年（1101）他北上到真州，在湿热的船上得了腹泻，就此不治。

真州设有江淮荆湖两浙发运司，负责督办东南六路的漕粮运输汴京之事，是权力很大的机构，发运使的级别比知州要高，除了组织漕运，还兼制茶、专营盐业、铸造钱币等事，还有举荐、监督官员之责。发运司有一座皇祐三年（1051）修建的"真州东园"，占地百亩，园内有流水、清池、高台、画舫、射圃、拂云亭、澄虚阁、清宴堂等景致，欧阳修为之撰写过《真州东园记》，蔡襄曾为东园题额。

苏东坡至少六次经过真州：

第一次是治平三年（1066），苏东坡走水路护送父亲的灵柩回眉山，七月经过真州，没有游览，也没有留下诗文记述。

第二次是元丰七年（1084）八月下旬到九月上旬。八月上旬，苏东坡到金陵与王安石等人会面之后，八月十四日乘船向东，第一站是六合县长芦镇，这里江边有一座佛寺长芦寺。之后，他应真州知州袁陟之邀第一次进入真州城，小住州学二十多天，"官湖为我池，学舍为我居"。住在真州期间，他经常乘船去润州管辖的金山会见滕元发、佛印等友人，打听在蒜山、宜兴何处可以买田，想要"携家入山"。

第三次、第四次发生在元丰八年（1085），他从南都南下去常州，五月在真州暂住。当时运河因水旱灾害无法通行，等待了一段日子，在瓜步会见来迎接的佛印，之后前去金山游览。在此期间他经常在

真州、润州之间往来，在润州龙游寺（即金山寺）、真州永和庵书写佛经《楞伽阿跋多罗宝经》，这是应张方平之托做的功德，之后拜托佛印派人去钱塘找人雕版刻印。等运河航运恢复之后，苏东坡一家才得以去宜兴。夏秋从常州去登州上任，他曾在真州城中暂住数日，游览城东的范氏园林，作《溪阴堂》。

第五次是绍圣元年（1094）苏东坡从定州被贬岭南，六月路过真州，在真州之北遇见吴复古，在真州六合县长芦镇江边的长芦寺探望生病的思聪，因为风大又留了一日才告辞。

第六次是建中靖国元年（1101）苏东坡北上，五月中旬经长芦寺到真州城，停船在东海亭。最初他打算待十来天，把真州的房舍卖掉，又派苏迈去宜兴筹钱，北上与弟弟苏辙在颍昌当邻居。至金山与程之元、钱世雄会面，听闻朝中情形，决定还是到常州居住。五月下旬他从金山返回真州，打算再待十多天就渡江去常州，感慨自己走了一年多，"逾年行役，且此休息"。苏东坡致信约在发运司任职管勾文字的米芾见面，六月初与米芾在东园见面。一天他刚刚睡起，米芾冒着酷暑赶到东园送来养生饮料麦门冬，苏东坡很是感动，为此赋诗《睡起闻米元章冒热到东园送麦门冬饮子》。之后，有一天他在船上生了病，半夜拉肚子，"食则胀，不食则羸甚。昨夜通旦不交睫，端坐饲蚊子尔"。为了养病，他让船工从东海亭行船到江口的通济亭，这里有"活水快风"，稍微凉快些。可惜他的病迟迟未见好转，到六月十一日，他感到自己时日无多，辞别米芾去润州、常州，一个多月后就病逝了。

流放岁月（1094—1101）

清　徐扬　姑苏繁华图（局部）

润州：金山望月

苏东坡途经最多的城市，可能是长江与江南运河交汇处的润州。他经过江南运河去杭州、湖州任职或去常州买地，都要经过此地，大概去过润州十五次。

第一次是熙宁四年（1071），他被王安石等人排挤，出任杭州通判，南下时十一月途经润州，特地抽时间游览著名的"三山"——金山、焦山、北固山。他让家人在旅舍休息，自己雇了一条船，独自到长江中的小岛上游览，僧人宝觉、圆通挽留他一起观赏夕阳和晚霞，然后他乘夜坐船回去，看到江心似乎出现像火炬一样闪亮的光芒，写下了一首《游金山寺》：

> 我家江水初发源，宦游直送江入海。
> 闻道潮头一丈高，天寒尚有沙痕在。
> 中泠南畔石盘陀，古来出没随涛波。
> 试登绝顶望乡国，江南江北青山多。
> 羁愁畏晚寻归楫，山僧苦留看落日。
> 微风万顷靴文细，断霞半空鱼尾赤。
> 是时江月初生魄，二更月落天深黑。
> 江心似有炬火明，飞焰照山栖鸟惊。
> 怅然归卧心莫识，非鬼非人竟何物。
> 江山如此不归山，江神见怪惊我顽。
> 我谢江神岂得已，有田不归如江水。

滔滔长江，让他想起上游的家乡眉山，感慨"我家江水初发源，宦游直送江入海"。后来他还乘船到焦山游览，意外地见到了蜀地来的僧人纶长老，之后又与之同游北固山，登上甘露寺感慨三国旧事，参观梁武帝的"古铁镬"、张僧繇的"六化人"、陆探微的"破板陆生画"，以及李德裕栽种的古柏等遗迹，在《甘露寺》一诗中感叹"废兴属造物，迁逝谁控抟。况彼妄庸子，而欲事所难"，隐隐还是指责王安石等"妄庸子"的变革乃是多此一举，企图太大，成果难料。

第二次、第三次途经润州都发生在熙宁七年（1074）。熙宁六年（1073）十一月，他在杭州接到转运司的公文后，沿着运河北上去常州、润州赈济饥民，正好在杭州住了半年的亲戚柳瑾家在润州，想回家去，两人便冒着大雪一起乘船北上。他次年正月到润州，四月才离开润州，在润州的驿馆停留了三个多月，与当地士人刁约、俞康直，金山的圆通长老、宝觉长老，焦山的纶长老颇有来往。润州士人柳瑾与王安石同为庆历二年进士，有同年关系，但他仕途坎坷，一直在地方当小官。他的一个儿子柳子玉娶了苏东坡二伯苏涣的女儿为妻，两家是姻亲，故而之前他赋闲在家，曾到杭州与苏东坡交际，"相从半岁，日饮醇酎。朝游南屏，暮宿灵鹫"。苏东坡到润州后，柳瑾多次邀约他游览鹤林寺、招隐寺、金山等处。二月，柳瑾任提举舒州灵仙观这一闲官，苏东坡赋《送柳子玉赴灵仙》《昭君怨·金山送柳子玉》赠别，可见两人的关系亲近。

同年秋冬，苏东坡北上去密州任职，十月与同样离任的上司杨绘途经润州，得到知州的接待，与孙巨源、王存、胡宗愈等人多次聚会，先后在酒宴上作了《菩萨蛮·润州和元素》《醉落魄·席上呈元素》《采桑子·润州多景楼与孙巨源相遇》等诗词。

第四次、第五次到润州都在元丰二年（1079）。春夏之交他从汴京东郊南下出任湖州知州，到高邮时与秦观、道潜结伴南下，四月时一起到金山拜访宝觉长老，因为大风在金山逗留了两日，还去祭拜了已故的刁约。到秋天，"乌台诗案"事发，八月时御史押送他匆匆经过润州，这时候当然不再有官员、士人、僧道敢来拜会他了。

第六次、第七次、第八次到润州都发生在元丰七年（1084）。他受到恩赦从黄州北上汝州，八月到真州后，曾在金山与滕元发会面，还托佛印在润州打探买田一事。润州知州许遵为苏东坡举办接风宴，官妓郑容、高莹早就听说过苏东坡在杭州帮助官妓脱籍从良的风雅故事，便在佐酒时向知州乞求从良，明显是想让苏东坡帮她们说话。许遵让她们把请求脱籍的状子拿给苏东坡看，苏东坡收下扫了一眼，却没有再提这茬儿。二女心急如焚，宴席结束后赶到苏东坡的船上，再次恳请他帮忙。这时，苏东坡拿出自己刚写的一首《减字木兰花·赠润守许仲涂》，其中嵌入了"郑容落籍，高莹从良"八个字，交给她们说："你们拿我这首诗去见太守，太守一见，便知其意。"果然，许遵览词莞尔一笑，便遂了两人落籍从良的愿望。苏东坡也感谢许遵给自己面子，另外写了一首《南歌子·别润守许仲涂》相赠。九月他从真州去常州宜兴县买地，十月从常州北上，想必要两次经过润州，只是路途匆匆，没有留下诗文记述。

第九次、第十次、第十一次到润州都发生在元丰八年（1085）。这年宋神宗驾崩，苏东坡从南都回常州，五月上旬路过润州时，金山寺僧人佛印来迎接。五月二十二日，他到常州上谢表，随后就居住在宜兴。之后他曾应佛印之邀到润州参加法会，在《与佛印十二首》中提及此事："承有金山之召，应便领徒东来，丛林法席，得公临之，与长芦对峙，名压淮右，岂不盛哉！渴闻至论，当复咨叩。"估计他在金山住了多日，七月二十五日还在金山遇见故交杜介，作诗《赠杜介》。之后他回到宜兴，几日后就接到出任登州知州的任命书。北上途中到金山时恰好是中秋节，当晚月色如昼，江流倾涌，他与客人一起登上金山山顶的妙高台，请一位歌者演唱《水调歌头》，唱完"明月几时有？把酒

流放岁月（1094—1101）

问青天",微醺的苏东坡起来边舞蹈边回头说:"此便是神仙矣,吾辈文章人物,诚千载一时,后世安所得乎?"

第十二次到润州,是元祐四年(1089),苏东坡自京赴任杭州知州。六月中旬到润州时与金山寺住持佛印、润州知州林希、润州州学教授米芾多有往来,苏东坡还把自己官服上的玉带施舍给金山寺,佛印则回赠他一套僧袍,苏东坡写了《以玉带施元长老,元以衲裙相报,次韵二首》,表达自己对官场"箭锋"的畏惧。

第十三次到润州,是元祐六年(1091),他从杭州回朝,四月初到润州,与离任润州知州、将去杭州接替自己任知州的林希,闲居润州的沈括,道士骞拱臣等人往来。被贬谪多年的沈括于元祐四年(1089)九月得以移居润州梦溪园闲居,见面时他给苏东坡赠送了几块从鄜延带来的石墨,苏东坡作有《书沈存中石墨》。在金山,苏东坡与故交佛印见面后,应邀在寺庙墙壁上绘制了枯木怪石。

第十四次、第十五次到润州,都是在建中靖国元年(1101)。他从儋州北上时,一路都在犹豫到底是北上颍昌与弟弟苏辙为邻,还是去常州宜兴养老,故而五月行船到真州水驿通济亭逗留了一阵。其间他曾乘船到润州的金山与担任两浙转运使的表弟程之元、故交钱世雄相会。他们陪同苏东坡去妙高台、金山寺等处游览,苏东坡不由得想起当年与柳瑾、宝觉一起在这里游览的旧事。故交一个个去世,自己也年华老去,他在方丈室看到七八年前成都中和胜相院僧表祥画的自己的肖像,十分感慨,于是在上面写了《自题金山画像》:

心似已灰之木,身如不系之舟。
问汝平生功业,黄州惠州儋州。

苏东坡用《庄子》中"槁木死灰""不系之舟"的典故形容自己已经不在乎外表、智谋、官位等等羁绊,心中没有情感的波动,顺应命运自然飘荡。如果说自己在世间留下了什么痕迹,就是去了黄州、惠州、儋州这三个地方而已。

流放岁月（1094—1101）

之后苏东坡时常乘船过江去金山与程之元见面，听闻朝中曾布、赵挺之等人力主"绍述"之说，让皇帝继续父亲宋神宗的政策，挑动谏官攻击元祐诸臣，以前弹劾过苏东坡的董敦逸也回朝担任谏官。苏东坡觉得如果自己也去颍昌，兄弟两人在一起太引人注目，而且太靠近汴京，会被朝廷中的敌人忌讳，招致麻烦。况且自己和三个儿子等近三十口人也会给弟弟带来更大的经济压力，于是他决定带着一大家子人去常州，暂时借住在常州城内孙家的宅邸，靠宜兴的田庄生活。苏东坡这时秉持的是"省力避害"的心态，"省力"就是节省花费，不必单独另买墓地，更不用奔波回眉山老家安葬；"避害"就是宁愿留在常州，不去和弟弟团聚，免得招致政敌攻击、迫害。

不料，之后他就患了痢疾，打算回常州，六月经过润州时，家人在金山的寺庙为苏东坡祈愿攘除病厄。他带着外甥柳闳和苏迈、苏迨，抱病亲自在水岸哭祭已故的亲戚柳仲远夫妇，写了《祭柳仲远文》。他听说宗叔苏颂于五月二十日在润州家中病逝，自己无法起身，便让儿子苏过到苏颂家中吊丧，代自己写祭文《荐苏子容功德疏》。

这时盛传朝廷要任用苏东坡，章惇此时已被贬谪为雷州司户参军，其子章援在润州，不敢面见恩师，担心苏东坡要报复自己的父亲，遂写信给苏东坡。六月十四日，苏东坡回信说自己毫无报复之心。

随后苏东坡就乘船去常州养病，后于七月二十八日故去。

宋　马远（传）　对月图

常州：弥留之际

苏东坡嘉祐二年（1057）考中进士，其同年进士包括常州宜兴县人蒋之奇、单锡，晋陵县人丁骘等。琼林宴上，苏东坡与蒋之奇的座位相邻，闲聊时曾有"卜居阳羡"之约。后来熙宁年间，他又跟单锡结为姻亲，在宜兴置办田产，故而常州可谓苏东坡的第二故乡。

苏东坡到常州的次数多达十四次：

第一次到常州是熙宁四年（1071），苏东坡出任杭州通判，十一月南下时途经常州。

第二次到常州是熙宁六年（1073）年底，任杭州通判的苏东坡受命赴常州、润州赈灾。他乘船沿着运河北上，到常州当时所辖的无锡县，抽空去惠山一游，留诗"独携天上小团月，来试人间第二泉"。除夕夜，他将船停在常州城东通吴门外，涌起思乡之情，还听到有人为死去的亲人哭泣的悲戚声音，就此写下《除夜野宿常州城外二首》，其一云：

> 行歌野哭两堪悲，远火低星渐向微。
> 病眼不眠非守岁，乡音无伴苦思归。
> 重衾脚冷知霜重，新沐头轻感发稀。
> 多谢残灯不嫌客，孤舟一夜许相依。

第三次、第四次到常州都发生在熙宁七年（1074）。年初他在常州、润州赈灾，足迹遍及常州下设的晋陵、武进、江阴、无锡、宜兴五县。三月，苏东坡在常州、宜兴停留了一个多月，与钱世雄、单锡等人频繁往来，还在宜兴购置了田产。夏天完成赈灾事宜，他途经常州回杭州。到了秋末冬初，苏东坡调任密州知州，又途经常州北上。

第五次、第六次到常州都发生在元丰二年（1079）。春夏之交他从汴京东郊南下出任湖州知州，到高邮时与秦观、道潜结伴南下，路经常州。到秋天，"乌台诗案"事发，八月时御史押送他匆匆经过常州。

第七次、第八次到常州都发生在元丰七年（1084）。他受到恩赦从黄州北上汝州，在长江边的真州逗留了一阵。九月他从真州去常州宜兴买地，必然要路过常州。十月又从宜兴北上扬州，想必也会经过常州，但也是路途匆匆，没有留下诗文记述。

第九次、第十次到常州都发生在元丰八年（1085）。这年二月，苏东坡行至南都时接获朝廷文书，允许他到常州居住。之后宋神宗驾崩，苏东坡缓缓南下，观望朝中形势，回到常州已是五月下旬，五月二十二日到常州上谢表，随后就居住在宜兴。之后他曾应佛印之邀到润州金山寺参加法会，约到七月底才又回到常州，然后接到出任登州知州的任命书，随即北上。

第十一次到常州是元祐四年（1089），苏东坡自京赴任杭州知州，路经常州。

第十二次到常州是元祐六年（1091），他从杭州回朝，三月底经过常州，游览太平寺的净土院、法华院，醉酒之后还在法华院荼卜亭上题诗一首。回朝后他呈上单锡的胞弟单锷所著的《吴中水利书》，可惜未被重视。

第十三次到常州是元祐七年（1092），八月末他在扬州知州任上接到调任礼部尚书的公文，特地南下到常州宜兴一趟，安排已在那里定居的家人对房舍、园林做些修整。此时他感觉身体衰老，加之厌倦朝中纷争，已有退隐养老之念，打算到汴京后看看形势，及时请求致仕。

第十四次到常州是建中靖国元年（1101）六月中旬，患病的苏东坡乘船到常州养病，从运河乘船到奔牛埭时，钱世雄前来迎接。他乘坐的船只进入常州城的水道时，两岸成千上万的百姓来瞻仰苏翰林的风采。苏东坡头戴小冠，披着比较凉快的半臂（类似今人的半袖背心）坐在船头，见到有这么多人围观，他想到《世说新语》中"看杀卫玠"的典故，回头对同船的朋友开玩笑说："这是要看死苏某吗？"

苏东坡一行人住在顾塘桥边孙家的房舍里。一天苏东坡觉得精力尚可，便最后一次给皇帝上表，说自己"今已至常州，百病横生，四肢肿满，渴消唾血，全不能食者二十余日矣，自料必死"，请求"特许臣守本官致仕"。苏东坡听说有认识的官员生病以后请求致仕，之后就痊愈了，心中也希冀自己上书请求致仕后病能好些。他还撰写了一份《遗表》，叙述自己的经历和对朝政的建议，只有极少数亲友和道潜看过草稿，但他考虑之后，觉得里面的话可能会给亲友招来麻烦，于是嘱咐儿子烧毁文稿，自己死后也不要递交朝廷，还特地写信嘱托道潜不要外传和刻石。

七月十二日，苏东坡的精神稍微好转，能够提笔写字，于是给米芾写了一封信，还手书了以前在惠州所作《江月五首》赠给钱世雄，次日又手书了《跋桂酒颂》赠给钱世雄，报答他的照顾。苏东坡听说故人朱行中在广州知州任上贪图钱财，引人非议，就以梦中作诗的名义，写了一首《梦中所作寄朱行中》寄给他，劝说故人不要贪图财宝。

十四日，苏东坡的病情突然加重，晚上一直发热，牙齿之间溢出许多血丝，到第二天早上才稍微好点儿。他感到全身疲惫，认为这是"热毒"导致的病症，所以让人用人参、茯苓、麦门冬熬煮具有清凉作用的浓汁服用，停用了其他药物。他想如果这方子还治不好自己，便不必再费事，这是上天的意志，不是人能改变的。

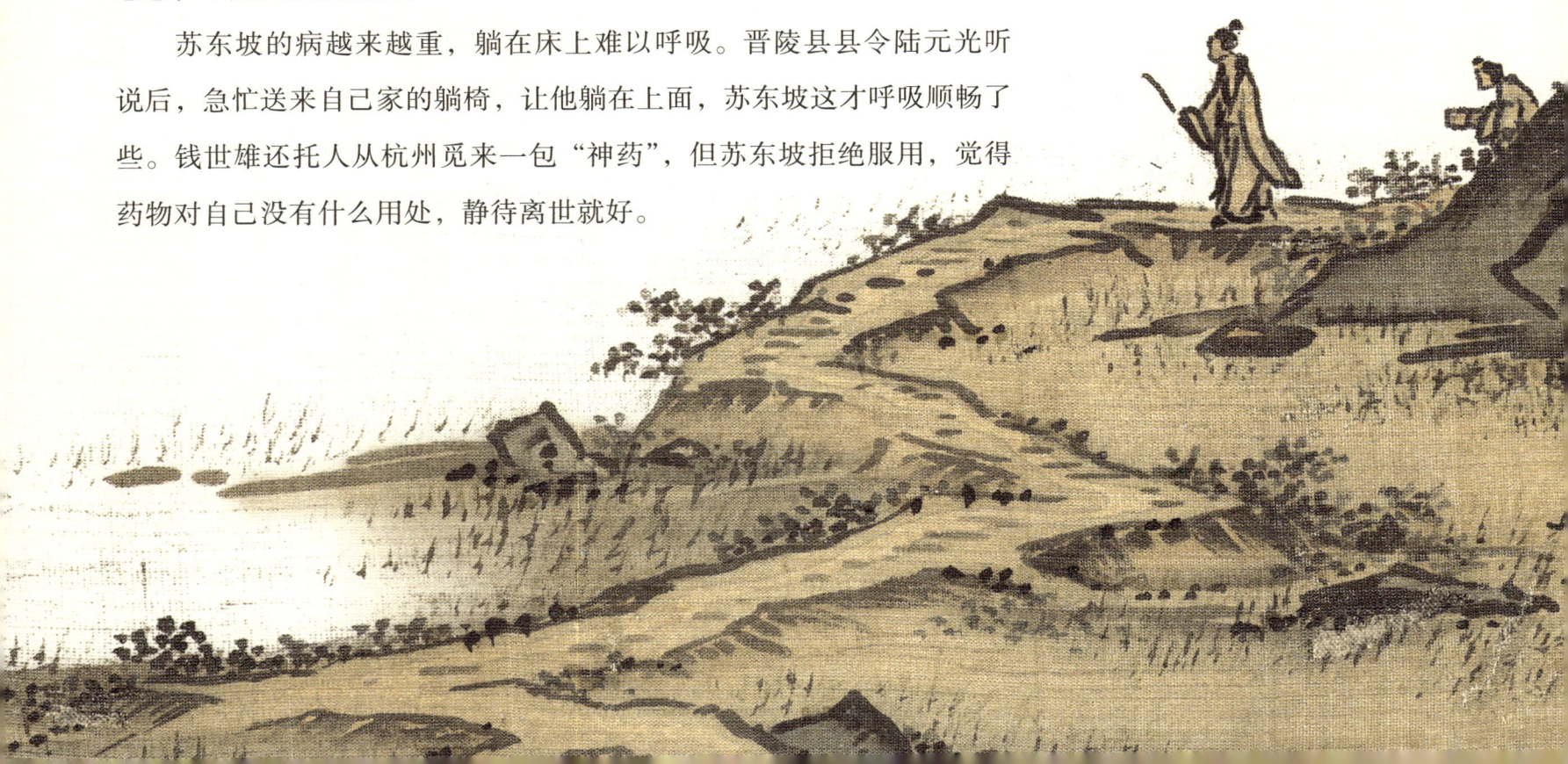

苏东坡的病越来越重，躺在床上难以呼吸。晋陵县县令陆元光听说后，急忙送来自己家的躺椅，让他躺在上面，苏东坡这才呼吸顺畅了些。钱世雄还托人从杭州觅来一包"神药"，但苏东坡拒绝服用，觉得药物对自己没有什么用处，静待离世就好。

流放岁月（1094—1101）

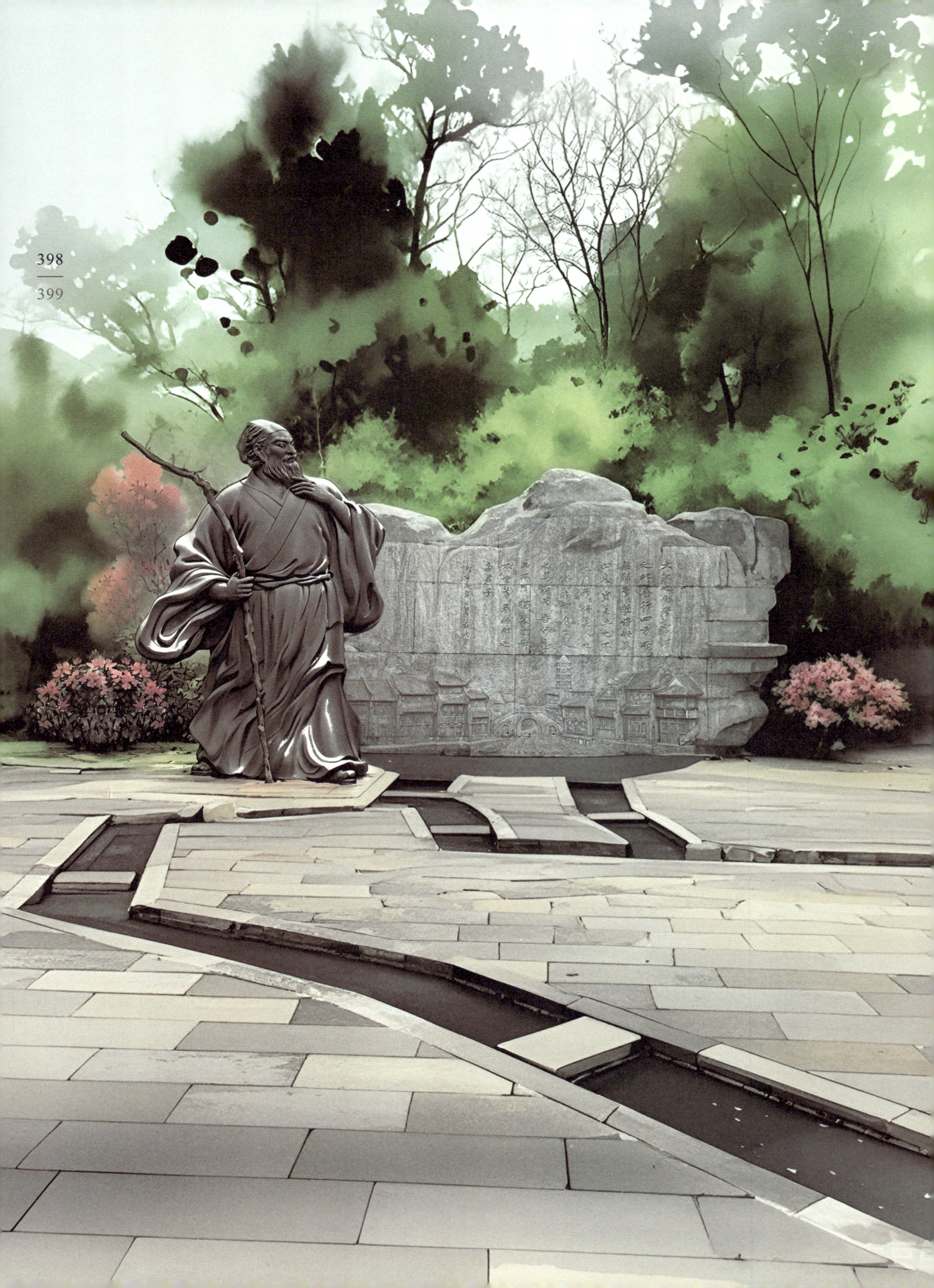

十八日，苏东坡感觉自己不行了，让三个儿子在旁侍候，交代完后事，他安慰儿子说："我一生没有恶行，死后必定不会堕入地狱，你们千万不要哭泣，这会造成因果，让我无法安然离去。"

二十一日，他觉得精神稍好一些，让在身边服侍的儿子搀扶着自己起床走了几步，略微活动了下。二十三日，他从昏昏沉沉中醒来，见到维琳老和尚的名帖，得知他冒着暑热特地从武康县铜官山赶来探望，大为感动，急忙写信邀他晚上凉快时来访。

二十五日晚上，苏东坡又觉得自己快不行了，写信向维琳告别，感叹自己远赴万里之外的海岛没有病死，却在北归之后遭遇疾病，这是命运的安排，也没有什么值得担忧、害怕的。次日维琳来探视，苏东坡挣扎着写了最后一首诗偈《答径山琳长老》，以深受禅宗思想影响的言辞陈述对死亡的思考：

> 与君皆丙子，各已三万日。
> 一日一千偈，电往那容诘。
> 大患缘有身，无身则无疾。
> 平生笑罗什，神咒真浪出。

维琳和苏东坡都是丙子年出生，所以才有开头的诗句。苏东坡不愿意回想一生的是非对错，只是感慨人因为有身体，才会有病累，如今自己对身体的存在没有什么执念，便没有可担忧的了。他告诉众人不必为自己祈祷、做法事，特意在诗后写明"神咒"的出处：南北朝时的高僧鸠摩罗什病危时说出三道"神咒"，叫徒弟诵读禳解，希望能延长寿命，结果弟子还没有念完，他就逝世了，苏东坡觉得那样做十分可笑。次日，苏东坡的病症加重，上身燥热，下身寒冷，时而呼吸困难。

二十八日，苏东坡到了最后的时刻，无法再听到别人说话，三个儿子、僧人维琳、钱世雄在一旁守护。儿子按照"属纩"的习俗，把一小团新棉放在父亲鼻子下，以便观察他的呼吸状况。维琳希望苏东坡的灵魂能向西方净土世界而去，在他耳边大声喊道："端明勿忘西方！"苏东坡似乎听到了，回道："西方不是没有，但这事不必勉强。"边上的钱世雄凑近他耳边大声喊："至此更须着力！"苏东坡回答："着力就错了。"苏迈到苏东坡跟前问他还有什么要嘱托的，他安然没有说话，平静地闭上了眼睛，享年六十六岁。

常州的民众听说苏东坡病逝，纷纷前来吊唁，许多人都流泪感叹。几天后，消息传到杭州，也有许多人到寺观追念。十几天后，消息传到汴京，侯秦、杨选等两百多太学生、武学生到佛寺施舍，举办法事为苏东坡超度，纪念这位当世最著名的文士。苏东坡的弟子张耒得知消息，在荐福禅寺举办法事为苏东坡追福；黄庭坚则供奉苏东坡的画像，每天上香长揖敬礼；李廌也撰写祭文称颂东坡："道大不容，才高为累。皇天后土，鉴平生忠义之心；名山大川，还千古英灵之气。识与不识，谁不尽伤；闻所未闻，吾将安放？"南宋时，常州的官员、士人在苏东坡到常州停船之处修建了一座舣舟亭纪念他，现在的常州东坡公园内可以看到这座亭。

佛印：金山重聚

元丰四年（1081），苏东坡在黄州时，庐山归宗寺的住持佛印屡次来信，请托苏东坡为建昌县云居山的真如寺撰写记文。苏东坡回信说天气太热，无心写作，等过些日子再写。

佛印是饶州浮梁人，少年出家，勤奋研讨，兼通儒佛，能诗善文，皇帝曾经赐给他高丽磨衲金钵。他认识与苏洵有交往的禅师圆通居讷、怀琏，大概也是因为这层关系，与苏东坡有了书信来往。

元丰五年（1082），苏东坡常到赤壁之上的聚宝山附近游览。那里的小孩儿游泳时常能摸出一些温莹如玉的小石头，有红、黄、白各种颜色，苏东坡喜欢这种石头的色泽和手感，想放在家中收藏、欣赏，于是让小孩儿从水底多摸一些，用饼饵与其交换。渐渐地，他积攒了近三百枚，大者有两寸左右，小者如枣子那么大，其中一枚形如虎豹的头，隐约能看出口、鼻、眼。苏东坡用一个古铜盆摆放这些石头，注水以后石头颜色鲜艳可爱，恰好佛印禅师派人来问候，他便把这一铜盆石头都托来者带去供奉佛祖，并写有《怪石供》一文。不久之后，佛印去润州担任金山寺住持，两人仍然时时书信往来。

元丰七年（1084），苏东坡从黄州北上到润州，在金山寺拜会佛印时，佛印劝他在京口买地；他还打听过润州县城西北三里处的蒜山的田地，但都没有付诸行动。此后苏东坡每次经过金山，都与佛印往来。

流放岁月（1094—1101）

元祐六年（1091），苏东坡应召回京，在金山再次会见佛印，在寺庙墙壁上绘制了枯木怪石。文人徐积代笔创作了《代玉师谢苏子瞻》一诗：

海上山翁归，童子言有客。身披一鹤氅，足曳双凫舄。
控却大鹏头，踏着巨鳌脊。面带玉山气，手画龙泥壁。
诸仙争进砚，一笑已投笔。其夕刮两眼，烧却犀一尺。

此诗虽然写得比较俗气，一味夸赞苏东坡绘画速度快、水平高，但透露出一个重要信息：苏东坡在休闲时喜欢穿道士服装"鹤氅"。这说明他一直热衷于于养气之类的道士修行方法，甚至连日常服饰也向道士看齐。

后来苏东坡被贬谪到惠州，两人也有书信往来。元符元年（1098），佛印圆寂，享年六十七岁。

宜兴：养老之所

苏东坡与宜兴有缘。

嘉祐二年（1057），苏东坡考中进士后，在汴京的御苑琼林苑参加赐宴。在琼林宴上，苏东坡和蒋之奇邻座，闲谈中蒋之奇夸赞家乡宜兴的风土人情，苏东坡一时兴起，与蒋之奇约定以后要去宜兴，和蒋家做邻居。

熙宁六年（1073），苏东坡把外甥女嫁给单锡为续弦，后者就住在宜兴。同年年底，浙东路发生大灾荒，苏东坡奉命到常州、润州赈济饥民，到访过单锡家，初次踏足宜兴。

熙宁七年（1074），苏东坡因为赈灾，在常州、宜兴等处停留了一个多月。在单锡的陪同下，苏东坡游览了张公洞、玉女潭、丁山等风景名胜。丁山附近的一座山酷似家乡的山景，苏东坡不由得发出"此山似蜀"的感叹，将其命名为"蜀山"，萌发了在这里定居的念头。他四处寻访田地，最终在黄墅村买下两百余亩田地，这里距离单锡的家比较近，方便彼此照应。他在寄给陈襄的《常润道中有怀钱塘寄述古五首·其五》中透露了自己买地的举动，邀友人一起来置业：

惠泉山下土如濡，阳羡溪头米胜珠。
卖剑买牛吾欲老，杀鸡为黍子来无。
地偏不信容高盖，俗俭真堪着腐儒。
莫怪江南苦留滞，经营身计一生迂。

清　恽寿平　湖山春暖图（局部）

元丰七年（1084），苏东坡北上途中，在真州见到了蒋之奇。此时，蒋之奇任朝议大夫、直龙图阁，权江淮荆浙等路制置盐矾兼发运副使，官署就在真州。两人谈起当年琼林宴的旧事，苏东坡生发出在宜兴多买点儿地闲居的兴致，写了《次韵蒋颖叔》：

月明惊鹊未安枝，一棹飘然影自随。
江上秋风无限浪，枕中春梦不多时。
琼林花草闻前语，鄂画溪山指后期。
岂敢便为鸡黍约，玉堂金殿要论思。

苏东坡在黄墅村买的那块地不足以维持一大家人生活所需，所以他觉得应该多买些田地，够二三十口人吃用才好。苏东坡觉得这里湖山秀美，土地富饶，水路交通发达，北连长江、东邻太湖，与苏州、杭州也可通航，是个居住的好地方。苏东坡在真州停留了二十几天，托蒋之奇等人打听宜兴可买的地块。

九月中旬，苏东坡和家人一起到常州，他专门带着儿子到宜兴县寻访可买的田地，借住在县城郭知训提举的宅子里。他们在此流连一个多月，经常乘船出门游览。苏东坡喜欢宜兴的山水、风土，十月二日在船上撰写了《楚颂帖》，记述自己的心愿：

吾来阳羡，船入荆溪，意思豁然，如惬平生之欲。逝将归老，殆是前缘。王逸少云："我卒当以乐死。"殆非虚言。吾性好种植，能手自接果木，尤好栽橘。阳羡在洞庭上，柑橘栽至易得。暇当买一小园，种柑橘三百本。屈原作《橘颂》，吾园若成，当作一亭，名之曰楚颂。元丰七年十月二日书。

流放岁月（1094—1101）

在单锡子侄的陪同下，苏东坡四处看地，也和当地的县令、文士等应酬。苏东坡上次在宜兴时，曾和当地官员谈及"周处除三害"的故事，应邀为一处长桥题名"晋周孝侯斩蛟之桥"，官员刻碑立在桥边。后来发生"乌台诗案"，石碑被毁。这次他又应邀写了"晋征西将军周孝公斩蛟之桥"，有人打算重新刻石立于长桥旁的碑亭内。

几经考察，苏东坡在黄土村买得曹家的百余亩田地，还买了一处几十亩大的庄园，他托蒋之奇的亲戚蒋公裕代为管理。

苏东坡不善于经营家业，其买地历程堪称曲折。嘉祐六年（1061），他在汴京宜秋门旁购置南园，后来卖掉了。熙宁七年（1074），他在宜兴买过地，之后他任密州知州，路过郓州时，友人介绍他在汶水买地。元丰元年（1078）知徐州时，他又想在徐州南郊石佛山下的尔家川买地，都没有实施。刚贬谪到黄州时，苏东坡自己去沙湖看过地，让儿子苏迈去长江对岸的荆南考察了几处地块，都没有买。后来北上，王安石劝他在金陵买地养老，在金山时，佛印劝他在京口买地。他还打听过润州县城西北三里处的蒜山的田地，但都没有付诸行动。

苏东坡买好田地之后，觉得在宜兴总共有两三百亩地，每年能收获七八百石谷子，足够一大家人吃用。有了这个依托，他心里大为轻松，一连写了几首诗词表达这种快乐，如《菩萨蛮》云：

买田阳羡吾将老。从来只为溪山好。来往一虚舟。聊随物外游。

有书仍懒著。水调歌归去。筋力不辞诗。要须风雨时。

在另一首《满庭芳》中，苏东坡说期待能早点儿归隐江南，在清风明月间逍遥，其中一些字句受到柳永写的《凤归云》中"蝇头利禄，蜗角功名"的启发：

蜗角虚名，蝇头微利，算来著甚干忙。事皆前定，谁弱又谁强。且趁闲身未老，尽放我、些子疏狂。百年里，浑教是醉，三万六千场。

思量。能几许，忧愁风雨，一半相妨。又何须抵死，说短论长。幸对清风皓月，苔茵展、云幕高张。江南好，千钟美酒，一曲满庭芳。

十月中旬，苏东坡离开宜兴北上，在途中给宋神宗上书《乞常州居住表》，陈述自己全家都生了重病，幼子也早夭，去汝州那里没有田地为生，请求皇帝允许自己在常州居住养病，这样他可以靠

明　李在　山庄高逸图（局部）

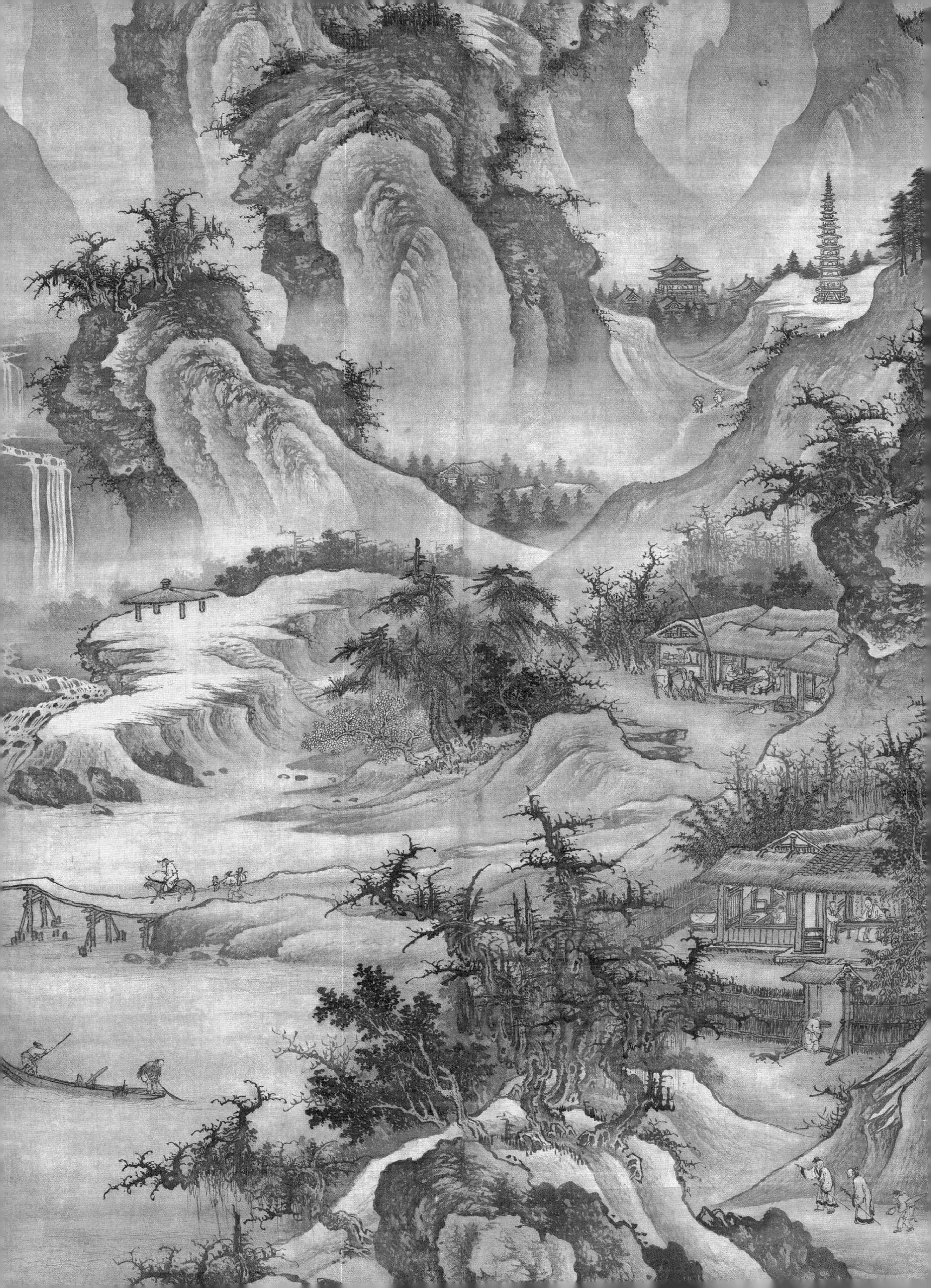

自家在宜兴县的田地谋生。但中书省官吏给这份奏章挑刺，不肯提交给皇帝，苏东坡许久没有得到回复，又撰写了第二篇《乞常州居住表》。他担心中书省不愿把自己的奏书上报给皇帝，专门派人到京城登闻鼓院投递，按照规定，登闻鼓院收到的奏书必须交给皇帝阅览。他以前当过这个衙门的主官，也算轻车熟路。

元丰八年（1085）年初，苏东坡得到准许去常州居住。他一路访亲会友，缓缓往宜兴走。此时政局发生重大变化，三月五日，宋神宗病逝，年仅九岁的宋哲宗继位，太皇太后高氏垂帘听政。

五月二十二日，苏东坡抵达常州，在宜兴县指挥奴仆修整田地、修筑房舍，与邵民瞻等人往来，经常在附近游览。六月，苏东坡在宜兴县接到任登州知州的公文，再次北上为官。苏东坡对宜兴有些依依不舍，在《蝶恋花·述怀》中流露出犹豫的情绪，希望能早点儿归来，闲居养老：

云水萦回溪上路。叠叠青山，环绕溪东注。月白沙汀翘宿鹭。更无一点尘来处。
溪叟相看私自语。底事区区，苦要为官去。尊酒不空田百亩。归来分得闲中趣。

元祐年间，苏东坡在汴京是万众瞩目的高官，在宋哲宗亲政后，他又顿然跌落。绍圣元年（1094）被贬岭南，他知道前途险恶，让长子、二子、三子的妻儿都去宜兴的田庄生活，自己只带着侍妾朝云、三子苏过及两个年老的婢子去惠州。被贬惠州期间，他的儿子等一大家人都依靠宜兴的田地维生，那里的田地平均每年可得七八百石谷子，足够一家人吃用，可是产出并不稳定，遇到水旱灾害便会吃紧。虽说三个儿子都有当官的资格，可在苏东坡被贬的形势下，他们自然难以通过铨选得到吏部的任命书。

清　恽寿平　湖山春暖图（局部）

建中靖国元年（1101），苏东坡遇赦北上时，一会儿想要北上去颍昌与弟弟为邻；一会儿想去舒城和李公麟兄弟做邻居；一会儿想去江淮之间的常州宜兴县，那里有他自家的田地，也有可以照应的亲戚和朋友，常州郡城中还有一位至交钱世雄。苏东坡听虔州知州霍汉英说常州有个大户人家裴氏要卖东门外的宅子，便写信给钱世雄，托他打听一下是否确有其事，价格是多少。

到金陵时，苏东坡接到钱世雄的来信，说已经借到常州孙氏的一院房屋，足够苏东坡一家暂住。苏东坡觉得一家人已经在路上奔波了一年，实在太累了，也有点儿担心自己一家二三十口人去颍昌的话，会给弟弟带去很大的经济压力，觉得还是在常州居住为好。他又写信托钱世雄帮忙打听常州裴家要售卖的宅子情况，想要买下来今后长期居住。

苏东坡决定去常州，暂时借住在孙家，靠宜兴的田庄生活。他觉得在常州养老应该比较适宜，只是心中非常遗憾不能和弟弟苏辙相聚，只能写信哀叹这是天意，还说万一朝廷再次起用自己，会立即上书陈述病况，坚决辞谢，闭门种田养生。

五月底六月初，江南正是溽热时节，整日又热又湿又闷，犹如蒸笼一般。平常人家在高大的房舍中也难以耐受，更何况苏家一大家人在船上，停靠的码头边水流不畅，河道肮脏，特别容易中暑和感染痢疾。一家长幼在船中不断流汗，大多因为中暑而恹恹地躺着。天气如此炎热，让在岭南待惯了的苏东坡都觉得受不了，他还是染上了痢疾。这种病最折腾人，需要不断起床出恭，苏东坡时常觉得胃部胀闷，吃不下东西，一吃东西又会腹泻不止，加上天气湿热、水边蚊子众多，他根本无法安睡，身体越来越虚弱。

后来他的身体每况愈下。建中靖国元年（1101）七月二十八日，苏东坡病逝于常州顾塘桥边孙宅。

流放岁月（1094—1101）

郏城县：埋骨之地

建中靖国元年（1101），苏东坡在北上途中生病，担忧自己一病不起，便在家书中向弟弟托付后事，商量百年后安葬何处。他们已经离开眉山老家多年，要是还想归葬眉山，要花费不少。苏辙的儿媳黄氏两年前病逝，苏辙考虑到此地距眉山迢迢数千里，回老家安葬不现实，就在汝州郏城县钓台乡上瑞里买了一处山地安葬了黄氏，当地人把这座山叫作"小峨眉"，苏家人感觉很亲切。苏辙询问哥哥是否还需要在附近另买一块地方作为两人的归葬之地，苏东坡以"无不可"的随缘心境回复，说既然侄媳黄氏可以用那块地方，自己也可以用，不用再破费买其他坟地，也不用请别人写墓志铭，由苏辙写就可以。郏城县在嵩山之下，嘉祐元年（1056）苏洵带着苏东坡兄弟两人到汴京时，就曾写诗表达

过想定居嵩山脚下的愿望，今后能在这里长眠，也算不遗憾了。

苏东坡故去后，崇宁元年（1102），苏迨、苏过护送父亲的灵柩沿着运河北行，苏迈则赶去京城，把继母王闰之和苏迨亡妻欧阳氏（欧阳修的孙女）的灵柩运至郏城县。两路人马会合以后，于闰六月把三人安葬于汝州郏城县钧台乡上瑞里，苏东坡和妻子王闰之合葬在一个墓穴中。

在祭文中，苏辙又回想起两人"夜雨对床"的旧事，他告慰哥哥说："虽然我们没有办法回到老翁泉，可是当地人把埋葬你们的山称作'小峨眉'，这也是天意。虽然这里不是我们的故乡眉山，但我从此就定居在这里，我们的家族也会在这里传承，你们的灵魂想必不会受惊，可以安心。"

十年后，苏辙故去，家人把他安葬在苏东坡墓地之侧，他们都生于眉山，葬于"小峨眉"。元至正年间，郏城县县尹杨允又修建了一座苏洵的衣冠冢，故此这里也被称作"三苏坟"。

钱世雄：东坡临终

熙宁四年（1071），苏东坡被王安石排挤出京任杭州通判，路过扬州时，得到时任扬州知州钱公辅的招待，钱公辅因在其他官员的去留上与王安石意见不合，被罢免了知谏院的职务，外派担任地方官。苏东坡到了杭州，与靠门荫入仕、正在杭州当官的钱公辅之子钱世雄有交往。熙宁五年（1072）十一月，钱公辅逝世，钱世雄回家守孝。熙宁七年（1074），苏东坡奉命到常州赈灾，与钱世雄多有来往。

苏东坡应钱世雄之托给钱公辅写了一篇《钱君倚哀词》，他对遭王安石排挤的官员都有深切的同情，又联想到自己当年考中进士时曾和蒋之奇相约定居常州宜兴，于是生出许多感慨，如感叹"子奄忽而不返兮，世混混吾焉则"，意在讥讽如今正邪混淆，不分曲直，也表达了要留居此地之意，"吾行

四方而无归兮,逝将此焉止息。岂其土之不足食兮,将其人之难偶。非有食无人之为病兮,吾何适而不可。独裴回而不去兮,眷此邦之多君子"。感叹自己想要在宜兴定居,很遗憾钱公辅这样的君子已经逝世,无法与自己为伴。

元丰二年(1079)四月苏东坡出任湖州知州时,钱世雄正担任吴兴县县尉,是他的下级,两人经常见面,故而年底钱世雄也因为收受苏东坡嘲讽朝政的文字被罚铜二十斤。苏东坡被贬黄州期间,二人依旧有书信往来。元祐年间,旧党执政,钱世雄在苏东坡、范祖禹等人的帮助下得任瀛洲防御推官,元祐五年(1090)从"选人"身份改为京官身份的权进奏院户部检法官,后又出任苏州通判。

苏东坡被贬谪到惠州后,只与少数至交通信,其中就包括钱世雄。绍圣元年(1094)年底他酿制出桂酒,写了《桂酒颂》《新酿桂酒》,特地以小楷书写《桂酒颂》,寄给在苏州的钱世雄。次年年初,钱世雄派遣定慧寺的杂役卓契顺到苏州探望苏东坡,带回了苏迈的信件和定慧寺长老守钦写的《拟寒

流放岁月(1094—1101)

山十颂》。不久后，吕惠卿的弟弟吕温卿任江淮荆浙等路发运使，他罗织时任苏州通判钱世雄的罪名，希望牵连到苏东坡，钱世雄因此被免职闲居。

元符三年（1100），苏东坡在北上途中听说钱世雄的消息，特地把自己之前所作《次韵定慧钦长老见寄八首》重抄一遍，寄给钱世雄。建中靖国元年（1101）四月在当涂，又给钱世雄寄去十一首诗。五月底，苏东坡到真州时，与从常州赶来的钱世雄在金山见面，一起去妙高台、金山寺等处游览。

可惜不久苏东坡就得了腹泻，身体越来越虚弱。六月十五日，他让船工撑船往常州走。六月下旬，船只到奔牛埭时，钱世雄前来迎接，苏东坡已经躺在病榻上多日，只能慢慢起身对友人说："我万里归来，是有后事相托。我最信任的是弟弟子由，我们自雷州别后多年没有见面，没有机会诀别，这是最让我感到痛苦的事情。"停顿了一会儿，苏东坡接着说，"我在海岛时，写完了《易传》《书传》《论语说》三部书稿，现在都交给你，希望你不要给别人看，等三十年后，会有人懂得这些书稿的意义。"苏

流放岁月（1094—1101）

　　东坡转身要拿钥匙开箱取书稿，不料却找不到钥匙，钱世雄见他身体虚弱，急忙阻止他动来动去，不再提起此事。

　　苏东坡一行人住在顾塘桥边孙家的房舍里，钱世雄几乎每天都来探望苏东坡。七月五日后，苏东坡精神尚可，每天与钱世雄谈论往事及自己在海南写的诗文，时常说笑。他听说常州许多天没有下雨，天气干旱，便叫人拿出自己收藏的黄荃绘制的云龙图悬挂在中堂，每天夜里上香祈雨。以前他当知州时，经常向各路神灵求雨，这一习惯一直保持着。地方官绅听说大名士在本城，纷纷馈送礼物、药物，苏东坡一概拒绝，只接受了钱世雄带来的饮品和蒸制的小点心，他还特地写信告诉钱世雄以后不要再送东西。七月十二日，苏东坡又给钱世雄手书自己在惠州时的诗作，第二天又写了《跋桂酒颂》，显然是以此感谢钱世雄的厚谊。

　　钱世雄亲眼见证了苏东坡最后的日子，苏东坡故去后，他与苏迈等人仍然有来往。

弟弟苏辙：一生相依

苏东坡和苏辙兄弟情深，从小一起在院子里玩耍，一起到天庆观上学，一同离乡科考，一同考中进士、制科，然后就各自宦游。苏东坡觉得苏辙既是弟弟，也是友人，而苏辙把苏东坡当作兄长、老师、朋友。

苏辙前期的仕途比苏东坡更曲折。在嘉祐二年（1057）举行的进士考试中，十九岁的苏辙考中丙科，按照制度，他这一等次的人不能立即获得官职，须"守选"三年后，以"选人"资格参加"流内铨"的考试，然后才能任官。之后因为母亲去世，他回家守孝，正好也过了三年。他回京后，得到中书舍人杨畋举荐参加制科考试，在第二年举行的制科考试中，苏东坡获得最高名次第三等，而苏辙的名次引起不小的争议。谏官司马光觉得苏辙的策问答卷虽文辞激烈，但最为切直，应该判为第三等。而翰林学士范镇要求将其降为第四等，另一考官胡宿则建议判苏辙不合格，宰相韩琦听说后也觉得应该判不合格。宋仁宗则认为苏辙发言直率，应该给名次。最终，众考官把苏辙列为第四等下。

随后，苏辙被任命为九品的试秘书省校书郎，签商州军事推官。本应由王安石撰写苏辙的任命公告，可他将苏辙视为西汉末年依附权臣的谷永一类人物，拒绝撰写任命公文。韩琦笑着反驳了王安石，换了另一位知制诰起草苏辙的任命书。遭到王安石如此非议，苏辙心中气恼，索性找了个理由请求不去赴任，表明自己并非贪图官位之人。

之后二十多年，苏辙除了熙宁二年（1069）曾在朝中担任制置三司条例司检详文字外，之后一直都在地方当八九品的小官，郁郁不得志。其中元丰二年（1079）年底还受苏东坡"乌台诗案"的牵连，被贬为监筠州盐酒税。

元祐元年（1086）苏辙才应召回朝为官，此时太皇太后高氏垂帘听政，赏识二苏兄弟，苏辙在四年之间就从右司谏快速擢升为中书舍人、吏部侍郎、翰林学士，成为三品高官。元祐五年（1090）任御史中丞，元祐六年（1091）任尚书右丞，成为宰执之一，元祐七年（1092）任门下侍郎，是太皇太后高氏最为看重的几位大臣之一。

元祐八年（1093）太皇太后病逝，宋哲宗亲政，苏东坡成为第一个被贬的大臣，他们兄弟都前途未卜。九月，苏东坡带着家人离京时恰逢雨天，告别弟弟时，他想到嘉祐六年（1061）秋天两人在汴京怀远驿备考制科时的情景。当时也是一个雨天，苏辙恰好读到韦应物的"安知风雨夜，复此对床眠"，兄弟两人都大为感慨，想到以后必定要奔波在外四处为官，难以见面，于是相约将来早点儿致仕，对床闲谈。于是，苏东坡写下《东府雨中别子由》，有了"白首归无期"的凄凉预感：

宋　李唐（传）　山斋赏月图（局部）

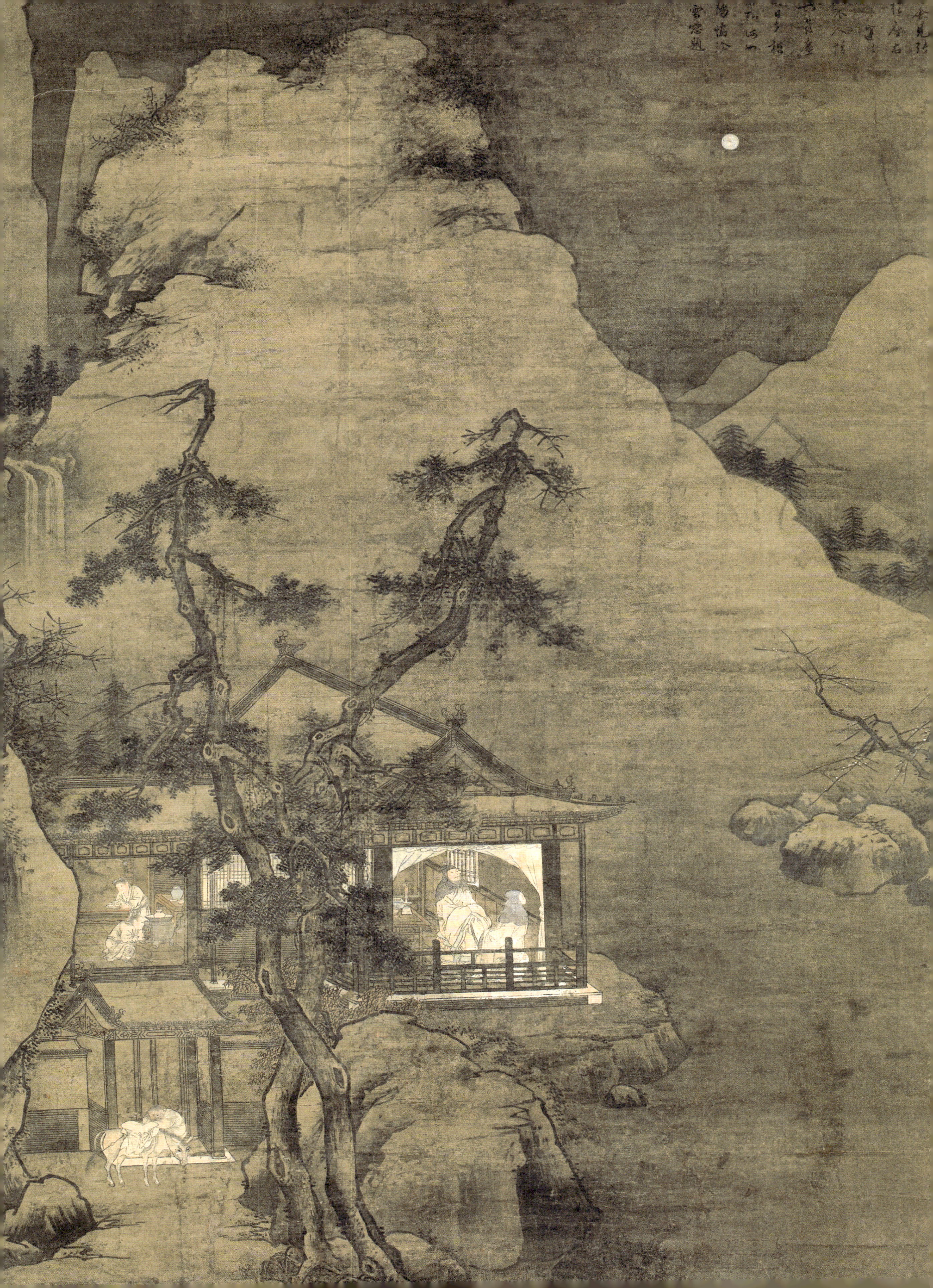

庭下梧桐树，三年三见汝。

前年适汝阴，见汝鸣秋雨。

去年秋雨时，我自广陵归。

今年中山去，白首归无期。

客去莫叹息，主人亦是客。

对床定悠悠，夜雨空萧瑟。

起折梧桐枝，赠汝千里行。

重来知健否，莫忘此时情。

由于苏东坡的诗、词、文流传更广、名声更大，苏辙相形失色，容易被忽视。苏东坡对弟弟的文章非常了解，他曾比较苏辙和自己的文字时说"子由之文，词理精确，有不及吾，而体气高妙，吾所不及"。这当然有些夸张，苏东坡的文章变化更多，生动活泼，相对而言苏辙的文章气息纡缓、说理温和，各有特色。

绍圣元年（1094）三月，宋哲宗外派苏辙知汝州，四月贬苏东坡知英州。苏东坡南下路经汝州，与苏辙见了一面。随后苏辙就被贬谪到筠州。

绍圣四年（1097）闰二月，苏辙被贬到雷州，苏东坡也从惠州被贬到儋州。苏东坡南下到梧州时，听闻弟弟就在前面的路上，急忙让船工加紧追赶，同时派人送信给弟弟，让他等自己几天。五月，苏

东坡赶到藤州江边,与听说消息后往回赶的苏辙会合。兄弟两人几年没有见面,唏嘘不已。苏辙长子苏迟担忧父亲的安危,前来探望,决定护送他们到雷州再北上回家。稍稍休整后,苏东坡、苏辙一行顺江南下。为了多相处些日子,船只慢慢行进,苏东坡常指点儿子、侄子写诗作文的方法。一次停靠在码头休息,苏东坡和苏辙去散步,看到路边有卖面条的小摊,就买了两碗,苏辙挑了一筷子尝了尝,觉得味道不好,放下筷子叹息,而苏东坡三两下便吃完了,回头对弟弟说:"你难道想要细细咀嚼吗?"意思是乡野的食物是用来填饱肚子的,不必细细品味,囫囵吞咽下去即可。经历过两次贬谪,苏东坡比苏辙更容易接受各种粗糙的食物,对当下境况已经可以坦然接受。

六月五日,苏东坡兄弟抵达雷州的治所海康县。在这里待了几天,苏迟告别伯父、父亲、弟弟北归,然后苏辙乘船送苏东坡去海边的码头递角场。六月十日,苏东坡、苏辙到了递角场。次日早上,苏东坡登上一只小船,转身笑着向苏辙大喊:"这不就是孔子所说的'道不行,乘桴浮于海'吗?"这是他们兄弟俩最后一次相聚,此后天各一方,没能再见。

分别之后,两兄弟时而书信联络。可惜元符元年(1098)苏辙又被移到循州安置,通信就没有从前方便了。元符三年(1100),在循州的苏辙得到北移的任命文书后就迅速北上岳州、颍昌,或许他心中还期盼有机会得到皇帝的召见,再次入朝为官。苏辙一直热盼兄长来与自己相伴,多次来信让他北上,并托亲友写信劝说。但是不幸苏东坡在真州患病,后来在常州去世,兄弟未能再见一面。

崇宁元年(1102),苏东坡被家人安葬在郏城县。苏辙也在十年后故去,家人把他安葬在苏东坡墓地之侧,两兄弟从此可以在这里相伴了。

流放岁月(1094—1101)

明 周臣 北溟图(局部)

梁师成：冒牌儿子

梁师成是开封人，初为内侍省书艺局小宦官，以习文知书得到宋徽宗宠信，领睿思殿文字外库，专主出外宣布皇帝诏旨。宋徽宗还赐给他进士身份，宣和四年（1122）进位开府仪同三司、淮南节度使。

宣和年间，梁师成自称是苏东坡遗腹子，每次和宋徽宗、朝臣谈话，提及苏东坡时都说"先臣"，闻者都背后笑话他冒充名人之后。他对苏东坡的儿子苏过、范祖禹的儿子范温都给予过照顾。崇宁年间学校禁止学子诵读苏东坡的诗文，禁毁苏东坡诗文集的雕版，梁师成向徽宗上诉替苏东坡辩白，称"先臣何罪"。

宋徽宗让内府搜访苏东坡的书画，由于苏东坡一幅字价值不菲，于是近臣纷纷花费重资购买、进呈内府，如梁师成花费三百贯买走《英州石桥铭》，还有官员以五万钱买走沈元弼家里苏东坡所写的"月林堂"题匾。苏过在《书先公字后》中说，当时人们纷纷给皇帝、高官进献苏东坡的书迹，其中临摹伪造的作品很多。

另一位宋徽宗的宠臣高俅原本是苏东坡的小书童，为人乖巧，擅长抄写文书，会使枪弄棒，尤善蹴鞠。元祐八年（1093），苏东坡出京前将高俅推荐给朋友王诜，之后高俅奉命到端王府邸办事时，展现了蹴鞠的才艺，得到端王的赏识，成了王府随从。宋徽宗即位后，他也成为皇帝的近臣，很快就升迁为殿前都指挥使，政和七年（1117）为太尉，宣和四年（1122）加开府仪同三司。据《挥麈后录》记载，高俅感激苏家的恩德，每次苏东坡的子孙到京城，他都会派人问候和出资帮助，对其亲属多有照顾。

旅行：顺便一游

苏东坡一生，翻过秦岭、大庾岭，登过庐山、罗浮山，乘船出过三峡，最东去看过蓬莱的海市蜃楼，最北到定州边境瞭望过辽国的军队，最南被贬至遥远的海南岛。

他的旅行经历真不少：

二十一岁，第一次出川去汴京科考，他和父亲、弟弟一起穿越秦岭到凤翔，然后路过长安、骊山等地去汴京，并没有留下什么诗文。之后他还曾两次穿越秦岭，也没有留下什么记载。

就任凤翔签判时，他曾五次到终南山游览，曾奉命去太白山祈雨。

为母亲守孝完毕出川，护送父亲灵柩回川，两次乘船穿越三峡。

任杭州通判和杭州知州时，到过近郊的孤山、龙山、天竺山、玲珑山、九仙山和佛日山。

出知徐州后，到过附近的荆山、桓山和云龙山。

移知湖州后，到过道场山、何山和径山。

在责授黄州团练副使时，爬过大别山，在黄州曾多次乘船过长江去逛武昌西山，也去过长江边的赤壁，这里是传说中的三国古战场，他就此写下千古不朽的名篇《赤壁赋》。

量移汝州北上途中，游历了庐山、石钟山和蒋山；乞居常州时，登览过宜兴东南的蜀山和无锡城西的惠山。

流放岁月（1094—1101）

在五十九岁那年，被朝廷贬为宁远军节度副使，惠州安置，路上经过大庾岭，还特地到道教圣地之一的罗浮山观光。

被贬惠州期间，他曾去游览惠州城东北二三十里近郊的白水山，观瀑布，赏佛迹，浴于汤池。之后送别当官的表兄程正辅时，两次到相邻的博罗县游览香积寺。

之后被贬儋州，他见识了大海的波涛。得到赦免北上时，又一次经过庐山，这次他已经没有什么游览的兴致了。

算下来，他游览的大部分地方都是公余休沐的时日到附近的山水、寺观一游，当天就回来或者过一两天就回来，时间超过三天的主动性远游寥寥可数。

而且，他似乎对很多名胜没有什么兴趣。比如他在凤翔任满以后回京途中经过华山脚下，却没有去登华山，哪怕仅仅在半山腰看看，可见他并不十分追逐那种大众知名的胜地。西岳华山、东岳泰山、北岳恒山、中岳嵩山和南岳衡山这五座最有名的山，他连一座也没有登过。更有意思的是，他连家乡附近的峨眉山也没有踏访过。

考察苏东坡旅行的方式可以发现，苏东坡一生中绝大多数的旅行经历都是在赴任途中抽空去游览附近的山水、寺观、古迹；或者就是在被贬谪的地方，因为空闲无事，在附近的地方游逛。

之所以如此，主要是因为苏东坡的科考之路太顺利了。他第一次出川到汴京就考中了进士，开始了自己的仕宦生涯，其间除了为母亲、父亲守孝的六年，其他时间都在各地当官，就算是被贬谪，他也是官员身份，所以他的长途旅行几乎都发生在一次次上任、离任途中。而在为官之地，只能假日抽空或者办完公事在附近一游。

元祐党籍碑

元祐党籍碑，俗称元祐党人碑，是宋朝新旧党争中旧党三百零九人的名册。这三百零九人被新党排斥，列名于碑，或囚或贬，子孙代代不许为官。

崇宁四年（1105），宋徽宗赵佶听信宰相蔡京的主张，将元祐年间反对王安石新法的司马光、文彦博、吕公著、苏辙、苏东坡等旧党三百零九人列为"元祐奸党"，立碑于端礼门，而后又下令在全国刻碑立石，以示后世。后来，由于朝野反对，徽宗又下诏将元祐党籍碑摧毁。

碑文节选

皇帝嗣位之五年，旌别淑慝，明信赏刑，黜元祐害政之臣，靡有佚罚。乃命有司，夷考罪状，第其首恶与其附丽者以闻，得三百九人。皇帝书而刊之石，置于文德殿门之东壁，永为万世臣子之戒。又诏臣京书之，将以颁之天下。臣窃惟陛下仁圣英武，遵制扬功，彰善瘅恶，以昭先烈。臣敢不对扬休命，仰承陛下孝悌继述之志。

司空尚书左仆射兼门下侍郎蔡京谨书。

焚毁"三苏"集

北宋末年，新旧党争政治斗争激烈。宋徽宗赵佶在位期间，任用蔡京为相，打着"绍述新法"的旗号，对反对新法的旧党人士进行大规模打压。宋徽宗不仅贬谪、流放旧党官员，还禁毁这些官员及其支持者的文化作品。

崇宁二年（1103），宋徽宗下诏，命令将苏洵、苏东坡、苏辙等人的文集印版悉数焚毁。这次焚毁的对象主要是"三苏"及其门下学士的作品，包括黄庭坚、张耒、晁补之、秦观等人的作品。新法派试图通过焚毁这些文集，削弱他们的思想和精神的影响力，进一步巩固自己的政治地位。

这一事件给北宋的文化发展造成了巨大的损失，许多珍贵的文学作品被毁，后世难以再见其原貌。

流放岁月（1094—1101）

美食：四方随缘

苏东坡在《和蒋夔寄茶》中说自己的饮食观是"我生百事常随缘，四方水陆无不便"，这并不是谦虚，他确实有美食家的基本素质：胃口好，爱尝试，对各地的食材、风味都有兴趣。他在各地为官，与众多人物交游，尝过东南西北各处的美食，既吃过皇帝赏赐的御宴，也品尝过民间饭馆的小吃，还会自己做饭菜。尤其是他当官几十年间迎来送往，在各处吃了数不清的宴席，见识过的饮食花样着实不少。

苏东坡不仅爱吃，还爱写与吃有关的诗文。他专门为食物写过五篇赋，分别是《服胡麻赋》《酒子赋》《老饕赋》《菜羹赋》《中山松醪赋》，写过四十多首以食物为题的诗词，如写主食的《豆粥》《约吴远游与姜君弼吃蕈馒头》《二红饭》等，写荤食的《鳊鱼》《食雉》《猪肉颂》等，咏素食的《春菜》《和黄鲁直食笋次韵》《元修菜》，写水果的《四月十一日初食荔枝》《廉州龙眼质味殊绝可敌荔枝》《黄甘陆吉传》等，还在很多的信件、文章中提及食物或者以食物打比方。

口味：甘甜为尚

蜀人大多爱用姜、蒜、花椒、蒟酱等调味。从苏东坡的诗文推测，他的口味偏甘甜。苏东坡在《书食蜜》帖中自云："予少嗜甘，日食蜜五合，尝谓以蜜煎糖而食之可也……吾好食姜蜜汤，甘芳滑辣，使人意快而神清。"他有时一天能吃五小盒蜂蜜，可见非常喜欢甜食。蜀地许多地方栽种甘蔗、出产蔗糖，蜀地的砂糖、乳糖闻名全国，在本地的价格也不贵。后来他各地为官，多次提及有人给自己赠送蜜渍食品，可见亲友也知道他嗜甜。晚年的时候，苏东坡还是好甘甜口，他在儋州时写的《记养黄中》中说苏过煮粥时会加入薤、姜、蜜，由此可见一斑。

蜀人也爱吃姜，除了给饭菜调味，煮汤、煮茶时也会加入生姜，这是蜀地的风俗。苏东坡小时候爱喝姜蜜汤，青年时期爱上喝茶以后也喜欢在茶中加入盐、姜调味。后来苏东坡在《书薛能茶诗》中特别就此议论说："唐人煎茶用姜。故薛能诗云：'盐损添常戒，姜宜着更夸。'据此，则又有用盐者

矣。近世有用此二物者，辄大笑之。然茶之中等者，用姜煎，信佳也，盐则不可。"在黄州时，巢谷做的"姜豉菜羹"让他想起"太安滋味"，太安应是眉山的一个乡镇，以出产姜豉著称，苏东坡在《书正信和尚塔铭后》提及他的表公是"太安杨氏"，是太安一所佛寺治平院的僧人。

后来苏东坡在杭州，爱喝姜蜜酒。他如此爱姜，除了这是从小就习惯的风味，可能也是因为他相信姜有养生的作用，他曾记录从杭州净慈寺僧人那里听来的《服生姜法》。

晚年在惠州时，表兄程之才从韶州给他寄过"糟姜"。按照元人《农桑衣食撮要》《中馈录》的记载，糟姜的制作方法是用布擦干净姜块，再将姜与酒糟、盐搅拌，放入瓮中封存腌制若干天后食用。这是南方人爱吃的一种调味小食，五代十国时占据湖北的荆南文献王高从海遣使给后晋皇帝进献的贡品中就包括糟姜。北宋时，江西临江人刘敞曾给梅尧臣赠送糟姜，梅氏作诗《答刘原甫寄糟姜》；另一江西人黄庭坚也爱吃糟姜，曾写《糟姜帖》感谢友人寄来糟姜、银杏等。

《东京梦华录》中所记载的李庆糟姜铺位于相国寺东门大街北侧的小甜水巷北口，小甜水巷以卖南方食物的"南食"店铺著称，可见糟姜也是南食。另外黄庭坚还在《跋伪作东坡书简》中说"此帖安陆张梦得简，似是丹阳高述伪作，盖依傍《糟姜山芋帖》为之。然语意笔法，皆不升东坡之堂也。高述、潘岐皆能赝作东坡书。余初犹恐梦得简是真迹，及熟观之，终篇皆假托耳。少年辈不识好恶，乃如此！东坡先生晚年书尤豪壮，挟海上风涛之气，尤非他人所到也"。由此推知苏东坡还写过《糟姜山芋帖》，这应该是他在儋州时感谢别人赠送糟姜的信札。

流放岁月（1094—1101）

清　顾洛　蔬果图（局部）

川饭：主食加肉

孟元老《东京梦华录》中的《食店》篇所记载的"川饭"，主打巴蜀口味的饭菜，估计是随着从巴蜀来汴京的官僚、商人等开设的，他们出售"插肉面、大澳面、大小抹肉、淘、煎燠肉、杂煎事件、生熟烧饭"，其中的面食做法附带一些快餐类肉食当浇头，算是当时的市井快餐。有人怀疑今日杭州、上海等处的"燠面"或"沃面"很可能是川式面条的遗存，因为南宋时不少蜀人在杭州生活，或许从汴京或巴蜀把川式面条的做法传播到了杭州。

苏东坡吃的这种"川饭"和今天在四川流行的川菜有区别，因为在北宋之后，元末明初和明末清初两次大战乱之后，蜀地的人口结构有较大的变化，饮食口味在"湖广填四川"等变化中也发生了新的改变和融合，所以清代以来的四川饮食文化与苏东坡所在的北宋时期已经有了较大改变，比如辣椒就是清中期以后才在四川流行的，所以苏东坡从来没有见过辣椒。

面食

宋代人把小麦粉做的各种食物都叫作饼，苏东坡写到的就有好几种。他小时候经常吃面条，曾在《端午游真如，迟、适、远从，子由在酒局》中说"水饼既怀乡"，所谓的"水饼"应该就是《齐民要

清　顾洛　蔬果图（局部）

术》中说的"水引"，冷肉汤调和过筛面粉，然后"揉搓如箸著大，一尺一断，盘中盛水浸。宜以手临铛上，揉搓令薄如韭叶，逐沸煮"，也就是今人说的水煮面条。

后来他在汴京科考、为官，能吃到的饼的种类更多。《东京梦华录》记载，在开封的街头是有专门的饼店的，且不同的饼店售卖的饼也不同。油饼店售卖蒸饼、糖饼之类，胡饼店售卖的则类似于我们今天的炉子烤的烧饼，上面经常撒着胡麻，和今天新疆的各种烤馕差不多。《东京梦华录》中记载了形状、厚薄不同的各种饼类。从两种门店售卖的饼食来看，油饼店售卖的应该是比较本土的饼类，胡饼店售卖的则是由西域的饼类发展而来的，当然早在唐朝的时候，胡饼便风靡街头了。宋人王谠所著的《唐语林·补遗》记载了胡饼的创新做法，"时豪家食次，起羊肉一斤，层布于巨胡饼，隔中以椒豉，润以酥，入炉迫之，候肉半熟食之，呼为'古楼子'"。《东京梦华录》中记载，武成王庙前的海州张家、皇建院前的盛家是著名的饼店，每家都有五十座烤炉，五更天店里就开始做饼，每个案板边都有三到五个做饼的师傅。

在杭州当通判时，苏东坡与鲁有开（字元翰）结识之后有人情往来，后者给他送过暖肚饼，苏东坡则回赠一件礼物，并写了一篇短文《谢鲁元翰寄暖肚饼》：

> 公昔遗余以暖肚饼，其直万钱。我今报公亦以暖肚饼，其价不可言。中空而无眼，故不漏；上直而无耳，故不悬；以活泼泼为内，非汤非水；以赤历历为外，非铜非铅；以念念不忘为项，非解非缚；以了了常知为腹，不方不圆。到希领取，如不肯承当，却以见还。

鲁有开馈赠给苏东坡的暖肚饼应是一种有馅料的烤饼，其中的馅料或许是以香料、药物调味或当配料，有养生之效。而苏东坡以戏谑口气相赠的"暖肚饼"并不是饼，就其"不方不圆"的形状而言，可能是装酒的羊皮袋，"非汤非水"应指酒。

当时的人生子以后讲究吃汤饼，即带汤的面片，苏东坡在《贺陈述古弟章生子》中云"甚欲去为汤饼客"。苏东坡在杭州吃过素食"汤饼泼油葱"；在密州吃过"碎点青蒿"的"凉饼"，估计就是今人所谓的凉面；在黄州吃过的"槐叶冷淘"，应该是把槐叶捣碎后加入面粉中制成的绿色凉面。

绍圣元年（1094），苏东坡被贬惠州，他在茫茫湖水中乘船南下，到慈湖夹时，心情低落，幸好有人行船来卖饼子，他打听到前面就有村落，在七言绝句《慈湖夹阻风五首·其二》中写道：

> 此生归路愈茫然，无数青山水拍天。
> 犹有小船来卖饼，喜闻墟落在山前。

元符三年（1100）七月，苏东坡从儋州到廉州，中秋节后又接到公文说他可以北移。他在《留别廉守》中说"小饼如嚼月，中有酥与饴"，说明他在当地中秋节前后吃了一种圆月形状的小饼，中间的馅料是酥、饴，近似今天人们常吃的月饼。

米饭

熙宁七年（1074），苏东坡在宜兴购买了田地，打算作为家人的产业，这是种稻谷的水田，他在《常润道中，有怀钱塘，寄述古五首》中形容为"惠泉山下土如濡，阳羡溪头米胜珠"。

在黄州，他吃过刘监仓家的煎米粉饼子，酥脆可口，他为之起名"为甚酥"。后来又喝到潘邠老家的"逡巡酒"，他觉得有点儿酸，戏称莫非这是酿成的醋，错加了点儿水当成酒了？于是戏称其为"错著水"。几天后他去郊外游玩，作诗《刘监仓家煎米粉作饼子，余云为甚酥。潘邠老家造逡巡酒，余饮之，云：莫作醋，错著水来否？后数日，余携家饮郊外，因作小诗戏刘公，求之》请求刘家给自己送点儿饼来，说起自己此时"野饮花间百物无，杖头惟挂一葫芦。已倾潘子错著水，更觅君家为甚酥"。苏公此时已经名满天下，用自己的手迹换刘家一篮子饼，刘家可是占了大便宜。

元祐八年（1093），他去北方边境定州当知州，吃的还是苏州的米，在《次韵曾仲锡元日见寄》中云"吾国旧供云泽米，君家新致雪坑茶"，还在这句下注释"定武斋酒用苏州米"。

他没有想到，自己晚年想吃一碗好米竟然成了难题。他被贬谪到儋州时，这里的物资主要靠海船

清　顾洛　蔬果图（局部）

运送，遇到台风、阴雨之类的坏天气，好多天都没有船只来，儋州集市就无米可卖，有的话也价格高昂，他曾在《纵笔三首·其三》中形容"北船不到米如珠，醉饱萧条半月无"。次年年初大米依旧价格较高，他在《庚辰岁人日作，时闻黄河已复北流，老臣旧数论此，今斯言乃验》中哭穷说要"典衣剩买河源米，屈指新篘作上元"，这当然有些夸张，按照他的收入水平，还是能喝得起米粥的。

芋头

蜀人素有吃芋头的习惯，据晋代郭义恭《广志》记载，蜀地芋头品种多达十四种。北宋曾任益州知州的宋祁在《益部方物略记》中云："蜀芋多种，蹲芋为最美，俗号赤蹲头芋，形长而圆，但子不繁衍。又有蛮芋，亦美，其形则圆，子繁衍，人多莳之。最下为榑果芋，榑，接也，言可接果，山中人多食之。惟野芋，人不食。"赞美蹲芋说："芋种不一，蹲芋则贵。民储于田，可用终岁。"

苏东坡后来被贬黄州、惠州、儋州，这些都属于南方地区，当地人都有食用芋头的习俗，故而他经常以芋煮羹。

惠州土著爱吃薯芋，这与蜀地类似，故而苏东坡经常在此吃以豆子、薯芋、大米等熬制的羹。绍圣三年（1096）年底，他经常与来拜会的故交吴复古、道士陆惟忠闲聊、出游。十二月八日，三人去罗浮山，拜访昙颖长老，看到昙颖长老将各式蔬菜杂食都投入羹中烹煮，称之为"谷董羹"，"谷董"是模拟羹煮沸后发出的咕咚声。他们尝了以后，都觉得这种羹挺好吃。

流放岁月（1094—1101）

苏东坡经常用本地常见的土芋招待吴复古、陆惟忠两人。惠州人吃土芋，都是将其用水洗干净后连皮一起煮熟，晾凉后剥开皮吃，坚硬而无味。吴复古说有种更好的做法，就是把土芋的皮去掉，用湿纸包裹起来放入火中煨熟，趁热吃十分松软甘美，而且有滋补作用。十二月二十七日，苏东坡和吴复古聊到晚上，觉得十分饥饿，吴复古按照自己说的方法煨了两个土芋，吃起来果然美味，于是苏东坡随手写下短文《记惠州土芋》记录此事。苏东坡没有吃过瘾，几天之后是除夕，他去拜访吴复古，两人又吃了一顿煨土芋，苏东坡作有《除夕访子野，食烧芋，戏作》：

松风溜溜作春寒，伴我饥肠响夜阑。
牛粪火中烧芋子，山人更吃懒残残。

后来他移居到儋州，当地人更是以薯芋为主食，苏东坡形容是"土人顿顿食薯芋"。他在住所四周也种了红薯、紫芋，作《和陶酬刘柴桑》诗形容"红薯与紫芽，远插墙四周"。他和儿子苦中作乐，尝试发明各种美食。一次，苏过想起可以用山芋煮羹，做出来果然美味，于是苏东坡作《过子忽出新意，以山芋作玉糁羹，色香味皆奇绝。天上酥酡则不可知，人间决无此味也》：

清　顾洛　蔬果图（局部）

香似龙涎仍酽白，味如牛乳更全清。
莫将北海金齑鲙，轻比东坡玉糁羹。

其实，大概就是用山芋、剩饭等一起煮得烂熟的杂粮羹罢了，再加入薤、姜、蜜等调味。儋州的大米依靠内陆船运，有时遇到大风大浪天气多日没有船来，米价就会暴涨，让苏家父子有绝粮之忧，苏东坡就想修炼"辟谷"之术，既能节省粮食，也能养生长寿。他比较了上百种"辟谷"方法，认为"龟息法"最适合自己，这种方法的修炼要点是每天早晨向着东方吸收旭日之光的能量。当然，就像从前修炼各种养生术一样，他练了一阵子就放弃了，并没有什么耐心长期坚持。

蔬菜：竹笋当先

考中制科之后，苏东坡四处宦游，他经常想起蜀地的美食。元丰元年（1078）冬天，苏东坡在徐州想起蜀地春天能吃到的各样食物，不由得浮想联翩，写了一首《春菜》：

蔓菁宿根已生叶，韭芽戴土拳如蕨。
烂蒸香荠白鱼肥，碎点青蒿凉饼滑。
宿酒初消春睡起，细履幽畦掇芳辣。

流放岁月（1094—1101）

茵陈甘菊不负渠，鲙缕堆盘纤手抹。
北方苦寒今未已，雪底波棱如铁甲。
岂如吾蜀富冬蔬，霜叶露芽寒更苦。
久抛松菊犹细事，苦笋江豚那忍说。
明年投劾径须归，莫待齿摇并发脱。

诗中提及的有蔓菁、韭芽、香荠、青蒿、苦笋、菘葛等蔬菜，还有白鱼、江豚等鱼鲜。

竹笋

苏东坡生在眉山，吃笋是常事，他在《寄蔡子华》中回忆"想见青衣江畔路，白鱼紫笋不论钱"。家乡市集上的白鱼、紫笋价格低廉，也可以自己去打鱼、采笋。后来他在杭州当通判、知州，江南的气候与蜀地差不多，出产也近似，不愁没有笋吃。

之后他调任密州知州，感叹北方苦寒之地没有什么可吃的，远不如蜀地、江南。所幸后来调任徐州知州，这里气候温暖些，又可以吃笋了。元丰元年（1078），他在徐州给友人李常送去新笋，在《送笋、芍药与公择二首》中形容是"骈头玉婴儿，一一脱锦绷""送与江南客，烧煮配香粳"。

元丰三年（1080），他被贬到黄州，这是长江边上的城镇，自然可以经常吃到新鲜竹笋，"长江绕郭知鱼美，好竹连山觉笋香"。

建中靖国元年（1101）春天，苏东坡在虔州偶遇从岭南北归的旧党官员刘安世。刘安世在贬谪中受到僧人影响，喜欢谈禅，和苏东坡挺聊得来，可是他不喜欢爬山游览，这让苏东坡感到无聊。一天，苏东坡说前面一座山上有个玉版和尚善于说法，约刘安世一起去拜访，刘安世这才打起精神，等走到廉泉寺，他们感觉饿了，便一起挖新笋烧着吃。刘安世觉得这里的竹笋味道上佳，问苏东坡这是什么笋，苏东坡说："这就是玉版啊，此老师善说法，能令人得到禅悦之味。"刘安世才明白这是苏东坡捉弄自己的把戏，哈哈大笑。随后苏东坡作了一首诗《器之好谈禅，不喜游山，山中笋出，戏语器之可同参玉版长老，作此诗》：

丛林真百丈，法嗣有横枝。不怕石头路，来参玉版师。
聊凭柏树子，与问箨龙儿。瓦砾犹能说，此君那不知。

清　恽寿平　花果蔬菜册页（局部）

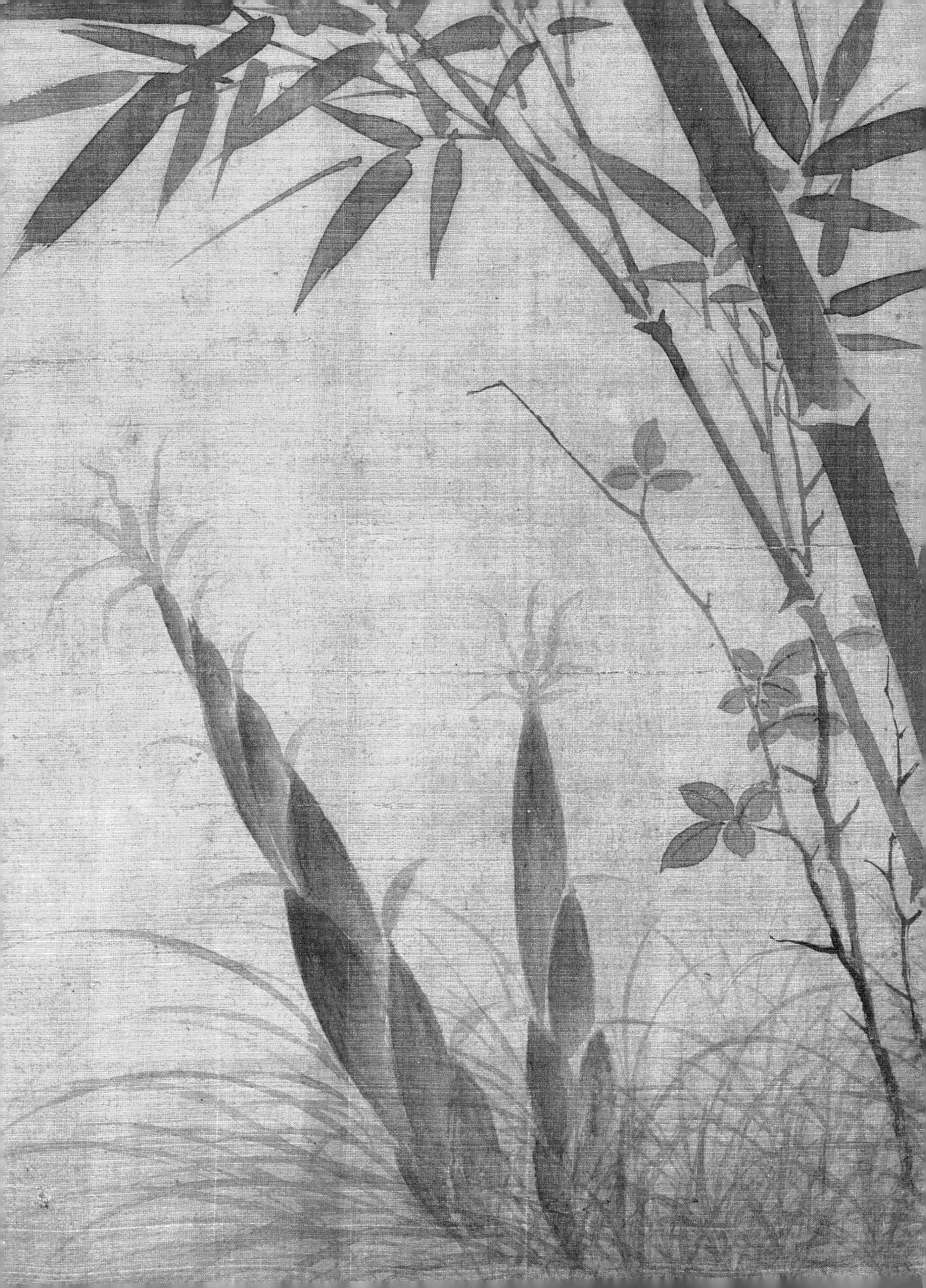

清　恽寿平　花果蔬菜册页（局部）

苏东坡爱吃笋，也爱画竹、赏竹。竹是他最喜欢的植物，他曾在《于潜僧绿筠轩》中说"可使食无肉，不可使居无竹。无肉令人瘦，无竹令人俗"，把儿子苏过描绘的六根竹子称作"长身六君子"，他的孙子的名字中都带有"竹"字头，如"箪、符、箕、筌、筹、箫"等。

萝卜

萝卜古称芦菔、莱菔，可以止咳平喘、消积化滞。苏东坡颇爱吃萝卜，宋人林洪在《山家清供》记载："东坡一夕与子由饮，酣甚，捶芦菔烂煮，不用他料，只研白米为糁食之。忽投箸抚几曰：'若非天竺酥酡，人间决无此味。'""天竺"即古印度，"酥酡"乃高级奶油制品，苏东坡这是在赞誉芦菔羹的美味只有古印度的酥酡能比。

苏东坡在惠州时，在菜园里栽种了萝卜，常用萝卜与蔓菁、苦荠一同煮菜羹。后来他遇赦北上，在韶州吃到知州狄咸煮的菜羹，写诗《狄韶州煮蔓菁芦菔羹》云："谁知南岳老，解作东坡羹。中有芦菔根，尚含晓露清"，觉得他的菜羹与自己在惠州的做法差不多。

他在岭南时，对在密州吃的一种醢念念不忘，这种醢乃是用蚕蛹、盐、刺瓜、萝卜等腌渍而成，口感层次丰厚，苏东坡把它与蒸饼、浆水、粟米饭、关中不拓并称为"五君子"，作了一篇短文《五君子说》，记录这五种让他怀念的北方美食：

齐、鲁、赵、魏桑者，衣被天下。蚕既登簇，缫者如救火避寇，日不暇给，而蛹已眉羽矣。故必以盐杀之，蛹死而丝亦韧。缫既毕绪，蛹亦煮熟，如啖蚝蜍，瓮中之液，味兼盐蛹，投以刺瓜、芦菔，以为荠腊，久而助醢，醢亦几半天下。吾久居南荒，每念此味，今日复见一洛州人，与论蒸饼之美，浆水、粟米饭之快，若复加以关中不拓，则此五君子者，真可与相处至老死也。元符三年四月十五日。

这"五君子"中的三种是主食:"粟米饭"即黄米饭,"蒸饼"即蒸馒头、蒸包子,"关中不拓"即汤饼或汤面,应该是他从前在凤翔吃过的。浆水是把米饭或者面煮熟,倒入缸中,用干净的冷水浸泡五六天让其发酵,稍微变酸后倒出的汤水,宋代上到宫廷贵戚,下到黎民百姓都会饮用。

馒头:皮有厚薄

在宋代,"馒头"和"包子"是混用或者并用的,馒头指的就是今人所言的包子,皮内有馅。

苏东坡、苏辙在天庆观读书时,夏日一天突然下雨,苏东坡、苏辙、程建用、杨尧咨坐在学舍中闲着无聊,相约一起联句:每人轮流作一句诗,串起来便可以凑成一首完整的诗。程建用看见庭院里的松树在大雨中倾倒,便率先开口道:"庭松偃仰如醉。"杨尧咨接道:"夏雨凄凉似秋。"苏东坡见有人正在用雅正的音调高声吟咏,接了一句:"有客高吟拥鼻。"年纪最小的苏辙云:"无人共吃馒头。"可见他们小时候经常吃馒头。

苏东坡在汴京为官时,应该能吃到各种馒头。《东京梦华录》里就记载有北宋都城汴京开封府内的一些知名馒头店,比如"孙好手馒头""万家馒头",其中"万家馒头,在京第一"。《东京梦华录》记录的开封府六月的"巷陌杂卖"中,还有一种"羊肉小馒头",这便是羊肉馅的小包子。同样,《东京梦华录》里也出现了"软羊诸色包子",似乎指以羊肉馅为主料的各种包子。

苏东坡还曾以"肥皮馒头"举例,在《试吴说笔》中云:

清 顾洛 蔬果图(局部)

> 前史谓徐浩书锋藏画中，力出字外。杜子美云："书贵瘦硬方通神。"若用今时笔工虚锋涨墨，则人人皆作肥皮馒头矣。用吴说笔，作此数字，颇适人意。

"肥皮馒头"指面皮肥厚而馅料较少的包子，可见苏东坡吃过不少肥皮包子。

元符三年（1100），苏东坡从儋州北上，十二月到韶州时因病停留了将近一个月，与地方官员、和尚、道士多有往来。在韶州治下河源县县令冯祖仁举行的宴会上吃的馒头让他念念不忘，两天之后他还写信向冯祖仁借这位擅做馒头的厨人，看来是希望给家人做一些馒头吃。

苏东坡还约过吴复古、姜唐佐一起吃馒头，他在《约吴远游与姜君弼吃蕈馒头》中专门将这件事记录了下来：

> 天下风流笋饼餤，人间济楚蕈馒头。
> 事须莫与谬汉吃，送与麻田吴远游。

"蕈"指真菌，也就是我们说的蘑菇。苏东坡邀请朋友们一起吃的"蕈馒头"，应该是蘑菇馅的包子。"笋饼餤"大致类似于包笋的馅饼。当时的人以吃笋饼为风尚，但苏东坡却认为蕈馒头才是人间美味。

鱼鲜：操匕煮羹

苏东坡一生都爱吃鱼脍。

苏东坡在黄州时写有《东坡八首》，在"雪芽何时动，春鸠行可脍"一句下注释说"蜀人贵芹芽脍，杂鸠肉作之"，估计蜀地人讲究春天时把新鲜的鸠肉切成片或者丝，搭配新鲜的芹芽一起吃。

熙宁四年（1071），他被王安石等人排挤到杭州当了三年通判。他形容在杭州当通判如同进入"酒食地狱"。作为通判，他的工作内容之一就是设宴招待南来北往的官员，经常参加乃至主持宴会，他在《和蒋夔寄茶》中回忆自己在杭州的饮食是"扁舟渡江适吴越，三年饮食穷芳鲜。金齑玉脍饭炊雪，海螯江柱初脱泉。临风饱食甘寝罢，一瓯花乳浮轻圆"。此处的"金齑"，即姜、蒜等碎末，为吃生鱼片时的调料；"玉脍"应指薄片或细丝状的鱼脍，是蜀地、江南等地的美食。苏东坡经常吃鱼脍，时而与友人相约"欲脍湖中赤玉鳞"。后来他在怀念杭州的《乌夜啼·寄远》中说"更有鲈鱼堪切脍"，可见他在杭州经常吃生鲈鱼片。

后来在黄州，他与移居此地的蜀人王氏兄弟经常往来，常去他们家吃鱼脍，云"荆笋供脍愧搅聂，乾锅更戛甘瓜羹"。在黄州他患过红眼病，有人说生这种病不可吃脍，苏东坡觉得自己做不到，作了短文云："子瞻患赤目，或言不可食脍。子瞻欲听之，而口不可，曰：'我与子为口，彼与子为眼，彼何厚？我何薄？以彼患而废我食，不可。'子瞻不能决。口谓眼曰：'他日我暗，汝视物，吾不禁也。'"

后来在惠州，大概年老多病，他就减少了吃生鱼片，只偶然还"茵蔯点脍缕，照坐如花开"。

　　苏东坡也喜欢吃鱼羹，他在黄州的雪堂常常自己动手煮鱼羹，方法是把鲜鲫鱼或鲤鱼处理后放入冷水煮，放入盐，加入菘菜的菜心和葱白，不搅动，免得弄碎鱼肉。等到半熟的时候，把少许生姜、萝卜汁、米酒调匀后倒入锅中，等鱼马上要熟时再加入橘皮丝调味。

　　元祐年间，苏东坡名位显贵，常常是酒宴的主人，吃山珍海味不在话下，可最让他感到惬意的还是吃一碗鱼羹。元祐四年（1089）十一月二十八日，杭州下雨夹雪，知州苏东坡因感染风寒告假在家。由于杭州很少下雪，这天苏东坡有了兴致，晚上他招待亲戚王箴一起饮用姜蜜酒，微醉之后，他亲自拿匕首处理荠菜、青虾，煮了一道羹，客人都称赞美味。厌倦了山珍海味的苏东坡，觉得这种家常食物格外可亲，又联想到自己当年在黄州东坡的雪堂中用匕首处理鱼、做鱼羹的往事。次日，苏东坡就自己动手做了一锅鱼羹，大家都赞叹不已，说这道羹"超然有高韵，非世俗庖人所能仿佛"。于是苏东坡写了一篇《书煮鱼羹》：

流放岁月（1094—1101）

宋　刘松年（传）　海珍图（局部）

予在东坡，尝亲执枪匕，煮鱼羹以设客，客未尝不称善，意穷约中易为口腹耳。今出守钱塘，厌水陆之品，今日偶与仲天贶、王元直、秦少章会食，复作此味。客皆云："此羹超然有高韵，非世俗庖人所能仿佛。"岁暮寡欲，聚散难常，当时作此，以发一笑也。元祐四年十一月二十九日。

他经常与友人在信中交流美食的做法，在越州当知州的友人钱勰给他寄送鱼，苏东坡致信表示感谢，"惠示江瑶极鲜，庶得大嚼甚快"。苏东坡还写信与他交流一道清水煮鱼的做法："竹萌亦佳贶，取笋蕈、菘心与鳜相对，清水煮熟，用姜、芦菔自然汁及酒三物等，入少盐，渐渐点洒之，过熟可食。不敢独味此，请依法作，与老嫂共之。呵呵。"以前他在黄州用的是常见的鲫鱼或鲤鱼，如今身居高位，所以换成更名贵的鳜鱼了。

宋　刘松年（传）　海珍图（局部）

海鲜：生蚝至味

元丰八年（1085），苏东坡在登州当了五天知州，州府所在的蓬莱县靠近海边，在这里的一大好处是可以吃到许多海鲜，他还满怀兴致地观察渔民拿着长长的铲子在驼棋岛的岩石缝隙中铲鳆鱼的场景。渔民将收获的鳆鱼以"糟泡油藏"的方式加工。在登州品尝鳆鱼羹的美味之余，苏东坡挥笔写下一首长诗《鳆鱼行》，诗中赞美了鳆鱼的美味："膳夫善治荐华堂，坐令雕俎生辉光。肉芝石耳不足数，醋芼鱼皮真倚墙。中都贵人珍此味，糟泡油藏能远致。割肥方厌万钱厨，决眦可醒千日醉。"

后来他被贬谪到海南岛的儋州，这里距离海边不远，吃海鲜有地利之便。可是这时候他已年老，胃口没有从前好，更爱吃猪肉、羊肉，偶尔才吃一顿海鲜。元符二年（1099）十一月，有人给苏东坡送了一大盆生蚝，他让仆人剖开，把大点儿的生蚝烤熟了吃，把小点儿的生蚝肉放入水中煮，加入酒

流放岁月（1094—1101）

调味,味道十分鲜美。他还和苏过开玩笑说:"能吃到这样的美味,也不枉来此一趟,你可不能写信告诉北方的朋友说儋州有这样的美食,免得他们都要求贬谪到这里来争这些美食。"

　　苏东坡还对生蚝生长的环境有所了解,在《和陶杂诗十一首》中说"蚝浦既黏山"。早在中唐时,被贬到潮州的韩愈就吃过生蚝,写过"蚝相黏为山,百十各自生",韩愈对"调以咸与酸,芼以椒与橙。腥臊始发越,咀吞面汗骍"的岭南烹饪大有感触,当作奇事写成《初南食贻元十八协律》一诗。

清　顾洛　蔬果图(局部)

肉食：花红如肉

从苏东坡的诗文看，少年的他在家中的日常食物主要是蜀地常见的鱼肉、猪肉、鸡肉、羊肉、芋头、大豆、蔓菁、竹笋等。后来在黄州见老乡巢谷煮猪头、用猪血做眉山风味的姜豉菜羹，让他有了思乡之情，想起眉山人杀猪过年的情形，可见他少年时在家乡应该吃过不少猪肉。

他第一次为官是在凤翔府担任签判，这里位于陕西黄土高原，乡野养羊之人众多，又因为地近陇山，山林里有熊等野味，故而他岁末吃的当地美食是"秦烹惟羊羹，陇馔有熊腊"。

熙宁七年（1074）冬天，他北上去密州当知州，密州是北方内陆地区，物产与杭州大不一样，他在《和蒋夔寄茶》中形容是"自从舍舟入东武，沃野便到桑麻川。剪毛胡羊大如马，谁记鹿角腥盘筵。厨中蒸粟堆饭瓮，大杓更取酸生涎。柘罗铜碾弃不用，脂麻白土须盆研"，可见他这时候吃了不少胡羊、鹿肉，主食以蒸粟为主。当地的酒口味不佳，比较酸涩，肯定比不了汴京、杭州的好酒。

苏东坡第一次被贬之处黄州位于长江中游，在《初到黄州》中形容黄州"长江绕郭知鱼美，好竹连山觉笋香"，这里鱼多、笋多，与他的故乡眉州相似。羊肉相对贵些，而且集市上售卖的羊肉好点儿的部位往往被当地的官员、大户买走，他只能买羊脊骨吃。这时候他常吃猪肉，对制作猪肉的方法也有所揣摩，专门写了打油诗《猪肉颂》记载自己的做法：

> 净洗铛，少著水，柴头罨烟焰不起。
> 待他自熟莫催他，火候足时他自美。
> 黄州好猪肉，价贱如泥土。
> 贵人不肯吃，贫人不解煮。
> 早晨起来打两碗，饱得自家君莫管。

后人美其名曰"东坡肉"，从苏东坡是蜀人推测，或许他在猪肉里面也会加糖、姜、花椒等一起慢火炖煮，与今人的东坡肉做法近似。

晚年的他被贬谪到岭南的惠州，当地的集市五天一开，乡镇百姓带着各种物资来集市交易，就连猪肉、鸡肉也要去集市才能买到，不像汴京、杭州那样一年四季店铺林立、食材丰盛。他在《闻子由瘦》中形容自己在饮食上"五日一见花猪肉，十日一遇黄鸡粥。土人顿顿食薯芋，荐以熏鼠烧蝙蝠。旧闻蜜唧尝呕吐，稍近虾蟆缘习俗"。

其实，惠州多河溪，他每天都能有鱼可吃，不过他厌倦了每天吃鱼，在诗中感叹"病怯腥咸不买鱼"，想多吃点儿羊肉、猪肉之类。可惜受制于集市的开闭时间和不能长久保存的天气状况，无法每天吃上羊肉、猪肉，故而才有"经旬无肉"的抱怨。当地人爱吃青蛙、蛇，有邻居给他赠送过，他也品尝过。

被贬到儋州后，这里人烟稀少，集市比惠州还要萧索，他初来时向友人抱怨在这里"食无肉，病无药，居无室，出无友，冬无炭，夏无寒泉"，这"六无"可与他的老师欧阳修感慨的"六一"相映成趣。

元符二年（1099），立春那天，他写了一首《减字木兰花·立春》作为迎接春天的"春词"。因为天气炎热而且集市不是每天都有，每次只能买吃一两天的肉，其他日子他想吃肉都没办法，于是就在词中把红花比作肉色，透露出对肉食的极度渴望：

春牛春杖，无限春风来海上。便与春工，染得桃红似肉红。
春幡春胜，一阵春风吹酒醒。不似天涯，卷起杨花似雪花。

清　顾洛　蔬果图（局部）

水果：荔枝高绝

苏东坡爱吃水果，故乡蜀地出产的柑、橘、柚、杨梅等，他吃过不少，离乡多年后还记得家乡的"西岭橘柚秋"。后来他在江南的杭州为官，此地的水果品类近似蜀地，他曾在诗中吟诵那里的"白梅卢橘"，还在《次韵黄鲁直寄题郭明父府推颖州西斋二首》中说"家书新报橘千头"，可见他在宜兴的田庄栽种了不少棵橘树。

绍圣元年（1094）初冬，他在惠州写过一首《浣溪沙·咏橘》，描摹朝云吃青黄相间带着酸味的橘子时的场景：

菊暗荷枯一夜霜，新苞绿叶照林光，竹篱茅舍出青黄。

香雾噀人惊半破，清泉流齿怯初尝，吴姬三日手犹香。

不过，惠州最让他推崇的水果还是荔枝，他认为在众多果品中，荔枝的味道、格调可谓"两绝"。绍圣二年（1095）四月，苏东坡在惠州第一次吃到岭南的新鲜荔枝，特地写了一首诗《四月十一日初食荔枝》，称赞在当地见到的荔枝、杨梅、枇杷三种水果，对当先成熟的荔枝大为欣赏：

南村诸杨北村卢，白花青叶冬不枯。

垂黄缀紫烟雨里，特与荔枝为先驱。

苏东坡难免从荔枝想到历史上的旧事：汉代永元年间，交州刺史进贡荔枝、龙眼时，运送人员接连快马万里奔驰至死，唐羌上书陈述这对民间的祸害，于是汉和帝停止了这件事；唐玄宗天宝年间，蜀地涪州进献荔枝，长安权贵沉迷享乐，导致国家大乱。苏东坡进而联想到本朝的进贡故事，过了几天又写出一首《荔枝叹》：

十里一置飞尘灰，五里一堠兵火催。

颠坑仆谷相枕藉，知是荔枝龙眼来。

飞车跨山鹘横海，风枝露叶如新采。

官中美人一破颜，惊尘溅血流千载。

永元荔枝来交州，天宝岁贡取之涪。

至今欲食林甫肉，无人举觞酹伯游。

我愿天公怜赤子，莫生尤物为疮痏。

雨顺风调百谷登，民不饥寒为上瑞。

宋　佚名　荔枝图页（局部）

君不见，武夷溪边粟粒芽，前丁后蔡相笼加。

争新买宠各出意，今年斗品充官茶。

吾君所乏岂此物，致养口体何陋耶？

洛阳相君忠孝家，可怜亦进姚黄花。

苏辙收到这首诗后，写信劝说哥哥少议论本朝是非，免得被政敌抓住把柄。苏辙自己写《奉同子瞻荔枝叹》，只表达想归老田园的愿望，没有一字涉及进贡这类政事。

绍圣三年（1096）荔枝成熟时，苏东坡应邀去惠州知州衙门东堂吃"将军树"上的荔枝。传说宋仁宗时期的宰相陈尧佐早年担任潮州通判，经过这里时栽种了这棵树。它如今已有近百年的树龄，长得非常高，结的果实也多。每年产荔枝时，上至知州，下至官署中的衙役，都可以分一些品尝。这棵树上最高处的荔枝，连竹竿也无法够到，于是有人让猿猴爬到树顶摘取。

苏东坡写了《食荔枝二首》，在第二首中表达了自己的个人感想：

> 罗浮山下四时春，卢橘杨梅次第新。
> 日啖荔枝三百颗，不辞长作岭南人。

他修建的白鹤峰住宅周围就栽种了橘树、荔枝树，他形容是"门外橘花犹的皪，墙头荔子已斓斑"。

除了荔枝，他在岭南也吃过不少黄柑。之前来惠州的路上他就品尝过广州的黄柑，南北气候不同，北方深秋时，广州还绿意盎然，金色的黄柑新鲜可爱，让苏东坡充满喜悦，写下一首词《浣溪沙》：

> 几共查梨到雪霜，一经题品便生光，木奴何处避雌黄。
> 北客有来初未识，南金无价喜新尝，含滋嚼句齿牙香。

其实他对黄柑并不陌生，从前在杭州为官时，也能吃到江南出产的黄柑。在汴京当翰林学士时，当时宫廷的礼俗之一是上元节晚上太后、皇帝、皇后等出席庆祝酒宴，贵戚赏赐黄柑给近臣，称作"传柑"。在颍州当知州的时候，他还喝过安定郡王以黄柑酿制的"洞庭春色"。

后来到了儋州，元符元年（1098）上元节晚上，知州张中请苏过到官署聚宴，苏东坡因为生病没有前去，留在家中独自过节。他一会儿盯着窗口趴着的蜥蜴，一会儿看着眼前油灯上的灯花，想起故去的妻子，想起当年元宵节曾陪同皇帝登上端门、被赏赐黄柑的经历，于是写了一首《上元夜，过赴儋守召，独坐有感》：

> 使君置酒莫相违，守舍何妨独掩扉。
> 静看月窗盘蜥蜴，卧闻风幔落蟏蛸。
> 灯花结尽吾犹梦，香篆残时汝欲归。
> 搔首凄凉十年事，传柑归遗满朝衣。

流放岁月（1094—1101）

宋　佚名　赤壁图册页

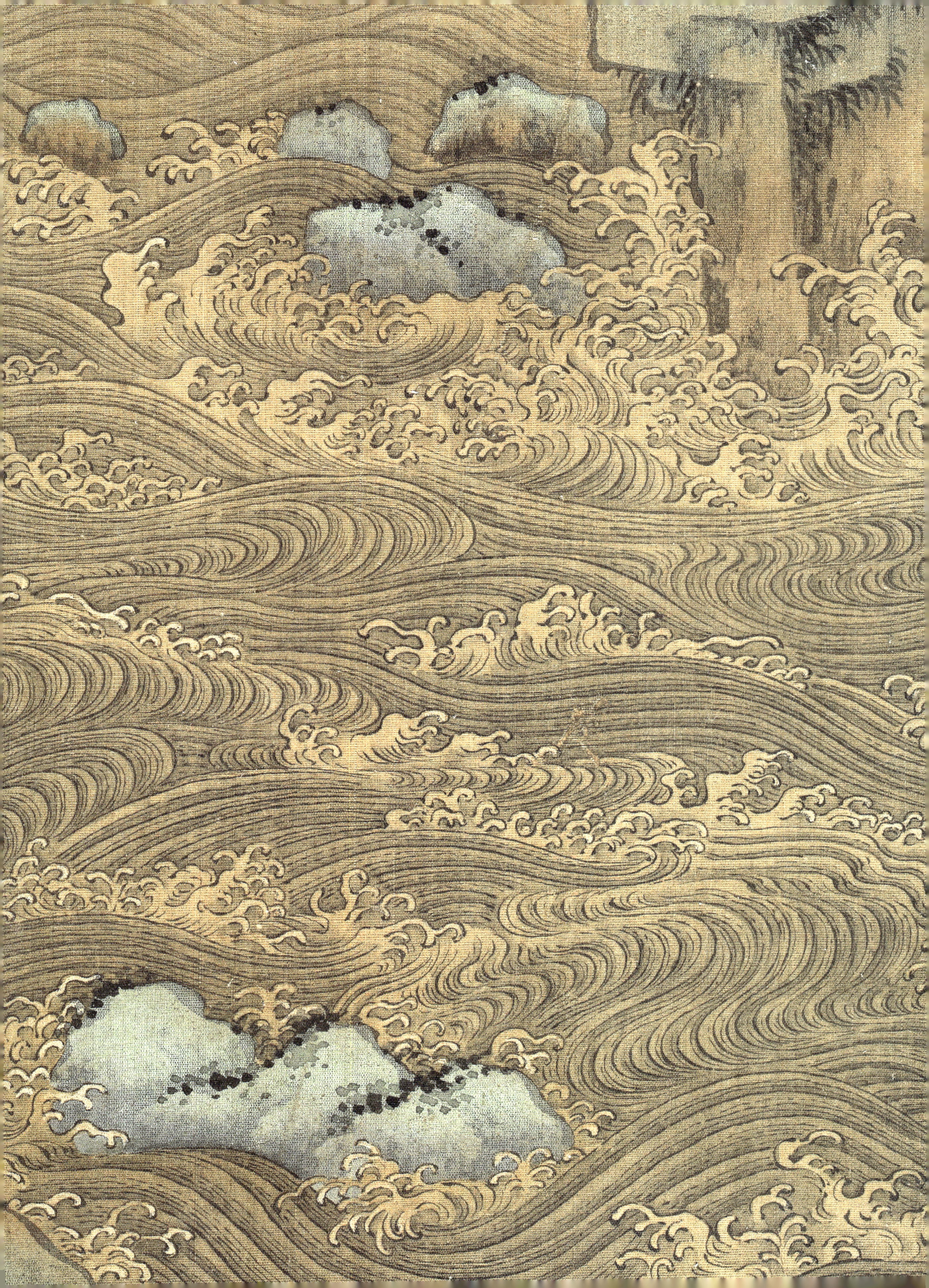

后记

六七年前，我立志写一本小书《作为艺术家的苏东坡》，可是写着写着，发现艺术仅仅是苏东坡人生的一个侧面，且与他的其他侧面紧密相依。于是，我改变主意，写成一本厚厚的《孤星之旅：苏东坡传》。由于是传记，该书基本按照编年顺序呈现苏东坡的一生。这样写的好处是，可以追踪苏东坡的成长历程，审视他从孩童到少年、青年、中年直至老年的变化。可是，这种写法太循规蹈矩，读者要从头读起才能进入历史情境。2023年这本传记出版后，我时常思索，今天的作者、读者，接近苏东坡的道路有许多条，既可以从艺术角度接近他，也可以从地理环境、人际关系、才能创意、生活美学等多种维度接近他，有许多种新的方式可以让今人与东坡居士"对话"。

机缘巧合，现在我终于有机会把宋代文物艺术品的图片与地理环境、人际关系、才能创意、生活美学等维度结合起来，以图文结合、开合随意的方式呈现苏东坡的一生，呈现他生活的时代的视觉图像。这些图片，有苏东坡的手迹，有同时代人所作的书画，有后世对苏东坡的描摹。打开这本书，犹如进入苏东坡的"视觉宇宙"——他和他的世界在这里被重新建构，犹如一场在纸上呈现的展览，供读者观赏。这是一把打开苏东坡从小城青年到大宋第一名士的传奇人生的钥匙，是一本了解苏东坡多姿多彩的生命体验的简明指南。更重要的是，有心人能从这本书中感知到其鲜活的灵魂，或许还能从中得到些许传统文化的启示、审美的灵感、生活的动力。

对我来说，苏东坡的生命是一个有着无限多切面的晶体，我在这本书里仅仅是从一些切面捕捉他的若干影子。正如苏东坡相信"人各有才""各当其处"，我也期待着每位读者都能从这本书中发现苏东坡人生的不同切面，得到不同的启示，"人各有得""各得其得"。

周文翰

苏东坡年表

宋仁宗

景祐三年（1036）
十二月十九日出生于眉州眉山。

庆历二年（1042）
七岁，开始读书，从老师处听说欧阳修、梅尧臣的文名。

庆历三年（1043）
八岁，开始上学，以道士张易简为师。有人从京师来，以石介《庆历圣德颂》示乡校先生。得见，则能诵习其词，并出言不凡。

庆历五年（1045）
十岁，跟着母亲程氏学史。母亲读《范滂传》，苏东坡始"奋厉有当世志"，作《夏侯太初论》。

庆历六年（1046）
十一岁，住在纱縠行，在自家小院的南轩读书。

庆历七年（1047）
十二岁，祖父苏序去世，父亲苏洵归家守孝。

至和元年（1054）
十九岁，娶眉州青神王方之女王弗为妻。

至和二年（1055）
二十岁，游成都，拜谒张方平，张方平非常喜欢他的文章和志向。

嘉祐元年（1056）
二十一岁，与弟苏辙随父苏洵去汴京科考，经过成都，再次拜见张方平。

嘉祐二年（1057）
二十二岁，以《刑赏忠厚之至论》获欧阳修赏识。殿试中进士乙科。与弟苏辙同科进士及第，父子三人名震京师。四月，母程夫人去世，返乡。

嘉祐三年（1058）
二十三岁，在乡居丧。

嘉祐四年（1059）
二十四岁，为母亲守孝期满。十二月与苏辙随苏洵乘船去往汴京，合编诗文集《南行集》。

嘉祐五年（1060）
二十五岁，居于汴京，准备制科考试。

嘉祐六年（1061）
二十六岁，参加制科考试，献《进策》《进论》各二十五篇，获制科三等，授凤翔府签判。十二月，到达凤翔。

嘉祐七年（1062）
二十七岁，在凤翔府签判任上，奉命去所属各县公干。作《喜雨亭记》。

嘉祐八年（1063）
二十八岁，与凤翔府新任知府陈希亮不和。作诗《题宝鸡县斯飞阁》。

宋英宗

治平元年（1064）
二十九岁，与文同相识相交。十二月，凤翔任满还京。

治平二年（1065）
三十岁，入职登闻鼓院。参加馆职考试，再获三等，入职直史馆。五月，妻子王弗在汴京去世。

治平三年（1066）
三十一岁，四月，父亲苏洵去世，回乡守孝。

治平四年（1067）
三十二岁，居乡，守父孝。

宋神宗

熙宁元年（1068）
三十三岁，为父守孝期满。续娶王弗堂妹王闰之，与弟弟苏辙带着一家人去往汴京。

熙宁二年（1069）
三十四岁，在京，以殿中丞、直史馆身份授官告院，兼判尚书祠部。呈《上神宗皇帝书》，反对王安石新法。

熙宁四年（1071）
三十六岁，调任杭州通判。去杭州上任途中，与苏辙一起去颍州拜访欧阳修。十一月，到达杭州。公事之余四处游览，留下不少诗词佳作。

熙宁五年（1072）
三十七岁，奉命赴湖州考察堤岸工程。作《六月二十七日望湖楼醉书五绝》。

熙宁六年（1073）
三十八岁，年底奉命赴常州、润州赈济饥民。作《饮湖上初晴后雨二首》。

熙宁七年（1074）
三十九岁，在杭州任满，调任密州知州。十二月，到达密州。

熙宁八年（1075）
四十岁，修整密州超然台。作《江城子·密州出猎》《超然台记》。

熙宁九年（1076）
四十一岁，作《水调歌头》。年底，接到调职公文，离开密州。

熙宁十年（1077）
四十二岁，调任徐州知州。四月到达徐州。七月，黄河决口，率军民防洪。

元丰元年（1078）
四十三岁，防洪功劳受到朝廷嘉奖，作《熙宁防河录》。修建徐州黄楼。

元丰二年（1079）
四十四岁，改任湖州知州。"乌台诗案"事发，下御史台狱。结案后被贬谪为黄州团练副使。

元丰三年（1080）
四十五岁，被贬黄州，暂居定惠院。作《易传》《论语说》。

元丰四年（1081）
四十六岁，为生计开垦东坡，自号"东坡居士"。作《东坡八首》。

元丰五年（1082）
四十七岁，雪堂落成。作《雪堂记》《定风波》。七月和十月两次游赤壁，写下了《赤壁赋》《后赤壁赋》。

元丰六年（1083）
四十八岁，作《记承天寺夜游》。

元丰七年（1084）
四十九岁，授汝州团练副使。庐山问法，作《题西林壁》。七月，经过金陵，拜访王安石。

元丰八年（1085）
五十岁，调任登州知州。得到太皇太后高氏的重用，回汴京任礼部郎中。

宋哲宗

元祐元年（1086）
五十一岁，先后升任中书舍人、翰林学士，主持馆职考试。与黄庭坚初见面。

元祐三年（1088）
五十三岁，担任省试考官。

元祐四年（1089）
五十四岁，四月离京，出任杭州知州。

元祐五年（1090）
五十五岁，疏浚西湖，修筑长堤。

元祐六年（1091）
五十六岁，被召入京，出任翰林学士承旨。因受谏官弹劾，调任颍州知州。

元祐七年（1092）
五十七岁，改任扬州知州。同年应召回京，后任端明殿学士兼翰林侍读学士、守礼部尚书。

元祐八年（1093）
五十八岁，九月高太皇太后去世，宋哲宗亲政。出京任定州知州。

绍圣元年（1094）
五十九岁，降职为英州知州，再贬为宁远军节度副使，惠州安置。

绍圣三年（1096）
六十一岁，在白鹤峰买地建房。七月，爱妾朝云因病去世，作《惠州荐朝云疏》。

绍圣四年（1097）
六十二岁，白鹤峰新居建成，长子苏迈一家来惠州团聚。再贬儋州。七月，到达儋州。

元符元年（1098）
六十三岁，因借住公家住所遭驱逐，修建居所，名桄榔庵。著书为乐。

元符二年（1099）
六十四岁，居儋州。继续修补《易传》《论语说》，又写《书传》十三卷。

元符三年（1100）
六十五岁，遇朝廷大赦，移廉州，后改任舒州团练副使，永州安置。年底行至英州时，复官朝奉郎，提举成都玉局观。

宋徽宗

建中靖国元年（1101）
六十六岁，五月，行至真州，因病在常州休养。七月二十八日，卒于常州。

崇宁元年（1102）
葬于汝州郏城县钓台乡上瑞里。

参考书目

1. 孔凡礼：《苏轼年谱》（北京中华书局1998年版）
2. 苏轼：《苏轼文集》（北京中华书局2004年版）
3. 孟元老：《东京梦华录笺注》（北京中华书局2006年版）
4. 苏轼：《苏轼诗集》（北京中华书局1982年版）
5. 朱彧：《萍洲可谈》（北京中华书局2007年版）
6. 李焘：《续资治通鉴长编》（北京中华书局2004年版）
7. 孔平仲：《孔氏谈苑》（北京中华书局1985年版）
8. 苏轼：《东坡志林》（北京中华书局1981年版）
9. 欧阳修：《欧阳修全集》（北京中华书局2001年版）
10. 张邦基：《墨庄漫录》（北京中华书局2002年版）
11. 苏过：《苏过诗文编年笺注》（北京中华书局2012年版）
12. 陆游：《老学庵笔记》（北京中华书局1979年版）
13. 陶宗仪：《说郛》（北京中国书店1986年版）
14. 邵博：《邵氏闻见后录》（北京中华书局1983年版）
15. 蔡絛：《铁围山丛谈》（北京中华书局1983年版）
16. 苏辙：《苏辙集》（北京中华书局1990年版）
17. 朱弁：《曲洧旧闻》（北京中华书局2002年版）
18. 苏轼：《经进东坡文集事略》（上海古籍出版社2002年版）
19. 费衮：《梁谿漫志》（上海古籍出版社1985年版）
20. 苏辙：《栾城集》（上海古籍出版社2009版）
21. 晁公武：《郡斋读书志校证》（上海古籍出版社1990年版）

22. 司马光：《司马温公集编年笺注》（成都巴蜀书社 2009 年版）

23. 苏颂：《苏魏公文集》（北京中华书局 1988 年版）

24. 惠洪：《冷斋夜话》（北京中华书局 1988 年版）

25. 赵彦卫：《云麓漫钞》（北京中华书局 1996 年版）

26. 范公偁：《过庭录》（北京中华书局 2002 年版）

27. 苏轼：《苏轼诗集》（四部丛刊景南海潘氏藏宋务本堂刊本）

28. 洪迈：《夷坚志》（北京中华书局 2006 年版）

29. 苏轼：《苏轼词编年校注》（北京中华书局 2007 年版）

30. 苏轼：《苏轼诗集合注》（上海古籍出版社 2001 年版）

31. 孔凡礼：《三苏年谱》（北京古籍出版社 2004 年版）

32. 朱刚：《苏轼苏辙研究》（上海复旦大学出版社 2019 年版）

33. 苏轼：《东坡先生全集》（文盛堂藏板）

34. 何汶：《竹庄诗话》（北京中华书局 1984 年版）

35. 黄庭坚：《黄庭坚全集》（成都四川大学出版社 2001 年版）

36. 秦观：《淮海集笺注》（上海古籍出版社 1994 年版）

37. 赵令畤：《侯鲭录》（北京中华书局 2002 年版）

38. 陆游：《家世旧闻》（北京中华书局 1993 年版）

39. 余英时：《朱熹的历史世界》（北京生活·读书·新知三联书店 2004 年版）

40. 苏轼：《东坡志林》（北京中华书局 1981 年版）

41. 苏轼：《苏轼全集校注》（河北人民出版社 2010 年版）

图书在版编目（CIP）数据

苏东坡全书 / 周文翰著. -- 武汉：华中科技大学出版社，2025.5（2025.6重印）. --（中国瑰宝系列）.
ISBN 978-7-5772-1749-9

Ⅰ. I214.412

中国国家版本馆CIP数据核字第20259F0F29号

苏东坡全书
Su Dongpo Quanshu

周文翰 著

出版发行：	华中科技大学出版社（中国·武汉）	电话：	（027）81321913
	华中科技大学出版社有限责任公司艺术分公司		（010）67326910-6023
出 版 人：	阮海洪		

责任编辑：张　颖　杨志新　林晓春　韩明慧　　　封面设计：李静娴
责任监印：赵　月　张　丽

制　　作：有书至美
印　　刷：河北朗祥印刷有限公司
开　　本：710mm×1000mm　1/8
印　　张：56.5
字　　数：503千字
版　　次：2025年6月第1版第2次印刷
定　　价：998.00元

本书若有印装质量问题，请向出版社营销中心调换
全国免费服务热线：400-6679-118 竭诚为您服务
版权所有 侵权必究